【臺灣現當代作家
研究資料彙編】03

梁實秋

國立台灣文學館
出版

主委序

　　臺灣文學發展至今，已蓄積可觀且沛然的能量，尤於現當代文學領域，作家們的精彩創作與文學表現，成績更是有目共睹。對應日益豐饒的文學樣貌，全面梳理研究資源、提昇資料查考與使用的便利性，也就格外重要。

　　本會所屬國立台灣文學館自成立以來，即著力於臺灣文學史料之研究、整理及數位化，迄今已積累相當成果，民眾幾乎可在彈指之間，獲取相關訊息及寶貴知識；為豐富臺灣文學研究基礎，繼 99 年出版收錄 310 位現當代作家評論資料的《臺灣現當代作家評論資料目錄》後，今（100）年進一步延伸建置「臺灣現當代作家研究資料庫」，將現當代文學作家及系列作品建構起多向查考、運用的整合機制，不僅得以逐步完善 310 位現當代作家評論資料的確切性及新穎度，研究者亦能更加便捷地掌握研究概況、動態，進而開闢不同的研究路徑及視野。

　　為深化既有成果，也同步推動「臺灣現當代作家研究資料彙編計畫」，預計分年完成自臺灣新文學之父賴和以降，50 位現當代重要作家研究資料彙編，系統性纂輯、呈現作家手稿、影像、文學年表、研究綜述、評論文章及目錄、歷史定位與影響等。目前已完成第一階段賴和等 15 位重要作家研究資料彙編工作，此為國內現行唯一全方位的臺灣現當代文學工具書，也是研究臺灣作家、文學發展的重要讀本依據，乃極具代表性意義的起點，搭配前述資料庫，相信能為臺灣文學研究奠定益加厚實的根基；亦祈各方不吝指正，以匯聚更多參與及持續前行的能量。

行政院文化建設委員會主任委員

館長序

　　近幾年，臺灣現當代文學的研究，朝著跨領域整合的方向在發展，但不管趨勢如何，對於作家及其作品的理解與詮釋，恆是最基本且是最重要的工作。因此，作家到底是一個什麼樣的人？他的出身、學經歷究竟如何？他在哪些主客觀條件下從事寫作？又怎麼會寫出那樣的一些作品？這些都有助於增加理解；進一步說，前人究竟如何解讀作家的為人和他之所作？如何評述其文學風格及成就？這些相關文獻提供了我們重新展開深入探索的基礎，了解前修有所未密，後出才能轉精。

　　當臺灣文學在 1980 年代獲得正名，在 1990 年代正式進入學院體制，「學科化」就彷彿是一場學術運動，迄今所累積的研究成果已極可觀，如果把前此多年在文學相關傳媒所發表的評論資料納入，則可稱之為臺灣文學的「研究資料」，以作家之評論而言，根據國立台灣文學館委託台灣文學發展基金會所蒐羅的作家評論資料（310 位作家，收錄時間下限是 2009 年 8 月），總計近九萬筆。這龐大的資料，已於去年編印成八巨冊的《臺灣現當代作家評論目錄》；在這樣的基礎上，以個別作家為考量的「研究資料彙編」計畫，其第一階段的成果即將出版（15 冊），如果順利，二、三年內將會累積到 50 冊。

　　「臺灣」是我們生存的空間，「現當代」約指新文學發生以降迄今，「作家」特指執筆為文且成家者。臺灣現當代作家之所以值得研

究，乃是因為他們以其智慧和經驗創造了許多珍貴的文學作品，反映並批判社會，饒富現當代意義，如果能夠把他們的研究資料集中，對於正在學習或有文學興趣的讀者，應該會有莫大的助益。

賴和被尊稱為臺灣新文學之父，他出生於甲午戰爭那一年（1894），爾後出生的作家，含在臺灣土生土長，以及從中國大陸來臺者，人數非常多，如何挑選重要作家，且研究資料相對比較豐富者，是一件不容易的事，這就需要專家的參與；基本上，選人要客觀，選文要妥適，編選者要能宏觀，且能微視，才能提出有說服力的見解。

毫無疑問，這是一個重大的人文基礎建設，由政府公部門（國立台灣文學館）出資，委託深具執行力的社會非營利組織（台灣文學發展基金會），動員諸多學術菁英（顧問群、編選者）來共同完成，有效的運作模式開創一種完美的三合一典範，對於臺灣文學，必能發揮其學科深化的作用，且將有助於臺灣文學的永續發展。

國立台灣文學館館長　李瑞騰

編序

◎封德屏

緣起

　　1995 年 10 月 25 日，在臺灣師範大學教育大樓的 201 室，一場以「面對臺灣文學」爲題的座談會，在座諸位學者分別就臺灣文學的定義、發展、研究，以及文學史的寫法等，提出宏文高論，而時任國家圖書館編纂張錦郎的「臺灣文學需要什麼樣的工具書」，輕鬆幽默的言詞，鞭辟入裡的思維，更贏得在座者的共鳴。

　　張先生以一個圖書館工作人員自謙，認真專業地爲臺灣這幾十年來究竟出版了多少有關臺灣文學的工具書，做地毯式的調查和多方面的訪問。同時條理分明地針對研究者、學生，列出了十項工具書的類型，哪些是現在亟需的，哪些是現在就可以做的，哪些是未來一步一步累積可以達成的，分別做了專業的建議及討論。

　　當時的文建會二處科長游淑靜，參與了整個座談會，會後她劍及履及的開始了文學工具書的委託工作，從 1996 年的《臺灣文學年鑑》起始，一年一本的編下去，一直到現在，保存延續了臺灣文學發展的基本樣貌。接著是《中華民國作家作品目錄》的新編，《臺灣文壇大事紀要》的續編，補助國家圖書館「當代文學史料影像全文系統」的建置，這些工具書、資料庫的接續完成，至少在當時對臺灣文學的研究，做到一些輔助的功能。

　　2003 年 10 月，籌備多年的「台灣文學館」正式開幕運轉。同年五月《文訊》改隸「財團法人台灣文學發展基金會」，爲了發揮更大的動能，開始更積極、更有效率地將過去累積至今持續在做的文學史料整理出來，讓

豐厚的文藝資源與更多人共享。

於是再次的請教張錦郎先生，張先生認為文學書目、作家作品目錄、文學年鑑、文學辭典皆已完成或正在進行，現在重點應該放在有關「臺灣現當代作家評論資料目錄」的編輯工作上。

很幸運的，這個計畫的發想得到當時臺灣文學館林瑞明館長的支持，於是緊鑼密鼓的展開一切準備工作：籌組編輯團隊、召開顧問會議、擬定工作手冊、撰寫計畫書等等。

張錦郎老師花了許多時間編訂工作手冊，每一位作家的評論資料目錄分為：

（一）生平資料：可分作者自述，旁人論述及訪談，文學獎的紀錄。

（二）作品評論資料：可分作品綜論，單行本作品評論，其他作品（包括單篇作品）評論，與其他作家比較等。

此外，對重要評論加以摘要解說，譬如專書、專輯、學術會議論文集或學位論文等，凡臺灣以外地區之報刊及出版社，於書名或報刊後加註，如中國大陸、香港、新加坡等。此外，資料蒐集範圍除臺灣外，也兼及中國大陸、香港、新加坡、日本、韓國及歐美等地資料，除利用國內蒐集管道外，同時委託當地學者或研究者，擔任資料蒐集工作。

清楚記得，時任顧問的學者專家們，都十分高興這個專案的啟動，但確定收錄哪些作家名單時，也有不同的思考及看法。經過充分的討論後，終於取得基本的共識：除以一般的「文學成就」為觀察及考量作家的標準外，並以研究的迫切性與資料獲得之難易度為綜合考量。譬如說，在第一階段時，作家的選擇除文學成就外，先考量迫切性及研究性，迫切性是指已故又是日治時期臺籍作家為優先，研究性是指作品已出土或已譯成中文為優先。若是作品不少而評論少，或作品評論皆少，可暫時不考慮。此外，還要稍微顧及文類的均衡等等。基本的共識達成後，顧問群共同挑選出 310 位作家，從鄭坤五、賴和、陳虛谷以降，一直到吳錦發、陳黎、蘇偉貞，共分三個階段進行。

　　張錦郎教授修訂的編輯體例，從事學術研究的顧問們，一方面讚嘆「此目錄必然能成為類似文獻工作的範例」，但又深恐「費力耗時，恐拖延了結案時間」，要如何克服「有限時間，高度理想」的編輯方式，對工作團隊確實是一大挑戰。於是顧問們群策群力，除了每人依研究領域、研究專長認領部分作家外（可交叉認領），每個顧問亦推薦或召集研究生襄助，以期能在教學研究工作外，為此目錄盡一份心力。

　　「臺灣現當代作家評論資料目錄」專案計畫，自 2004 年 4 月開始，至 2009 年 10 月結束，分三個階段歷時五年六個月，共發現、搜尋、記錄了十餘萬筆作家評論資料。共經歷了三位專職研究助理，近三十位兼任研究助理。這些研究助理從開始熟悉體例，到學習如何尋找資料，是一條漫長卻實用的學習過程。

接續

　　本來以為五年的專案工作可以暫時告一段落，但面對豐盛的研究成果，無論是參與這個計畫的顧問或是擔任審查工作的專家學者，都希望臺灣文學館能在這樣的基礎下挖深織廣，嘉惠更多的文學研究者。

　　「臺灣現當代作家評論資料目錄」的專案完成，當代重要作家的研究，更可以在這個基礎上，開出亮麗的花朵。於是就有了「臺灣現當代作家研究資料彙編暨資料庫建置計畫」的誕生。為了便於查詢與應用，資料庫的完成勢在必行，而除了資料庫的建置外，這個計畫再從 310 位作家中精選 50 位，每人彙編一本研究資料，內容有作家圖片集，包括生平重要影像、文學活動照片、手稿及文物，小傳、作品目錄及提要、文學年表。另外每本書分別聘請一位最適當的學者或研究者負責編選，除了負責撰寫五千至一萬字的作家研究綜述外，再從龐雜的評論資料中挑選具有代表性的評論文章，全文刊載，平均 12～14 萬字，最後再附該作家的評論資料目錄，以期完整呈現該作家的生平、創作、研究概況，其歷史地位與影響。

　　由於經費及時間因素，除了資料庫的建置，資料彙編方面，50 位作家

分三個階段完成。第一階段挑選了 15 位作家，體例訂出來，負責編選的學者專家名單也出爐了，於是展開繁瑣綿密的編輯過程。一旦工作流程上手，才知比原本預估的難度要高上許多。

　　首先，必須掌握 15 位編選者的進度這件事，就是極大的挑戰。於是編輯小組在等待編選者閱讀選文的同時，開始蒐集整理作家生平照片、手稿，重編作家年表，重寫作家小傳，尋找作家出版品的正確版本、版次，重新撰寫提要。這是一個極其複雜的工程。要將編輯準則及要素傳達給毫無編輯經驗的助理，對我來說，就是一個極大的考驗。於是，邊做邊教，還好有認真負責的專任助理宇需，以及編輯老手秀卿下海幫忙，將我的要求視為使命必達，讓整個專案在「高壓政策」下，維持了不錯的品質及進度。

　　當然，內部的「高壓政策」，可以用身教、言教的方法執行，但要八位初出茅廬的助理，分別盯牢 15 位編選的學者專家，無疑是一件「非常人」可以勝任的工作。學者專家個個都忙，如何在他們專職的教學及行政工作之外，把這件有意義的編選工作如期完工，另外還得加上一篇完整的評論綜述，這可是要大智慧、大勇氣的編輯經驗了。

　　有些編輯經驗可以意會，不可言傳，這是多年血淚交織的經驗與心得，短時間要他們全然領會實在有些困難。但迫在眉睫的工作總得完成，於是土法煉鋼也好，揠苗助長也罷，一股腦全使上了。在智慧權威、老練成熟的學者專家面前，這些初生之犢的年輕助理展現了大無畏的精神，施展了編輯教戰手冊中的第一招——緊迫盯人。看他們如此生吞活剝地貫徹我所傳授的編輯要法，心裡確實七上八下，但礙於工作繁雜，實在無法事必躬親，也只好讓他們各顯身手了。

　　縱使這些新手使出了全部力氣，無奈工作的難度指數偏高，進度遇到瓶頸，大夥有些喪氣，這時就得靠意志力及精神鼓舞了。我曉以大義的說，他們正在光榮地參與一個重要的文學工程，絕對不可輕言放棄。

成果

　　雖然過程是如此艱辛，可是終究看到豐美的成果。每位編選者雖然忙碌，但面對自己負責的作家資料彙編，卻是一貫地認真堅持。他們每人必須面對上千或數百筆作家評論資料，挑選重要或關鍵性的評論文章，全面閱讀，然後依照編選原則，挑選評論文章。助理們此時不僅提供老師們所需要的支援，統計字數，最重要的是得找到各篇選文作者，取得同意轉載的授權。在進度流程初估時，我們錯估了此項工作的難度，因為許多評論文章，發表至今已有數十年的光景，部分作者行蹤難查，還得輾轉透過出版社、學校、服務單位，尋得蛛絲馬跡，再鍥而不捨地追蹤。

　　除了挑選評論文章煞費苦心外，每個作家生平重要照片，我們也是採高標準的方式去蒐集，過世作家家屬、友人、研究者或是當初出版著作的出版社，都是我們徵詢的對象。認真誠懇而禮貌的態度，讓我們獲得許多從未出土的資料及照片，也贏得了許多珍貴的友誼。例如楊逵的兒子楊建、孫女楊翠，龍瑛宗的兒子劉知甫，張文環的女兒張玉園，楊熾昌的兒子楊皓文，鍾理和的兒子鍾鐵民、孫女鍾怡彥及鍾舜文，梁實秋的女兒梁文薔，呂赫若的兒子呂芳卿、呂芳雄等，我們和他們一起回憶他們的父祖輩可敬可愛的文學人生。

　　閱讀諸篇評論文章，對先民所處的時代有更多的同情與瞭解。從日本研究臺灣文學的學者尾崎秀樹〈臺灣文學備忘錄——臺灣作家的三部作品〉一文中，可以清楚瞭解臺灣人作家對日本殖民統治的意識，乃由抵抗而放棄以至屈服的傾斜過程。向陽認為，其中也能發現少數因主流思潮的覆蓋而晦暗不明的作家，例如不為時潮所動，堅持以超現實主義書寫的楊熾昌。然而經過時間的考驗，曾經孤獨的創作者，終究確立了他在臺灣文學史上的地位。

　　在閱讀中，許多熟悉的名字不斷出現。1962 年，張良澤以一個成大中文系學生的身分，拜訪了鍾理和遺孀，且立下了今後整理臺灣文學史料的

志業。1977 年 9 月，張良澤主編的《吳濁流作品集》，堂堂六冊由遠行出版。1979 年 7 月，鍾肇政、葉石濤、張恆豪、林梵、羊子喬等人編纂《光復前臺灣文學全集》，由遠景出版，這些作家、學者、出版家，都爲早期臺灣文學的研究貢獻了心力。

1987 年 7 月臺灣解嚴，臺灣文學研究的風潮日漸蓬勃。1990 年 4 月 23 日，《民眾日報》策劃「呂赫若專輯」，標題爲〈呂赫若復出〉；1991 年前衛出版社林文欽出版「臺灣作家全集・短篇小說卷・日據時代」；1997 年自真理大學開始，臺灣文學系所紛紛成立，臺灣文學體制化的脈動，鼓舞了學院師生積極從事日治時期臺灣文學史料的蒐集。這股風潮正如陳萬益所言，不只是文獻的出土，也是一種心態的解嚴，許多日治時期作家及其家屬，終於從長期禁錮的氛圍中解放。許俊雅認爲，再加上當初以日文創作的作家作品，也在 1990 年代後被逐漸翻譯出來，讀者、研究者在一個開放的空間，又免除語文的障礙，而使臺灣文學研究開始呈現多元的風貌。

1990 年開始，各地縣市文化中心（文化局），對在地作家作品集的整理出版，以及臺灣文學館成立後對日治時期作家以迄當代重要作家全集的編纂，對臺灣文學之作家研究，也有了很好的促進作用。《鍾理和全集》、《鍾肇政全集》、《楊逵全集》、《張文環全集》、《呂赫若日記》、《葉石濤全集》、《龍瑛宗全集》，如雨後春筍般持續展開。「臺灣意識」的興起，使本土文學傳統快速的納入出版與研究行列。

每位編選者除了概述作家的研究面向外，均有獨到的觀察與建議。陳建忠細論賴和及其文學接受史的演變歷程後，建議未來研究者回歸到賴和文學本體與專業研究方向；張恆豪除抽絲剝繭細述「吳濁流學」的接受及演變歷程外，並建議幾個有關吳濁流及《亞細亞的孤兒》尚待關注及努力的議題；須文蔚建議未來的研究者，可從紀弦 1950～1960 年跨區域文學傳播角度出發，彙整紀弦對上海、香港、臺灣及東南亞華文地區詩歌的影響；或從紀弦主編過的《火山》詩刊、《新詩》月刊等著手，從文學社會學

或文學傳播的角度出發。柳書琴、張文薰為顧及張文環多元面向，除一般期刊論文外，亦選譯尚未譯介的論文，希望展示海內外不同世代之路徑與成果；應鳳凰以深入 50 年代文本的研究基礎，將鍾理和的研究收納得更為寬廣。彭瑞金則分別對葉石濤及鍾肇政進行深入細膩的研究，以及熟稔精密的剖析，他認為葉石濤文學是長期累積的成果，他所選錄的 20 篇葉石濤相關評論文章，代表各種背景的評論者、評介者閱讀葉石濤文學的方法；而鍾肇政上千筆的研究資料，呈現的多是鍾肇政文學的外圍研究，較少從文學的角度去探求解析。清理分析成果後，才可以作為續航前進的動力。

然而在近二十年本土文學興盛的臺灣文學研究中，是不是也有遺漏與偏失？陳信元的〈兩岸梁實秋研究述評比較〉，也足以讓我們思考。陳義芝除肯定覃子豪詩藝的深度與厚度，以及對後繼青年的影響外，如果從文獻蒐集、詮釋的角度來看，他認為覃子豪研究仍有尚未開發的議題。

學者兼作家的周芬伶，對琦君的剖析與論述細微而生動，她細膩的文字觀察，清楚道出琦君研究的未到之處；張瑞芬則以明快的文字，將林海音一生的創作、出版與編輯完整帶出，也比較了評論者對林海音小說、散文表現的不同看法，相同的則是林海音編輯生涯中對作家的提攜與貢獻。

期待

感謝臺灣文學館持續支持推動這兩個專案的進行。「臺灣現當代作家評論資料目錄」的完成，呈現的是臺灣文學研究的總體成果；「臺灣現當代作家研究資料彙編」套書的出版，則是呈現成果中最精華最優質的一面，同時對未來的研究面向與路徑，做最好的建議。我們可以很清楚的體會，這是一條綿長優美的臺灣文學接力賽，我們十分榮幸能參與其中，我們更珍惜在傳承接力的過程，與我們相遇的每一個人，每一件讓我們真心感動的事。我們更期待這個接力賽，能有更多人加入。誠如張恆豪所說「從高音獨唱到多元交響」，這是每一個人所期待的。

編輯體例

一、本書編選之目的，爲呈現梁實秋生平、著作及研究成果，以作爲臺灣文學相關研究、教學之參考資料。

二、全書共五輯，各輯內容及體例說明如下：

輯一：圖片集。選刊作家各個時期的生活或參與文學活動的照片、著作書影、手稿（包括創作、日記、書信）、文物。

輯二：生平及作品，包括三部分：

1.小傳：主要內容包括作家本名、重要筆名，生卒年月日，籍貫，及創作風格、文學成就等。

2.作品目錄及提要：依照作品文類（論述、詩、散文、小說、劇本、報導文學、傳記、日記、書信、兒童文學、合集）及出版順序，並撰寫提要。不收錄作家翻譯或編選之作品。

3.文學年表：考訂作家生平所進行的文學創作、文學活動相關之記要，依年月順序繫之。

輯三：研究綜述。綜論作家作品研究的概況，並展現研究成果與價值的論文。

輯四：重要文章選刊。選收國內外具代表性的相關研究論文及報導。

輯五：研究評論資料目錄。收錄至 2010 年 10 月底止，有關研究、論述臺灣現當代作家生平和作品評論文獻。語文以中文爲主，兼及日文和英文資料。所收文獻資料，以臺灣出版爲主，酌收中國大陸、香港、日本和歐美國家的出版品。內容包含三部分：

1.「作家生平、作品評論專書與學位論文」下分爲專書與學位論文。

2.「作家生平資料篇目」下分爲「自述」、「他述」、「訪談」、「年表」、「其他」。

3.「作品評論篇目」下分爲「綜論」、「分論」、「作品評論目錄、索引」、「其他」。

目次

輯一◎圖片集
影像◎手稿◎文物

北平清華學校，此為一留美培訓學校，學制採八年一貫制，學生畢業後即赴美留學。
梁實秋於1914年依照父親意願，以第一名成績考入此校。（梁文薔提供）

1916年，清華學校幼年音樂團同學合影。右起為郭殿邦、佚名、吳去非、梁實秋、
Miss Seeley、胡光澄、趙敏恆、梅暘春、吳魯強、李先聞、熊式一、項諤、孫福麟。
（梁文薔提供）

1922年，梁實秋攝於
赴美留學前一年。
（梁文薔提供）

1923年，梁實秋與留美同學合影。前排右二起為梁
實秋、陳肇彰、王國華；後排右起為趙敏恆、聞一
多、麥健曾、謝奮程、盛斯民。（梁文薔提供）

1926年秋，梁實秋攝於美國求學
的最後一站──哥倫比亞大學。
（梁文薔提供）

1926年8月27日，梁實秋與程季淑攝於北平照相館，此
為二人婚前唯一合照。（梁文薔提供）

1927年2月11日，梁實秋和程
季淑於北京歐美同學會館完
婚。（梁文薔提供）

1927年12月，與夫人程季淑和剛出世不久的
長女梁文茜合影。（梁文薔提供）

抗戰前，梁實秋與夫人程季淑
攝於北平。（梁文薔提供）

1937～1945年抗戰期間，與清華同學合影。前排右一為
吳景超；後排右起為梁實秋、徐宗涑。（梁文薔提供）

1937～1945年抗戰期間梁實秋廣播照。攝於
「大後方」，也就是未被日本人佔領的地區。
（梁文薔提供）

約於1940年代，梁實秋（右一）與四弟梁治明合
影。（梁文薔提供）

1946年，梁實秋全家合影。前排右三起為程季淑、梁實秋父親梁咸熙、母親沈舜
英；後排右一、二為梁實秋長女梁文茜、子梁文麒，右四為梁實秋，左一為幼女梁
文薔。（梁文薔提供）

1948年冬，梁實秋（後排右二）與同船難友於湖北輪上合影。前排左一為幼女梁文
薔，後排右一為程靖宇教授。（梁文薔提供）

攝於1948年左右，此時梁實秋接
受廣州中山大學校長陳可忠聘為
該校外文系教授。（梁文薔提供）

1949～1951年間，梁實秋（左）與林挺生父親林提灶合
影於中山北路林挺生家中的菊花圃。（梁文薔提供）

攝於梁實秋任教臺灣省立師範大學期間，是唯一一張教書照
片。（梁文薔提供）

1950年，梁實秋夫婦和即將出國的女兒梁文薔
（左一）合影於松山機場。（梁文薔提供）

1959年6月8日，梁實秋（左）與胡適合影於南港中央研究院。（梁文薔提供）

梁實秋（左一）夫婦與遠東圖書公司創辦人浦家麟合影。拍攝時間不詳。（遠東圖書公司提供）

1964年4月23日，梁實秋（右一）與文友合影於莎士比亞誕辰四百週年紀念會。左起依序為英千里、余光中、楊景邁。（梁文薔提供）

1967年8月6日，梁實秋夫婦（前排坐者）於莎士比亞全集出版慶祝會上和家人合影。後排立者左起為女兒梁文薔、女婿邱士燿，前排兩位小男孩為梁實秋孫兒，左為邱君邁、右為邱君達。（梁文薔提供）

梁實秋與文友合影。拍攝時間不詳。前排左起依序為蔣復璁、梁實秋、左舜生，右一為吳大猷；後排右起為劉紹唐、許倬雲、沈雲龍。（梁文薔提供）

1970年3月，梁實秋為程季淑慶祝七十壽辰，並留影作為結婚43週年紀念。（梁文薔提供）

1973年5月4日，梁實秋夫婦與何懷碩合影於臺北安東街寓所前。（何懷碩提供）

1974年5月，程季淑因意外死亡葬於西雅圖槐園，梁實秋於此悼念亡妻。（梁文薔提供）

1974年，梁實秋（左）於喪妻後，和前來西雅圖探視的陳達遵合影於梁文薔居所前。（梁文薔提供）

1974～1975年間，與文友至北投洗溫泉留影。左起依序為彭歌、林海音、梁實秋、侯榕生、何凡、琦君、葉曼。（文訊資料室）

1975年3月29日，梁實秋（左）自西雅圖處理完亡妻程季淑的訴訟官司返臺，韓菁清前往桃園中正機場迎接，二人首次合影。（翻攝自葉永烈《傾城之戀——梁實秋、韓菁清忘年之戀》，業強出版社）

1976年，梁實秋攝於西雅圖住所客廳。（梁文薔提供）

梁實秋在西雅圖的居所。（梁文薔提供）

1982年6月，梁實秋於西雅圖和闊別34年未見的女兒梁文茜（左一）會面。右一為幼女梁文薔。（梁文薔提供）

1982～1983年間，梁實秋夫婦與愛貓「白貓王子」與「黑貓公主」合影。（文訊資料室）

1985年12月22日，梁實秋（中立者）觀子梁文麒（右）與好友沈宗翰之子沈君山（左）下棋。（丘彥明提供）

1985年，梁實秋（左）與夏志清合影。時值夏志清抵臺擔任聯合報小說獎決選評審委員，特別登門拜訪梁實秋，二人相談甚歡，梁實秋遂將著作《英國文學史》簽名贈送。（丘彥明提供）

1987年，梁實秋（右）與丘彥明（中）、陳之藩（左）餐敘合影。（丘彥明提供）

序言

本人主編的「最新實用英漢辭典」於民國六十年五月出版，因內容適合讀眾需要，檢查比較方便，深受大眾推許。關於六十六年十二月刊行修正版，後於七十一年十月再行修正，務求改進以期臻完美。現在為了讀者便於取攜，特重行排版，發行此一袖珍漢英辭典，由遠東圖書公司編輯部同仁精心編訂，以嶄新面貌呈獻於讀者之前。

袖珍本的漢英辭典，顧名思義，旨在縮小體積，由原有之一千三百餘頁，縮減至八百餘頁。但原有之七千三百餘單字，並未刪減，僅將罕有之冗詞成語之比較不大常用者酌量刪汰，故體積縮小而使用價值未受很大影響。

編輯辭典最重要事項之一便是要檢查便利。我們採用部首分列的方式是經過慎重考慮的。部首分列的方式是大眾比較最熟習的，雖然不是完全理想的。為了彌補其缺失，我們另列有四項索引，用者稱便。現在我們仍保留其中三種，僅刪去"筆畫部音索引"一種。

敬祈歡迎讀者指正。

梁實秋
七十三年七月一日

60P 反達狀

梁實秋編纂《最新實用英漢辭典》序文手稿。（梁文薔提供）

小乘名君達小弟名君邁進、戲畫前嬉
笑人一變小乘似斯文小弟善作態聲上我
瞌頭泥我談鬼怪孫猴降妖武松除虎害
不厭幾回程細說一而再爾樂此不疲我忘年
快速秋風起惜別愁苦余顧汝樂且康峰蝶
海天外行別父再將阿婆萊
卅七年十月　梁實秋時年六十有七

梁實秋題贈孫兒邱君達、邱君邁之墨跡。
（梁文薔提供）

1980年，梁實秋將1975年為幼女梁文薔所作的詩詞書寫留存。（梁文薔提供）

1986年梁實秋書寫梁文麒創作詩句之墨跡。（梁文薔提供）

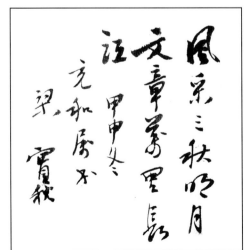

1944年梁實秋為張充和於四川北碚題字墨跡。（梁文薔提供）

梁實秋抄寫《中庸》一節。（梁文薔提供）

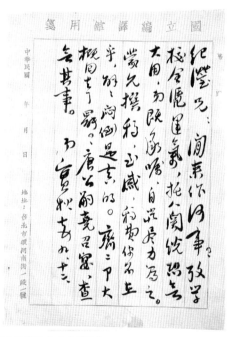

梁實秋致陳紀瀅信函手稿。（何創時書法藝術基金會提供）

梁實秋致蔡文甫信函之一。（國立臺灣文學館提供）　　梁實秋致蔡文甫信函之二。（國立臺灣文學館提供）

梁實秋畫梅。（梁文薔提供）

梁實秋北平舊居圖。由姜增亮繪製，並由趙柏巍增添鐘、鼓樓，梁實秋幼女
梁文薔再為其修潤色調，是梁實秋甚為喜愛的珍藏品。（梁文薔提供）

梁實秋《雅舍小品》圖章。
（梁文薔提供）

梁實秋青島故居紀念石碑。（梁文薔提供）

梁實秋在遠東圖書公司的重要翻譯作品「莎士比亞全集」。（遠東圖書公司提供）

輯二◎生平及作品

小傳◎作品◎年表

小傳

梁實秋 （1903～1987）

　　梁實秋，男，本名梁治華，字實秋，筆名秋郎、子佳、程淑等，籍貫浙江錢塘，1903 年 1 月 6 日（農曆 12 月 8 日）生於北京市，1949 年 6 月來臺，1987 年 11 月 3 日辭世，享年 85 歲。

　　北平清華學校高等科畢業，1923 年至美國就讀科羅拉多大學，畢業後赴哈佛大學、哥倫比亞大學進行研究。1926 年修業結束返回南京，與胡適、徐志摩等人在上海創辦新月書店，擔任總編輯，並於 1928 年 3 月發行《新月》月刊。曾先後任教於東南大學、暨南大學、青島大學、北京師範大學等校，且膺選為國民參政會參政員、教育部教科書編輯委員會常務委員、中小學教科書組主任。在中國主編過《大江季刊》、《時事新報》「青光」副刊、《新月》月刊、《益事報》「文學週刊」、《世界日報》「學文週刊」、《北平晨報》「文藝」副刊、《中央日報》「平明」副刊、《益事報》「星期小品」等刊物。並於 1935 年創辦《自由評論》週刊，且為《星期評論》、《世紀評論》撰寫「雅舍小品」專欄。來臺後，曾任國立編譯館人文組主任、代理館長，以及臺灣省立師範學院英語系教授、系主任，並於該校改制為臺灣省立師範大學後擔任文學院院長及英語研究所所長，從事教育事業逾 40 年，於 1966 年退休。

　　梁實秋創作文類遍及論述、詩、散文、小說。對文壇與學術之貢獻，主要表現在五個方面：其一為散文創作，《雅舍小品》系列尤為卓絕，其主

張爲文「要深、要遠，就是不要長」，必須知所割愛，強調「把枝蔓的地方通通削去，由博反約。」故余光中謂其文字精鍊，帶有儒家君子的溫柔敦厚，在情趣與理趣之間，形成抒情議論並重的文風。其次爲西洋文學的譯介，尤以翻譯 40 冊「莎士比亞全集」爲重。梁實秋自稱譯筆「忠於原文」，且「絕不刪略原文如某些時人之所爲」，學者梁立堅更指其文字擅長靈活轉化，求真與喻俗並重，謂其譯作「代表我國翻譯史的一個進程，具有指標性的意義。」第三，梁實秋在文學批評上筆耕不輟，論述文章遍及各式刊物，深受白璧德「新人文主義」影響，針對文學本質、新文學趨勢、翻譯技巧以及西洋文學精神均有真知灼見。學者侯健曾言：「梁先生思想純正，立論精闢，學養豐富，是『五四』時代和 1930 年代很重要的代表人物。」第四，就學術研究而言，歷時七年戮力編纂《英國文學史》、《英國文學選》，並爲遠東圖書公司主編各式辭典，其勞心苦耘對莘莘學子及國外學人皆有所助益。在教育方面，梁實秋畢生從事英語教學，自大陸時期至播遷來臺於師大任教，堅守杏壇逾 40 年，可說桃李滿門，及門英彥遍布海內外。於臺師大任教 17 年間，他先後設立英語教學中心和國語教學中心，引進新式教學法並開啓研究華語的熱潮，直接受教與間接獲益的弟子更是不可勝數。

擁有深厚的英國文學修養，於中文舊學亦紮根甚深，梁實秋悠遊於各式文體，甚至在翻譯文學之上開疆拓土，樹立濃厚的個人行文風格，鄭騫稱梁實秋「學貫中西」，沈謙亦言其「從浪漫的熱情到古典的清明，悠遊古今，出入中外，兼具傳統文人的氣質與現代學者的活力，以游於藝的書卷氣取代迂腐和寒酸，從來沒有拿學問折磨自己，更沒有以文藝驕人，他是在享受學問、玩文藝，尋味生活的藝術。」

作品目錄及提要

【論述】

冬夜草兒評論（與聞一多合著）
北京：清華文學社
1922 年 11 月，32 開，98 頁
清華文學社叢書第一種

本書為聞一多和梁實秋分別對康白情《草兒》詩集與俞平伯《冬夜》詩集所做的評論。全書收錄聞一多〈《冬夜》評論〉、梁實秋〈《草兒》評論〉。

新月書店

麗明出版社

文星書店

大林出版社

浪漫的與古典的
上海：新月書店
1927 年 6 月，32 開，174 頁

香港：麗明出版社
1927 年 6 月，新 25 開，131 頁

臺北：文星書店
1965 年 4 月，40 開，156 頁
文星叢刊 155

臺北：大林出版社
1969 年 11 月，40 開，156 頁
大林文庫 26

臺北：時報文化出版公司
1986 年 2 月，32 開，237 頁
人間叢書 83

臺北：水牛出版社
1986 年 10 月，32 開，156 頁
創作選集 44

本書為梁實秋對於中、西方文學思維及看

時報文化出版公司　　水牛出版社

法的闡述,並透過古典與浪漫風格的角度做進一步的分析。1927 年麗明版收錄〈現代中國文學之浪漫的趨勢〉、〈戲劇藝術辨正〉等九篇文章。

1965 年文星版、1986 年水牛版與麗明版內容相同。

1969 年大林版新增〈文學的紀律〉、〈何瑞思之詩的藝術〉、〈王爾德的唯美主義〉三篇。

1986 年時報文化版將《浪漫的與古典的》與《文藝批評論》兩書合為一冊。分為兩輯,收錄〈現代中國文學之浪漫的趨勢〉、〈戲劇藝術辨正〉、〈詩與圖畫〉等 20 篇。

文學的紀律

上海:新月書店
1928 年 5 月,32 開,157 頁

上海:商務印書館
1928 年,32 開,129 頁

本書以「實秋」為作者名,集結早期發表於《時事新報》文藝週刊、《現代評論》、《新月》月刊等刊物之文章,內容以文學思想的探討為主。全書收錄〈文學的紀律〉、〈何瑞思之《詩的藝術》〉等十篇文章。正文前有作者〈序言〉。

約翰孫

上海:中華書局
1934 年 3 月,32 開

臺北:臺灣商務印書館
1934 年,32 開

正中書局

偏見集

南京:正中書局
1934 年 7 月,32 開,304 頁
中國文藝社叢書

臺北:文星書店
1964 年 6 月,40 開,222 頁
文星叢刊 51

臺北：大林出版社
1969 年 7 月，40 開，223 頁
大林文庫 16

臺北：水牛出版社
1986 年 10 月，32 開，223 頁
創作選集 41

臺北：時報文化出版公司
1986 年 12 月，32 開，197 頁
人間叢書 84

本書集結早期發表於《新月》月刊及其它刊物上的文章。全書收錄〈文學與革命〉、〈文學是有階級性的嗎？〉、〈文人有行〉、〈論詩的大小長短〉等 31 篇文章。
1964 年文星版、1969 年大林版、1986 年水牛版與正中版內容相同。正文前新增作者〈重印《偏見集》序〉。
1986 年時報文化版刪減〈主與奴〉、〈資本家與藝術品〉、〈論第三種人〉、〈一個評詩的標準〉、〈詩與偉大的詩〉、〈文學與大眾〉、〈詩與迷信〉七篇。正文前有作者〈序〉。

文星書店

大林出版社

水牛出版社

時報文化出版公司

文藝批評論

上海：中華書局
1934 年 7 月，32 開，125 頁
中華百科叢書

本書論述中、西方各時期主要的文藝思想及演變過程。全書分為「緒論」、「古典的批評——希臘時代」等八章。正文前有〈總序〉、〈自序〉、〈編輯凡例〉，正文後附錄參考書目、〈中文名詞索引〉、〈西文名詞索引〉。

美國是怎樣的一箇國家（與張芳杰合著）

臺北：復興書局
1954 年 12 月，32 開，92 頁

本書爲高中公民科補充教材。全書分爲「簡史」、「地理」等十章，收錄〈飄過大洋的種子〉、〈地形與地勢〉、〈人種大鎔爐〉、〈中央政府的組織〉等 37 篇文章。

文星書店

愛眉文藝出版社

時報文化出版公司

傳記文學出版社

文學因緣

臺北：文星書店
1964 年 1 月，40 開，307 頁
文星叢刊 31

臺北：愛眉文藝出版社
1970 年 11 月，40 開，148 頁
愛眉文庫 1

臺北：時報文化出版公司
1986 年 12 月，32 開，264 頁
人間叢書 85

臺北：傳記文學出版社
1988 年 1 月，32 開，148 頁
傳記文學叢書 104

本書集結《東方雜誌》及來臺之後所寫的文章。全書收錄〈文學的美〉、〈批評家之皮考克〉、〈莎士比亞研究之現階段〉等 26 篇文章。
1970 年愛眉文藝版節選文星版的文章，收錄〈文學的美〉、〈批評家之皮考克〉等 11 篇。
1986 年時報文化版刪減文星版〈中國文學作品之英譯〉、〈《沉思錄》序〉、〈重印《西瀅閒話》序〉三篇，重排新版，改爲 32 開。正文前有〈序〉。
1988 年傳記文學版與愛眉文藝版內容相同。

略談中西文化

臺北：進學出版社
1970 年 1 月，40 開，215 頁
中西現代名家選集 3

本書以梁實秋對於中西方文化、教育以及文學思想的探討為主
軸。全書收錄〈關於莎士比亞之翻譯〉、〈我對討論中西文化問
題的建議〉、〈自信力與誇大狂〉、〈讀經問題我見〉等 35 篇文
章。正文前有〈「中國現代名家選集」緣起〉、〈作者簡介〉。

梁實秋論文學

臺北：時報文化出版公司
1978 年 9 月，32 開，690 頁
時報書系 134

本書精選多篇文學評論。全書分為「浪漫的與古典的」、「文藝
批評論」、「偏見集」、「文學因緣」四輯，收錄〈現代中國文學
之浪漫的趨勢〉、〈戲劇藝術辨正〉、〈與自然同化〉、〈喀賴爾的
文學批評觀〉、〈亞里士‧多德以後之希臘文學批評〉等 67 篇
文章。

永恆的劇場──莎士比亞

臺北：時報文化出版公司
1983 年 8 月，25 開，348 頁
世界歷代經典寶庫 9

本書為梁實秋對於莎士比亞及其作品的研究論述。全書收錄
〈暴風雨〉、〈維洛那二紳士〉、〈溫莎的風流婦人〉、〈惡有惡
報〉等 40 篇文章。正文前有〈著者簡介〉、〈文物選粹〉、〈致
讀者書〉、〈導論〉、〈正文〉、〈莎士比亞略傳〉、〈莎士比亞的作
品〉，正文後有梁實秋譯原典精選 16 篇、〈年表〉、〈推薦書
目〉、〈中外名詞對照表〉。

浪漫的與古典的文學的紀律

北京：人民文學出版社
1988 年 4 月，32 開，207 頁
中國現代作品原本選印

【散文】

新月書店

遠東圖書公司

罵人的藝術（署名秋郎）

上海：新月書店
1927 年 10 月，32 開，134 頁
新月派文學作品專輯 3

臺北：遠東圖書公司
1994 年 4 月，25 開，161 頁

本書集結早期於《時事新報》「青光」副刊所發表的文章，內容主要以詼諧幽默的手法暗諷社會現實。全書收錄〈罵人的藝術〉、〈生病與吃藥〉、〈花錢與受氣〉、〈蚊子與蒼蠅〉等 46 篇文章。正文後有〈住一樓一底房者的悲哀〉。

1994 年遠東重排新版，改為 25 開，正文後新增〈後記〉，及附錄〈我與「青光」〉、〈《罵人的藝術》英文本全文〉二篇。

正中書局

遠東圖書公司 1968

上海書店

中國文聯出版社

雅舍小品

臺北：正中書局
1949 年 11 月，32 開，183 頁
正中文藝叢書

臺北：遠東圖書公司
1968 年 10 月，32 開，318 頁
時昭瀛譯

上海：上海書店
1987 年 12 月，32 開，139 頁
中國現代文學史參考資料

北京：中國文聯出版社
1993 年 10 月，32 開，121 頁
中國現代散文名家名作原版庫 20

臺北：遠東圖書公司
1997 年 10 月，25 開，385 頁
時昭瀛譯

廣州：新世紀出版社
1997 年，32 開，244 頁
現代名家經典第一輯

遠東圖書公司 1997

新世紀出版社

北京：文化藝術出版社
1998 年 8 月，大 32 開，481 頁

北京：解放軍文藝出版社
2000 年 7 月，大 32 開，424 頁

呼和浩特：內蒙古人民出版社
2004 年，25 開，314 頁

廈門：鷺江出版社
2007 年，32 開，136 頁

本書集結抗戰時期前後發表在《星期評
論》、《世紀評論》的專欄文章，以自然細
膩、幽默詼諧的文字，描寫日常生活的瑣
事，反映出平淡生活中的趣味。全書收錄
〈雅舍〉、〈孩子〉、〈音樂〉等 34 篇文章。
正文前有作者〈序〉。
1968 年、1997 年遠東版新增各篇之英譯，
重排爲中英對照版。

文化藝術出版社

鷺江出版社

雅舍小品續集

臺北：正中書局
1973 年 10 月，14.7×18.6 公分，119 頁
正中文藝叢書

本書爲《雅舍小品》系列散文第二部，以幽默風趣的文字，描
述日常生活的所見所聞，以及對於事物的體會。全書收錄
〈舊〉、〈洗澡〉、〈樹〉、〈讀畫〉等 32 篇文章。

雅舍小品三集

臺北：正中書局
1982 年 8 月，14.7×18.6 公分，174 頁
正中文藝叢書

本書爲《雅舍小品》系列散文第三部，以幽默風趣的文字，描
述日常生活的所見所聞，以及對於事物的體會。全書收錄〈書
房〉、〈送禮〉、〈排隊〉、〈爆竹〉等 37 篇文章。

雅舍小品四集

臺北：正中書局
1986 年 5 月，14.7x18.6 公分，178 頁
正中文藝叢書

本書爲《雅舍小品》系列散文第四部，以幽默風趣的文字，描述日常生活的所見所聞，以及對於事物的體會。全書收錄〈讓〉、〈「啤酒」啤酒〉、〈守時〉、〈對聯〉等 40 篇文章。

雅舍小品選

北京：人民日報出版社
1987 年，32 開，114 頁

梁實秋雅舍小品全集

上海：上海人民出版社
1993 年 7 月，25 開，459 頁

全書分爲四集，收錄〈雅舍〉、〈舊〉、〈書房〉、〈讓〉、〈孩子〉等 143 篇文章。正文前有葉永烈〈代序——我看梁實秋〉、業雅〈原序〉，正文後有葉永烈〈後記〉。

雅舍小品補遺（1928～1948）／陳子善編

臺北：九歌出版社
1997 年 11 月，32 開，242 頁
九歌文庫 479

本書集結 1928～1948 年間，以各種筆名所發表的散文佚作。全書分爲上、下輯。上輯以刻畫人性、人情描寫爲主，下輯則多爲懷舊憶往之作。全書收錄〈紐約的舊書鋪〉、〈冬天〉、〈悼朱湘先生〉、〈大沽口外〉等 40 篇文章。正文前有梁文騏〈是先父而立、不惑時期的作品〉，正文後有陳子善〈《星期小品》與「雅舍」佚文〉、〈遺落的明珠——新發現的雅舍佚文瑣談〉、〈爲了紀念梁實秋逝世十周年〉。

雅舍小品──梁實秋的經典散文

臺北：正中書局
2002 年 5 月，40 開，227 頁
輕經典 14

本書精選梁實秋《雅舍小品》系列散文。全書收錄〈雅舍〉、〈孩子〉、〈音樂〉、〈信〉等 34 篇文章。正文前有單小琳〈永不落架的書〉、陳怡真〈輕鬆，是一種態度〉、翁敏芳〈書中自有真趣味〉、龔業雅〈序〉。

雅舍小品選集‧卷一／陳達遵編譯

香港：香港中文大學
2005 年 3 月，新 25 開，380 頁

本書爲雅舍小品系列散文中英對照版。全書分爲「雅舍小品初集」、「雅舍小品續集」兩部分，收錄〈雅舍〉、〈孩子〉、〈舊〉、〈洗澡〉等 34 篇文章。正文前有陳達遵〈導論〉，正文後有陳達遵〈A Chronology of Mr. Liang Shih-chiu〉。

雅舍小品選集‧卷二／陳達遵編譯

香港：香港中文大學
2006 年 1 月，新 25 開，428 頁

本書爲雅舍小品系列散文中英對照版。全書分爲「雅舍小品三集」、「雅舍小品四集」兩部分，收錄〈醃豬肉〉、〈蘿蔔湯的啓示〉、〈守時〉、〈圖章〉等 37 篇文章。正文前有陳達遵〈導論〉，正文後有陳達遵〈A Chronology of Mr. Liang Shih-chiu〉。

雅舍小品（上）、（下）

天津：天津教育出版社
2006 年 6 月，18 開，210、255 頁
梁實秋作品經典

本書分爲上、下兩冊。上冊集結《雅舍小品》、《雅舍小品續集》二書，收錄〈雅舍〉、〈孩子〉、〈舊〉、〈洗澡〉等 66 篇文章；下冊集結《雅舍小品三集》和《雅舍小品四集》二書，收錄〈書房〉、〈送禮〉、〈讓〉、〈「啤酒」啤酒〉等 77 篇文章。

實秋自選集

臺北：勝利出版社
1954 年 10 月，32 開，154 頁

臺北：神州出版社
1959 年 5 月，154 頁

本書包含文藝思想論述、文學評論、生活雜感以及憶舊散文。
全書分爲四輯，收錄〈現代中國文學之浪漫的趨勢〉、〈文學與
革命〉、〈雅舍〉等 29 篇文章。

梁實秋選集

臺北：新陸書局
1961 年 1 月，32 開，154 頁

本書集結早期散文作品。全書分爲四輯，收錄〈現代中國文學
之浪漫的趨勢〉、〈文學與革命〉、〈雅舍〉等 29 篇文章。正文前
有〈序〉。

文星書店 1963

大林出版社

水牛出版社

文星書店 1987

秋室雜文

臺北：文星書店
1963 年 9 月，40 開，159 頁
文星叢刊 1

臺北：大林出版社
1969 年 6 月，40 開，158 頁
大林文庫 6

臺北：水牛出版社
1983 年 12 月，32 開，192 頁
創作選集 8

臺北：文星書店
1987 年 10 月，25 開，168 頁

本書主要爲議論性散文，兼及懷鄉憶舊、生
活隨筆等題材。
各版本內容皆同，收錄〈平山堂記〉、〈早
起〉、〈駱駝〉、〈送禮〉等 35 篇文章。1963
年、1987 年文星版正文後有〈後記〉。

傳記文學出版社
1978

傳記文學出版社
1969

秋室雜憶

臺北：傳記文學出版社
1969 年 12 月，40 開，154 頁
文史新刊 3

臺北：傳記文學出版社
1978 年 6 月，32 開，154 頁
傳記文學叢書 72

本書選入以憶舊作為題材的散文。全書收錄
〈我在小學〉、〈清華八年〉等六篇文章。正
文前有〈序〉，正文後附錄〈《草兒》評
論〉、〈苦雨淒風〉。
1978 年傳記文學版刪去原附錄，新增〈我
與「青光」〉、〈《新月》前後〉、〈略談新月與
新詩〉三篇。

大林出版社

仙人掌出版社

水牛出版社

實秋雜文

臺北：仙人掌出版社
1970 年 10 月，40 開，161 頁
仙人掌文庫 1

臺北：大林出版社
1982 年 6 月，32 開，161 頁
大林文庫 88

臺北：水牛出版社
1986 年 10 月，32 開，161 頁
創作選集 9

本書內容為對於人生百態及社會現象的雜談
與感想。全書收錄〈文人對時代的責任〉、
〈利用零碎時間〉、〈養成好習慣〉、〈舊〉等
30 篇文章。
1982 年大林版、1986 年水牛版與仙人掌版
內容相同。

關於魯迅

臺北：愛眉文藝出版社
1970 年 11 月，40 開，159 頁
愛眉文庫 2

本書主要描寫 1930 年代的作家風貌、分析當代文學思潮，並敘
述從事翻譯的過程與體會。全書收錄〈關於魯迅〉、〈「五四」與
文藝〉、〈莎士比亞之謎〉等 15 篇文章。

實秋文存

臺北：藍燈出版社
1971 年 2 月，40 開，214 頁
藍燈文叢之 1

本書針對教育與文化問題所寫，亦選入多篇書評、札記與雜
文。全書收錄〈整頓高等教育的幾點意見〉、〈我對討論中西文
化問題的建議〉、〈自信力與誇大狂〉等 26 篇文章。

西雅圖雜記

臺北：遠東圖書公司
1972 年 1 月，32 開，92 頁

臺北，遠東圖書公司
1997 年 10 月，25 開，104 頁

本書記錄梁實秋在西雅圖生活時期的所見所聞。全書收錄〈豆
腐干風波〉、〈山杜鵑〉、〈斯諾夸密瀑〉等 26 篇文章。正文前有
作者伉儷近照、旅遊照片。
1997 年遠東版爲重排新版，改爲 25 開。

看雲集

臺北：志文出版社
1974 年 3 月，32 開，114 頁
新潮叢書 15

本書內容爲回憶與友人之往來，以及悼念故友而寫下的篇章。
全書收錄〈憶豈明老人〉、〈胡適先生二三事〉等十篇文章。正
文前有作者〈自序〉。

看雲集
臺北：皇冠出版社
1984 年 8 月，32 開，200 頁
皇冠叢書第 1043 種

全書收錄〈懷念胡適先生〉、〈憶周作人先生〉等七篇文章。正
文後附錄〈郭沫若的一封信〉、〈朱自清的一首詩〉等七篇詩作
與信件。

遠東圖書公司

海南出版社

槐園夢憶
臺北：遠東圖書公司
1974 年 12 月，32 開，103 頁

海口：海南出版社
1993 年 7 月，32 開，694 頁
桂冠散文系列 1

北京：中國華僑出版社
1994 年 9 月，32 開，127 頁
中國現代作家自述文叢
陳漱渝、劉天華編

北京：華夏出版社
2002 年 1 月，17×11.3 公分，312 頁
圖冷斜陽文叢

南京：江蘇文藝出版社
2006 年 1 月，25 開，322 頁
大家散文文存・四輯
張昌華編

中國華僑出版社

華夏出版社

本書為作者懷念故妻程季淑之作，以樸實的
文字記錄兩人相識、結婚、歷經戰亂動盪、
生兒育女等過程，顯現兩人真摯深厚的情
感。正文前有梁實秋、程季淑生活照片。
1994 年中國華僑版新增〈清華八年〉一篇。
2002 年華夏版新增 50 篇文章。全書收錄
〈女人〉、〈男人〉、〈孩子〉、〈代溝〉、〈中
年〉等 51 篇。
2006 年江蘇文藝版新增 96 篇文章。全書分
為「雅士雅事」、「點亂煙茶」等八輯，收錄
〈雅舍〉、〈男人〉、〈怒〉、〈談禮〉、〈舊〉等
97 篇。正文前有梁文茜〈懷念先父梁實
秋〉，正文後有張昌華〈編後記〉。

江蘇文藝出版社

梁實秋自選集

臺北：黎明文化公司
1975 年 5 月，32 開，360 頁
中國新文學叢刊 1

本書內容包含文學理論、懷舊雜感等等。全書收錄〈現代中國文學之浪漫的趨勢〉、〈文學的紀律〉、〈雅舍〉、〈孩子〉等 45 篇文章。正文前有作者素描、照片及手跡，正文後有〈作品書目〉、〈作品評論引得〉。

梁實秋札記

臺北：時報文化出版公司
1978 年 8 月，32 開，276 頁
時報書系 135

本書集結於《中華日報》副刊「四宜軒雜記」專欄所發表的文章，內容以中、西方文學作家的生平軼事和作品評論為主。全書分為兩輯，收錄〈親切的風格〉、〈純文學〉、〈莎士比亞與性〉、〈讀杜記疑〉、〈《曾孟樸的文學旅程》〉等 60 篇文章。正文前有作者〈自序〉。

白貓王子及其他

臺北：九歌出版社
1980 年 1 月，32 開，257 頁
九歌文庫 35

本書包含生活隨筆、旅遊見聞、英詩翻譯及讀書札記。全書收錄〈白貓王子〉、〈疲馬戀舊秣，羈禽思故棲〉、〈北碚舊遊〉、〈圖特王墓寶藏展〉等 32 篇文章。

雅舍雜文

臺北：正中書局
1983 年 3 月，新 25 開，238 頁
正中散文系列 2

上海：上海人民出版社
1993 年 9 月，大 32 開，149 頁

北京：文化藝術出版社
1998 年 8 月，大 32 開，389 頁
雅舍文集

正中書局　　　上海人民出版社

文化藝術出版社

天津教育出版社

天津：天津教育出版社
2006 年 6 月，18 開，230 頁
梁實秋作品經典

本書以懷舊憶往、人物摹寫爲主要題材，並運用樸實真切的文字，細膩描繪生活周遭的人事物。全書收錄〈《咆哮山莊》的故事〉、〈群芳小記〉、〈貓話〉等 26 篇文章。正文前有顏元叔〈什麼是散文？誰知道！〉。

1993 年上海人民版與正中版內容相同。

1998 年文化藝術版刪減正中版《雅舍雜文》的〈「現代學人散記」新版序〉、〈方令孺其人〉、〈記黃際遇先生〉、〈悼念王國華先生〉、〈悼沈宗瀚先生〉、〈悼葉公超先生〉、〈憶周老師〉七篇文章，新增文星版《秋室雜文》、仙人掌版《實秋雜文》及傳記文學版《秋室雜憶》中的精選篇章。全書收錄〈群芳小記〉、〈貓話〉、〈平山堂記〉、〈利用零碎時間〉、〈我在小學〉等 68 篇。

2006 年天津教育版選入正中版《雅舍雜文》的〈群芳小記〉、〈漫談讀書〉、〈貓話〉、〈黑貓公主〉、〈聽戲、看戲、讀戲〉、〈莎士比亞的演出〉、〈談幽默〉、〈讀書苦？讀書樂？〉、〈火山！火山！〉九篇文章，新增仙人掌版《實秋雜文》、文星版《秋室雜文》中的精選篇章，以及梁實秋相關圖片。全書收錄〈群芳小記〉、〈漫談讀書〉、〈早起〉、〈駱駝〉、〈利用零碎時間〉等 65 篇。

九歌出版社 1985

百花文藝出版社

雅舍談吃

臺北：九歌出版社
1985 年 1 月，32 開，223 頁
九歌文庫 155

天津：百花文藝出版社
1992 年 7 月，32 開，148 頁

北京：文化藝術出版社
1998 年 8 月，大 32 開，385 頁

臺北：九歌出版社
2002 年 9 月，25 開，179 頁
九歌文庫 155

濟南：山東畫報出版社
2005 年 2 月，18 開，233 頁

天津：天津教育出版社
2006 年 6 月，18 開，206 頁
梁實秋作品經典

文化藝術出版社

九歌出版社 2002

臺北：九歌出版社
2009 年 7 月，18 開，222 頁
九歌文庫 155

本書以飲食爲主題，選入曾於《聯合報》副刊與《中華日報》副刊上發表的相關文章。全書收錄〈西施舌〉、〈火腿〉、〈醋溜魚〉、〈獅子頭〉、〈兩做魚〉等 57 篇文章。

1992 年百花文藝版刪減〈煎餛飩〉，共收錄 56 篇。

2002 年九歌版重排，正文後新增梁文薔〈談《雅舍談吃》〉。

山東畫報出版社

天津教育出版社

2005 年山東畫報增訂新版，新增 34 篇與飲食相關的文章。全書分爲「集內文」、「集外文」兩部分，收錄〈西施舌〉、〈火腿〉、〈醋溜魚〉、〈北平的零食小販〉、〈讀《媛珊食譜》〉等 91 篇，正文前新增宋益喬〈序言〉。

2006 年天津教育增訂新版（插圖典藏版），新增 19 篇與飲食有關的文章。全書分爲「吃在故鄉」、「吃在四方」、「吃東道西」三輯，收錄〈烤羊肉〉、〈燒鴨〉、〈醬菜〉、〈水晶燒餅〉、〈湯包〉等 76 篇。

2009 年九歌版重排，新增〈「麥當勞」〉等七篇；正文前有朱振藩新版序〈品高雅的味中味〉，正文後新增附錄 Elish〈用生命刻畫的美食散文〉。

九歌出版社 2009

雅舍談吃──梁實秋散文 86 篇／劉天華、高駿編

北京：中國商業出版社
1993 年 3 月，32 開，306 頁

本書集結談論飲食的散文，內容包含烹調的方法、中外各地的飲食風尚以及飲食的奇聞軼事。全書分爲「上編」、「下編」，收錄〈西施舌〉、〈火腿〉、〈豆腐干風波〉、〈康乃馨牛奶〉、〈吃在美國〉等 86 篇文章。

梁實秋談吃

哈爾濱：北方文藝出版社
2006 年 10 月，18 開，241 頁

本書內容除了《雅舍談吃》的 57 篇外，另加上曾在其他地方發表的 36 篇飲食相關文章。全書分爲「我吃，故我在」、「愛生活，愛飯桌」、「果然有好味」、「魚我所欲也」、「酒肉穿腸過」、「吃飽了就走」六卷。

雅舍譯叢

臺北：皇冠出版社
1985 年 2 月，32 開，372 頁
皇冠叢書第 1093 種

本書爲翻譯作品選集。全書收錄〈湯姆・歐珊特〉、〈資產與法律〉、〈伊納克・阿頓〉等 12 篇文章。

九歌出版社

群眾出版社

雅舍散文

臺北：九歌出版社
1985 年 6 月，32 開，250 頁
九歌文庫 167

北京：群眾出版社
1995 年 1 月，32 開，173 頁
臺灣名家散文叢書第一輯

北京：文化藝術出版社
1998 年 8 月，大 32 開，378 頁
雅舍文集

本書集結懷舊憶往、描寫物趣、生活雜感、閱讀心得以及文學評論等各種主題之散文。全書收錄〈廣告〉、〈聾〉、〈小花〉、〈麻將〉等 33 篇文章。
1998 年文化藝術版節選九歌版《雅舍散文》、《雅舍散文二集》與《西雅圖雜記》中的篇章集結成冊，收錄〈廣告〉、〈聾〉、〈日記〉、〈正朔〉、〈豆腐干風波〉等 85 篇。正文前有楊匡漢〈深文隱秀的夢裡家園——《雅舍文集》總序〉、梁文薔〈憶雅舍〉。

文化藝術出版社

雅舍散文二集

臺北：九歌出版社
1987 年 7 月，32 開，245 頁
九歌文庫 228

本書主要以懷舊憶往、生活雜感、讀後感等內容爲主，亦有翻譯經驗談、編輯序跋、訪談等文章。全書收錄〈日記〉、〈正朔〉、〈白貓王子八歲〉、〈鬍鬚〉等 30 篇文章。

雅舍懷舊——憶故知

北京：中國友誼出版公司
1986 年 4 月，32 開，212 頁

本書集結爲懷念友人而寫的散文，內容敘述多位友人的生平事跡、以及與友人們相處的回憶。全書收錄〈談聞一多〉、〈憶老舍〉等五篇文章。

梁實秋散文選集／徐靜波編

天津：百花文藝出版社
1988 年 12 月，新 25 開，231 頁
百花散文書系 48

天津：百花文藝出版社
2004 年 8 月，大 32 開，295 頁
百花散文書系

本書編選 1923～1985 年所寫的散文。全書收錄〈南游雜感〉、〈蚊子與蒼蠅〉、〈小聲些！〉、〈讓座〉、〈住一樓一底房者的悲哀〉等 59 篇文章。正文前有徐靜波〈序言〉。
2004 年百花文藝版爲重排新版，改爲大 32 開。

梁實秋文學回憶錄／陳子善編

長沙：岳麓書社
1989 年 1 月，32 開，459 頁
鳳凰叢書

本書主要內容爲文學創作的歷程與回憶。全書收錄〈我爲什麼要寫作〉、〈我是怎麼開始寫文學評論的？——《梁實秋論文學》序〉、〈影響我的幾本書〉、〈海嘯〉等 45 篇文章。正文後有陳子善〈編後瑣語〉。

梁實秋散文・第一集／劉天華、維辛編
北京：中國廣播電視出版社
1989 年 9 月，25 開，435 頁
二十世紀中國文化名人文庫

全書收錄〈雅舍〉、〈孩子〉、〈音樂〉、〈信〉、〈女人〉等 69 篇文章。正文前有陳漱渝〈《雅舍小品》現象——我觀梁實秋的散文〉、梁文茜〈懷念先父梁實秋〉。

梁實秋散文・第二集／劉天華、維辛編
北京：中國廣播電視出版社
1989 年 9 月，25 開，415 頁
二十世紀中國文化名人文庫

全書收錄〈我在小學〉、〈海嘯〉、〈琵琶記的演出〉、〈豆腐干風波〉、〈山杜鵑〉等 77 篇文章。

梁實秋散文・第三集／劉天華、維辛編
北京：中國廣播電視出版社
1989 年 9 月，25 開，373 頁
二十世紀中國文化名人文庫

全書收錄〈書房〉、〈送禮〉、〈排隊〉、〈爆竹〉、〈醃豬肉〉等 88 篇文章。

梁實秋散文・第四集／劉天華、維辛編
北京：中國廣播電視出版社
1989 年 9 月，25 開，308 頁
二十世紀中國文化名人文庫

全書收錄〈西施舌〉、〈火腿〉、〈醋溜魚〉、〈獅子頭〉、〈兩做魚〉等 90 篇文章。正文後附錄〈梁實秋先生年表〉。

梁實秋文選

臺北：文經出版社
1989 年 10 月，25 開，184 頁
文經文庫 69

本書精選梁實秋各種類型的散文篇章，內容包含讀書札記、懷鄉憶舊、生活雜感及文學評論。全書收錄〈雅舍〉、〈漫談讀書〉、〈曬書記〉、〈文學的境界〉等 35 篇文章。正文前有〈總序〉，正文後有林芝〈訪梁實秋先生〉、吳正吉〈〈鳥〉賞析〉、〈梁實秋先生著譯書目〉、〈梁實秋先生年譜〉。

雅舍菁華／李寬全編

長沙：湖南文藝出版社
1990 年 2 月，32 開，287 頁
人生的盛宴系列

全書收錄〈雅舍〉、〈女人〉、〈男人〉、〈孩子〉、〈桑福德與墨頓〉等 71 篇文章。正文後有〈編後記〉。

梁實秋讀書札記／劉天華、維辛編

北京：中國廣播電視出版社
1990 年 9 月，大 32 開，253 頁

北京：當代世界出版社
2007 年 5 月，18 開，177 頁
收藏書坊

本書內容為在閱讀中、西方文學名著及名人佚事的過程中，所得到的感想與體會。全書收錄〈親切的風格〉、〈純文學〉、〈莎士比亞與性〉、〈莎翁夫人〉、〈莎士比亞與時代錯誤〉等 60 篇文章。正文後附錄梁實秋譯英詩六首、書評七則。
2007 年當代世界版與中國廣播電視版內容相同。

梁實秋懷人叢錄／劉天華、維辛編

北京：中國廣播電視出版社
1991 年 2 月，25 開，329 頁

北京：當代世界出版社
2007 年 5 月，32 開，227 頁
收藏書坊

本書編選多篇憶友、懷舊之散文，並記錄五四以來多位重要的
思想家、詩人、散文家及學者的作品與生活軼事。全書收錄
〈辜鴻銘先生軼事〉、〈悼朱湘先生〉、〈聞一多在珂泉〉、〈談徐
志摩〉等 45 篇文章。正文後有〈編後記〉。
2007 年當代世界版與中國廣播電視版內容相同。

雅致人生：梁實秋小品／何乃清編

廣州：花城出版社
1991 年 8 月，32 開，247 頁
人生文叢

全書分為「時間中的人」、「生活中的人」、「觀察中的人」三部
分，收錄〈女人〉、〈男人〉、〈孩子〉、〈音樂〉、〈信〉等 66 篇文
章。。

梁實秋抒情散文／李柏生編

北京：文化藝術出版社
1991 年 9 月，32 開，353 頁

全書收錄〈雅舍〉、〈孩子〉、〈信〉、〈女人〉、〈男人〉等 86 篇文
章。

梁實秋妙語錄／徐林、潔君編

北京：中國廣播電視出版社
1991 年 10 月，25 開，230 頁
中國現代文豪妙語錄

本書為主要從梁實秋的散文作品中，擷選其談論世間萬物、人
生百態的名言佳句。

梁實秋散文精品／江虹編

杭州：浙江文藝出版社
1992 年 8 月，32 開，358 頁

全書分爲「隨想篇」、「修養篇」、「飲食篇」、「憶舊篇」四部
分，收錄〈雅舍〉、〈早起〉、〈西施舌〉、〈談徐志摩〉、〈談冰
心〉等 76 篇文章。正文前有〈編者前言〉。

梁實秋小品散文／尚海、夏小飛編

北京：中國廣播電視出版社
1992 年 8 月，32 開，338 頁

全書分爲「人生旅程」、「人相百態」、「雅舍話禮」、「雅舍談
吃」、「飯後茶餘」、「談天說地」六章，收錄〈中年〉、〈孩子〉、
〈談話的藝術〉、〈喝茶〉、〈雅舍〉、〈談友誼〉等 99 篇文章。正
文前有〈編者小識〉。

梁實秋名作欣賞／楊匡漢編

北京：中國和平出版社
1993 年 6 月，25 開，494 頁
名家析名著叢書

全書收錄〈雅舍〉、〈孩子〉、〈信〉、〈女人〉、〈男人〉等 79 篇文
章。正文前有楊匡漢〈閑雲野鶴，亦未必忘情人世炎涼〉，正文
後附錄〈梁實秋年表〉、〈梁實秋作品要目〉、〈梁實秋研究資料
目錄索引〉。

梁實秋閑適散文精品／韓菁清編

成都：四川文藝出版社
1994 年 7 月，25 開，388 頁

全書收錄〈群芳小記〉、〈貓話〉、〈黑貓公主〉、〈白貓王子〉、
〈白貓王子五歲〉等 90 篇文章。正文前有梁實秋與韓菁清照片
及手跡。

槐園夢／墨非、英子編

合肥：安徽文藝出版社
1995 年 3 月，新 25 開，252 頁
現代名家情感寫意文叢

全書分爲「人生低語」、「尺牘心曲」兩部分，收錄〈了生死〉、〈中年〉、〈老年〉等 23 篇文章。正文後附錄冰心、余光中、徐世棠等人悼念梁實秋的文章，以及梁實秋年譜。

散文大師梁實秋佳作精品／余風編

南昌：百花洲文藝出版社
1995 年 12 月，25 開，470 頁

全書分爲「閑情雅致的尋覓——閒適小品」、「鄉土風物的懷戀——往事漫憶」、「傾城之戀的情愫——情書精粹」、「哲思妙論的詠嘆——哲理雜文」、「親朋故舊的追思——懷舊散記」、「槐園夢憶——悼念故妻程季淑女士」六部分，收錄〈閒暇〉、〈北碚舊游〉、〈就是火山口，我們也只好擁抱著跳下去〉、〈臉譜〉、〈想我的母親〉等 94 篇文章。正文前有余風〈雅舍主人的才情雋語〉正文後附錄〈梁實秋著（譯）年表〉。

雅舍札記

北京：文化藝術出版社
1999 年 5 月，大 32 開，269 頁
雅舍文集

全書收錄〈親切的風格〉、〈純文學〉、〈莎士比亞與性〉、〈莎翁夫人〉、〈莎士比亞與時代錯誤〉等 62 篇文章。正文前有作者〈自序〉，止文後附錄〈梁實秋年譜〉。

梁實秋散文

杭州：浙江文藝出版社
1999 年 12 月，32 開，352 頁
世紀文存叢書

全書分爲「隨想篇」、「修養篇」、「飲食篇」、「憶舊篇」四部分，收錄〈雅舍〉、〈孩子〉、〈女人〉、〈早起〉、〈西施舌〉等 76 篇文章。

雅舍精品

臺北：九歌出版社
2002 年 1 月，25 開，285 頁
名家名著選 1

本書為《雅舍散文》一、二集的精選。分為上、下卷，收錄
〈廣告〉、〈聾〉、〈麻將〉、〈警察〉等 40 篇文章。正文前有何靜
婷〈梁實秋其人其文〉。

梁實秋經典作品選

北京：當代世界出版社
2002 年 3 月，32 開，469 頁
現代文學名家名作文庫

北京：當代世界出版社
2007 年 9 月，18 開，391 頁
現代文學名家名作文庫

本書選入《雅舍小品》、《談話的藝術》兩書中的經典小品散
文。全書收錄〈雅舍〉、〈孩子〉、〈音樂〉、〈信〉、〈女人〉等
152 篇文章。
2007 年當代世界版為重排新版，改為 18 開。

九歌出版社

雅舍談書／陳子善編

臺北：九歌出版社
2002 年 12 月，25 開，602 頁
九歌文庫 645

濟南：山東畫報出版社
2006 年 6 月，18 開，531 頁

本書以中、西方經典名著的賞析為主軸，另集結多篇書評序
跋。全書分為「談外國的和翻譯的書」、「談中國的書」、「談自
己的書」、「談讀書及其他」四輯，收錄〈莎翁名著《哈姆雷
特》的兩種譯本〉、〈《草兒》評論〉、〈《文學的紀律》序言〉、
〈灰色的書目〉、〈新月書店二題〉等 132 篇文章。正文前有梁
文騏〈側看近代文藝批評史——序《雅舍談書》〉，正文後有陳
子善〈編後記〉。
2006 年山東畫報版新增〈中國新文學的源流〉、〈新興文學概
論〉、〈詩歌與批評〉等 15 篇。

山東畫報出版社

梁實秋散文精選／江虹編

杭州：浙江文藝出版社
2004 年 6 月，大 32 開，200 頁
語文新課標必讀叢書導讀版

全書分為「隨想篇」、「修養篇」、「飲食篇」三部分，收錄〈雅舍〉、〈孩子〉、〈女人〉、〈早起〉、〈西施舌〉等 70 篇文章。正文前有江虹〈編者前言〉，正文後有《梁實秋散文精選》導讀〉。

梁實秋散文／徐建華編

西安：太白文藝出版社
2005 年 1 月，16 開，231 頁
中國二十世紀散文精品

全書收錄〈雅舍〉、〈孩子〉、〈音樂〉、〈信〉、〈女人〉等 55 篇文章。

梁實秋語錄／江河、袁元編

長春：時代文藝出版社
2005 年 9 月，25 開，146 頁

本書集結散文作品中的名言佳句。全書分為「人生如棋」、「時間即生命」、「修身」等 12 個主題。

梁實秋散文

北京：人民文學出版社
2005 年，25 開，287 頁
中華散文插圖珍藏版

全書收錄〈雅舍〉、〈謙讓〉、〈音樂〉、〈送禮〉、〈寫信難〉等 64 篇文章。正文前有作者畫像。

書房・廚房・梁實秋散文／江虹編

杭州：浙江文藝出版社
2006 年 1 月，16 開，264 頁
名典書坊

全書分為「隨想篇」、「修養篇」、「飲食篇」、「憶舊篇」四部
分，收錄〈雅舍〉、〈孩子〉、〈早起〉、〈西施舌〉、〈槐園夢憶—
—悼念故妻程季淑女士〉等 75 篇文章。

梁實秋精選集

北京：燕山出版社
2006 年 1 月，18 開，280 頁
世紀文學 60 家

全書收錄〈雅舍〉、〈清華八年〉、〈駱駝〉、〈我在小學〉、〈槐園
夢憶〉等 113 篇文章。正文前有李玲〈樂生曠達，優雅風趣〉，
正文後附錄李玲編〈創作要目〉。

雅舍憶舊

天津：天津教育出版社
2006 年 6 月，18 開，231 頁
梁實秋作品經典

本書集結懷舊題材的散文，包括愛情、友情及故鄉的懷念與回
憶。全書分為「雅舍憶事」、「雅舍懷人」、「槐園夢憶」三部
分，收錄〈我在小學〉、〈清華八年〉、〈清華七十〉等 22 篇文
章。

雅舍談藝

天津：百花文藝出版社
2006 年 12 月，18 開，203 頁

本書精選梁實秋《雅舍談吃》、《罵人的藝術》兩書中的散文，
並藉由藝術的角度，探討日常生活中的飲食、思想等觀點。全
書分為「飲食的藝術」、「思辯的藝術」兩部分，收錄〈西施
舌〉、〈火腿〉、〈罵人的藝術〉、〈生病與吃藥〉、〈花錢與受氣〉
等 102 篇文章。正文後有〈住一樓一底房者的悲哀〉、〈我與
「青光」〉、〈談《罵人的藝術》〉、〈責編綴語〉。

未能忘情于詩酒

西安：陝西師範大學出版社
2007 年 9 月，16 開，310 頁

本書內容描述生活之中的情趣，以及對於人生百態的感悟。全書分為六輯，收錄〈貓話〉、〈曬書記〉、〈爆竹〉、〈早起〉、〈雅舍〉等 91 篇文章，以及作者相關圖片。

味至濃時即家鄉

西安：陝西師範大學出版社
2007 年 9 月，16 開，230 頁

本書以飲食為主題，包含美食介紹、國外飲食的情形以及閱讀飲食相關書籍的感想。全書分為四輯，收錄〈西施舌〉、〈火腿〉、〈饞〉、〈吃在美國〉、〈讀《媛珊食譜》〉等 93 篇文章，以及作者相關圖片。

大道無所不在

西安：陝西師範大學出版社
2007 年 9 月，16 開，316 頁

本書以描述社會現象與人生百態為主。全書分為六輯，收錄〈送禮〉、〈敬老〉、〈算命〉、〈漫談讀書〉、〈偏方〉等 108 篇文章，以及作者相關圖片。

人生幾度秋涼

西安：陝西師範大學出版社
2007 年 9 月，16 開，277 頁

全書分為「上篇——人生不過如此」、「下篇——閑情偶寄」兩部分，收錄〈談話的藝術〉、〈罵人的藝術〉、〈錢的教育〉、〈鍋燒雞〉、〈漫談讀書〉等 89 篇文章。正文前有梁文茜〈代序——懷念先父梁實秋〉。

雅舍文選

臺北：九歌出版社
2008 年 1 月，25 開，286 頁
典藏散文 09

全書分為「雅舍散文」、「雅舍談吃」、「雅舍談書」三輯，收錄
〈廣告〉、〈麻將〉、〈西施舌〉、〈醋溜魚〉等 49 篇文章。正文後
特載〈海內外學者談梁實秋〉、附錄〈梁實秋先生年表〉。

生活的藝術

西安：陝西師範大學出版社
2008 年 8 月，16 開，281 頁

本書以日常生活的瑣事作為題材，並藉由藝術的角度，尋找生
活之中的平凡樂趣。全書分為「清風夢影」、「食色雜譚」、「剪
燈閑筆」、「碎影瑣言」四部分，收錄〈談時間〉、〈談禮〉、
〈吃〉、〈胖〉、〈早起〉等 142 篇文章。

【傳記】

談徐志摩

臺北：遠東圖書公司
1958 年 4 月，32 開，56 頁

臺北：遠東圖書公司
1997 年 10 月，25 開，101 頁

本書為紀念好友徐志摩所寫下的傳記，敘述徐志摩的家世背
景、求學過程、愛情觀、婚姻生活與文學作品風格，並回憶兩
人之間相識、相知的情誼，以及共同創辦《新月》月刊的過
程。
1997 年遠東版為重排新版，改為 25 開。

遠東圖書公司 1958

遠東圖書公司 1997

清華八年
臺北：重光文藝出版社
1962 年 11 月，32 開，63 頁

本書爲梁實秋描述自己在清華大學求學時期的種種過程。

談聞一多
臺北：傳記文學出版社
1967 年 1 月，32 開，121 頁
傳記文學叢書 3

本書爲紀念好友聞一多而寫下的傳記，描述聞一多從清華求學時期、赴美留學、返國教書一直到抗戰爆發爲止的人生歷程。正文前有聞一多照片及其墨寶，正文後有〈匡齋尺牘〉。

關於白璧德大師（與侯健合著）
臺北：巨浪出版社
1977 年 5 月，25 開，86 頁

本書主要介紹白璧德老師的文學思想及精神。全書收錄〈關於白璧德先生及其思想〉、〈白璧德與其新人文主義〉等五篇文章。正文前有白璧德大師遺像、〈前言〉，正文後有胡先驌譯〈白璧德中西人文教育談〉。

【書信】

上海人民出版社

梁實秋‧韓菁清情書選／葉永烈編
上海：上海人民出版社
1991 年 10 月，25 開，670 頁

臺北：正中書局
1992 年 5 月，18 開，630 頁

本書爲梁實秋與韓菁清的情書、情詩精選集，記錄兩人相識、交往、結婚及婚姻生活的種種過程。

正中書局

1992 年正中版分為「情書」、「情詩」、「感激和懷念」三部分，收錄〈妳要趁早了解我的為人〉、〈我們還有漫長的路要走〉、〈春來要尋花伴侶〉、〈第一次晚餐〉、〈感激妳十年來對我的愛〉等 150 封信件及文章。正文前有葉永烈〈梁實秋的情書——代序〉、〈韓菁清談梁實秋及其情書〉。

雅舍尺牘——梁實秋書札真跡／余光中、瘂弦、陳秀英編
臺北：九歌出版社
1995 年 6 月，32 開，265 頁
九歌文庫 400

本書選錄梁實秋寫給劉英士、林海音、余光中、聶華苓、蔡文甫、夏菁、小民、羅青、林芝等文友、學生及讀者的親筆信函 25 封。正文前有余光中〈尺牘雖短寸心長〉，正文後有林海音〈讀信憶往〉、瘂弦〈編後記〉。

雅舍情書
北京：文化藝術出版社
1999 年 5 月，大 32 開，316 頁
雅舍文集

本書為梁實秋與韓菁清書信集結。全書分為「一見鍾情，勇闖愛河」、「剪不斷，理還亂，是離愁」兩章，收錄〈奇蹟——天實為之〉、〈委屈〉、〈抗拒〉、〈別離的滋味〉、〈心事〉等 71 篇。正文前有楊匡漢〈深文隱秀的夢裡家園——《雅舍文集》總序〉、梁文茜〈憶雅舍〉、馬利〈傾城之戀〉，正文後附錄〈韓菁清年譜〉。

雅舍情書
廈門：鷺江出版社
2007 年 3 月，32 開，243 頁

本書收錄梁實秋與韓菁清 1974 年 12 月至 1975 年 3 月間的往返書信共 120 篇。

【合集】

海嘯（與許地山、謝冰心、顧一樵合著）
上海：商務印書館
1925 年 3 月

雅舍小說和詩／陳子善編
臺北：九歌出版社
1996 年 5 月，32 開，201 頁
九歌文庫 440

本書編選 1921～1925 年間發表的小說與新詩作品。全書分爲
「雅舍詩」、「雅舍散文」二輯，「雅舍詩」收錄〈荷花池畔〉、
〈沒留神〉、〈一瞬間的思潮〉、〈冷淡〉等 31 篇；「雅舍小說」
收錄〈最初的一幕〉、〈苦雨淒風〉、〈謎語〉、〈公理〉四篇。正
文前有孫大雨〈暮年回首（代序）〉，正文後有陳子善〈梁實秋
早期情詩〈尾生之死〉〉、〈梁實秋也寫過小說〉、〈編後記〉。

雅舍軼文／余光中、陳子善等編
北京：中國友誼出版公司
1999 年 3 月，大 32 開，513 頁

本書節選《雅舍小品補遺（1928～1948）》、《雅舍詩和小說
（1921～1925）》、《雅舍尺牘》三書中的散文、小說、詩作及信
函。全書收錄〈紐約的舊書鋪〉、〈冬天〉、〈荷花池畔〉、〈沒留
神〉、〈尺牘雖短寸心長〉等 100 篇。正文前有梁文騏〈是先父
而立、不惑時期的作品〉、孫大雨〈暮年回首（代序）〉、余光中
〈尺牘雖短寸心長〉，正文後有陳子善〈爲了紀念梁實秋逝世十
周年〉、〈編後記〉、瘂弦〈編後記〉，附錄陳子善〈《星期小品》
與「雅舍」佚文〉、〈遺落的明珠——新發現的雅舍佚文瑣談〉、
〈梁實秋早期情詩〈尾生之死〉〉、〈梁實秋也寫過小說〉、林海
音〈讀信憶往〉、〈梁實秋小事記〉。

雅舍遺珠／陳子善、余光中等編

山東：山東畫報出版社

2009 年 5 月，16 開，358 頁

本書節選《雅舍小品補遺（1928～1948）》、《雅舍詩和小說（1921～1925）》、《雅舍尺牘》三書中的散文、小說、詩作及信函。全書收錄〈紐約的舊書鋪〉、〈冬天〉、〈荷花池畔〉、〈沒留神〉、〈尺牘雖短寸心長〉等 100 篇。正文前有梁文騏〈是先父而立、不惑時期的作品〉、孫大雨〈暮年回首（代序）〉、余光中〈尺牘雖短寸心長〉，正文後有陳子善〈為了紀念梁實秋逝世十周年〉、〈編後記〉、瘂弦〈編後記〉，附錄陳子善〈《星期小品》與「雅舍」佚文〉、〈遺落的明珠——新發現的雅舍佚文瑣談〉、〈梁實秋早期情詩〈尾生之死〉〉、〈梁實秋也寫過小說〉、林海音〈讀信憶往〉、〈梁實秋小事記〉。

梁實秋代表作／中國現代文學館編

北京：華夏出版社

1999 年 10 月，25 開，338 頁

自強文庫・中國現代文學百家

本書為梁實秋作品集。全書分為三部分：「散文」收錄〈女人〉、〈男人〉、〈孩子〉、〈代溝〉等 42 篇；「小說」收錄〈最初的一幕〉、〈苦雨淒風〉、〈謎語〉、〈公理〉四篇；「詩歌」收錄〈荷花池畔〉、〈沒留神〉、〈冷淡〉等 16 篇。正文前有〈梁實秋小傳〉，正文後附錄〈梁實秋主要著譯目錄〉。

梁實秋文集

廈門：鷺江出版社

2002 年，25 開，15 冊

楊迅文主編；《梁實秋文集》編輯委員會編；共 15 冊。

梁實秋文集・第一卷——文學批評

廈門：鷺江出版社

2002 年，25 開，739 頁

全書分六輯：《冬夜草兒評論》收錄聞一多〈《冬夜》評論〉目錄及〈《草兒》評論〉一文；《浪漫的與古典的》收錄〈現代中國文學之浪漫的趨勢〉、〈戲劇藝術辨正〉等九篇文章；《文學的紀律》收錄〈文學的紀律〉、〈何瑞思之《詩的藝術》〉等 11

篇；《文藝批評論》收錄〈古典的批評——希臘時代〉、〈近代的批評〉等六篇；《偏見集》收錄〈文學與革命〉、〈文學是有階級性的嗎？〉、〈文人有行〉、〈什麼是詩人的生活〉等 31 篇；《文學因緣》收錄〈文學的美〉、〈批評家之皮考克〉、〈莎士比亞研究之現階段〉等 27 篇。各輯中亦收入原書書序與附錄。

梁實秋文集・第二卷——散文

廈門：鷺江出版社
2002 年，25 開，558 頁

全書分五輯：《罵人的藝術》收錄〈罵人的藝術〉、〈生病與吃藥〉、〈花錢與受氣〉、〈蚊子與蒼蠅〉等 47 篇文章；《雅舍小品》收錄〈雅舍〉、〈孩子〉、〈音樂〉、〈信〉等 34 篇；《談徐志摩》收錄〈談徐志摩〉一文；《秋室雜文》收錄〈平山堂記〉、〈早起〉、〈駱駝〉、〈曬書記〉等 36 篇；《談聞一多》收錄〈談聞一多〉一文。各輯中亦收入原書書序與附錄。

梁實秋文集・第三卷——散文

廈門，鷺江出版社
2002 年，25 開，603 頁

全書分為六輯：《秋室雜憶》收錄〈我在小學〉、〈清華八年〉等六篇文章；《實秋雜文》收錄〈文人對時代的責任〉、〈利用零碎時間〉、〈養成好習慣〉、〈胖〉等 30 篇；《西雅圖雜記》收錄〈豆腐干風波〉、〈山杜鵑〉、〈斯諾夸密瀑〉等 26 篇；《雅舍小品續集》收錄〈舊〉、〈洗澡〉、〈樹〉、〈讀畫〉等 32 篇；《看雲集》收錄〈胡適先生二三事〉、〈悼念陳通伯先生〉、〈憶沈從文〉等 18 篇；《槐園夢憶》收錄〈槐園夢憶——悼念故妻程季淑女士〉一文。各輯中亦收入原書書序與附錄。

梁實秋文集・第四卷——散文

廈門：鷺江出版社
2002 年，25 開，626 頁

全書分為四輯：《梁實秋札記》收錄〈親切的風格〉、〈純文學〉、〈莎士比亞與性〉、〈讀杜記疑〉、〈《曾孟樸的文學旅程》〉；《白貓王子及其他》收錄〈白貓王子及其他〉、〈北碚舊遊〉、〈酪〉等 12 篇；《雅舍小品三集》收錄〈書房〉、〈送禮〉、〈排

隊〉、〈爆竹〉等 37 篇;《雅舍雜文》收錄〈群芳小記〉、〈貓話〉、〈火山!火山!〉等 26 篇。各輯中亦收入原書書序與附錄。

梁實秋文集・第五卷──散文
廈門:鷺江出版社
2002 年,25 開,569 頁

全書分爲四輯:《雅舍談吃》收錄〈西施舌〉、〈火腿〉、〈醋溜魚〉、〈烤羊肉〉、〈燒鴨〉等 57 篇;《雅舍散文》收錄〈廣告〉、〈罄〉、〈小花〉、〈麻將〉等 33 篇;《雅舍小品四集》收錄〈讓〉、〈守時〉、〈對聯〉、〈圖章〉等 40 篇;《雅舍散文二集》收錄〈日記〉、〈正朔〉、〈白貓王子八歲〉、〈鬍鬚〉等 30 篇。

梁實秋文集・第六卷──集外拾遺(一)
廈門:鷺江出版社
2002 年,25 開,531 頁

全書分爲三部分:「詩歌」收錄梁實秋一生所寫的新舊體詩歌 71 首;「短篇小說(1922~1933)」收錄〈最初的一幕〉、〈一片狂言──一個失意人的雜記〉、〈苦雨淒風〉、〈公理〉、〈謎語〉、〈上海人到紐約〉、〈悲喜劇之一幕〉七篇;「散文(1919~1930)」收錄〈述嗎啡之害〉、〈新世說七則〉、〈短評一束〉、〈集稿余譚〉、〈詩的音韻〉等 83 篇。

梁實秋文集・第七卷──集外拾遺(二)
廈門:鷺江出版社
2002 年,25 開,758 頁

本書收錄 1931 年至 1948 年間發表於各類書刊雜誌的部分軼文、以及 1949 年後至辭世前的各類文章。全書分爲兩部分:「散文」收錄〈《西羅馬文錄》序〉、〈《鳥與文學》〉、〈談志摩的散文〉、〈魯迅的新著〉、〈翻譯要怎樣才會好?〉等 180 篇;「補遺」收錄〈我爲什麼要寫作〉、〈閑話英語〉、〈文學的境界〉等 24 篇。

梁實秋文集・第八卷──莎士比亞專論

廈門：鷺江出版社
2002 年，25 開，678 頁

全書分為四輯：《約翰孫》收錄〈約翰孫傳略〉、〈約翰孫的作品述要〉等四章；《永恆的劇場──莎士比亞》收錄〈《暴風雨》〉、〈《維洛那二紳士》〉、〈《溫莎的風流婦人》〉、〈《惡有惡報》〉等 40 篇；《莎士比亞全集譯序》收錄〈《暴風雨》序〉、〈《維洛那二紳士》序〉、〈《溫莎的風流婦人》序〉、〈《惡有惡報》序〉等 40 篇；〈關於莎士比亞（軼文輯錄）〉收錄〈介紹兩本莎士比亞書目〉、〈莎士比亞在十八世紀〉、〈《哈姆雷特》問題之研究〉等 17 篇。各輯中亦收入原書書序與附錄。

梁實秋文集・第九卷──書信

廈門：鷺江出版社
2002 年，25 開，580 頁

全書收錄梁實秋生平所寫的部分書信，包含 1922 年至 1987 年寫給親友的 90 多封書信、1974 年至 1975 年寫給韓菁清的 120 封書信、以及與韓菁清結婚後到辭世前所寫的 180 封書信。書中亦收入原書書序與附錄。

梁實秋文集・第十卷──英國文學史第一卷

廈門：鷺江出版社
2002 年，25 開，510 頁

全書收錄《英國文學史》第一卷，包括第一至第九章，為盎格魯撒克遜時代（449～1066）到十七世紀前期（1603～1642）數百年間英國文學的發展狀況。

梁實秋文集・第十一卷──英國文學史第二卷

廈門：鷺江出版社
2002 年，25 開，504 頁

全書收錄《英國文學史》第二卷，包括第十至第十四章，為米爾頓時代（1642～1660）至十八世紀（1700～1800）的一百六十年間英國文學的發展狀況。

梁實秋文集・第十二卷──英國文學史第三卷
廈門：鷺江出版社
2002 年，25 開，570 頁

全書收錄《英國文學史》第三卷，包括第十五至第十九章，為
浪漫時代（1800～1837）和維多利亞時代（1837～1901），即十
九世紀一百年間英國文學的發展狀況。

梁實秋文集・第十三卷──英國文學選（一）
廈門：鷺江出版社
2002 年，25 開，387 頁

全書收錄《英國文學選》第一卷，包括盎格魯撒克遜時代、中
古英文時代、文藝復興時代重要英國文學作品的翻譯和介紹。

梁實秋文集・第十四卷──英國文學選（二）
廈門：鷺江出版社
2002 年，25 開，700 頁

全書收錄《英國文學選》第二卷，包括伊利莎白時代、十七世
紀、復辟時代重要英國文學作品的翻譯和介紹。

梁實秋文集・第十五卷──英國文學選（三）
廈門：鷺江出版社
2002 年，25 開，745 頁

全書收錄《英國文學選》第三卷，包括十八世紀、浪漫時代、
維多利亞時代重要英國文學作品的翻譯和介紹。正文後附錄
〈梁實秋著作書目〉。

文學年表

1903 年 （光緒 29 年）	1 月	6 日，生於北京內務部街 20 號，父梁咸熙，母沈舜英。學名治華，字實秋，筆名秋郎、子佳等，後來專以「實秋」見稱。
1907 年 （光緒 33 年）	本年	在家自修識字，後與大哥入街口「五福學堂」就讀；不久學堂關閉，在家與二姊、大哥一同受教於「拔貢」賈文斌。
1910 年 （宣統 2 年）	本年	父親要求子女受新式教育，故與大哥一同就讀清朝大吏陶瑞芳所設私校「陶氏學堂」。 武昌起義後，父親受《大義覺迷錄》、《揚州十日記》影響甚深，全家剪辮。
1912 年	2 月	曹錕兵變，大掠平津，梁家及其所投資的商店遭受劫掠被燬，家道從此中落。
	秋	就讀北平新鮮胡同京師公立第三小學高小一年級，治學態度受周士棻教師影響甚深。
1915 年	夏	畢業於北平新鮮胡同京師公立第三小學，獲畢業生會考第一名。
	秋	以第一名成績考入清華學校中等科一年級就讀，是為癸亥級，同級有顧毓琇、梁思成、孫立人、吳大鈞、吳文藻等九十餘人。 開始大量閱讀《阿麗斯異鄉遊記》、《陶姆伯朗就學記》、《歐文雜記》等歐美文學作品。

1916 年	秋	與同學吳卓、張嘉鑄組織「清華戲墨社」,勤奮練習書法。
1918 年	3 月	透過同學梁思成牽線,邀請梁啓超抵清華學校演講,受講題「中國韻文裡表現的情感」鼓舞,開始投入中國文學研究。
1919 年	5 月	4 日,北京學運開始;19 日之後,北京學生開始進行街道演講,梁實秋隨同大隊進城,同時被選為清華學生會評議會成員。
	夏	畢業於清華學校中等科,後就讀高等科一年級。積極吸取新知,大量閱讀胡適、王星拱、托爾斯泰、蕭伯納等人的著作,吸收中外文學理論菁華,並定期閱讀《新青年》、《新潮》等文藝刊物。
1921 年	3 月	與同學顧毓琇、張忠紱、翟桓、齊學啓、李滌靜、吳文藻組織「小說研究社」,編譯《短篇小說作法》,並開始從事新詩創作。隨後不久聞一多也加入,陸續又增加朱湘、孫大雨、謝文炳(廢名)、饒夢侃、時昭瀛、楊世恩、吳景超等人。
	5 月	28 日,發表詩作〈荷花池畔〉於《晨報》副刊。
	6 月	2 日,發表詩作〈沒留神〉於《晨報》副刊。
	7 月	10 日,發表詩作〈一瞬間的思潮〉於《晨報》副刊。
	10 月	19 日,發表詩作〈冷淡〉於《晨報》副刊。
	11 月	20 日,聽取聞一多建議將「小說研究社」擴大成立為「清華文學社」,聞一多與時昭瀛、王繩祖等人紛紛加入。
	冬	經由父親朋友介紹,結識當時任教於宣南珠巢街女子職業學校的程季淑,後陷入熱戀,並以白話詩寄託情思。
1922 年	3 月	3 日,發表詩作〈蟬〉於《清華週刊》第 238 期。

10 日，發表詩作〈疑慮〉於《清華週刊》第 239 期。

31 日，發表詩作〈最初的一幕〉於《清華週刊》第 242 期。

俞平伯的《冬夜》和康白情的《草兒》新詩集出版，梁實秋撰寫〈《草兒》評論〉，與聞一多的〈《冬夜》評論〉合爲《冬夜草兒評論》，自行刊印。

4 月　4 日，發表詩作〈重聚之瓣〉於《清華週刊》雙四節特刊。

21 日，發表詩作〈春天的圖畫〉、〈二十年前〉、〈對牆〉於《清華週刊》第 244 期。

5 月　21 日，與清華文學社同仁舉辦「送舊迎新會」，送聞一多等三人離校，迎饒孟侃等七人入社。

6 月　25 日，發表〈讀仲密先生的〈醜的字句〉〉於《晨報》副刊。

發表〈送一多遊美〉於《清華週刊》第 8 次增刊。

7 月　受聞一多之託爲其編定詩集《紅燭》，並於 1923 年 9 月交由上海泰東圖書局出版。

　夏　結集〈荷花池畔〉、〈紅荷之魂〉、〈題夢毛生花圖〉等 30 餘首新詩，編定詩集《荷花池畔》，後因故並未出版。

8 月　與吳景超、聞一多籌辦文藝月刊《紅荷》，後因故並未出版。

9 月　擔任《清華週刊》文藝欄編輯，期間發表〈舊居〉、〈秋月〉等數篇詩作。

11 月　1 日，與聞一多合著的《冬夜草兒評論》由北京清華文學社出版。

24 日，《清華週刊》「文藝增刊」第 1 期出刊，擔任本期主編並發表〈答一多〉。

12 月　22 日，發表詩作〈幸而〉、〈早寒〉於《清華週刊》「文藝增刊」第 2 期。

31 日，邀請剛回國的徐志摩至清華文學社演講「藝術與人生」，因此與其結識。

1923 年　1 月　13 日，發表詩作〈寄懷一多〉、〈河〉於《清華週刊》「文藝增刊」第 3 期。

2 月　1 日，發表詩作〈懷〉、〈答贈絲帕的女郎〉、〈贈〉、〈一九二二年除夜〉於《創造季刊》第 1 卷第 4 期。

15 日，發表詩作〈一九二二年除夜〉於《清華週刊》「文藝增刊」第 4 期。

3 月　請辭《清華週刊》編輯工作。

與顧毓琇、翟桓合撰〈清華生活〉、〈清華學生生活之面面觀〉，發表於《清華十二週年紀念報》。

4 月　造訪創造社郭沫若、郁達夫、成仿吾等人。

為紀念清華學校建校 12 週年，與梁思成等清華文學社同仁編輯出版《文藝匯刊》，長詩〈尾生之死〉收錄其中。

6 月　17 日，畢業於清華學校高等科，獲選為登臺致詞代表。

當晚和同學聯演戲劇「張約翰」，與吳文藻反串女角演出。

7 月　7 日，發表〈讀鄭振鐸的《飛鳥集》〉於《創造週報》第 9 號。

29 日，發表〈《繁星》與《春水》〉於《創造週報》第 12 號。

	8 月	離北京赴上海，準備渡洋赴美留學，與程季淑約定三年後返國。

8 月　離北京赴上海，準備渡洋赴美留學，與程季淑約定三年後返國。

於上海候船期間創作短篇小說〈苦雨淒風〉，描述去美留學前夕的離鄉情懷，並於 19 日發表於《創造週報》第 15 號。

與郁達夫、郭沫若、成仿吾會面，郭沫若邀其加入創造社，梁實秋回絕。

17 日，自上海搭船赴美，與清華學校癸亥級同學共 67 人同行，乘船之際邂逅文藝同好許地山、謝冰心，一同製作壁報張貼艙口，內容創作與翻譯並重，三日一刊，取刊名爲「海嘯」。

9 月　1 日，到達美國西雅圖，插入科羅拉多大學英文系四年級就讀，並與聞一多同住。

10 月　15 日，發表〈灰色的書目〉於《晨報》副刊，回應吳稚暉於同年 7 月 13 日在《晨報》副刊發表的〈箴洋八股化之理學〉中所提出「線裝書應該扔入茅廁」之言論。

11 月　10 日，「海嘯」專輯發表於《小說月報》第 14 卷第 11 期，詩作〈海嘯〉、〈海鳥〉、〈夢〉及譯詩〈約翰我對不起你〉收錄其中。

1924 年　2 月　24 日，發表〈感恩節的生活紀實〉於《創造週報》第 42 號。

3 月　28 日，發表詩作〈Reply from a Chinese〉於科大校刊，回應該刊先前所發表的匿名詩〈Chinese〉對中國學生的評論。

6 月　畢業於科羅拉多大學英文系，得教務長 Hershey 特別推薦，赴哈佛大學研究所就讀，致力西方文學研究。

赴哈佛大學途中，經芝加哥，與聞一多等清華校友二十
餘人組織「大江會」，並籌辦《大江季刊》，提倡救國
思想，宣揚中華文化。

秋　於哈佛大學選修白璧德「16 世紀以來的文學批評」課
程，後自述其一生爲人治學的基本理論都受惠於白璧德
的新人文主義。

12 月　19 日，發表〈霍斯曼的情詩〉於《清華週刊》「文藝增
刊」第 8 期。

1925 年　2 月　發表〈 The Chinese poetry 〉於《 Chinese Student
monthly》，對五四時期的新詩做總體評論。

3 月　27 日，發表〈漢烈的《回音集》〉、〈佛洛斯特的牧
詩〉、〈謝立敦的《情敵》〉及詩作〈題璧爾德斯萊的
圖畫〉於《清華週刊》「文藝增刊」第 9 期。

28 日，擔任「琵琶記」劇本編譯，與冰心、聞一多、趙
太侔、余上沅、顧一樵等人假美國波士頓美術劇院演
出，以招待外國詩友、宣揚中華文化，並出飾「蔡中
郎」一角。

與許地山、冰心、顧一樵合著的《海嘯》由上海商務印
書館出版。

5 月　1 日，發表短篇小說〈謎語〉於《清華週刊》「文藝增
刊」第 10 期。

7 月　擔任《大江季刊》主編（1925 年 7 月～11 月），由上海
泰東圖書局出版，共出 2 期，並發表詩作〈荊軻歌〉、
短篇小說〈公理〉於《大江季刊》第 1 卷第 1 期。

秋　轉赴紐約哥倫比亞大學英語系研究所進修。

1926 年　2 月　15 日，發表〈現代中國文學之浪漫的趨勢〉於《晨報》
副刊。

3 月　22 日，發表〈《長城之神》序〉（熊佛西著）於《晨報》副刊。

5 月　發表〈拜倫與浪漫主義〉於《創造月刊》第 1 卷第 3～4 期。

7 月　因與程季淑約定三年必返國，遂放棄尚餘兩年之公費，負笈歸國。

8 月　經梅光迪引薦，赴南京東南大學教授英國文學史。

12 月　15 日，發表〈盧梭論女子教育〉、〈謝立敦的《情敵》〉於《晨報》副刊。

1927 年　2 月　11 日，於北京歐美同學會館和程季淑完婚。

3 月　攜眷前往南京，與余上沅夫婦同住，但正值國民革命軍進攻南京，遂前往上海避亂。

5 月　抵上海，擔任《時事新報》「青光」副刊主編（1927 年 5 月～8 月），期間發表〈迷宮〉、〈死人之嘆息〉、〈罵人的藝術〉、〈生病與吃藥〉、〈雅人雅事〉等百餘篇散文和論述。

與張禹九合編《苦茶》雜誌。

6 月　與徐志摩、胡適等人於上海籌設「新月書店」，擔任總編輯一職。

《浪漫的與古典的》由上海新月書店出版。

9 月　經龔業光引薦，擔任暨南大學教授，主講「文藝批評」與「英美文學」。在上海三年期間，陸續於復旦大學、光華大學、勞動大學和知行學院兼課。

10 月　將〈罵人的藝術〉、〈生病與吃藥〉、〈花錢與受氣〉等 47 篇以「秋郎」為筆名，在《時事新報》「青光」副刊發表的文章，結集為《罵人的藝術》，由上海新月書店出版。

	11 月	舊作〈盧梭論女子教育〉收錄於《復旦旬刊》創刊號，其中「人性論」觀點招致魯迅批評，二人展開論爭，次年《新月》雜誌出版，梁實秋與左聯作家的文學論戰愈加劇烈。
	12 月	1 日，長女梁文茜出生。
1928 年	3 月	10 日，《新月》月刊出版，擔任第 2 卷第 2 號至第 3 卷第 1 號主編，以及第 4 卷第 4 號至第 7 號編輯，期間發表〈文學是有階級性的嗎？〉、〈論魯迅先生的「硬譯」〉、〈曾虛白：《美國文學 ABC》〉等二十餘篇文章及書評。
	5 月	《文學的紀律》由上海新月書店出版。
	6 月	10 日，發表〈文學與革命〉於《新月》第 1 卷第 4 期，引來魯迅及左翼文學陣線的批評。
	7 月	翻譯英國作家 M・比爾朋著作《幸福的偽善者——一篇為人倦讀的神話》，由上海東南書店出版。
	10 月	10 日，發表〈紐約的舊書鋪〉於《新月》第 1 卷第 8 期。
	11 月	翻譯《阿伯拉與哀綠綺思的情書》，由上海新月書店出版。 10 日，發表〈亞里斯多德的《詩學》〉於《新月》第 1 卷第 9 期。
	12 月	10 日，發表〈一篇「自序」〉、〈冬天〉、〈翻譯〉、〈《英國文學 ABC》〉於《新月》第 1 卷第 10 期。
	冬	次女出生，小名二元。
1929 年	1 月	10 日，發表〈羅素論思想自由〉、翻譯〈莎士比亞傳略〉於《新月》第 1 卷第 11 期。
	10 月	翻譯英國作家巴利的著作《潘彼得》，由上海新月書店

出版。

<table>
<tr><td>12 月</td><td>主編《白璧德與人文主義》，由上海新月書店出版。</td></tr>
<tr><td></td><td>加入「中國青年黨」。</td></tr>
<tr><td>1930 年　1 月</td><td>翻譯瑞典作家史特林堡的著作《結婚集》，由上海中華書局出版。</td></tr>
<tr><td></td><td>與胡適、羅隆基合著《人權論集》，由上海新月書店出版。</td></tr>
<tr><td>4 月</td><td>16 日，長子梁文騏出生。</td></tr>
<tr><td>夏</td><td>離開上海，至青島擔任青島大學外文系主任兼圖書館館長。</td></tr>
<tr><td>12 月</td><td>參與胡適發起的「翻譯莎士比亞全集」計畫，一年協助完成兩部劇作翻譯，至 1937 年對日抗戰開始方宣告停止。</td></tr>
<tr><td>1931 年　1 月</td><td>發表〈新詩的格調及其他〉於《詩刊》創刊號。</td></tr>
<tr><td>4 月</td><td>翻譯羅馬作家西塞羅的著作《西塞羅文錄》，由上海商務印書館出版。</td></tr>
<tr><td></td><td>10 日，發表〈文學的嚴重性〉於《新月》第 3 卷第 4 期，與左聯作家論爭至此告一段落。</td></tr>
<tr><td>11 月</td><td>19 日，徐志摩因空難去世，梁實秋參與治喪籌備事宜。</td></tr>
<tr><td>1932 年　1 月</td><td>發表〈談志摩的散文〉於《新月》第 4 卷第 1 期。</td></tr>
<tr><td></td><td>翻譯英國作家喬治‧艾略特的著作《織工馬南傳》，由上海新月書店出版。</td></tr>
<tr><td>9 月</td><td>開始於劉英士主編的《圖書評論》發表書評，自第 1 卷第 1 期至第 2 卷第 11 期，共發表〈評周越然註釋的《伊爾文見聞雜記》〉、〈辛克萊爾的《拜金藝術》〉等九篇書評。</td></tr>
<tr><td></td><td>青島大學改名爲「山東大學」，梁實秋續任教職。</td></tr>
</table>

	11 月	5 日起，擔任天津《益世報》「文學週刊」主編（1932年 11 月～1933 年 12 月），期間以周振甫、蓮子、黃華等不同筆名發表〈讀《醒世姻緣傳》〉、〈《現代英國詩人》〉、〈《三秋草》〉等數十篇文章。
	本年	由「中國青年黨」轉入張君勱所組織的「國家社會黨」。
1933 年	1 月	14 日，發表〈〈幫忙文學與幫閑文學〉的質疑〉於《益世報》「文學週刊」，回應魯迅〈幫忙文學與幫閑文學〉一文。
	2 月	25 日，三女梁文薔出生。
	3 月	四個孩子同時感染猩紅熱，次女梁二元不治夭折。
1934 年	3 月	《約翰孫》由上海商務印書館出版。《文藝批評論》由上海中華書局出版。
	7 月	4 日，發表〈《威尼斯商人》的意義〉於天津《大公報》。請辭山東大學教職。應胡適之邀，返抵北平擔任北京大學外文系教授兼系主任。《偏見集》由南京正中書局出版。
	10 月	發表〈白璧德及其人文主義〉於《現代》第 5 卷第 6 期。
1935 年	3 月	擔任《世界日報》「學文週刊」主編（1935 年 3 月～6月），期間發表〈「學文」的意義〉、〈莎士比亞的《十四行詩集》〉、〈濟慈的一封信〉等十餘篇文章。
	11 月	22 日，於北平創辦並主編《自由評論》週刊（1935 年 12月～1936 年 10 月），共出 47 期，期間發表〈關於莎士比亞〉、〈《苦竹雜記》〉、〈《詩與真》〉等數十篇文章。

冬　　因夫人程季淑懷孕流產，從此實行生育節制。

1936 年　　1 月　　1 日，發表〈批評家之皮考克〉於《東方雜誌》第 33 卷第 1 號。

4 月　　1 日，發表〈莎士比亞研究之現階段〉於《東方雜誌》第 33 卷第 7 號。

5 月　　發表〈談謎〉於《綠洲》第 1 卷第 2 期。

翻譯莎士比亞劇作《馬克白》、《丹麥王子哈姆雷特之悲劇》，由上海商務印書館出版。

6 月　　發表〈談《咆哮山莊》〉（艾蜜莉・勃朗特著）於《綠洲》第 1 卷第 3 期。

翻譯莎士比亞劇作《威尼斯商人》、《如願》，由上海商務印書館出版。

7 月　　16 日，發表〈略談莎士比亞作品裡的鬼〉於《論語》第 92 期。

翻譯莎士比亞劇作《李爾王》，由上海商務印書館出版。

11 月　　翻譯莎士比亞劇作《奧塞羅》，由上海商務印書館出版。

1937 年　　1 月　　1 日，發表〈文學的美〉於《東方雜誌》第 34 卷第 1 號。

擔任《北平晨報》「文藝」副刊主編（1937 年 1 月～6 月）。期間發表〈出了象牙之塔〉、〈說胖〉等數篇文章。

5 月　　翻譯莎士比亞劇作《暴風雨》，由上海商務印書館出版。

6 月　　20 日，發表〈關於讀經〉於《獨立評論》第 239 期。

23 日，應邀出席蔣介石、汪精衛在廬山牯嶺聯名召開的
「廬山談話會」，獲悉抗日國策。會議後即返北京，並
於 28 日發表〈國民的幾點共同認識〉於《益世報》。
受南京國立戲劇學校校長余上沅之邀，前往南京觀賞此
校第一屆畢業生公演之「威尼斯商人」。

7 月　7 日，「盧溝橋事變」爆發，由廬山返北平。28 日北平
淪陷後，隻身前往天津，後赴南京、長沙，秋間旋返北
平。

1938 年　7 月　膺選為國民參政會參政員，再度隻身南下，赴香港轉至
漢口任職；但夫人及子女均留北平，從此分離六年之
久。

參加國民參政會第一次會議，通過各級教育實施方案。

9 月　赴重慶，擔任教育部特約編輯兼教科用書編輯委員會常
務委員、中小學教科書組主任，主編中小學國文、歷
史、地理、公民四科教科書，以應戰時需要。

12 月　1 日，受程滄波之邀，擔任重慶《中央日報》「平明」副
刊主編（1938 年 12 月～1939 年 4 月），期間以徐丹
甫、子佳、召音等不同筆名發表〈說酒〉、〈吃醋〉、
〈為什麼不說實話？〉等數十篇文章。
同日於《中央日報》「平明」副刊發表〈編者的話〉，
其中徵稿言論提及與抗戰無關的材料只要真實流暢，也
仍是好的；此言論招致左翼文人攻擊，遂於 6 日另發表
〈與抗戰無關〉，反駁左翼人士誤解並重申立場。

1939 年　4 月　1 日，發表〈梁實秋告辭〉於《中央日報》「平明」副
刊，因日本飛機開始轟炸重慶，便請辭該刊編務，隨教
科書委員會遷往北碚。

見隔壁鄰居方令儒擁有英國小說《咆哮山莊》，遂向其借來著手翻譯成中文。

5月　4日，由北碚乘船抵重慶，探視家園被日軍炸毀的龔業雅夫婦，隔日與其全家至北碚定居。

秋　與龔業雅夫婦在北碚合資購置平房一幢，引用龔業雅之名，稱之為「雅舍」。

9月　翻譯莎士比亞劇作《第十二夜》，由長沙商務印書館出版。

1940年　1月　31日，參加國民參政會「華北視察慰勞團」，赴華北、華中慰勞視察，至3月17日乘船返抵重慶，共視察七個軍團司令部，原訂延安之行，因毛澤東致電不歡迎前往而作罷。

11月　應劉英士之邀，以筆名「子佳」為《星期評論》撰寫「雅舍小品」專欄（1940年11月～1942年2月），期間發表〈雅舍〉、〈孩子〉、〈音樂〉等十篇小品文，每篇約兩千字。

國立編譯館與教科用書編輯委員會合併，擔任社會組主任及翻譯委員會主任，主管民眾讀物、戲劇編寫工作和文史翻譯。

1942年　1月　發表〈文字的墮落〉於《中央週刊》第4卷第24期。

3月　26日，發表〈讀《駱駝祥子》〉（老舍著）於《中央週刊》第4卷第32期。

5月　翻譯英國作家艾蜜莉‧勃朗特的著作《咆哮山莊》，由重慶商務印書館出版。

10月　20日，發表〈關於《文藝政策》〉於《文化先鋒》第1卷第8期。

1943年　秋　兼任社會教育學院教授，講授西洋戲劇史。

1944 年	夏	夫人攜子女至重慶北碚團聚。
1945 年	5 月	翻譯英國作家喬治・艾略特的著作《吉爾菲先生之情史》，由北碚黃河書局出版。
1946 年	1 月	發表〈《中國畫論體系及其批評》〉（李長之著）於《時與潮文藝》第 5 卷第 4 期。
	7 月	返抵北平與父母團聚。
	8 月	擔任北平師範大學英語系教授。
	9 月	父梁咸熙因病逝世。
1947 年	1 月	應張純明之邀，繼續發表「雅舍小品」系列文章共 14 篇於南京《世紀評論》。
	7 月	擔任《益世報》「星期小品」副刊主編（1947 年 7 月～1948 年 1 月），共 25 期，期間以劉惠均、馬天祥、靈雨等不同筆名發表〈考生的悲哀〉、〈電話〉、〈錢的教育〉等數十篇文章。
	11 月	發表〈杜審言與杜甫〉於《文潮月刊》第 4 卷第 1 期。
1948 年	春	應東北私立中正大學董事長杜津明邀請，前往瀋陽作短期教學。
	4 月	發表〈莎士比亞的墓誌〉於《文潮月刊》第 4 卷第 6 期。
	7 月	發表〈北平的垃圾〉於《論語》第 156 期。
	10 月	發表〈我的暑假是怎樣過的？〉於《論語》第 162 期。
	12 月	接受廣州中山大學校長陳可忠邀請，赴該校外文系擔任教授，並於私立文化學院兼課。
1949 年	6 月	偕夫人程季淑與女兒梁文薔自廣州乘船抵達臺灣，後借寓友人林挺生於德惠街一號之平房，並在林挺生創辦的大同工業學校教授國文、英文、歷史等科目。
		擔任國立編譯館人文組主任，後因教育部長兼國立編譯

館館長航立武無暇處理館內事務，遂由梁實秋代理館長一職。

11 月　選收發表於《星期評論》、《世紀評論》及其他報刊的小品文共 34 篇，結集爲《雅舍小品》，由臺北正中書局出版。

本年　應世界書局之邀，主持《英漢四用字典》改編工作，增添 5000 個新字彙。

1950 年　秋　請辭國立編譯館職務，專心致力於教學、研究、翻譯與創作。

應聘至臺灣省立師範學院英語系任教。

1951 年　1 月　15 日（農曆 12 月 8 日），梁實秋 50 歲誕辰，於家中宴請陳可忠、張北海、翟桓。

3 月　應邀開闢「文學講話」專輯於《自由青年》，共發表〈文學的基本認識〉（第 2 卷第 5 期）、〈談詩〉（第 2 卷第 7 期）、〈關於新詩〉（第 2 卷第 9 期）、〈關於小說〉（第 2 卷第 11 期）、〈略談戲劇〉（第 3 卷第 1 期）、〈文藝批評論〉（第 3 卷第 3 期）六篇文章。

7 月　以筆名李啓純翻譯《蘇俄的強迫勞工》，由臺北國立編譯館出版。

夏　兼任臺灣省立師範學院英語系主任。

1952 年　4 月　16 日，發表〈《舟子的悲歌》〉（余光中著）於《自由中國》第 6 卷第 8 期。

夏　臺灣大學欲聘梁實秋爲專任教授，臺灣省立師範學院不允，並撥雲和街 11 號做爲其寓所，梁實秋遂退還臺大聘書。

8 月　發表〈一個《讀者文摘》的讀者的感想〉於香港《讀者文摘》8 月號。

1953 年	2 月	翻譯義大利作家羅斯的著作《法國共產黨真相》，由臺北正中書局出版。
	3 月	發表〈美國的英文〉於王雲五主編之《認識美國》，由臺北反攻出版社出版。
	夏	應臺北遠東圖書公司邀請，著手編纂《最新英漢辭典》。
	8 月	與但燾、吳奚真合編《中外語文文學概要》，由臺北東方出版社出版。
1954 年	3 月	《莎士比亞的戲劇故事》由臺北明華書局出版。
	10 月	《實秋自選集》由臺北勝利出版社出版。
	12 月	19 日，發表〈獨來獨往——讀蕭繼宗《獨往集》〉於《中華日報》。
		與張芳杰合著《美國是怎樣的一個國家》，由臺北復興書局出版。
		與傅一勤合譯美國作家尼哥爾的《現代戲劇》，由臺北中華文化出版事業委員會出版。
1955 年	1 月	英譯丁星五主編的畫冊《錦繡河山》，由香港國際出版社出版。
	2 月	5 日，發表〈讀《媛珊食譜》〉（黃媛珊著）於《中華日報》。
	6 月	5 日，臺灣省立師範學院改制為臺灣省立師範大學，梁實秋擔任文學院院長，任職期間取得美國亞洲協會資助，創辦英語教學中心，並引進語言學的新教學法。
1956 年	7 月	22 日，發表〈書翰體小說〉於《中華日報》。
	夏	於臺灣省立師範大學創立英語研究所，並兼任所長。
	11 月	署名李啟純，翻譯英國作家奧威爾的著作《百獸圖》，由臺北正中書局出版。

	本年	主編《初中最新英文法》、《高中最新英文法》，由臺北遠東圖書公司出版。
1957 年	1 月	1 日，發表〈《百獸圖》與諷刺文學〉（喬治・歐威爾著）於《自由中國》第 16 卷第 1 期。
		發表〈關於白璧德先生及其思想〉於香港《人生》第 148 期。
	9 月	於臺灣省立師範大學創設「國語教學中心」，專教來臺學習華語的外籍學生。
	10 月	翻譯莎士比亞劇作《亨利四世上篇》，由臺北明華書局出版。
	本年	主編《初中英語複習》、《高中英語複習》，由臺北遠東圖書公司出版。
1958 年	4 月	《談徐志摩》由臺北遠東圖書公司出版。
	本年	翻譯莎士比亞劇作《冬天的故事》，由臺北明華書局出版。
		請辭臺灣省立師範大學文學院院長及英語研究所所長等行政職位，僅在師大英語研究所、英語系執教。
1959 年	10 月	翻譯羅馬作家奧理略的著作《沉思錄》，由臺北協志出版社出版。
1960 年	6 月	英譯丁星五主編的畫冊《寶島臺灣》，由香港國際出版社出版。
	7 月	與胡適、錢思亮、毛子水等人赴美國華盛頓大學參加「中美學術合作會議」，會後赴依利諾大學，探望新婚的女兒梁文薔及女婿邱士耀。
	本年	主編《最新英漢辭典》，由臺北遠東圖書公司出版，其後由遠東圖書公司出版的大型辭典，多半是梁實秋以這部辭典的 11000 字為基礎擴充改編而成。

1961 年	1 月	《梁實秋選集》由臺北新陸書局出版。
	秋	專任臺灣省立師範大學英語研究所教授。
	11 月	1 日，發表〈瑪克斯・奧瑞利阿斯—— 一位羅馬皇帝同時是一位苦修哲學家〉於《自由青年》第 26 卷第 9 期。
1962 年	8 月	1 日，發表〈記張自忠將軍〉於《傳記文學》第 1 卷第 3 期。
	11 月	《清華八年》由臺北重光文藝出版社出版。
1963 年	1 月	1 日，發表〈憶《新月》〉於《文星》第 63 期。
	3 月	發表「華北視察散記」專輯於《傳記文學》第 2 卷第 3～6 期、第 3 卷第 1 期，收錄〈我們六個人〉、〈聞道長安似奕棋〉、〈躍馬中條〉、〈鄭洛道上〉、〈從臥龍崗到長坂坡〉5 篇散文。
	9 月	《秋室雜文》由臺北文星書店出版。
1964 年	1 月	1 日，發表〈《文學因緣》後記〉於《文星》第 75 期。《文學因緣》由臺北文星書店出版。
	5 月	翻譯莎士比亞劇作《仲夏夜夢》、《朱利阿斯西撒》、《安東尼與克利奧佩特拉》、《脫愛勒斯與克萊西達》、《維洛那二紳士》、《考利歐雷諾斯》、《羅蜜歐與茱麗葉》、《無事自擾》、《惡有惡報》、《冬天的故事》共十冊，由臺北文星書店出版。
	7 月	翻譯莎士比亞劇作《哈姆雷特》、《馬克白》、《奧賽羅》、《李爾王》、《威尼斯商人》、《如願》、《暴風雨》、《第十二夜》、《亨利四世（上下篇）》共十冊，由臺北文星書店出版。
1965 年	本年	主編《最新英語讀本》，由臺北遠東圖書公司出版。
1966 年	8 月	1 日，自臺灣師範大學退休。於師大服務共計 17 年。

14 日，臺灣師範大學英語系及研究所同仁於臺北欣欣餐廳宴送梁實秋，並贈銀盃一座。

24 日，於北投金門飯店設宴答謝臺灣師範大學英語系及研究所同仁，並同遊野柳。

9 月　主編《莎士比亞誕辰四百週年紀念集》，由臺北國立編譯館出版。

12 月　發表〈威爾孫與新劍橋本莎士比亞〉於臺北《書目季刊》第 1 卷第 2 期。

1967 年　1 月　《談聞一多》由臺北傳記文學出版社出版。

5 月　28 日，發表〈《誓還小品》讀後〉（吳延環著）於《中央日報》。

7 月　1 日，發表〈憶豈明老人〉於《傳記文學》第 11 卷第 3 期。

8 月　完成《溫莎的風流婦人》、《維洛那二紳士》、《錯中錯》等 17 冊莎士比亞中譯劇作，加上 1964 年文星書店 20 冊，由臺北遠東圖書公司出版共 37 冊的「莎士比亞全集」。

6 日，「中國文藝學會」、「中國語文學會」、「中國青年寫作協會」及「臺灣省婦女寫作協會」在「自由之家」舉辦「梁實秋教授翻譯莎士比亞全集出版慶祝會」，約有三百餘位學者好友蒞臨參加。

本年　主編《學生英漢辭典》，由臺北遠東圖書公司出版。

1968 年　2 月　1 日，發表〈我在小學〉於《自由談》第 19 卷第 2 期。

7 月　1 日，發表〈憶張道藩先生〉於《傳記文學》第 13 卷第 1 期。

	10 月	補譯完成莎士比亞劇作《維諾斯與阿都尼斯》、《露克利斯》、《十四行詩》，由臺北遠東圖書公司出版。歷經 38 年之久，「莎士比亞全集」40 冊出版終告完備。
	12 月	1 日，發表〈憶冰心〉於《傳記文學》第 13 卷第 6 期。
1969 年	1 月	與蔣復璁共同主編《徐志摩全集》六卷，由臺北傳記文學出版社出版。
	2 月	1 日，發表〈《徐志摩全集》編輯經過〉於《傳記文學》第 14 卷第 2 期。
	12 月	1 日，發表〈琵琶記的演出〉於《傳記文學》第 15 卷第 6 期。
		《秋室雜憶》由臺北傳記文學出版社出版。
1970 年	1 月	《略談中西文化》由臺北進學出版社出版。
		發表〈《老水手之歌》譯後記〉於《純文學》第 7 卷第 1 期。
	3 月	發表〈《秋室雜憶》序〉於《傳記文學》第 16 卷第 3 期。
	4 月	21 日，與夫人至西雅圖探望女兒梁文薔，期間遊歷華盛頓、紐約、波士頓、芝加哥等地。
	7 月	1 日，發表〈悼念通伯先生〉於《傳記文學》第 17 卷第 1 期。
	8 月	19 日，自西雅圖返抵臺北，後將此行觀感撰成《西雅圖雜記》。
	10 月	《實秋雜文》由臺北仙人掌出版社出版。
		1 日，發表〈《早期三十年的教學生活》讀後感〉（楊亮功著）於《傳記文學》第 37 卷第 4 期。
	11 月	選收《文學因緣》部分篇章，結集成《關於魯迅》，由臺北愛眉文藝出版社出版。

本年　　主編《袖珍英漢辭典》，由臺北遠東圖書公司出版。

1971 年　2 月　《實秋文存》由臺中藍燈文化公司出版。

　　　　4 月　發表〈《杜詩研究》序〉於《幼獅文藝》第 33 卷第 4
　　　　　　　期。

1972 年　1 月　《西雅圖雜記》由臺北遠東圖書公司出版。

　　　　5 月　26 日，偕夫人再度飛抵西雅圖，居住女兒梁文薔家中。

1973 年　7 月　1 日，發表〈悼念王國華先生〉於《傳記文學》第 23 卷
　　　　　　　第 1 期。

　　　10 月　《雅舍小品續集》由臺北正中書局出版。

1974 年　3 月　《看雲集》由臺北志文出版社出版。

　　　　4 月　30 日，夫人程季淑意外受傷不治，享年 74 歲，5 月 4 日
　　　　　　　葬於西雅圖之槐園。

　　　10 月　19 日，返抵臺北。

　　　11 月　透過立法委員謝仁釗介紹，結識韓菁清。

　　　12 月　完成《槐園夢憶》以紀念亡妻程季淑，由臺北遠東圖書
　　　　　　　公司出版。

1975 年　1 月　10 日，飛抵西雅圖，處理亡妻猝死而引起的訴訟，期間
　　　　　　　與韓菁清魚雁往返。

　　　　3 月　29 日，返抵臺北。

　　　　5 月　9 日，與韓菁清於臺北國鼎餐廳舉行婚宴。
　　　　　　　《梁實秋自選集》由臺北黎明文化公司出版。

　　　　6 月　應蔡文甫之邀，於《中華日報》副刊開闢「四宜軒雜
　　　　　　　記」專欄，陸續發表〈親切的風格〉、〈純文學〉、
　　　　　　　〈莎士比亞與性〉、〈莎翁夫人〉、〈莎士比亞與時代
　　　　　　　錯誤〉等 60 篇讀書札記。

　　　11 月　1 日，發表〈悼念徐宗涑先生〉於《傳記文學》第 27 卷
　　　　　　　第 5 期。

	12 月	擔任大同工學院董事長。
1977 年	5 月	與侯健合著《關於白璧德大師》，由臺北巨浪出版社出版。
	9 月	為《新月》翻印本撰寫長序，並於 11 月出版。
	10 月	14 日，發表〈《新月》前後〉於《聯合報》。

14 日，發表〈《新月》前後〉於《聯合報》。

1 日，發表〈記黃際遇先生〉於《傳記文學》第 31 卷第 4 期。

1978 年　3 月　12 日，發表〈我是怎麼開始寫文學評論的？——《梁實秋論文學》序〉於《中國時報》。

8 月　將《中華日報》「四宜軒雜記」的專欄文章，結集為《梁實秋札記》，由臺北時報文化公司出版。

9 月　《梁實秋論文學》由臺北時報文化公司出版。

1980 年　1 月　《白貓王子及其他》由臺北九歌出版社出版。

6 月　於香港和分別 31 年的兒子梁文騏重逢。

11 月　28 日，發表〈讀《怎樣懂中國戲》〉（田士林著）於《聯合報》。

1981 年　1 月　1 日，發表〈悼沈宗翰〉於《傳記文學》第 38 卷第 1 期。

8 月　1 日，發表〈清華七十〉於《傳記文學》第 39 卷第 2 期。

1982 年　1 月　2 日，臺灣師範大學英語研究所、英語系、英語系系友會於師大實驗大樓聯合舉辦「祝壽茶會」，共 130 位師大同仁出席，慶祝梁實秋八十大壽。同日《中央日報》出版「祝壽專號」，收錄梁實秋〈同學〉、蔣復璁〈仁者壽〉、蔡文怡〈臘八・喝粥——祝梁實秋八十壽〉三篇文章。

5 月　4 日，獲臺灣省文藝作家協會資深優良文藝工作者榮譽

　　　　　　　　　　　獎。

　　　　　　6 月　5 日，在西雅圖與 34 年未見的女兒梁文茜會面。

　　　　　　8 月　《雅舍小品三集》由臺北正中書局出版。

　　　　　本年　主編《高中英文讀本》，由遠東圖書公司出版。

1983 年　　3 月　《雅舍雜文》由臺北正中書局出版。

　　　　　　8 月　《永恆的劇場——莎士比亞》由臺北時報文化公司出
　　　　　　　　　版。

　　　　　10 月　發表〈影響我的幾本書〉於《新書月刊》第 1 期。

　　　　　12 月　1 日，發表〈《影響中國現代化的一百洋客》讀後〉（胡
　　　　　　　　　光麃著）於《傳記文學》第 43 卷第 6 期。

1984 年　　1 月　1 日，發表〈回憶抗戰時期〉於香港《大成》第 122 期。

　　　　　　5 月　7 日，獲第九屆國家文藝貢獻獎。

　　　　　　　　　《文訊》第 11 期刊登專訪梁實秋內容，以「雅舍主人梁
　　　　　　　　　實秋」為題發表，詳述其文學歷程和寫作觀點。

　　　　　　7 月　25 日，於夫人韓菁清離家赴香港之際預立遺書。

　　　　　　8 月　《看雲集》修訂本由臺北皇冠出版社出版。

1985 年　　1 月　《雅舍談吃》由臺北九歌出版社出版。

　　　　　　2 月　《雅舍譯叢》由臺北皇冠出版社出版。

　　　　　　6 月　《雅舍散文》由臺北九歌出版社出版。

　　　　　　8 月　19 日，發表〈漫談《英國文學史》〉於《中央日報》。

　　　　　　　　　歷時 7 年撰述的《英國文學史》、《英國文學選》由臺
　　　　　　　　　北協志出版公司出版，作為教學 40 年的紀念。

　　　　　　9 月　28 日，發表〈教書匠〉於《中央日報》。

1986 年　　2 月　發表〈回憶「青光」〉於《文訊》第 22 期。

　　　　　　4 月　1 日，發表〈《英國文學史》序〉、〈《英國文學選》
　　　　　　　　　序〉於香港《大成》第 149 期。

　　　　　　　　　《雅舍懷舊——憶故知》由北京中國友誼文化公司出

版。

5 月　《雅舍小品四集》由臺北正中書局出版。

8 月　主編《遠東英文讀本》八冊，由臺北遠東圖書公司出版。

11 月　20 日，接受季季專訪，詳述當時生活狀況以及未來計畫的內容，以「古典頭腦，浪漫心腸」爲標題刊載於《中國時報》。

　　　29 日，獲《中國時報》文學特別貢獻獎。

12 月　《雅舍譯詩》由臺北九歌出版社出版。

1987 年　5 月　1 日，發表〈豈有文章驚海內──答丘彥明女士〉於《聯合文學》第 3 卷第 7 期。

7 月　《雅舍散文二集》由臺北九歌出版社出版。

8 月　主編《高農英文讀本》、《最新英文讀本》、《家事英文讀本》各六冊，由臺北遠東圖書公司出版。

11 月　3 日，上午 8：20，因心肌梗塞逝世，享年 85 歲。

　　　4 日起，臺灣各家報紙包括《臺灣日報》、《民生報》、《中央日報》、《聯合報》、《中華日報》、《自由日報》、《臺灣新聞報》紛紛刊出追悼專輯。

　　　12 日，《光華雜誌》假臺灣師範大學綜合大樓演講廳舉辦「梁實秋先生文學成就研討會」；由《光華雜誌》總編輯余玉照主持，與會座談者有朱立民、邵玉銘、沈謙、李瑞騰、鄭明娳、羅青。

　　　18 日，於臺北第一殯儀館福壽廳舉行喪禮，並安葬於淡水北海公墓。

　　　遠東圖書公司宣布成立「梁實秋獎學金委員會」，劉真擔任主任委員。

　　　《中華日報》與行政院文建會共同設置「梁實秋文學

　　　　　　　　　　　獎」，以紀念其在散文與翻譯方面的傑出貢獻，爲國內首次以作家爲名的徵文比賽；自第 21 屆（2008 年）開始轉由財團法人臺北市九歌文教基金會主辦。

	12 月	1 日，遺作〈還鄉〉刊載於《聯合文學》第 4 卷第 2 期。
1988 年	1 月	26 日，余光中與文藝界好友爲梁實秋舉辦過世後第一個冥誕，並將其主編的《秋之頌——梁實秋先生紀念文集》焚祭梁實秋。
1997 年	11 月	爲紀念梁實秋逝世 10 週年，陳子善主編《雅舍小品補遺（1928～1948）》，由臺北九歌出版社出版。
2001 年	2 月	臺灣師範大學中國語言文化中心，爲紀念當年創辦該中心的梁實秋，特重新裝修圖書室，命名爲「實秋軒」，展示其全集、手稿、書信、字畫、對聯。
2002 年	12 月	11～12 日，九歌文教基金會及臺灣師範大學文學院聯合舉辦「梁實秋先生百年誕辰學術研討會」。論文發表共 13 篇，發表學者：胡百華、周玉山、陳子善、陳室如、蘇恆雅、陳淑芬、高大威、姚振黎、王正良、蔡宗陽、鍾怡雯、董崇選、梁立堅。同時舉辦「梁實秋先生百年誕辰學術研討會暨珍藏資料特展」，於臺灣師範大學圖書館展出梁實秋生平之圖書、手稿、墨寶、照片等真蹟典藏。 楊迅文、鄭宣陶、黎照等 15 人組織「《梁實秋文集》編輯委員會」，整理匯編梁實秋各著作版本，完成《梁實秋文集》15 冊，由廈門鷺江出版社出版。
2004 年	11 月	28～29 日，北京語言大學舉辦「梁實秋與中西文化學術討論會暨海峽兩岸梁實秋研究學會成立大會」，約有百餘位學者教授出席，計有高旭東、龔鵬程、朱壽桐、胡百華、吳福輝、解志熙、袁良駿等 21 位學者發表論文。

2007 年　　　1 月　「梁實秋與中西文化學術討論會」之會議論文集《梁實秋與中西文化》由北京中華書局出版。

參考資料：

‧胡百華，〈梁實秋先生簡譜初編〉，《還鄉‧梁實秋專卷》，臺北：聯合文學雜誌社，1987 年 12 月。

‧胡百華，〈梁實秋先生簡譜初稿〉，《秋之頌》，臺北：九歌出版社，1988 年 1 月。

‧〔編輯部〕，〈梁實秋先生年表〉，《雅舍文選》，臺北：九歌出版社，2008 年 1 月。

‧阿敏古，〈梁實秋年譜簡編〉，《文教資料》第 2 期，1990 年 4 月。

‧梁文薔，〈梁實秋先生年表〉，《長相思——槐園北海憶雙親》，《長相思——槐園北海憶雙親》，臺北：時報文化公司，1988 年 11 月。

‧〔編輯部〕，〈梁實秋先生年譜〉，《梁實秋文選》，臺北：聯經社出版公司，1989 年 10 月。

‧高旭東，〈梁實秋大事年表〉，《梁實秋，在古典與浪漫之間》，北京：文津出版社，2005 年 1 月。

‧汪文頂，〈梁實秋年表〉，《現代散文史論》，福建：福建教育出版社，1994 年 2 月。

‧陳子善，〈「星期小品」與雅舍佚文〉，《雅舍小品補遺（一九二八——一九四八）》，臺北：九歌出版社，1997 年 11 月。

‧陳子善編，《雅舍談書》，臺北：九歌出版社，2002 年 12 月。

‧陳子善編，《雅舍小說和詩》，臺北：九歌出版社，1996 年 5 月。

‧宋益喬，《梁實秋傳》，臺南：文國書局，1999 年 6 月。

輯三◎

研究綜述

兩岸梁實秋研究述評

◎陳信元

　　梁實秋的文學志業，可分為文學批評、散文、翻譯、學術研究、編字典、編教科書等。梁實秋的散文創作始於 1920 年代初就讀清華學校時期，並曾大量創作新詩，1922 年 11 月，並與聞一多合著《冬夜草兒評論》，列為清華文學社叢書第一種。1926 年 2 月 15 日，梁實秋的〈現代中國文學之浪漫的趨勢〉在《晨報》副刊發表，被視為新文學運動初期重要的文學批評。小島久代在〈梁實秋與人文主義〉認為這篇文章是模仿其業師白璧德的《新拉奧孔》而創作，「是他承襲白璧德人文主義的文學觀，全面批評五四運動以後中國新文學的重要論著。」

　　1926 年夏，梁實秋自美返國，隨即在東南大學、暨南大學等校任教。1927 年春，新月書店在上海創辦，梁實秋出任書店總編輯，接連出了三本書。《罵人的藝術》（署名秋郎），1928 年 5 月《新月》第 1 卷第 3 號給予高度評價，稱「他的筆鋒，他的幽默，他的人生批評，卻早已替小報界開了一個新紀元了。《罵人的藝術》雖是一集小品，但是它有它的大貢獻。」1988 年 1 至 2 月，鄭明娳在《自由青年》第 701、702 期發表〈梁實秋散文概說〉，再度肯定本書「善於把道理從反面或側面，高處或底層切入，再襯出主題，把道理折來疊去，詭譎而富有情趣，誠然是上乘的小品文。」《浪漫的與古典的》，曾被吳宓譽為「議論精湛，材料充實，為現今中國文學批評界僅見之作」。另一本則是《文學的紀律》，在精神上承繼〈現代中國文學之浪漫的趨勢〉，是一本「嚴謹批評的書」。梁實秋的散文觀亦在 1928 年臻於成熟，他對散文的美有嚴謹的態度和堅持。

　　1927 年 11 月，《復旦旬刊》創刊號刊登梁實秋〈盧梭論女子教育〉，正式揭開魯迅、梁實秋筆戰的序幕。香港文藝評論家璧華編輯《魯迅與梁實秋論戰文選》[1]曾按兩人論戰的內容編排成四組：1.圍繞著〈盧梭論女子教育〉的論爭；2.圍繞著「硬譯」與「文學的階級性」的論爭；3.圍繞著「好政府主義」的論爭；4.圍繞著「資本家的走狗」的論爭。長久以來兩岸學界對此議題十分關心，不同時期有不同視野的立論，大陸文學史對魯、梁論戰的評論觀點，隨時間也呈現不同的評價。

　　梁實秋真正飲譽散文界，作為散文大家的歷史地位，卻遲至 1940 年代陸續寫出《雅舍小品》才奠定。《雅舍小品》初集 34 篇寫於 1940 至 1947 年間，開篇之作〈雅舍〉就顯示了個人的風格，奠定了這一系列小品文的基調。他以灑脫的筆調、超然的情懷，把簡陋的生活當成藝術來享受，隨遇而安地玩味起箇中情趣。汪文頂推崇他「隨緣賞玩、豁達自由的審美心態，是一種常人難以抵達的安時處順、優遊自得的人生境界，頗有劉禹錫〈陋室銘〉、蘇東坡〈超然臺記〉之風韻。」[2]。著名的美學家朱光潛在 1940 年代致梁實秋的信中就高瞻遠矚地指出：「大作《雅舍小品》對於文學的貢獻在翻譯莎士比亞的工作之上。」[3]。這段話對梁實秋致力於「莎士比亞全集」的翻譯未必公允，但朱光潛已預言一位散文大家的出現，他的先知卓見不愧為一代美學大師。

一、大陸梁實秋研究概況

　　在 20 世紀 1920 至 1930 年代，梁實秋因為宣揚「人性論」而遭到左翼文人的圍剿，還被魯迅罵為「喪家的資本家走狗」。在抗戰時期，又因一篇〈編者的話〉被有意的扭曲，惹出左翼文人為他冠上宣揚「與抗戰無關論」的無妄之災。毛澤東〈在延安文藝座談會上的講話〉，直指梁實秋是反

---

[1] 璧華主編，《魯迅與梁實秋論戰文選》，香港：天地圖書公司，1979 年 6 月。
[2] 出自汪文頂，〈春華秋實・圓熟雅致〉，《福建師範大學學報》，1992 年第 4 期。
[3] 引自《雅舍小品合訂本》後記。

革命的政黨成員，長期「宣傳美國反動資產階級文藝思想，堅持反對革命、咒罵革命文藝。」長期以來，大陸讀者都是通過魯迅等人及「講話」對梁實秋的批判，接觸到梁實秋。

　　1935 年 3 月，《現代》第 6 卷第 2 號刊登王集叢的〈梁實秋論〉，先介紹美國白璧德的新人文主義學說，然後批評梁實秋的一切著作卻未曾引用白璧德的言論。他批評梁實秋沒有寫過一本有系統有內容的書籍，「讀他底文章之後，你只是會覺得他是在玩弄『人性』這名詞。」王瑤的《中國新文學史稿》[4]是 1950 年代最具代表性的一部現代文學史著作，其中兩度提到梁實秋。第一次是 1920 年代末至 1930 年代初與左翼的論爭，王瑤引用魯迅的看法批判梁實秋的「人性論」是「典型的買辦資產階級的論調」。第二次是 1941 年的「與抗戰無關」的論爭，王瑤引述茅盾在全國第一次文學藝術工作者代表大會的報告中「我們曾經駁斥了『與抗戰無關論』」等兩段文字後，對背景稍加說明：「首先藉創作上『公式主義』的批判而提出『與抗戰無關』論的是梁實秋，但不久就銷聲匿跡。」

　　1955 年 7 月，丁易的《中國現代文學史略》[5]第二章第五節「以魯迅為首的革命文學陣營和反動文學傾向的鬥爭」中，提到左翼文人和「新月派」的鬥爭，特別點明梁實秋的〈文學與革命〉[6]，並引用創造社的彭康、馮乃超的駁斥文章，歸納出「新月派」所謂的「健康」與「尊嚴」，是「買辦資產階級的鞏固反動統治的幌子」，文學不是什麼少數天才的創造，「它是勞動群眾以集體勞動為媒介的產物」，指出根本就沒有「固定的普遍的人性」，人生是有階級的，文學就是反映人的社會性和階級性。1956 年，劉綏松的《中國新文學初稿》由作家出版社出版，1979 年修訂由人民文學出版社再版。修訂再版第三編第二章「思想戰線上的對敵鬥爭」提到與新月派的鬥爭，首先指出「新月社是一個代表中國買辦資產階級的思想和利益

[4]本書「上卷」由開明書店於 1951 年 9 月出版；「下卷」由新文藝出版社於 1953 年 8 月出版。
[5]丁易，《中國現代文學史略》，北京：作家出版社，1955 年 7 月。
[6]出自《新月》第 1 卷第 4 號，1928 年 6 月。

的反動文學團體」，再將矛頭指向梁實秋的〈文學與革命〉一文，並說：
「對於這種反動的唯心的論點，革命文學陣營立刻展開了一次猛烈的反
擊，而且很快地就粉碎了這種披著『爲藝術而藝術』的外皮的墮落的、陳
腐的『理論』。」並引用馮乃超、魯迅的文章批駁梁實秋的「文學基於人
性」和「文學無階級性」的說法。

　　直到 1980 年代初，大陸開始陸續出版一些梁實秋散文作品集，引起了
讀者的閱讀興趣，隨之才開展對梁實秋的討論。大陸對梁實秋散文的評價
在 1985 年前後出現轉機。《臺港文學選刊》1985 年第 4 期刊登樓肇明〈紳
士禮服上的玫瑰：讀梁實秋先生的散文小品〉，爲 1950 年代以來大陸首次
將梁實秋散文作爲評述對象並加以肯定，稱讚其「言之有物，不墮入卑俗
惡趣」，有較高的藝術價值。

　　大陸文學史著作較早對梁實秋予以公正評價的是白少帆等人主編的
《現代臺灣文學史》[7]，由杜元明執筆的第 29 章第二節「梁實秋的散文」，
文章開頭就肯定梁實秋的散文小品「以典雅而儉約的風格彪炳文壇，成爲
臺灣散文界的一代宗師」[8]。並指出他一生研究英文文學，但卻一直弘揚中
國文學的優秀傳統，並堅持散文的民族化寫法。「他自己的散文小品，便滲
透著民族文藝的特色，具有獨特風格：簡約、豐盈、幽默、典雅。」[9]「他
常在文中引經據典，又穿插笑談、趣事、俚語，學識豐富與經驗豐贍，使
其作品具有一種雍容大度，舒徐自在的品格，並顯示出內蘊豐盈的特
色。」[10]作者也觀察到梁實秋散文小品又一個特點：樸實之中見幽默，還有
「對世態的一點不溫不火的諷刺」、「也有一點自嘲（不同於反諷）或淡淡
的怨悱。」「他的散文小品，更多的還是林語堂、周作人式的閑適、沖淡、
輕鬆的幽默……。這種幽默產生的笑大體有兩種：一種是帶苦澀味的笑，

---

[7] 白少帆等主編，《現代臺灣文學史》，瀋陽：遼寧大學出版社，1987 年 12 月。
[8] 同上註，頁 730。
[9] 同註 7，頁 734。
[10] 同註 7，頁 735。

不得已的無可奈何的笑。……再一種就是帶著甜味的笑，一種笑談人生，情趣盎然而不庸俗的輕鬆的笑。」[11]

　　杜元明又將「梁實秋的散文」此節文章，稍加修改，以「梁實秋的散文世界」[12]為題，刊載於《天津師大學報》。文末有一段編者按：「正值本期刊物校對期間傳來噩耗，梁實秋先生於 1987 年 11 月 3 日於臺灣病逝，謹此誌哀。」

　　俞元桂主編的《中國現代散文史》[13]第三編：「在民族民主革命戰爭中拓展」之第五章「硝煙烽火‧松竹凌雲」第三節「魯迅雜文戰鬥藝術傳統的繼承和發展」項下的「重慶的雜文作家群」提到梁實秋。但在「資產階級人性論」、「『與抗戰無關』論」的問題上仍然因襲否定性觀點，但在現代散文史中的脈絡上，從取材、寫法、議論肯定梁實秋的《雅舍小品》。稱讚「他的雜文小品有著文詞雅麗，描寫生動，巧喻聯珠，辛辣幽默，情韻悠長的特點。」[14]並指出《雅舍小品》吸引人的最大祕訣，「在於綜合了雜文的分析、批判和議論的功能，記敘、抒情散文的描寫、記敘和抒情的功能，這兩種功能的互相滲透，互相促進的結果，使作者的議論生動了，形象了，獲得了血肉之軀。」[15]

　　1997 年 9 月，《中國現代散文史》修訂本出版，刪除了魯迅和左翼作家批判梁實秋極力主張「資產階級人性論」的一段敘述，並對「與抗戰無關」論做了說明，指出這是梁實秋「一貫堅持的自由主義文學觀與抗戰文藝主潮相衝突的結果。」[16]對《雅舍小品》的評價，亦有所修正：「此時，梁實秋雖然也關注時局，參與政事，但在散文創作中卻我行我素，有意迴避時行的抗戰題材，專注於日常人生的體察和玩味，著眼於人性的透視和

---

[11]同註 7，頁 736～737。
[12]杜元明，〈梁實秋的散文世界〉，《天津師大學報》1987 年第 6 期，1987 年 12 月。
[13]俞元桂編，《中國現代散文史》，濟南：山東文藝出版社，1988 年 11 月。
[14]同上註，頁 466。
[15]同註 13，頁 467。
[16]俞元桂編，《中國現代散文史》修訂版，濟南：山東文藝出版社，1997 年 9 月，頁 522。

精神的愉悅，潛心營造閒適幽默的藝術境界。」[17]「《雅舍小品》的文體冶散文雜文於一爐，夾敘夾議，情理中和，刪繁就簡，文白相濟，以雅潔精鍊著稱。」[18]並舉〈中年〉結尾為例，說明其「行文從容不迫，有板有眼，言簡意賅，留有餘味，說理融於形象的比喻，帶有亦諏亦諧的情調，寓於理趣，這種含笑談玄，妙語解頤的文章，在《雅舍小品》裡俯拾即是，與內涵的閒情逸致相輔相成，造就了『雅舍』體溫文榮與、雅健老到的獨特風格。」[19]

　　1987 年 8 月，上海文藝出版社推出錢理群、吳福輝、溫儒敏、王超冰合著的《中國現代文學三十年》，王瑤在序言中指出本書「吸收並反映了近年來的研究成果與發展趨勢，打破狹窄格局，擴大研究領域，除盡可能揭示現代文學發展的歷史主流外，同時也注意展示其發展中的豐富性與多樣性，力圖真實地寫出歷史的全貌。」[20]由錢理群執筆的第十章「社會革命時代文學的深入」之「自由主義作家文藝觀的發展及兩種思想的鬥爭」中，列舉了梁實秋、朱光潛、沈從文的觀點之後，指出：「自由主義作家不可能完全無視民族、國家的呼喚，他們也是以自己的不同於革命作家的方式，通過也許是更為曲折的道路，與自己的民族、人民以及社會現實生活保持著或一程度的聯繫。」[21]在「同『新月派』的鬥爭（1928～1930 年）」這一小節，引用梁實秋〈文學是有階級性的嗎？〉，指出這是一場「雙方都自覺意識到的、爭奪文藝陣地與領導權的生死鬥爭。」[22]並批評梁實秋「把『人性』僅僅理解為人的自然屬性，以人的生物的本能的要求與欲望作為文學的基本內容、美感基礎，這就從根本上歪曲文學的本質。」[23]關於「天才

---

[17]同上註。

[18]同註 16，頁 553。

[19]同註 16，頁 554。

[20]錢理群、吳福輝、溫儒敏、王超冰合著，《中國現代文學三十年》，上海：上海文藝出版社，1987年 8 月，頁 3。

[21]同上註，頁 217。

[22]同註 20，頁 221。

[23]同註 20，頁 221

論」則批評梁實秋的思想具有貴族色彩,「導致了創作道路的狹窄化與理論的貧乏症。」[24]本書並未論及梁實秋的散文。

1998 年 7 月,北京大學出版社推出《中國現代文學三十年(修訂本)》,著者署名錢理群、溫儒敏、吳福輝。本書的修訂幅度比較大,不少章節幾乎重寫。由溫儒敏負責修訂的第九章「文學思潮與運動(二)」其中的「自由主義作家文藝觀及兩大文藝思潮的對立」,大致保留初版本的觀點,增列了第二個十年(1928 至 1937 年 6 月)形成了馬克思主義與自由主義兩大文藝思想相對立的局面,提出「自由主義文藝思潮在理論和創作實踐上也有不可忽視的實績,並在文學史發展的大的背景下對主流派文學起某種補充的作用。」[25]對於梁實秋的「天才論」雖然保留了「保守傾向」和「貴族色彩」的批評,但也承認其價值:「梁實秋也看到了主流派文學存在的公式化概念等弊病,看到了革命文學倡導者儘管宣稱要割棄『五四』文學的歷史聯繫,宣布突變,其實他們仍是變形了的浪漫主義。從文學思潮的流派看,梁實秋的這種批評和判斷還是有自己的眼光,後來左翼文學也反省過『革命的浪漫蒂克』傾向。」[26]由溫儒敏負責修訂的第 27 章「散文(三)」其中的「小品散文的多樣風致」,增加了初版本未見的對梁實秋《雅舍小品》評介的一段文字,約 500 字。文章指出抗戰時期有一部分作家並不直接干預抗戰現實,但也並非不關注人生,「他們承接了《論語》派注重幽默閒趣那一種路子,以旁觀姿態打量和揭示人生,推崇生活的智慧。」[27]這一類作家主要指梁實秋和錢鍾書。對《雅舍小品》的評價客觀持平,指其作品「不以抒情見長,而重議論,有意迴避熱點題材,不為時尚左右,多以生活中常見的事物為題,諸如男人、女人、理髮、穿戴、吃飯、下棋等等,但談論中博雅的知見和幽默的遣趣交織,把人生體味藝術

---

[24]同註 20,頁 222。
[25]錢理群、吳福輝、溫儒敏合著,《中國現代文學三十年(修訂本)》,北京:北京大學出版社,1998 年 7 月,頁 202。
[26]同上註,頁 204。
[27]同註 25,頁 610。

化了，別有一種閱讀的魔力。」[28]對〈雅舍〉一文，雖視爲「餘閒的調劑品，不大適從於時代大潮流」，「但其行文優雅怡裕，舒徐自如，雖有紳士和名士氣，卻還是讓人讀來感到親切，可以品嘗人生諸多況味，獲得生活的真趣與愉悅。」[29]

　　溫儒敏的《中國現代文學批評史》[30]，選擇論評 14 位最具代表性的批評家及其相關的批評流派，其中，第四章「梁實秋對新人文主義的接受與偏離」，著者先說明列入梁實秋主要基於「在非主流的、帶自由主義色彩的文章流派中，梁實秋的理論影響是顯著的貫穿性的。要全面了解現代批評史的格局，不能不兼顧非主流的一面。」[31]文章探討了「二元人性論」、「靠攏古典主義」、「對五四新文學的苛責與反思」、「關於論爭及其他」。著者認爲新人文主義「二元人性論」是梁實秋文學理論的輻射中心，也是他全部文學的出發點。梁實秋的「人性論」形成於 1924 年左右，即他在留美並師從新人文主義者白璧德之時。回國後，梁實秋最初提出新人文主義「二元人性論」，直接目的是針對五四以來所普遍張揚的人道主義；他並且是以反浪漫主義的姿態面對新文學的。[32]他引進和運用新人文主義，時時不忘與儒家的人生觀、文學觀相比照，他始終認爲新人文主義強調「以理制欲」，這態度很合乎儒家的「克己復禮」。梁實秋與持復古立場的「學衡」派關係密切，卻有不同的立場，「梁實秋是作爲新文學的成員，而且對新文學提出嚴苛的批評的，其目的不是要阻攔新文學的發展，而是企圖將新文學納入新人文主義軌道，具有他們所理解的理性的古典的內容與形式。……（梁實秋）把主要的精力放到研究與介紹西方文學理論方面，並試圖在新文人主義背景下重建一套文學理論批評體系。」[33]

---

[28]同註 25。

[29]同註 25，頁 611。

[30]溫儒敏，《中國現代文學批評史》，北京：北京大學出版社，1993 年 10 月。

[31]同註 30，頁 69。

[32]同註 30，頁 70。

[33]同註 30，頁 78。

梁實秋的〈現代中國文學之浪漫的趨勢〉[34]最能體現他早期批評的特點與得失。溫儒敏認爲：「梁實秋的文章也可以看作是對五四新文學運動的一次總結，而且是比較系統的有一定理論深度的總結。不過梁實秋的總結是否定性的，把新文學的趨向基本否定了。」「梁實秋對新文學的否定性批判也有些情緒化，其對新文學趨向的時代本質與價值的評判缺少歷史感與分寸感，這篇文章的立論是站不住的；但其中某些具體的意見，包括對新文學某些缺失的批評，又可能是中肯的，有見地的。」[35]溫儒敏看待當年梁實秋與魯迅和左翼作家關於「人性論」的論爭，主要還是政治傾向的對立所造成的，本質上是政治觀點之爭。「如果就梁實秋具體的批評理論而言，本來也並非無一可取的。如他否定把文學功用局限於做階級鬥爭的工具，否定以『革命』和『無產階級』爲單一的文學題材以及否定所謂『科學主義』，包括以庸俗社會學（如辛克萊的觀點）解釋文學現象等等，都不是沒有道理的，有些看法還比較尖銳，對當時文壇中的空氣是一種針砭，一種糾偏。」[36]不過，在當時非常「政治化」的歷史條件下，梁實秋即使在「學理」方面有合理的成分，也不可能得到重視和認同，溫儒敏稱之『『不同時宜』的批評家」，「不能適應與滿足現代文學發展的歷史需要，所以也未能產生大的影響。」但他從現代批評史的整體格局中爲梁實秋定位：「作爲一位有理論個性的嚴肅的批評家，梁實秋的批評時常針砭現代文學主潮的缺失，這在現代批評史的整體格局中，又不爲一種有價值的『互補』。」[37]

朱壽桐《新人文主義的中國影迹》[38]在〈前言〉中指出梁實秋「對白璧德新人文主義的理解遠沒有學衡派文人深透而全面。梁實秋只是繼承並在一定程度上弘揚了新人文主義的文學批評傳統，因而相對於學衡派的道德人文主義等形態，他所樹立的是『文學人文主義』（作者的命名）」。本書

---

[34]梁實秋，〈現代中國文學之浪漫的趨勢〉，《晨報》「晨報副鎸」，1926 年 2 月 15 日。
[35]同註 30，頁 86。
[36]同註 30，頁 96～97。
[37]同註 30，頁 98。
[38]朱壽桐，《新人文主義的中國影迹》，北京：中國社會科學出版社，2009 年 5 月。

「分論三」主題便為「梁實秋的文學人文主義」，從第 11 章到第 14 章，共計四章。

最早為梁實秋思想平反的是上海作家柯靈，他在 1986 年 10 月 13 日的《文匯報》發表〈關於梁實秋的『抗戰無關論』之我見〉，主張從新的歷史角度客觀看待當年梁實秋「與抗戰無關論」那場論爭，他說現在看梁實秋在重慶《中央日報》「平明」副刊開場白裡的話，「如果搬開這些政治、歷史與心理因素，完整地理解」，「卻無論怎麼推敲，也不能說他有什麼原則性錯誤。」這篇文章，《人民日報》海外版予以摘要轉載，標題是〈為梁實秋的「抗戰無關論」平反〉。

1987 年 11 月 3 日梁實秋去世，大陸學界有了較大的反應，很多學者也開始進一步展開梁實秋研究。1988 年第 2 期《文學評論》刊登羅鋼的〈梁實秋與新人文主義〉，對梁實秋的文藝觀與美國新人文主義的思想聯繫做了全面的剖析。文章指出，作為梁實秋文藝思想核心的並不是一般所謂資產階級人性論，而是新人文主義的善惡二元人性論。梁實秋從這種人性觀出發，對五四新文學運動做了整體性的批評與否定。王本朝的〈論中國現代文藝思想史上的梁實秋〉[39]則認為梁實秋的人性論，既不是資產階級人性論，也不是新人文主義的善惡二元論，是中西古典人性論的矛盾的融合，有三個層次的含意和四個特點。三個層次指：人是人本身，人由情欲和理智組成，人是一個理智控制情感的普通理念。古典人本主義在梁實秋的文藝思想裡具有四大特點：第一，強調理性，排斥感情；第二，認同貴族化傾向，反對文學的平民化；第三，推崇文學的普遍性和固定性，而忽視文學的個性和發展；第四，重現實普通生活，輕自然情感。

1993 年，樂黛雲發表〈梁實秋對新人文主義的接受與偏離〉[40]，運用了比較文論的眼光和視野，對梁實秋的新人文主義進行了探本淵源的研

---

[39] 王本朝，〈論中國現代文藝思想史上的梁實秋〉，《學習與探索》1989 年第 3 期。

[40] 樂黛雲，〈梁實秋對新人文主義的接受與偏離〉，《中國現代文學研究叢刊》1993 年第 3 期。

究。葛紅兵在〈梁實秋新人文主義批評論〉[41]雖認為羅鋼、樂黛雲的論文較具深度,「但他們都是從梁實秋與美國新人文主義的關係這一角度展開論述,並沒有打開梁實秋新人文主義理論批評的各種具體範疇加以具體分析。」[42]葛紅兵將梁實秋的文藝思想概括為四點論述:(一)模仿:藝術本質論;(二)滌靜:藝術目的論;(三)節制:藝術創作論;(四)判斷:文藝批評論。[43]梁實秋思想的兩個來源,除了白璧德的新人文主義,第二個來源是中國傳統的儒釋道。葛紅兵指出兩個理論來源也決定了梁實秋文藝理論的局限性:(一)後視的文學發展,梁實秋的眼光永遠是向後看的;(二)唯心主義的文學本質論,完全否定文學的階級性;(三)英雄主義的文學歷史觀;(四)絕對理性主義,以理性反對感情,進而否定浪漫主義文學。但是,對於梁實秋的評價,葛紅兵反對「先入為主」的觀念:「梁實秋作為一個出賣知識為主的知識分子在經濟地位上,他傾向於美國式的議會民主,但終身保持了獨立的態度,沒有依附於國民黨,沒有投靠反對派,也構不上『資產階級』、『反革命的』。梁實秋是中國現代社會較典型的自由知識分子。」[44]

傳記、研討會

　　從 1990 年初,即出現梁實秋傳記類研究範式,梁實秋一直反對用傳記批評代替文學研究,他認為傳記研究只是文藝批評的必要準備,而非批評本身。但梁實秋的論調,並不影響大陸學者對他本人進行的歷時性研究。此類作品有:陳子善《梁實秋文學回憶錄》、徐靜波《梁實秋──傳統的復歸》、宋益喬《滄桑悲歌:梁實秋傳》、劉炎生《才子梁實秋》、魯西奇《梁實秋傳》、王汶成、高岩《平湖秋月──梁實秋》、江湧、卞永清《秋實滿園:梁實秋》、高旭東《梁實秋,在古典與浪漫之間》、宋益喬《梁實秋評

---

[41]葛紅兵,〈梁實秋新人文主義批評論〉,《海南師範學報》1995 年第 1 期。
[42]同註 41,頁 65。
[43]同註 41,頁 65～68。
[44]同註 41,頁 70。

傳》。另有徐靜的〈梁實秋傳略〉。

　　大陸曾舉辦兩次梁實秋的研討會。2003 年 1 月 6 日，由重慶市文化局、重慶市作協、北碚區人民政府、西南師範大學主辦，北碚區文化廣播電視局承辦的「紀念梁實秋誕辰一百周年暨《雅舍小品》研討會」在重慶北碚舉行。研討會主要涉及兩方面的內容，一是梁實秋及其雅舍與現代北碚經濟文化建設的關係；二是從文學史角度思考梁實秋的文藝思想，從文本內部探討雅舍小品系列散文對現代中國文學的意義。王本朝在研討會上指出：梁實秋《雅舍小品》的最大意義在於對抗戰背景下人的生存境遇與狀態的揭示，以及由這種境遇與狀態中體現的現代知識分子的精神定力；梁實秋的《雅舍小品》也並不是與抗戰無關的作品，它反映的物質匱乏、人倫關係等也是戰時生活的一種人的本真的存在，具有無限的包容性。

　　2004 年 11 月 28 至 29 日，北京語言大學比較文學研究所舉辦「梁實秋與中西文化學術討論會」在北京語言大學召開，中外兩岸一百多位學者出席了這次討論會。會後，成立了「海峽兩岸梁實秋研究學會」。會議論文集《梁實秋與中西文化》於 2007 年 1 月由北京的中華書局出版。論文集分為九個單元：「梁實秋的文學與文化定位」、「梁實秋：在中西文化之間」、「梁實秋與中國文化」、「梁實秋與西方文化」、「現代文化思潮與文學批評中的梁實秋」、「梁實秋文體的文化透視」、「梁實秋的文化人格及其學術起點」、「梁實秋翻譯研究」、「梁實秋研究資料索引」。北京語言大學高旭東在主題發言中，分析了梁實秋在自由與理性、浪漫與古典以及中西文化之間矛盾選擇，進而分析梁實秋以西方古典的與中國的儒家文化認同、以西方浪漫的與中國道家文化認同所建立起來的比較架構的利弊。北京大學張頤武認為雅舍文學在當代中國大陸的「重新發現」是一個重要的文化現象，因為這種發現接續了從 20 世紀 1940 年代中後期在中國大陸已經失傳的具有幽默感與生活化的優雅文學傳統。中國現代文學館的吳福輝認為，梁實秋的政治思想和文藝思想往往是其造成爭議的原因，而單純從人生理想與文化人格的角度考察中國左翼與右翼文人，卻可以發現他們之間有很大的

相似之處。梁實秋的散文創作體現了深厚的平民意識，與他的政治文藝思想差別很大。清華大學解志熙偶然發現了幾篇梁實秋少作佚文，他認為雅舍散文的注重知性在這幾篇早期的佚文中就已蘊涵。高旭東在本書〈編後記〉中說：「這是一部梁實秋研究里程碑式的文集。」「遙想當年，海峽兩岸在現代作家的評價上曾經出現嚴重的對立，……但是在這部文集中，這種現象已經蕩然無存，甚至在某些文章中還出現了相反地文化現象。這充分說明了海峽兩岸文化交流的深入，也說明了在中華大地上多元文化格局的形成。」[45]

學位論文

　　大陸最早研究梁實秋的學位論文是 1992 年北京大學曠新年的碩士論文《新人文主義與中國現代文學》。第一篇標出梁實秋名字的論文是 2000 年曲阜師範大學徐立強的碩士論文《構築理想化的人性廟堂——論梁實秋與中國現代文學批評》；以及同年同校劉聰的《激情年代的古典守望——論梁實秋的文學批評》。2005 年，山東師範大學劉聰的博士論文《現代儒學文化視野中的梁實秋》，採用現代新儒學文化視野對梁實秋進行研究。2005 年 6 月，吉林大學陳剛的博士論文《北碚文化圈與 1940 年代文學》，通過 1940 年代北碚文化圈的文學、文化景觀的個案分析，探討 1940 年代文學流寓現象。第八章以〈雅舍〉的詩意與將世界「雅舍」化論述梁實秋的另類北碚生存。2006 年，蘭州大學馬玉紅的博士論文《論梁實秋人文主義人生藝術追求與實踐》，認為梁實秋人文主義的核心就是理性、克制的精神和倫理、均衡的要義。論文增補後結集為同名的《梁實秋人文主義人生藝術追求與實踐》，於 2006 年 10 月由北京的民族出版社出版。2008 年，西安外國語大學南健翀的博士論文《比較詩學語境中的梁實秋詩學思想研究》，著力對梁實秋的詩學實踐及思想進行系統的梳理與分析，進而論證梁實秋在與主流思想的對峙中嘗試構築自己獨特的詩學系統。論文擴充後於 2008

---

[45] 高旭東編，《梁實秋與中西文化》，北京：中華書局，2007 年 1 月，頁 484。

年 12 月由北京的中國社會科學出版社出版同名的《比較詩學語境中的梁實
秋詩學思想研究》。

期刊論文

　　大陸梁實秋研究的期刊論文，大致可分爲以下幾類：（一）梁實秋與新
人文主義；（二）梁實秋的人性論與文藝思想；（三）論戰評述；（四）散文
研究；（五）翻譯研究。其中，散文研究的數量最多。

　　第一類「梁實秋與新人文主義」。上文已介紹羅鋼與葛紅兵的論文，以
及溫儒敏〈梁實秋對新人文主義的接受與偏離〉[46]。胡博〈梁實秋新人文主
義文學批評思辨〉認爲：梁實秋的新人文主義文學理論和文學批評構成了
主導思潮之外獨特的批評態度，「它以一種異質的批評姿態和批評話語在與
主導性文學批評的對峙中形成了一種有意味的『互補』」。白立平〈文藝思
想與翻譯：梁實秋新人文主義思想對其翻譯的影響〉指出：梁實秋源於白
璧德的新人文主義思想不僅表現在他的文學批評裡，而且還體現在他的翻
譯活動中。梁實秋的翻譯活動深受他的文藝思想的影響，他的文藝思想進
一步通過他的翻譯得以更充分地闡述。李怡〈新人文主義視野中的吳宓與
梁實秋〉指出：吳宓與梁實秋是白璧德新人文主義在中國的兩位傳人，從
他們身上可以看到新人文主義理想如何融入中國現代文學的過程，但也指
出他們所遭遇的現實尷尬。顧金春〈梁實秋與吳宓交往述略〉則進一步梳
理兩人的交往，並對新人文主義在中國的命運做進一步的探討。周婷〈吳
宓與梁實秋文學思想的比較研究〉，比較兩人的文學思想諸多不同之處。吳
宓重視「平民文學」，文學觀是以群體爲本位的儒家傳統文學觀；梁實秋則
提倡「知識貴族主義」，是受到西方文化影響的以個體爲本位的文學觀。

　　第二類「梁實秋的人性論與文藝思想」。其中白春超〈對梁實秋人性論
文藝思想的再認識〉，仍然承襲了左翼觀點，對梁實秋的人性論持批判態
度，他認爲梁實秋「未對中國文學的現狀做深入細緻地分析，便匆匆舉起

---

[46] 收入溫儒敏，《中國現代文學批評史》，北京：北京大學出版社，1993 年 10 月。

新人文主義的法寶，這樣，梁氏對西方文藝思想的選擇和師承就出現了一個歷史的錯位，用以批評中國新文學實屬無的放矢。」[47]顧金春〈「人性」的獨特思考──淺析梁實秋的人性論〉，是就梁實秋人性論的具體內容進行梳理，並對其優點和局限做出客觀的評價。他認為梁實秋過分推崇藝術的普遍性而忽略藝術個性，使他的人性只能成為一種抽象的存在，但實際上梁實秋的人性論又體現了鮮明的人本主義的精神，他追求的是普遍常態的人性人情，更注重於抽象普遍的道德倫理的價值。顧金春另一篇〈傳統的復歸──梁實秋後期文藝思想及前後轉變原因初探〉指出：抗戰爆發後，由於對傳統儒道釋思想的接受，雙重人格的制約以及復古思想等因素的影響，赴臺以後梁實秋的文藝思想發生了很大的變化，最終完成了從西方到東方傳統文化思想復歸的過程。趙心憲〈從「倫理想像」到「品味人生」──試論梁實秋前後期的人性論文學觀念〉，以梁實秋《雅舍小品》的發表，將人性論觀念的發展，劃分為前後兩個時期。前期偏重於批評主觀性的張揚，後期體現在《雅舍小品》系列對人性世相的精彩刻畫獲得不朽的美學價值。葉向東〈論梁實秋的自由主義文學思想〉指出：1930 年代，梁實秋以獨立的政治立場和理性方式堅持對自由主義文學的守望。抗日救亡與自由主藝文學堅守的兩難形成情感與理智的矛盾，使他成為一個不合時宜的文人。求聿軍〈論禪宗思想對梁實秋人生態度和藝術創作的影響〉，從分析梁實秋的文化思想構成及自由主義文人的立場入手，探討禪宗藉以影響梁實秋的途徑，並揭示禪宗思想對他的人生態度和藝術創新所產生的影響。

高旭東〈面對左翼：梁實秋文學批評的演變〉，論述梁實秋面對左翼批評時所進行的思想調整而發生的批評變化。梁實秋批評策略的調整使他逐漸認同五四新文學傳統，但他在終極的文學理論上沒有放棄古典主義立場，將自己推入古典的與浪漫的自相矛盾的境地。高旭東另一篇〈論梁實

---

[47]白春超，〈對梁實秋人性論文藝思想的再認識〉，《中州學刊》1991 年第 6 期，頁 81。

秋的文體批評〉，歷數梁實秋的文體批評，除了小說之外，在散文、戲劇、詩歌的批評方面都有建樹。他認為，梁實秋的文體批評前後有矛盾，其古典主義傾向使他對現代主義文學的各種文體存有偏見，但對中國現代文學的激進主義不失為一種制衡的力量。劉聰〈論梁實秋對五四新文學的理性反思〉指出：梁實秋標舉理性的衡尺，從文學體式、文學運動和文學批評自身等方面，對以浪漫為特質的五四新文學進行了批評，雖有保守之嫌，卻是一種非常必要，而且是真正學理意義上的理性反思。馬玉紅、王公山〈梁實秋人生理想和文學藝術與儒家思想的契合〉，論述梁實秋與儒家思想的淵源，他的人文主義人生與藝術體現了對儒家「禮仁」思想的肯定與書寫，體現進德修業的儒者情懷，形成溫柔敦厚的散文風格。許祖華〈雙重智慧下的自我塑造——梁實秋論〉，從梁實秋在中西文化基礎上所形成的「雙重智慧」為理論前提，從不同方面具體剖析梁實秋文學活動的成就，以及與之相應的複雜面貌。

　　梁實秋是一位傑出的文藝理論家、批評家，高旭東編《梁實秋與中西文化》就收入陶麗萍、方長安〈梁實秋詩學論〉、謝昭新〈論梁實秋的小說理論及創作〉。大陸學者李正西出版過《不滅的紗燈——梁實秋詩歌創作論》[48]。常桂紅〈貴族化審美趣味的追尋——論梁實秋詩歌、戲劇批評〉，強調梁實秋的詩歌、戲劇批評透露出貴族化的審美趣味。楊迎平〈梁實秋：戲劇是天才的藝術——論梁實秋戲劇觀的局限性〉，主要論點指出梁實秋否定戲劇的綜合性特徵，忽視劇場演出的影響，不重視戲劇的社會性功能。顧金春〈梁實秋的小說創作〉，將梁實秋的小說分為三類：自傳性質的小說、心理分析類小說、社會寫實類小說。這些小說具有鮮明的個性，了解其小說創作，對於理解其文藝思想可起到補充的作用。高旭東還從比較文學、文化的視野，寫下〈梁實秋慎言比較文學的比較文學家〉、〈論梁實秋的文學跨學科研究〉、〈梁實秋溝通中西文化的特色〉。

---

[48] 李正西，《不滅的紗燈——梁實秋詩歌創作論》，臺北：貫雅文化公司，1991 年 6 月。

　　第三類「論戰評述」。抗戰時期重慶左翼文人曾對梁實秋的「與抗戰無關」論進行尖銳的批評 。1980 年在巴黎舉行的中國抗戰時期文學運動學術討論會上，香港學者梁錫華提出異議，認為批評不公平，但並未得到與會大陸學者的贊同。1986 年 10 月 13 日柯靈在《文匯報》發表〈現代散文放談──借此評議梁實秋與「抗戰無關論」〉一文對批評持否定態度，接著，《人民日報》海外版予以摘要轉載，標題是〈為梁實秋的「抗戰無關論」平反〉。孫續恩〈抗戰時期梁實秋的「與抗戰無關」論再認識〉指出「左聯」時期與「新月」派的鬥爭，以及「左聯」內部的「兩個口號」的論爭，正是批評梁實秋的「與抗戰無關」的歷史和思想淵源，文學史研究者應該實事求是地去評論。范志強〈一段應該重寫的文學史：對梁實秋「與抗戰無關」論的再思考〉，也持類似的觀點。

　　梁實秋與魯迅的論爭起於 1927 年 6 月，梁實秋署名徐丹甫，在《時事新報》發表的〈北京文藝界之分門別戶〉。1929 年底，《新月》第六、七期合刊中，梁實秋又寫了〈文學是有階級性的嗎？〉、〈論魯迅先生的「硬譯」〉於是揭開論爭的新一幕。有關兩人論爭的研究文章不少，如劉炎生〈梁實秋和魯迅爭論的起因及翻譯問題的是非〉，完全站在偏袒魯迅那一方立論。蔡清富〈魯迅梁實秋「人性」論戰評議〉指出魯、梁關於人性階級論的論爭是個複雜的問題，對其中是非功過，應做實事求是、深入細緻的分析。劉全福〈魯迅、梁實秋翻譯論焦點透析〉，就論戰所涉及的翻譯標準問題、翻譯與漢語的發展問題、重譯問題進行分析與探討。他認為：兩人在論戰過程中對翻譯標準及翻譯與民族語言發展等問題所展開的爭論，其影響可謂深遠，意義已經跨越了時空因素。趙海彥〈梁實秋與中國現代文學「藝術至上主義」觀念的流變──由梁實秋引起的三次文學論爭說起〉認為：梁實秋文學觀點的變化正反映了中國現代文學中「藝術至上主義」觀念流變的軌跡。陸道夫〈梁實秋、魯迅人性階級性論爭溯源〉指出：魯迅、梁實秋等人的論爭涉及新文學的政治選擇、審美選擇以及有關文學的本質、功用和價值等問題，本文梳理總結兩人不同的人性論旨趣及其理論

淵源，重新評價這場論爭的功過得失。高旭東〈論魯迅與梁實秋論戰及是非功過〉，分析了兩人論爭逐步升級的原因，在於「梁實秋從美國學了一種保守的人文主義與古典主義文學批評之後，他那種橫空出世的姿態，以及對魯迅缺少起碼的尊重」，才是論爭的導火線。陸克寒〈西方浪漫主義的中國文化處境——從梁實秋與郁達夫的「盧梭之爭」說起〉指出：1928 年梁實秋與郁達夫的「盧梭之爭」，雙方對盧梭的不同評價代表了中國文化內部對盧梭及西方浪漫主義兩種截然相反的態度。鄭成志〈意義的尋求還是詩藝的探索——論 20 世紀 1930 年代梁實秋與梁宗岱的爭論〉指出：1930 年代「二梁之爭」的背後隱含了中國新詩在其發展過程中從「散文化」逐步走向「純詩化」的分歧路口，在中國新詩理論發展史上有其豐富的內涵。蔡永麗〈從梁實秋「美在文學中不重要」的論點剖析其「道德價值論」——以梁實秋與朱光潛論爭爲主軸〉，從梁實秋「美在文學中不重要」的論點出發，探討梁實秋與朱光潛的論爭過程，探求梁實秋的文學道德價值觀。

　　第四類「散文研究」。自從 1985 年樓肇明開啓梁實秋散文的評介，《天津師大學報》、《臺灣研究集刊》、《讀書》、《齊齊哈爾師範學院學報》分別刊登杜元明、徐學、吳方、陳漱渝的研究文章，代表 1980 年代梁實秋散文研究的成績。從 1990 年代至今，梁實秋散文研究論文數量相當多，無法逐篇介紹，茲舉其較富創見的論文，依發表年代羅列。龍淵〈雅舍：別具一格的散文系列——梁實秋散文研究論〉，形容梁實秋散文風格「貌似平淡，其實是在從容徐緩裡包含著犀利與深刻，有著一種善美的和諧，朗照的智慧。」「有一點豐子愷的玄機巧慧，又有一點周作人的沖淡平和，也透出一點魯迅的辛辣老到，林語堂的詼諧幽默，然而，梁實秋還是梁實秋，他自成一格。」范蘭德〈梁實秋散文的文化意識〉認爲：梁實秋散文文化意識的美學追求，表現在散文中，是傳統知識分子的人生觀。他是受傳統影響的中國知識分子，在他的身上表現出鮮明的儒道互補精神。他積極入世，注重實際，重視社會人生。王淑芳〈感傷的精神旅行——論梁實秋飲食散文中的思鄉情結〉，點出「回歸」和「放逐」在梁實秋飲食散文中滯留，兩

者間的衝突，則使文字一派蒼涼。盧今〈別一種風範〉指出《雅舍小品》開始的梁實秋散文創作特色：（一）有分明的民族意識，表現愛國情懷；（二）有紳士之風，常以調侃、幽默的筆調來針砭時事；（三）注重追求精神的愉悅，把生活當作藝術來享受。丁文慶〈梁實秋散文論〉，研討梁實秋「雅舍散文」的思想內容、藝術特色及其意義，「從藝術方面審視，梁實秋散文具有鮮明的個性，精采的幽默，雅潔的精鍊，學者的氣度等四個方面的特點。」許祖華〈梁實秋散文風格論〉指出：「梁實秋的散文，不僅具有學者的豐贍與智慧，而且還具有名士的瀟灑與雅趣。他在以自己豐富的學識構成散文境界的時候，也以瀟灑的名士風度為自己的散文境界塗抹淡泊的色彩，給一種士大夫的恬適，淡雅的風格，力透紙背地呈現在讀者面前。」

　　秦新春〈梁實秋散文藝術世界的深層結構〉指出：構成「觀念層次」的是他對人生的態度——謳歌人性、描摹人性、懷舊態度、頌揚傳統，展示出一種溫和、保守的傳統古典主義者的心態。梁實秋散文的「藝術情感結構」，呈的是一種與其審美理想相統一的格調，一種既非情熾老練又非倫理實足，而是兼容理之冷靜、情之意趣的情理中和、溫文容與的閒適格調。楊小玲〈梁實秋散文的滑筆藝術〉，先說明滑筆「往往是借助敘述主線的慣性滑入對歷史、掌故、趣聞、風土人情以至文化景觀的描述。」梁實秋散文鮮明的藝術價值還在於圓熟的運筆藝術——滑筆。何祖健〈反義處生情趣，輕鬆中見幽默——梁實秋《雅舍小品》反語修辭格〉，從反話正說和正話反說兩方面敘述梁實秋「雅舍」系列中反語的運用及與作者個性的關係。傅德岷〈論梁實秋散文的文化意蘊〉，指出梁實秋力主「崇真實、尚個性、貴簡單的散文觀，他的散文旁徵博引，收縱自如，幽默輕鬆，閒適雅致，具有豐厚的文化意蘊。」陳家洋〈〈雅舍〉的「複調式」蘊涵〉，意在探討〈雅舍〉—文化辛酸為幽默，這種「幽默」具有「複調式」結構及其形成原因。王澄霞〈達觀從容到詈罵乖張的變奏〉，在大陸學者一面倒地讚賞梁實秋的散文中是一「異數」。她認為《雅舍小品》中，除了〈雅舍〉

一文平和沖淡，表明作者深得儒家安貧樂道、禪家順隨自然的精髓，其他的文章，卻「充滿乖張怨戾之氣」，而梁實秋小品文今日在大陸的再度流行暢銷，無疑也是現代社會怨戾心態的一個折射。

　　一般學者論及梁實秋的散文閒適沖淡外，總會加幽默風雅的藝術風格，如張國安〈淺談梁實秋《雅舍小品》的幽默藝術〉，何祖健〈梁實秋散文幽默風格心理追蹤〉，黃萬劍〈試論梁實秋散文小品的幽默特色〉，徐濤〈論《雅舍小品》的幽默藝術〉，薛進〈淺析梁實秋適度幽默的美學追求〉，張景蘭〈論梁實秋小品文的幽默品位〉，趙飛〈「老者式」「仁者式」和「學者式」幽默——從〈請客〉看梁實秋的幽默〉等。另有從中西幽默的異同角度來論述梁實秋「精彩的幽默」。張積玉、張智輝〈梁實秋的幽默散文與西方的超現實幽默〉指出：梁實秋散文中的超現實幽默與西方的超現實幽默，在超現實，與外部社會保持一定的距離使之免受傷害方面是十分相似的；梁實秋始終保持「中和」之度，有笑後的輕鬆，而西文之幽默則有著苦味的絕望，是兩者差異之處。

　　梁實秋的精神氣質、藝術手法受傳統文化心態影響很大。賈蕾〈談雅舍小品與明清小品的內在精神聯繫〉指出：《雅舍小品》繼承了明清小品文對市民文化的關注，並且以現代的目光加以審視。黃娣〈《雅舍小品》對晚明小品的繼承和超越〉，從美學追求、選材、藝術手法等方面論述梁實秋《雅舍小品》對晚明性靈小品的繼承和超越。文小妮〈繼承‧超越‧失落——梁實秋散文與傳統散文〉認為梁實秋的散文典雅、簡潔、平實，受到中西文學的影響，自始至終自覺地弘揚中國文學的優秀傳統，在文體形式方面體現了對傳統散文的繼承和超越。但他把「簡單」看作散文的最高理想，也就在文體形式上表現出明顯的失落。梁實秋散文也常被拿來與同時代的作家比較，如袁良駿〈魯迅、梁實秋雜文比較論〉、郭媛媛〈絮語中的雍容與智慧——論周作人、林語堂、梁實秋閒適小品〉、李佳〈林語堂和梁實秋的散文〉、蔣心煥、吳秀亮〈試論閒適派散文——兼及周作人、林語堂、梁實秋散文之比較〉、鍾燕〈老舍與梁實秋散文之比較〉、袁良駿〈戰

時學者散文三大家：梁實秋、錢鍾書、王了一〉。

　　第五類「翻譯研究」。梁實秋翻譯莎士比亞，是中國文化史上的一大壯舉。大陸學界在 1990 年代中期開始論述梁實秋的翻譯。如許祖華〈梁實秋對莎士比亞的翻譯與研究〉、王瑋敏〈循形達意‧方得神韻——評梁實秋的譯莎氏十四行詩〉、劉源〈淺析莎劇《哈姆雷特》中的語言變異及其翻譯——以梁實秋的譯本爲例〉、嚴曉江〈梁實秋的譯學思想簡論——以梁譯「莎士比亞全集」爲例〉、〈余上沅與梁實秋關於譯介「莎士比亞全集」的觀點比較〉，朱濤、張得讓〈論梁實秋莎劇翻譯的充分性〉，曹仁利、廖志勤〈朱生豪、梁實秋之翻譯風格——莎士比亞 The Life and Death of Richard the Second 兩譯本爲例〉、嚴曉江〈梁實秋譯「莎士比亞全集」的審美風格〉、董瑩〈淺析莎士比亞譯本——朱生豪譯本與梁實秋譯本〉、易水寒〈梁實秋與「莎士比亞全集」〉。

二、臺灣梁實秋研究概況

　　梁實秋《雅舍小品》於 1949 年 11 月由臺北的正中書局出版。殷海光〈評介梁實秋《雅舍小品》〉發表於 1952 年 2 月出刊的《自由中國》第 6 卷第 4 期，王平陵〈評梁實秋《雅舍小品》〉刊於 1953 年 2 月 5 日《中央日報》。這是 1950 年代初期較早對梁實秋散文的研究。臺灣有關梁實秋的研究 ，以採訪、報導、逸事、悼念、書評的文章居多，較具份量的學術論文數量不多，大部分已收入三本文集中。丘彥明主編《還鄉——梁實秋專卷》[49]，收錄「訪問」、「札記」、「評論」、「風采」、「簡譜」等五個單元。「評論」有侯健〈梁實秋先生的思想來源——白璧德的生平與志業〉、小島久代著、丁祖威譯〈梁實秋與人文主義〉；再加上「風采」有余光中的〈文章與前額並高〉、胡百華〈「豹隱」詩人梁實秋〉。

---

[49]丘彥明，《還鄉——梁實秋專卷》，臺北：聯合文學出版社，1987 年 12 月。

　　梁實秋逝世兩個月後，余光中編《秋之頌——梁實秋先生紀念文集》[50]出版，余光中在序言〈金燦燦的秋收〉中推崇梁實秋對文壇與學府的貢獻，可從五種身分來分析：一是散文家，二是翻譯家，三是文學批評家，四是學術研究，五是教育家。本書分「正論」、「側筆」、「書評」、「訪問」、「生活」、「哀思」、「年譜」及「附錄」。「正論」部分重複收入小島久代與侯健的兩篇刊於《還鄉——梁實秋專卷》的論文。另收侯健〈梁實秋與新月及其思想與主張〉[51]。還有香港文藝評論家璧華〈《魯迅與梁實秋論戰文選》導言〉[52]、周玉山〈梁實秋先生與魯迅論戰的時代意義〉[53]，姚燮夔回應周玉山文章寫下的〈梁實秋沒有敗下陣來〉[54]。「書評」收八篇文章，沈謙〈《雅舍小品》的修辭藝術〉，專就《雅舍小品》書中所運用之譬喻、層遞、誇飾等修辭方法闡析，以窺中國現代散文修辭技巧之一斑。其他文章有郭明福〈返照空明的生命情調——《雅舍散文》的博、淳、雅〉、歸人〈試評《雅舍小品續集》〉、李漢呈〈親切的風格——讀《梁實秋札記》〉等文。

　　為紀念梁實秋百歲冥誕，臺灣師範大學英語系、文學院以及九歌文教基金會於 2002 年 12 月 11 至 12 日舉辦「梁實秋百年誕辰學術研討會」，發表 13 篇論文並舉行座談。論文結集為《雅舍的春華秋實——梁實秋學術研討會論文集》[55]。胡百華〈畢生厚實帶玲瓏——側記梁實秋先生晚年生涯與生平〉，主要記述梁實秋 80 歲之後的一些事蹟，並凸顯他一生之性格及努力之所在。周玉山〈梁實秋先生與魯迅的論辯〉指出：以兩人就人性與階級性之爭而言，梁實秋旨在闡揚人性的共通處。魯迅卻著眼生活的相異

---

[50] 余光中，《秋之頌——梁實秋先生紀念文集》，臺北：九歌出版社，1988 年 1 月。

[51] 原載《幼獅文藝》第 243 期，1974 年 3 月；後收入侯健，《從文學革命到革命文學》，臺北：中外文學月刊社，1974 年 12 月。

[52] 《魯迅與梁實秋論戰文選》為璧華主編，並由香港天地圖書公司於 1979 年出版。

[53] 原載《聯合報》，1987 年 5 月 27～28 日。

[54] 原載《中央日報》副刊，1987 年 6 月 23 日。

[55] 李瑞騰、蔡宗陽編，《雅舍的春華秋實——梁實秋學術研討會論文集》，臺北：九歌出版社，2002 年 12 月。

點，尤其是職業造成的差距，以及社會的不平。陳室如〈簡單豐富美——梁實秋《雅舍小品》的語言藝術〉指出：梁實秋的散文觀以「簡單自然為主」，他善用的語言藝術，則是文章之所以能呈現簡單自然風格，並發揮精釆文字魅力的關鍵因素。蘇恆雄〈《槐園夢憶》、《談徐志摩》、《談聞一多》的異同初探〉，就梁實秋亡妻、徐、朱三者以不同的情感、言說方式來描寫，並試圖找出其異同。

梁實秋是至今唯一獨立以中文譯完莎劇的人，不僅開闊國人的視野，也溝通中西文化特色。論文集收入三篇相關論文：董崇選〈梁公中譯莎劇的貢獻〉指出：梁實秋譯莎劇可視為「文學革命」之一部分，是要發揮白璧德新人文主義的價值；梁立堅〈俛仰千古悠悠——從大師的譯作看翻譯〉認為梁實秋的翻譯是統合式的，「信」與「達旨」並行，翻譯實踐是全方位的；陳淑芬〈梁實秋的莎劇翻譯與莎學研究〉推崇梁實秋是第一個引介歐美西方傳統的莎學研究的專家學者，開啟東方莎學研究之先河。在臺灣，梁實秋的文學觀較為人所忽略，高大威〈梁實秋的文學見解——折衷於白璧德與胡適之間〉指出：梁實秋受到白璧德的影響，也受到胡適的啟發，對傳統的想法，曾做了修正。姚振黎〈梁實秋割愛論及其實踐〉探究梁實秋散文創作與文學批評之割愛論，與其內涵精義、文學思想，成就與影響。王正良〈丈量古典——論梁實秋的文學批評〉指出：梁實秋的文學批評與人文主義和古典主義皆有密切關聯，但以古典主義較能指陳其旨趣所在。蔡宗陽〈《雅舍小品》之修辭藝術〉以修辭手法闡述《雅舍小品》所運用的諸多修辭技巧。鍾怡雯〈論梁實秋的散文譜系與時代意義〉試圖從多重角度考掘梁實秋散文的譜系，並就其散文風格深入討論。

研究梁實秋的碩士論文有：林君儀《抗戰後期的學者散文——王力、梁實秋、錢鍾書三家研究》、鍾鳳美《梁實秋的事蹟與散文之研究》、劉信足《梁實秋《雅舍小品》研究》、昌麗滿《梁實秋《雅舍小品》研究》、廖秀銀《梁實秋及其散文研究》等，數量不多，明顯偏向散文研究，對梁實秋的文學思想、文學批評、翻譯研究則不如大陸的研究成果。

輯四◎
重要評論文章選刊

金燦燦的秋收

一、

　　重九的後三日，梁實秋先生因心肌梗塞病逝於臺北中心診所，噩耗所及，國內海外莫不驚輓。儘管逝者壽登耄耋，且人若其名，華於春者終實於秋，然而秋聲為商，斯文仍不免同感悲傷。迄今不滿兩月，報端爭刊的悼文與報導已經將近百篇。可以想見，知性的蓋棺評論，感性的追念散文，今後仍會陸續出現。這麼沉重而響亮的喪鐘，在臺北，從胡適去世以來，已經很久不聞了。11 月 18 日下午的淒風苦雨裡，安息在北海公墓的那位老人，這一生，究竟做了些什麼，值得文壇如此哀慟呢？

　　梁實秋先生對文壇與學府的貢獻，可從下列五種身分來分析。

　　首先，他是一位散文家。《雅舍小品》系列的雋永散文前後發表了 143篇，而相近的雜文也出過七冊。這樣的產量已經可觀，加以雅舍的筆法清俊簡潔，點到為止，文白相濟，放而能收，引證則中外兼採，行文則莊諧並作，時或誇張而令人驚喜，時或含蓄而耐人尋思，乃成為五四以來有數的散文大家。梁氏的風格上承唐宋，下擷晚明，旁取英國小品文的灑脫容與，更佐以王爾德的驚駭特效，最講究好處收筆，留下嫋嫋的餘音。學者的散文夾敘夾議，說理而不忘抒情，議論要波瀾迴盪，有時不免正話反說，幾番回彈逆轉，終於正反相合。錢鍾書是此道高手，可惜不常出手。《雅舍小品》也有波瀾，但是正反之勢比較收斂。另一方面，比起魯迅的

---

[*]發表文章時為中山大學文學院院長，現為中山大學榮譽退休教授。

恣肆潑辣，梁氏既要維持儒家君子的溫柔敦厚，又要不失英美自由主義的紳士風度、公平精神，筆鋒也顯得不夠凌厲。然而正如里爾克所說：「歸根結柢，唯一的防禦就是不設防。」魯迅爲文，以攻爲守而攻勢凌厲，熱諷夾著冷嘲，有時流於人身攻擊。錢鍾書下筆，聲東擊西，忽反忽正，諷刺雖然犀利，卻罕見牽涉私人，但在另一方面，也不怎麼喜歡自謙。梁氏的幽默總是對事而不對人，筆鋒所掃，往往反躬自嘲，最多是調侃親人罷了。在幽默作家之中，梁氏是最愛低調的一位。在這方面，周作人、吳魯芹、思果等等都與他同調。

梁實秋論散文，常提的幾個主張也都是消極的低調。他認爲現代散文有兩大毛病：「一是太過於白話化，連篇累牘的『呢呀嗎啦』，絮絮叨叨，令人生厭。一是過分西化，像是翻譯，失掉了我們自己的國文的味道。」至於一般的散文，則病在枝蔓而貪多，作者應該知所割愛，「把枝蔓的地方通通削去，由博返約。」他一再強調「簡短乃機智之靈魂」，而且主張「文章要深，要遠，就是不要長」。也就因此，他甚至不滿徐志摩，說徐「爲文，嘗自謂『如跑野馬』，屬於『下筆不能自休』一類，雖然才情橫溢，究非文章正格」[1]。

針對這些毛病，梁先生乃酌用文言的簡潔以濟白話的囉嗦，堅持中文的純粹以解西化的生硬，而且寓深遠之旨於簡短的篇幅。於是他的正格文章，名符其實，都是兩三千字以內的小品，風格在情趣與理趣之間，抒情而兼議論。

梁先生對翻譯的貢獻舉世公認，其中份量最重的，當然是獨力譯完莎翁全集。成就如此的赫克力士大業（Herculean task），五四以來只有梁氏一人。莎劇 37 種，加上詩三卷，一共是 40 本書，梁先生先後也翻譯了近四十年（1930～1967 年），這種有恆而踏實的精神真不愧爲譯界典範。或謂

---

[1]梁氏論徐志摩散文，恐失之於嚴。徐志摩的散文富於想像與情韻，感性十足，獨創一體，自成一家。梁氏散文善收，勝在凝練；徐氏散文能放，勝在奔流。古典的高雅不能否定浪漫的疏蕩，亞波羅的含蓄也不能減損戴奧耐塞斯的淋漓。若謂文長而筆肆則跑野馬，那麼，蘭姆和德昆賽也不免了。

梁氏譯筆忠於原文而文采稍遜，以爲不足。此事一則見仁見智，一則原屬兩難，因爲譯文若要文采斐然，讀來淋漓暢快，每每就失之不忠。梁氏的譯本有兩種讀法，一是只讀譯本，代替原文，一是與原文參照並讀。我因教課，曾採後一種讀法，以解疑難，每有所獲。梁先生自稱他譯莎劇的原則，「是忠於原文，雖不能逐字翻譯，至少盡可能逐句翻譯，絕不刪略原文如某些時人之所爲。同時還盡可能留保莎氏的標點。」

除了 40 本莎著之外，梁氏還譯了 13 種書，其中如《沉思錄》、《西塞羅文錄》、《咆哮山莊》、《織工馬南傳》、《吉爾菲先生的情史》、《百獸圖》、《潘彼德》、《阿伯拉與哀綠綺斯的情書》等，均爲西方文學名著，論文體更遍及散文、小說、戲劇。就算他一本莎著都不曾譯過，仍然可以翻譯成家。

第三個貢獻在文學批評。早在 21 歲時，梁氏即針對康白情的詩集《草兒》寫了〈《草兒》評論〉一文，並與聞一多評俞平伯詩集的文章合出《冬夜草兒評論》，成爲新詩評論的早期文獻。從那時起，一直到他 41 歲時發表〈關於《文藝政策》〉爲止，20 年間他寫了數量可觀的評論文章，所論或爲文學之本質，或爲新文學之趨勢，或爲翻譯之技巧，或爲西洋文學之精神，在當時激起頗大的反響，甚至因此捲入了論戰。黎明版的《梁實秋自選集》裡，作者小傳之末，曾謂梁氏「生平無所好，唯好交友，好讀書，好議論」。季季在訪問記裡提起這句話，梁先生的回答是：「我好議論，但是自從抗戰軍興，無意再作任何譏評。」自從 1949 年遷臺以來，他果然少作文學批評，更絕不與人論戰。所以臺灣的一般讀者，尤其是年輕的一代，但知有散文家梁實秋、翻譯家梁實秋，甚至辭典編者梁實秋，卻不知曾有批評家梁實秋。其實，文學批評正是梁氏前半生文學事業之所在，其激盪之廣，反應之烈，凡我國新文學史家皆難忽視。我們只要翻閱黎明版的梁氏自選集，就會發現所選文學批評與散文的份量，約爲五與四之比，也可見梁氏對自己早年論文的重視。

梁先生 23 歲赴美留學。在這以前，他是熱中浪漫主義的文藝青年，不

但常寫新詩，更與郭沫若、成仿吾、郁達夫等頗有交往。在他赴美前夕，創造社諸人甚至還邀他入社。1925 年，他在〈論中國新詩〉裡更指摘胡適的《嘗試集》平庸而膚淺，冰心的詩有理而無情，卻推崇郭沫若最富詩意。但是美國之行把他帶到新人文主義的門下，博學慎思的白璧德把他從浪漫的熱血提升到古典的清明。這位留學生三年後回國，從此轉頭批評外來的浪漫傾向，成了古典的砥柱。

梁氏的轉變，一方面固然是因受了白璧德的啓發，一方面也因受了新月社同人的影響，更因爲左翼作家在文壇上日漸得勢，甚至創造社都終於放棄浪漫文學而鼓吹革命文學。前述〈論中國新詩〉與翌年的〈現代中國文學之浪漫的趨勢〉，兩文之間，他的改向顯然可見。在前文裡他還稱頌郭沫若的《女神》等詩具有激烈的情感、無涯的靈魂，很富創意，但到了後文裡，他卻回過頭來指摘新文學運動的浪漫傾向，認爲新文學太受外國影響，太推崇情感，流於印象主義，失之皈依自然且側重獨創。後三種浪漫傾向顯然是盧梭的路向，而盧梭正是由外國舶來。梁氏秉承新人文主義，認爲文學的大道在理性的節制與人性的常態，一位作家如果不能全面觀察人生，即失之於偏激，亦即浪漫。也因此，他認爲革命文學與普羅文學都以偏概全，昧於常態，終於和左翼作家短兵相接，捲入有名的魯梁論戰。

或謂那場論戰應正名爲梁魯論戰，其實倒也不必。梁實秋比魯迅小 22 歲，論戰初起時，梁才 25，魯已 47 了，頗有幼犢對老虎之勢。先是 1927 年 10 月，魯迅針對梁實秋的〈盧梭論女子教育〉一文，發表了〈盧梭和胃口〉、〈文學和出汗〉，論戰於是展開。其後兩人交鋒多次，而站在左翼立場相繼評梁者還有馮乃超、韓侍桁等多人，一直要到 1931 年初，才告一段落。論戰內容牽涉頗廣，但主要爭端在於：文學應該正視普遍的人性，抑或強調階級性。梁實秋主張人性超乎階級而且歷久不變，文學表現的正是這種普遍而恆久的人性。魯迅則認爲人性因階級而不同，更隨時代而變化，不能一味要文學去處理抽象的人性。其實，人性與階級性之爭，不能視爲魯梁兩人的私鬥，也不能視爲只是文學觀念之分，因爲在新月社作家

甚至自由主義作家與左翼作家之間，這是遲早會爆發的爭論。一直到 1942年，毛澤東在延安文藝座談會上，還念念不忘把梁實秋作為反面教材，說他是資產階級文藝的代表。

梁實秋反對文學的階級性，是錯了嗎？這是非常嚴肅的問題，不但半世紀前為然，即在今日，不少作家心中仍然會有困惑。若問左翼文人，則答案當然是梁實秋錯了。若問其中從王實味、巴人、王叔明以迄後期的周揚這些人，則他們認為文學不能只講階級性。若問文革以後大陸崛起的新作家呢，他們的答案可想而知。經過文革的浩劫，「廢池喬木，猶厭言兵」，猶厭言紅衛兵吧，誰還對階級鬥爭抱著幻想呢？只要看近如 1980 年代中期，「資產階級自由化」仍然成為大陸文壇爭執的論題，就可知普羅文學並非至上的真理。

梁實秋當年面對老練潑辣的前輩作家，面對人多勢眾又有組織的左翼陣營，敢於挺身而出，明確地指陳文學的本質，為繆思護駕，表現的不僅是智者的眼光，更是勇者的膽識。他不愧為真正的自由主義者，為維護文藝創作的自由與尊嚴，早在 1931 年發表了〈所謂《文藝政策》者〉一文，批評魯迅所譯的《文藝政策》原來是俄共所議決，又在 1942 年發表〈關於《文藝政策》〉，反對張道藩在這方面的主張。於私，魯是敵，張是友。但只要事關文學，就不論敵友，只論是非。這也是有始有終，堅守原則。

1938 年，正當抗戰初起，梁先生接編《中央日報》的「平明」副刊，在〈編者的話〉裡交代：

> 現在抗戰高於一切，所以有人一下筆就忘不了抗戰，我的意見稍有不同。於抗戰有關的材料，我們最為歡迎，但是與抗戰無關的材料，只要真實流暢，也是好的，不必勉強把抗戰截搭上去。至於空洞的「抗戰八股」，那是對誰都沒有益處的。

這段話顯然並未反對抗戰文學，但在當日政治的緊張氣氛下，卻激怒

了左翼陣營，惹來一場圍攻，梁氏竟成了創導「抗戰無關論」的罪人。一直到 1980 年，在巴黎的抗戰文學研討會上，當日攻擊過梁氏的羅蓀等人，還不忘數其舊罪。今日回顧那一段「編者的話」，敢在那樣的場合提出，教人惜其「不智」之餘，仍然欽其「不怯」。所幸在巴黎會上，有梁錫華挺身為梁實秋辯護，而 1986 年 10 月 13 日，柯靈更在上海《文匯報》刊出〈現代散文放談——藉此評議梁實秋與「抗戰無關論」〉，為梁氏平反。

第四個貢獻在學術研究。其最著者，乃一百萬言的《英國文學史》。此書從梁氏 72 歲寫到 78 歲，歷六年始成，但是等到 1985 年才出版，厚1,825 頁，洵為巨著。其姊妹篇《英國文學選》同時問世，更厚達 2,623頁，增加了梁氏在翻譯上的成績[2]。他為遠東版主編的各種英漢與漢英辭典，對莘莘學子甚至國外學人都頗有益處。

第五個貢獻在教育。梁先生在大陸時代，先後任教於東南大學、暨南大學、青島大學、北京大學、北京師範大學與中山大學，並主持青島大學與北京大學的外文系。來臺後則在師範大學任教 16 年，更擔任過英語系主任，英語研究所主任，文學院院長。他在師大任內，先後設立了聲譽卓著的英語教學中心，與規模宏大的國語教學中心，直接受教與間接獲益的弟子，不可勝數。

二、

這本《秋之頌》共分八輯。「正論」六篇論析的是梁實秋先生的思想淵源與文學主張，可以說是為批評家梁實秋正面造像，並為他在新文學早期的言論定位。侯健的兩篇文章在這方面論述尤詳，份量最重，值得有心人細讀而沉思。璧華的導言勾出魯梁論戰的輪廓，頗為扼要；有人認為他似乎偏向魯迅，不宜納入。我認為讓這篇導言與其他五篇並列而觀，當更為客觀，只因相信半世紀前這一場論爭既非私鬥，自有公評。以梁先生的胸

---

[2] 協志工業叢書出版公司出版的《英國文學史》與《英國文學選》，據說是非賣品，實在不利學界的流傳，至為可惜，希望能改變方式，莫負梁先生六年心血。

襟，地下有知，想亦首肯吧。

「側筆」七篇大致上都是較富感性的抒情文章，閒閒落筆，淡淡著墨，夾敘夾議，寫的是梁實秋其人其文，而見出人如其文。七位作者皆是後輩作家，在梁公生前得遊其門而挹其清芬，所以運筆雖多側影，而描寫卻不乏近鏡頭。

「書評」八篇大半以散文為對象，從《雅舍小品》到《槐園夢憶》都有短評。惜乎其半淺嘗而止，而於梁氏卷帙浩繁的譯書，除《情書是這樣寫的》以外，概未論及，因此份量顯得輕些。

對比下，五篇「訪問」紮實得多，不但份量頗重，談論範圍也更為寬廣。有趣的對比是：書評作者幾乎全為男性，而訪問人一律是女性。除〈春耕秋收〉外，所有的訪問都由訪者擬定問題，而由受訪者從容作答。梁氏暮年重聽，不便交談，體貼的訪者乃以書面問題求答，結果是塞翁失馬，焉知非福。書面問答遠比口頭對話要從容而深入，文字也更有斟酌，讀來高明得多。梁氏每寓詼諧自謙，說訪者「出示二十二問，直欲使我之鄙陋無所遁形」。這當然是雅舍後期的幽默，另一方面，梁氏卻曾私下對陳祖文說：「他好比一口鐘，學生想有所問，必須會叩鐘：大叩大鳴，小叩小鳴。」本輯幾位訪者均非和尚，卻會叩鐘，而且認真大叩，直叩得黃鐘鏗然。尤其後四篇，在一年內四位女作家輪番爭來叩問，大鐘竟有叩必鳴，而每鳴必清澈醒耳，餘音不絕。八五老人而反應如此敏捷，真令人欽羨[3]。

「生活」兩篇寫的都是梁氏暮年，可補「側筆」之不足。「哀思」五篇是梁氏後人的追悼心情，親切而深婉，令人感動。〈今我往矣，雨雪霏霏〉一篇，性質雖有不同，但記述梁氏在世的最後三天，詳細而生動，對病故的經過也交代清楚，當為千萬讀者所關切，所以納入此輯。「年譜」長達48 頁，以梁氏一生之著譯為主線，而輔以公私生活之動態，不但詳列事

---

[3]梁氏答陳幸蕙問，謂曾鞏「散文雄渾而典雅，備受時人讚譽，然而無詩」。按曾鞏詩才不高，卻非無詩。清代厲鶚輯撰的《宋詩記事》裡，就錄了曾鞏的詩 12 首。王士禛與惠洪均曾引述彭淵才語，謂「曾子固不能作詩」，與鰣魚多骨，金橘太酸等皆為平生恨事，乃予人曾鞏無詩之印象。

項，抑且確記日期，而遇有風雲際會，更旁及交遊之聚散。有此一篇，梁氏的生平就有了清楚的座標，讓我們看見，反襯在時代的背景上，一位卓越的文學家怎樣長成。有此一篇，未來的梁實秋傳也就有了骨架。

「附錄」三篇裡，梁先生的遺書寫於他殁前三年有半，簡淡之中寓有深情，可與〈今我往矣，雨雪霏霏〉一文參照並閱。梁先生無論做什麼事都有條理，有交代，此亦一例。〈梁實秋印象〉刊於 11 月 4 日，也就是梁氏病故翌日的《聯合報》，共收八位中國學者的電話訪問：作業之快，可比諾貝爾文學獎之報導。「國際學界看梁實秋」則為鄭樹森電話訪問各國漢學家觀感的專輯，刊於 11 月 18 日，也就是梁氏出殯之日的聯副。

三、

這本《秋之頌》由我發起，原來準備蒐集近十年來論述梁氏的文章，編成一本祝壽文集，在梁氏 87 歲華誕，亦即陰曆臘八的慶祝盛宴上，當場奉獻到梁先生的手裡。不料竟然晚了一步，想像中那動人的獻書典禮，是永遠不會發生的了。相反地，一陣冷風倏地吹來，滅了所有的蠟燭，我參加的，卻是送殯的哀傷行列，而非祝壽的熱鬧筵席。祝壽文集變成了追悼專書，不能面呈，只能遙寄了。所幸梁先生在世之日，已經知道大家在籌印這本文集，曾囑文甫與我姿態宜低，不可招搖。我擬了兩個書名：一是「碩果秋收」，一是「秋之頌」。梁先生指定用「秋之頌」。

梁先生謝世之翌晨，臺灣各報均顯著報導，並於副刊推出悼念專輯。此後各方的悼文與追思不斷見報，香港亦見刊登，《明報月刊》的主編甚至在 11 月 5 日拍電報來高雄向我索稿。到 12 月 2 日為止，據《文訊》雙月刊的統計，僅在臺灣刊出的追悼文字已有五十多篇。[4]這當然是祝壽文集的編者始料所未及：那許多情深意切的好文章，若全數收入，則這本《秋之頌》原已超過五百頁，不堪再增；甚至酌選其半，至少也得再納 100 頁，

---

[4]參見〈評介梁實秋的篇章索引〉，《文訊》第 33 期，1987 年 12 月，頁 229〜236。

未免太厚了，何況此類文章今後還會出現；因此決定，除了家人的四篇之外，一般悼文暫不收納，留待以後出版續集時再來考慮。

梁公既歿，文壇震驚，國內海外同聲悲悼。11 月 12 日《光華雜誌》在師範大學舉辦「梁實秋先生文學成就研討會」。《中華日報》設立「梁實秋文學獎」，分為散文及翻譯兩項，以彰梁氏在這兩方面的成就。遠東圖書公司則設立「梁實秋獎學金」，每年六名，以彰梁氏在英語教學上的貢獻。此外，文藝界更建議為梁氏設立紀念館，並出版全集。

梁氏為文學大師，文星之殞本已令人矚目，卻因長女文茜擬自北京迢迢來臺奔喪，申請入境不獲批准，竟滯港多日，東望唏噓，更在開放大陸探親之際，造成政治新聞，令天下孺慕的孝心同聲一嘆。政治使人分裂，文學使人共鳴，想梁氏的千萬讀者都必然同意。他們也必同意，政治不能持久，而文學可以永恆。希望梁氏文學能渡過海峽，被對岸所接受。更希望在未來的中國文學史而非中共文學史上，梁氏終能贏得他應有的地位。

梁氏在遺囑裡吩咐家人「覓地埋葬，選臺北近郊墳山高地為宜，地勢要高，交通要便」。淡金公路上的北海墓園，俯臨海峽，遠望大陸，正是「但悲不見九州同」的梁翁長眠之地。那天下午，在淒苦的風雨裡，看著沉重的紅木棺徐徐降入墓穴，一轉眼即將幽明殊途，忽然想起他譯過的莎翁名句：「我是來送葬，不是來頌揚凱撒。」

我當時的心情卻倒過來，在心底我默念：「我是來頌揚，不是來送葬。這六尺的小天地，怎能就容納你？」

是為秋之頌。

1988 年元旦於廈門街

──選自余光中編《秋之頌》
臺北：九歌出版社，1988 年 1 月

現代文學史上「反主題」的批評家

關於梁實秋研究的講稿

◎溫儒敏[*]

梁實秋是現代文學史上有特色而又較複雜的理論批評家，是有建樹有影響的人物。研究文學史和文學批評，不能忽略了這樣一位著名的人物。近年來已經出現一些關於梁實秋的研究論文，同學們可以找來看看。梁實秋去世後，臺灣九歌出版社出過一本《秋之頌》，是紀念梁氏的文集，其中也收進一些研究論作，還有關於梁氏生平的一些回憶文字。另外，臺灣還出版過一本《梁實秋論文學》[1]，也蒐集了梁氏一些代表性論著。這些書可以找來看。

研究一位作家和批評家，看他的論作最好還是有些系統性，可以按照他的發表先後來看，或者大致有一個專題分類。我建議大家先看看梁氏上個世紀 1920 年代寫的一些文章，尋找他的批評思想的起點。這些文章大都收在兩本書中，即是《浪漫的與古典的》與《文學的紀律》[2]。其中最重要的一篇文章，也是梁實秋的「成名作」，就是〈現代中國文學之浪漫的趨勢〉。通過這篇文章，我們可以了解新人文主義批評理論在中國試行的情況。這篇文章寫於 1925 年底，在第二年 2 月 15 日《晨報》副刊發表，當時影響並不大，但從批評史角度看，有重要的地位。這篇文章是「反主題」的，也就是說，對居於主導位置的文學觀點採取獨立的批判的立場，是有點「異端」的聲音。當時的「主題」是什麼？是五四新文學，雖然那

---

[*]發表文章時為北京大學中國語言文學系副教授，現為教授，博士生導師兼語文教育研究所所長。
[1]梁實秋，《梁實秋論文學》，臺北：時報文化出版公司，1978 年 9 月。
[2]《浪漫的與古典的》由上海新月書店 1927 年出版，《文學的紀律》由上海新月書店 1928 年出版。

時高潮已經過去，但也還是備受推崇的「主題」，肯定的聲音始終比較多。1928 年之後政治風尚轉變，創造社等一班人提倡「革命文學」，開始拿五四開刀。那是另外一種新起的政治性的潮流，是另立「主題」，影響極大。梁實秋對此也是持反對態度。下面還會論及。而在 1926 年前後，還極少有批評家是認真從學理層面反思五四新文學的。梁實秋初生牛犢不怕虎，敢於出來對新文學提出尖銳的批評與反思。當然，從五四開始，就有各種反對和質疑新文學運動的意見，不過都不夠理性和系統，往往還帶著某種情緒。而梁實秋可以說是頭一個試圖從學理上來批評分析五四新文學運動的。

〈現代中國文學之浪漫的趨勢〉這篇文章對五四新文學運動做了整體性的否定，認為這個運動極端地接受外來影響，推崇感情，貶斥理性，標舉自由與獨創，風行印象主義批評等等，都表現為「一場浪漫的混亂」。在梁氏看來，五四文學總的來說並不成功，原因在於「反乎人性，反乎理性」。梁實秋立論是有片面性的，但他確實又較早看出新文學運動的某些歷史特徵與問題。梁氏以新文學陣營成員的身分，藉助系統的西方理論學說，對新文學運動做了有一定理論深度的總體性批評，其片面卻又不無某些深刻性的論述，起碼可以引發人們對五四新文學得失的某些思考。

同學們看梁實秋這些早期論作，會發現他持論的出發點和方法，與 1920、1930 年代大多數作家、理論家明顯不同。他是從新人文主義角度觀察文學現象，議論文學問題的。讀一讀梁實秋的著作，看他們是如何引進、如何闡釋這種西方思潮的，這是一個有意思的課題。

在梁實秋早期論作中，《文學的紀律》這本小冊子也很重要，其中就集中體現了他所推崇的新人文主義的文學觀。梁氏在該書提出一個核心觀點，後來成了他畢生維護的一桿理論旗幟，那就是人性論的文學觀。梁實秋認為，「文學發於人性，基於人性，亦止於人性」。這是從人性角度解釋文學的本質。那麼，文學應當達到怎樣的功能？他還是從人性角度切入，認為人性有善有惡，普通人性總是善惡交織，要以理性來「指導」，盡量抑

制惡的方面，才能達到「健康」的「標準」的「常態」；文學應當起到抑惡揚善的效能。也只有在「標準」之下所創造的常態的文學，才能起到這種作用，是「有永久價值的文學」。由此梁氏又主張「文學的效用不在激發讀者的熱狂，而在引起讀者的情緒之後，予以和平的寧靜的沉思的一種舒適的感覺」，梁氏認為這才有利於「人生的指導」與「人性的完善」。顯然，梁實秋這種觀點傾向於古典主義，他所主張的文學創作或欣賞都遵循「純正的古典」原則，即注重理性，注重標準與節制。他提出一個概念，就是所謂「文學的紀律」，也就是所謂規矩、原則，要用這種「紀律」來抑制浪漫態度，反對感情決潰，否定描寫變態。我們應當注意梁實秋所嚮往的這種「古典」的精神，這是他的立足點，他和新古典主義有著非常緊密的聯繫。

　　關於這種理論淵源，可以看看梁氏另一篇題為〈文學批評辯〉（作於1927 年）的文章。文中這樣提出，批評的「靈魂乃是品位，不是創作，其任務乃是判斷，而非鑑賞」；批評家要有「超然的精神」，但批評「不是科學」，不該滿足於「事實的歸納」，而要著力於「倫理的選擇」與「價值的估定」。在其他一些文章中，梁實秋就都這樣力主批評是判斷的觀點，強調「純正之『人性』乃文學批評唯一標準」。抓住這一點，就能理解梁實秋整個批評思想。

　　這裡有必要對新人文主義的背景做一些簡要的介紹。梁實秋 1924 年在美國留學時，非常崇拜當時在哈佛的新人文主義者白璧德（I. Babbitt），自從選修了他的課之後就為白璧德的思想所吸引，從一個浪漫的文學青年變為新人文主義信徒。白璧德這個人和中國有些關聯，他的父親是在寧波長大的，所以他對中國文化特別是儒家學說有一份欣賞，他的新人文主義到底和中國傳統文化有哪些契合點，是值得研究的。事實上，在當時的歐美，一戰的浩劫造成了社會危機與精神危機，艾略特筆下的那種恐怖的荒誕感（如《荒原》）正反映了這種社會心理。所以出現像白璧德這樣迷戀傳統的知識分子，渴望從傳統道德規範中重建社會秩序。而白璧德的思想贏

得了一批中國留美學生的傾慕，則是因爲這些知識分子擔心社會變動帶來傳統的崩壞，他們不能理解五四文化轉型的意義，而充當了傳統的衛道者。新人文主義所以在五四時期出現，並以此爲旗幟形成了思想守成的「學衡派」，不是偶然的。梁實秋 1927 年回國後先是到了「學衡派」的大本營東南大學，和學衡的骨幹梅光迪、胡先驌等一班人有許多合作，又整理出版過白璧德的著述[3]。他們這個圈子都比較趨向於守成，跟白璧德的影響直接有關。

　　白璧德是以「人性論」做爲他全部理論架構基礎的。需要提醒的是，我們通常對「人性論」的理解比較籠統，也比較政治化。其實「人性論」有許多不同派別、不同的層面。白璧德用於支撐新人文主義的「人性論」不同於我們一般了解的近代資產階級人道主義的「人性論」，一般說的「人性論」是「自然人性論」，主張人的感情欲求與自然本性的合理善良性，要求突破傳統道德習俗、不合理社會制度與虛矯文明的壓制束縛，使自然、純樸、善良的人性得到全面的發展。19 世紀西方浪漫主義就是立基於人性善的「自然人性論」。後來遭到我們不斷批判的人性論，大致就是所謂資產階級人性論。而白璧德的「人性論」是有其特別含義的，是善惡二元的「人性論」。白璧德認爲人性包括欲念與理智、善與惡、變態與常態的二元對立，兩方面的衝突與生俱來，如「窟穴裡的內戰」；浪漫主義與自然主義放縱「欲念」，表現醜惡與變態，是不利於健全人性發展，因而也有礙於健全人生的；真正於人生有實際價值的文學創作，必須基於表現健全常態的人生，因此要有「理性的節制」。白璧德指出「人生」含三種境界，一是自然的，二是人性的，三是宗教的。自然的生活是人所不能缺少的，不去過分擴展人性的生活，才是應該時刻努力保持的；宗教的生活當然是最高尚，但亦不可勉強企求。白璧德希望通過新人文主義的提倡，復活古代的人文精神，以挽救西方社會整體性的危機，以「人的法則」和理性力量克

---

[3]1929 年底與吳宓整理《學衡》上幾篇關於白璧德的文章，結集爲《白璧德與人文主義》，並作長序，交由上海新月書店出版。

服現代社會生活的人欲橫流，道德淪喪。

　　梁實秋師從白璧德，人生觀與學術思想受白璧德很大的影響，他承認自己接受了白璧德理論的「挑戰」之後，終於傾向於新人文主義，文學觀也就「從極端的浪漫主義……轉到了近於古典主義的立場」[4]。梁氏的思想是趨於保守穩健的，他本來對儒家的中庸頗為讚賞。而白璧德的父親在中國寧波長大這種家庭背景使白璧德對中國傳統文化自有一份偏愛。西方文學的理性自制精神，孔子的中庸與克己復禮，加上佛教的內反省的妙諦，鑄成了白氏的新人文主義人生觀和文學觀。梁氏認為白璧德的這一套思想主張暗合中國傳統精神，所以一經接觸，就甚為傾倒。

　　現代文學史上寫過批評文章的人很多，但專注於批評、以批評為職志的並不多。梁實秋是難得的一位，可以說是「科班出身」的專業批評家。研究梁實秋的新人文主義立場，不能不注意他的一些批評理論論作，特別是他早年所寫的一些闡釋西方文論的著作。同學們可以著重看這幾篇：〈卡萊爾的文學批評觀〉、〈亞里斯多德的詩學〉、〈新古典主義批評〉與〈近代的批評〉。這些論作跟梁氏當年在大學講課的需要有關，但也是他有意要建立一套以新人文主義為核心的批評理論。他系統研習西方批評史，是要重新「解釋」批評史，這種學術研究本身灌注了他所推崇的新人文主義精神與理性精神。大家閱讀他這些論文時，不能止於了解西方文論傳入的軌跡，更要尋找傳入中的「過濾」與「變形」。例如，梁實秋解釋亞里斯多德的著名的「模仿」說，就認為其意味著以「普遍的永久的真的理想的人生與自然」為現象，一方面不同於「寫實主義」，因其所模仿者「乃理想而非現實，乃普遍之真理而非特殊之事跡」；另一方面又不同於「浪漫主義」，「因其想像乃重理智的而非感情的，乃有約束的而非擴展的」。這種解釋其實並不符合亞里斯多德原意，有梁實秋自己的借題發揮。梁氏的目標是張揚新人文主義的「理性與節制」精神。這種「古典」精神從梁氏對近代各

---

[4]梁實秋，〈序〉，《梁實秋論文學》，臺北：時報文化出版公司，1978 年 9 月。

種不同批評流派的評估中也明顯可見。

在梁實秋介紹和解釋西方批評流派著述中，〈近代的批評〉是一篇比較完整的論作，應當注意他是如何選擇和過濾西方的文論，並凸出他所關注的哪些「亮點」的。梁實秋把近代西方有影響的批評分為六大家，認為各家各有長短得失：泰納（Taine）為代表的「科學的批評」使文學研究趨於精確，卻不能代替價值判斷這一文學批評的主要目標；佛朗士（Anatole France）所代表的印象派批評注重批評主體審美感覺，卻使批評家的地位降低到一般鑑賞；卡萊爾（Carlyle）所提倡的解說、傳記與歷史的批評手法著重批評之社會的功用，卻將批評的功能局限於為作品當註解；王爾德（Oscar Wilde）的唯美主義批評弊在把藝術與人生隔離；托爾斯泰（Tolstoi）的批評則過於看重文學的平民性與社會功利價值。看來梁實秋對批評史上幾大流派都不怎麼滿意，在他的心目中，唯有阿諾德（Arnold）的新古典主義批評最有可能獲得「成績」，因為其既注重文學的人生價值，又持理性的節制立場。梁氏自稱這是在「歷史透視」的基礎上，選擇和提倡新人文主義。他的文學目標是要借鑑新古典主義批評，建立一種可用之於中國文學的平實、穩健的批評。

另外有些論文雖然重點並非研究批評史，而是討論某種文學美學現象，但也脫不了他的中心意圖。如〈詩與圖畫〉探討創作中的「想像」與「昇華」的涵義，〈與自然同化〉探討作家與自然的關係，兩文運用比較文學的手法評介了在這些問題上中西觀念的契合點，最終還是落腳到新人文主義的理論基點上。

接下來談談梁實秋 1930 年代的批評觀點變化。我們知道，梁實秋成名不算早，1926 年他寫〈現代中國文學之浪漫的趨勢〉時，也還是不見經傳的人物。後來暴得大名，原來是與魯迅有關係。魯迅一批梁實秋，這位「文學青年」反而就出了大名。發生在 1930 年代的這場論爭，梁實秋被魯迅批判，斥為「資本家的乏走狗」，主要是用階級論批評「人性論」。關於這段「公案」，以往大家看魯迅的東西比較多，梁實秋到底是如何發言的，

在什麼語境中發生這樣一場論戰？不一定很了解。梁實秋當年的論戰文字大都發表在一些報紙刊物上，現在找來不容易，大家可以看看梁實秋自選的集子《偏見集》[5]。

　　這個集子的文章多寫於 1928 至 1934 年，依性質分兩類。一類是與魯迅、左翼作家論爭的，有〈文學與革命〉、〈文學是有階級性的嗎？〉、〈辛克萊爾的〈拜金藝術〉〉、〈人性與階級性〉等，其主旨都是反對文學的「階級論」、反對「革命文學」運動。從政治的角度看，代表了當時文壇的自由主義思潮，與當時左翼文學運動背道而馳。而魯迅和左翼作家批評梁實秋，主要針對其「人性論」。那麼這所謂「人性論」到底怎麼回事？梁氏這一時期更力主文學表現「人性」，然而其「人性」的涵義仍是新人文主義所謂「常態的」人性、理性制約下的「健全」的人性，如前所述，這和一般資產階級的「人性論」是有很大區別的。可是當初乃至後來凡批評梁實秋的「人性論」，似乎都將它與一般資產階級人道主義「人性論」捆在一起批，其實並未能擊中要害。倒是梁氏自己感到，他所起用的白璧德的思想武器有點力不勝任了。白璧德的新人文主義主要是用以抨擊浪漫主義以降的西方文藝思潮。1920 年代末遭受經濟危機的襲擊之後，新人文主義在美國曾一度流行，白璧德企圖以此做為救治西方社會整體性危機的靈丹妙藥。而梁實秋卻用於對付無產階級文學，多少有點「文不對題」。因此梁氏不得不對自己的理論做了些修正。上述幾篇文章除了仍講「普遍人性」之外，又吸收了英國後期浪漫派批評家卡萊爾在《英雄與英雄崇拜》中提出的「天才」統治論與貴族化的文學論（在此之前梁氏是否定卡萊爾的，見〈卡萊爾的文學批評觀〉），認為文學與革命都只能是天才的作為，文學既然是天才個人的精神活動，就只能是少數人的；大多數人的作為（如革命運動）並不能產生真正的文學。在急進的時代潮流面前，梁實秋推崇新人文主義文學觀顯然勢單力薄，也暴露出一些難於彌補的漏洞；儘管梁氏極

---

[5]梁實秋，《偏見集》，南京：正中書局，1934 年 7 月。

力維護，但做爲一種思潮，新人文主義到 1930 年代中期終於一蹶不振了。

　　不過今天重讀梁實秋這些文章，多少也還可以發現他做爲獨立的批評家畢竟又有敏銳的目光。他對「革命文學」左的弊害的批評，有的就切中肯綮。1930 年代左的機械論與庸俗社會學在文學領域廣爲流行，如美國作家辛克萊爾機械論味濃重的《拜金藝術》就爲許多左翼作家、理論家所推讚。另一方面現代主義所推崇的某些美學觀念與創作、批評方法，如心理分析說也有相當影響。梁氏把這些學說主張一概視爲異端謬論。他所作〈辛克萊爾的《拜金藝術》〉一文，對庸俗社會學的文學觀與心理分析派的批評，就是左右開弓。梁氏指出「心理分析派以對付病態心理的手段施於一切文藝，以性欲爲一切文藝的中心，是武斷的。辛克萊爾這一派以經濟解釋文藝也是想以一部分的現象概括全部，同樣失之武斷。這兩個『謊』號稱爲『科學的藝術論』實在是不科學的。因爲它的方法是演繹的，是以一個原則施之於各個對象，不是從許多材料中歸納出來的真理」。這些話，今天讀來仍不無啓發。如果將梁實秋這些文章與當時批判他的文章放在一起來讀，也許是更有意思的，這樣，不光對梁氏的理論得失會有較客觀的了解，對這一段的文學思潮及論爭的認識，大概也會更有「立體感」。

　　比如這些年從國外引進許多理論方法，給文學研究與批評帶來一些新氣象。但我們漸漸發現有許多理論脫離了其既定背景，生硬地植入一個不一定適合的土壤，效果值得懷疑。那種丟棄了文學的情感性和藝術個性的批評，把文學當作僵死的東西而大動手術的理論剖析，確實有「科學主義」的弊病。對此我們是越來越不滿了。類似的對「科學主義」的批評，我們在梁實秋幾十年前寫的《偏見集》中也聽到了回響。該書第二輯的其餘幾篇文章，是屬於批評理論與美學探討及文學評論的。〈科學時代中之文學心理〉指出文學與科學的分工只在「方法與觀點」上，而不在「領域」上，現代科學的發達不可能促成文學的衰退消亡。文學批評與創作也不屬同一層面，批評是關於文學的思想見解，必須條理清楚，邏輯嚴謹；而創作則是感性的摸索與雕琢。梁實秋對於 1930 年代較常見的那種追求「科學

性」而趨於晦澀，或追求「印象式」而陷入含糊的批評作風，都做了理論上的否定。1930 年代他很少再講新人文主義或新古典主義了，但其理論基點仍然沒有多少變化。他孜孜以求建樹的仍是那種穩健的批評。〈現代文學論〉則再次對五四以來新文學做鳥瞰式的歷史總評。值得注意的是，1930年代的梁實秋仍是堅持「為人生」的口號。不過梁氏的「為人生」與重功利重宣傳的「為人生」大異其趣。他主張文學基於人生體驗，堅持文學是人生的反映。這也是他品衡整個新文學得失的主要標準。從這些文章的具體論述中，也可以看到梁氏那種不同於五四以來的現實主義、浪漫主義，又不同於現代主義或「革命文學」的批評理論品格。

　　《偏見集》第三輯所收一些文字比較雜，從寫作時間看，橫跨 1940 至1960 年代。這些文章內容以批評理論、鑑賞理論及美學的探討為多。在〈文學的美〉中梁氏認為，文學裡有美，但不太重要，因為文學以文字為媒介，本身也沒有太多的音樂的美與圖畫的美。文學中所表現的東西才是重要之所在。該文指出，「『教訓主義』與『唯美主義』都是極端，一個是不太理會人生與藝術的關係，一個是太看重於道德的實效。文學是美的，但不僅僅是美，文學是道德的，但不注重宣傳道德。凡是偉大的文學必須是美的，而同時也必須是道德的。」當年梁實秋曾就文學中的美的問題與朱光潛展開過一次討論，周揚也曾參加這次討論，並撰文指出梁氏將文學的美局限於形式以及對美與道德二元看法的謬誤，同時又肯定支持了梁氏堅持文學現實性與功利性的正確一面。梁氏〈文學的美〉是當年引起美的問題討論的文章。〈文學講話〉則是到臺灣之後寫的類似「文學概論」的長文，分文體部類加以論說，涉及文學觀念、文體特徵、創作方法、批評方法等等。論題很廣，但深入淺出，系統而又圓熟地發揮他持之以恆的文學觀與美學觀，在一些比較具體的命題的論述上，不乏精采脫俗的見解。梁實秋是莎士比亞研究的權威，這方面的論作較多，大家如果有興趣，可以選〈莎士比亞的思想〉一篇，以斑見豹，略窺梁氏「莎學」造詣之精到。

　　梁實秋所獨立支持的新人文主義文學觀，是自成體系的，在現代文學

史上充當了「反主題」的角色。由於現代中國特定的歷史條件，梁氏的文學觀與美學觀注定得不到文壇的響應，且終於被現代文學主潮的發展所拋棄。然而梁實秋畢竟又是一位有理論個性的批評家和美學家，他對一些具體的批評理論與美學課題的探求有失也有得，無論得失，都已經在文學史上留下了它特有的痕跡。通觀梁實秋有關文學美學的論著，領略其獨異的批評風格和某些睿智的探求，還可以從他那理論得失在新文學發展過程所留下的印記中，引發某些歷史感。

——原為講稿，寫於 1988 年，2005 年 8 月略作整理

——選自高旭東編《梁實秋與中西文化》
北京：中華書局，2007 年 1 月

論梁實秋在中國現代文學批評中的地位

兼談認識梁實秋的方法

◎劉鋒杰[*]

　　梁實秋屬於那種不易評價的人。其中有三個障礙將他與人們隔開了。第一，在政治上，梁實秋的右傾色彩太濃，濃得人們只有保持著對他的遠距離觀照，才能證明觀照的合理性；第二，在文藝思想上，梁實秋倡導人文主義，應者寥寥，頗感寂寞，保持對他的低調評價，似與這種史實最爲切合；第三，梁實秋雖有批評理論，卻缺少有力的批評實踐，這對評價他的人們，失去了有力的引證。因此，我認爲評價梁實秋需要一種強大的透射才能完成。既要在他的政治色彩之後看出他的價值，又要在他的一系列老氣橫秋，典雅陳舊的詞語中看出他的針對性，還要撇開他批評實踐的貧乏，看他理論的時效性和必要性。梁實秋所走的路，也許狹小，但卻未必沒有一絲一毫的發現，並用這種發現去救時弊。正是基於此，公正地討論梁實秋在中國現代文學批評中的地位，顯得不無重要意義。

一、

　　要想了解梁實秋，必先了解古典主義。

　　做爲一種文學思潮看，古典主義乃指 17 世紀出現於法國的一場文學運動。高乃依、拉辛、布瓦洛是它的代表人物。布瓦洛《詩的藝術》一書概括地表達了這場運動的理想與準則：理性至上，傳統至上，人性至上。理

[*]蘇州大學中文系文藝理論和美學教研室教授。

性至上即將理性看作創作的立法者，傳統至上主張以古人爲典範，人性至
上宣揚的乃是文學必須表現不變的人性。這說明古典主義文學運動講求共
性，權威，規則，忽視個性，想像和創新精神。

做爲一種文學思想看，按照梁實秋的理解，它是一種與浪漫傾向相對
立相衝突的文學質地或曰文學精神。「古典的與浪漫的兩個名詞不過是標明
文學裡面最根本的兩種質地，這兩種不同的質地可以在同一時代同一國土
同一作家甚至同一作品裡同時存在。」[1]亞里斯多德常被當作這種精神的經
典闡釋者，朗占諾斯、賀拉斯、布瓦洛、蒲伯、文克爾曼和白璧德均被看
作古典精神的維護者，在不同的歷史時期裡爲它的延續做出了應有的貢
獻。對於這種文學傾向，多米尼克・塞克里坦對它的解說大致不差：「它以
適度的觀念，均衡和穩定的章法，尋求形式的協調和敘述的含蓄爲特徵；
古典主義主張模仿古代作家，棄絕對罕見事物的表現，控制情感和想像，
遵守各種寫作體裁所特有的規則。」（《古典主義》）因此，不論從哪個方面
看，古典主義總是給人這樣的印象：陳舊的思維方式，古板的形式規則，
缺乏自主性與創造性，冷冰冰不動感情，向後看忽視現實……特別是在當
代生活中，這種印象尤爲鮮明凸出。將古典主義等同於保守主義，教條主
義，形式主義，從而斷言它是一種舊文化，死文化，已不是一個少見的觀
點。

五四做爲一場反對封建傳統的個性解放運動，是在西方思想的啓發與
導引下進行的。但是古典主義思想不在其內。陳獨秀主張「推倒陳腐的鋪
張的古典文學，建設新鮮的立誠的寫實文學」，不是明確針對古典主義的，
其批判鋒芒，卻也不能說未指向古典主義。吳宓、梅光迪等人創辦《學
衡》，與新文化運動對壘，精神與態度乃至方法，都與古典主義一脈相承。
魯迅在反擊中，揭穿他們「假國粹」的面目，也是置古典主義於不顧的，
茅盾亦是西方文學的積極引進人，但在他的目錄表上，獲得位置的是浪漫

[1]參見梁實秋，《文藝批評論》，上海：中華書局，1934年3月，頁116。

文學，寫實文學和表象神祕的文學。他有一個文學進化的公式：個人的（太古）──帝王貴閥的（中世）──民眾的（現代），他認為從第二階段過渡到第三階段，是現代文學發展的方向，古典主義文學，亦被排斥在外，在這樣的文化氛圍之中，古典主義進入中國的命運只有一個：遭到反對與唾棄；介紹古典主義的態度，似乎也只有一個：通過介紹去批評古典主義，方可保持一個學者的尊嚴。與古典主義黏連，實乃危險的姻緣，已是五四新文化運動對每一個現代學人早就發出的警告。

　　梁實秋無疑沒有認同這種時代選擇，他倒成了繼吳宓、梅光迪之後在中國公開樹立古典主義之旗的批評家。他的《浪漫的與古典的》、《文學的紀律》、《文學批評論》、《偏見集》，則從文學史、文學性質與批評實質諸方面，為古典主義唱了一曲贊歌。在他的思想中，古典文學成了理想的文學，健康、和諧、均衡；回到古典去，才是挽救文學命運的唯一正途，發展文學的不二法門。他主張和呼籲，一切文學，若要有價值，就應像古典主義那樣去表現永恆不變的人性，用理性制約感情，以免它去泛濫，破壞了文學所應有的節制。一切文學批評，若要不負它的職責，就要將所有作品都放在古典文學的巨大傳統之中，加以比照，然後得出取與捨的結論。結果，梁實秋與現代的大多數文人相衝突。在〈文人有行〉裡，他說：「第一流的大文學家往往都是健全的人，他們的生活常常是有規矩的不怪癖的；把頭髮染成綠顏色，手攜巨大的向日葵，在酒店殺鬥，猥褻誨淫，等等，往往是第二第三流的文人」，不僅將矛頭指向頹廢派作家，也指向了浪漫主義作家，郁達夫就是梁實秋深為不滿的一個。在〈文學與革命〉裡，他宣布「大多數就沒有文學」，「德謨克拉西的精神在文學上沒有實施的餘地」，就使他與民眾之間劃出了一個十分分明的界限，從而否定了文學在爭取民主的鬥爭中所能擔負的職責。特別是〈現代中國文學之浪漫的趨勢〉，否定了五四文學，將它看作「浪漫的混亂」，這就無異於是說中國現代文學的源頭已污濁，它不可能匯成一個氣象萬千、清澈斑斕的大河。因此，實際上，梁實秋已將自己放在五四文學的對立面，放在革命文學的對立面，

在一個反對封建傳統的時代裡，成了傳統的維護者，在一個以個性自由為標誌的時代，成了漠視個性的說教者，在一個破壞秩序，打破平衡，走向鬥爭的情境裡，成了要紀律，要常態，要和諧的保守主義者。這就無怪乎人們過去要把他的思想當作「反動的文學理論」加以「激烈的抨擊」。（馮乃超〈冷靜的頭腦〉）今天，仍然只能得出相近的看法：梁實秋「與五四精神相背離」。（王本朝〈論中國現代文藝思想史上的梁實秋〉）

問題遠非如此簡單。梁實秋是個保守主義者，可他是一個現代的保守主義者。一方面，固然在學理上他要用古典主義去衡估一切新文學的價值，另一方面，他亦沒有完全排斥那些與五四精神相同相近的標準。接受「五四運動的革新的主張」（〈憶《新月》〉），也是梁實秋思想的一個來源。發表〈論思想統一〉、〈思想自由〉二文，是為實例。在〈論思想統一〉中他寫道：「近年來在一般的宣言、演說、報章裡，時常的看見『思想統一』的字樣，好像要求中國的統一必須先要思想統一的樣子，這實在是我們所大惑不解的一件事。思想這件東西，我以為是不能統一的，也是不必統一的。」在〈思想自由〉裡認為：「中國現在令人不滿的現狀之一，便是人民沒有思想自由。」時當 1920 年代末和 1930 年代初。我們可以說梁實秋對中國革命，對革命文學的指斥不切合實際，但我們無法否認梁實秋對國民黨當局的批判不深刻，不真實。「思想統一」的口號曾由蔣介石、汪精衛等人倡導過，敢於公開否定這一點，追求的正是人的自由品格。這與五四精神有著血脈相通的地方。甚至就是當梁實秋擺出一副貴族派頭，聲言文學就不是大多數的，大多數沒有文學，把文學看作個人主義和天才的產物，梁實秋的命題錯了，但又未嘗沒有通過這種錯誤的命題，多少傳達出了個性可貴的思想，肯定了知識分子做為思想啟蒙者的價值。這同樣與五四精神有著一定程度上的聯繫。我認為，梁實秋與五四精神的關係是隔與不隔。造成前者，是因為梁實秋選擇與信奉古典主義，使他成為穩健派，漸進主義者，有傳統癖的人；造成後者，是由於梁實秋畢竟生長在五四新文化的氛圍中，接受的是西方的教育，使他不能完全與反古典主義的近、現

代精神相隔離，這就使他能在一定範圍中，一定程度上，承認五四精神的合理性。不了解梁實秋與五四之間的隔是主要的，會把他看錯；不了解他與五四之間不隔的地方，亦會把他看走樣。梁實秋確實不是推動五四精神深入發展的人，但又不能否認他獲得五四精神的啓迪，因而產生這對於五四精神的回應。即使這種回應很微弱，或者已被他的表述所扭曲，只要有，就應該被肯定。

二、

　　就具體的文學觀點看，梁實秋亦非一無是處。古典主義桎梏了他，使他喪失了寬廣的審美趣味和敏銳的感受能力，面對不斷變化新潮迭起的文學大世界，無力做出急速的反應與分析，但是，古典主義亦未必沒有給他一些機會，從而看清某些文學問題的癥結。撮其要者討論，有如下幾個與眾不同的地方，恰恰說明了梁實秋的見地。

　　第一，人性問題。人性屬於文學的內容範疇。梁實秋反覆強調過文學表現人性的重要性。「文學發於人性，基於人性，亦止於人性。」（〈文學的紀律〉）「文學就是這最根本的人性的藝術」。（〈文學是有階級性的嗎？〉）梁實秋所談人性源自古典主義的人性觀，因此，他的人性論具有濃厚的古典主義色彩：強調社會性，排斥個體性；強調共通性，排斥差異性；強調穩定性，排斥變動性。這至少有三種表現：

　　（一）將人性與自我對立起來，梁實秋認為：「偉大的文學亦不在表現自我，而在表現一個普遍的人性。」（〈現代中國文學之浪漫的趨勢〉）否定自我是因為在他看來，自我純屬人的感覺範疇，未經理性的洗禮，所以既不是人的常態，故其也就算不上是人的真實。因此，當梁實秋從五四文學中看到「母親的愛，祖母的愛，三角的愛，學校的生活，青春的悲哀，情場失意，瘋人筆記，狂人手扎，絕命書等等」描寫時，他不是從中看到生命的躍動與生機，而是看到了膚淺與平庸；不是看到這些悲劇性題材之中都積著個性的憤懣，正是個性不得自由而又嚮往自由的呼籲與抗爭，而是

把它看作只是作家對於生活的浮光攝影式感想與印象。在這裡，梁實秋正是把自我看作是文學創作的障礙，看作是人性的障礙，因而也就是將自我看作是偉大文學的障礙。

（二）將人性與階級性相對立。從經濟角度劃分階級，梁實秋不否認。但從精神意識上劃分階級，梁實秋不接受。他的看法是「人生現象有許多方面都是超乎階級的。」梁實秋認為「一個資本家和一個勞動者，他們不同的地方是有的，遺傳不同，教育不同，經濟的環境不同，因之生活的狀態也不同，但是他們還有同的地方。他們的人性並沒有兩樣，他們都感到生老病死的無常，他們都有愛的要求，他們都有憐憫與恐怖的情緒，他們都有倫常的觀念，他們都企求身心的愉快」。梁實秋認為文學的國土不能限定於一個階級。限於階級，文學就是狹隘，就是墮落。(〈文學是有階級性的嗎？〉)僅在一點上，梁實秋讚揚過無產階級文學運動。「普羅文學家凡有所作，必是聚精會神的，劍拔弩張的，其精神是十分的嚴重。」(〈文學的嚴重性〉)因為梁實秋認為文學是一項十分嚴肅的工作，輕佻、隨便、無所用心地對待文學，都是有害文學的。但是他反對無產階級文學的創作目的，反對無產階級文學對階級性的要求。只有人性才會帶來文學的生命，階級性是對文學生命的破壞。站在人性的立場上，梁實秋成了文學階級性的堅定否定者。

（三）將人性與時代相對立。在梁實秋的批評辭彙裡，時代的概念不是沒有，但他使用得極少。梁實秋僅只承認時代與文學的暫時聯繫，或者說，時代與文學之間只有一種不穩定的外在聯繫。「若說藝術絕對不受時代影響，這不會是真的，即使是真的，也不是對藝術的讚揚。藝術的產生與當時社會環境及哲學思想自有不可分離的關聯。」(〈王爾德的唯美主義〉)然而，梁實秋認為時代對於文學的制約性並不深及文學的本質，所以時代性只是一種外在於文學的附加之物，「一部作品有它的精髓，亦有它的附屬的『時代精神』與『地方色彩』，那精髓即人性的描寫，其他附屬的則無關緊要。」(〈古典文學的意義〉)因此，在談到批評任務時，梁實秋賦予它的

職責，就在於發掘人性。時代性成了批評可談可不談的問題。「是故文學批評不在說明某一時代某一國土的文學標準，而在於超出時代與地域之限制，建立一個普遍文學的標準，然後再說明某一時代某一國土的文學品味對於這個標準是符合抑是叛異。」（〈文學批評辯〉）實際上，在人性與時代性的關係上，梁實秋完成了一個否定之否定的邏輯遊戲。他否定了忽視時代性的看法，又否定了時代性對文學的限定意義，結果，他與被他否定的王爾德一樣，依然只看人性，而置時代性於有無之中。

　　在這裡，若要僅此而論，梁實秋無疑保守而且反動。左翼文學陣營對於梁實秋的反擊，正是抓住他的「人性不變」、「人性共有」進行的。馮乃超認爲梁實秋犯了「在抽象的過程中空想人性的過失」，所以，按照馮乃超的意思，「討論文學是人性的表現，這與黑人的皮膚是黑色的一樣，同是無聊的問題。」（〈冷靜的頭腦〉）魯迅將焦大與林妹妹，煤油大王與檢煤渣老太婆加以對比認識，即在說明社會中人是具體的有差異的存在。這揭示了人性變動的一面。但是，動與靜相對，難道由此人仍不會想到人性也有靜的亦穩定的一面嗎？設若沒有，那麼，文學史上眾多的傑作爲什麼會與後代人產生共鳴？從時代、階級上分析，過去的傑作，無論是它們的作家，還是它們的內容，都已與今天迥然有別。我認爲，在強調文學與人性關係時，借人性論反對階級性，體現了梁實秋的政治傾向，是他這種人的必須表現，但不能不承認梁實秋抓住了一個重要問題，包含一定的合理性。文學確實與人性有過十分密切的結合，階級性也許會改變這種聯繫的方式、強度，若以爲從此以後，文學與人性絕緣，顯然不合事實。就是《阿Q正傳》，僅從階級性上去分析，也不十分完滿。精神勝利法做爲一種弱點，正是人性的弊病之一。就拿梁實秋將人性與自我對立這點看，也絕非文藝思想史上所僅有。詩人艾略特強調詩是「逃避個性」的，與此有異曲同工之妙。公正地講，梁實秋看輕自我，看重人性，也道及了文學的特點。甚至當梁實秋視人性不變，文學無進步時，梁實秋也對我們富有啓發意義。實際上，古往今來的文學，不是組成一個鏈條環環相扣而各自保護著獨特的

價值與意義，而是不斷地共存，在相互比照之中獲得價值與意義。任何文學作品，都是在文學整體格局中的存在，被整體格局賦予意義。結果，當梁實秋強調人性不變，文學無進步，古典文學始終是文學標準時，他擁有的已是帶有很強色彩的整體性的文學觀。文學傳統在梁實秋的文中頻繁出現，雖然不無學究氣，卻又使他的批評具有歷史感。這與強調時代性、階級性乃至個性的文學觀，實在構成了互補狀態。遺憾的是，這種互補狀態在當年以對立被解除了，在今天，也未獲得充分的肯定與準確的說明。在這點上，倒是艾略特所說的另一段話，對於認識梁實秋，有著啓發意義。艾略特指出：歷史的意識「不但要理解過去性，而且還要理解過去的現在性；歷史的意識不但使人寫作時有他自己那一時代的背景，而且還要感到從荷馬以來歐洲整個的文學及其本國整個的文學有一個同時的存在，組成一個同時的局面。這個歷史的意識是對於永久的意識，也是對於暫時的意識，也是對於永久和暫時的合起來的意識。就是這個意識使一個作家成爲傳統的。同時也就是這個意識使一個作家最銳敏的意識到自己在時間中的地位，自己和當代的關係。」（〈傳統與個人才能〉）梁實秋的人性觀，不是一種現實意識，但不是具有一點歷史意識的特點嗎？

　　第二，文學與科學關係。這屬於文學的特性問題。對這一問題的不同回答，源自對精神生活基本特點的認識。現代中國崇拜科學始自西方文化的東進。五四新文化運動強化了這一進程。1923 年爆發科學與玄學的論戰，儘管玄學派對科學萬能提出了疑義，但是，並沒有轉變人們從科學角度解釋一切人生問題的信心與努力。「科學在世界文明各國皆有萌芽。文藝復興以後，它的火焰在歐土忽熾。近百年來，更是火星迸裂，光明四射。一切學術，十九都受它的洗禮。即如言奧遠的哲學，言感情的美學，甚至瞬息萬變的心理，瑣碎繽紛的社會，都一一立在科學的舞臺上，手攜手的向前走著。」[2]現代中國，正是這種科學精神泛化的時代。從科學角度說明

---

[2]吳稚暉語，轉引自郭穎頤《中國現代思想中的唯科學主義》，江蘇人民出版社，1990 年 7 月，頁 35。

文學成了時代風尚與思維定勢。五四時期，茅盾就十分強烈地表達了新文學創建者們對於科學的認同。「文學到現在也成了一種科學，有它的研究的對象，便是人生——現代的人生；有它研究的工具，便是詩（Poetry）、劇本（Drama）、說部（Fiction）」（〈文學和人的關係及中國古來對於文學者身分的誤認〉）。在引導新文學作家時，茅盾亦將引導重點放在「科學精神」培養上。「現在國內有志於新文學的人，都努力想作社會小說，想描寫青年思想與老年思想的衝突，想描寫社會的黑暗方面，然而仍不免於淺薄之譏，我以爲都因作家未曾學自然派作者先事研究的緣故。」「我們應該學自然派作家，把科學上發見的原理應用到小說裡，並該研究社會問題，男女問題，進化論種種學說。否則，恐怕沒法免去內容單薄與用意淺顯兩個毛病。」（〈自然主義與中國現代小說〉）其後，社會科學的強勁發展，使得文學與科學精神的關係，不是鬆了，而是緊了；不是抽象地被肯定，而是具體化爲文學的條例；不是應者不眾，而是異口同聲。這產生兩種影響：一方面，科學精神的強烈介入，使現代文學獲得了思想旺盛，理性濃重的特定品格，與人生的距離極小；另一方面，從科學上談文學，使文學與科學之間大同小異，即目的一致，手段相別，最終，文學性質被科學所取代。儘管不少批評家對此不甚滿意，運用不同方法保護文學的本體特徵，如李健吾提出的「文學自足性」，朱光潛的「藝術即直覺」，但是，正本清源的觀點極少，無人敢置科學而不顧。所以，他們能使自己與「科學」保持一定的距離，卻不能針對普遍流行的「文學科學化」直接做出反對論證。

　　梁實秋具備這個資格。對於一個古典主義者來講，懷疑科學乃至批判科學，是明顯的傾向。白璧德主張「人的法則」，反對「物的法則」，就包含著對科學精神的否定。梁實秋也認爲「人性」「絕不能承受科學的實證主義的支配，」「凡是價值問題以內的事務，科學便不能過問。」他甚至將近代科學稱作僞科學。因此，在談到文學批評時他認爲絕不能「以科學方法施於文學批評。」（〈文學批評辯〉）丹納用科學的實證方法研究英國文學，梁實秋斥爲不純正；潘光旦著〈小青之分析〉，從精神分析心理學角度說明

他的研究對象，梁實秋說：「一件文學作品經過精神分析的宰割以後，並不發生批評的價值。」（〈書評兩種〉）特別是涉及文學性質，他更清楚地表達了自己的基本看法，劃清了科學與文學的界限：「科學以實證的方法研究自然與社會的現象，文學以經驗的想像的方法來說明人生，科學的方法沒有文學的方法之優美動人，文學的方法沒有科學方法之準確精細。」「科學不能幫助任何人創作文學，亦不能幫助人理解文學作品，亦不能做為文學批評的根據。」（〈科學時代中之文藝心理〉，係書評。）一句話，梁實秋認為科學屬於「物的法則」範疇，解決事實的歸納，統計的研究等問題，文學屬於「人的法則」範疇，解決倫理的選擇，價值的估定問題。文學不是科學，科學也就不能說明文學。

梁實秋的這種主張，有其明顯的意圖，反對運用唯物史觀解釋文學，是他反對科學介入文學的引申。梁實秋認為文學是一種「最繁複最富變化的東西」，他沒有完全否定文學與經濟的聯繫，但是他以為「若完全歸納到經濟解釋之下，那就和佛洛伊德以性本能解釋一切文藝，泰納以氣候解釋若干文藝，一般的武斷，籠統，魯莽！」（書評〈《唯物史觀的文學論》〉）在前面，曾提到梁實秋反對階級文學這一口號，歸根結柢，也是因為梁實秋不承認唯物史觀對文學的解釋。

很顯然，梁實秋的論述中存在著錯誤。不過，一概否定他，缺少分析的態度。以為梁實秋提出的問題僅只是一個「稍具文學常識的人都能回答」，「可以無須評論」的簡答題[3]，其實是對文學知之不深的表現。在一個相當長的時期內，運用科學思維解釋文學，只看文學與客觀現實的關係，將反映生活、再現生活、剖析生活當作基本特性加以肯定，固然強化了文學與生活的關係，強化了文學的科學功能，同時，因為失之偏頗，也使現代文學的文學性受到削弱。這足以證明，文學和科學不是一件事，確切地講，文學與科學的區別不僅在於它們目標一致手段相異，也包括目標上的

---

[3] 傅東華，〈圖書評論所評文學書部分的清算〉，《文學》創刊號，1933 年 7 月 1 日。

分歧。分析心理學的重要代表人物榮格，曾從心理學角度討論過藝術活動，但他的結論只是：「藝術就其本質而言，不是科學；科學從根本上說也不是藝術。這兩種精神活動都有自己獨特的地盤，只能從自身來得到闡釋。」（〈分析心理學與詩的藝術〉）文學表現情感，作用於人的美感；科學創造知識，作用於人的理智。情感與理智，雖然不是絕緣的，但若從理智方面，完全地描述乃至理解情感，目前是做不到的。所以，梁實秋提出這問題，確實至關重要。現在有不少人主張文學與生活的關係是審美反映，文學表現的乃是整個人生，與梁實秋的觀點就很接近，但似無梁實秋看得深。我認為只要科學不能徹底征服人類情感這塊蠻荒之地，文學和科學的區別就存在，梁實秋指出文學與科學的區別這一點，就有合理性。

　　第三，文學與內心生活問題。這裡所談側重文學與生活關係。重視人的內心生活，是古典主義者的特色。白璧德講過：「人道主義和宗教都要求內省，把它當作內心生活及它相應活動的先決條件。這種活動消失後剩下的就只有功利主義的外在活動，就會導致對物質效果的片面迷信，最後導致標準化。」（《批評家和美國生活》）白璧德並不主張回到清教徒的內省中去，但他同時指出拒絕神學時不能拒絕這種「內心生活」。「內心生活」實際成為白璧德抵制現代社會的標準化、同一化、規則化的方式，成為人能獨立超然於物質利益之上的特有品性，成為人的真實自我活動的完滿領域。梁實秋沒有在這個意義上明確講述白璧德的看法，但他無疑接受了這個觀點的內涵：人必須擁有內心生活，才能成其為「人」。「這人生的精髓就在我們的心裡」（〈文學的紀律〉）就是梁實秋對白璧德的繼承。將內心生活視作文學創作的一個特點，是梁實秋與流行觀點的一層差異。梁實秋不只一次地指出「從人心深處流出來的情思才是好的文學」（〈文學與革命〉），並且說：「凡是從人心深處流出來的東西，方能流向人心深處去。」（〈書評兩種〉）因此，他認為一個作家去把握人生時，不是把握它的現象層，而應把握它的實質層，梁實秋很推崇司蒂芬斯的作品《瑪麗瑪麗》，說它感人，關鍵就在於「作者至高無上的理性力，能透視一切，能鑽入窮人

的家裡，剜出一顆窮人的心。」梁實秋認爲，限於現象層的作品，也許可以轟動一時，但卻無法永久。只有抓到了實質，尋到了人人共有的那種心之顫動，才使文學永久。

正是基於此，梁實秋對作家深入生活的流行觀點持審慎態度。他既不同意將作家生活的豐富與否看成就是擴大生活領域，也不同意用生活經歷的多少、新舊來評價創作的成與敗。在〈什麼是「詩人的生活」〉裡，他寫下了一段分量頗重的話：「所謂豐富的生活，其內容是不便列舉的，要看個人隨時隨地的機緣而定。沒有『許多夜夜不同的狂歡』的人不見得做不好詩；『聽過婦人產時呻吟』的人，不見得作起詩來就比別人好。一個人的生活之豐富與否，還要看個人的性情和天賦而定。足跡遍世界的人，也許是無異於行屍走肉，也許只淺嘗了些皮毛；畢生不出鄉村的邊界的人，也許對人性有深切的認識。所以要有豐富的生活，並不一定要『到民間去，到自然去，到愛人的懷裡去……』只要隨時隨地肯用心觀察用心體貼就是了。」梁實秋的觀點是人生無處不在，生活到處都有，一個作家又何必放棄他熟悉的人生去感知去開掘而另闢新領域呢？實際上，不是多看，而是多想，不是多走動，而是多體驗，是作家對待生活的主動態度，把握生活的有效方式。有了這種主動態度、有效方式，按照梁實秋的理解，作家的生活自然會豐富，作家的作品自然會成功。否則，天天早晨去海濱，天天夜晚有狂歡，常聽產婦呻吟，嬰兒啼哭，也還是淺薄無聊。

在這裡，梁實秋實際成了一個體驗論者。他賦予作家的體驗以雙重作用：一方面與生活相聯繫，沒有它，作家與人生無法結合；另一方面，與作品相聯繫，沒有它，作家無法在作品中表現人的內心生活。因此，體驗成了一種中介物，介於生活與作家之間，也介於作家與作品之間。離開它，作家不僅失去生活，也失去了將生活轉化爲文學的契機。若用公式表示，梁實秋的作家生活觀，變成了由人生開始——通過體驗——獲得人的內心生活——再轉化爲文學作品的一個有機鏈。

誠然，梁實秋這樣主張，並非什麼重要發現。應該看到的是，梁實秋

的作家生活觀扣緊了文學的特性而談，故其追求的不是文學與生活的外在聯繫，而是與生活的內在聯繫，這爲流行的擴大作家生活面的觀點，有重要的補充意義。從 1923 年郭沫若提出「到兵間去，到民間去，到工廠間去」以來，鼓勵作家走出自己生活的小圈子，成爲幾代現代作家的追求目標。這開拓了現代文學的視野。無庸諱言，由於過於看重擴大生活面，較少討論作家對生活的全面深入，將生活化爲作家血肉，特別是輕視作家原有生活領域在創作中的意義，現代文學中浮光掠影之作十分普遍。結果，隨著生活面擴大，現代文學並未在質上也同步提高。創作《雷雨》時的曹禺，還在校園中，走出校園後，曹禺採取過種種新題材，卻無再次獲得《雷雨》的殊榮。這與作家減弱對於人生的體驗與感受有關。相反，那些堅持在同一生活領域之中不斷開拓的作家，如沈從文和他筆下的湘西社會，卻展現了它的異彩。這充分說明文學需要生活，但它需要的乃是生活之真義，人類之靈魂。梁實秋強調文學要表現人心靈深處的東西，強調作家去把握人生底蘊，實際上已爲作家與人生相聯結，建立了一個可行性紐帶。這也許不及擴大生活面的論述更有廣闊性和時代色彩，然而唯其較多個體色調與內在特點，與文學創作需要發掘人類的內在意識更合拍，與作家必須寫自己熟悉生活更接近。梁實秋的聲音，傳達了創作規律的要求。

三、

　　那麼，人們爲什麼長期對於梁實秋思想中的合理性視而不見呢？其中根本原因在於人們與梁實秋一直處於政治對峙狀態。這一方面決定於時代，在以政治爲中心的時代情境中，不談政治，不首先從政治上分析研究對象，將一切歸結爲政治，原不可能；另一方面，決定於梁實秋本人，他不僅始終沒有放棄明確的立場，並且學理研究，往往又與政治保持著密切關係，使人很難把他從政治迷團之中拉出來。這樣，人們評價梁實秋，雖然能夠獲得政治學上的研究成果，闡明了梁實秋的自由資產階級立場，卻難全面獲得學理研究上的突破，準確區別梁實秋論述中的片面性與合理

性。由 1920、1930 年代形成的對於梁實秋的評價水平,成了穩定的傳統,在以後四、五十年間無法更改。於是出現了怪圈:人們可以毫不含糊地把梁實秋的人性論給徹底否定掉,過了若干年,人們又要去討論人性論,並且絲毫也不提及這位人性論者;人們可以毫不含糊地把梁實秋倡導的文學與道德的關係,當作保守觀點加以討伐,卻對全面劃定題材禁區,規定什麼可以寫,什麼不能寫,不聞不問;人們可以置梁實秋對浪漫主義的批評於不顧,1950 年代後期,虛假浪漫主義盛行,個人、民族深受其害,卻無人思索這種現象的先期徵兆,體察梁實秋立論的某些深刻處。如果人們早一點對梁實秋所提出的系列問題加以公正討論,即使不足以阻止某些歷史事件的出現,難道不是少一點推波助瀾的勇氣?在學理上明白回答梁實秋的挑戰,是徹底解決梁實秋所提問題的唯一恰當的選擇方式。單憑批判,反擊,無助弄清理論問題。

我總感到,人們對梁實秋的很不充分的評價,源於思維方式的差異。當梁實秋從抽象的角度去談人性的共同性時,人們是從具體的角度對人性加以闡釋;當梁實秋從文學歷史角度去估定新文學的價值時,人們是從時代現實角度去看文學的社會影響;當梁實秋從事物發展的常態方面,將理性與情感看作文學均衡發展的正常情況時,人們是從事物發展的非常態方面,著重強調變革的價值……結果,人們與梁實秋的分歧已經不是學理型的,而是思維型的。學理型分歧產生在研究中,必須通過研究去發現。思維型的分歧產生在研究之前,無須研究的發現即可預作判斷。這對在政治上否定梁實秋,十分有利,政治否定正是從思維方式的差異出發的,但是,這對在學理上解決梁所提出的問題,並不總是很有效。無怪乎幾十年後,梁實秋還有感慨:「講道理他是不能服人的。」(〈憶《新月》〉)這裡,也許不無梁實秋的個人情緒,然而,梁實秋提出這個「道理」問題,實在也很耐人尋味。長期以來,人們說道理的時候總是太少,表達義憤的時候又總是太多。學理研究,正是在這樣的情況之下滯留的。

因此,我以為,要想把梁實秋所提問題解開,在學理上獲得突破,那

麼，就要理解梁實秋，與梁實秋展開學理上的對話，在對話與理解中，否定應該被否定的部分，也肯定應該被重視的部分。像過去那樣，視梁實秋在「做反革命的工作」，是「資本家的走狗」、「文章沒有任何見解」、「不值一駁」等等，痛快固然痛快，無奈解決不了問題。1934 年，梁實秋在研究歐洲古典文學批評時曾提出過的一種研究態度，可以被施於對梁實秋的研究。梁實秋說：「諸如此類的古代批評，我們必須要同情的研究，才能發現它的真價值。」（《文藝評論》，頁 41）只要研究梁實秋的人做到如下二點：（一）將梁實秋的政治問題與學理問題劃分清楚；（二）並且理解梁實秋的思維方式的特點，順著他的思路去看他所討論的問題，梁實秋的研究就會取得某種程度的突破。對於梁實秋來說，傑出的，甚至連優秀的批評家這個稱號，也不好安放在他的身上，但他未必沒有通過一個鎖孔，看到了一點什麼文學現象，發別人未發或少發之議論。本文避開對梁實秋全部文學思想的詳述，就是試圖發掘與揭示梁實秋思想中的某些合理因素和見解。我以為，接納前人的成果，理應是每一個以發展文學為目的的現代文學批評史研究者的不可推諉的職責。有鑑於此，討論研究梁實秋時應持一種什麼樣的研究態度與方法，實乃十分必要。

　　總之，梁實秋在中國現代批評史上，屬於那種以保守的面貌出現的知識者。保守並非完全是貶義。它是指一種人生觀，處世態度與認識事物的方式。梁實秋其實就是以一種穩健、沉著、理智、秩序、紀律、常態的方式對待生活，對待文學，以便建立起一種他所憧憬的完美文學因索。能肯定以梁實秋為變革的動力，歷史會止步不前，以梁實秋所提問題為變革必須解決的一種內容，歷史又無法迴避。唯其不屬於現代文學的正宗開路人一群，他才對現代文學無偏愛，才在某些方面獲得了對於現代文學的真知灼見。梁實秋在現代文學批評史上，無疑屬於那種一貫堅持一個理論並付諸實踐的學者，自有他的價值。他的所言不合時宜，未必完全不合文學。

　　　　　　　　　　——選自《中國文學研究》，1990 年第 4 期，1990 年 12 月 30 日

梁實秋：慎言比較文學的比較文學家

◎高旭東[*]

一、

　　梁實秋是現代中國重要的文學批評家，也是比較文學家。在反省比較文學的學科史的時候忽視梁實秋，可能與梁實秋本人慎言比較文學有關。但是，當梁實秋逝世，樂黛雲在美國接受採訪的時候，認爲梁實秋是中國第一代比較文學家。雖然有時他自謙說不敢談比較文學，但他卻是美國哈佛大學比較文學與法國文學教授白璧德的學生。在比較文學的學科建設上，梁實秋的成就固然不如同樣聽過白璧德課程的「師兄」吳宓，但是梁實秋以古典與浪漫的概念對中西的溝通，對中西文學的比較，對文學與其他學科的跨學科研究以及對英語文學名著的翻譯，使他完全有資格被稱爲比較文學家。

　　梁實秋與現代中國那些在中西文化融會的語境裡無意中成爲比較文學家的人不同，他在美國受過比較文學的訓練。在〈現代文學論〉中他明確地要「以比較文學的方法來說明中國的文學觀念」，在〈文學史的材料與方法〉中，他將比較文學影響研究的方法進行了詳細的介紹。梁實秋說：「德國的比較文學研究，所謂 Ouellenforschung，這是文學史工作最近的一階段。這種工作是要把一國的文學和其他一國的文學的關係說明，或是古典

---

[*]發表文章時爲北京語言大學比較文學研究所教授，現爲北京中國人民大學文學院「長江學者」特聘教授。

文學的影響之研究。……這種不厭求詳的德國學風，傳到美國格外擴大起來，哈佛大學、耶魯大學之『英文學研究叢書』及哥倫比亞大學『英文學及比較文學研究叢書』，是其最著者。這一類作品又可分為下列幾項：（一）一個故事或一種故事之發展的追溯；（二）故事來源之研究；（三）一作家或一群作家或一國的文學之影響；（四）某一種文學作品之歷史；（五）文學史中某一項疑惑不明之事件的考據。這種研究本身不能嚴格的成為文學史，但對文學史有很大貢獻。」[1]梁實秋在這裡所闡明的，是比較文學的影響研究的基本原理。

　　事實上，梁實秋在受到白璧德思想的影響之後發表的第一篇重要的文學論文〈現代中國文學之浪漫的趨勢〉，就已經從影響研究的「淵源學」角度來研究中國的新文學了。梁實秋認為，針對新文學運動的錯綜複雜，「冷靜的批評者或可考察這全運動的來蹤去跡」。對於一些人以新文學與舊文學為五四之後的文學與傳統文學劃界，梁實秋認為「文學並無新舊可分，只有中外可辨。舊文學即是本國特有的文學，新文學即是受外國影響後的文學」。五四的白話文運動並不是承接著《水滸傳》、《西遊記》之前例，而是一些留學生在外國語言文學的影響下有意識地反抗古文的運動。梁實秋具體指出了五四白話文運動所受到美國「意象主義」詩歌的影響，這一詩歌運動的「意象主義宣言」中列有六條戒條，「主要的如不用典，不用陳腐的套語，幾乎赤條條都與我們中國倡導白話文的主旨吻合。所以我想，白話文運動是由外國影響而起。隨著白話文運動以俱來的便是新式標點，新式標點完全是模仿外國，也可為旁證。」而伴隨著白話文運動的「語體文之歐化」，更足以表明外國影響之劇烈，白話文不過是在方法上借鑑外國，歐化文則進一步「欲以歐式的白話代替中國式的白話」。因此，所謂「新詩」就是外國式的詩歌，無論是「自由詩體」，還是「十四行體」、「俳句體」、「頌讚體」，都是以反對「絕句」、「律詩」、「排韻」的形式出現的。新文學

---

[1]梁實秋，〈文學史的材料與方法〉，《梁實秋文集》第 7 卷，廈門：鷺江出版社，2002 年 12 月，頁 188。

運動中很出色的短篇小說，並不是從志人志怪、唐傳奇、《聊齋誌異》的傳統而來的，而是模仿外國的短篇小說，「我們可以約略的看出哪一篇是模仿莫泊桑，哪一篇是模仿柴霍甫。……若是有人模仿蒲留仙，必將遭時人的痛罵，斥為濫調，詆為『某生體』。」而新文學所引進的外國的話劇與中國固有的戲曲，其實是兩種截然不同的文體，中國文學增添了一種新的文體原不是什麼壞事，然而以為「新戲」可以取代「舊戲」，就表明這些人不知道所謂「新戲」是不同於「舊戲」文體的外國戲劇。從這個意義上說，新文學處處表示「一方面全部推翻中國文學的正統，一方面全部的承受外國的影響」。梁實秋感到可惜的是，新文學接受的是盧梭之後「浪漫的混亂」，而不是古典主義的理性、健康與尊嚴。做為比較文學的影響研究，梁實秋僅僅指出了外國文學對中國新文學的影響，而沒有進一步探討外國文學的影響進入中國之後，與中國固有文化與文學產生的矛盾衝突以及由此造成的變異，因而還談不上深層的研究。

梁實秋在《新月》月刊上還發表過一篇〈歌德與中國小說〉，將歌德與愛克曼談話時對中國才子佳人的崇高評價介紹到中國。可以說歌德的談話也是中國小說對歐洲文學影響的一個重要佐證，而正是這次談話中，歌德提出了「世界文學」的概念。梁實秋這樣評論歌德的才子佳人小說論：「他讚美中國的地方，由我們自己看，未免太過；但是他能以同情的態度了解別國的文學，不以狹隘的民族主義的文學自囿，我們不能不佩服他的膽量和識見。」[2]

梁實秋甚至還為他的白璧德老師尋找過中國思想的淵源，他說「白璧德先生的父親生長在寧波，所以他對中國有一份偏愛，對中國文化有相當的了解與關切。」[3]而且「白璧德對東方思想頗有淵源，他通曉梵文經典及儒家與老莊的著作。」白璧德的以理性控制欲念的倫理觀念可以在中國的文化中找到源頭，「《中庸》所謂『天命之謂性，率性之謂道，修道之謂

---

[2]梁實秋，〈歌德與中國小說〉，《梁實秋文集》第 6 卷，頁 466。
[3]梁實秋，〈《論文學》序〉，《梁實秋文集》第 7 卷，頁 734。

教』，孔子所說的『克己復禮』，正是白璧德所樂於引證的道理。」[4]白璧德是現代西方一個被我們所忽略的重要批評家，他的門生中有 T. S.艾略特這樣的文化巨人，僅僅在中國，就有吳宓、梅光迪、梁實秋等弟子，因而對他的思想淵源的探討，應該是很有意義的。

在對當下文學的批評中，梁實秋也是順手就可以指出某部作品或某個作家所受的外來影響。老舍的《貓城記》出版之後，梁實秋立刻寫了一篇評論，認為這是老舍創作上的一大進步，標幟著老舍藝術思想的成熟。老舍借了形象中的貓國把我們中國現代社會挖苦得痛快淋漓，而作者始終保持著一種冷靜的態度。「裡面描寫大學的一段，使我聯想起那《格列佛遊記》中關於拉加都學院的一段。」[5]而借漫遊異鄉來諷刺本國的結構，也借鑑了斯威夫特的《格列佛遊記》。

當然，梁實秋的比較文學視野並不局限於影響研究，而是對於沒有事實聯繫的中西文學現象也進行了比較。梁實秋從多元文化的視角出發，認為「中國文學與外國文學孰優孰劣這一問題是很難判斷的，因為一國的文學自有其特殊的歷史背景及民族心理的根據，故亦自有其特殊的文學形式與精神，固不能硬拿來和另一國的文學較量長短。」但是，這並不是說梁實秋對於中外文學只是比較而不做價值判斷，他曾從比較文學的角度對於「中國尊敬文學」的命題進行辨析與評判。「中國尊敬文學」有許多論據支撐，從孔子的「不學詩，無以言」，曹丕的以文章為「經國之大業，不朽之盛事」，到普通老百姓的愛惜字紙；從中國是以詩取士，以策論取士，以八股文取士，到卡萊爾在《英雄與英雄崇拜》中以為中國人讓他們的文學家做「執政官」，似乎都表明中國人極端尊敬文學。但是梁實秋的看法卻不是這樣，他認為「中國素來只是利用文學，並不曾尊敬文學，至少不曾像外國人那樣尊敬文學。中國民族是很注重實際生活的，與實際生活的關係稍疏遠的一切事物，都是比較的被忽視」，而且儒家思想還以為文學作品是

---

[4]梁實秋，〈影響我的幾本書〉，《梁實秋文集》第 5 卷，頁 200。
[5]梁實秋，〈貓城記〉，《梁實秋文集》第 7 卷，頁 198。

「壯夫不爲」的「雕蟲小技」，吟詩填詞乃是「名士」的勾當，而社會對於「名士」是尊敬不多而嘲笑不少。當然，中國有許多優秀的作品，但是，「中國的文學家與外國文學家的遭遇是不可同年而語的。外國文學家先受貴族君王的蔭庇，後又有廣大的讀書社會所擁護，所以文學天才差不多都有表現天才的閒暇與機會。而在中國，雖歷代帝王亦偶有延攬人才的舉動，而我們可以斷言，大部分的第一流中國文學作者都是遭受朝廷貶謫或受生活逼迫而不得已以文學自遣罷了。中國第一流的文學作品不曾享受社會上普遍的尊敬與賞識，中國文學特別的富於消極出世的思想，特別的富於怨艾悲傷，特別的缺乏鴻文巨制，正足以表示出文學在中國的遭遇是如何的坎坷！」[6]從純文學的角度看，梁實秋的論述是很精闢的，但是從泛文學與泛審美的角度看，梁實秋的比較就沒有多少道理。如果說西方的哲學是愛智慧，偏於神學與科學的文化形式，那麼，中國的哲學則是聞道，偏於倫理的與審美的文化形式。中國文化具有一種泛審美主義與泛藝術主義的色彩。

　　梁實秋對中西文體的比較，深化了比較文學的研究。他論述比較多的是新詩，開始他不滿新詩的直說與散文化，不滿胡適的明白清楚主義，認爲詩首先應該是詩。雖然新詩受外國詩歌的影響很大，但是新詩畢竟是用漢語寫作的，西方詩歌的音韻與形式無法照搬進漢語，而新詩與舊詩又處於對立狀態，使得問題尤其難以解決。但是隨著象徵主義等晦澀難懂的詩歌進入中國，梁實秋又向胡適明白清楚主義的立場傾斜，甚至從中外比較的角度對中國傳統詩歌進行了貶低：「我覺得舊詩的最大的一個毛病，就是表現太糊塗，常讀西洋詩的人回過頭來再讀中國舊詩格外覺得內容迷迷糊糊，好像沒有輪廓似的。也許這正是舊詩的特點，其目的在於印象的描寫，只要讀者意會到一種境界便得，恰似西洋晚近印象派的繪畫一般。但我以爲這是頹廢的現象，不是逼近人生的態度，這一特點不值得保存，新

[6]梁實秋，〈文學與科學〉，《梁實秋文集》第 1 卷，頁 430。

詩是應該做得清楚明白。」[7]直到晚年，梁實秋在重新反省這個問題的時候，才認爲中國傳統的單音節辭彙近詩，而白話是邏輯的，有相當的文法次序，與詩的文字是矛盾的。梁實秋還從文體學的角度認爲，雖然從〈孔雀東南飛〉、〈木蘭辭〉到白居易，不是沒有敘事詩，但是與西方敘事詩相比就顯得薄弱。中國詩歌以抒情詩見長，史詩（epic）這種文體根本就沒有。「其他的民族，尤其是開始建國的時候，差不多總有一部長篇巨制的史詩，寒帶如冰島，熱帶如印度，無不皆然。唯有在我們這個古國，獨付闕如。按史詩的性質，不外是謳歌英雄的戰績，再加上相當的神話。我們這個民族，是重實際的，根本不近於宗教，所以自古也就缺乏神話，尤其是有系統的神話。」而且中國人也不崇拜英雄，「日出而作，日入而息，鑿井而飲，耕田而食，帝力於我何有哉！」梁實秋說：「能唱出這樣詩歌的民族，是不適於寫出史詩來的。」[8]

在梁實秋看來，由西方引進的話劇與中國的戲曲是兩種不同的文體，中國的戲曲更近西方的 opera，不是純粹的 drama。既然新劇與傳統的戲曲是兩種不同的文體，在梁實秋看來也不存在誰取代誰的問題。對於比較中西戲劇的人，首先就會遇到一個有趣的問題：爲什麼西方的戲劇在希臘就已經很成熟了，尤其是悲劇，是希臘文化重要的表現形式，在中國並未出現西方戲劇的形式，即使戲曲這種類似的藝術形式在中國也出現得很晚。這是什麼原因呢？梁實秋試圖對這個問題進行解答：「第一，中國人民在性格上比較的最不接近宗教，我們從來沒有宗教的狂熱，從來沒有宗教的體系，而戲劇是與宗教關係最密切的一種藝術。試看希臘戲劇何以能那樣早就發達起來，還不是因爲希臘人演戲敬神的關係？在古希臘，看戲不是娛樂，乃是公民必須在太陽剛升起時就去參加的一種宗教儀式……這在我們中國便不然了，梨園子弟是純爲朝廷娛樂的，以後佛教盛行，在廟宇裡也有賽神敬神而演戲之舉，究竟是娛樂的成分多，宗教的意味很少。第二，

---

[7]梁實秋，〈現代文學論〉，《梁實秋文集》第 1 卷，頁 406。
[8]梁實秋，〈文學講話〉，《梁實秋文集》第 1 卷，頁 580～590。

戲劇做為娛樂，同時也不妨其成為良好的藝術，但是需要具備一個必要的條件，便是必須由文學家廁身其間。」近代英國戲劇的發展就是由教堂的提倡一變而為脫離教堂，最後到了一群文學天才的手裡就奠定了基礎。但是中國儒家的注重實際，對於娛樂性質的戲劇當然不會重視，文人走「八股」的路子，以學而優則仕為榮，誰肯與優伶為伍以編劇為業？「到了元人入主中國，有些聰明才智之士以仕二姓為恥，抑鬱牢騷，無以自見，這才轉入戲劇一道，元曲之所由興以此。」[9]

　　梁實秋曾以古典的與浪漫的批評概念來溝通中西文化與文學，認為亞里斯多德的古典理性與孔子的倫理理性是相通的，儒家文學與西方的古典主義文學是可以相互闡發的，道家文學也是可以與西方的浪漫主義相互闡發的。梁實秋並且站在古典主義的立場上，批判從盧梭開始的浪漫主義與中國的道家文學，以引進古典主義的姿態，使儒家的文學傳統得以發揚光大。但是，除了以「古典的」闡發儒家文學，以「浪漫的」闡發道家文學，梁實秋很少在中西文學之間相互闡發。他談莎士比亞的時候不把中國的文學現象扯進去，談杜甫的時候也不把西方的文學批評扯進來。當有人將杜甫比之英國拜倫、德國歌德、席勒，並且給杜甫冠之以「民族詩人」的稱號的時候，梁實秋認為，以現代稱號加之於杜甫會失其本來面目，「詩聖」要比「民族詩人」來得恰切。只是在一個地方，梁實秋運用白璧德的批評理論對杜甫進行了闡發，他認為杜甫本是熱心仕進的人，但是經過多次挫折，在無意用世之際，接近禪門，到達了宗教境界的邊緣，但是他終究眷戀人世而不得解脫。從白璧德自然的、人道的、宗教的三境界來看，杜甫最終還是停留在人道的境界中。

二、

　　翻譯做為溝通中外文化與文學的橋樑，是比較文學重要的研究對象。

---

[9]同上註。

梁實秋是現代著名的翻譯家，也經常發表對於翻譯的批評。他八年清華的英文根柢使他在去美國留學之前，就能輕易指出國內的英文翻譯的優劣與誤譯，他告訴成仿吾《小說月報》將雪萊的「無神論」譯成了「雅典主義」，成仿吾就寫了一篇長長的文章予以批評。他本人也著文批評鄭振鐸翻譯的《飛鳥集》之失誤，梁實秋只認真讀了前十首譯詩，就發現了四處誤譯。《飛鳥集》共有 326 首詩，而鄭振鐸只譯了兩百五十多首，梁實秋對於這種基於自己趣味的「選譯主義」也提出了批評：「一本詩集是一個完整的東西，不該因為譯者的興趣和能力的關係，便被東割西裂。」如果是以藝術的眼光選擇其中精采的詩篇而淘汰惡劣的詩篇，那麼這種譯本還有價值，但是，如果因為譯者的能力與趣味而進行選擇，而且譯出來的仍舊要用原詩集的名字，那麼，「我們可以說這位選譯家不忠於原集，因為他譯出來的只是一堆七零八落的東西，不是原著詩集之本來面目。」因此梁實秋建議，翻譯不能隨意選擇，而應該忠實地「把我們所介紹的詩集全部的奉獻於國人之前」，並且「對於自己翻譯的能力要有十分的把握」[10]。

　　梁實秋回國之後，延續了去國之前的這一批評傳統，並且批評了傅東華翻譯的《失樂園》以及《近世文學批評》等諸多誤譯。而當別人批評他誤譯的時候，他也進行反批評，譬如程會昌指出了他翻譯的《織工馬南傳》的八處誤譯，他認為他六處沒有錯，一處是排字錯誤，只有半句錯了。在充當「譯界的警察」的同時，梁實秋對於魯迅式的硬譯也提出了批評。他認為魯迅式的硬譯不符合中國文法，晦澀難懂，與「死譯」差不多，為此他與魯迅展開了激烈的論戰。魯迅堅持硬譯的立場，認為他的翻譯正是不滿於中國文法的不精確，讀得久了就慢慢懂了，而由於魯迅在文壇的崇高地位，使得一時間在梁實秋眼裡是「無譯不硬」。梁實秋認為埋怨中國文法是不應該的，「中國文和外國文是不同的，有些種句法是中文裡沒有的，翻譯之難即難在這個地方。」[11]不能以改變中國文法的口實進行翻

---

[10]梁實秋，〈讀鄭振鐸的《飛鳥集》〉，《梁實秋文集》第 6 卷，頁 269。
[11]梁實秋，〈論魯迅先生的「硬譯」〉，《梁實秋文集》第 1 卷，頁 349。

譯，更不能在這種口實下使翻譯變得晦澀難懂。而且在梁實秋看來，硬譯是讓人看不懂的東西，並不能保存原文「精悍的語氣」。在論戰中，梁實秋總結了壞的翻譯的表現：與原文意思不符，不能傳達原文精悍的語氣，令人看不懂；而好的翻譯則「要忠於原文，如能不但對於原文的意思忠實，而且還對『語氣』忠實，這自是最好的翻譯。」[12]

　　梁實秋與魯迅之爭，並非是「直譯」與「意譯」之爭，而僅僅是怎樣「直譯」之爭，同時又是由於文學觀點的不同而發生的意氣之爭。梁實秋的忠實於原文的翻譯觀點集中表現在他的「莎士比亞全集」的翻譯上。「莎士比亞全集」有許多版本，梁實秋選擇的不是註釋多的版本，因為在翻譯中，其他版本的註釋也要參照的，他選擇的是 W. J. Craig 編的牛津大學的版本，也就是沒有刪削戲劇中莎士比亞為了迎合觀眾而有較多淫穢語言的比較完整的版本。莎士比亞戲劇原文三分之一是散文，三分之二是每行五步十音節帶抑揚格卻無韻腳的詩體，而且在莎士比亞那裡也不規則，梁實秋沒有用聲調鏗鏘的文字去譯，而是譯成散文，但是對於莎士比亞押韻的詩行，梁實秋在譯文中也給加上了韻腳。莎士比亞使用的標點符號不大正規而自成一格，目的可能是為了演員記憶，梁實秋便決定在譯文中保留原文中的標點符號。於是有一句原文，便有一句譯文。遇見莎士比亞經常愛用的雙關語，譯不出來就加註。遇見註釋不同的地方，就需要譯者自己思考，從而帶點學術研究的氣味。莎士比亞使用的雖然是近代英語，但是許多字意已經發生了變化，「如果冒失的按照現代英語的字面上的普通意義去譯，很可能發生很大的偏失。」有人說：「最好的翻譯就是讀起來不像翻譯。」梁實秋認為「這是外行話，翻譯，怎能讀起來不像翻譯？試看唐朝幾位大師翻譯的佛經，像不像是翻譯？」莎士比亞戲劇是為了在戲臺上演出而編寫的，其文字是雅俗共賞的，「時而雅馴，時而粗野，譯成中文也需要恰如其分。」

---

[12]梁實秋，〈論翻譯的一封信〉，《梁實秋文集》第 7 卷，頁 40。

梁實秋認為，將跨文化的英文翻譯成中文，是一件很艱難的事情。英文與中文「文法不同，句法不同，字法不同，而要譯得既不失原意，又能琅琅上口，豈不是很難？」在梁實秋看來，在諸種文體中，譯詩是最難的，因為「詩的文字最精鍊，經過千錘百煉，幾度推敲，要確切，要典雅，又要含蓄，又要韻致，又要節奏，又要形式，條件實在太多」，難怪有人說：「翻譯詩而要保存原詩的韻腳，乃人類自殺原因之一。」相比之下，「譯小說戲劇，問題較少。因為小說本是為大眾看的，文字當然比較通俗易解，戲劇是為在臺上演出……戲詞全為對話，自然要明白清楚。不過要譯得精緻，也大費周章。」[13]尤其是莎士比亞的戲劇，本身詩意的成分就很多，譯起來並不輕鬆。

做為著名的翻譯家，梁實秋也批評過中國文學的英譯。中國文學的正統是詩歌，然而譯詩最難，尤其是中國詩歌。梁實秋認為：「我們的文字是單音字，與西方的拼音字相差太多，所以詩的翻譯有人說是不可能的，勉強譯出來只能略存大意，其原來的音節韻味恐怕很難表達於萬一。」中國詩歌有一套特殊的技巧，往往是很巧妙地設置一些名詞，再嵌進一兩個動詞，便自然地形成一種美的圖畫或意境，其間往往並無介詞連詞繫詞為之串聯貫通，而讀起來卻能夠意味到其中情趣。你可以說中國詩缺乏邏輯，也可以說富有「言有盡而意無窮」、「不著一字盡得風流」的朦朧之美。梁實秋說：「這種技巧，特別適合於中國文字。中詩英譯，最大的困難即在於如何先把這不合英文文法的中國詩句加以整理使之變成英文，次一步才是如何遣詞造句設法保持一點點原詩的意味。」問題是，當中國詩歌進入英文後，一首五七言絕句，也一定要加上主詞，或補上動詞，或加上介詞、連詞，否則在英文中就不成話；而一旦在英文中成話了，中國詩歌的詩意也基本上流失了。

梁實秋說：「中國文學作品之英譯，當然是以英美讀者為對象，對於我

---

[13]梁實秋，〈豈有文章驚海內──答丘彥明女士〉，《梁實秋文集》第 5 卷，頁 531。

們中國讀者好像是沒有多大關係，但是細想亦不盡然。文學作品的意義與價值，在我們本國人看起來，因爲囿於傳統觀念及民族性格的關係，往往有所偏蔽，習而不察。外國人冷眼旁觀，從新的角度觀察，時常有新的發現。作品一經譯爲外文，反能在外土贏得意外的聲譽並且發生廣大的影響。這種情形，凡注意比較文學研究的人一定不覺得是奇異的。在文化交流日趨暢通的時代，一個國家的文學觀念是很難永久保持不變的，事實上隨時都在吸取外國的看法，這是不可抵抗的一種趨勢。」一般而言，一部作品沒有相當的價值是不會被翻譯成外國文的，而譯成外文之後，被本國傳統所遮蔽的優點與缺點也往往能夠格外清晰地顯示出來，這對於本國文學是一種刺激和啓示。因此，「這些翻譯的作品，不但給外國讀者以嶄新的欣賞與刺激的資料，而且翻回頭來對於我們自己也是一種鼓勵，使我們重新對我們的作品加以估價。」[14]

——選自《東岳論叢》，第 26 卷第 1 期，2005 年 1 月

---

[14] 梁實秋，〈中國文學作品之英譯〉，《梁實秋文集》第 1 卷，頁 697。

梁實秋與新人文主義

◎羅鋼*

　　在現代西方林林總總的文藝理論派別中，新人文主義並不引人注目。論時間，從本世紀初形成至 1930 年代急遽衰落，它只延續了短短一、二十年。論影響，儘管 20 世紀被人們稱為文學批評國際化的時代，但新人文主義的影響卻幾乎僅僅局囿於美國。從性質上來說，它所具有的清教傳統和保守態度，也使它遠離於現代西方文藝理論的主流。然而，在中國現代文藝思想史上，它卻產生了不絕如縷的反響。最早把新人文主義引入中國的，是五四時期的學衡派，但最典型地體現了新人文主義在中國的轉化和影響的，是新月派批評家梁實秋。

　　梁實秋是美國新人文主義思想領袖白璧德的入室弟子。1924 至 1925 年，當梁實秋在哈佛大學讀書時，曾從白璧德學習「十六世紀以後之文學批評」。在此期間，他系統地研讀了白璧德的五部主要著作：《文學與美國大學》、《盧梭與浪漫主義》、《新拉奧孔》、《法國近代批評大師》、《民主與領袖》。在早年，梁實秋一度接受了浪漫主義的美學影響，寫於 1921 年的〈《草兒》評論〉就是這種影響的產物。梁實秋後來追憶，正是白璧德的著作促使他改變了態度，「從極端的浪漫主義，我轉到了多少接近於古典主義的立場。」[1]新人文主義幫助梁實秋奠定了自己文藝觀的基礎，形成了他後來長期信守不渝的文學觀念。

　　1920 年代後期開始，梁實秋做為中國現代文學史上一個重要社團——

*發表文章時為北京師範大學中文系博士生，現為北京清華大學中國語言文學系教授兼人文學院副院長。

[1]梁實秋，〈關於白璧德先生及其思想〉，《梁實秋論文學》，臺北：時報文化出版公司，1978 年 9 月，頁489。

新月社的主要理論家活躍於文壇，參與了當年一系列重要的文學論爭。他在這些論爭中提出的文學主張，無不與他師承的新人文主義有著千絲萬縷的聯繫。因此，具體地分析這種理論聯繫，無論是對於我們了解梁實秋和新月派的文藝思想，深入地認識 1920、1930 年代文藝思想鬥爭的實質，還是對於我們考察新人文主義在中國的具體轉化，全面把握各種西方文藝理論在中國的歷史影響，都是十分必要的。

一、

　　在梁實秋的文藝思想中，人性是一個關鍵的概念，它聯繫著梁實秋對文學的本質、文學的社會功用、文學的價值尺度等核心問題的看法。他曾反覆強調：「偉大的文學乃是基於固定的普遍的人性」[2]，「文學發於人性，基於人性，亦止於人性」[3]，「人性是測量文學的唯一標準」[4]，如此等等，不勝枚舉。一般文學史家都根據這些言論，把梁實秋視爲在文藝領域宣傳資產階級人性論的代表人物。但是，如果我們做一點稍微深入的觀察，就會發現，在梁實秋的文藝思想中，也還存在著一些難以用一般所謂資產階級人性論圓滿解釋的地方。例如，儘管梁實秋一貫地宣傳人性論，但他也同樣一貫地對以近代資產階級人性論爲基礎的人道主義思想採取徹底否定的態度，明言「吾人反對人道主義」[5]；又例如，雖然梁實秋不斷鼓吹文學應當訴諸普通的共同的人性，但同時他又把文學的表現對象和欣賞對象都限制在少數人的範圍內，聲稱「大多數人就沒有文學，文學就不是大多數人的。」[6]應當怎樣來解釋這些似乎是相互矛盾的現象呢？唯一的途徑，就是對梁實秋所謂「人性」的確切含義及其思想來源，白璧德的新人文主義人性觀做一番較前深入的剖析。

---

[2]梁實秋，〈文學與革命〉，《偏見集》，南京：正中書局，1934 年 7 月。
[3]梁實秋，〈文學的紀律〉，《文學的紀律》，上海：新月書店，1928 年 5 月。
[4]同註 2。
[5]梁實秋，〈現代中國文學之浪漫的趨勢〉，《浪漫的與古典的》，上海：新月書店，1927 年 6 月。
[6]同註 2。

　　人性也是新人文主義的出發點。梁實秋稱讚白璧德說「他不從抽象的形而上學入手，他直接地研討人性。」[7]白璧德這樣做並非沒有來由。新人文主義在美國產生，發展並迅速達到鼎盛，正值第一次世界大戰前後。這場亙古未有的浩劫造成了西方世界整體性的社會危機和精神危機，它使許多原先對資本主義的發展抱著樂觀態度的知識分子的理想破滅，並促使他們迅速地分化，他們中的一小部分人走上了共產主義道路。更多的知識分子陷入深刻的懷疑、痛苦和迷惘。除這兩種人之外，還有一部分保守的知識分子，企圖回到歷史和傳統中去尋找濟世良方。這裡面包括各種宗教哲學，如馬里坦爲代表的新托馬斯主義等。在總的思想傾向上，白璧德爲代表的新人文主義與後者是相似的，它們都把傳統信仰和道德觀念的喪失看作眼前社會危機的根源。與之不同的是，白璧德並不主張訴諸宗教和神，而是希望通過復活一種古代的人文主義精神來解救社會危機，通過重新建立一種「人的法則」來克服現代社會的人欲橫流，道德淪喪。白璧德宣稱「善惡之間的鬥爭，首先不是存在於社會，而是存在於個人。」[8]這樣，他就把全部社會的、政治的、精神的問題最終都歸結到人性問題，歸結爲人性中的善惡鬥爭這一倫理學問題。白璧德新人文主義的核心，就是所謂善惡二元的人性論。在《文學與美國大學》中，白璧德寫道：「從古希臘開始，人文主義的目的就是力避過度，任何人要是打算有節制和均衡地生活，他就會發現，他需要使自己接受一種困難的紀律的約束，他的生活態度將必然是二元的，所謂二元的，就是說他要承認在人身上有一種能夠施加控制的『自我』和另一種需要被控制的『自我』。」這兩種「自我」就是通常所謂的理性與欲望。白璧德認爲，在人性中理性與欲望不斷地發生衝突，他把這場曠日持久的衝突稱爲「洞穴裡的內戰」。他指出，正是人性內部這種靈與肉、善與惡的「內戰」導致了社會的混亂和苦難。因此白璧德所謂新人文主義的綱領，很大程度上就是爲著解決這種人性中的善惡之爭

[7]同註 1。
[8]白璧德，《民主與領袖》英文版，頁 251。

制訂出來的。白璧德指出，人性中有善有惡，過去人們趨善避惡，依靠的是某種外在的權威，而在今天面臨著他所謂的「自然主義」，實即近代自由思想和科學技術的衝擊，這些外在權威，如宗教信仰，傳統道德規範等，已經紛紛動搖或坍塌，因此必須重新確立古代人文主義的原則，這就是用自己的理性來對個人的衝動和欲望加以「內在的控制」。白璧德一再強調，這種自我節制就是新人文主義的核心。

　　這裡，我們要強調指出的是，白璧德把這種善惡二元的人性論和自我克制的倫理原則做爲新人文主義的核心觀念，除現實社會政治目的以外，另一方面，就是要用這種人性觀來和他所謂「18 世紀感傷主義宣稱的人性本善的教義」相抗衡。這種「人性本善」的觀念就是我們今天一般所說的近代資產階級人性論，或稱「自然人性論」。自然人性論是文藝復興時期資產階級在反對宗教神學的鬥爭中提出的。針對宗教的禁欲主義，它肯定人的感性欲求和自然權利，強調人的全面和諧的發展。18 世紀資產階級革命時期，法國啓蒙思想家用唯物主義自然觀做爲這種人性論的哲學基礎，使其更加完整，而且進一步在這種自然人性論的基礎上構造了一整套反封建的社會政治學說，如天賦人權、自由平等的理論。他們「用人性當作鑰匙，相信能用它來打開道德上，政治上，歷史上的一切門戶。」[9]盧梭「回到自然」的學說最充分地表現了這種人性論的革命意義。盧梭認爲，人的自然本性是純樸善良的，惡是由不合理的封建社會制度，傳統的道德習俗以及虛矯的文明對這種自然人性的壓制和摧殘造成的，因此要清除罪惡就必須摧毀束縛和壓制自然人性，壓制人的正當的情感欲望的全部封建上層建築和意識形態。在這裡，我們不難看出以盧梭爲代表的自然人性論與白璧德人性二元論的尖銳分歧。如果說，盧梭以人的善良的自然本性與不合理的社會環境相對立，凸出的是個人對外在秩序和既定規範的否定和超越，最後得出的是必須推翻現存制度的革命性結論，那麼白璧德則認爲，

---

[9]普列漢諾夫，《唯物論史論叢》，人民出版社，1953 年，頁 24。

社會的痛苦和紛爭都起源於人的罪惡天性，因此強調是社會與傳統借助於某種內在的精神力量對個體施加的控制，最後企圖達到維護和鞏固現存秩序的目的。儘管同樣是以抽象的人性來解釋社會歷史的發展，但二者在性質、目的、功能、意義等各個方面都是截然不同的。難怪白璧德竭力要在他所擁護的人文主義與人道主義之間劃出明確的界限，他把西方從文藝復興開始的，以自然人性論爲基礎的人道主義潮流都籠統地斥爲一種專事擴張的「情感的自然主義」。認爲它代表了「目前正在使人文主義或宗教傳統紀律趨於瓦解的主要傾向」[10]。白璧德指出，這種人道主義與強調節制和秩序的人文主義不同，一味擴張和放縱情感，「把愛和同情當作最高的和完全充分的原則」[11]。而人文主義則傾向爲著選擇而犧牲同情，兩者涇渭分明。

　　某些西方學者（如伽立克）曾埋怨梁實秋未對他的人性觀加以說明。其實，我們只要把白璧德做爲一面鏡子，就能夠清楚地認識梁實秋人性論的實質。在〈文學的紀律〉一文中，梁實秋簡略地概括了他的人性觀，他寫道：「人性是很複雜的（誰能說清楚人性包括的是幾樣成分）。唯其因複雜，所以才有條理可說，情感和想像都要向理性低首，在理性指導下的人生是健康的，常態的，普遍的。在這種狀態下表現出的人性亦是最標準的。」這段話反映了梁實秋人性論的幾個重要觀念。首先，像白璧德一樣，梁實秋所謂人性也是二元的。一方是以想像情感爲代表的「需要被控制的自我」。另一方面是以理性爲代表的「施加控制的自我」。二者的性質截然不同，「以理性與情感比較而言，就是以健康與病態比較而言」。其次，梁實秋也和白璧德一樣，強調以理性節制情欲，並將此視爲理想人性的標誌，在文藝上他也相應地主張「合於理性的束縛」，講求節制。他宣稱「節制的力量永遠比放縱的力量更可貴，我們在文藝上的努力，應當從開擴的解放的道途，改到集中的深刻的方向。」而「所謂節制的力量，就是

[10]白璧德，《文學與美國大學》英文版，頁8。
[11]同上註，頁10。

以理性（Reason）駕馭情感，以理性節制想像。」[12]其三，梁實秋也認為，理性是人性的中心，他說「人性之所以是固定的普遍的，正以其有理性的紀律為基礎」。梁實秋一再地強調人性的普遍性和紀律性，常常使人們產生錯覺，以為就像堅持自然人性論的西方理論家一樣，他是在強調人類普遍的自然感性和自然權利。實際上恰恰相反，他強調的乃是理性的普遍性。這中間有一個非常重要的區別，如果從普遍的自然人性出發，便會很自然地導致平等博愛這些民主主義觀念，因為人的自然本性是一致的。梁實秋推重理性，理性集中地由少數賢哲所代表，因此造成的是一種貴族主義政治。這種傾向在白璧德思想中就反映得很明顯，白璧德堅決反對盧梭式的天賦人權的民主學說，而擁護一種「人文主義的貴族的」民主。

既然梁實秋的人性論包含的是上述內容，他對五四時期流行的人道主義學說自然便不能接受了。梁實秋批評人道主義的理由和白璧德一樣，他也把人道主義視作情感泛濫的結果。他說「情感在量上不加以限制，在作者的人生觀上必定附帶著產生『人道主義』的色彩，人道主義的出發點是同情心，更確切些說是普遍的同情心」，「這種普遍的同情心，是建築在人是平等的這一假設上的，平等觀念的由來，不是理性的而是情感的」，「吾人反對人道主義的唯一理由，那是因為人道主義不是經過理性選擇。」[13]梁實秋反對平等觀念，因此也就排除了大多數人欣賞文學的可能，而把文學看作少數人的專利品。

所以，當我們把梁實秋文藝觀的核心一般地概括為人性論時，仍未接觸到他的思想的實質。他的文藝思想的真正核心，應該說是理性與理性制裁，或者更確切地說，是一種以理制欲的人性論。只有從這一點出發，我們才有可能對梁實秋文藝思想的根本性質有一個準確的認識。不過，正如「人性」一樣，「理性」也是一個意義非常複雜的概念。在西方，「理性」一詞的廣泛流行，是 17 世紀笛卡兒的唯理主義哲學造成的。笛卡兒派哲學

---

[12]同註 3。
[13]同註 5。

家把理性解釋成一種與生俱來的辨別是非的良知良能，這種說法一方面殘留著封建神學的思想痕跡，另一方面又體現出上升時期資產階級思想家清醒的批判精神。此後，在文學和哲學中它向著兩個方向展開，在新古典主義批評家那裡，理性代表著一種理想化的封建倫理道德規範，其涵義基本上是倫理學的，而在 18 世紀啓蒙思想家那裡，它偏向認識論發展，成爲了這些思想家手中揭露不合理的封建專制制度和意識形態的銳利武器。18 世紀以後，理性精神與近代科學成了一對孿生兄弟，被近代資產階級思想家看作是推動社會前進的最強大的動力，其涵義自然是後一種。白璧德對「理性」一詞內涵的變化有清楚的認識。他曾說：「十八世紀中葉，近代各種革命發生之先，字典已先大變革，良知一字，即在比時，漸訓爲今日之意義。昔以良知爲內心微細之音響，今乃以良知爲社會間大聲疾呼之事業，昔之良知爲戒己，今之良知爲責人，此大不同也。」[14]由於「理性」一詞在涵義上的前後變化，爲了避免混淆，白璧德在他後期的著作，如《民主與領袖》中便放棄了這個概念，改用更富於宗教意味的「更高的意志」一類說法。梁實秋沒有追隨他的老師，仍然一直採用「理性」一詞。當然，他所說的理性指的是一種倫理，他曾明確地說「倫理的乃是人性的本質」，梁實秋對西方古代宣傳以理制欲的斯多噶派哲學家也十分欽佩，他翻譯了後期斯多噶派哲學家奧理略的《沉思錄》。不過，梁實秋之所以不效法白璧德放棄理性這一提法，主要是由於，這種倫理理性的觀念，恰恰是中國古代思想中的一個淵遠流長的傳統。與西方哲學偏重於認識論不同，中國傳統哲學，尤其是儒家學說，其實踐目的在於鞏固和協調封建社會內部的人際關係，故倫理學與人性論思想十分發達。早在先秦典籍中，這種以理制欲的觀念就得到過明確的表述。至宋明理學，它進一步演化爲所謂天理人欲的截然對立。朱熹認爲，有道心人心之別，人心只關注於滿足「耳目之欲」，只看到「利害情欲」之私，而道心則服從於仁義禮智的原則，看

到道理之公，因此要以道心主宰人心。換句話說，就是要存天理，去人
欲。朱熹說：「人之一心，天理存則人欲亡，人欲勝則天理滅。」[15]這種天
理人欲與白璧德的善惡二元論，在程度上或有差別，各自的思想背景也不
同，但其理論實質是十分接近的。它們都力圖把特定社會的道德要求，行
為規範凝聚轉化為某種普遍必然的「理性」或「天理」，用以壓抑扼殺人的
感性存在和自然欲求，並通過這種理性對人欲的壓抑，來實施和加強社會
對個人的控制。早在 1920 年代，林語堂就一針見血地指出了二者的相似，
他寫道，白璧德的新人文主義「與通常所謂 Humanism，文藝復興時代的新
文化運動不同，他的 Humanism 是一方與宗教相對，一方與自然主義相
對，頗似宋朝的性理哲學。」[16]對白璧德在各個方面都亦步亦趨的梁實秋之
所以不取白氏後來採用的「更高的意志」一類概念來取代理性，最主要的
原因就在於以倫理理性做為核心範疇更容易與中國古代儒家傳統相接續和
貫通。梁實秋對此有明確的認識，他曾說「儒家的倫理學說，我以為至今
仍是大致不錯的。」因此在採擇西方思想時，應求其「不悖於數千年來儒
家思想的背景」。

　　當我們對梁實秋的人性論思想的實質有了一個初步的認識之後，有必
要把它放在中國近代思想的歷史運動中來考察，以使我們進一步認識它的
性質和歷史作用。較之西方，中國反封建的思想鬥爭具有自己獨特的型
態。如果說，在西方文藝復興時期，資產階級在反對封建神學的思想鬥爭
中主要是以人道與神道相對抗，那麼在近代中國，反封建的思想鬥爭則是
以近代自然人性論與封建的天理人欲論的論爭揭開序幕。這是因為在中
國，宗教的人格神從未成為社會的統治意識，而程朱理學則是官方認可的
思想體系。所以中國近代具有民主主義傾向的思想家從一開始就把鬥爭的
鋒芒指向了殘害人性的封建禮教和程朱理學，從清代戴震對封建儒學「以
理殺人」的悲憤控訴開始，這種反抗的聲浪就不絕於耳。近代資產階級改

[15]朱熹，《朱子語類》十三。
[16]林語堂，〈序〉，《新的文評》，上海：北新書局，1933 年。

良思想家康有爲、譚嗣同正式採用西方自然人性論做爲思想武器來批判封建禮教和理學。在五四時期，這種人道主義思潮已蔚爲大觀。魯迅用「吃人」來概括封建文化的本質；郭沫若把文學看作「有生命的人性戰勝無生命的禮教的凱旋歌」；周作人高張「人的文學」的旗幟，痛斥封建的「非人」的文學。一時間，人道主義成了揭露封建禁慾主義、蒙昧主義的最有力的武器。魯迅曾總結這一段歷史說：「最初，文學革命者要求的是人性的解放，他們以爲只要掃蕩了舊的成法，剩下來的就是原來的人，好的社會了，於是就遇到了保守家的壓迫和陷害。大約十年之後，階級意識覺醒了起來，前進的作家，就都成了革命文學家。」[17]很明顯，如果說什麼是資產階級人性論，那麼魯迅在這裡所指出的文學革命者的最初要求，才是真正的資產階級人性論，即近代自然人性論。儘管做爲一種思想學說，它很快就爲中國社會現實的迅速發展所超越，但它在反封建的思想鬥爭中所建樹的歷史功績是不容否認的，它曾是許多進步作家在走向馬克思主義之前的一個重要的思想發展階梯這一歷史事實是不容抹煞的。梁實秋所主張的人性論，非但不能與之等量齊觀，而且恰恰是與它相對立的，從歷史上看，梁實秋不僅置身於中國近代這一反封建的思想洪流之外，而且與這一思想潮流是格格不入的。認識到這一點，我們才能夠理解下面這一長期爲人們所忽略的事實，即梁實秋的文學批評，不是從批判無產階級文學，而是從批判五四新文學運動開始的。

二、

在 1928 年以前，梁實秋文學批評的中心是對五四新文學運動的反思與評價。在這一階段，新人文主義對他的影響是全面而直接的。這種影響首先與新人文主義自身的性質有關。在文藝批評上，白璧德的最基本的努力，就是批判浪漫主義以降的西方近代文藝思潮，重建古典主義的美學原

---

[17]魯迅，〈《草鞋腳》小引〉，《魯迅全集》第 6 卷，北京：人民文學出版社，1981 年。

則。一個西方學者曾這樣概括新人文主義的文學主張：「它規定了一個中心的敵人：浪漫主義；一個主要的罪魁禍首：盧梭；一個主要的目的：把文學批評與倫理學結合起來；而衡量一部作品質量的基本方式，是看其道德性質是否純正。」[18]這個概括是十分準確的，唯一需要補充的一點是，白璧德所說的浪漫主義，比我們一般的理解要寬泛得多，它還包括 19 世紀批判現實主義和世紀末產生的現代主義文學，白璧德是把古典主義以後的西方文藝思潮作為一個整體來籠統地加以批判和否定的。

　　不過，在他的著作中，白璧德集中火力攻擊的是 19 世紀初的浪漫主義文學，尤其是它的思想領袖盧梭。白璧德認為，盧梭「比任何另外的個人都更有資格代表（浪漫主義）這個巨大的國際運動，因此攻擊和捍衛盧梭常常不過是攻擊或捍衛這個運動的一種方式。」[19]在《盧梭與浪漫主義》一書中，白璧德對盧梭和西方浪漫主義進行了深入細緻的剖析和批判，內容不僅包括浪漫主義的基本思想原則，還涉及浪漫主義的許多具體的藝術觀念和藝術特徵，如天才、想像、自然、憂鬱、理想等等，以文藝思想上看，最重要的是以下三點。

　　第一，在藝術原則上，白璧德批評浪漫主義拋棄了古典藝術的理性原則和節制精神，一味放縱情感和想像。白璧德深惡盧梭提出的「回到自然」的口號，他認為，「從古典主義到浪漫主義，全部的革命都包含在對自然一詞的重新解釋裡面。」「對古典主義來說，自然與理性是同義語，而在原始主義看來，恰好相反，自然意味著衝動與情緒的自發活動。」因此，在這一口號下產生的浪漫主義文學，本質上是「一種放縱的乃至泛濫無度的情感主義」和「一種無政府的想像的混合」。[20]白璧德認為，理性精神和情感想像的對立，就是古典主義與浪漫主義最根本的藝術分歧。

　　第二，在藝術表現上，白璧德指責浪漫主義推崇個性而忽略了藝術的

---

[18]柴貝爾編，《美國的文學觀念》英文版，頁 29〜30。
[19]白璧德，〈導言〉，《盧梭與浪漫主義》，頁 38。
[20]同上註，頁 4。

普遍性。在白璧德看來，這種普遍性就是一種倫理原則，因為在藝術表現的人性中，只有倫理的自我才是普遍的，與他人共具的，而情緒性自我則是個別的，非常態的。所以他堅持認為表現出倫理節制的古典主義藝術必然是普遍的，而放縱情感的浪漫主義必然是個性的。「當一個事物是獨一無二的時候，就是浪漫的」，「當一個事物不是個性的而是有某種代表性的時候」，「它便是古典的」[21]。在他的著作中，白璧德把浪漫主義的許多特徵，如追騖新，推重獨創等等都看作這種個性精神的表現，一一加以批判。

　　第三，在藝術理想和藝術風格上，白璧德捍衛一種和諧、均衡的古典審美理想，他尤其推崇古典主義所謂「合適」的原則，他認為，浪漫主義以後的近代文學在藝術上一個不可原諒的過錯，就是對這種古典審美理想的褻瀆和背叛，浪漫主義違背了「合適」的原則，是由於它無節制地宣洩情感。現實主義違反了「合適」的原則，則是由於它對醜惡的社會現象無選擇、無傾向的描寫。白璧德批評巴爾扎克的小說，儘管表面上是客觀的，骨子裡仍舊是情感主義和理想主義的，「只不過它的理想主義奇特地翻了一個個，它不是誇大人性中可愛的方面，而是誇大人性中醜惡的東西。」[22]由於這一原因，白璧德把浪漫主義和現實主義看作是一丘之貉。

　　梁實秋前期理論活動的中心，就是將上述白璧德對西方浪漫主義文學的分析和批判移用來分析和批判五四新文學運動。在這方面他發表的第一篇文章是〈現代中國文學之浪漫的趨勢〉，僅僅是文章的標題就清楚地揭示了他的意圖，除了所批判的對象不同以外，這篇文章在理論上幾乎就是《盧梭與浪漫主義》一書的縮寫。在文章中，梁實秋首先力圖證明，五四新文學運動，「就整個來說，是一場浪漫的混亂。」為此他列舉了極端地承受外國影響，推崇情感貶低理性，標舉自然與獨創，印象主義批評等四項理由。除第一點與白璧德略有不同外，其餘幾點都原封不動地取自白璧德對西方浪漫主義特徵的描述。做為一個百川匯流的浩大的文學運動，五四

---

[21]同註 19，頁 106。
[22]同註 19，頁 106。

新文學運動包含著鮮明的浪漫主義因素。拜倫、歌德、雪萊等西方浪漫主義詩人以至印度的泰戈爾都曾是人們景仰的導師和英雄。這種浪漫主義的氛圍是那個充滿進取精神和青春情熱的時代賦予文學的，這一方面看，梁實秋的概括並不是毫無根據的。但在另一方面，五四新文學運動又並不僅僅是一場浪漫主義文學運動，而這卻是梁實秋難以顧及的了，因為他的目的並不是要對這一文學運動進行客觀的描述，而是要盡其可能地把它納入白璧德的浪漫主義的理論模式中，以便對它展開批判。這就是為什麼儘管在五四時期並沒有出現西方浪漫主義運動中那種鮮明的「返回自然」的藝術傾向，梁實秋卻依舊把盧梭的思想做為五四新文學運動的「導火索」，他寫道：「盧梭登高一呼，皈返自然，這一個呼聲震遍了全歐，聲浪不斷地鼓動了一百多年，一直到現代中國文學裡還輾轉發生個回響。」、「中國新文學的初步即是攻擊舊文學，主張皈返自然」[23]。循著白璧德的思想邏輯，梁實秋進一步指出，盧梭所謂自然，與古典主義者，如蒲伯等人所說的自然是不一樣的，「盧梭的論調彷彿是這樣，人為的文明都是人生的桎梏，你若把這些束縛桎梏一層層剝去，所剩下來的就是自然，自然的人就是野人。」[24]梁實秋不厭其煩地對自然一詞細加分剖，目的是要證明，皈返自然說的核心，就是摒棄人性中的理性制裁和約束，倡導回歸人的情緒本能。所以他認為五四新文學運動的最主要的特徵，就是推崇情感貶抑理性。他指出：「現代中國文學到處瀰漫著抒情主義」，人們「處處要求擴張要求自由，到這時候，情感就如同鐵籠裡的老虎一樣，不但把禮教的束縛層層打破，把監視著情感的理性也撲倒了。」[25]做為例證，梁實秋舉出兩類文學作品，一類是五四時期一度大量湧現的反映青年男女愛情苦悶，要求婚姻自由的詩歌，梁實秋認為，這些作品都是情感泛濫，不加檢束的結果。他指責這些詩歌「不道德」、「頹廢主義」；另一類就是五四時期在勞工神聖、人

---

[23]梁實秋，〈現代中國文學之浪漫的趨勢〉，《浪漫的與古典的》。
[24]同上註。
[25]同註 23。

道主義等思想觀念影響下產生的以同情的態度描寫勞動人民疾苦的作品。
對這類作品，梁實秋更是極力挖苦：「近來詩歌中產生了一個人力車夫派，
這一派是專門為人力車夫抱不平，以為神聖的人力車夫被經濟制度壓迫過
甚，同時又以為勞動是神聖的，覺得人力車夫值得讚美。」於是「寫起詩
來張口人力車夫，閉口人力車夫，普遍的同情心由人力車夫復施及於農
夫、石匠、打鐵的、抬轎的，以至於倚門賣笑的娼妓。」[26]梁實秋認為，這
種人道主義的詩歌，也是作者「對感情在量上不加限制的結果」。

　　除了批評人道主義，梁實秋還把矛頭指向五四時期個性解放的思想主
張。他指出，五四新文學趨向於浪漫主義的一個重要證據就是標舉個性與
獨創。在批評個性主義的時候，他沒有直接訴諸白璧德，而是援引了亞里
斯多德來做為自己的護符。他說，亞里斯多德的模仿說與寫實主義的不同
之處就在於，亞里斯多德主張模仿的是「普遍之真理而非特殊之事蹟」。他
的理解顯然與亞里斯多德的原意不符，雖然亞里斯多德也要求文藝表現普
遍性，但他並不把普遍性與個性截然對立起來，而是希望通過描寫個別來
表現一般。而梁實秋卻把兩者一刀切斷：「古典藝術的對象是普遍的，浪漫
藝術的對象是個人的，所謂普遍的，即是常態的中心的，所謂個人的，即
是例外的怪異的，所以說個性與普遍性是兩件背道而馳的東西。」[27]顯然，
梁實秋眼目中的亞里斯多德並不是亞氏本人，而是白璧德的新人文主義。
他所說的普遍性也就是白璧德所謂人性中的理性或倫理自我，他反對浪漫
主義表現個性就是反對應當受到理性制馭的情緒性自我的擴張，所以他說
「人性的常態畢竟是相同的，浪漫主義者專要尋出個人不同處，勢必將自
己的變態極力擴張，以為光榮，實質背離了人性的中心。」[28]梁實秋認為，
新文學運動中打破傳統，崇尚獨創種種風氣都是這種個性擴張的表現，因
此都應當受到譴責。從這種觀念出發，梁實秋還批評了自己早期亦曾信奉

---

[26]同註23。
[27]梁實秋，〈王爾德的唯美主義〉，《文學的紀律》。
[28]同註23。

過的浪漫主義的「自我表現」說，他一再指出，「偉大的文學亦不在表現自我，而在表現一個偉大的人性」[29]。在這裡，所謂人性顯然應當理解為一種倫理原則或理性。

　　除了批評浪漫主義，梁實秋也沒有放過現實主義。在這方面他和白璧德的態度如出一轍，即批評寫實主義作家大膽暴露社會黑暗，描寫醜惡的生活現象，損害了古典主義「合適」的法則。梁實秋反對作家描寫「拖泥帶水」的污穢的人生，他在〈藝術即選擇〉一文中說：「現代許多過分信仰寫實主義的人，以為文學的任務即在忠實地描寫。隨便什麼都好拿來作材料，美的，醜的，善的，惡的，重要的，繁冗的，一視同仁。」梁實秋批評這一派人的主張「忽略題材的選擇」[30]。

　　正如白璧德對待西方近代文學的態度一樣，梁實秋對五四新文學運動的批評，不是枝節的指責，而是整體的否定。在思想上，他既否定人道主義，又否定個性主義；在藝術上，他既批判浪漫主義，又批評現實主義。他對五四新文學運動的指責涉及到這一運動的根本性質和根本方向，這使得它不同於過去新文學陣營內部發生的論爭，如文學研究會的現實主義與創造社的浪漫主義之爭，它構造了兩種敵對的藝術思潮的鬥爭。而這兩種藝術思潮的對立，又是建立在兩種思想體系，即近代人道主義思想與新人文主義思想對立的基礎之上，或用白璧德的話說，兩種人性觀對立的基礎上的。梁實秋批評五四新文學「反乎理性，反乎人性」。在這一時期，理性與人性常常並提，前者顯然代表著後者的實質和核心。正是通過對理性節制這一新人文主義人性觀的接受，梁實秋進而接受了白璧德圍繞著這一核心觀念建立起來的新人文主義文藝思想，並從這一理論立場出發對五四新文學運動進行了前所未有的全面批判。我們說「前所未有」並不是一種誇張，儘管新文學運動從誕生之日起，就不斷遭受到來自封建保守營壘的明槍暗箭。但新文學運動初期發生的幾場論爭，大都圍繞著「白話」、「文

---

[29] 同註 23。
[30] 梁實秋，〈藝術即選擇〉，《文學的紀律》。

言」語言形式問題展開，並未對新文學的發展造成嚴重的威脅，以至於新
文學運動的領導人都曾感到勝利來得過於順利和突然，只有到梁實秋，才
真正借助於一種系統的西方理論學說，對新文學運動做了有一定理論深度
的完整的批判。他的批評沒有引起現代作家的足夠注意，一方面是由於他
以新文學陣營內部成員的身分出現，具有一定的迷惑性。更重要的是時代
的迅速發展已經把一些更為新鮮和迫切的問題提上了理論日程。但就在這
種情況下，魯迅仍然寫了〈盧梭和胃口〉等論文，郁達夫也寫了一系列文
章，對梁實秋進行駁斥，捍衛盧梭。如果我們仍記得白璧德的話，對於包
括梁實秋在內的新人文主義者來說，盧梭乃是一個代表著西方近代民主潮
流的精神符號，那麼我們可以說，他們捍衛的不僅僅是盧梭，而是近代民
主主義的思想原則和文學傳統。

三、

　　梁實秋對五四新文學運動的批判，是一個遲到的批判，就在他對五四
浪漫主義發起攻擊的時候，歷史舞臺已經發生了巨大的變化。大革命前
後，由於中國革命形勢的發展和國際無產階級文學運動的影響，許多作家
自覺地推動文學向無產階級的方向發展。中國現代文藝思想論爭的焦點，
也從文學與人生，文學的社會作用等轉移到文學與革命，文學的階級性等
問題的討論。參加這些討論的許多成員都曾是五四浪漫主義的中堅人物，
為了證明自己的革命和前進，他們紛紛對自己早期的「浪漫蒂克主義」、
「個人主義」進行了也許過於匆促，但卻十分真誠的否定。這就一下子把
梁實秋推到了十分尷尬的境地，使他的批判頓時失去了對象和依據。於
是，他不得不隨之挪移自己的陣地，把矛頭從五四新文學運動轉向無產階
級革命文學。這種論爭對象的改變必然會使他的文藝思想內部發生一些相
應的調整和變化，其中也包括對白璧德新人文主義的吸收。

　　這種變化首先反映在梁實秋的理論核心，人性的概念上。梁實秋的人
性論是一個深層結構，它至少包括兩個理論層面。第一個層面是人性論。

在這一層面上，他與其他一切主張人性的中外思想家是一致的。第二個層面則是白璧德的善惡二元論。這是更深的理論層面，但正是它決定著梁實秋人性論的實質。在前期，當梁實秋爲著批判他以爲是以一種盧梭式的自然人性論和人道主義爲思想基礎的五四新文學運動的時候，他強調的是白璧德的以理制欲的思想核心。但隨著論敵由盧梭式的人道主義、民主主義轉變爲無產階級的文學階級性理論，他強調的重點也發生了明顯的變化。例如在〈文學是有階級性的嗎？〉一文中，梁實秋說，資本家和工人「他們的人性並沒有什麼兩樣，他們都感到生老病死的無常，他們都有愛的要求，他們都有倫常的觀念，他們都企求身心的愉快，文學就是表現這最基本的人性的藝術。」[31]如果把這段話和他前期有關人性的言論做一比較，可以發現明顯的差異。這個差異就在於他的理論重點已從思想結構的深層轉移到表層，轉移到對人性的普遍性的強調。那麼，我們是否能根據這一變化，認爲他的思想已經發生了重要的轉變，已經在某種程度上拋棄了新人文主義，而和盧梭等同樣是宣傳資產階級人性論的思想家站在一起了呢？

要認識這一點，必須注意，梁實秋用以反對無產階級文學的，除人性論以外，還有另一個重要的論點，即天才論。在與左翼作家論戰的時候，梁實秋一再聲稱：「文學就不是大多數人的，大多數人就沒有文學」、「好的文學永遠是少數人的專利品，大多數永遠是蠢的，永遠是與文學無緣的。」[32]根據這種理論，屬於大多數的無產階級根本就不配有文學，左翼作家所謂的無產階級文學自然就只是一句空話。梁實秋所依據的，顯然是一種認爲包括文學藝術在內的精神文明，都是少數天才的創造，也只配少數天才獨享的天才理論。但梁實秋這種天才論，卻不是源於 19 世紀浪漫主義，而是來自白璧德。

新人文主義具有十分濃厚的貴族色彩，這種貴族主義導源於白璧德的人性二元論。白璧德認爲，人之所以爲人，是因爲賦有理性克制的力量，

---

[31]梁實秋，〈文學是有階級性的嗎？〉，《偏見集》。
[32]同上註。

但這種理性與良知卻不是人人都同樣具備的，它並不與經驗成正比。有人生來就具備這種天賦，而有人天生就是愚昧和盲目的，白璧德說：「真正的人文主義者」都「儕身於具有真知灼見的少數人行列」，「這種人完全是天生的」[33]。白璧德直言不諱地說：「正像希臘人所說，人可分為三等，第一等是具有洞察力的人。第二等是自己沒有洞察力，但還能明智地承認別人的洞察的人，第三等是自己既無洞察和識別能力，又無力辨識這種洞察的人。」又說：「令人不愉快的事實是，在生活中，有如此眾多的人都屬於第三等人。」[34]這種說法頗近於中國古代儒家性三品的學說。白璧德也經常引用孔子「君子之德風，小人之德草，草上之風必偃」的語錄來支持自己這種上智下愚的觀點。從這種觀點出發，白璧德堅決地反對盧梭等資產階級民主主義者提倡的平等學說和人權理論。他批評人道主義者「無選擇地同情那些在爭取經濟利益的競爭中落後的人，他並不追究這些倒楣的傢伙是否曾經有過機會，而他們白白放走了它，他也不管那些他看作是社會秩序的犧牲品的人是否原本是由於他自己行為不端，或者至少也是他自己的懶惰和漫不經心造成的。」[35]由於白璧德對人民群眾抱著如此露骨的憎厭與輕蔑，他自然不准許他們染指文藝，他曾多次批評所謂「偽民主主義者」，「企圖排除人文主義的規範或貴族的因素，他們評價一部作品不是訴諸少數有真知灼見的人，而是訴諸一般群眾的直接反應。」[36]

　　白璧德的上述觀點，構成了梁實秋反對無產階級文學的重要理論背景。梁實秋斷言「一切的文明，都是極少數天才的創造，科學、藝術、宗教、文學，以及政治思想、社會制度都是少數聰明才智過人的人所產生出來的。」[37]這種「天才」也是基於人性。當然，梁實秋所謂的人性仍然是白璧德的人性二元論。所以他也反對平等：「平等是個很美的幻夢，但是不能

---

[33]白璧德，《法國近代批評大師》英文版，頁 374、352。
[34]同上註。
[35]白璧德，《民主與領袖》，頁 256。
[36]同註 33。
[37]梁實秋，〈文學與革命〉，《偏見集》。

實現的。」就像白璧德一樣，梁實秋也把勞苦群眾的悲慘遭遇視作天經地義的，是優勝劣敗的自然淘汰的結果。所以他勸導無產階級，假若有出息「只消辛辛苦苦誠誠實實工作一生，多少必可獲得相當的資產。」[38]梁實秋把無產階級文學的出現歸因於近代民主主義思想的宣傳，「近代德謨克拉西精神發達了，所以我們很容易把民眾的地位看得很高。」「傷感的革命主義者，以及淺薄的人道主義者，對於大多數的民眾有無限的同情，這無限制的同情往往壓倒了一切對於文明應有的考慮，有一部分的文學家，也沾染了同樣的無限制的同情，於是大聲疾呼的要求，大多數的文學。」[39]梁實秋斷言：「德謨克拉西思想在文學上沒有實施的餘地。」梁實秋的這種觀念顯然證明，他在當時並沒有真正認識到無產階級文學興起的實質性原因，他把無產階級文學的出現簡單地看作五四人道主義、民主主義文學的一種自然延伸和發展，因此他企圖借助前期對人道主義和民主主義的批判來否定無產階級文學。但這樣一來就使他在理論上陷入了一種不可解脫的矛盾。如前所述，爲了反對左翼作家提出的文學階級性理論，梁實秋強調文學應當表現普遍的人性，於是有意無意地淡化和掩蓋了他與盧梭式的自然人性論的對立。但在這裡，他爲了證明其天才論，證明其文學的貴族性，又不得不借助白璧德的人性二元論，並用它來批判盧梭式的人道主義和民主主義，這就使得他的主張發生了矛盾。人們不禁要問，既然文學表現的是普遍的，超階級的人性，那麼就應當是全人類共通的，人人得而享之的，爲什麼又只能是一個貴族階級的專利呢？所以魯迅先生當年就一針見血地指出，梁實秋的人性論「是矛盾而空虛的」。

　　這種矛盾是由梁實秋的思想立場決定的，爲了與新興的無產階級文學對抗，梁實秋不得不在理論上把自己打扮成整個資產階級乃至全人類的代表。但在骨子裡，做爲保守的，帶著明顯的封建胎記的中國資產階級右翼的思想代表，他又不可能真正接受盧梭式的民主主義，不可能接受資產階

[38]同註31。
[39]同註37。

級在上升時期提出的平等、博愛等人道主義原則。做為一種思想學說，普遍人性論（亦即自然人性論）是資產階級以全民代表者的姿態向著封建統治者要求平等權力時提出的。而梁實秋現在要公開維護的，卻是資產階級的統治、剝削與獨占，這就使得他沒有勇氣在實質上接受資產階級在進步時期留下的這些理論遺產，在人性問題上超越出白璧德的理論立場。

　　不過，和前一階段幾乎全盤接受白璧德的思想影響不同，梁實秋在這個時期也開始吸收其他西方思想的影響。例如，在討論文學與革命關係時，他就接受了一個英國後期浪漫派批評家卡萊爾的影響。梁實秋前期對卡萊爾是持否定態度的，他曾撰寫過〈卡萊爾的文學批評〉一文，援引白璧德的批評理論，對卡萊爾重闡釋、輕判斷的主張提出批評，但在關於革命文學的論爭中，他在對革命的性質以及文學與革命的關係的認識等方面，卻吸收了不少卡萊爾的觀點。首先，從對革命性質的認識來看，與馬克思主義的階級鬥爭學說不同，梁實秋認為：「革命運動的真諦，是在用破壞的手段打倒假的領袖，用積極的精神擁戴真的領袖。」[40]這種認識便是在卡萊爾的影響下形成的。在《英雄與英雄崇拜》一書的第六章，卡萊爾便明確指出，政治的目的，「在找尋能人，給他以權力的標誌」，而一切革命爆發的原因，都是「太無能力的人做著事業的領袖」。因此要推翻他們，擁戴新人。其次，對於文學家與革命的關係，卡萊爾雖然沒有做出直接的闡述，但他對領袖與革命運動的關係的看法顯然對梁實秋有所啓發，卡萊爾指出，領袖人物雖然在革命中也置身混亂，然而「他自己的整個靈魂是反對而且痛恨那無政府主義的」，他的使命是恢復秩序，「凡大偉人多是『秩序的兒子』，而非『混亂的子孫』」[41]。梁實秋後來在論述文學家與革命的關係時也說：「偉大的文學家亦足以啓發革命運動，革命運動僅能影響到小的作家。偉大的文學的力量，不在於表示出多少不羈的狂熱，而在於把這不羈的狂熱注納在紀律的軌道裡，偉大的文學家永遠走在時代的前面，就是

---

[40]同註 37。
[41]卡萊爾，〈作為王者的英雄〉，《英雄與英雄崇拜》英文版。

在革命時期中，他的眼光也是清晰的向上的，只有較小的作家處在革命的時期便被狂熱的潮流挾以俱去，不能自持。」[42]由此，梁實秋便得出了革命並不能影響偉大作家，真正的文學與革命無關的結論。不過，應當指出的是，梁實秋對卡萊爾的接受仍然是有選擇，有條件的，上面卡萊爾關於革命性質的論述，對於秩序的強調等等，與新人文主義的基本思想是並不矛盾的。而在《英雄與英雄崇拜》一書內，卡萊爾盛讚盧梭，將他稱為文學家的英雄，這些內容，就是梁實秋不能接受的了。

　　從總的方面來看，1928 年以後，在與左翼作家的論戰中，梁實秋仍然堅守著新人文主義的理論立場，儘管也做了一些局部的修正。如前期他曾激烈地攻擊為藝術而藝術的理論，強調文藝的倫理作用，而在這一階段針對左翼作家對文學的革命作用的倡導，他又常常宣傳藝術的獨立性；又如前期他曾批評現實主義作家在題材上不加選擇，現在卻又回過頭來批評無產階級作家限制創作題材。凡此種種，都是適應著論爭對象的改變而發生的。這種調整和改變是不可避免的，這與白璧德新人文主義的理論性質有關，新人文主義基本上是一種經過現代的修正和補充的古典主義文藝思想，白璧德重申古典主義文藝觀的目的，是為了打擊浪漫主義以降的西方近代文藝思潮，打擊做為這種文藝思潮的思想基礎的近代人道主義和民主主義。白璧德的中國弟子，如稍早的學衡派和後來的梁實秋引進新人文主義，其初衷也是為了批評五四新文學運動。因此當梁實秋要把這一思想武器轉用來批判無產階級文學時，便不免感到左右支絀，不得不對之加以修正和補充。但局部的修正和補充終究無法改變這種理論的基本性質和基本作用，這就是為什麼新人文主義在中國的影響在梁實秋這裡就宣告終結，即使是在右翼文學陣營也未得到更多的支持和響應，因為它已被中國現代文藝思想的發展遠遠拋到後面去了。

---

[42]同註 37。

四、

　　如果就理論的直接來源看，梁實秋的文藝思想無疑是徹底的西化的，他的幾乎每一個基本的文學觀念都來自白璧德或其他西方古典主義文藝批評家。他的一些文章從標題到內容，以至文中的引語、修辭等等都抄自白璧德的著作（如〈與自然同化〉等文）。這種抄襲和全盤搬用，即使在學習西方文化蔚然成風的五四時期也是極為罕見的。但儘管如此，梁實秋與當時絕大多數向西方學習的中國作家的目標卻完全不同。當時中國文藝理論家從外國接受理論武器，目的是為了打破傳統思想的束縛，發展與傳統文學和文學理論全然不同的嶄新的現代文學和現代文學觀念，而梁實秋的目的，卻是要在一派反傳統的呼聲中，與傳統認同。梁實秋後來承認「白璧德教授是給我許多影響，主要是因為他的思想和我們中國傳統思想有頗多暗合之處。」[43]這就是為什麼與當時眾多的現代文藝理論家選擇西方現實主義、浪漫主義、現代主義理論不同，梁實秋獨獨選中白璧德的新人文主義，或者說一種現代古典主義的原因。正如一位西方學者所說，古典主義，就其基本性質來說，是一種向後看的文學。

　　從近代中國東西文化大撞擊的歷史背景上看，梁實秋的思想選擇是很值得研究的。鴉片戰爭以後，中國社會就處於急遽的動蕩、分化和蛻變之中，這種艱難的蛻變是以新舊兩種文化的衝突和更替為思想標誌的。由於中國現代化的外爍性質，這種新舊文化的蛻變往往以東西文化衝突的形式出現。當時所謂的新學，代表著比中國封建傳統文化處於更高歷史階段的資本主義文化，於是中國近代首先覺悟的知識分子便自然地接受了這種文化，並努力用它來摧毀中國傳統的已經衰朽的封建文化。從這種意義上說，中國從古老的封建基地上向現代化起飛的過程，就是一個不斷地向西方文化學習的過程。五四新文化運動，一方面把反封建的思想革命推向了前所未有的歷史高度，另一方面又最大限度地向先進的西方文化敞開了大

---

[43]梁實秋，《梁實秋論文學》，臺北：時報文化出版公司，1978 年 9 月，頁 11。

門。當時許多先進人士都把二者緊密地聯繫在一起，在《新青年》上，有人在撰文闡述新舊思想的對立時就說「所謂新者，無它，即外來之西洋文化。所謂舊者，無它，即中國之固有文化。」[44]正是在這種認識指導下，一班五四新人熱烈鼓吹西方近代文化，激烈否定傳統文化，終於使西學在與中學的鬥爭中奏了凱旋，使西方文化在中國得到了廣泛的介紹。然而，這些先驅者們始料未及的是，新與舊的鬥爭，封建與反封建的鬥爭，並沒有因為西方思想文化地位的確立而宣告停息，而是採取了一種新的形式或者說進入了一個新的階段。梁實秋的思想選擇就清楚地顯示了這一點。

　　梁實秋對新人文主義的接收，以及他站在這種理論立場上對五四新文學運動所做的整體性否定和批判表明，在五四之後，中國思想戰線上封建與反封建的思想鬥爭已不再取著西學與中學公開對立的形式，而逐步改變為以某一種西方學說與另一種西方學說鬥爭的形式出現。

　　這種情形是在中國現代作家對西方文化的認識日趨深入的條件下出現的。當東西方文化在近代中國最初交匯的時候，它取著一種從物質、制度到思想文化全面衝突的形式。在這種尖銳的衝突和對抗中，人們往往更容易認識到雙方的差異和對立。但隨著人們對西方文化認識的逐步深入，他們發現，西方文化本身也是一個包含著多元的思想文化因素，包括著巨大的內部矛盾的文化整體。這種思想文化的多元性提供給中國現代思想家根據不同的立場和需要加以選擇的多種可能，使得中國的各種思想力量，包括那些竭力維護傳統的思想力量也可能在西方思想中去求得支持，而後者的努力更因為第一次世界大戰之後西方出現的一種新的思想動向得到了加強。

　　在本世紀初，東西方思想文化交流可以說處於一種雙向逆反運動之中。一方面是長久處於停滯狀態的東方要向西方尋求先進的科學技術、社會制度、思想文化以改變自己的落後狀態。而在另一方面，卻有一部分西

---

[44]汪叔潛，〈新舊問題〉，《青年雜誌》第 1 卷第 3 期，1915 年 9 月。

方知識分子在面臨西方物質文明高度發展，而人的精神卻遭到全面扭曲和異化，人們處於極度缺乏穩定和安全感的情況下，把目光投向東方，希望從東方悠久寧靜的文明中尋求西方精神危機的解脫之道。白璧德就是這方面的一個先行者。

白璧德在全面地批判盧梭為代表的民主主義思想的同時，不僅致力於闡揚西方古代人文主義，也在中國古代思想，主要是儒家學說中為他的新人文主義尋求支持。他把孔子與耶穌、釋迦牟尼、亞里斯多德做為自己的四大思想支柱。而在四人中，兩位宗教創始人的學說寄希望於來世，過於玄妙，只有亞里斯多德和孔子代表著所謂人文主義傳統。白璧德說：「孔子始終是一個人文主義者」，因為「孔子關心的主要不是彼岸世界，而是在這個世界上我們怎樣才能生活得最圓滿，最和諧的藝術。孔子認為，這就是去過一種均衡、中庸的生活。於是我們可以看出，遠東孔子的與西方亞里斯多德的傳統有許多一致之處。」[45]在亞里斯多德和孔子之間，白璧德更推許後者，因為亞里斯多德是「學問知識之泰斗」，孔子才是「道德意志之完人」，所以白璧德說：「吾所見中國文化較優於他國之處，首要者，即中國古今官吏雖腐敗，然中國立國之根基乃在道德也。」[46]白璧德讚揚儒家思想，一方面固然是由於他從中發現了與自己的政治理想吻合的東方傳統，他認為這種東方學說可以成為他批判近代西方以培根為代表的科學潮流和以盧梭為代表的民主主義潮流的一項思想武器。但更根本的原因還在於，第一次世界大戰以後西方資本主義暴露出深刻的危機，這種危機使人們對幾百年來推動西方迅速實現現代化的上述科學思想和民主潮流喪失了信心。在這種情況下，一些對傳統的固定不變的價值觀念仍懷著眷戀的思想家就把東方長久停滯，封閉自足的社會做為了他們的烏托邦。事實上東方的道德文明並不能濟西方之窮，儘管有白璧德這樣的人熱烈鼓吹，西方社會並未因此靠近東方的軌道。但白璧德對東方文明和儒家傳統的鼓吹，配

---

[45]白璧德，《民主與領袖》。
[46]〈白璧德中西人文教育談〉，《學衡》第 3 期。

合著他對西方近代科學與民主的批判，卻給一部分企圖維護傳統的中國知識分子打了一針強心劑。白璧德等人對西方資本主義的弊病有很深刻的認識，儘管他們的結論是錯誤的，但在他們對西方近代社會的批判中仍有一些合理的成分。他們以批判資本主義的姿態捍衛東方的封建傳統，就顯然比那些死抱著封建綱常名教，頑固衛道的守舊派高明得多，有說服力得多。在五四前後一度發生重大影響的東西方文化論戰中，凡屬站在守舊一方面又較有影響的都無不是站在批判西方資本主義文明的立場上來維護中國固有的傳統文明。這給中國反封建思想鬥爭帶來了很大的複雜性和特殊性。

白璧德等人的作法對梁實秋等具有保守性格和保守心態的中國知識分子具有很大的吸引力。梁實秋在早期也是一個讚賞「浪漫主義的自我表現之自由」，反對「古典主義固守模型，強人同己」[47]的反傳統的批評家。但白璧德的影響卻促使他改變了對待傳統文化的態度。他向傳統的復歸是循著白璧德的理論路線完成的。這就是一方面借助於白璧德對西方近代文藝思潮的批判來否定五四對傳統的否定，另一方面則力圖用西方古典主義思想與傳統思想對接，進一步強化和補充傳統。其實正如西方思想是多元的一樣，傳統思想也是多元的，問題在於維護和讚美傳統中什麼樣的思想因素。梁實秋對中國傳統思想的認識和評價也是在白璧德的影響下形成的。他仿照白璧德將西方文藝劃分為古典與浪漫兩大潮流的作法，將中國文學看作是「受儒道兩大潮流支配」。儒家思想與西方古典主義接近，而「道家的文學思想卻很像是西洋文學中最趨極端的浪漫主義」[48]。梁實秋這種說法本於白璧德，正是白璧德在《盧梭與浪漫主義》的附錄〈中國的原始主義〉一文中明確指出：「在過去時代，最接近以盧梭為最重要的個人代表的思潮的，大概是中國早期的道家思潮了。」[49]姑不論白璧德種種評價是否準

---

[47]梁實秋，〈《草兒》評論〉，聞一多、梁實秋合著《冬夜草兒評論》，北京：清華文學社，1922 年 3 月。

[48]梁實秋，〈現代文學論〉，《偏見集》。

[49]白璧德，《盧梭與浪漫主義》，頁 395。

確，梁實秋卻借著批判道家否定了五四對封建儒學的批判。他說：「據我看道家思想是中國文學不健康的癥結，我以為新文學運動第一步要做的事不是攻打孔家店，不是反對駢四驪六，而是嚴正地批評老莊思想。」[50]梁實秋公開地讚揚儒家思想，尤其是做為封建的三綱五常的理論基礎的儒家倫理思想。他說「儒家的倫理學說，我以為至今仍是大致不錯的，可惜我們的民族還沒有能充分發揮儒家的倫理」，但他接著又指出「儒家的文學觀念卻不能使我們滿意」[51]，「為救中國文學之弊」，梁實秋指出的唯一的途徑是「採取西洋健全的理論」，這就是以白璧德為代表的新人文主義，或如梁譯：人本主義。「人本主義者，一方面注重現實的生活，不涉玄渺神奇的境界；一方面又注重人性修養，推重理性與『倫理的想像』，反對過度的自然主義。中國的儒家思想極接近西洋的人本主義，孔子的哲學與亞里斯多德的倫理學頗多暗合之處，我們現在若擇取人本主義的文學觀，既可補中國晚近文學之弊，且不悖於數千年來儒家傳統思想的背景。」[52]梁實秋這段話，既反映了他對新人文主義與傳統儒家思想內在聯繫的認識，又清楚地暴露了他在中國宣傳新人文主義的目的和他的文藝思想的性質。他說明，五四以後，對封建傳統的維護已不是簡單地復舊，而常常是在西方學說之間相互鬥爭的理論背景上進行的，甚至是以直接宣揚某種西方學說的形式出現的。梁實秋對傳統儒家學說的直接鼓吹的闡揚，除我們上面引述的外，並不多見。但正如我們文章指出的那樣，他對新人文主義文學觀念的鼓吹，他對五四新文學運動的批判，都無一不代表著從近代開始的封建與反封建的思想鬥爭以一種新的形式在現代的延伸和繼續。

　　臨末，我們要指出的一點是，梁實秋所謂儒家沒有文學觀念的說法是沒有根據的。儘管在長期的歷史發展過程中，儒家並沒有形成如西方古典主義那樣嚴整而系統的文藝思想體系，但西方古典主義的一些核心觀念，

---

[50]同註 48。
[51]同註 48。
[52]同註 48。

包括其中最重要的理性控制和崇仰傳統，我們都可以在中國儒家文藝思想中找到充分的表現。從孔子「思無邪」的詩教到〈詩大序〉「發乎情，止乎禮義」的古訓，強調的都是一種外在倫理規範對作家個人情感的制約。這種觀念在中國古代文學思想濫觴時期就已確立，此後長期影響著中國文學的發展。而所謂對傳統的崇拜和學習，更是儒家文學觀念的核心，劉勰的《文心雕龍》中締造的龐大的古典美學體系，就是以「徵聖」、「宗經」為基礎的。後來，正是由於時時以追摹漢魏唐的高風絕塵為創作目標，才使中國文學始終未能出現近代西方文藝那種階段分明、面貌迥異的藝術發展。隨著時間的推移，這兩種藝術觀念構成了中國藝術向前發展的主要障礙，所以首先受到來自內部的挑戰。明末清初，以李贄、湯顯祖和公安三袁為代表的新興美學思潮，一方面以「情理對立」、「揚情抑理」來反對古典的理性控制，爭取個性的自由表現，另一方面，以「天下無不變之文章」相號召，反對前後七子的復古主張，展示了一種具有近代色彩的新的審美理想。遺憾的是，這種思想發展的自然鏈條由於歷史的巨大曲折而中斷了。這就使中國在文藝上反對古典主義及其封建文藝思想的鬥爭不可能像近代西方曾經發生的那樣，採取新的思想因素在舊傳統內部逐步發生，通過與舊的傳統展開反覆激烈的鬥爭，最終從內部突破傳統這樣一種正常形式，而是在近代東西方文化大撞擊的背景下，採取了進步知識分子從西方吸取思想武器來否定和批判固有傳統的特殊形式。這種形式的特點在於，由於進步思想家一開始運用的就是一種成熟的理論武器，這就使得他們不僅能夠迅速而激烈地否定舊的傳統，而且能夠對這種傳統做出高屋建瓴的深刻剖析。但這種思想發展形式也有自身的弱點，這就是由於它不是採取從內部發生而是從外部輸入的形式，使它沒有可能與舊思想在具體環節上逐一地進行反覆激烈的論辯與戰鬥。儘管從表面上看，舊的傳統在新思潮的衝擊下一朝崩潰，但它的許多思想內容並沒有受到深入的批判，因而得以隱蔽地保存下來。從文藝思想方面來看，儘管在五四打倒孔家店的浪潮中，人們對「文以載道」以及「鴛鴦蝴蝶派」的遊戲文學觀也展開過

批判，而且從新文學運動一開始，就由陳獨秀喊出了打倒古典主義的口號，但古典主義文藝觀的核心內容，如上述理性制約等卻並未受到深刻觸動。這就使得這些思想因素可以改換面目，穿上一件現代（尤其是西方的）衣衫，重新招搖過市，這恐怕也就是梁實秋文藝思想的真實性質長期不能為人們所認識的原因吧！

附註：本文是作者的博士學位論文《歷史匯流中的抉擇——中國現代文藝思想家與西方文藝理論》中的一章，本刊發表時略有刪節。

——選自《文學評論》，1988 年第 2 期，1988 年 3 月

梁實秋論

◎王集叢*

一、從白璧德教授到梁實秋教授（上）

梁實秋教授是古典主義、人文主義的文學批評家；但他卻不是文藝復興以後的「假古典主義者」[1]，而是「穩健嚴正」的白璧德（Irving Babbitt）教授的門徒。所以，要了解梁實秋教授的文學理論，首先便須知道白璧德教授的人文主義的學說。

我們知道，文藝復興以後，隨著商業資本主義的發展，商業貴族在社會上占有了一席主要的支配地位；他們要求強有力的統治，以統一國家、安定社會，使利其自由貿易。16、17 世紀歐洲許多國家確立的君主獨裁政治，所謂絕對主義的政治，便是在這個要求下產生的。同時，在文學上也反映了這種要求，那便是遵從理性，嚴守「三一律」，表現「普遍一般的人性」，反對「放縱」，反對「極端主義」的古典主義、人文主義的出現。及至 18 世紀後半和 19 世紀之初的時候，歐洲社會已由商業資本主義進到工業資本主義了，新興市民不僅要求社會安定，國家統一，貿易自由，而且要爭自己的「人權」，建立自己的國家與文化。於是，民主主義代替了絕對主義的存在；於是，古典主義的規律被浪漫主義思潮所否定，洗滌了創造寫實主義文學的道路。這樣，從古典主義經過浪漫主義到寫實主義的文學思潮的發展過程，便是近代市民文學的發展過程。在這個過程中，無論古典主義、浪漫主義、寫實主義，在其發展時，都是有相當的進步意義的；

---

*王集叢（1906～1990）評論家、散文家。本名王義林，筆名余明、菊生。四川南充人。
[1]梁實秋與白璧德教授皆稱文藝復興以後的古典主義者，為「假古典主義者」。

因為它們都是近代社會正在向上發展時期的產物，都是成長中的市民的向上意識的反映。

　　但是，時間前進到了 20 世紀，情形就不同了，近代社會已經發展到了頂點，其內在的矛盾日益尖銳起來；所謂生產過剩，市場缺少，便引起了那些資本主義國家間的不可調和的衝突。它們都不能和平地向前發展，解救其自己所造成的危機；只有用武力去掠奪市場，在血肉橫飛的戰爭中去找尋出路。於是，擴充軍備，締結盟約，整個世界都陷入了戰爭的恐怖狀態。在此情形下，甘願為戰神做臣僕的文學作家，竟自毫不客氣地讚美著戰爭。未來派之高呼「戰爭萬歲」，認為「戰爭──是最好的衛生學」[2]，這便是顯明的例證。可是，在另一方面，客觀情勢已表現出戰爭不僅不能解決近代社會的矛盾，反而可以招來傾覆近代社會的危機。於是，有些為近代社會擔憂的知識分子便出來警告戰爭的危險，要人們遵從理性，嚴守紀律，保持「中庸之道」，不要「走極端」，藉以保存一時的安寧，維持現狀；這樣的代表人物之一，便是美國哈佛大學的法國文學教授白璧德先生。

　　愛瑪生（Emerson）說，「世間二律，顯相背馳，一為人事，一為物質。用物質律，築城製艦，奔放橫決，乃滅人性。」[3]白璧德教授於此發現了「真理」，他認為戰爭乃是由於人們只努力於物質的發展，不注意理性的節制之結果。他在戰後 1919 年說，「今相鄰之各國民族，以及一國中各階級之間，各存好大喜功，互相嫉忌之心，更挾殺人之利器，則無論或遲或速，戰爭終不可免。若輩犧牲人生萬事之價值，但求積聚物質之富，既成，乃復自相殘殺，並所積聚者而毀滅之，吁可憐哉！」[4]這樣，他既不從近代社會發展的矛盾中去了解戰爭，而以為戰爭乃是由於各個國家只求「積聚物質之富」，「各存好大喜功」的心理產生的，那他之反對戰爭，救

---

[2]弗理契著；樓建南譯，《二十世紀的歐洲文學》，上海：新生命書局，1933 年。
[3]吳宓等譯，《白璧德與人文主義》，上海：新月書店，1929 年。
[4]同上註。

濟人類，當然就不能想到用什麼方法來根本消滅那產生戰爭，乃至產生「好大喜功」的心理的社會原因，他只會說出改變人心的囈語，要人「循規蹈矩」地生活，嚴守「中庸之道」。於此，他把「人事之律」與「物質之律」對立了起來，以為只注重物質的發展，不注意「人事之律」，其結果必然是「人欲橫流」，「窮兵黷武」，產生出許多人世的悲劇。他之所謂「人事之律」者即「收斂精約之原理，而使人精神上循規蹈矩，中節合度是也。」[5]這便是白璧德教授的人文主義的總的原則。

白璧德教授最反對的人是：近代科學的始祖培根（Bacon），與高唱「自由」、「人權」的盧梭（Rousseau）。這兩位人物是誰都知道的新興市民的代言人，但白璧德教授之反對他們，並不足以表現他之反對近代市民社會；反之，倒是因為近代社會發展到了 20 世紀，已走完了歷史給予它的道路，無法再行前進，進步的培根與盧梭的思想在此時反而對它有妨害，白璧德教授之反對他們是為了近代社會之安全的。事實上，在此危機四伏的時代中，白璧德教授除了教人「循規蹈矩」，保存現狀外，何敢是認培根與盧梭的思想呢？

但是，在現實的一切足以引起人「走極端」的事物的刺激之下，要教人們「循規蹈矩」，嚴守「中庸之道」，這卻不單是一點兒玄妙的理論所能做到的。所以，白璧德教授在建立其「人事之律」中，更不得不借助於宗教的麻醉。於是，耶穌、釋迦，便成了他所最尊崇的人物；於是，一切神祕的宗教原理，在他看來，都可「造福人群」。他曾鄭重地說道：「吾雖主張以批評及實證之人文主義，治今時之病，然亦試為之而已，非敢謂其必是也。以今日西方局勢之險惡，凡宗教之原理，無論其為恪遵成法，抑係自立批評，皆可造福人群，須知此乃近世思想中隱微繁複之問題也。」[6]由此，我們可以說白璧德教授的人文主義實在是帶著濃厚的宗教色彩的。

曾記得，歐戰告終時，美總統威爾遜發表了兩大主張：和平與民族自

---

[5]同註3。
[6]同註3。

決。這當然不是表現他真的愛好和平，真的贊成各殖民地民族獨立起來，而是因爲大戰的結果，造成了世界的絕大危機，使他不得不提出「和平」的口號來緩和；又因爲世界市場已爲英、法等國所霸占，美國缺少殖民地，所以他才提出了「民族自決」的口號來號召，企圖以金元勢力攻破英、法等國的各殖民地的門戶。白璧德教授的人文主義與威爾遜總統的「和平主張」也有同樣的作用，它們都是用以暫時地安定現狀的一種手段。同時，事實上，白璧德教授只是要一般受壓迫者「循規蹈矩」，嚴守「中庸之道」，並不反對帝國主義之侵略弱小民族。對於英國之滅亡印度的事情，他曾做了這樣的解釋：「彼英吉利人所以能併吞印度而保有之者，既非由於其機械之效率，尤非由於英人屬行博愛，欲以白種人而爲黃種野蠻民族造福；其原因實別有在。原因者何？半由於印度民族之分立互爭，而實由於英人品德之優越。其於道德，精明沉毅，英人之所以爲世界古今最善統治之民族者以此，其能夷滅印度者，亦以此也。」[7]英人品德優越，「善於統治」，所以印度阿三便只有「循規蹈矩」，不應起來「走極端」了。這裡便顯明地透露了白璧德教授的人文主義之祕密，也就表現出了他之與文藝復興以後的「假古典主義者」的不同之點。

二、從白璧德教授到梁實秋教授（下）

遠在梁實秋教授到美國之前，吳宓先生主編之雜誌《學衡》已將白璧德教授的學說介紹給我們了。當給吳先生且特別宣傳白璧德教授的學說如何「精深博大」，如何爲全世界人所「心悅誠服」，而痛罵國人之不去研究他的「精深博大」的學說。但結果似乎沒有發生好大的影響，白璧德教授的人文主義仍然少人讚許，更是少人將之應用到文學與一般學術上來。及至梁實秋教授從海外歸來之後，白璧德教授的人文主義文學批評才算到了中國。雖然梁教授「從來沒有翻譯過白璧德的書，亦沒有介紹過他的學

---

[7]同註3。

說，更沒有以白璧德的學說為權威而欲壓服別人的舉動」，只是在其大著《浪漫的與古典的》之序中「注出了白璧德的名字」，但假如你將他所著的一切文章看完，再去看看白璧德教授的主張，那你便會明白他的一切意見都是從白璧德教授那兒來的。

這的確是件很有趣的事，梁實秋教授雖是完全依據白璧德教授的人文主義來從事於文學批評，但在他的一切著作中卻未曾引用過白璧德教授的言論，也未曾提過這位新的人文主義者的名字；在他的著作中常見的是亞里斯多德（Aristotle）的主張。這對於白璧德教授的門徒梁教授當然沒有什麼妨害，因為不僅是白璧德教授，即文藝復興以後的所謂「假古典主義者」，都是以亞里斯多德的《詩學》為經典，以發揮其理論的；梁教授之不以「白璧德的學說為權威來壓倒別人」，而以亞里斯多德之《詩學》為經典來建立其文學理論者，正是他之重視「古典」，忠實於白璧德教授的學說的表現。當然，白璧德教授的人文主義有新的內容，對於某一部分人有更大的新的作用，這是古代的亞里斯多德的學說所不能並比的；同時，梁實秋教授的理論也是更接近於白璧德教授的，其在現今的中國新起的作用也與白璧德教授之在美國所起的作用有點兒類似，但不管怎樣，亞里斯多德的牌子總比白璧德教授的老得多，因而其對於人們的信用當然也要好些，所以在「牌子」的選擇上，把亞里斯多德與白璧德教授比較起來，梁教授是更重視前者的。

不過，對於我們最重要的問題乃是白「五四」文學革命以後，在中國的培根、盧梭所代表的社會層的文學領域中，何以沒有出現聖伯甫（Sainte Beuve）、台恩（Taine）那樣的批評家，而卻出現了白璧德教授的門徒梁實秋教授？這當然不單是因為梁教授在美國哈佛大學聽過白璧德教授的課，在思想上受了傳染，主要的是因為中國社會的某一部分人需要白璧德教授的人文主義，需要梁實秋教授那樣的批評家。

事實上，在中國的培根、盧梭所代表的社會層雖然年幼，但因其環境惡劣，不能像它的法蘭西哥哥與美利堅姊姊那樣地成長起來，它早已成了

病夫。因此，它始終畏懼「走極端」的培根、盧梭那樣的人物，也不能夠培育出像聖伯甫、台恩那樣的足踏實地的批評家來，最後它所需要的是溫和主義，是教人不要「走極端」，嚴守「中庸之道」的批評家。在這個需要之下，白璧德教授的人文主義便受了他們的歡迎，而從美國歸來的梁實秋教授也就「右執《新月》」走進中國文壇了。

梁教授特別反對浪漫主義，在其《浪漫的與古典的》文學論文集中，幾乎隨處都可以看到他對於浪漫主義的斥罵，對於古典主義的讚揚；他反對放縱感情，不遵守文學的紀律；他教作家描寫「理想」，不要接近「現實」，表現「普遍的人性」，不要注意「特殊的事蹟」；這對於他們當然是必要的。因為要這樣，才能掩飾現實的真實情形，才能使人「循規蹈矩」，嚴守「中庸之道」，以保持一時的安定。

1928 年，中國文壇上發生了一個劇烈的論戰。在這當中，梁教授也「右執《新月》」走進了戰場，盡了他應該盡的義務。同時，以他為中心人物之一的「新月」也根據白璧德教授的人文主義——「中庸之道」表示了「態度」。他們說，「我們要把人生看作一個整的。支離的，偏激的看法，不論怎樣的巧妙，怎樣的生動，不是我們的看法。我們要走大路。我們要走正路。我們要從根本上做工夫。我們只求平庸，不出奇。」[8]但什麼是「大路」、「正路」呢？怎樣才算「不出奇」呢？他們把當時的文學，分成了 13 派，並認為這些都是「偏激的」、「出奇的」，都沒有存在的資格，剩下的便只有「平庸的」、「走大路」、「正路」的「新月」了。這是因為在動亂的時候，他們要保存自己的「尊嚴」與「健康」。

大戰以後，在世界發生絕大的危機的時候，白璧德教授出來建立了「人事之律」，要人們「循規蹈矩」，不「走極端」；要殖民地的民族擁護「品德優越」的帝國主義的統治，不起來反抗；以圖得到暫時的安定。同樣，在目前的中國情形下，梁實秋教授們也高唱著古典主義，人文主義之

---

[8]李何麟編，《中國文藝論戰》，上海：中國書店，1930 年。

歌，要人離開現實追求理想；不要「偏激」，不要「出奇」，要「平庸」地走「大路」、「正路」，以保存其「尊嚴」與「健康」。這樣看來，白璧德教授的人文主義，真可是中西合用，所謂「救世救人」[9]之良法了。

三、「理性的節制」與「文學的紀律」

上面我們已經約略地總說了梁實秋教授與白璧德教授的理論之本質，現在且更進而分論梁教授的文學見解之各方面。

首先是關於「文學的紀律」問題。

梁教授說：「在沒有法律風俗禮法種種的具體的束縛的時候，紛亂混鬥，人欲橫流，我沒有飯喫的時候我便乘你不備咬你一根大腿，你心裡不快活的時候也許在他的頭上敲一棒棰，這都是說不一定的事。照這樣看來，為保持秩序安寧與和諧起見，沒出息的人種似乎應該要受相當的管教了。」[10]文學對於人類社會當然是有作用的，如果沒有「具體的束縛」，任其自然發展，那影響所及，也有造成「紛亂混鬥」，「人欲橫流」之可能。梁教授也知道這一點，所以他更把這番理論引用到文學上來，要建立「文學的紀律」。

但是，依據什麼來建立這「文學的紀律」呢？古典主義者是尊重理性反對情感的放縱的，所謂「文學的紀律」，在他們看來，當然就是以理性來管理情感，限制情感放縱。古典主義的文學批評家梁教授說，「古典主義者最尊貴人的頭，浪漫主義者最貴重人的心，頭是理性的機關，裡面藏著智慧；心是情感的泉源，裡面包著熱血。古典主義者說：『我思想，所以我是。』浪漫主義者說：『我感覺，所以我是。』古典主義者說：『我憑著最高的理性，可以達到真實的境界。』浪漫主義者說：『我有美妙的靈魂，可以超越一切。』按照人的常態，換句話說，按照古典主義的理想，理性是

---

[9]吳宓先生們認白璧德教授的學說為「唯一的救世救人的辦法」。
[10]梁實秋，《文學的紀律》，上海：新月書店，1928 年 5 月。

應該占最高的位置。」[11]這樣，他硬把「思想」與「感覺」、「理性」與「感情」絕對地對立起來，以爲浪漫主義者只是「感覺」不行「思想」，只有「感情」沒有「理性」，唯獨古典主義者才有「思想」有「理性」，而把「理性放在最高的位置」上，建立了「文學的紀律」。

其實浪漫主義者也並非只有感情沒有思想，他們之反對規律，任隨情感奔放，就是他們的思想。至於他們爲什麼會有這樣的思想呢？這只有在他們所屬的時代社會中去找說明。因爲人類的思想與感覺，理性與感情並不是來自天賦，而是在其社會生活中形成的。各時代各社會的人，各種生活不同的人，其思想與感覺，理性與感情之不相同，便是這一論證的具體說明。文學如果是存在於人間的，是表現著一定的思想與感情的，那它便必然是時代社會的產物；因爲時代社會是變動的，思想與感情也是變動的，所以表現人類的思想與感情的文學也是變動的。否則各時代各社會的文學之不同的事情，在文學史上之有各種不同的流派出現的事情，我們便就無從理解。然而梁教授不管這些，他爲了要教人「循規蹈矩」，爲了要「管教那些沒出息的人種」，爲了要保持他們的「尊嚴」與「健康」，卻要古今中外的一切作家都去遵守古典主義的「文學的紀律」。在他看來，「節制的力量永遠比放縱的力量爲更可貴」[12]，文學作品必須要有「理性的節制」，才是「健康的」，才是有「倫理的效果」[13]的，因而才是有價值的。

一般說來，如果把老年人與青年人相比較，那前者多半是有「理性的節制」，嚴守成法的，後者則是感情熱烈，好「走極端」的。所以要保持自己的「尊嚴」與「健康」的古典主義者非常尊重老年人；而梁教授也就公然承認古典主義的文學是代表老年人的思想的文學了。他說：「人若在正當教育之下長到成年，全身心各部都平均的相當的發展，那才是自然的歷程，並非是天真的損失。人的一生，最值得讚美的時代，便是老年時代。

---

[11]梁實秋，《浪漫的與古典的》，上海：新月書店，1927 年 6 月。
[12]同註 10。
[13]同註 10。

西塞羅〈論老年〉是一切古典主義者對老年的態度。他說老年是人生思想最成熟的時代，亦是人生最幸福的時候。孔子說他自己年至 70 才能『從心所欲，不逾矩』。古典主義者所需要的文學是『從心所欲，不逾矩』的文學，這種文學是守紀律的；浪漫主義者所需要的文學是『從心所欲而逾矩』的文學，這種文學是不負責任的。」[14]所謂「守紀律」，乃是「從心所欲，不逾矩」的意思，這仍然不外是教人「循規蹈矩」的辦法。因為老年人的思想「最成熟」、「最穩當」，最是「循規蹈矩」，即是「從心所欲」，也是「不逾矩」的，所以最與要人「守紀律」的古典主義者相投合。於此我們也可以直率地說，梁教授所高唱的「守紀律」的古典主義文學，實在是老年人的文學。

　　強調「理性的節制」、「文學的紀律」之結果，當然要走到庸俗的形式主義的道路上去。梁教授的「從心所欲，不逾矩」的「紀律」，已經是形式主義的表現了；在他依此原則解說小說，解說其他文學作品時，則是更成了咬文嚼字的庸俗的形式主義者。譬如他說：「小說的任務，在敘述一個故事，而這個故事又必須述得有起有迄，有條有理，有穿插，有結構，有精彩，合乎這個條件的，我就承認他是一部小說。」[15]小說須有「一個故事……」這些話是說了等於未說的，因為誰都知小說作品裡「有一個故事」，小說是「有結構」的……這正如誰都知道小說就是小說一樣，然而梁教授卻說小說的任務就在這裡！又如，在聞一多先生的一首詩中有這麼兩句話：「老頭兒和擔子摔了一跤，滿地下是白杏兒紅櫻桃。」[16]梁教授認為這就是最好的詩句，什麼理由呢？他說，「每行算是三個重音，頭一行是『頭』、『擔』、『摔』三字重音，第二行是『地』、『杏』、『摔』三字重音。我承認這兩行的音節是不壞了，但是全首能夠都是每行十字三重音嗎？……如其全篇音節都能像上面引的兩行那樣，我自然承認這首詩在音

[14]同註 11。
[15]同註 10。
[16]參見《詩刊》創刊號，1931 年 1 月。

節上是很可觀的了。」[17]這便是其「文學的紀律」之具體應用。

四、「純正的人性」與文學批評的標準

「從心所欲，不逾矩」的「文學的紀律」既然有了；那麼，在這紀律之下，文學應該表現什麼呢？梁教授說，「文學發於人性，基於人性，亦止於人性。」[18]直言之，文學乃「人性」的表現。

同時，在梁教授看來，所謂「人性」乃是普遍的，固定不變的。他常說，無論各時代各社會的人類的生活是怎樣地不同，但他們的人性是相同的；他們都有喜怒哀樂的感情。文學所應表現的，便是此普遍的，固定不變的「人性」。他說，偉大的文學乃是基於固定的普遍的人性，從心深處流出來的情思才是好的文學，文學難得的是忠實，忠於人性；至於與當時的時代潮流發生怎樣的關係，是受時代的影響，還是影響到時代，是與革命理論相合，還是爲傳統思想所拘束，滿不相干，對於文學的價值不發生關係。」[19]

「人性」既是普遍固定的，那麼，表現此「普遍的固定的人性」的文學當然也就是古今如一固定不變的了。因此，梁教授又「超出時代與地域之限制」，建立了一個普遍的文學批評標準。他堅決地說道：「物質的狀態是變動的，人生的態度是歧異的；但人性的質素是普遍的，文學的品位是固定的。《伊里亞德》在今天尚有人讀，莎士比亞的戲劇到現在還有人演，因爲普遍的人性是一切偉大的作品之基礎，所以文學作品的偉大，無論是屬於什麼時代或什麼國土，完全可以在一個固定的標準下衡量起來。無論各時各地的風土、人情、地理、氣候，是如何的不同，總有一點普遍的質素，用柏拉圖的話說，便是『多中之一』。是故文學批評不在說明某一時代某一國土的文學標準，而在『超出時代與地域之限制』建立一個普遍文學

---

[17]同上註。
[18]同註 10。
[19]梁實秋，《偏見集》，南京：正中書局，1934 年 7 月。

的標準，然後再說明某一時代某一國土的文學品味對於這個標準是符合抑是叛異。」[20]

　　然而，誰會相信「茹毛飲血」時代的人與 20 世紀時代的人的喜怒哀樂的感情是一樣的呢？誰又會相信煤油大王與要飯的老婆子的生活、思想與感情是沒有區別的呢？如果沒人相信，那所謂「固定的，普遍的人性」這東西根本就不存在，因而說「文學品位是固定的」這話也就根本成問題了，因而要「超時代與地域之限制」來建立永恆的文學批評標準的事，也就成爲了荒謬的表現。事實上，中古峨特式的建築與現代的構成主義的建築是全不相同的，我們也不能說北平的故宮與上海的二十多層高的洋房是同一樣式的建築，古典主義的文學與浪漫主義的文學絕不是同一「人性」的表現，徐志摩、郭沫若的詩所表現的思想和感情與《詩經》所表現的思想和感情也沒有共通之點；文藝並不是古今如一，各處同然的；至於「《伊里亞德》在今天尚有人讀，莎士比亞的戲劇到現在還有人演」，那是因爲人類在現實生活中需要去了解其過去的歷史，並需借助其過去的歷史來過其現實的生活，並不是因爲《伊里亞德》時代，莎士比亞時代的人的思想與感情乃至「人性」和現代人的相同的緣故，不僅是在文學上是如此，即在一般文化上也是如此。現在尚有人讀希臘羅馬時代的哲學，但你卻不能因此就說現在的人與希臘時代的人的思想、人性是一樣的；同時現代也還有人在讀孔孟的著作，但你卻不能因此就說現代人與春秋戰國時代的人的「人性」是相同的；此類之例，舉不勝舉。這樣，古今中外的人的思想與感情，「人性」既不是一樣，古今中外的文化，文學也不相同，那麼，誰還能「超時代與地域之限制」，製造一個固定的尺度去齊一古今中外的不同的文藝作品呢？當然不能！

　　不過，梁教授也還有他自己的道理。他之高唱「普遍的人性是一切偉大作品之基礎」者，乃是要人「循規蹈矩」，過「理性的生活」，不要去做

---

[20]同註 11。

「偏激」的事情。所以他說：「文學的目的是在藉宇宙自然人生之種種的現象來表示出普遍固定之人性，而此人性並不是存在什麼高山深谷裡面。所以我們正不必像探險者一般東求西蒐。這人生的精髓就在我們的心裡，純正的人性在理性的生活裡就可以實現。」[21]偉大的文學是表現「純正的人性」的，「純正的人性在理性的生活裡就可以實現」，換言之，就是「理性的生活」是最偉大的，作家應該描寫存在於「理性的生活」中的「純正的人性」，以教導人們怎樣地去過「理性的生活」，怎樣「循規蹈矩」，嚴守「中庸之道」。

在這一原則下，梁教授大罵了「偏激」的盧梭和浪漫的王爾德（Wilde），否定了一切浪漫主義和自然主義的文學作品之價值，認為他們所表現的都是「變態的人性」，容易引起人「走極端」；他所認為最偉大的作品，乃是表現「純正的人性」的作品，是有「倫理價值」的作品。因為這「純正的人性」是固定普遍的，所以表現此「純正的人性」的作品經得起時間空間的試驗，是絕對偉大的。於此他向我們推崇了司蒂芬斯的《瑪麗瑪麗》，因為這作品所描寫的雖是「窮人的生活」，但他並不寫其窮，而是表現其「永久的，普遍的，固定的人性」，所以「無論什麼人讀起來都可以一樣地受感動」[22]，所以有偉大的價值，這便是他的「超時代與地域」的批評標準之具體應用。

要表現普遍尋常的事物，才能遮蓋著社會的畸形現象；要把不平衡的現象當作極平衡的現象來表現，才能使人感到「天下太平」，一切無事，因而不去「走極端」，所謂文學必須表現「純正的人性」才有價值的意義就在這裡。

「純正的人性」、「理性的節制」、「沒出息的人應該受相當的管教」，這便是梁教授的理論的骨髓。

---

[21]同註 10。
[22]同註 10。

五、天才與「人性」

「人性」，對於梁實秋教授，簡直是能治百病的萬靈丹，無論什麼問題，他都用「人性」去解釋。不過我們所須提出來論究的，乃是天才問題；對此問題的說明，梁教授當然也是用著「人性」的萬靈丹的。他說，「天才是和人人相同的。真的天才是能觀察人生的全體，直接體會事物的真實。我們也許不能說明天才的內涵究竟是什麼，但我們能肯定的指明天才的幾點現象。天才是有意識的活動，是不背理性的，是不反人性的，是緊湊的深刻的，而不是發展的放縱的。天才也是不得自由的，至少要受人性的約束。」[23]

但是，怎樣才算是「不背理性」、「不反人性」、「有意識的活動呢」？那當然是要「不發展」、「不放縱」、「循規蹈矩」地遵守「人事之律」。如此說來，歌德（Goethe）便算不得天才了，因為他不尊重「理性」，任隨情感奔放，反對古典主義的「文學的紀律」，高揚了浪漫主義之旗；同時左拉（Zola）與易卜生（Ibsen）也當稱為「庸才」，因為他們不注意「理性的節制」，不特別去描寫「純正的人性」，只是老老實實地去表現一般社會現象，甚至無情地把那些現實的黑暗面描畫了出來，至於別的浪漫主義和自然主義的作家，那當然也是同樣地不足道。於是，剩下的，便只有「循規蹈矩」、「不發展」、「不放縱」的，尊重「理性」的白璧德教授與梁實秋教授以及一般「真古典主義者」才可稱為「偉大的天才」了！這是如何不合理的「偏見」啊！

如果我們更進而探究天才對於人類社會的作用及其產生的根源時，那梁教授的如次的一段言論，又是可以引起我們注意的。他說：「一切的文明，都是極少數的天才的創造。科學、藝術、文學、宗教、哲學、文字，以及政治思想、社會制度，都是少數的聰明才智過人的人所產生出來的。當然天才不是含有絲毫神聖的意味，天才也是基於人性的，天才之所以成

---

[23]同註 10。

爲天才不過是因爲他的天賦特別的厚些，眼光特別的遠些，理智特別的強些，感覺特別的敏些，一般民眾所不能感覺，所不能思解，所不能透視，所不能領悟的，天才偏偏的能。」[24]又說：「天才的降生，不是經濟勢力或社會地位所能左右的」[25]，天才的才能是來自「天賦」。這裡是兩個問題，我們須當分別論究。

首先，是關於天才的產生問題。若依梁教授的說法，「天才的降生」與「經濟勢力或社會地位」毫無關係，只要是「天賦特別厚些」的人就可成爲天才，那麼，一個「天賦特別厚些」的人，即令是窮得書都不能讀，都是可以成爲偉大的天才的。但在事實上，歌德是生於富裕之家，李白、杜甫也非窮人，所有一切被稱爲天才的人，都是在相當的物質生活條件下培養出來的，古今中外就沒有一個終身做叫化子的人成爲了偉大的天才的。由此我們可以說「天才的降生」與「經濟勢力」或「社會地位」是有密切關係的。不僅如此，天才的產生，與時代社會還有更密切的關係。瓦特（Watt）之發明蒸汽機，史蒂芬生（Stephenson）之發明火車，富爾敦（Fulton）之發明汽船，當然都是他們的偉大成功，也是他們的驚人的天才表現，但這成功，這表現，是在近代社會的發展中產生的，假如他們生在三國時代的中國，那不管其「天賦」是怎樣的厚，也是不能發明那些東西的；諸葛孔明不是很聰明的天才嗎？但他在三國時代卻只能發明木牛流馬，不能像史蒂芬生和富爾敦那樣發明火車、汽船。古今中外的一切天才之才能，都是在其時代社會的規定和扶助之下表現出來的。至於什麼「眼光」、「理智」、「感覺」乃至「人性」，都是「後天」的，都是人在其社會生活中形成的，絕對不是「先天」的，誰也沒有看到過生來就是「眼光特別遠些」的人，因此，所謂「眼光」、「理智」、「感覺」乃至「人性」，與天才之產生都無何等直接關係。

復次，是關於天才對於人類社會的作用問題。事實上，社會就是人的

---

[24]同註 19。
[25]同註 19。

組織，歷史也是人做出來的，天才是人，不是什麼「神聖」，他對於人類社會不僅有作用，而且有更大的作用，因為他是天才，有很大的才能。但這作用，也是在時代社會的規定下發生的。上述的瓦特等之偉大發明，對於近代文明社會的發展，當然有莫大的推動作用，但是，倘若沒有文藝復興以後的工商業的發展，科學的昌明，那瓦特等也是不會憑空發明什麼的。因此，「一切的文明」並非天才的憑空創造，反之，倒是在一定的文明程度的時代社會之下，天才乃能發生某種作用。一般說「英雄造時勢」這句話，是要在「時勢造英雄」一語之下才有意義的。[26]

梁教授在「天才創造一切文明」這一論點之下，又說「文學家並不表現什麼時代精神，而時代確反映著文學家的精神。」[27]同時，梁教授最反對的唯美主義者王爾德也有這樣的意見：「巴爾扎克（Balzac）由其《人類的喜劇》創造了 19 世紀。英國畫家多那（William Turner）創造了英國的霧。」於此所謂講「理性」的人文主義與「偏激的」唯美主義竟碰了頭，真是出人意料之外！

六、貧困的理論與傲慢的態度

梁教授並沒有寫過一本有內容有系統的文學理論的書籍，只是零零碎碎寫了一些短文章，而且這些文章都是沒有什麼內容的，不管其理論正確與否。在他的所有的文章中，只是東一個「人性」，西一個「人性」，除此之外似乎就什麼都沒有了。所以，讀了他的文章之後，你只是會覺得他是在玩弄「人性」這名詞，並不是在寫文學理論的文章。

當然，概括說來，我們可以說梁教授是一個玩弄「人性」這兩個字的人文主義者，但如果詳細去看他的文章，那麼就在他的理論體系中，你也可以發現許多矛盾，他忽而根據亞里斯多德的《詩學》，說文學乃事物的

---

[26]天才問題，是一個很複雜的問題，此處無暇詳論；請讀者諸君參看《中華月報》第 2 卷第 10 號拙著〈天才論〉一文。

[27]同註 19。

「模仿」[28]。說「文學是有客觀性的」。忽而又說「文學批評是絕對主觀的」；他既全部否定了「爲藝術而藝術」的理論，卻又反對在文學範圍之外去找任何方法來研究文學；他一方面說「人性是不變的」，「文學是有永久性的」與時代社會毫無關係，要超時空地建立一個絕對的文學批評標準；另一方面卻又說，「文學是人性的表現，人性在各個不同的時代裡也表示各種不同的形式」、「文學作家沒有不受時代影響的，但對時代環境如何反映，那是因人而異的，這其間絕無普遍固定的公式。」[29]這樣矛盾的事情，在梁教授的全部理論體系中可以說隨處都是！

同時，有許多問題，梁教授並未理解，但他卻要提出來談論，結果是除了吐出一大堆「人性」來之外，什麼也沒有。譬如他談「科學與文學」的問題，就沒有把這兩者的關係弄清楚，只是把它們絕對地對立起來，擔憂科學會取文學的地位而代之，因而抱著「人性」來擁護文學。像這類的情形，實在很多。

這樣貧困的理論，我想就是用來管教那些「沒出息的人」，教他們「循規蹈矩」，遵守「人事之律」，也是不會發生怎樣大的效力的。可是，梁教授的態度卻是非常傲慢，在他的筆下除了古典主義、人文主義外，一切都遭到否定；除了「人性」之外，什麼時代、社會、民族，他都是認爲與文學沒有絲毫關係的；依他的口氣，人除了「循規蹈矩」地過「理性的生活」外，一切行動，無意義可言。這樣貧困的理論與傲慢的態度所表現的意義是什麼呢？我以爲這意義是：白璧德主義者到了東方——中國，必然是更加顯示得獨斷而卻無能的。

作者後記

本來我想在這篇文章中評論梁教授對「模仿與獨創」、「文學與科學」

---

[28] 其實這是不正確的，如說文學是事物的「模仿」，那麼，法庭的紀錄，報上的新聞也是文學了，因爲這些東西是模仿事物最真實的。

[29] 同註 19。

的問題的意見，但因篇幅關係，只得以後有機會時再講了。

——選自《現代》，第 6 卷第 2 期，1935 年 3 月

梁實秋先生與魯迅的論辯

◎周玉山*

一、前言

　　1930 年代前夕，梁實秋先生的文藝觀遭逢魯迅的挑戰。此後多年，兩人筆鋒交往，互不相讓，蔚爲文壇的大觀，至魯迅逝世方告一段落，但已載在中國現代文學史，並輯成論戰實錄，進入 21 世紀。

　　五四運動後，梁先生開始寫詩，且向「創造社」投稿，以〈《草兒》評論〉獲讚於郭沫若，也因此成爲該社之友。1924 年，他進入美國哈佛大學，受教於白璧德（Irving Babbitt），思想爲之豹變。白璧德在哈佛開「16 世紀以後的文學批評」，梁先生原抱挑戰的心情聽課，爲其淵博的學識所震撼，繼而漸悟其思想體系，明曉人文主義在現代的重要。梁先生從此了解，何謂歷史的透視（historical perspective），衡量一個作家或一部作品的價值，需要顧及其人其文在整個歷史上的地位，也還要注意文藝的高度嚴肅性。[1]

　　前此，梁先生服膺浪漫主義，接近崇天才、主情感、爲藝術而藝術的「創造社」。此後，他轉向古典主義的立場。白璧德的新人文主義，在當時已重功利的美國，被許多人目爲反動與守舊，中國弟子梅光迪和吳宓傳之國內，也因「學衡」的文言主張和特殊色彩，同遭冷落的待遇。梁先生的閱讀和創作經驗，則使他的見解和諒解尺度較寬，更能領悟白璧德的中庸

---

*發表文章時爲政治大學國際關係研究中心研究員，現爲世新大學口語傳播學系教授。
[1] 梁實秋，〈關於白璧德先生及其思想〉，原載《人生》雜誌第 148 期，1957 年 1 月。收入梁實秋《文學因緣》，臺北：文星書店，1965 年 9 月 3 版，頁 60。

理想，因此在與左翼作家論辯時，表現出理性的信心。

　　1926 年 2 月，梁先生在美國撰寫一文，即〈現代中國文學之浪漫的趨勢〉，次月發表於北京的《晨報》副刊，引起魯迅的關注。1927 年 4 月 8 日，魯迅在黃埔軍校演講「革命時代的文學」，批評梁先生的觀點，點燃論戰的火苗。從 1927 至 1936 年，兩人對壘的文字合計 125 篇以上，約五十萬字，極一時之盛。現依論辯的主題，分述兩造的重要看法，並試析其時代意義。

二、人性與階級性問題

　　1928 年 3 月，《新月》雜誌創刊，徐志摩發表〈我們的態度〉，標舉「健康」與「尊嚴」兩原則，並憂慮當時中國思想市場的凌亂。他相信純正思想是人生改造之首需，因此呼籲大家覺醒，奮爭一個「創造的理想主義」時代。此說反映徐志摩的個性，單純而且熱情，但引起左翼作家尖銳的反響，以爲《新月》存心敵對。彭康撰寫〈什麼是健康與尊嚴〉，以階級鬥爭和唯物辯證法爲武器，稱「新月」諸人爲「走狗」與「小丑」，進而強調革命文藝。此爲「中國左翼作家聯盟」醞釀時期，對《新月》攻擊之始。

　　梁先生此時寫〈文學的紀律〉，載《新月》創刊號〈我們的態度〉之後，不僅在精神上承繼〈現代中國文學之浪漫的趨勢〉，也是〈我們的態度〉最好註腳。該文首先指出，文學可以不要規律，但不能不要標準，文學的紀律問題則與後者有關。其次，文學之目的，在藉宇宙自然人生的種種現象，表現普遍固定的人性。人生的精髓在吾人心中，純正的人性在理性生活裡得以實現，所以文學的研究創作或批評欣賞，在表現完美的人性，而不在滿足好奇的欲望。文學發於人性，基於人性，亦止於人性，即因人性複雜，所以才有條理可言，情感與想像都要向理性低頭。文學的紀律乃內在的節制，非外來的權威，文學之所以重紀律，是爲求文學的健

康。[2]由此可知，梁先生的文學論，以不變的人性爲重心，與階級性的觀點南轅北轍，非左翼陣營所能容忍，中共後來的文藝政策，更與之相去甚遠。

梁先生續寫〈文學與革命〉，首指一切文明皆爲少數天才所創，可是不含絲毫神聖的意味，天才也是基於人性的。文學家是民眾的先知先覺，從歷史觀察得悉，富有革命精神的文學，往往出現在實際的革命運動之前，先有革命的文學後有革命，較之相反的情況，更爲濃烈真摯自然，後者則近於雄辯或宣傳。他反對共產黨「不革命就是反革命」的文學觀，認爲外在的事實如革命、復辟等運動，都不能借用爲衡量文學的標準，偉大的文學乃基於固定普遍之人性，從人心深處流露的情思才是好文學。

梁先生堅信，文學的價值既與時代潮流無涉，人性既爲測量文學的唯一標準，所以就文學立論，「革命的文學」一詞實無意義，縱然不必說是革命者巧立名目，至少在文學的了解上是徒滋紛擾。真正的文學家永不失去獨立，也不含固定的階級觀念，更沒有爲某一階級利益的成見，文學是沒有階級性的。此外，文學家不接受任何命令，除非是自己內心的命令；文學家也沒有使命，除非是自己內心對真善美的要求。無論是文學或革命，其中心都是個人主義的，都是崇拜英雄的，都是尊重天才的，與所謂的「大多數」無關。[3]凡此立論，當然惱怒了左翼，因而激烈反彈。

其實，梁先生的論點，以尊崇天才來說，與郭沫若並無二致；強調文學的獨立，更與當時的魯迅相似。不過，在是否承認「革命的文學」或「大多數文學」方面，他們就出現分歧，這正是浪漫主義與古典主義的分野。因爲，對於郭沫若與魯迅而言，天才固然是領袖，但感情的表現不容抑制，在梁先生的筆下，卻要受人性的約束。所以，該文成爲左翼轉攻梁

---

[2]梁實秋，〈文學的紀律〉，原載《新月》月刊創刊號，1928 年 3 月。收入梁實秋《梁實秋論文學》，臺北：時報文化出版公司，1978 年 9 月初版，頁 125。
[3]梁實秋，〈文學與革命〉，原載《新月》月刊第 1 卷第 4 期，1928 年 6 月。收入梁實秋《偏見集》，臺北：大林書店，1969 年 7 月初版，頁 8。

先生的導火線。[4]值得補充的是，〈文學與革命〉的末段指出，有人提倡
「革命的文學」，但並非由文學本身觀察，反對者似乎又只知譏諷嘲弄。當
時魯迅與「創造社」的筆戰方酣，該文適時出現，使他們同感受傷。「也
許」就是這個原因，促成彼等異中求同，聯為戰線。「也許」二字，是左翼
後來的說法，相當接近事實。

　　白璧德在文藝思想方面，醉心於西洋文學正統的古典主義，嚮往希臘
的亞里斯多德，以迄法國布塞婁和英國約翰孫的思潮，而盧梭以降的浪漫
運動，在他看來，都是歧途。魯迅對梁先生的攻擊，始於《新月》出刊以
前，起因不一，其中也正包括後者評論到盧梭。魯迅生在迷信盧梭的時
代，所以看到盧梭被批，就要「仗義執言」了。至於使雙方真正撕破臉的
文字，則是梁先生的〈文學是有階級性的嗎？〉，以及〈論魯迅先生的硬
譯〉，此處先觀察前者。

　　假如真有無產階級的文學，梁先生指出，要有三個條件：（一）此種文
學的題材，應以無產階級的生活為主體，表現其情感思想，描寫其生活實
況，讚頌其偉大；（二）作者一定是屬於無產階級，或極端同情無產階級的
人；（三）不是寫給有資產的少數人，或受過高等教育的少數人看的，是給
大多數勞工勞農，以及所謂無產階級看的。上列三點必須同時具備，缺一
不可，但是錯誤立刻出現。錯誤在把階級的束縛加在文學上，把文學當作
階級鬥爭的工具，否認其本身的價值。梁先生行文至此，進入理論的核
心。

　　依梁先生的理解，文學的國土最廣泛，根本沒有國界，更沒有階級的
界線。一個資本家和一個勞動者，固然有異，例如遺傳、教育和經濟環
境，因此生活狀態也不一樣，但是還有相同之處。他們的人性並沒有兩
樣，都感到生老病死的無常，都有愛的要求，都有憐憫與恐怖的情緒，都
有倫常的觀念，也都企求身心的愉快，文學就是表現這種最基本人性的藝

---

[4]侯健，《從文學革命到革命文學》，臺北：中外文學月刊社，臺灣大學外文系，1974 年 12 月初
版，頁 160。

術。因此，無產階級的生活苦痛固然值得描寫，但這苦痛如果深刻，必定不屬於一階級。人生有許多現象都是超階級的，例如戀愛本身非僅爲生活現象的外描，而是從人心最深處發出來的聲音。如果「列寧呀」之類便是無產文學，殆無理論可言；把文學題材限於一個階級生活的範圍內，更無異將其膚淺化與狹隘化了。

梁先生明確體認，文學家比別人感情豐富，感覺敏銳，想像發達，藝術完美，階級成分與其作品無涉，此由托爾斯泰、馬克思、約翰孫處獲得例證。估量文學的性質與價值，須就作品本身立論，不能連累到作者的階級和身分，也不能以讀者數目的多寡而定。文學家要在理性範圍之內自由創作，要忠於自己的理想與觀察，企求的是真善美，不管世界上的知音是多數還是少數。無論貴族資本家或無產階級，都不能被文學家認定是雇主，知音不拘於哪一階級，因爲文學屬於全人類。

梁先生期盼，人類中了解文學者越來越多，但不能降低文學的質地，以俯就大多數人。他不反對任何人利用文學，達到另外的目的，這無害於文學本身，但宣傳式的文字並非文學。號稱無產階級者，因視集團、組織爲暴動之寶，便竭力宣傳，適足以暴露「文學是鬥爭武器」的根本無理。從文藝史得知，一種文藝的產生，非因若干理論家搖旗吶喊便可成功，必定要以有力的作品，證明其本身的價值。當時無產階級文學的聲浪甚高，艱澀難懂的理論書也出了不少，於是他要求對方給幾部相關的作品，「我們不要看廣告，我們要看貨色。我們但願貨色比廣告所說的還好些。」[5]最後，他批判「非赤即白，非友即敵，非革命即反革命」的偏窄文學觀。文學本無階級的區別，彼時的無產階級文學運動，據他考查，理論上尚不能成立，實際上也並未成功。

梁先生後來回憶，自己當時的文藝思想，趨向傳統穩健的一派，接受五四運動的革新主張，但也頗受白璧德的影響，並不同情過度浪漫的傾

---

[5] 梁實秋，〈文學是有階級性的嗎？〉，原載《新月》月刊第 1 卷第 6、7 期合刊，1929 年 9 月。收入梁實秋《偏見集》，頁 20。

向。同時，他對上海叫囂最力的普羅文學運動也不以爲然。[6]換言之，他要求保持文學的嚴肅與純正，因此反對視文學爲逃避現實的純粹藝術，認爲和善良人性與實際人生大相扞格。他更反對視文學爲宣傳的八股，以及政治運動的工具，乃舉人性論直指「文學的階級性」、「文藝政策」、「文學是鬥爭武器」之不當，間舉實例評論魯迅。後者既已批梁在先，此時反彈更屬必然。

　　魯迅有關的文字，包括〈新月社批評家的任務〉、〈「硬譯」與「文學的階級性」〉、〈「喪家的」「資本家的乏走狗」〉等。首篇甚短，嘲笑「新月社」盡力維持治安，所要的卻不過是「思想自由」，想想而已，絕不實現。[7]次篇甚長，魯迅對階級性的著墨，主要即在此處。

　　首先，魯迅強調文學不借人，也無以表示「性」，一用人，而且還在階級社會裡，即斷不能免掉所屬的階級性，無需加以束縛，實乃出於必然。「喜怒哀樂，人之情也」，本屬自然，但窮人絕無開交易所折本的懊惱，煤油大王也不知道北京撿煤渣老婆子的酸辛，饑區的災民大約總不去種蘭花，像闊人的老太爺一樣，賈府的焦大也不愛林黛玉。「列寧呀」之類，固然並不就是無產文學，然而「一切人呀」之類，也不是表現人性本身的文學。如果因爲我們是人，就以表現人性爲限，那麼無產者正因爲是無產階級，所以要寫無產文學。

　　其次，魯迅重申無產文學的理論，即文學有階級性，在階級社會中，文學家雖自以爲自由，自以爲超階級，而無意識中，也終受本階級的意識所支配，那些創作並非別階級的文化。他舉梁先生的文字爲例，原意在取消文學上的階級性，張揚真理，但以資產爲文明的祖宗，指窮人爲劣敗的渣滓，只要一瞥，就知道這是資產家的鬥爭武器。無產文學理論家認爲，主張「全人類」、「超階級」是幫助有產階級，這裡得到極分明的例證。魯

---

[6]梁實秋，〈憶《新月》〉，《秋室雜憶》，臺北：傳記文學出版社，1969 年 12 月初版，頁 69。
[7]魯迅，〈新月社批評家的任務〉，原載《萌芽》月刊第 1 卷第 1 期，1930 年 1 月。收入魯迅《三閒集》，見《魯迅全集》第 4 卷，北京：人民文學出版社，1981 年第 1 版，頁 159。

迅此說訴諸勞苦大眾，在當時的中國自有市場，但是無產文學欠缺貨色，
卻也是不爭的事實。因此，魯迅承認，在號稱無產作家的作品中，他也舉
不出相當的成績，不過引述別人的辯護，謂新興階級，文學的本領當然幼
稚而單純，向彼等立刻要求好作品，是「布爾喬亞」的惡意。魯迅認為這
話為農工而說，是極不錯的，如此無理的要求，恰若使彼等凍餓了好久，
倒怪為什麼沒有富翁那麼肥胖一樣。他強調，無產者文學是為了以自己之
力，來解放本階級，並及一切階級而鬥爭的一翼，所要的是全盤，不是一
角的地位。[8]此說顯然偏向政治，而非文學，日後的事實也證明，政治成功
並不等於文學成功，梁先生要求的貨色依然難覓。

　　魯迅的第三篇文字，即〈「喪家的」「資本家的乏走狗」〉，發表於「左
聯」成立之後，此時他已是名義上的盟主，對梁先生的批評更見辛辣，因
而有此題。依魯迅的理解，凡主張「文學有階級性」，得罪梁先生的人，都
是在做「擁護蘇聯」或「去領盧布」的勾當，梁先生的職業，比起劊子手
來，也就更加下賤了。魯迅如此重責對手之餘，還表示凡是走狗，雖或為
一個資本家所豢養，其實屬於所有的資本家，所以遇見所有的闊人都馴
良，遇見所有的窮人都狂吠。不知道誰是主子，正是它遇見所有闊人都馴
良的原因，也就是屬於所有資本家的證據。即使無人豢養，餓的精瘦，變
成野狗了，還是遇見所有的闊人都溫馴，遇見所有的窮人都狂吠，不過這
時它就愈不明白誰是主子了。[9]魯迅的肝火大動，固受梁先生的刺激，亦因
個性使然，以致偏離文藝批評的道路，而以人身攻擊收場。

三、硬譯與文藝政策問題

　　1929 年 8 月，魯迅編譯了盧那察爾斯基的文藝評論集，名為《文藝與
批評》，表示由於譯者的能力不夠，以及中文本來的缺點，譯本晦澀難解之

---

[8]魯迅，〈「硬譯」與「文學的階級性」〉，原載《萌芽》月刊第 1 卷第 3 期，1930 年 3 月。收入魯迅
　《二心集》，見《魯迅全集》第 4 卷，頁 208。
[9]魯迅，〈「喪家的」「資本家的乏走狗」〉，原載《萌芽》月刊第 1 卷第 5 期，1930 年 5 月。收入魯
　迅《二心集》，見《魯迅全集》第 4 卷，頁 247。

處也真多。他除了還是這樣的硬譯之外，只有束手一途，所餘的唯一希望，只在讀者肯硬著頭皮看下去而已。[10]稍後，梁實秋先生發表〈論魯迅先生的「硬譯」〉，碰觸到魯迅的痛處，令其懷恨終生。

陳西瀅曾說：「死譯的病雖不亞於曲譯，可是流弊比較的少，因爲死譯最多不過令人看不懂，曲譯卻愈看得懂愈糟。」梁先生認爲這話不錯，不過「令人看不懂」的毛病就不算小。譯書的第一個條件，就是要令人看得懂，否則不是白費讀者的時力嗎？曲譯誠然要不得，因爲對於原文太不忠實，把菁華譯成了糟粕，但一部書斷斷不會從頭到尾完全曲譯，死譯則一定是從頭至尾如此。況且，曲譯的同時絕不會死譯，而死譯有時正不妨是曲譯。所以，曲譯固應深惡痛絕，死譯之風也斷不可長。什麼是死譯？陳西瀅指出，不但字比句次，而且一字不可增，一字不可先，一字不可後，名曰翻譯，而「譯猶不譯」，這種方法，連提倡直譯的周作人都稱之死譯。魯迅的硬譯，即與之爲鄰。

死譯的例子很多，梁先生單舉魯迅，乃因後者的創作何其簡練流利，無人能說他的文筆不濟，但是翻譯卻離死譯不遠，近例即爲《藝術論》和《文藝與批評》，原作者皆爲盧那查爾斯基。梁先生讀這兩本書，就如同看地圖一般，要伸著手指，找尋句法的線索位置。他硬著頭皮看下去，依然無所得，不禁要問：硬譯和死譯有什麼分別？外文和中文不同，有些句法爲中文所無，翻譯之難即在於此，如果兩種文字的文法、句法、詞法一樣，翻譯還成爲一件工作嗎？他強調不妨把句法變換一下，以讀者能懂爲第一要義。[11]後來，他身體力行，翻譯「莎士比亞全集」時，使大家如讀創作，而無艱澀之感。

魯迅答覆時首先表示，事情不會這樣簡單。第一，梁先生自以爲硬著頭皮看下去，但究竟硬了沒有，是否能夠，還是一個問題；以硬自居，其

[10]魯迅，〈《文藝與批評》譯者附記〉，《譯文序跋集》，見《魯迅全集》第 10 卷，頁 299。

[11]梁實秋，〈魯迅先生的「硬譯」〉，原載《新月》月刊第 1 卷第 6、7 期合刊，1929 年 9 月。收入梁實秋《偏見集》，頁 54。

實其軟如棉，正是「新月社」的一種特色。第二，梁先生雖自稱代表一切中國人，但究竟是否全國中的最優秀者，也是一個問題。梁先生行文時，兩度使用「我們」，魯迅認為頗有些「多數」和「集團」的氣味，既有「我們」，雖以為魯迅的「死譯之風斷不可長」，卻另有並非「無所得」的讀者存在，而他的硬譯，就還在「他們」之間生存，和死譯還有一些區別。這樣的辯解，似未展現魯迅的學養，躍然紙上的是意氣之爭。

梁先生曾表示，部分的曲譯即使是錯誤，究竟也還給一個錯誤，也許真是害人無窮，而讀的時候究竟還落個爽快。魯迅緊抓此語，謂其譯作本不在搏讀者的爽快，卻往往給以不舒服，甚至使人氣悶、憎惡、憤恨。讀了會落個爽快的東西，自有「新月社」的譯著在：徐志摩的詩，沈從文、凌叔華的小說，陳西瀅的閒話，梁先生的批評，潘光旦的優生學，還有白璧德的人文主義。魯迅此語雖涉意氣，但自況部分卻是事實，至於白璧德的理論是否讀來爽快，令人不無疑問，但已非魯迅所能計及。

由於梁先生指稱，讀魯迅的譯作如看地圖。魯迅乃謂，看地圖雖然沒有看「楊妃出浴圖」或「歲寒三友圖」那麼爽快，甚至還須伸著手指，但地圖並不是死圖，所以硬譯即使有同一之勞，照例也就和死譯有些區別。言念及此，他認為識得 ABCD 者自以為新學家，仍舊和化學方程式無關；會打算盤者自以為數學家，看起筆算的演草來還是無所得。「現在的世間，原不是一為學者，便與一切事都會有緣的。」此說誠然屬實，即「一事不知，儒者之恥」的時代業已遠去，新世界的學問既多且廣，任何人都難以周全。但是，梁先生雖然身為學者，卻未自居萬事通，魯迅此時的批評，似乎與他無關了。

無產文學既然重宣傳，宣傳必須多數能懂，這些硬譯而難懂的理論天書，究竟為什麼要譯？不是等於不譯嗎？魯迅的回答是：為了自己，和幾個以無產文學批評家自居的人，和一部分不圖爽快，不怕艱難，多少要明白這些理論的讀者。「我的譯書，就也要獻給這些速斷的無產文學批評家，因為他們是有不貪爽快，耐苦來研究這些理論的義務的。」他自信並無故

意的曲譯，打著他不佩服的批評家傷處時，他就一笑；打著自己的傷處時，他就忍疼，絕不肯有所增減，這也是始終硬譯的一個原因。在如此倔強的態度下，他卻也表示，世間總會有較好的譯者，能夠譯成不「曲」，也不「硬」或不「死」的文章，那時他的譯本當然就被淘汰，只要來填這個從「無有」到「較好」的空間罷了。這樣的說法，就是拋磚引玉，以俟來者之意，可見其情感真摯的一面。不過，他仍在結尾提及，「這些東西，梁實秋先生是不譯的。」[12]言下之意，梁先生既不翻譯，卻批評譯者，魯迅自有委屈之感。兩人的恩怨，至此已濃得化不開。

魯迅另譯《文藝政策》一書，即「蘇俄的文藝政策」，內容包括 1924年俄共中央「關於對文藝的黨的政策」、1925 年 1 月「關於文藝領域上的黨的政策」、1925 年 7 月全俄無產階級作家協會第一次大會的決議：「觀念形態戰線和文學」。1928 年 5 月，他已著手翻譯，陸續登在《奔流》月刊。成書前夕，他感慨因此引來不少笑罵，一如翻譯前述盧那察爾斯基的書。稍後，梁先生又發表讀後感，從硬譯談到文藝政策，顯示其先見之明。

梁先生首先指出，魯迅的譯文還是晦澀，難解之處也真多。至於文藝政策，據他的了解，根本是無益而又不必要的。誰的文藝政策？是俄共中央決議的，這一點要交代明白。該書掛上「科學的藝術論」招牌，不免帶有誇大宣傳的意味，若對其內容稍加思索，便可發現當時的中國，所謂普羅文學、左翼作家的口吻，頗多與俄共文藝政策相合之處，假如不謀而合，自然也是一件盛事，但事實並非如此，恐怕是把俄共的文藝政策當作聖旨，從而發揮讚揚吧？

文藝而可以有政策，依梁先生的分析，本身就是一個名詞上的矛盾。俄共頒布的文藝政策，並沒有什麼理論的根據，只是幾種卑下心理的顯現而已：一種是暴虐，以政治手段剝削作者的思想自由；一種是愚蠢，以政

---

[12]同註 8，頁 211。

治手段求文藝的清一色。俄共的文藝政策雖然也有十幾段，洋洋數千言，其實主旨也不過如魯迅所譯：「無產階級必須擁護自己的指導底位置，使之堅固，還要加以擴張，……在文藝的領域上這位置的獲得，也應該和這一樣，早晚成爲事實而出現。」梁先生直言，俄共言必稱階級與馬克思，把這公式硬加在文藝領域上，如何能不牽強？並非說文藝和政治無關，政治是生活中不能少的經驗，文藝也常表現政治生活的背景，但這是自然而然的步驟，不是人工勉強的，文藝作品不能訂做，不是機械的產物。堂堂皇皇的頒布了文藝政策，果然有作家奉行不悖，創爲作品嗎？「政策沒有多大關係，作品才是我們所要看的東西。」[13]此處重申要看貨色，無異再度觸及對手的痛腳。更重要的是，他對文藝政策的批評，後來完全獲得應驗。1930 年代起的俄共，1940 年代起的中共，相繼以文藝政策迫害作家，且愈演愈烈，血淚的事實擺在世人眼前，辯護已屬多餘了。

四、結論

　　1930 年代前夕，梁實秋先生在上海致力文學批評，鼓吹人性論，引起魯迅的不滿，舉階級性以攻，引發論辯，延續經年。前此，革命文學的口號推出後，「創造社」和「太陽社」曾經圍剿魯迅，指爲「封建餘孽」、「不得志的法西斯蒂」、「資產階級的代言人」等，不一而足。魯迅的戰志雖昂，但在眾矢之下，不免感到受困。待梁先生出現，彼等遂引爲共同的下臺階，「誤會」消除後，「中國左翼作家聯盟」問世，更見黨同伐異，形成1930 年代文壇的風暴中心。

　　中共從此對梁先生施展王婆戰術，喋喋不休半世紀以上。毛澤東親自出馬，在延安文藝座談會上對他點名批判[14]，大陸的文學史家亦步亦趨，用卑劣的形容詞加諸其身。遲至 1986 年，江蘇出版的《魯迅研究的歷史與現

---

[13] 梁實秋，〈所謂《文藝政策》者〉，原載《新月》月刊第 3 卷第 3 期，1930 年 5 月。收入梁實秋《偏見集》，頁 58。

[14] 毛澤東，〈「在延安文藝座談會上的講話」〉，1942 年 5 月。收入《毛澤東選集》第 3 卷，人民出版社，根據 1966 年 7 月橫排本重印，1990 年 5 月北京第 1 次印刷，頁 812。

狀》，還多次以「走狗文人」痛詆梁先生，去真正的文學批評甚遠。20 世紀結束前十年，此種現象終見改善，梁先生得以原貌重現大陸，歷史的公道遂破土而出。北大教授季羨林先生即謂：「我們今天反對任何人搞『凡是』，對魯迅也不例外。魯迅是一個偉大的人物，這誰也否認不掉，但不能說凡是魯迅說的都是正確的。今天，事實已證明，魯迅也有一些話是不正確的，是形而上學的，是有偏見的，難道因為他對梁實秋有過意見，梁實秋這個人就應該永遠打入十八層地獄嗎？」[15]梁先生在臺灣辭世後，靈魂重返大陸，逐漸衝破地獄，成為出土文物，掀起重溫的熱潮，誠所謂死而不亡。

　　梁先生在自由的天地裡馳騁終生，用文字與行動，證明自己的不黨不賣，卓然自立。他遠離政治，悠游學海，偶有回憶魯迅的文章，也心存忠厚，下筆慎重，既不欲計較昔日之短長，也無意重放當年之光芒。我們還原歷史，可知無論人性與階級性問題，或硬譯與文藝政策問題，在時間的考驗下，梁先生泰半居於上風。以翻譯為例，魯迅硬譯的《文藝政策》等，早已淡出；梁先生譯的「莎士比亞全集」，至今猶為範本。魯迅固有自知之明，預料譯本將被淘汰，但他「只爭朝夕」的結果，在歷史的長河中，難免得失互見。

　　就人性與階級性之爭而論，梁先生旨在闡揚人性的共通處，魯迅則強調生活的相異點，尤其著眼於職業造成的差距，及社會的不平。於今觀之，人性論雖然失之籠統，但階級的文學觀更掛一漏萬。強調階級性的錯誤，在衡量作家與作品的標準其實不一，從個人的品味能力，到民族性、歷史傳統等都很重要，非階級性所能涵蓋。如，兩名不同國籍的無產階級，同觀一幅「魚」畫，中國人或許會想到「年年有餘」，外國人就極難具備此種觀念，這是受民族文化認知的影響，階級性無法解答，自有盲點。

　　尤有甚者，毛澤東後來批判梁先生時堅稱，在階級社會裡，沒有超階

---

[15]引自黎照編《魯迅梁實秋論戰實錄》，北京：華齡出版社，1997 年 11 月，見該書封底。

級的人性，要在全世界消滅階級後，才會有人類之愛，「但是現在還沒有」[16]。此處抄襲馬克思的人性論，與中國的四海一家及大同思想頗有出入。中共曾將列寧的高呼，譯為「打倒非黨的文學家！打倒超人的文學家！」[17]毛澤東師其故技，直指為藝術的藝術、超階級的藝術、和政治並行或互相獨立的藝術，「實際上是不存在的」。他據此譯本，欲打倒這些不存在的敵人，數十年來展開多次整風，致使萬馬齊瘖，甚至人頭落地。後來，鄧小平又祭起反資產階級自由化的大旗，並且聲稱鬥爭要延續到 21 世紀。凡此皆可證明，大陸文壇有無數個梁先生的化身，在為人性的尊嚴和文藝的自由而奮鬥。

　　20 世紀的俄共與中共，皆視藝術為政治的一部分，因此有文藝政策之設。梁先生在與魯迅論辯時指出，俄共頒布的文藝政策，顯現暴虐與愚蠢。其實，暴虐勝過了一切，昔日的俄共如此，後來的中共亦然，因為中共的文藝政策原就脫胎於俄共。大陸作家早已呼籲，要改變「驚弓之鳥」的現象，首應消滅「驚鳥之弓」。此弓即為文藝政策，長期以來由當局掌握，偶有鬆手之時，但無棄弓之日。或許正因如此，非共世界多罕言文藝政策，梁先生也不贊成制訂。的確，我們對作家應該只有鼓勵，沒有責罰，主要的依據則為中華民國憲法。憲法第 11 條規定，人民有言論、講學、著作及出版之自由。第 165 條規定，國家應保障教育、科學、藝術工作者之生活，並依國民經濟之進展，隨時提高其待遇。凡此條文，均應力求實踐，以免作家生活的悲劇，不斷重演於世。

　　1936 年 9 月 5 日，魯迅預留遺囑，提到「孩子長大，倘無才能，可尋點小事情過活，萬不可去做空頭文學家或美術家」[18]。空頭文學家即交不出貨色的人，此語與梁先生不謀而合，足為文壇乏善可陳者戒。何以交不出

---

[16]同註 14，頁 828。

[17]列寧，〈黨的組織和黨的文學〉，《列寧全集》第 10 卷，人民出版社，1958 年 12 月第 1 版，頁 25。

[18]魯迅，〈死〉，原載《中流》半月刊第 1 卷第 2 期，1936 年 9 月 20 日。收入魯迅《且介亭雜文末編》附集，見《魯迅全集》第 6 卷，頁 612。

貨色？倘因當局堅持四項基本原則，查禁作品在先，勒令封筆在後，則縱有周公之才之美，亦難乎其爲作家。從普羅文學、工農兵文學，到爲社會主義服務的文學，總是宣傳多於貨色，爲不爭之事實。梁先生的《雅舍小品》，書局沒有廣告，卻風行海內外數十年，至今不衰，說明純文學之可大可久。至於紅文學，即使在社會主義的國度，也已沒有買主。梁先生與魯迅的論辯，是非難有定論，勝敗則可由作品來檢驗。魯迅傳世的作品，都未受階級論影響，也都與文藝政策無關。因此，梁先生和魯迅分別以自己的作品，否定了魯迅的上述理論，已成文學史的常識了。

——選自李瑞騰、蔡宗陽主編《雅舍的春華秋實——梁實秋學術研討會論文集》

臺北：九歌出版社，2002 年 12 月

「豹隱」詩人梁實秋

◎胡百華*

一、

　　梁實秋在清華學校求學的最後兩年，曾經大量創作新詩，和聞一多結為至友。他們從民國 10 年開始，日夕觀摩彼此的詩作，計畫同時出版新詩集。兩年後，聞一多的《紅燭》在梁實秋協助下問世，成為新詩初期發展中的重要著作，並奠定了聞一多在現代詩壇中的前鋒地位。

　　梁實秋和聞一多成為知己，主要原因當然是他們對文學的愛好，彼此敬佩對方的才華，但也似乎由於當時環境特殊，以及聞一多極度剛耿的個性。他們在學生時代的交往，真是情逾手足。梁實秋早年從事創作，可以說很大部分受到聞一多的影響和鼓勵；同樣，聞一多那時在新文學上的成就，也是和梁實秋息息相關的。

　　聞一多係於民國元年考入清華學校，據說是因為中文作文特優才列為備取第一名。果然他頭一年英文不及格，留級一次，所以梁實秋在民國 4 年就讀清華時，聞只高於梁兩級。聞一多讀書用功，每年暑假回故鄉湖北浠水兩個月，主要就用於讀書。他家中的書房就叫「二月廬」，暑中讀書札記分別用中英文抄寫，題為「二月廬漫記」，曾於民國 5 年在《清華週刊》上連續發表。《清華週刊》是清華學生主辦的一個刊物，創始於民國 3 年。梁實秋進入清華的頭兩年，聞一多是這個刊物的編輯之一。到了民國 8 年和 9 年，他還是師生合辦刊物《清華學報》的編輯之一。聞一多在課業上

*發表文章時為澳洲墨爾本 Monash 大學中文系教授，現為《語文建設通訊（香港）》主編。

表現最凸出的是圖畫，圖畫教室牆上常有聞一多的作品。他喜歡作詩，尤其是長篇的古詩排律之類，他最服膺的是以硬語盤空著稱的韓愈。他的想像豐富，功力深厚，而且字裡行間有一股沉鬱頓挫的氣致。聞一多在《清華週刊》發表的文章很多，而且種類雜。民國 6 年他曾發表〈致友人書〉，其中幾句自敘，似乎可以說明他那時的文體：「某荊楚委蛻，因豔多才之士，燕趙負書，劇憐慷慨之夫。自辭鶴室，鏟跡蝸居，人事罕接，素心靡契……」

「五四」運動以後，聞一多的興趣轉向新詩。民國 9 年 7 月，他的第一首新詩〈西岸〉在《清華週刊》發表，到次年 5 月，共發表新詩六首。接著，他參加「同情罷考」，不願悔過而自動留校一年，也就是推遲一年赴美深造。這件事是詩人聞一多一生的重要關鍵。結果是，民國 10 年秋開始的這一學年，聞一多不用上課，所有時間都可以自由支配。相信也從這時開始，聞一多才能有充分時間和愛好新詩的同學廣泛接觸，並和梁實秋結為至交。

梁實秋可能在民國 10 年初才開始寫新詩，大量寫詩的期間，大概是從是年秋至 12 年初。

他們那時最崇拜的詩人是郭沫若。郭沫若於民國 7 年開始寫新詩，他的〈鳳凰涅槃〉、〈天狗〉、〈地球，我的母親〉等，都是大氣磅礡，熱烈奔放，震撼心靈的。就這些特點說，聞一多和梁實秋都受到郭沫若的影響。在他們互相切磋的期間，梁實秋說他獲得聞一多的鼓勵最多，聞一多則很早就在刻意模仿梁實秋的風格。

聞一多對梁實秋的極度讚佩，似乎最先見於前者在民國 11 年春寫的〈《冬夜》評論〉。在離開清華之前，聞一多寫了上述這篇長文，是專批評俞平伯的詩集《冬夜》的，這也是他那時對新詩的看法的論述。聞一多覺得，當時「詩人除了極少數的──郭沫若君同幾位『豹隱』的詩人梁實秋君等──以外，都有一種極沉痼的通病，那就是弱於或竟完全缺乏幻想力，因此他們詩中很少濃麗繁密而且具體的意象。」

　　梁實秋當時詩作之令聞一多心折，還可見於聞一多的具體行動。梁實秋曾有詩作〈荷花池畔〉，聞一多在離開清華前，就特意畫了一幅「荷花池畔」送給他；離開清華回家後，聞一多即懷想在二千里外「荷花池畔」的詩人，渴念看到好友的新作，而且即時寫下了〈紅荷之魂〉。

　　在新詩集的出版上，聞一多非常積極。民國 11 年 3 月，聞一多即有出版《紅燭》的打算；梁實秋計畫的《荷花池畔》集在是年初夏大概是三十幾首，到了秋季已決定和《紅燭》同時問世，次年初已是一切就緒，只待付印。但《荷花池畔》畢竟沒有出版。

　　民國 12 年 8 月，梁實秋從清華畢業後東渡赴美深造。同船的除清華同學以外，尚有許地山（落華生）和謝婉瑩（冰心）等。船上愛好文藝的人聚集在一起，編海上壁報，文藝欄定名為「海嘯」，後來他們挑選了 14 篇，由《小說月報》做為專輯於民國 12 年 11 月出版。梁實秋寫的是主題詩〈海嘯〉以及〈海鳥〉、〈夢〉，另有兩首譯詩〈約翰我對不起你〉、〈你說你愛〉。這個專輯的其他作品是冰心寫的三首詩，許地山的三個短篇和一首詩，顧一樵的兩個短篇。這四位作者在當時和以後，在文壇上都做過重大的貢獻。在這次赴美航行中，梁實秋完全以詩人的姿態出現，他以後似乎不再熱切於新詩創作了。

二、

　　梁實秋在學生時代寫的新詩及其創作過程，他本人在以後的著作中談得很少。他當時計畫要出版的《荷花池畔》集的詩稿，據說現已不存。目前要了解梁實秋在新詩創作方面的情形，似乎只能從他摯友聞一多那時寫給親友的信中（包括給梁實秋已經發表的）去尋找。筆者採用的主要參考資料是《聞一多書信選輯》，由他女兒聞銘整理出來的。

　　（一）　民國 11 年 3 月 28 日致駟弟書：

　　　　到校後，做詩、抄詩、閱同學所作詩，又同他們講詩，忙得個不亦樂

乎，所以我也沒有功夫寫信給你。我的《紅燭》（我的詩集）已滿四、五十首，計畫暑假當可得六十首。同學多勸我付印問世者，我亦甚有此意。現擬於出洋之前將全稿托梁君治華編訂……[1]

（二）民國 11 年 6 月 19 日致梁實秋信：

歸家以後，埋首故籍，「著述熱」又大作，以致屢想修函問訊，輒為擱筆。昨晨盆蓮飲雨初放，因折數花，供之案頭，復聽侄輩誦周茂叔〈愛蓮說〉，便不由得不聯想及於二千里外之詩人。此時縱猶憚煩，不肯作一紙寒喧語以慰遠懷，獨不欲借此以鉤來一二首久久渴念之〈荷花池畔〉之新作乎？矣！別來數旬，嚮者「三三兩兩的在池邊聚著」的荷錢，如今當蔚成「蓮葉荷田田」矣！田田的蓮葉寖假而蔚成「花開十丈藕如船」矣！實秋，吾讀足下作品，真能攝取「紅荷」二字之神，故號你為「紅荷之神」可也。宋人評王右丞曰：「秋水芙蓉，倚風自笑」，你真當之矣。紅荷之神呀！願你佑諸荷錢之速長也……[2]

（三）民國 11 年 9 月 24 日致吳景超信：

我的詩裡的 themes have involved a bigger and higher problem than merely personal love affairs；所以我認為這是我的進步。實秋的作品于其種類中令我甘拜下風；——但我總覺其題材之範圍太窄……[3]

---

[1] 到民國 10 年 5 月，聞一多僅發表新詩六首，照他發表作品的習慣判斷，他那時的全部新詩創作數量，可能不會超過十首；聞一多寫信這一年和朋友們的創作和觀摩活動，躍然紙上；信中的梁治華，係梁實秋本名。

[2] 這是一封未發出的信，行文與三日後另寫的信有相似處；29 日的信附寄了〈紅荷之魂〉，大概是〈紅荷之神〉的又一稱呼吧。

[3] 聞一多這時在芝加哥美術學院讀書；這裡提到的是愛情詩的主題，應超越個人韻事的局限，聞一多在模仿梁實秋詩作上的這一特點，感到滿意；吳景超係梁實秋同級同學，聞一多在清華的文友大多與梁實秋同級。

（四）民國 11 年 10 月 27 日致梁實秋信：

九月十四日寄來的〈秋月〉與〈幸而〉兩詩相差太遠。〈幸而〉翔在雲霄，〈秋月〉爬在泥地。俗眼或欲揚〈秋月〉而抑〈幸而〉，因為他們不懂得〈幸而〉底思想與藝術。我說他是尊集中不可多見的傑作。〈秋月〉近于濫調了。〈海棠叢裡〉無論賡續與否，我急望一讀。可寄我否？……[4]

（五）民國 11 年 10 月 30 日致吳景超、梁實秋信：

實秋的 productivity 既那麼好，《荷花池畔》可以伴著《紅燭》一起出世嗎？《冬夜》共五十八首，《女神》五十六首，《草兒》不算「味薦草」才五十三首。《紅燭》現在也不過五十五首（擬刪諸作在外）。我看見《荷花池畔》時似乎已有三十餘首了，加上後來的新作應該也不少了。實秋，讓他出世了罷！況且這種玩藝兒在質不在量。《荷花池畔》照我看來都是 mature 的作品，全無刪削的餘地……

（六）民國 11 年 11 月致梁實秋信：

承和的詩同〈小河〉、〈幸而〉均讀到了。前次寄來的〈幸而〉之末節似乎不同。我承認那裡的音節欠圓潤，但這次的修改也並不見成功。我想這樣改他，你以為何如？
幸而我又是一個惡魔啊！
乘我熟睡的時候，
將自己的活尸縊死！
……我以為小詩的 form 比大詩的 form 要緊，所以不嫌這樣字斟句酌的推

---

[4] 在稍早的信裡，聞一多提到梁實秋的敘事體長篇〈綠珠之死〉，以及〈落英〉、〈春天底圖畫〉。

敲。而且這首作品的意境「美」極了（惡魔縊死活屍當然不是尋常的美，而是藝術的美），形體再講究點，使成完璧……[5]

（七）民國 11 年 11 月 26 日致梁實秋信：

《紅燭》寄來了。因為這次的《紅燭》不是以前的《紅燭》了，所以又得勞你作第二次的序。我想這必是你所樂為的……我前次曾告你原稿中被刪諸首，這次我又刪了六七首。全集尚餘百零三首，我還覺得有刪削的餘地。但是我自己作不定主意了。所以現在寄上的稿子隨你打發；我已將全權交給你了……

……我畫《紅燭》的封面，更改得不計其次了，到如今還沒有一張滿意的。一樣顏色的圖案又要簡單又要好看，這真不是容易的事。……附上所擬的封面的格式，自覺大大方方，很看得過去……

以上是《紅燭》的計畫。「荷花池畔」既定同時出世，當然最妙是一切仿此（除了封面的紙張可以換一顏色以資區別）。只看你願意否？你囑我畫《荷花池畔》的封面，依我的提議，當然是用不著了。……

承答一首及〈小河〉都濃麗的像濟慈了。我想我們主張以美為藝術之核心者定不能不崇拜東方之義山，西方之濟慈了……

你囑我作《荷花池畔》的序，我已著手了。但我很想先看到一部全集的原稿。你能抄一個副本給我嗎？〈紅荷之魂〉、〈題夢筆生花圖〉、〈送一多游美〉、〈答一多〉、〈小河〉、〈幸而〉、〈秋月〉、〈舊居〉、〈對情〉，這些我都有存稿，就不用再抄……[6]

---

[5] 此信後半遺失；聞一多曾於 9 月 19 日寫〈寄懷實秋〉，梁實秋於 10 月 19 日寫〈答一多〉，文中「承和的詩」可能就是指〈答一多〉。
[6] 聞一多和梁實秋這時通信最勤，這封長信後附加了兩個很長的又及，顯然為了回答梁實秋接連的信。

（八）民國 11 年 12 月 27 日致雙親及全家信：

《紅燭》已寄與梁君，請經理付印。到美後增加新作七十首左右。全集
屢經刪削，尚餘百零三首。以首數言，除汪靜之底《蕙的風》，無有多於
此者。印費我不知究需多少。我現只存 30 元美金，擬不日寄十哥處，俟
梁君與書局辦妥交涉後，再轉撥書局。我又想在這裡再借數十元，以後
寄回。如尚不敷，則請兄等設法補足。梁君信來講可以代籌款項。但我
想《冬夜草兒評論》印費係梁君獨任者，此次不便再累之。《紅燭》中我
本想多用幾張插圖。但目下因經濟的關係一張也不能用了⋯⋯[7]

（九）民國 12 年 2 月 2 日致梁實秋信：

《荷花池畔》定當出版，請勿猶疑。拙序亦已寄上。我在此文中未提到
你的藝術之優點，一為避嫌疑，二為在西方一種詩集初出版，從未有如
中國人這樣小氣，帶上一篇喝采式的文以教訓讀眾，我想西方人這一點
很好。

（十）民國 12 年 2 月 18 日致梁實秋信：

我的九個哥哥都寫信來催我將《紅燭》出版，他們都叫我不要管經濟，
他們可以負責。這樣我才決意寄回了。我同時又已寄美金五十元回了。
所以印費一層可以不必累你了。你知道我對於你不會存客氣。我請你趕
快將《荷花池畔》寄到上海去，你自己籌到的款可以夠他的印費最好，
不然，我還可以想法子。請你不要猶疑，立刻照辦。《荷花池畔》的序我
早寄回了，現在想已收到⋯⋯

---

[7] 根據聞一多稍早的一封信，當時一元美金換一元三銀洋。

（十一）民國 12 年 3 月 22 日致梁實秋信：

你若不會周旋，你若學生會、這個委員會、那個委員會的公事太忙了，
你若中央公園的公事也太忙了，校中的有志文學的同學們若都不在你眼
裡，那麼我只好用我的 awkward 的周旋本領，我只好從課務之暇，我也
只好瞎著眼睛來照顧照顧我們這可憐的美斯司了……
「我們是以詩友始，但是還要以心友終的啊！」我這回講太激烈罷？但
是我並不懊悔。你同景超負氣辭文藝編輯，印「增刊」單行本，處處都
見你 childishly selfish，因為你知道辭文藝編輯是「文藝增刊」的不幸，
但「文藝增刊」單印與否，於其內容無關，於其價值無關。你為了自己
的意見而犧牲了「文藝增刊」，所以我說你是 selfish。但你這 selfishness
是直覺的情操的，不是功利的，所以我說你是 childish……[8]

（十二）民國 12 年 3 月 25 日寄馹弟信：

《蕙的風》實秋曾寄我一本。這本詩不是詩。描寫戀愛是合法的，只看
藝術手腕如何。有了實秋的藝術，才有「創造」第 4 期中載的那樣令人
沉醉的情詩。……我近來的作風有些變更，從前受實秋的影響，專求秀
麗，如〈春之首章〉、〈春之末章〉等詩便是。現在則漸趨雄渾，沉勁、
有些像沫若。你將來讀〈園內〉時，便可見出。其實我的性格是界乎此
二人之間……

---

[8] 這時梁實秋可能忙於校中各種活動，星期日則忙於與女友程季淑在舊日北京的中央公園約會；「美斯司」大概是希臘神話中文藝諸女神的音譯，目前多稱為「繆司」；聞一多稍早曾戲稱吳景超為吳大帝，想必是吳景超主編《清華週刊》時獨斷獨行；又聞一多指摘梁實秋幼稚而自私，是否也因為梁實秋此時已決定不編印《荷花池畔》呢？

（十三）民國 12 年 5 月 15 日致梁實秋信：

盼望看你的〈尾生之死〉，到底又失誤了一回。聽說這個題材已有三絕，我想加一「絕」為他作一幅畫，想必有趣極了。可惜尊著沒有見著，我的 inspiration 也早死了。……〈尾生之死〉若有副本，確賜我一讀。若有新作亦確擇尤餉我……

（十四）民國 12 年 5 月 29 日致梁實秋信：

《荷花池畔》千呼萬喚還不肯出來，我也沒有法子。但《紅燭》恐怕要嘆著「脣亡齒寒」之苦罷！講到在《紅燭》序裡宣布我們的信條，我看現在可以不必。恐怕開釁以後，地勢懸隔，不利行軍，反以示弱。若是可能，請勞駕收回序稿或修改或取消均可。千萬千萬！

芝加哥我也不想久居。本想到波士頓，今日接到你的信，忽又想起陪你上 Colorado 住個一年半載，也不錯。你不反對罷？……

〈尾生之死〉恰到好處，但汐流上潮底景況，正是利用 description 的機會，若是我，我定大大描寫一番，像〈李白之死〉中描寫月光一樣。但描寫潮水可難多了。……

（十五）民國 12 年 9 月 1 日致馴弟信：

我近來計算本來除經常用費外，所省亦不在少數。寄歸 50 元，……合計二百之數。本年與八哥同居，希望成績較佳。全年定有七、八十元接濟家中。……

此信乃往麥城前所寫，置桌上，忘卻付郵，歸時始發見，則已過兩星期矣。現擬往科泉與實秋同居。科泉離此需一日之旅行。我行期約在一星期後。科泉有美術學校不及芝校，然與實秋同居討論文學，酬唱之樂，

當遠勝於拘守芝城也。……

實秋信言沫若已允贈《紅燭》酬資八十元。……[9]

（十六）民國 12 年中秋前一日致駟弟信：

科泉有大學，美術學院附屬焉。此美術學院規模極小，遜芝院遠
矣。……清華同學在此者，實秋而外，有盛斯民、王國華、趙敏恆、陳
肇彰四君。我現與實秋同居。每月房飯費 50 元。房飯較芝城佳甚矣。在
芝城時係在飯館用膳，此處不作興如此，乃與房東共食也。房東老夫婦
甚惠謹，待遇我等頗厚。

……《紅燭》據實秋云目下當已出版，酬資八十元，已托十哥領取，不
知到手否？泰東本窘甚，沫若等為文亦無規定之價值，唯每月房飯錢向
泰東支取，尚不及百元。故目下彼等不能支持，皆有離滬之意。……此
次實秋經滬時，彼等欲將編輯事託我與實秋二人代辦，實秋未允。實秋
已被邀入創造社。……[10]

三、

評定一個詩人的成就，當然得看他的詩作。就梁實秋所寫的新詩來
說，目前還容易找到的似乎只有九首。第一首是〈夢後〉，見於聞一多的
〈《冬夜》評論〉；聞一多是為了批評俞平伯的〈別後的初夜〉，故把梁實秋
的〈夢後〉全詩抄下，以期「相形之下，美醜高低，便瞭如指掌」（梁實秋
民國 63 年寫《槐園夢憶》時曾引錄〈夢後〉全文）。另有五首發表於《創

---

[9]聞一多在美生活節儉，他要接濟家用，籌錢出版《紅燭》，梁實秋代為把《紅燭》賣與上海泰東圖
書局，聞一多的感激是不言而喻的；在稍早（4 月 8 日）致駟弟信有「家書不可得，則望友書。
有友如實秋，月為三四書來，真情勝於手足矣。」聞一多這時從芝加哥轉往科泉，實際就是離開
剛到芝加哥的八哥，與老同學相聚。

[10]本信所列聞和梁當時的地址是 720 N. Wahsatch St., Colorado Springs，每月房飯費可能指美金，泰
東的稿酬想必是銀元。

造季刊》第 1 卷第 4 期，開頭的一首是聞一多的〈寄懷實秋〉，接著是梁實秋的〈答一多〉、〈荷花池畔〉、〈懷〉、〈答贈絲帕的女郎〉、〈贈〉。還有三首創作就是在前面提過的〈海嘯〉、〈海鳥〉和〈夢〉。

　　梁實秋不以寫詩著名，一般讀者恐怕還不知道他曾經狂熱地從事過新詩創作，而且贏得相當讚譽。梁實秋當時心目中最崇拜的中國新詩人是郭沫若，最知己的朋友是詩人聞一多。在《荷花池畔》集的創作期間，梁實秋已經成為郭沫若及創造社其他作家的文友，聞一多又那麼期望著《荷花池畔》與《紅燭》一起出版，《荷花池畔》為什麼會無疾而終呢？

　　對這問題最簡單的一個解釋是，梁實秋那時對他的作品並不感到滿意，他在以後著作中也似乎抱持這種態度。下面是《槐園夢憶》中有關他那時新詩創作的一些說明和批評：

> 五四以後，寫白話詩的風氣頗盛。我曾說過，一個青年，到了「怨黃鶯兒作對，怪粉蝶兒成雙」的時候，只要會說白話，好像就可以寫白話詩。我的第一首情詩，題為「荷花池畔」，發表在《創造季刊》，記得是第四期（？），成仿吾還不客氣的改了幾個字。詩沒有什麼內容，只是一團浪漫的憂鬱。……詩共八節，節四行，居然還湊上了自以為是的韻。……詩，陸續作了幾十首，……我的詩稿現已不存，只是一多所作〈《冬夜》評論〉一文裡引錄了我的一首〈夢後〉，詩很幼稚，但是情感是真的。……不但是白話，而且是白描。……另外還有一首詠絲帕，內容還記得，字句記不得了。……我寫一首長詩〈尾生之死〉，惜未完成，僅得片段。

　　在一些回憶性的文字中，上文是梁實秋敘述他本人寫白話詩之始末比較具體的。從上文看，梁實秋顯然並不珍視他的詩作；提到他的詩稿現已不存，用的語氣是輕淡的；他介紹《荷花池畔》的結構，完全憑他的記憶，內容不完全確實。這些似乎可說明他手邊沒有存稿，而且也無意去尋

找一下。

　　梁實秋沒有留下他當年的詩稿，似乎不可能是尋常的散失事件。從民國 11 年開始，文壇上朋友們給他的信和活動紀錄，梁實秋都能一一保存，近至民國 73 年，他還發表了民國 12、13 年郭沫若和鄭振鐸向他索稿或求助的信件。為什麼單單是他自己的詩稿會散失呢？

　　今天要找梁實秋的早年的新詩創作，似乎還有兩個線索。從聞一多的信，我們知道聞一多當時手裡有《荷花池畔》的一份副本。這份副本在聞一多生前必然視為珍寶，不可能散失；他死後家人和朋友們肯定會善為處理他的遺物，梁實秋的那些稿子，非常可能仍然存在。還有，在清華學校畢業之前，梁實秋曾擔任《清華週刊》的文藝編輯，該刊非常可能會刊出他自己的一些詩作。筆者以後將依循這兩個可能，盡力尋找梁實秋的白話詩。

　　從聞一多的書信入手，我們僅獲知梁實秋的近二十首詩的篇名。他的九首現存新詩，也似乎不是他有意發表的：〈夢後〉見於聞一多的〈《冬夜》評論〉，固不待言；〈答一多〉等五首，也出於聞一多的建議（和安排？）才送交《創造季刊》；「海嘯」中的三首，則由於機緣湊巧而創作而不能不發表。民國 12 年夏，許地山和謝婉瑩已是全國聞名的作家，他們不期而遇梁實秋這一級同學同船赴美進修，對於愛好文學的年輕人，不可能不引起一些騷動。當時參與海上壁報文藝欄寫作的清華畢業生，必定為數不少，梁實秋很顯然最為出類拔萃。通過許地山和謝婉瑩，梁實秋輕易地和文學研究社建立關係。

四、

　　蘇雪林寫的《中國二三十年代作家》，是處理中國現代文學史具有深度而且取材較廣的作品。但是，這本書也和其他同類著作一樣，完全未談及梁實秋在新詩上做過的努力。就梁實秋本人而言，他是求「隱」得「隱」。在敘述中國新詩的發展期，蘇雪林交代過許多作家和文人，在討論聞一多

的作品時，更是精當詳盡，但她在新詩部分根本未提梁實秋其人，恐怕有欠周全吧！

聞一多在〈《冬夜》評論〉中稱梁實秋為「豹隱」詩人，可能是指他朋友不願靠新詩沽名釣譽。梁實秋這種隱逸的性格，在他與聞一多及以後文壇其他朋友的交往中，表現得非常清楚。

梁實秋在六十多年前寫的新詩，在近來出版物中還能找到的似乎只有〈夢後〉及〈海嘯〉的最後六行（分別見於梁氏著《槐園夢憶》和《秋室雜憶》）。在一份自留供參考用的文稿中，筆者看到他憑記憶寫下的〈贈〉，與民國 11 年刊於《創造季刊》的，在措詞上有數處差別。為了協助一般讀者了解梁實秋所寫新詩的風格（暫且不談他在新詩上的成就），本文擬選抄他的〈荷花池畔〉和〈海鳥〉前三節，聊作結語。

〈海鳥〉

黃昏時候，我在憑舷遠眺：

從起伏的波瀾閃出一隻海鳥；

我歡喜地望著他的潔白的翅兒，

忽地不勝悲悷，向他高聲喊叫：

海鳥呀，何處是你的家鄉？

你為何揚棄了你的巢居，

你為何離別了你的伴侶，

獨自翱翔在這無邊的海洋？

海鳥啊，風在怒號，海在狂濤，

你遠道飛來，筋疲力盡，

若要斂翅尋棲，駐足啄飲，

唉，在這萬頃洪濤那有半個嶼島？

〈荷花池畔〉

宇宙底一切，裹在昏茫茫的夜幕裡，
在黑暗底深邃裡氤氳著他底祕密。
人間落伍的我啊，乘大眾睡眠的時候，
獨在荷花池腋下的一座亭裡，運思游意。

對岸傘形的孤松——被人間逼迫
到藝術家底山水畫裡的孤松——
聳入天際；雖在黑暗裡失了他底輪廓，
但也儘夠樹叢頂線的參差錯落。

我底心，檀香似的焚著，越焚越熾了；
我從了理智底指導，覆上了一層木屑，——
心火燒得要爆了，也沒有一個人知道，
只騰冒著濃馥的煙，在空中嬝嬝。

不過是一株樹罷了，可是立在地上
便伸臂張手的忘形的發育了；
不過是一條小溪啊，他自由的奔放，
盡性的在谷峽裡舞躍，垣途上飛跑；

為什麼我底心啊，終久這樣的鬱著，
不能像火球似的，烘烘烈烈的燃燒。——
卻只冒著濃馥的煙在空中旋繞？
為什麼又有點爐火，溫著我的心窩？

我底心情底翅，生滿了豐美的翎毛，
看著明媚的浮光啊，我心怎能不動搖？
我要是振翅飛進昊天底穹窿裡去呢，

我怎知道，天上可有樹，樹上可有我底巢？

她本是無意的觸著我底心扉，──
像疾馳的飛燕，尾端拂著清冷的水面；
但只這一點的激動，引起了水面上的波圈，
不停的蕩漾，漾到了無涯的彼岸：

久鬱著的心情都是些深藏的蓓蕾，
要在春裡展放他們底拘扭的肢體；
但是薄情的春啊！瞟了一眼就去了！
撇下徬徨的心靈，流落在悲哀的霧裡。

被她敲開了的心扉，閘不住高潮的春水，
水上泛著些幻想的舟兒，欲歸也無歸處；
舟子匍匐禱祝著海上的明珠啊：
在情流裡給他照出一條亨通的航路。

她說她是無意，誤來拂拭了我底心扉，
像天真的小孩踐踏了才萌的春草，──
但是為什麼引動我底悲哀的琴絃，
直到而今啊，奏出那惱人傷魄的音調？

荷花池水依舊的汪著，澄清徹底，
紅甲紗裙的金魚幾番的群來游戲；
今朝啊，卻似昏鄧鄧的幽澗深坑，
隱著無數泣珠的鮫人，放聲的哀慟！

紫丁香花初次感著可怕的寂寞，
也怨恨自己的身軀，牢牢在枝上絆著，──
摧殘一切的風啊！請先把我底身軀吹散，

好片片的飛呀，追隨那蝴蝶兒作伴！

我底心情就這樣瘋狂的馳驟，
理智的韁失了他的統馭的力；
我不知道是要駛進雲幔霞宮，
還是要墜到人寰底塵埃萬丈裡去。

　　　　　　　　——原載《聯合文學》，1987 年 5 月

　　　　　　　——選自余光中編《秋之頌》
　　　　　　　臺北：九歌出版社，1988 年 1 月

梁實秋與中國現代戲劇悲劇意識的演進

◎王列耀*

20 世紀上半葉，中國現代戲劇悲劇意識變化較快。這種變化，在戲劇家與理論家兩方面均有體現。就理論家而言，受現代社會思潮、藝術思潮的影響，他們的悲劇意識不可避免的發生著許多變化。加之，批評者與被批評者之間的互動，更推動著西方多種悲劇意識在中國的傳播，也推動著中國現代戲劇悲劇意識的發展與深化。

一、關於《莎樂美》的論爭與梁實秋的「非主流」批評

隨著王爾德作品譯介的發展，在中國現代譯介者中，出現過不同的批評。

王爾德的著名悲劇《莎樂美》，由田漢導演在中國上演後，更引發過一場論爭。論爭中，主要論辯對手，是梁實秋與田漢。梁實秋在觀看了《莎樂美》的演出後，即撰文對此劇及上演此劇的南國社，進行了尖銳的批評。田漢多次發表文章，針對梁實秋進行反批評。此次論爭，直到田漢逐漸轉向了左翼戲劇運動，冷卻了對王爾德的熱情，才算完全告休。

在這次論爭中，梁實秋批評《莎樂美》並反對在中國上演此劇，不僅意在批評王爾德與劇本，更是要通過批評進而「清算」所謂的中國現代文學中的「浪漫主義」。因而，這場論爭，實際上具有超出其自身的理論含量與意義。

*廣州暨南大學中國語言文學系教授、博士班導師。

王爾德作品在中國的譯介，開始得比較早。1909 年，周作人在他與魯迅合譯的《域外小說集》第一冊中，即用文言形式翻譯了王爾德的童話《快樂王子》（當時譯名爲《安樂王子》）。1915 年 7 月，陳獨秀在爲蘇曼殊小說《絳紗記》所作的序言中論及王爾德「書寫死與愛，可謂淋漓盡致」，是「蜚聲今世」的「劇作家」[1]。此後，陳獨秀在《新青年》發表文章，頻頻論及王爾德，如稱其爲與易卜生、屠格涅夫、梅特林克並列的「近代四大代表作家」[2]。

梁實秋與田漢之間的論爭，爆發於《莎樂美》在中國上演之後。1928年，田漢和南國社同仁經過多方努力，將《莎樂美》搬上了中國舞臺。經過田漢和南國社同仁的頑強努力，《莎樂美》等劇的演出獲得了很大成功，並在社會上形成了較大反響。

梁實秋看了南國社演出的《莎樂美》後，立即寫下了〈看八月三日南國第二次公演之後〉一文，刊登於《戲劇與文藝》第 5 期。在文中，他批評並嘲諷道：「原來《莎樂美》有這樣偉大的意義，我以前的確是不曾知道的。」並告誡道：「田先生的傷感主義的戲和唯美派的肉欲主義的戲，我希望他們不要再演了罷。」[3]

正在組織演出的田漢，聞訊後立即針鋒相對地進行反擊。在〈第一次接觸「批評家」的梁實秋先生——讀〈看八月三日南國第二次公演之後〉〉一文中，他反駁道：梁實秋是「以古典派的尺寸來量唯美派的東西」，「除掉《莎樂美》的肉以外看不出別的東西」。而「唯美派也不壞，中國沙漠似的藝術界也正用得著一朵惡之花來溫馨刺戳一下。」並聲稱：要打破「肉欲主義的戲」的舊評，「爲著自己」做出「新的解釋」。田漢還表示：「竭南國社全體的力演《莎樂美》這是南國的光榮」；面對梁實秋的批評，要大叫「管它呢，管它呢！」[4]梁實秋的批評，沒有動搖田漢與南國社的決心。他

---

[1]陳獨秀，〈《絳紗記》序〉，原載《曼殊小說集》，上海：光華書局，1928 年。
[2]陳獨秀，〈現代歐洲文藝史壇〉，原載《新青年》第 1 卷第 3 號。
[3]梁實秋，〈看八月三日南國第二次公演之後〉，《戲劇與文藝》第 5 期。
[4]田漢，〈第一次接觸「批評家」的梁實秋先生——讀〈看八月三日南國第二次公演之後〉〉，載《南

們一方面繼續「公演」，一方面努力做著「新的解釋」。

　　梁實秋當然不會示弱，他對《莎樂美》及南國社的批評，也非意氣之爭。圍繞著這場論爭，他寫下了一系列文章。他不僅要批評《莎樂美》及南國社，更是要通過這種批評，體現他用所謂「古典」精神，清理「浪漫的混亂」的用心，體現他對中國現代文學所謂「混亂」狀況的批評。

二、新文學大潮中「非主流」文學觀念與「非主流」悲劇意識

　　田漢與梁實秋論爭的主要焦點，是如何看待《莎樂美》所攜帶的極端個人主義的道德觀。田漢代表著陳獨秀以來文化反叛者的主張：以破壞舊道德、提倡新道德，做為接受外來文藝的出發點，熱烈擁抱、讚賞《莎樂美》及其中的極端個人主義的道德觀；並期盼借用這種曾對西方文化形成較大衝擊的「新道德」，為中國新文學運動的深入發展鳴鑼開道，為正在蛻變中的現代悲劇提供價值基石。

　　梁實秋認為《莎樂美》展現的故事，充滿「傷感主義」和「肉欲主義」；展現的道德，和王爾德的「主義」一脈相承，是「不道德即是非道德的」，不但有礙於「倫理的標準」，而且還「替真正不道德的文字張目」。所以，「我們不能贊成王爾德的主義」。[5]後來，梁實秋更明確地表示：「我的態度是道德的」，「教訓主義」與「唯美主義」都是極端。[6]

　　有關道德之爭，新文學在前進途中，曾遭遇過多次。但是以前的論爭，主要出現在「復古」與「革新」兩大對立的陣營之間。田漢與梁實秋的這次論爭，出現在新文學陣營的內部。這是因為田漢與梁實秋都是新文學陣營的成員。梁實秋是出自於「以現代的目光重新解釋與發揚傳統」[7]的思想基礎與學術立場，以「非主流」、「保守」的面貌，以反「浪漫主義」

國週刊》第 6 期。
[5]梁實秋，〈王爾德的唯美主義〉，王永生主編《中國現代文論選》第 2 冊，貴州：貴州人民出版社，1984 年 2 月，頁 555。
[6]梁實秋，〈文學的美〉，《東方雜誌》第 34 卷第 1 號。
[7]溫儒敏，《中國現代文學批評史》，北京：北京大學出版社，1993 年 10 月，頁 73～89。

的姿態，對「五四」以來的新文學進行了一番別有心得的清理。

梁實秋所謂的「浪漫主義」，並非是指體現著某種創作風格，或是由某個文學社團所代表的創作中的浪漫主義，而是指一種「極端的承受外國影響」的具有普遍性的文學風氣。所以，他對浪漫主義的定義是「凡是極端的承受外國影響，即是浪漫主義的表現。」他批評道：「外國影響侵入中國文學之最大的結果，在現今這個時代，便是給中國文學添加了一個標準。我們現在有兩個標準，一個是中國的，一個是外國的。浪漫主義者的步驟，第一步是打倒中國固有的標準，實在不曾打倒；第二步是建設新標準，實在所謂新標準即是外國標準，並且即此標準亦不曾建設。」「所以新文學運動，就全部看，是『浪漫的混亂』。」[8]似乎，新文學的翻譯、創作等工作，都已走向了崩潰的邊緣。

顯然，批評者梁實秋，在反對一種他所認為的「極端」的過程中，自己也走到了另一種極端。「保守的立場使他看不到或不願承認新文學在借助外來影響猛烈反傳統的『混亂』中，還是有大致的『標準』的，例如人的解放、個性解放以及反封建，爭民主等等，可以說，是五四新文學總的『標準』與趨向。」所以，總體上看，「梁實秋這種呼籲並非給新文學『補臺』，而基本上是『拆臺』」[9]。梁實秋在與田漢論爭中的種種表現，都與他所謂「清理浪漫主義」的動機與行動緊密聯繫，並且，論爭本身，也是他整個「清理」行動的一個組成部分。故而，如果說田漢代表著陳獨秀以來新文學中「主流」的聲音，梁實秋則代表的是新文學中「非主流」的聲音。

田漢所譯《莎樂美》，正好出現在中國現代戲劇缺乏自己的「標誌物」的時候，客觀上給了中國現代劇作家，尤其是悲劇作家，一個他們所尋求的「標誌物」的「替代物」。當一些中國現代劇作家，致力於對「替代物」

---

[8]梁實秋，〈現代中國文學之浪漫的趨勢〉，徐靜波編《梁實秋批評文集》，珠海出版社，1998 年 10 月，頁 33～37。
[9]同註 7。

的潛心學習與模仿時，多少有些忽視了在這個「替代物」所傳達的「新道德」中，帶有的「不道德」因素——極端的利己，不惜損人利己，甚至於害人利己的負作用。梁實秋〈王爾德的唯美主義〉等文，在激烈的態度與過分的話語後面，也留下了一些值得人們進一步思考的問題。如在〈王爾德的唯美主義〉一文中，梁實秋認為，作家在文學創作中，應該掌握兩個標準：道德的與倫理的標準。他指出在王爾德那裡，「倫理的與道德的觀點是沒有分別的，所以他鼓吹唯美的藝術，頌揚藝術的獨立，攻擊道德的主張，而同時他也否定了倫理的標準。」

　　究竟何為「道德的觀點」？何為「倫理的觀點」？梁實秋沒有具體解釋。只是說「倫理的態度」，就是在「描寫變態之人格」時，應持有「限制之同情」。如果，「描寫變態之人格，而遽示無限制之同情，刻畫罪戾的心理，而誤認為人性之正則，這就是有所偏蔽，不能觀察人生全體，只有局部的知識，換言之，便是缺乏倫理的態度。」所以，作家可以在作品中描寫罪惡與美德，關鍵是描寫罪惡時，作家的態度與觀點，必須是合乎「倫理」。[10]梁實秋試圖努力將「道德的觀點」、「倫理的觀點」，做為批評中兩個不同的「標準」。可是，在具體論述中，他又把二者混在了一起。為此，斯洛伐克學者瑪利安·高利克指出：「梁實秋把道德與倫理區別開了。他有關這方面的論述不是很明白的，他似乎反對『道德的教訓』，贊同『倫理的原則』。」[11]或者說，梁實秋試圖將道德標準區分成「倫理的標準」與「道德的標準」兩個部分。但是，他自己也沒有區分與定義好他所謂的兩個標準。所以，到了具體的論述中，他只好又將「倫理的標準」與「道德的標準」，合二分一、混為一談。

　　梁實秋所謂「描寫變態之人格」時，應持有「限制之同情」的說法，是對《莎樂美》攜來的「新道德」的一種質疑——一種以「對立者」身分

---

[10]同註 5，頁 554～555。
[11]〔斯洛伐克〕瑪利安·高利克著；陳聖生、華利榮、張林杰、丁信善譯，《中國現代文學批評發生史》，北京：社會科學文獻出版社，1997 年 11 月，頁 281。

進行的質疑；同時，也是對中國「模仿」者的一種提醒───一種以「非友善」面貌進行的提醒。也就是說，在「質疑」的同時，「提醒」著中國現代戲劇家，在「同情」「莎樂美們」，以「變態」方式反抗社會的同時，有必要對其「新道德」中，極端利己、不惜損人利己，甚至害人利己的成分，進行必要的「限制」；尤其是「倫理」的「限制」。例如，在翻案劇「潘金蓮」中，潘金蓮的反抗，包括「變態」反抗，均被表現得痛快淋漓；但是，作者對她那不惜犧牲他人的極端個人主義的快樂觀，確也還缺乏某種必要的「限制」。

當新文學的「主流」，忙於對舊文學的戰鬥，忙於從西方「搬運」「替代物」來做爲中國現代悲劇的「標誌物」時，少有時間質疑「替代物」中須剔除或須改造的因素，少有時間顧及做爲「替代物」所涵蓋的悲劇觀念之外的中西方悲劇觀念，尤其是中西方傳統悲劇觀念。梁實秋在論爭中表現出來的、代表著新文學大潮中「非主流」一面的文學觀念、「非主流」的悲劇意識，恰好對「主流」的疏忽，起了某種質疑與補充的作用。故而，梁實秋的批評，除去其中偏頗性的「拆臺」之外，有些「說法」對中國現代悲劇意識的深化與發展，也還具有一定的補益作用。

三、對亞里斯多德悲劇理論有傾向性的介紹

梁實秋在以「古典」立場，「清理」「浪漫主義」的過程中，針對王國維、田漢等人，在不同時期、從不同側面，介紹西方現代悲劇理論及現代悲劇的狀況，有意從西方的古典悲劇理論中，選擇亞里斯多德的悲劇理論，進行有傾向性的評述與介紹。

在〈亞里斯多德的《詩學》〉一文中，他談到：「亞里斯多德論悲劇，重劇情而不重人品。」「所以在悲劇的六個元素裡，劇情占首要的位置。」可見，梁實秋依然是從「道德」的立場，來評述西方的古典悲劇理論：一面介紹亞里斯多德「悲劇的六個元素」，一面批評其將情節置於「六個元素」之首，乃爲「重劇情而不重人品」的缺陷。

　　梁實秋還介紹了亞里斯多德關於「悲劇英雄」的說法，即亞里斯多德悲劇理論中的「過失說」。他寫道：「亞里斯多德以爲，最理想的悲劇英雄必定要：一、其人必非全善，二、其人亦非全惡。」「所以悲劇的英雄，必須介乎二極端之間，不全善亦不極惡，質言之，即必須像我們一般的一個平平常常的人。」但是，「他的情感則應豐烈，其意志亦應堅強，必須有偉大之奮鬥力，而結局仍不能脫於悲慘之命運。且其人愈爲顯赫，則其顛覆時愈爲悲慘。」通過介紹、分析「亞里斯多德全部的批評精神」，他得出的結論仍然是：「文學批評應以理智爲至上之工具，即文學創造亦應以理智爲至上之制裁」。簡言之，他還是要用「中庸的精神」，以「古典」清理「浪漫」，以「理智」節制「情感」。正像溫儒敏所說：「他用儒家大中庸來解釋亞里斯多德的批評信條」[12]。

　　可見，梁實秋對亞里斯多德悲劇理論的介紹，是一種有傾向性的介紹；是一種試圖用儒家的「中庸」，「整合」西方的「古典」，再以這種「整合」過的「西方古典」，清理「西方現代」，清理中國現代「浪漫主義」的有傾向性的「介紹」。他對「悲劇的恐怖與哀憫，最好是缺乏嚴重性」以及「悲劇要哀而不慘」的看法，也充分體現出他在悲劇觀念上的「古典」色彩與保守性。

　　但是，在論爭中，梁實秋所介紹的對象──亞里斯多德的《詩學》，確實值得中國現代戲劇家注意。這不僅是因爲「《詩學》是亞里斯多德最主要的美學著作」，更因爲中國現代戲劇家在向西方現代悲劇觀念靠攏時，有必要加強對西方古典悲劇觀念的了解。從而使自己能在對西方悲劇意識有較全面了解的基礎上，去評判自己悲劇的「替代物」、「模仿物」，能夠更好地去確立自己的「標誌物」。

　　梁實秋介紹亞里斯多德的「過失說」，正值田漢推崇《莎樂美》、歐陽予倩「模仿」《莎樂美》的時候。田漢、歐陽予倩推崇、「模仿」《莎樂美》

---

[12]同註 7。

中大「善」與大「惡」交織的悲劇人物觀，構成了對傳統悲劇意識的衝擊，取得了突破性的戰果。但是，也留下了「生搬」西方「現代」悲劇觀念，脫離中西悲劇傳統的痕跡。梁實秋將亞里斯多德的「過失說」，納入「中庸」之軌的說法不一定妥當。但是，梁實秋對「過失說」所做介紹基本是準確的。其意義在於提示中國戲劇家，所謂悲劇性人物，在西方古典悲劇理論中，是善惡交織，而且「所受之困苦又遠過於其應得之罪」；並非僅有《莎樂美》似的「大善」與「大惡」交織。從而，爲中國現代悲劇與悲劇意識的成長，又拓開了一片新的天地。從引進西方悲劇理論的路徑看，儘管梁實秋是有傾向性地介紹，但是，還是爲中國劇作家「補上」了介紹西方古典悲劇理論的「這一課」。

——選自《廣東社會科學》，2001 年第 6 期，2001 年 12 月

從「戲墨齋」少作到《雅舍小品》
梁實秋早年佚文校讀兼談現代散文的知性問題

◎解志熙[*]

從《癸亥級刊》說起

　　三年前的一天，我在中國科學院文獻情報中心開架的人文社科圖書中隨意翻閱，偶然地發現了一本早期清華的學生刊物《癸亥級刊》，封面題「民國八年六月，清華癸亥級編」。按照當時清華學校的學制，學生必須連續修滿中等科四年、高等科四年課程方可卒業。癸亥級學生於民國 4 年即 1915 年 9 月入中等科，而「以畢業高四之年當在西曆一千九百二十三年夏，干支在癸亥，故定名曰千九念三級，又名癸亥級，或稱念三級，則省文也」——《癸亥級刊》所載「級略」如此解釋說。這和今天內地的指稱有所不同。我們現在是哪一年入學即以該年名「級」，哪一年畢業又以該年名「屆」，如 1978 年入學稱「78 級」，該級於 1982 年畢業，又稱「82 屆」。所以當年清華學生的「級」相當於我們今天所謂「屆」。

　　《癸亥級刊》是清華癸亥級學生 1919 年中等科課業結束時的紀念刊，總編輯是吳景超。該刊的〈發刊詞〉說：「吾癸亥級同學，……幸於今夏得完中學課業。吾同學感師友之熱誠，念造詣之不易也，謀所以紀念之者。於是有《癸亥級刊》之作。內容凡分五門：一曰『級略』，記吾級四年來經過之大事也。二曰『藝林』，載級友平日之述著，所以示成績也——是門復分五類，曰『論壇』、曰『風土志』、曰『遊記』、曰『調查』、曰『演講

[*]北京清華大學中國語言文學系教授。

錄』。三曰『譯叢』，迻譯西洋之名著，藉長見聞，復資練習也。四曰『雜組』，凡級友遣〔遣〕興之作皆入之，所以資觀感也——是門共分四類，曰『小說』、曰『瑣談』、曰『諧鐸』、曰『補白』。五曰『教員錄』及『同學錄』，載師友之姓名籍貫，其已故級友，亦為之立傳附於後，所以誌不忘也。」（原文有圈點而無標點，此處改為標點，下同）此外還附載了癸亥級的級旗圖案、英文歡呼詞和英文級歌[1]，以及級友的個人小照、級刊編輯職員的合影等。扉頁有隸書「勿忘國恥」四字，這可能因為清華學校是用庚款建立的，並且級刊印製期間正是「五四」學生愛國運動高漲之時。

《癸亥級刊》可能是清華學校最早的學生刊物之一。由於該刊是級友集資印行、僅供個人存念之物而未公開發行，所以各大圖書館少見收藏，連清華大學圖書館也不見存留。從此本封底加蓋的「中國書店定價簽」推測，它可能是 1980 年代從私人手中散落舊書肆，而被當時的中國科學院圖書館購入的[2]，現在算是非常稀見的文獻了。清華癸亥級學生可說是濟濟多士，其中不少人如梁思成、孫立人、顧毓琇、吳景超、全增嘏、吳文藻等，後來都卓有成就，聲名赫赫，而清華八年乃是他們人生的起點，《癸亥級刊》則或多或少記錄了他們青少年時期的行跡以至於心聲。八十多年後再翻看他們鄭重編輯的這本紀念刊，仍可感受到他們青春韶華時期求學救國的熱忱和躍躍欲試的生氣。

從《癸亥級刊》看，一位名叫梁治華的人頗為活躍，因為他是該刊收錄文章較多的人之一。梁治華並且自題其室曰「戲墨齋」，他也確是癸亥級學生中比較喜歡舞文弄墨的人。

「戲墨齋」少作校讀

這個「戲墨齋」主人梁治華就是後來著名的文學批評家、翻譯家和散

---

[1]歡呼詞和級歌歌詞均為林玉堂（即林語堂）所作，按林是校長派給該級的「顧問」，大概相當於今天的輔導員吧。
[2]即現在的中國科學院文獻情報中心。

文家梁實秋先生。在《癸亥級刊》的「同學錄」一欄中就分明地填寫著：姓名——梁治華，字號——實秋，年齡——十八，籍貫——京兆大興。所以「戲墨齋」主人的幾篇文章確屬梁實秋先生的文字，而且可能是現存梁先生最早發表的文字。查余光中、陳子善兩先生合編的《雅舍軼文》[3]亦未見收錄。三年前偶然看到這幾篇文章，我曾經請教過致力蒐集梁氏佚文的陳子善先生，他說肯定是佚文，並託我代為檢出。但不巧的是，我稍後恰恰丟了那本有記錄的筆記本，而憑記憶去查找，無奈記憶並不準確——我把《癸亥級刊》誤記為《辛酉級刊》了，所以我雖然兩次去查，都查不出，而到原來的書架去翻檢，也不見蹤影了。事情也就這麼拖下來。直到上個月在河南參加中國現代文學文獻問題研討會，又遇到陳子善先生，再次說到這幾篇佚文，令我慚愧無地。回來後下決心去找，終於在網上通過「級刊」兩字在中國科學院文獻情報中心的館藏目錄中，找到了這本標明是清華學生編的《癸亥級刊》，始知自己記憶有誤，前去複製時發現這本刊物已被移藏於善本庫中了。現在就把這幾篇梁氏少作略作整理，依次錄呈如下。因為原文無標點，為便閱讀，所以以意逆志地代加了標點；文字間有校理，放在〔 〕號內隨文標示；其他需要略作解釋之處，則附識於每篇原文之後。

胸戰

春雪降，天氣驟寒。時已近午，而雪未少殺。檐上麻雀，三五成群，啾啾而鳴，一若久未得食者。窗外涼風徹骨，一片白色，景乃絕慘。屋內喧嘩聒耳，蓋四五學生圍爐取暖，談鋒正縱也。所談皆校內笑柄。如某教師之被哄也，某生帶籨帶之被罰也。每畢一語，喊聲笑聲鼓掌聲，雜然並起，而窗外之鳥聲，似亦與之相應答。

某生提議曰：「諸君少安毋燥〔躁〕。余有一言。」眾趣之言。乃曰：「吾

---

[3]余光中、陳子善編，《雅舍軼文》，北京：中國友誼出版公司，1999 年。

等今晨已上三堂矣。諸君得勿飢乎？」眾齊曰：「飢甚。」「校內飯食太劣，諸君得毋厭之乎？」眾又齊曰：「厭之甚。」某生乃從容而言曰：「然則赴售品所食物乎？」此語一出，屋內又大嘩，細辨之則皆贊成之聲。於是蜂擁而出。

中有李生者，留室中，獨不去。眾強之，堅不可。某生曰：「汝豈阮囊艱〔羞〕澀耶？不然，大丈夫寧做守財奴耶？吾視汝神色枯槁，腹必飢甚。矧汝讀過生理，不知枵腹攻讀有礙衛生耶？且學校飯食不堪下箸，此盡人皆知。汝必不肯失者，果何意歟？售品所物美價廉，有口皆碑。尤以豆漿雞汁肉角〔餃？〕等為最。不獨滋味適口，抑亦強壯身體。現際天寒，啜豆漿，嚼肉餃，集二三知己，促膝而談，樂且無窮。汝必欲埋首書案，豈非大愚？今為汝計，試一行。吾適自家內匯到現款，不憂貧也。」

李生驟聆此一番議論，不覺心動。去乎留乎？忽而去矣，忽而留矣，神志恍忽〔惚〕，不由自主，心中不啻分為兩黨。及哀的美敦書一下，則開始胸戰矣。

去乎則錢何自而出？食他人之物，則遲早必回報。吾正經用費，尚覺窘急，何暇為此乎？明日考讀本文法，尚毫未預備。再不用功，則瞪〔瞠？〕目不能答時，悔之晚矣。且天又大雪，時又近午餐。冒風雪貪口腹之欲，捨正餐購零星之食，於習慣、身體兩無所取，奈何赴售品所作無益之行乎？

思至此，良心大勝。旋再思，則私欲來襲，而良心又泯。於是豆漿之味，儼在口中；肉餃之盒，儼在手內——仍以去為佳。

李生如是癡想，呆坐不動。私欲卒為良心所勝，擬即謝絕，而私欲猶時時來襲。故吃吃終不能決定。

群生睹狀乃大笑，益促之行。李生正無可奈何之際，有張生趨入，持信與李生曰：「此君之家信也。」李生乃曰：「諸君蓋少假片刻，俟余一讀家書可乎？」眾諾之。乃徐展其函，內曰——

吾兒知悉：上學期汝校報告汝之成績不佳。英文文法皆列下等。據汝云是教師之不公，而吾意以為仍是汝之咎。吾知汝自負聰明，不肯虛心。以後切宜痛改。聰明用之正途，方有成效；用之邪路，不可救藥。汝自幼穎慧，復知用功。近何以頓易操守耶？青年不再，努力用功，有厚望焉。至於品行方面，尤須注意。汝上學期用款已逾百元。試思我家所入，才有幾何！而吾所謂儉，非嗇之謂也。售品所盡可不去，一日三餐，不致不足。汝校飯食，又較為優美。須知食不按時，最有礙衛生。汝非愚駿，毋庸贅述。總之以後須用功節用，方不負吾之望也。此致李兒。　父字。

李生閱畢，良心得奧援，私欲大敗而回。胸內戰爭既終結，遂正式宣布曰：「諸君恕我，今日不能奉陪。」

眾怒甚，咸曰：「脫早言者，胡糾纏為！彼欲葬身書卷內，於吾何干！已十一點半矣，趣速行。」於是呼嘯而去。

眾既去，室內萬籟俱休。李生心如死灰，頹然靜坐，似有所思。思極則長嘆一聲。遙聞村犬狂吠，若助之嘆息。雪降益劇，鳥聲啾啾然，似表示其飢腸之轆轆。

噹啷！噹啷！鈴聲振耳，午餐之時屆也。一達李生之耳，即狂奔而出，直赴食堂，連食五碗，鼓腹而出。

　　本篇收在「雜俎」門的「小說」類。這確是一篇小說——雖然還使用著文言，但不復是「某生體」的濫調，而是反映現代校園生活的現代小說，就其題材而言，可說是現代文學史上較早出現的「校園文學」。作品所謂「胸戰」，大約相當於後來人們常說的「內心矛盾」、「思想鬥爭」。一個來自不富之家的學生，面對著可口的美食的誘惑，自然難免產生一點「胸戰」。這樣的「胸戰」當然說不上多麼深刻，但生動真實而筆調詼諧，把一個窮學生的矛盾心理寫得活靈活現，可能帶有梁實秋的自我體驗和自嘲，也未可知。關於文字的校勘，因為沒有他本可以對校，只能本校和理校

了，所以有幾處近乎猜測，我也拿不準。如「肉角」或許當作「肉餃」，下文有兩處即作「肉餃」可證。但就我所知，北方確有「肉角」這種食品的。同樣的，「瞪目不能答」之「瞪」或許當作「瞠」——然而「瞠目結舌」與「目瞪口呆」豈不是語義相近？所以我也不知怎樣才算對。還有一點可能多餘的話，那就是本篇有兩處乍看似有錯訛，其實可以肯定是不錯的：一是「故吃吃終不能決定」之「吃吃」並非「遲遲」之筆誤，在這裡「吃吃」是說話結巴之意。古人很早就有這種用法，不過寫作「期期」，著名的例句見《史記》〈張丞相列傳〉：「昌為人吃，又盛怒，曰：『臣口不能言，然臣期期知其不可。』」晚近則多作「吃吃」，如《聊齋誌異》〈瞳人語〉：「士人忸怩，吃吃而言曰：『此長男婦也。』」不過，本篇中的李生並不像張昌那樣是生理上的口吃，而如《聊齋誌異》中那個士人一樣，是出於心理上的「忸怩」或「胸戰」而口吃——吞吞吐吐也。二是「午餐之時屆也」的「時屆」不是「時節」之誤植，此處的「屆」是動詞，「時屆」即「時間到了」之謂。

戲墨齋叢話

我國字學，由來久矣。歷代莫不尊崇。科舉時代，尤為注重。近數年來，學子兢兢於西學，而所謂書法者，殆無問津者焉。嗚呼謬矣。我國字學，美術之一也。文明日昌，美術豈有荒廢之理。且我國習俗，字學常能代表一人之學問。字如塗鴉，望而知為斗筲之輩；行列整齊，常可斷為飽學之士。至善書者，尤能受社會之歡迎。然則字學又為社會上之應酬品，當無疑義。由此觀之，書雖小道，豈可忽哉！豈可忽哉！

士〔工？〕欲善其事，必先利其器。書又何嘗不然。今之學者，每購價一二角之字帖，朝夕摩寫，其志固可嘉。顧此種字帖，皆翻刻極劣之本，即摩臨極似仍不免筆筆死滯，焉能入大雅之堂。原拓碑帖，佳本極少。而珂羅版，現甚盛行，所印碑帖，酷似原本，遠勝罪當萬死之翻刻本也。

學書宜先從腕力入手。腕虛則指實，指實則全身精力畢集毫端。顏、柳各帖，最宜臨摹，然後字方有骨。既有骨再講結構。橫平豎直，以立其體。多臨歐、虞，以壯其勢。精研魏碑，以博其趣。旁及晉帖，以活其氣。然後潛心行草，以得其變化出入之神。細參漢隸，以厚其神采煥發之氣。上通篆分，以清其文字沿革之源。書至於此，幾乎能矣。

帖欲其佳而紙欲其粗，墨欲其美而筆欲其惡。此中三昧，不足為外人道也。而學者每堅持伯喈非流紈體素不妄下筆、子邑之紙研染輝光、仲將之墨一點如漆之論，不知伯喈子邑之事，皆就學成者言之耳。若初學者，即付之以光紙佳筆，不但不能用之，進步反將遲緩。須知善書者不擇筆，學書者不擇紙。至於墨則不論已學未學，皆須精選。最忌墨汁，以其黏滯無神也。東坡每起必研墨一斗，供一日之用。學者知所指矣。

學書貴有恆心。一曝十寒、朝秦暮楚，而欲其字之精，是猶緣木而求魚也，豈不悖哉！須知摹寫成習，則欲罷不能。若覺索然寡味，則尚未得其門而入者也。學書尤宜於冬日。蓋取其天寒手凍，腕指不靈，而春氣上升，書亦暴長矣。此言屢試不爽。

漢隸之佳者，多至百餘種。區之可得為二。一體格方整者，此種類皆意態高古，筆法絕塵——就中以《張遷碑》、《禮器碑》、《華岳廟碑》等為最。一為姿勢美媚者，此種類皆態度自然，耐人尋味，而常失之弱——就中以《曹全碑》為最。學隸者宜先從前者入手，前者精後者亦不難幸致矣。

昔人嘗言：有功無性，神采不生；有性無功，神采不實。真破的之論也。吾獨謂與其有性無功，不若有功無性也。有功無性，橫平豎直，整齊嚴肅，尚不失為規矩；有性無功，則浮弱無力，似是而非，膽大妄為，不知伊於胡底矣。

蘇字最難工。學者每求形似，致用偏鋒。不知蘇字筆筆中鋒，若用偏鋒則筆勢塌倒，神格俱敗矣。此種訣竅，非有名師指導，必致流入迷津。

包慎伯嘗云：真書能斂書入毫。使鋒不側者，筆意也；能以鋒攝墨，使

毫不裹者，分意也。余初黃〔甚？〕怪其言之無據。近博覽周石鼓、漢
分碑，再間臨真書，果見有篆分之意。唯尚不能運之純然、自然流露
耳。

大字小字，互相為用。前人論之詳矣。寫小字能從容有餘，寫大字能不
為所攝，便是能手。

執筆之法，聚訟紛紜，而不外懸肘、虛掌、實指之法。懸肘則筆畫自
然，虛掌則腕可活動，實指則筆與□〔身？〕連為一氣矣。

　　本篇收錄在「雜俎」門的「瑣談」類中。作者所謂「字學」即書法。
在那個時代，習字是學生的日常功課，梁實秋進的雖然是洋氣十足的新式
學校，不設書法課，但其父對他的國文修養和書法學習很重視。據梁實秋
回憶，他在清華期間，藝術趣味「在圖畫音樂上都不得發展，興趣便轉到
了寫字上面去。在小學的時候教師周士暘（香如）先生教我們寫草書千字
文，這是白折子九宮格以外的最有趣的課外作業，我的父親又鼓勵我塗
鴉，因此我一直把寫字當作一種享受。我在清華八年所寫的家信，都是寫
在特製的宣紙信箋上，……有一天我和同學吳卓（鵠飛）、張嘉鑄（禹九）
商量，想組織一個練習寫字的團體，……眾謀咸同，於是我就著手組織，
徵求同好。我的父親給我們起了一個名字，曰：『清華戲墨社』。大字，小
楷，同時並進。包世臣的《藝舟雙楫》，康有為的《廣藝舟雙楫》成了我的
手邊常備的參考書。」[4]由此可知青年梁實秋的齋名「戲墨齋」，脫胎於一
個小小的書法團體「清華戲墨社」。本篇就是他當時學習書法的一些體會。
其中的書學見解當然不是一個中學生的創見，而是清中葉以來近世書壇的
主流意見。按，有清書學，至阮元南北書派之論出，揚北抑南、尊碑貶帖
的趨勢開始形成。從包世臣的《藝舟雙楫》到康有為的《廣藝舟雙楫》之
不斷的發揮，這種主張幾不可移，民國初年仍然如此。然而西風東漸，尤

[4]參見梁實秋〈清華八年〉，《梁實秋散文》第一集，中國廣播電視出版社，1989年，頁227～228。

其是新文化運動的突起，使古老的書法藝術受到了前所未有的衝擊。在激進的新文化論者如錢玄同的眼中，「中國文字，斷非新時代所適用」[5]，因而他主張廢除漢文，改用更為合乎「進步」理想的世界共同語「愛死不難讀」（Esperanto）。既然連漢字都被視為必欲廢除的落後之物，則漢字特有的書法之藝術的地位也就不可避免地遭到了根本的質疑。值得注意的倒是在這種情況下，居然有一位中學生站出來批評說：「近數年來，學子兢兢於西學，而所謂書法者，殆無問津者焉。嗚呼謬矣。」並如此呼籲：「我國字學，美術之一也。文明日昌，美術豈有荒廢之理。」這頗有一點初生牛犢不怕虎的勁頭。另按，本篇有「余初黃怪其言之無據」一句，但近世書壇似無「余初黃」其人，或許「黃」乃「甚」之誤排，倘如此，則「余初甚怪其言之無據」之「余」即梁氏自指，下文「近博覽周石鼓、漢分碑，再間臨真書，果見有篆分之意」即承上省去主語。不過，以為「黃」當作「甚」只是我的推測，並無版本上的根據，並且我的書法知識有限，也不敢保證說近世書壇就一定沒有「余初黃」其人。至於末句「實指則筆與□連為一氣矣」，中間□處顯然漏排了一字，參考同篇中另一句「指實則全身精力畢集毫端」，則末句漏排的可能是「身」字。

　　在「戲墨齋」中舞文弄墨的梁實秋，還寫過這樣一篇有趣的文章——

驅蚊檄

維年月日，帳中主人，率揮塵〔麈？〕客、驚鴻君，移檄告汝蚊之靈曰：主人心存忠厚，性實愛生。么〔幺〕麼小蟲，從不深究；冷血動物，當從矜宥。彼如獻媚乞憐，逞蠅營之慣技，橫行無忌，恃蠹賊之微能——念汝醜類，忝〔恬〕不知恥！細腰而長喙，晝伏而夜出，孑然一身，蜉蝣同命，逍遙乎帳中，何預乃公，嬉遊乎席側，未肯驅若。不意雷鳴群聚，霧集紛飛，蝴蝶之夢正酣，蜂蠆之毒乃見。人為魚肉，汝為

[5] 參見〈錢玄同致曹履恭〉，《新青年》第 4 卷第 2 號，1918 年 2 月 15 日。

虎狼。任人痛癢，恣爾貪婪。呀呀而來，【嘍】喝而去。長此以往，人何以堪！嗚呼，蚊耶蚊耶，汝無知耶？蚊耶蚊耶，汝無靈耶？豈不知人為萬物之靈，而自來送死耶？抑與我三生有隙，故來擾我清夢耶？我為汝計：甘露滿天，香花在樹，汝腹極小，一飽易求，胡為乎肆此宵征——張其利嘴，詡負山之力，種露筋之仇？吾人勞苦，日有百為，倦極酣眠，何預于汝，而汝吸其血，食其肉——當自謂此間樂矣？老夫之肉，其足食乎？汝宜覓地他適，毋擾乃公！三日之內，毋留只影。三日不能至五日，五日不能至七日，七日不能，是終不肯徙也！主人將燎塞北之草，爐嶺南之枝，燖秦州之涸，為西洋之涯，碎汝腦，粉汝骨，斷汝形，解汝肢，罄汝噍類而無遺。其無悔！

本篇收錄在「雜俎」門的「諧鐸」類中。顯然，這是對韓愈〈告鱷魚文〉[6]的模仿，連韓文中「三日不能至五日，五日不能至七日，七日不能，是終不肯徙也」的文句都直接搬用過來了。在過去，通過模擬經典作品來學習作文，是常用的方法[7]，所以這在過去是視為正當、不足為病的。事實上，在過去人們並不掩飾自己對經典的模擬，如《癸亥級刊》上刊在〈驅蚊檄〉前邊的〈滑稽先生傳〉（戴修驛作），就在題下逕直標明是「仿〈五柳先生傳〉」。我們當然不必拿一個 18 歲的學生的習作來與作文老手韓愈比高下，但二文也確有一些區別：韓文是散體，梁文近騈體；韓愈身為刺史，打著為民請命的旗號，來頭不小，口氣很大，梁實秋不過一個學生，只為不勝蚊子之擾而作文驅之，屬於遊戲文章，所以其文筆極盡詼諧之能事——對小小蚊子軟硬兼施、正告與哀求並用，而且自稱為蚊子的「乃公」——讀來讓人忍俊不禁。自然，年輕的作者駕馭騈偶文體難免吃力，文氣的轉折時有照應不周處，所以點讀起來讓人有些顧此失彼。最明顯的

---

[6]韓集及其選本一般作〈鱷魚文〉，而據姚範說，韓氏此文篇首有「告之」云云，當題作〈告鱷魚文〉，此從姚說。

[7]韓愈的〈告鱷魚文〉就是模仿司馬相如〈喻巴蜀檄〉的。

就是「彼如獻媚乞憐，逞蠅營之慣技，橫行無忌，恃螂賊之微能」後語義未完，也可以說這一句是多餘的，沒有它，則「當從矜宥」後直接說「念汝醜類」如何如何，然後又「不意」怎樣怎樣，正合駢文的對應句式。但其間卻跑出「彼如獻媚乞憐，逞蠅營之慣技，橫行無忌，恃螂賊之微能」，其語義未完，語氣收不住，不把「念汝醜類，忝〔恬〕不知恥！」拉上來，「彼如」云云就成了半截子話了。所以我才不得不拉扯上「念汝醜類，忝〔恬〕不知恥！」，並且在其前後加了一個「——」和「！」，使其勉強成句。但這樣照顧了上邊，又影響了下一句的完整。如此上下為難，現在的標點只是兩害相權取其輕耳，未必妥當的，僅供參考。另按，本篇開首「率揮塵客、驚鴻君」一句中的「塵」似應作「塵」，可能因為形近而誤排；所謂「揮塵客、驚鴻君」，大概是驅蚊、揮塵、搧風之具如傳統的塵尾、羽扇之類物事的擬人化。這種擬人化的想像方式，自《莊子》、漢賦直至韓愈的文章中，類皆有之，如韓文《毛穎傳》即是——《毛穎傳》在擬人化想像方式和詼諧筆調上，可能也啟發了梁實秋的這篇《驅蚊檄》。

此外，在《癸亥級刊》中還有梁實秋寫的八條補白文字。該刊目錄上列有「補白十則」，但未見細目，所以這八條補白文字「隱藏」在《癸亥級刊》中[8]，不大容易發現——我以前只偶然翻到兩條，直至前幾天為寫這篇小文而去複核時才發現了其他六條。從文體上看，這些補白文字近乎傳統的「筆記」，所以現在統名之曰〈筆記八則〉，並按照刊載的順序為之統一排序，錄呈如次。

筆記八則

一、學生妙語

> 有人問一小學學生曰：「汝校課程若何？」答曰：「英國歷代地圖。」問者茫然。學生曰：「英文、國文、歷史、代數、地理、圖畫也。」

---

[8]其餘二條是李迪俊寫的〈滌鏡謎話〉和吳景超寫的〈苦樂不均〉。

二、或問

或問：「嬰孩落地即哭，何也？」或答之曰：「人生與憂患俱來，安得不哭？」

三、名言

希臘大儒蘇格拉底有言曰：「天賦吾人一口、兩耳、兩目，蓋欲吾人多聞、多見而少言語也。」此語雖近詼諧，而有至理。

四、錢牧齋之門聯

錢牧齋於明季嘗自書門聯云：「君恩深似海，臣節重如山。」鼎革後尚未除去。好事者於每聯下加一字：「君恩深似海矣，臣節重如山乎。」錢見之大慚。

五、「南無」、「子曰」

畢秋帆嘗遇一僧，問曰：「汝日日讀經，知一部經中，有多少『南無』否？」僧曰：「先生日日讀《論語》，知一部《論語》有多少『子曰』否？」畢不能答。

六、嘲麻子

或集《四書》句嘲麻子：「雲卒然見於面，日月星辰繫焉。」聞者絕倒。此語與「不是君容生得好，老天何故亂加圈」又有別矣。

七、某塾師

歲暮，某塾師望東家明年復聘。因問其徒曰：「《四書》中『先生』嘗幾見？」徒不能對，歸問諸父。父明師意所指，因教之云云。明日又問，徒以「十見」對。令數之。乃曰：「『先生以仁義說秦楚之王，』『先生之志則大矣；』『先生以利說秦楚之王，』『先生之號則不可；』『從先生者

七十人，』『見其與先生並行也，』『有酒食，先生饌。』『待先生如此其
忠且敬也，』『先生何為出此言也？』『先生將何也？』」師聞之，嗒然若
失。

八、江艮廷〔庭〕

蘇州江艮廷〔庭〕，精於小學。書藥方，必書篆字。藥肆人多不識。江怒
曰：「不識篆字，便欲開藥店耶？」其偏僻如此。

這八條筆記既有對生活的直接觀感，也有得自書本的逸聞趣談。這表
明年輕的梁實秋是個注意觀察生活的人，並且養成了良好的讀書習慣。他
所札記的名言逸聞，大抵都有所本。自然，也難免個別的筆誤，如江艮廷
似應作江艮庭，即清代經學家、小學家江聲（1721～1799）。江聲號艮庭，
取《周易》「艮背」之義，他是江蘇元和（今江蘇吳縣）人，師事惠棟，宗
漢儒經說，好《說文解字》，據說他寫信皆篆書，生平不作楷書，其為人的
「偏執孤僻」是出了名的，與梁實秋所記正合。第七則雜集《論語》、《孟
子》語句，即成諷刺，構思頗為慧黠。

詼諧之後：關於《雅舍小品》及「知性散文」的一點感想

從上述詼諧的文字中，大體可以看出梁實秋當年的興趣與性格：喜歡
讀書與寫作、注意觀察和思考，不人云亦云，性格開朗而詼諧。這些品格
在他成年之後得以保持和發展。1960 年代，梁實秋在其長文《清華八年》
中曾詳盡地回憶了他在水木清華度過的青春歲月，深情款款，及於草木，
卻一字未提他的這些少作。這不難理解，晚年的梁先生已著作等身，被尊
為文壇祭酒，在他的眼中，青少年時期的習作自然不算什麼了。我們今天
知道了這些，當然有助於認識他的成長，但也不必誇大它們的文學價值。
應該說，梁先生對中國新文學真正重要的貢獻，是在這些少作多年之後，
那才是我們應該關注和研究的重點。

那貢獻之一就是他自 1940 年以後不斷推出的《雅舍小品》。

《雅舍小品》確是中國現代散文中難得的精品，它們始作於艱難的抗戰歲月裡，在看似無關宏旨的風趣漫談中，傳達出對於生活本身的豐富情報和富有同情的理解，這不正是一個民族的氣度和力量的表現麼？就現代散文的發展而言，《雅舍小品》的出現可以說是一個標誌性的重要事件——它標誌著獨具一格的「知性散文」在現代中國文壇的成功崛起。

在最近所寫的一篇讀書札記中，我簡單追溯了「知性散文」在現代中國的發展軌跡——

在「五四」文學革命時期產生了兩個公認的現代散文類型，一是批判性的隨感錄即雜文的前身，一是藝術性的美文，又稱隨筆或小品。而後者按周作人所說，「這裡邊又可以分出敘事與抒情，但也很多兩者夾雜的。這類美文似乎在英語國家裡最為發達」（〈美文〉，1921 年 6 月 18 日《晨報》）。但其實不論在西方還是在「五四」前後的中國，富有藝術性的散文都不止於「敘事與抒情」。胡適在 1922 年即指出，「這幾年來，散文最可注意的發展乃是周作人等提倡的『小品散文』。這一類的作品，用平淡的談話，包含著深刻的意味；有時很像笨拙，其實卻是滑稽。」（〈五十年來中國之文學〉，《胡適學術文集・新文學運動》，1993 年，中華書局，頁 160）所謂「用平淡的談話，包含著深刻的意味」就不是「敘事與抒情」的風格，而顯然更富知性，周氏兄弟的某些既非雜文又非抒情與敘事的散文，就是以親切的人生漫談而彰顯出這種風格的，風格近似的還有梁遇春的《春醪集》和朱光潛的《給青年的十二封信》等。但在當時和此後相當一段時間，這類散文的獨特風格卻一直沒有得到確認和獨立的發展。1930 年代的散文除了新增加的報告文學外，以戰鬥的雜文和抒情的以及幽默的小品為主要取向，而知性的人生——人文漫談甚為少見，只有溫源寧以英文撰寫而被譯成中文的《不夠知己》聊備一格。直至 1940 年代，這類散文才獲得了顯著的發展，就中頗為傑出的便是梁實

秋的《雅舍小品》、錢鍾書的《寫在人生邊上》、馮至的《決斷》、《認真》諸文以及李霽野的《給少男少女》等。他們都形成了各自的風格。梁實秋漫談人情世態，簡勁通脫；馮至分析實存狀態，嚴肅深沉；錢鍾書俯察人生諸相，機智超邁；李霽野指點人生迷津，風趣通達：凡此皆卓然不群，獨步一時，並且都保有文章之美而不陷人於理障。

這些別具一格的散文在近年已經引起了人們的關注，但關於它們「別具一格」的所在迄今仍然含糊不明。有人注意到此類散文中的智慧、學問和書卷氣，並追索到其作者從而稱之為「學者散文」。這誠然於此類散文的獨特品性有所感知，但距離準確的定性似乎尚有一間未達。竊以為稱之為「知性散文」或許更為切當些。所謂「知性」，當然有相對於理性和感性而言之意，但在此我無意強調它的哲學意義如老黑格爾所言。其實我所說的「知性」，乃指融會在此類散文中的一種不離經驗而又深化了經驗的感受力、理解力，因為它既不同於理論論述的理性化、抒情敘事的感性化，甚至與激情意氣有餘而常常欠缺理性的節制及「有同情的理解」的論戰性雜文也迥然有別，所以姑且借用現代詩學中的知性來指稱它。如果說雜文著重表現的是批判性的激情和社會意識，抒情敘事散文著重表現的是感性的經驗與情感而且一切常被「詩化」了，那麼知性散文表達的則是經過反省和玩味、獲得理解和深化的人生經驗與生命體驗。正因為所表達的不離經驗和體驗，所以知性散文仍保持著生動可感的魅力，又因為所表達的經驗與體驗業已經過了作者的反覆玩味和深化開掘，所以知性散文往往富有思想的魅力或智慧的風度。誠然，寫作這類散文的多是學者型的作家，知性散文其實就是他們所「歷」、所「閱」與所「思」的藝術結晶。做為生活的有心人，他們當然也不乏直接的生活經驗並且注意觀察人生，但較之一般散文家，他們從廣泛閱讀所得的間接經驗及其人文素養無疑更為豐厚，而由此養成的對人生、人性、人情以至於歷史與風俗等等的理解力和分析能力，也較其他散文家更為健全些或者深刻些。此所以在他們的散文中不僅多了一般散文所沒有的博

雅之知與濃厚的書卷氣，而且對人生較少執一不通的偏見，而更富於有
同情的理解與豁達的態度。或許正以為如此，知性散文往往以富於開闊
而且開明的人文主義心態見長。

知性散文在 1940 年代的顯著崛起是一件頗有意義的事情：它有力地矯正
了被雜文的刻薄褊急、抒情散文的感傷煽情和幽默小品的輕薄玩世所左
右了的 1930 年代文風，恢復了中外散文藝術之純正博雅的傳統，不僅拓
展了中國現代散文的天地，而且為之注入了開闊而且開明的人文精神。
那精神在周氏兄弟 1920 年代的散文中曾經出現過，可惜在 1930 年代幾
乎失傳了。

古語云：「世事通明皆學問，人情練達即文章」，說的大概就是這類既富
人生智慧又有人情味的好「文章」吧。

　　我得老實承認，當我寫下這點感想、生造出「知性散文」這個概念的
時候，我首先想到的並引為典型的便是《雅舍小品》。

——原載《新文學史料》2005 年第 2 期

——選自解志熙《摩登與現代——中國現代文學的實存分析》
北京：清華大學出版社，2006 年 11 月

談《雅舍小品》與明清小品文的內在精神聯繫

◎賈蕾*

　　鍾敬文先生曾考證，「小品」一詞出於佛教對佛經略本的稱呼，後來演變為一種文學術語。在中國現代文學中，小品文充分融合了古代傳統小品文和英美 Essay、Sketch 的優勢，在現代和古典之間創造出很多為後人所稱頌的篇章。伴隨著現代小品文的發展，茅盾、周作人、朱自清、鍾敬文等很多著名作家，學習對小品文的源流和寫作經驗進行過詳細的考證和說明。雖然隨著中國現代社會的變化，文藝家們對小品文的描寫對象和感情基調產生過不同的認識，但也形成了一定的共識。大部分學者認為，從傳統文學的角度看，從先秦散文到清中葉的桐城派作品中都可以看到小品文的身影，而從西方文學的角度看，中國現代小品文則受英國 18 至 19 世紀的隨筆影響很大。筆者認為，如果側重文學的本身藝術特質，現代小品文發揮了傳統小品與西方的 Essay、Sketch 在這文體上的共同點：使讀者「能夠從兩個具有美好的性格的作者眼睛裡去看一看人生」[1]（梁遇春語）。而這句話用來評價梁實秋的小品文是非常恰當的。近年來，這位中國現代小品文大家的創作不僅在圖書市場獲得了越來越多的讀者，也在文學評論界獲得了越來越多的關注。雖然他在文學史上的地位還存在爭議，但他自成一派的風格的確是現代小品文一種類型的代表，他的小品文對中國現代文學史的貢獻已經越來越多被人所認可。與其他的現代作家一樣，他的小品

---

*發表文章時為北京語言大學比較文學研究所講師，現為北京語言大學比較文學研究所副教授。
[1]梁遇春〈《小品文選》序〉，李寧遠編《小品文藝術談》，北京：中國廣播電視出版社，1990 年 10
　月，頁 42。

文在社會層面和文藝層面融入了很多現代性因素，但與其他小品文作家不同的是，他的小品文中更多隱含著與中國傳統小品文特別是明清小品文的內在聯繫。雖然梁實秋飽受西學薰陶，但本性仍然是傳統文化培養出來的文人儒士，明清小品中體現出的中國傳統知識分子的典型心態，在梁實秋的小品中留下深深的印記，他的小品文與明清小品文相比，在文化境界和文化心態上既有所繼承又有所超越，是中國傳統小品文在現代文學中的發展標誌。

一、俗雅之間：市民文化的肯定與反省

　　早期傳統文學意境和文學情調局限在狹窄的文人話語中，傳統士大夫的審美文化意味著格調高雅的對酒當歌，吟風弄月，借古人幽思發自己未籌之壯志。直到明代，市井俗人的生活才真正引起士大夫階層的注意，並作為文學素材頻繁出現在小說和小品文等文學形式中。從社會發展看，隨著商業經濟的發軔和市民意識的凸現，重農抑商的社會價值觀念開始發生變化，固守傳統審美趣味的文人墨客不僅開始認可豐富多彩的市民生活，也試圖在這種生活中追求精神文化的享受。從晚明開始，小品文中出現了大量對市民生活的描寫。張岱在他的〈西湖七月半〉、〈虎丘中秋夜〉、〈揚州清明〉、〈紹興燈景〉等最能表現文人幽情雅趣的山水小品中以細膩的筆墨描寫了民情民俗，自然的湖光山色與社會生活百態的描寫融為一體，使單純的山水景色具有了醇厚的人文意味，他的代表作《陶庵夢憶》涉及了晚明社會的方方面面。在明代的清言、笑話等小品中，更具濃重的市井色彩。趙南星的《笑贊》、馮夢龍的《笑府》、陳眉公的《時興筆話》、鍾惺的《諧叢》，都兼有雅俗兩種審美情趣，不僅有文人的雅趣戲謔，還有普通市民的機智和幽默。明清之際的商業發達造就了社會價值觀念大改變，伴隨著對市民文化認同而來的，是在平民立場上張揚人性，抒發人情，這對中國傳統小品的發展來說是一個重要的進步，《項脊軒志》對故人往事的懷念抒發了普通民眾的情感，毫無士大夫氣息；《影梅軒憶語》中以家庭瑣事表

達對一個妻子的深情懷念；《閑情偶寄》談論的是飲食、戲曲、婦女的儀容；晚明的〈趙士杰半夜打差別〉（《笑贊》）中開始抨擊男女不平等現象。這是明清小品文帶有豐富的市民文化氣息的又一表現，周作人甚至說不難從其中感受到現代的人性解放的氣息。

　　相對而言，融入了西方文明因素而又保留著古老中國氣息的中國現代社會的市民文化自然比明清時期的市民文化更加豐富多姿，文學家也比明清小品文的作者更關懷普通的人生。翻開梁實秋的小品文，比比皆是世俗社會中平凡普通的人事物相，其間透露著梁實秋對人性、人情的洞察和領會。〈雅舍談吃〉歷數北平的各種令人垂涎的民間風味小吃，整部作品是一部北京老百姓的飲食風俗畫。在《雅舍散文》中的〈婚禮〉從上古的婚俗談到民國的婚俗，又饒有興致地談起時下流行的西洋婚俗，最後一直把筆端伸到美國的南卡來羅那州，而自己對婚禮的意見只是在文尾一筆帶過。〈洋罪〉諷刺了現代中國市民中對西方文化的媚俗態度，結果「有趣往往變成爲肉麻」[2]。這種以優雅的筆調描述大量事實，無一諷刺而情僞畢露，僅在文末點評的手法，與傳統小品文文筆頗爲相似。〈記西湖詩人養病〉諷刺文人的矯情，〈繡衣記〉、〈笑話〉以文白夾雜，頗帶戲謔的口吻講述在市民階層中廣泛流傳的小故事。在梁實秋的諸篇回憶性文章如〈秋室雜記〉、〈槐園夢憶〉彌漫著濃郁的人情味，沒有什麼豪言壯語，只是在細碎平常的事情中使讀者體會作者的情感起伏，他繼承了明清小品文中對人情人性的洞察，並用文白夾雜的語言帶給讀者細膩而新穎的閱讀享受。

　　明清小品文對市民文化的描寫，出於發自內心的認同與激賞，而梁實秋通過市民文化表達的內容則很複雜。有時，梁實秋借描寫市民生活抒發自己對故鄉的懷念，他寫於 1940 年代後回憶性的小品中總帶著淡淡的鄉愁，對北京小吃的回憶，對故人舊知的思念，無不體現了「疲馬思故秣」的情懷。他在〈再談〈中國吃〉〉中說，自己不是想表現什麼驕奢的生活做

---

[2]梁實秋，〈洋罪〉，《梁實秋文集》第 2 卷，廈門：鷺江出版社，2002 年 12 月，頁 228。

派，而是讀了別人的文章，勾起自己的鄉愁才寫了關於中國吃的東西。在北京長大的梁實秋愛古老的中國，欣賞它傳統的美食，溫潤的氣候，敦厚的禮節，欣賞這種文化陶冶出來的翩翩君子和溫婉女性。但他也與大多數中國現代作家一樣，以西方文化的某些價值尺度為座標不時對中國傳統的弊病醜態進行描繪和諷刺，他筆下的市民生活也揭示中國人身上的許多頑劣之處。美食固然誘人，但把筷子在口中吮過再去夾菜實在可惡，大師傅的打扮也令人望而卻步。溫柔敦厚是美德，但你推我搡的讓座卻讓人看不慣。〈雅人雅事〉寫中國人在名勝之處題詩留名的惡習。「請你環遊全球的風景所在，然後再回到我們中國來，較比較比看，什麼地方壁上題詩最多。」[3]在〈讓座的慘劇〉中傳統的男尊女卑居然在一個普通的公車座位上也表現得如此明顯，作者不禁嘆到：「除非有一天，男女真的平等了……。」[4]他 1960 年代曾戲仿金聖嘆的〈三十三不亦快哉〉，寫就〈不亦快哉〉一文。兩文都是寫生活感受，具有濃厚的市井色彩，金文在描寫市井風俗背後是傳統文人崇尚自由，不拘禮法的個性表現，而梁文的〈不亦快哉〉則是對市民庸俗生活方式和自私自利的辛辣諷刺，活畫出中國人缺少公德心，貪圖一己之便的一面：

> 通天大道，十字路口，不許人行。行人必須上天橋，下地道，豈有此理！豪傑之士不理會這一套，直入虎口，左躲右閃，居然達不來梅多達彼岸，回頭一看，天橋上黑壓壓人群尤在蠕動，路邊警察掘指大罵，暴跳如雷，而無可奈何我何。這時節領首示意報以微笑，豈不快哉！[5]

明清小品不過是帶有一定人情色彩，懷抱儒家倫理，希圖勵精圖治的士大夫們欣賞市民的生活情趣卻難以超越傳統賦予的原始的審美文化和社

---

[3] 梁實秋，〈雅人雅事〉，《梁實秋文集》第 2 卷，頁 17。
[4] 梁實秋，〈讓座的慘劇〉，《梁實秋文集》第 2 卷，頁 184。
[5] 梁實秋，〈不亦快哉〉，《梁實秋文集》第 3 卷，頁 349。

會文化因素。而現代文學家們潛入社會的深處體味普通人的喜怒哀樂，卻又不時把這種價值取向與西方文化相比照，真正發現個體的人的同時也發現了中國傳統人格的弊病。遊歐多年的梁實秋身上也打上了西方文化的印記。梁實秋 1920 至 1930 年代這類諷刺小品很多，對國民的頑劣性格的抨擊貫穿了他小品文創作的始終，但他文白夾雜的筆法和從容不迫的風格，使他這種對市民文化的批評和反省自成一家，不失傳統小品文的機趣。

二、窮達之辨：文化心態的認同與超越

正如大多數中國現代知識分子的命運那樣，梁實秋的一生是複雜坎坷的。少年時期才華畢現，就讀於清華繼而留學歐洲，投身《新月》後，希望以一位建設者的姿態參與中國現代文學的發展，卻因為和魯迅的爭執被新文學文壇的領袖們斥之門外。抗戰來臨，因為在發表對當時文學創作看法時被斷章取義為「抗戰無關論」，橫遭非議。赴臺以後，仍以教書賣文為生，不問政事，未失讀書人的本分。他的小品文不但集中體現在他的作品集《雅舍小品》（四集）、《罵人的藝術》、《秋室雜憶》、《秋室雜文》、《雅舍談吃》、《雅舍小品續集》、《實秋雜文》、《西雅圖雜記》中，實際上在他後期創作的《槐園夢憶》、《談徐志摩》、《談聞一多》、《看雲集》等懷念故人的作品中，現代文人的俏皮可愛（徐志摩夜入人室，欲驚他人反被人驚嚇）、中國知識分子的艱難處境（聞一多刻字求生）中也時時閃爍著從容蒼涼的睿智與意趣。正如我們提及明清小品，總是會提到沈復的《浮生六記》，歸有光的《項脊軒志》，李漁的《閑情偶寄》，把這些作品中的某些篇章看成優秀的古代小品文一樣，而梁實秋的長文中許多篇章也可看做是優秀的現代小品文。梁實秋的文筆也如前者那樣，總是不慍不火，徐徐道來，娓娓動聽，機趣天成而充滿平和沖淡之氣，貫穿其間的，是中國知識分子處窮達之變而怡然自得的文化心態。梁實秋是被中國現代文學發展史上的主導潮流拒之門外的著者，但他的散文又恰是對中國現代文學卓越的貢獻，朱光潛在《雅舍小品》首次出版之後，就斷言《雅舍小品》對中國

文學的貢獻將遠在「莎士比亞全集」之上。明清小品文不僅影響到梁實秋的散文對市民文化的關照，在更深的層面上，它對梁實秋文化心態的形成起到重要作用。

儒道互補的思想是中國傳統文化的重要組成部分，中國古典文學深受其影響，在中國傳統文學的根基上生發出的明清小品文亦不例外。明中期以後，資本主義因素的萌芽和市民文化的興起並沒有取得主流文化意識的地位，八股文取士科舉制度仍然是大多數文人顯親揚名、成就自我價值的唯一道路。萬曆至崇禎年間正是明王朝統治愈加黑暗和民族矛盾日益激化的時期，小品文在此際恰盛極一時，並大多呈現出一派溫婉閒適的情調，反映民生凋敝、社會黑暗的作品並不多，給人大廈將傾而安之若素的感覺。至於清代的小品文作家金聖嘆、李漁等更是不滿社會而游於其外，多談市井俗事，其內容往往為權力話語的掌握者所不齒。儒家文化積極的人世態度在明清小品中所見不多，這種寄情山水，忘情於物外的生活態度，頗有魏晉遺風。晚明小品代表作者張岱，生於變亂之際，明亡後仍然在津津樂道聲色玩樂，他在《陶庵夢憶》〈序〉中，道出其中的真情：「因嘆慧業文人，名心難化，正如邯鄲夢斷，漏盡鐘鳴，盧生遺表，尤思摹拓二王，以流傳後世，則其名根一點，堅如佛家舍利，劫火猛烈，尤燒之不惜也。」[6]由此可見，這位著名的小品文的作者深受儒家「窮則獨善其身，達則兼善天下」的思想的薰染，面對理想社會的遠逝，從山水美景和市井生活中尋求痛苦心靈的慰藉。如果說在魏晉時期，不願同流合污的知識分子通過寄情莊禪思想保持自己的名節，那麼明清之際，特別是晚明時期小品文作家們通過在世俗生活中尋找生命的樂趣遠離渾濁的年代，傳統的儒道互補思想在明末清初以其獨特的表現方式出現在小品文中。難怪施蟄存在《晚明小品二十家》序中把他們稱為正統文化的叛徒。

梁實秋以新文學的一名建設者和開墾者的身分進入現代文壇，就讀清

[6]張岱，〈夢憶序〉，《張岱詩文集》，上海古籍出版社，1991年，頁111。

華時就創辦「清華文學社叢書」，遊學國外時在顛簸的客船上和冰心等作家創辦「海嘯」壁報，每日撰稿，積攢後寄回國內發表，表達出強烈的思鄉情懷。回國後梁實秋滿懷對新文學的熱情著書立說，寫下了《浪漫的與古典的》、《文學的紀律》、《文藝批評論》等著名的文藝理論篇章，以自己信奉新人文主義思想爲根基，介紹西方文藝思潮，發表自己對於中國現代文藝趨勢的看法。梁實秋自己也沒有想到，20 世紀 1930 年代，他因爲在文學藝術的爭論中堅持「人性論」觀點成爲左翼作家的眾矢之的。八年抗戰，梁實秋與大部分知識分子一樣輾轉後方，顛沛流離、貧病交加，生活窮困而窘迫。他不願與任何政治組織合作，也不滿當權者的執政作爲，因爲「抗戰無關論」在有生之年被永遠排斥在文壇主流之外。這種種經歷，正是梁實秋索性作起被稱爲「小擺設」的小品文來而一發不可收的真正動機。梁實秋生性耿直，晚年更少過問政事，在文藝觀上卻還保持著關於文學是表現「永久的人性」的看法，仍然認爲喪失了藝術特徵的所謂「文學」是經不起時間和藝術的考驗的。這也註定了他永遠處於政壇和文壇的邊緣，「報國有心投效無門」，只有在小品文的寫作中保持一種自在自得，固守一個知識分子的本分。

　　明清小品的作者，大部分是游離於社會權力話語和主流文化之外的人，梁實秋也同樣游離在現代文學發展的主流之外。他們有同樣的文化心態：無法實現自己心中理想的社會秩序和文學秩序，而不願意喪失文人的獨立個性，於是選擇另一種文學形式表現自己的文學理想。梁實秋的文學選擇與明清小品文大家的文學選擇一樣，由迫不得已選擇獨抒性靈的小品寫作而始，到認同這種邊緣的文化身分，並由此得到抒發個性的獨特天地而終，而釋然。梁實秋在他最早的小品集《罵人的藝術》中，說「這集裡面沒有文學，沒有藝術，也沒有同情，也沒有愛，更沒有美。裡面有的，只是閒話，……我恐怕讀者尋不到他所要的東西，所以預先聲明在此，免

得誤購後悔。」[7]對當時文壇不滿而又無奈的心情可以看出了。《雅舍小品》的開篇之作〈雅舍〉記敘了抗戰期間重慶郊外北碚一所多不蔽風，夏難抵雨的陋室，但他卻在附近的景致中感受到恬然、親切、安謐的情致。另一篇〈平山堂紀〉更是苦中作樂：平山堂擁擠逼仄，然而「房屋本應充分利用，若平山堂者，可謂毫無遺憾」[8]；人聲嘈雜是「奇趣」。〈職業〉中教育工作者清貧「吃不飽，餓不死」，落到被人奚落的地步，但教書育人的工作卻仍有可戀之處：「上課的時間少，空餘的時間多，應付人事的麻煩的時間少，讀書進修的時間多。」[9]這種隨遇而安、恬淡從容的生活方式正是中國傳統文人追求的。在隨遇而安、雅致閒適的人生情調的背後，往往有隻言片語感嘆出人生的苦澀。「雅舍」雖然可人，僅是作者在窮困之中的寄居之處而已，但「天地者萬物之逆旅」[10]，人生本來如寄，「似家似寄」是作者當時困頓漂泊的寫照，也多少隱含了做為一名邊緣話語者悵惘的心態。

　　梁實秋繼承了明清小品的餘緒，以精練生動，委婉明麗的文筆描寫市井民風和世態人情，但其體悟和表現與明清小品又存在差別。明清文人以一種士人的身分對平民生活進行俯視，梁實秋對古都風物的描繪，對市民文化的批評，則是把自己切實地融入其中。所以他講老中國人的吃穿用度時帶有濃厚的人情味，他對市民不良意識的批評也是善意的。〈雅舍談吃〉中不只是談菜肴的製作和口味，更有各種小故事，小情節穿插期間，有古人對食物的品評之雅，也有食客和堂倌令人捧腹的對話之俗趣。明清小品作者的市井雅趣裡不見民眾的艱辛，梁實秋則對平民的艱苦生活充滿了同情。在〈北平的冬天〉裡梁實秋說：「煤黑子實在很辛苦，好像大家並不寄予多少同情。」文筆充滿了對製煤工人辛苦工作一天還要被人嘲笑的不平。那些窮苦百姓在冬天「哪一個不是衣裳單薄，在寒風裡打顫，在北平

---

[7]梁實秋，〈《罵人的藝術》自序〉，《梁實秋文集》第2卷，頁3。
[8]梁實秋，〈平山堂記〉，《梁實秋文集》第2卷，頁361。
[9]梁實秋，〈洋罪〉，《梁實秋文集》第5卷，頁313。
[10]梁實秋，〈雅舍〉，《梁實秋文集》第2卷，頁208。

的冬天，一眼望出去，幾乎到處是蕭瑟貧寒的景色⋯⋯。北平是大地方，⋯⋯但也是朱門酒肉臭，路有凍死骨的地方。」[11]這是身在其中的對百姓的憐恤，這種文章凸顯出強烈的平民意識，顯然是五四後的西方啓蒙主義思潮的影響。梁實秋雖然繼承了傳統文人窮達的處世態度，在窮愁之中表現出達觀和超然，但他畢竟是深受西方文化薰陶的現代中國知識分子，所以他筆下的超然，不僅帶有「獨善其身」的意味，也帶有西方的紳士風度，這與他受到白璧德新人文主義的影響，有西方古典主義的保守傾向有關，在小品文中凸出表現爲運用幽默，這是與中國傳統小品文在表現手法上最大的不同。

——選自高旭東編《梁實秋與中西文化》

北京：中華書局，2007 年 1 月

---

[11] 梁實秋，〈北平的冬天〉，《梁實秋文集》第 5 卷，頁 339。

探索人性的藝術
論梁實秋《雅舍小品》

◎陳信元[*]

　　1986 年 11 月，季季在一篇訪問稿〈古典頭腦‧浪漫心腸〉中，將梁實秋的文學志業分成翻譯、散文、編字典、編教科書四種。後來，余光中在〈金燦燦的秋收〉文中補上了文學批評、學術研究和教育。1996 年上海學者陳子善編就《雅舍小說和詩》，將梁實秋留有五四印記的一批少作「強行出土」，還冠上 1940 年代才存在的「雅舍」桂冠，地下的「豹隱」詩人（聞一多所封）若有知，不知作何感想？

1920 年代的散文創作

　　梁實秋的散文創作始於 1920 年代初就讀清華學校時期。在《清華週刊》上發表的〈南遊雜感〉、〈清華的環境〉等篇，文筆清暢婉約，描寫細緻真切，已初露才華，但稍嫌淺白、散沓。正值青春年華的梁實秋，更熱中於新詩的創作，「那時正值白話詩盛行，白話就可以成詩……。寫一首白話情詩，寄給意中人，是無與倫比的心理滿足。」（〈豈有文章驚海內──答丘彥明女士問〉）他為程季淑寫下一系列令人心醉的情詩，與知己聞一多隔洋談詩論藝，更影響其早期詩風。聞一多曾積極催生梁實秋的詩集《荷花池畔》，不知何故，無疾而終。

*發表文章時為南華管理學院出版學研究所所長兼編譯中心主任，現為佛光大學文學系副教授。

《罵人的藝術》嶄露頭角

1927 年梁實秋執編上海《時事新報》「青光」副刊，寫了不少短篇文字，後來輯爲《罵人的藝術》，署名秋郎，由新月書店出版。梁實秋謙稱這些文章「只是『閒話』，『絮語』，『怨怒』，『譏諷』，『醜陋』，和各式各樣的『笑聲』。」但是，1928 年 5 月《新月》第 1 卷第 3 號卻給予高度的評價：「他的筆鋒，他的幽默，他的人生批評，卻早已替所謂小報界開了一個新紀元了。《罵人的藝術》雖是一集小品，但是它有它的大貢獻。」1935年，在北平加州學院中國分校的彼德思（William B. Pettus）博士曾加以英譯後寄交其友人在美出版，一年後由北平加州學院再版。1937 年和 1938年有二處雜誌轉載。1942 年由紐約 Typophiles 出版。

1974 年，侯健撰〈梁實秋與新月及其思想與主張〉，曾指出這些雜感文字，顯露了英國 18 世紀散文的特殊影響。1988 年，鄭明娳在《自由青年》第 701、702 期發表〈梁實秋散文概說〉，再度肯定《罵人的藝術》「善於把道理從反面或側面、高處或底層切入，再襯出正題，把道理折來疊去，詭譎而富有情趣，誠然是上乘的小品文。」

散文觀的形成

梁實秋的散文觀亦在 1928 年臻於成熟。在〈論散文〉中他認爲散文能「把作者的整個的性格纖毫畢現的表示出來，……文調的美純粹是作者的性格的流露。」他揭櫫散文最高的理想，不過是「簡單」二字而已，要懂得割愛，經過「選擇刪芟以後」，才能達到完美的狀態。他對散文的美有嚴謹的態度和堅持：

> 散文的美，不在乎你能寫出多少旁徵博引的故事穿插，亦不在多少典麗的辭句，而在能把心中的情思乾乾淨淨直截了當的表現出來。散文的美，美在適當。不肯割愛的人，在文章的大體上是要失敗的。

他還指出：散文的文調應該是活潑的，而不是堆砌的，必須保持相當的自然；用字用典要求其美，忌其僻。這種態度呼應了他在〈文學的紀律〉文中所提：「文學的活動是有紀律的，有標準的，有節制的」，它「以理性駕馭情感，以理性節制想像。」

寫於稍早的一篇書評〈華蓋集續編〉（署名徐丹甫），表面上雖是評魯迅的雜文，卻寄寓了他對幽默諷刺散文、文白夾雜及說反話（即英文的 Irony「反諷」）技巧的欣賞。這些看法也頗有些「夫子自道」的意味。魯迅的文章，一向是文白夾雜，梁實秋認為「用文言的地方最為雋永深刻」。其實，梁實秋 1940 年代「雅舍」系列散文也是「文白夾雜」，他曾在接受胡有瑞的訪問中回答說：「不僅我的文章是文白夾雜，我說話也是這樣的。」（〈春耕秋收〉）他視文白夾雜是自然發展，多次闡釋「文言文需要語體化，以求其明白易曉，而語體文亦需要沿用若干文言的詞句語法，以求其雅潔。」（季季〈古典頭腦・浪漫心腸〉）他也指出：要寫精緻一點的「白話文」需要借鏡「文言文」，從中學習中國文字之傳統的技巧。在他看來「文白夾雜不足為病」，「只要不是餖飣成篇故炫淵博」。（丘彥明〈豈有文章驚海內〉）

1940 年代創作《雅舍小品》

梁實秋真正飲譽於散文界，做為散文大家的歷史地位，卻遲至陸續寫出《雅舍小品》的 1940 年代才奠基。1938 年秋，梁實秋隨政府遷往重慶，應教育部次長張道藩之邀，負責中小學教科書編輯工作；12 月 1 日接編《中央日報》「平明」副刊，在〈編者的話〉中提出「於抗戰有關的材料，我們最為歡迎，但是與抗戰無關的材料，只要真實流暢，也是好的。」左翼作家羅蓀、張天翼、郭沫若、宋之的、姚蓬子等人，認為這些主張是鼓吹「抗戰無關論」，與當時提倡的「文章下鄉，文章入伍」的文藝觀也有所牴觸。梁實秋在回應羅蓀的文章中指出：人生中有許多材料可寫，而那些材料不必限於「與抗戰有關」的。譬如，在重慶住房子的問

題，像是與抗戰有關，卻也不盡然。他預告讀者：「不日我要寫一篇文字專寫這一件。」文學史家周錦認為：「梁實秋創作《雅舍小品》正是上述主張遭到批判之後所進行的『無言的抵抗。』」

《雅舍小品》初集 34 篇，寫於 1940 至 1947 年間，主要發表於劉英士主編的《星期評論》及《時與潮》副刊、《世紀評論》、《國風》、《益世報》「星期小品」等報刊上。開篇之作〈雅舍〉就顯示了個人風格，奠定了這一系列小品文的基調。他在文中雖然涉及抗戰時期的住房問題，卻能以灑脫的筆調、超然的情懷，把簡陋的生活當作藝術來享受，隨遇而安地玩味起箇中情趣。大陸評論家汪文頂就曾為文推崇道：「這裡，生活的體驗已昇華為審美的玩味，困苦的境遇已轉化為觀賞的對象，從中表現出來的是一種審美體味對實用功利的克服和超越，是一種隨緣賞玩、豁達自由的審美心態，是一種常人難以抵達的安時處順、優遊自得的人生境界，頗有劉禹錫〈陋室銘〉、蘇東坡〈超然臺記〉之風韻。」（〈春華秋實，圓熟雅致〉）從〈雅舍〉文中，還可以讀出梁實秋用一種自謔的幽默，以看似輕鬆而實則沉重的筆致，去尋求心理上的平衡和慰藉。他從幾個方面挖掘出「雅舍」之雅、之美，也將中國知識分子那種「清貧樂道」的精神面貌，以沾染著莊禪風味的氣息從「雅舍」中流瀉而出。

《雅舍小品》的主線──「人性的描寫」

「雅舍」系列小品有一條鮮明的主線──「人性的描寫」。1920 年代末，魯迅、梁實秋論戰的內容焦點，即圍繞「人性論」而開展。梁實秋認為：文學的國土是寬泛的，一個資本家和一個勞動者，雖然有不同的地方，但他們的人性並沒有兩樣，「他們都感到生老病死的無常，他們都有愛的要求，他們都有憐憫與恐怖的情緒，他們都有倫常的觀念，他們都企求身心的愉快，文學就是表現這最基本的人性的藝術。」（〈文學是有階級性的嗎？〉）在其他的文章中，他陸續表達了對「人性」的看法，如：人性是很複雜的；人性是固定不變的；它能夠超越時空的限制；普通的人性是一

切偉大作品之基礎，完全可以在一個固定的標準之下衡量起來。梁實秋留美期間師承白璧德的新人文主義，思想也從極端的浪漫主義，轉到多少接近於古典主義的立場，強調文藝的「嚴肅性」及與「倫理與藝術」的結合，提倡重理性、守紀律，從心所欲不踰矩的古典藝術美，而「人性的描寫」正是他追求古典藝術美的中心所在。

　　〈女人〉和〈男人〉是梁實秋對人性最直接的闡述。他專從人性的缺陷下筆，以幽默、誇張的口吻寫女人的說謊、善變、善哭、饒舌、膽小，但他也寫女人的靈巧、聰明、純真、忍耐等美德，觀察的細緻，夸飾手法恰到好處的運用，令讀者嘆服、莞爾。〈男人〉則描繪男人的一些劣性，如髒、懶、饞、自私、言不及義等，梁實秋還是用幽默、誇張的筆調來描述這些人性的缺陷，諷喻之中微含幾分寬厚。梁實秋在〈談幽默〉文中拈出一位幽默作家具備的條件，是要「別具隻眼，能看出人類行為之荒謬、矛盾、滑稽、虛偽、可哂之處，從而以犀利簡捷之方式一語點破。」「其人必定博學多識，而又悲天憫人，洞悉人情世故，自然的談唾珠璣，令人解頤。」從《雅舍小品》初集中，我們看到一位真正的幽默大師，在遣趣、惹人發笑之餘，「同時也會有所會心，話中有耐得咀嚼的智慧，此外還有博雅的知見」，使讀者獲得智慧。（司馬長風《中國新文學史》上冊）

對人性概括的掌握

　　〈第六倫〉是梁實秋探索抽象人性的嘗試。1933 年夏，他在大津《益世報》「文學週刊」發表〈雜感三則〉，第二則亦名為〈第六倫〉，文字較短，探討中國傳統的君臣、父子、夫婦、兄弟、朋友五種人際關係之外的「主僕」關係。主僕關係無疑是一種階級關係，比前五倫更難敦睦，無怪乎大陸撰寫《梁實秋傳》的魯西奇不免質疑：「要寫出他們的非階級關係，寫出他們的共同抽象的人性來，真是在刀鋒上赤腳行走。」其實，細讀全文，從梁實秋廣徵博引古今中外主僕關係，可知他關心的仍是人性的缺陷面，他描寫僕人的極端矛盾，如「蠢笨、狡猾」、「怯懦、大膽」、「服從、

反抗」、「不知足、安天命」，但言外之意則在針砭世態人情、社會風尚。試
看這一段文字：

> 僕人買菜賺錢，洗衣服偷肥皂，這時節主人要想，國家借款不是也有回
> 扣嗎？……僕人調笑謔浪，男女混雜，這時節主人要想，所謂上層社會
> 不也有的是桃色案件嗎？

這段文字放到現今社會來閱讀，仍十分貼切地反映此時此地人類共通
的劣根性，不因時間有所改善。梁實秋的《雅舍小品》之所以歷久而彌
新，每一代人都能咀嚼出不同的時代意義，應歸功於他對人性概括的掌
握。

〈握手〉、〈臉譜〉等篇則以辛辣犀利的筆鋒觸及到人性中最陰暗卑劣
的一面。經歷過對現實政治和官場的失望，在〈握手〉中，梁實秋用鄙夷
的筆觸寫出了達官貴人那副目空一切的傲慢嘴臉。在〈臉譜〉中最精彩的
是對官場上那種傲下媚上的「簾子臉」的譏諷，這段描寫將官場虛偽的人
際關係栩栩如生地呈現出來，頗能激起讀者的共鳴。

在《雅舍小品》中，梁實秋不僅淋漓盡致地描繪了人性百態，也極有
興味地摹寫了各種社會世相。〈孩子〉以調侃的口吻揭露「孝子」式的父母
嬌寵孩子的世風及其危害性，頗引人深思；〈謙讓〉直探國人虛偽的心理，
抨擊日益浮華的應酬禮節；〈結婚典禮〉諷刺了中國人結婚大肆鋪張的陋
習，寫得令人發噱。梁實秋對生活周遭形形色色的事物，都以極大的興致
去觀察，去思考，這裡面自然包含著他的一種隨遇而安、把生活當作藝術
來享受的人生態度。

《雅舍小品》的評價

最早對「雅舍」系列散文做出評論的是《星期評論》主編劉英士的
〈最後的補白〉，第一期的補白他先以反語稱作者子佳（梁實秋），「姓衛名

道，現寓雅舍療養心疾」，「據說是位缺乏幽默的道學博士，文藝寫作非其所長」，後來又用幽默的筆調「先抑後揚」，把梁實秋與魯迅、林語堂相提並論。第二期的補白推崇〈孩子〉寫得異常精采，值得父母細讀，深自警惕。但他並不忙著撤回上期「文藝寫作非其所長」一語，怕梁實秋中途輟筆，難免引來「虎頭蛇尾」之譏。第六期補白中，劉英士對〈雅舍〉一文有感而發，認為：「雅舍也可代表中國。在中國社會，我們眼見的是鼠子和蚊子，耳聞的是『沒有法子』。果真沒有法子嗎？」「當你府上尚未餵養幾隻凶猛無比的貓兒以前，你不配說治鼠乏術！」著名的美學家朱光潛在1940 年代致梁實秋的信中就高瞻遠矚地指出：「大作《雅舍小品》對於文學的貢獻在翻譯莎士比亞的工作之上。」（引自《雅舍小品合訂本》後記）這段文字可解讀為：在中國，翻譯莎翁戲劇的工作是可以由他人承擔的，而撰寫具個性美的《雅舍小品》是他人無可替代的。

前後期《雅舍小品》的風格比較

不過，《雅舍小品》獲得讀者熱烈回響並不是在它發表的當時，而是在1949 年底，系列文章由臺北正中書局結集出版後的 1950 年代。梁實秋初到臺灣，有「避地海曲，萬念俱灰」之嘆，不願臧否政事，較少寫作取材現實人生的散文。1950、1960 年代，以憶舊憶友的文章為多，包括：《談徐志摩》、《清華八年》、《秋室雜文》、《談聞一多》、《秋室雜憶》等。沉鬱悲涼而又婉約蘊藉，成為他抵臺初期作品的一種基調，試比較〈雅舍〉和〈平山堂記〉就可發現：後者雖然依稀保持了「雅舍」時期那種隨緣領略、苦中回甘的情趣，但已增添了幾分惘悵，幾聲慨嘆，流亡味、苦澀味似淡實濃，再豁達也難以排解。（汪文頂〈春華秋實，圓熟雅致〉）梁實秋散文創作的另一個新高潮，是從 1973 年《雅舍小品續集》的問世開始形成的，直到 1987 年 11 月 3 日與世長辭為止。在最後十幾年生涯中，交出了一張漂亮的成績單，計有：三集《雅舍小品》、兩集《雅舍散文》以及《槐園夢憶》、《看雲集》、《白貓王子及其他》、《雅舍雜文》、《雅舍談吃》等。

　　梁實秋晚年力作，首推《雅舍小品》續集、三集和四集，這三集共收109 篇作品，連同初集的 34 篇，於 1986 年 5 月出版合訂本。這一一年 11 月底，他獲中國時報文學特別貢獻獎，可說是實至名歸。前後期的《雅舍小品》有一以貫之的精神格調，也有風格的變化。鄭明娳就曾指出：初集幽默、婉諷兼而有之，至二、三、四集越到最後，諷刺批評越少，隨感錄性質益形顯著。試比較初集的〈中年〉和續集的〈老年〉，雖然同寫安時處順、隨緣適意的人生襟懷，但對人生的體悟，卻有境界的差別，前者帶點矜持自賞的優越感，後者則到達明心見性、從容自在的人生境地；在文調上，二文都是夾敘夾議、莊諧並出，但〈中年〉筆鋒較露，不夠含蓄，〈老年〉則節約古樸，達到爐火純青的化境。

大陸重新評價梁實秋的散文小品

　　1980 年代中期以來，大陸各地掀起了閱讀梁實秋散文的熱潮，讀者和評論家以實際的行動洗刷了長期以來中共政權對梁實秋不公平的待遇。1940 年初，梁實秋準備隨「國民參政會華北慰問團」赴延安，毛澤東明確表示他是不受歡迎的人；1942 年，毛澤東又在〈在延安文藝座談會上的講話〉中點名批判，將他定爲資產階級文學的代表；「文革」前的 17 年中，他的名字始終是和「喪家的資本家的『乏』走狗」（魯迅語）釘在一起的。但歷史總會扭轉，它總有平反、公正的一天。1980、1990 年代出版的文學史論著，已逐漸發展一套新的史觀。

　　1987 年，白少帆等主編的《現代臺灣文學史》第 29 章「梁實秋、琦君、張秀亞的散文」，已試圖實事求是的評價梁實秋的散文小品：「梁先生一個隔世書生，他還是關注社會人生和民族命運的，不合理、不平等、非人道的現象面前，他是富有正義感，也是分明的。」他的散文小品「滲透著民族藝術的特色，具有獨特風格：簡約、豐盈、幽默、典雅。」不過，這篇評論仍帶著一條尾巴，批評梁實秋「對無產階級的解放事業一直懷有偏見」。

　　1988 年，俞元桂主編的《中國現代散文史》問世，推崇梁實秋的《雅舍小品》，是賡續陳西瀅的英國式「閒話」隨筆傳統，使之不絕如縷的。他覺得這些雜文小品之所以吸引人的最大祕訣，「在於綜合了雜文的分析、批判和議論的功能，記敘、抒情散文的描寫、記敘和抒情的功能，這兩種功能的互相滲透，互相促進的結果，使作者的議論生動了，形象了，獲得了血肉之軀。」也造成他的雜文小品有著「文辭雅麗，描寫生動，巧喻聯珠，辛辣幽默，情韻悠長的特點。」1993 年，范培松在《中國現代散文史》第三編第七章中，將《雅舍小品》譽為「中國現代散文史上的學者型的知性散文的第二代的代表」，並稱它是「周作人的沖淡散文的一脈香火的延續」，「又有冰心的溫柔散文和朱自清的儒雅散文遺傳因子在內」，「它是 1920 年代徐志摩、梁遇春等致力的從英法散文引進的非中國化的 essay 事業的延續，……但由於整個思想情感的規範又完全是中國傳統文化的型式，……這樣使得《雅舍小品》便成為中國式的 essay 了。」截至目前，大陸出版的梁實秋散文、評論、紀念性文章、傳記等，高達二十餘種，其中有多種在各大城市被列為暢銷書，形成一股不小的「梁實秋熱」，有論者深入研究這種發人深省的「雅舍小品現象」。這也印證了真正優秀的作品，具有超越時空的藝術魅力。

　　梁實秋曾自述《雅舍小品》暢銷的兩個原因：一是每篇都很簡短；二是所寫的均是身邊瑣事，既未涉及國事，亦不高談中西文化問題。余光中在〈文章與前額並高〉文中，對《雅舍小品》所以動人，也有精闢的論述：一是「機智閃爍，諧趣迭生，時或滑稽突梯，卻能適可而止，不隨俗趣」；二是「篇幅濃縮，不事鋪張，而轉折靈動，情思之起伏往往點到為止」；三是「文中常有引證，而中外逢源，古今無阻」；四是「文白融會，形成簡潔而圓融的風格」。吳魯芹生前憂心散文式微，認為《雅舍小品》幾乎成為「魯店靈光」。邁入中年，重讀《雅舍小品》，對「有個性就可愛」的「雅舍」精神，漸有領悟，或許再隔一段時日，亦能咀嚼二、三、四集「明心見性、安然自在的人生境地」。

——選自陳義芝主編《臺灣文學經典研討會論文集》
臺北：行政院文化建設委員會，聯經出版事業公司，1999 年 6 月

梁實秋的《雅舍小品》

◎汪文頂*

　　做為一名散文家，梁實秋獨標一格，成就顯著，已得到普遍重視。臺灣學者早已確認其散文大家的歷史地位，大陸學界也開始研究他的散文作品。隨著海峽兩岸文化交流的日漸發展，通過各方人士的共同努力，梁實秋散文的特性和價值、貢獻和地位，是可以得到科學的評估、闡發的。

　　梁實秋從 1927 年開始寫散文，直至 1987 年病逝絕筆，前後歷時 60年，洋洋百萬言，結集出版過《罵人的藝術》、《雅舍小品》（四集）、《秋室雜文》、《實秋雜文》、《雅舍雜文》、《清華八年》、《談徐志摩》、《談聞一多》、《秋室雜憶》、《槐園夢憶》、《西雅圖雜記》、《白貓王子及其他》、《看雲集》、《雅舍談吃》、《梁實秋札記》和《雅舍散文》（二集）等二十餘種，涉及小品、雜感、遊記、回憶錄、讀書札記諸文體。其中，大多是 1940 年代以來的作品。他早年寫過新詩，致力於文學評論。1927 年出版《罵人的藝術》，初露小品鋒芒，隨即韜光養晦了。直至 1940 年應邀為重慶《星期評論》週刊撰寫專欄「雅舍小品」，才一發而不可收，並獲得意外的成功。可以說，梁實秋的散文創作是從 1940 年代正式起步的，他做為散文大家的歷史地位也是由《雅舍小品》奠基的。

　　寫《雅舍小品》的時候，梁實秋已近不惑之年，各方面修養較為深厚。小時親炙故都風情，身經兵亂之災；年輕時幸逢「五四」新潮，眼界大開，個性高揚，又飄洋過海，遊學美國，領略異域風物，飽嘗離愁別緒；回國後涉足社會，南來北往，看夠了世事變幻，嘗遍了人生五味，見

---

*福建師範大學副校長。

識日增，年事漸長，不知不覺間，就到了中年，春華消褪，秋思老成，委實能夠「相當的認識人生，認識自己」了。[1]他不僅有豐富的閱歷，又有真才實學。清華八年的正規教育打下了他的國文、英文基礎，清華文學社的活動培養了他的文學愛好和寫作才能；留美三年又主修英美文學，師從新人文主義批評家白璧德教授，青春的浪漫才情受到古典理性的洗禮而獲得昇華；學成歸國後，歷任南北數大學教授，編過《新月》等報刊，捲入文壇風波，從事文學批評，講授英美文學，譯介莎翁戲劇，堪稱才學過人、詩書滿腹。他還有一套自己的文學主張，早年推崇浪漫主義，師事白璧德教授後，就皈依並堅守古典主義立場了，再三強調文學的理性精神、高雅標準、內在紀律和普遍人性論，與無產階級革命文學尖銳對立。關於他的文學評論，可以說捷克學者高利克博士的評斷和定位較為公允：「梁先生也許不是一位偉大的批評家，但在當時中國的『新人文主義者』和自由派批評家之間，梁先生無疑是最傑出的。」[2]也就是說，他是白璧德人文思想、文藝思想在中國的忠實信徒和傑出代表。他論散文，也標舉簡潔典雅之審美準則，推崇古典主義文風。[3]姑且不論這些主張的得失，就他本人而言，無疑是抱定這種文學信仰而身體力行、矢志不移的。簡言之，中年時代的梁實秋，可說是才學識兼備，積累豐富，修煉到家，不鳴則已，一鳴自能驚人。其學養、閱歷、性情、氣度，就充分體現在《雅舍小品》之中，並造就了《雅舍小品》這顆晶瑩剔透的藝珠。

《雅舍小品》初集 34 篇，寫於 1940 至 1947 年間。此時，國難當頭，戰亂頻仍。處於大動盪時代的梁實秋，雖說也關注時勢，憂患深重，甚至還參與政事，為國效力，履行國民職責，但畢竟是個自由主義者，力圖超然獨立，安時處順，自謀心境的平和豁達，不再介入現實紛爭。在散文創作中，他迴避時行題材，不為時尚所左右，而我行我素，自闢蹊徑，專注

---

[1] 梁實秋，〈中年〉，《雅舍小品》，臺北：正中書局，1949 年 11 月。
[2] 〈國際學界看梁實秋〉，余光中編《秋之頌》，臺北：九歌出版社，1988 年 1 月，頁 568～569。
[3] 見梁實秋，〈論散文〉，《新月》第 1 卷第 8 期，1928 年 10 月。

於日常人生之五光十色，大小不拘，俯仰自得，輕功用，重韻味，節制情感，發掘理趣，刪芟枝蔓，追求雅潔，形成了獨特的創作傾向和藝術品格。

此集開篇之作〈雅舍〉就顯示了個人風格，奠定了這一系列小品文的基調。作者在文中雖然涉及國難時期的住房問題，如實描述雅舍的簡陋與困擾，卻不怨不怒，心平氣和，隨遇而安地玩味起箇中情趣。在他的筆下，不僅雅舍的月夜清幽、細雨迷濛、遠離塵囂、陳設不俗令人心曠神怡，就是鼠子瞰燈、聚蚊成雷、風來則洞若涼亭、雨來則滲如滴漏之類景觀也別有風味，甚至連暴風雨中「屋頂灰泥突然崩裂」的情景也如「奇葩初綻」一樣可觀可嘆。總之，雅舍所給予之「苦辣酸甜」，在作者看來，都是人生應得而又難得的情味，足供玩索，何復他求？這裡，生活的體驗已昇華為審美的玩味，困苦的境遇已轉化為觀賞的對象，從中表現出來的是一種審美體味對實用功利的克服和超越，是一種隨緣賞玩、豁達自由的審美心態，是一種常人難以抵達的安時處順、優遊自得的人生境界，頗有劉禹錫〈陋室銘〉、蘇東坡〈超然臺記〉之風韻。作者並非看破紅塵，隱居斗室，而是順應境遇，知足自娛，入乎內而出乎外，入則冷暖自知，出則優遊自在，可謂出入自知，毫無滯礙。這是一種人生藝術，是中年梁實秋長期修煉出來的一種處世妙方，是〈雅舍〉精神的內核。這種精神實質內在地決定了〈雅舍〉的藝術風貌，既充滿生活氣息又富有哲理意味，既樸素親切又有雅人深致，舒徐自在而又簡潔雋永，錘字鍊句而又渾然天成，通體顯得中和、適度、自然、大方。這樣的人品文調，當屬於曠達俊逸、優雅淡遠之類吧，與中國名士風一脈相承，在當時不能不說是一種特殊的存在。

〈雅舍〉的精神風貌時隱時顯地復現於隨後的一系列作品中。他安時處順，隨緣玩味，所遇所見皆能靜觀自得，妙悟真諦。人到中年，固然有種種變異可哂可嘆，但更有「中年的妙趣」可供體味認同，何苦勉強地「偷閒學少年」或「中途棄權」徒悲傷呢？「中年的妙趣，在於相當的認

識人生，認識自己，從而做自己所能做的事，享受自己所能享受的生活」（〈中年〉）。這種中年心態，既不奢求也不自棄，順乎自然，安身立命，固然談不上銳意進取，但也說不上悲觀虛無，倒是可以說達觀樂生、安分執中。他是熱愛人生、依戀塵世的，隨時隨處都在興致勃勃地品嘗人生的各種況味，深感生活的豐富有趣。但他並不隨波逐流，沉溺於聲色之娛、感官之樂，而是自主自律，能入能出，有所為有所不為，尋覓人生真趣，專求精神愉悅。他欣賞的是「風聲雨聲、蟲聲鳥聲」那樣「自然的音樂」（〈音樂〉），嚮往的是「風雨故人來」、「把握言歡，莫逆於心」那樣的神交境界（〈客〉），安享的是「我有一几一椅一榻，酣睡寫讀，均已有著，我亦不復他求」的恬淡生活（〈雅舍〉），躬行的是「做自己所能做的事，享受自己所能享受的生活」之處世哲學，追尋的是精神上的自由和快樂，總之是適性相安，怡然自得，而不是縱欲享樂。這樣的人生情調固然優雅恬適，但在動盪的時代、喧囂的塵世中卻相當難得，觸目可見的倒是其他色調的人生。

　　對於各色各樣的世相，梁實秋也能隨緣玩味，自得其趣。他見多識廣，深知人心不同各如其面，天下之大無奇不有，總是盡可能真切地加以體察和理解，力求洞悉世事，滲透人情。由於他通達事理，理解人生，所以他不過分非難他所看不慣的一切，只是給予善意的調侃，委婉的諷喻，有時還反躬自嘲，發人深省。例如在〈男人〉一文中，他挖苦同性的髒、懶、饞、自私和無聊等等弱點，既針針見血，令人難堪；又止於笑罵，引人自省，可謂善戲謔而不為虐。與姊妹篇〈女人〉相比，本篇寫得較為辛辣恣肆，似乎更多地融入了一位男性作家對同性劣根性的自嘲自訟意味，但還是心存溫厚，留點情面，跟〈臉譜〉中對傲下媚上的「簾子臉」之冷嘲熱諷畢竟有所區別，富有婉諷的分寸感。他的筆鋒固然刺痛過某些腦滿腸肥的官僚商賈（如〈豬〉），針砭過某些陳規陋習和人性痼疾（如〈謙讓〉），也流露過心中的牢騷不平（如〈匿名信〉），卻大多是針對普遍存在的人生笑料和常人難免的缺點失誤，諸如溺愛孩子、追趕時髦、虛榮好

勝、偏執狹隘之類通病，又大多是採取謔而不虐、亦莊亦諧的筆調加以漫畫化、喜劇化，談笑風生，妙語連篇，像貓爪戲人而不傷人，使人在笑聲中接受作者的善意指摘，努力改善自身的尊容作派。這是一種高超的幽默藝術，既不憤世嫉俗，亦非玩世不恭，而是含笑玩味，寓莊於諧，調侃世俗，善解人意，深得幽默三昧，非智者兼仁者難以做到。

對於優雅恬適之人生境界的體味和神往，對於世俗生活之醜陋現象的玩味和幽默，構成了《雅舍小品》初集藝術內涵的兩大層面。二者相映成趣，都把人生藝術化了。前者把人生詩意化，後者把人生喜劇化；前者是後者的昇華，多為作者言志抒懷之作；後者又是前者的衍化，是居高臨下的幽默小品。二者相輔相成，正反合一，都體現了作者俯仰自得、優遊自在的雅士風度。他在《雅舍》篇末自稱：「長日無俚，寫作自遣，隨想隨寫，不拘篇章。」的確，他心有餘閒，隨緣賞玩，旨在愉悅性情，調劑生活。這種寫作態度顯然來自他安時處順、出入自如的處世態度，外化為溫文容與、恬淡雅致的藝術風格，表裡諧調，情理中和。這一格調的散文，固然缺乏時代氣息，不能激動人心，卻富有藝術情趣和名士風雅，溫柔敦厚，慰情益智；雖非時代的急需品，但也是一種不可或缺的藝術品。只因時局劇變，紙價暴漲，已經結集製版的《雅舍小品》在大陸未能及時印行，影響有限；直至作者去臺灣後不久，才由臺北正中書局正式出版，風行開來，對臺灣散文產生重大而深遠的影響。因此，準確地說，《雅舍小品》雖然標誌著梁實秋散文藝術的成熟，它的歷史地位卻是到了臺灣之後才得以確立的。

人們普遍認為梁實秋的散文創作始終堅持自己的風格。這個看法重視梁氏文風的一貫性、統一性，是可以成立的，但不能藉此而忽視其散文的多樣性、漸進性。事實上，他到臺灣後的散文創作，在保持《雅舍小品》初集之風格特色的同時，還是有所進展、變化的。他並不故步自封，作繭自縛，而是自由創造，精益求精，逐漸從一個有風格的散文作家發展成為臺灣散文的一代宗師。

　　初到臺灣，他有「避地海曲，萬念俱灰」之嘆[4]，對現實政治失望得很，也一度埋頭數學，較少寫作散文。1950 至 1960 年代間，只寫了《秋室雜文》、《談徐志摩》、《清華八年》、《談聞一多》和《秋室雜憶》等作品，取材於現實人生的更少了，憶舊懷友的文章卻多起來了。這是一種新的跡象，說明作者流落孤島，雖能隨遇而安，卻有難言的苦衷，深情的鄉思，無法像雅舍時期那樣優遊自在了。他心懷隱痛，連藏書被蛀、晴天曬書之類小事，也會引起他「內心激動，久久不平」，「不禁想起從前在家鄉曬書」之種種往事，甚至聯想到「南渡諸賢，新亭對泣」的歷史典故，感觸萬端，憂思百結，從而寫下〈曬書記〉這篇沉鬱頓挫的散文。他侷處小島，對駱駝南徙後水土不服、委頓以死的悲慘命運相當敏感，不禁興起「人何以堪」的沉重慨嘆（〈駱駝〉）。他在〈拜年〉中一唱三嘆道：「初到臺灣時，大家都是驚魂甫定，談不到年，更談不到拜年。最近幾年來，情形漸漸不對了，大家忽的一窩蜂拜起年來了」，「到了新正，荒齋之內舉目皆非，想想家鄉不堪聞問，瞻望將來則有的說有望，有的說無望，有的心裡無望而嘴巴裡卻說有望，望，望，望，我們望了十多年了，以後不知還要再望多麼久。人是血肉做的，一生有幾個十多年？過年放假，家中閒坐，悶得發慌，會要得病的，所以這才追隨大家之後，街上跑跑，串串門子，不為無益之事，何以遣有涯之生？誰還真個要給誰拜年？拜年？想得好！興奮之後便是痲痹，難得大家興奮一下。」、「這樣說來，拜年豈不是成了一種『苦悶的象徵』？」這樣的感慨和傷心話，常見於《秋室雜文》，富有概括性和普遍性；沉鬱悲涼而又婉約蘊藉，成為他入臺初期作品的一種基調，與「雅舍」風度顯然有別。即使是同樣描寫寄居生活的，新作〈平山堂記〉固然保持了〈雅舍〉那種隨緣領略、苦中回甘的情趣，但已增添了幾分惆悵，幾聲慨嘆，「流亡味」、「苦澀味」似淡實濃，再豁達也難以排解。應該說，時局劇變，大陸易幟，這對於梁實秋一類親近民國政府

---

[4]轉引自梁實秋〈豈有文章驚海內──答丘彥明女士問〉，《聯合文學》第 31 期，1987 年 5 月。

的知識分子來說，是一個無法接受而又無可奈何的歷史事實；老大離家，流落他鄉，又是他們不得不飽嘗的一顆苦果。這種遭遇，打破了梁實秋的安靜生活，也開拓了他的生活視野；衝擊過他的人生態度，也砥礪了他的性格修養。他就是在流離困苦中日趨老成練達，逐漸切入人生內裡，其新作也隨之增強了內涵的份量和深度，連色調也融入了一些厚重深沉的因素。可以說，初到臺灣的前 20 年，是梁實秋散文創作的漸變期、拓展期，正醞釀著新的高潮。

梁實秋散文創作的新高潮，是從《雅舍小品續集》（1973 年）的問世開始形成的，直至病逝而告終。在最後十幾年生涯中，他接連寫了三集《雅舍小品》、兩集《雅舍散文》，以及《槐園夢憶》、《白貓王子及其他》、《看雲集》、《雅舍雜文》、《雅舍談吃》等等，共 14 種近四百篇。這對於一個年逾古稀而又另有著譯工作的老年人來說，已是一個相當驚人的數目了；更令人驚喜的是這些作品的水準大致整齊、高雅，風韻不減當年，堪稱晚霞滿天，文壇奇觀。

晚年力作，首推《雅舍小品續集》、三集和四集。這三集共收 109 篇作品，連同初集的 34 篇，於 1986 年 5 月出版過合訂本。前後期的《雅舍小品》有著一以貫之的精神格調，但同中有異，進展不小。先比較一下〈老年〉和〈中年〉二文，就能說明一點問題。從意蘊上說，二文一脈相承，都表達了某種具達士風味的安時處順、隨緣適意的人生襟懷。不過，〈中年〉體悟到的人生妙趣和處世哲學固然通達，卻多少帶有矜持自賞的優越感；到了〈老年〉才脫盡那點中年意氣，既不諱老嘆老，也不倚老賣老，而是順乎自然，安享老境，抵達了明心見性、安然自在的人生境地。就文調而言，二文都是夾敘夾議、亦莊亦諧、溫文容與、雅潔有致的。但〈中年〉較為酣暢恣肆，雖說放而能收，諧趣盎然，卻不夠含蓄，筆鋒較露；〈老年〉則趨於內斂，言簡意賅，博洽濃縮，簡約古樸，又不失容與之態、俊逸之風、淡遠之韻，在節制藝術上達到了爐火純青的化境，更耐人咀嚼。正如〈老年〉所顯示的那樣，晚年續作的《雅舍小品》在人生和藝

術追求上是進入了更高的境地。這是一個「內心湛然」、「怡然自得」的人
生境界，是一個「整潔而有精神，清楚而有姿態，簡單而有力量」[5]的藝術
境界。如〈手杖〉、〈退休〉、〈臺北家居〉、〈喝茶〉、〈飲酒〉、〈職業〉、〈快
樂〉諸篇，都堪稱人情練達、文章老到的妙品。

　　在人生和藝術修煉更上層樓的梁實秋，也開始把羈旅鄉思、悼亡親情
提升到明淨淡遠的境界。他不再像入臺初期那樣悵惋悲嘆，但還是深情追
懷故國風物舊時情，經過心靈的再三回味，業已變得溫馨醇厚，成為晚年
的一種精神慰藉。後期《雅舍小品》中的〈窗外〉、〈商店禮貌〉、〈北平年
景〉、〈正月十二〉、〈同學〉、〈過年〉、〈北平的冬天〉諸篇，《白貓王子及其
他》裡的名篇〈「疲馬戀舊秣，羈禽思故棲」〉、《雅舍散文》裡的〈東安市
場〉，以及整部《槐園夢憶》、《看雲集》、《雅舍談吃》等等，匯合了他晚年
懷舊思鄉的汨汨心泉。他身在異鄉，心遊故國，從精神上填補了「有家歸
不得」的缺憾，獲得了如臨其境的撫慰。在他的筆下，故居的庭院，兒時
的瑣事，北平的風情，年節的氛圍，親友的音容，家鄉的小吃，無不意態
宛然，鮮活如故，令遊子神往不已，回味無窮。回味固然不如重嘗，難免
有些惆悵，但慰情聊勝於無，何況故鄉風情是那樣的溫馨親切，怎不叫人
暫時地忘懷得失而沉醉其中呢？如〈北平年景〉所追懷的那樣，有鮮活的
場景氣象，歡騰的聲息氛圍，溫馨的天倫之樂，濃郁的民俗風情，歷歷在
目，記憶猶新，足夠遊子玩味一番了，遠比苦中作樂的〈拜年〉有趣得
多。這不只是一劑「慰情」的良方，還是一種「神歸」的捷徑。又如整部
《雅舍談吃》，美味與鄉情總是水乳般交融在一起，不僅惹人垂涎，更撩人
情思，這是它比一般的飲食小品更沁人心脾的主要原因。尤其是悼念亡妻
的長篇傑作《槐園夢憶》，忍痛沉思，長歌當哭，「在回憶中好像我把如夢
如幻的過去的生活又重新體驗一次」，身心似已脫離現實喪偶的苦海而飛回
過往的境遇，重嘗溫馨的家居樂趣，復見賢妻的音容笑貌，體味情愛的聖

---

[5]梁實秋，〈作文的三個階段〉，《實秋雜文》，臺北：仙人掌出版社，1970 年 10 月。

潔永恆，這不是比痛哭流涕更感人肺腑、經久耐讀嗎？應該說，嘗過流離之苦、喪偶之痛的梁實秋，在晚年已更能消化痛苦，把住心舵，自由自在地回顧返照那漫漫征途上的種種生離死別、起落興亡了，也更能克制傷感，以理節情，恰如其分地抒寫心中的種種意想感懷、深情幽思了。這就使他晚年的懷舊思鄉散文顯得特別蘊藉醇厚，耐人尋味。

　　同時，他對世態百相的觀照玩味，也抵達「君子無入而不自得」之境地。除了政治問題，他一如既往，無所不談，瑣屑如牙籤、頭髮、痰盂、乾屎橛；平凡如洗澡、睡覺、看報、吃相；習見如請客、送禮、排隊、照相；莊重如廉、勤、讓、儉；鄙俗如髒、懶、饞、鼾，如此等等，順手拈來，別有會心，涉筆成趣。其自得之「趣」，鮮活多姿，引人入勝。有盎然的物趣，如〈樹〉所體察到的，「我嘗面對著樹生出許多非非之想，覺得樹雖不能言，不解語，可是它也有生老病死，它也有榮枯，它也曉得傳宗接代，它也應該算是『有情』。……我想樹沐浴在薰風之中，抽芽放蕊，它必有一番愉快的心情。等到花簇簇，錦簇簇，滿枝頭紅紅綠綠的時候，招蜂引蝶，自又有一番得意。落英繽紛的時候可能有一點傷感，結實纍纍的時候又會有一點遲暮之思。我又揣想，螞蟻在樹幹上爬，可能會覺得癢癢出溜的；蟬在枝葉間高歌，也可能會覺得聒噪不堪。總之，樹是活的，只是不會走路，根扎在那裡便住在那裡，永遠沒有顛沛流離之苦。」這是物我同化之趣，沒有民胞物與的心懷是體察不到的，沒有得心應手的功夫也是傳達不出的。有溫厚的諧趣，如〈請客〉所渲染的，「若要一天不得安，請客；若要一年不得安，蓋房；若要一輩子不得安，娶姨太太」，真是妙語連珠，幽默風趣，非「世事洞明人情練達」者說不出口。有獨到的意趣，如〈髒〉篇末所發掘的，「其實，髒一點無傷大雅，從來沒聽說過哪一個國家因髒而亡。一個個的縱然衣冠整齊望之岸然，到處一塵不染，假使內心裡不大乾淨，一肚皮男盜女娼，我看那也不妙」，堪稱出奇制勝，談言微中。還有深長的理趣，如「舊的東西之可留戀的地方固然很多，人生之應該日新又新的地方亦復不少。……舊的東西大抵可愛，唯舊病不可復發」

（〈舊〉），「溝是死的，人是活的！代溝需要溝通，不能像希臘神話中的亞歷山大以利劍砍難解之繩結那樣容易的一刀兩斷，因爲人終歸是人。」（〈代溝〉），如此言近旨遠的警句雋語是俯拾即是、不勝枚舉的。總之，作者到了晚年，似已滲透人情物理，自能從心所欲而不逾矩地把玩品評一切了，所作散文無不得心應手、圓熟雅健，可謂「庾信文章老更成」、「鉛華洗盡見真淳」。甚至連讀書札記一類文字也寫得游刃有餘，趣味橫生，非飽學之士、斫輪老手而不能抵達這種境地。

梁實秋晚年散文持續高產，佳作連篇，創作力相當旺盛；筆路也開闊了，在言志小品、懷舊散文和浮世雜感、讀書札記諸方面均有建樹，格調雅健老到，自然成爲臺灣散文家眾所景仰的「魯殿靈光」。其影響已越過海峽，在海外華人和大陸讀者中找到了越來越多的知音。這一歷史進程是值得留意的。

梁實秋散文的發展歷程可說是一種自然進程，是隨著閱歷、修養的豐厚和思想性格的成熟而日漸老到圓熟的，前後沒有重大的變動和落差，而確有一以貫之的風格特色，始終追求高雅的藝術格調。這在遽變的時代和文壇實屬鳳毛麟角，可作特例考察。

梁實秋散文所建樹的高雅格調，主要表現在心態悠閒、情趣優雅和文體雅潔諸方面。

就創作心態而言，他心有餘閒，隨緣玩味。他嚮往那種「心胸開朗，了無執著」、「把生活當作藝術來享受」、能「隨遇而安的欣賞社會人生之形形色色」、「有閒情逸致去研討『三百六十行』的人格氣度和生活態度」[6]，在審美活動中把生活藝術化，也把藝術生活化了。除了有意迴避尖銳性題材之外，日常所見所聞，無論大小雅俗，他都順手拈來，虛懷靜觀，努力保持優遊自得的審美心態，潛心營造適意自足的藝術世界，以求愉悅性情、調劑人生，使生活閃現出原有的藝術情味，使人們善於觀賞日常生

---

[6]梁實秋，〈悼齊如山先生〉，《秋室雜文》，臺北：文星書店，1963 年 9 月。

活。因此，他的散文雖無抗世壯舉，卻有淑世心懷；雖說疏遠時代問題，卻充滿人生氣息；固然缺乏陽剛之氣，卻以溫柔敦厚感人。的確有別於抗爭、戰鬥的散文；也有別於哀怨、傷感的散文，而被目爲「閒適的散文」。

　　就情趣意蘊來說，他的散文雖以閒適爲格調，卻不能簡單等同於「消閒小品」。消閒小品以阿俗媚世爲特徵，或帶清高自賞之習氣，梁實秋散文則從不迎合低級趣味，也並非不食人間煙火，而是自主自律，獨標高格，以陶冶性情、弘揚人性爲指歸。他抒寫閒情逸趣，表達的是安時處順、自由自在的人生襟懷、恬淡心境和生命情調，不避世歸隱而自有雅人深致。他賞玩塵世況味，調侃人生陋習，機智閃爍，諧趣迭出，卻謔而不虐，寓莊於諧，適可而止，不墮惡俗，深得幽默真諦，富有淑世之心。他談古道今，旁徵博引，卻不賣弄學問，炫耀自己，而是融會貫通，娓娓道來，不失學者本色。他的散文以理節情，化俗爲雅，趣味醇正，蘊涵淡遠，熔性情、經驗、學識於一爐，集雅人、達士、學者散文爲一體，自能卓然獨立，成爲繼周作人之後的閒適派散文大家。

　　就語體文調而論，他的散文表裡協調，文質彬彬。他以爲「散文的文調雖是作者內心的流露，其美妙雖是不可捉摸，而散文的藝術仍是所不可少的。散文的藝術便是作者的自覺的選擇。……散文的美妙多端，然而最高的理想也不過是『簡單』二字而已。簡單就是經過選擇刪芟以後的完美的狀態。」[7]他固然信任心中情思的自然流露，但畢竟注重自覺的藝術加工，善於節制，捨得割愛，一貫追求簡鍊雅潔。用字則文白相濟，造語則刪繁就簡，行文則放而能收，謀篇則散中見整，講究聲韻、語調、章法和文氣的協調，力戒繁冗、堆砌、生硬、粗陋諸弊端，在散文藝術上精心推敲，刻意求工，而又不露斧鑿痕跡，不失親切自然、瀟灑容與之風韻，堪稱正格文章，在現代語體散文史上並不多見。

　　梁實秋曾強調「文章要深、要遠、要高，就是不要長。描寫要深刻，

---

[7] 同註 3。

意想要遠大，格調要高雅，就是篇幅不一定要長」[8]；「我們爲文還是應該刻意求工，千錘百鍊，雖不必『擲地作金石聲』，總要盡力洗除一切膚泛猥雜的毛病」[9]；並認爲「所貴乎爲文學家者，乃在於他有高度的節制力（élanfrein），節制其泛濫的情感，節制其不羈的想像，納之於正軌，繩之以規矩，然後才能有醇厚的作品。」[10]他的散文創作就是這種散文審美追求的實踐和示範，大多是言簡意深、雅致醇厚的小品（即便是長篇回憶錄也是由許多相對獨立的片斷連綴而成的）。它不以雄奇壯美見長，而以淡雅婉約取勝，不以力度打動人，而以韻味吸引人，不是供人消遣的，而是耐人品味的，固然不能震世駭俗、催人奮起，卻有益智怡性，潛移默化之功，雖說難以人人讚賞，但在讀書界已日漸「走紅」，它的優雅是越來越受到人們的青睞了。

從中年到晚年，梁實秋散文的風格大致不變，《雅舍小品》幾乎成了其人其文的代名詞，這種現象已成爲中國現當代散文園地裡的一個奇觀。應該說，做爲一個散文家，梁實秋是大器晚成的。他是在思想性格基本定型、閱歷學養相當深厚的中年時代開始潛心創作散文的，一出手就奠定了自己的風格基調，找到了自己的發展方向；隨後的創作就沿著自己開闢的道路穩步邁進，日漸拓展。這個特點決定了他的散文創作能始終擁有自己的特長和活力，保持個人風格的一貫性和穩定性，不爲時尚所左右，不致失卻了個性特色。這固然是難能可貴的，特別是他的散文富有中國風味，尚雅求簡，融舊鑄新，在現代散文中樹立了承傳古典藝術的成功範例，自有不可低估的歷史貢獻。不過，固守自己的風格也限制了自己的發展，在形成獨特性的同時也就帶上了他難以克服的局限性。他的散文不僅有意疏遠時代主潮，在 1940 年代不寫「與抗戰有關」的題材，對臺灣當代社會的

---

[8]轉引自胡有瑞，〈春耕秋收——訪梁實秋讀讀書寫作〉，余光中編《秋之頌》，臺北：九歌出版社，1988 年 1 月，頁 355。

[9]同註 5。

[10]轉引自〈漫談散文及其他——答丘秀芷女士問〉，余光中編《秋之頌》，臺北：九歌出版社，1988 年 1 月，頁 426。

變遷也較爲隔膜，時代氣息不濃，精神追求偏舊，境界不夠闊大宏富，無力把握現代生活的深刻變化和繁富景觀；而且在藝術上守成多於創新，雅致有餘，通俗不足，審美趣味偏於古典藝術的雅正中和，可說是我國古典散文的傳人、現代閒適派散文的後勁，而非臺灣「現代散文」創新派[11]的先驅，無法開創一代新風氣。應該看到，梁實秋散文在思想藝術上都帶有一定的保守性，無論時勢推移，風氣變幻，他都努力固守自己的古典主義立場和人格本色，維繫傳統文化的雍容風度、閒逸情致、高雅格調，以至於名士式貴族化氣派。這樣的散文是其時、其地、其人的自然產物，是難以仿效的，但又值得揣摩和借鑑。

——原載《福建師範大學學報》1992 年第 4 期

——選自《無聲的河流——現代散文論集》

上海：上海遠東出版社，上海三聯書店，2003 年 4 月

---

[11]指 20 世紀 1970 年代以來以余光中爲代表的一批新進作家對散文藝術的革新和探索。

行雲與流水
梁實秋散文概說

◎鄭明娳*

　　梁實秋先生如椽之筆，寫下三十餘部著作，其中屬於創作的部分只有散文。而事實上，他的創作生命源起，始於新詩。

　　民國 11、12 年，當他學校念書的末兩年，大量的創作新詩，並預備出版詩集，結果未如願出版，可惜當時未將詩作保存下來，據悉胡百華先生各方搜羅，僅得九首，誠屬憾事。

　　梁氏經營散文晚於寫詩五年，當他 26 歲時，以「秋郎」為名，常在《時事新報》副刊發表篇幅千餘字的小品文，後來將部分結集《罵人的藝術》，由新月書店出版。

　　民國 29 年，應《星期評論》之邀開闢專欄，每期 2000 字，正是後來享譽文壇的《雅舍小品》。這一系列的小品又繼續在民國 36 年《世紀評論》上發表，並於當年六月結集出版，有同居「雅舍」的業雅為之撰「序」。此書於民國 38 年 11 月臺灣正中書局發行臺一版。

　　可惜的是，「雅舍小品」式的散文在梁氏來臺後，中斷了很長的時間，《續集》遲至民國 62 年，梁氏七二之齡才出書。在這當中，梁氏寫了一些回憶故舊的散文，例如〈談徐志摩〉、〈談聞一多〉、〈清華八年〉、〈秋室雜文〉、〈秋室雜憶〉、〈西雅圖記〉等等。

---

*發表文章時為臺灣師範大學國文學系教授，現為東吳大學中國文學系教授。

熔成一爐

就梁氏的散文來看,他雖然也兼寫傳記式文學,但不論是縱敘人物一生的《槐園夢憶》,或橫寫局部歷史的《清華八年》,都側重片斷零星的回憶,並未注意傳記文學中以特定人物爲中心主題,以及其時間貫穿的特質,並不能稱爲傳記文學,因此他的散文仍然限於小品文範疇。

就內容而言,梁氏擅於將情趣小品、哲理小品及雜文熔在一爐而冶之。就風格而言,梁氏小品似亦擅於融會,它有中國文言小品的典雅,復有英國散文隨筆的閒逸,又兼美國報刊散文的詼諧幽默。

若將梁氏小品大致分類,可別爲二:一類是文筆較爲平穩平實的小品,一類是筆鋒詼諧幽默的小品。前者大多屬於紀錄性及議論性的文章。此二大類實爲梁氏小品的基調,有些則出入於其間,例如《罵人的藝術》及《雅舍小品》二至四集的部分文章等。

此處爲了討論的方便,以此二類爲基礎做一概說。

質樸率真

較偏於紀錄性的小品以抒情敘事爲主,呈現作者濃厚的自我色彩。例如《清華八年》、《槐園夢憶》、《白貓王子及其他》、《西雅圖雜記》等等,人情、世故俱有。

從這類小品中,讀者可以慢慢讀出他的個性、嗜好、學養、品味、思想、性情,羅織成每個人心目中的梁實秋。這一類小品的寫作,人、事、情兼備,文字行雲流水,自然流利,風格透發著質樸率真。

例如他悼念前妻程季淑的小書《槐園夢憶》中第一節的尾段云:

> 死是尋常事,我知道,墮地之時,死案已立,只是修短的緩刑期間人各不同而已。但逝者已矣,生者不能無悲。我的淚流了不少,我想大概可以裝滿羅馬人用以殉葬的那種「淚壺」。有人告訴我,時間可以沖淡哀

思。如今幾個月已經過去，我不再淚天淚地的哭，但是哀思卻更深了一層……。

從實記錄了喪妻時節的心情，真可謂內心深處寫真的錄影，「我的淚流了不少」、「不再淚天淚地的哭」等句，都是毫無修飾的直陳寫法。

大致而言，當作者把事件過度濃縮，或僅下短語結論時，讀者常會感覺意猶未盡。例如《槐》書提到季淑女士對母親的孝順，只說：「季淑孝順她的母親。不是普通的孝順，她是真實的做到了『菽水承歡』。」[1]因為「菽水承歡」的事實未能細細鋪陳，無法讓讀者想像她的孝心。

可是，當作者以工筆細描某些情節時，又非常生動富有情趣，《槐》書中回味年輕時的戀情自不必說，結尾記老來為伴和諧的情趣才是叫絕：

季淑怵上樓梯，但是餐後回到室內須要登樓，她就四肢著地的爬上去。她常穿一件黑毛絨線的上衣，寬寬大大的，毛毛茸茸的，在爬樓的時候我常戲言：「黑熊，爬上去！」她不以為忤，掉轉頭來對我吼一聲，做咬人狀。可是進入室內，她就倒在我的懷內，我感覺到她的心臟噗通噗通的跳。

這一小段文字告訴我們，作者糟糠之妻年邁體衰，已不勝登樓，她「爬」梯子非常辛苦，但她還能欣受丈夫的調笑，很有幽默感，也以調笑回應丈夫。可以說披露了愛情的理想：由「琴瑟合鳴」乃至「白頭偕老」。

諸如此類精采的特寫，在別的書裡也時常屢見不鮮，例如《清華八年》描寫畢業前夕的游泳測驗，作者捨命以赴，狀極狼狽，池邊人語來，不啻是書呆「本色」裸裎無遺。[2]這一段從初試到補考，著墨不多，卻筆筆生色，字字傳神。

[1]梁實秋《槐園夢憶》，臺北：遠東圖書公司，1974 年 12 月，頁 64。
[2]梁實秋《清華八年》，臺北：重光文藝出版社，1962 年 11 月，頁 34。

以貓為題的物趣小品

梁氏的物趣小品以貓為題的篇章最多。〈貓的故事〉表揚貓媽媽的偉大情操;〈白貓王子〉由鳥而狗進展到主題貓,緣於主人的寵愛之心,浪蕩野貓脫胎換骨變成梁家的「王子」。

在〈一隻野貓〉裡,我們知道白貓王子選配佳偶,有了「黑貓公主」,正當牠們的「飲食起居以及醫藥衛生之所需,已經使我們兩個忙得團團轉」,卻又來了「一隻野貓」,竟也能幼吾幼以及貓之幼,邀在豢養之列。

這些貓文章不僅刻畫出貓的可愛,也流露了主人家的善心仁意。

議論性小品文如《罵人的藝術》、《雅舍談吃》、《秋室雜文》中〈談學者〉、〈談時間〉等部分文章俱是。這類的散文常常在很短的篇幅內要表達作者的真知灼見,富於思考,有引證、有批評、有結論。為了鞏固作者的見解,每於旁徵廣採古今中外的例證,所以必須具備博學多識。

梁氏學貫中西,博古通今,不拘大小題目,都能左右逢源,以《雅舍談吃》一書而言,對於中國吃的藝術,也能上窮碧落下黃泉,追根溯源。

例如〈筍〉,為國人所嗜,自古已然。作者列舉《詩經》大雅、《唐書》百官志、蘇東坡、杜甫等人詩、《剪燈餘話》等五個典故為佐證外,又從春筍、多筍、筍尖等不同角度詮釋筍之色相、香味,不僅供口腹之欲,且足資品賞,全篇以「中國人」始,結尾拍至作者自己身上,同時以「吃」貫穿始末,結構周密。

梁氏散文之寬博,不僅廣羅古今中外詩詞、諺語、掌故,而且也不忘情時代流行,是以北平東興樓的「蝦子燒多筍」、春華樓的「火腿煨多筍」等時尚名菜也可與蘇東坡的「筍煮肉」媲美。要之,梁氏用典,能自然引帶而出,適而可止,因此不貽人賣弄之嫌,也才不會有學究氣。

罵人的藝術

然而,也有完全不仗恃典故來寫議論的小品,梁氏最成功的作品是

《罵人的藝術》。全以作者個人的妙見判解串連起來，《罵人的藝術》除了前言後語，共分十則，除了第二則標題借用孔子的「無友不如己者」，改「友」為「罵」，其他每則都用四個字做標題，以成語居多。標題與內文常相映成趣。

每則理論，方吐之際常出人意表，細思之，實入情合理，例如文章一開始就說：

> 古今中外沒有一個不罵人的人。罵人就是有道德觀念的意思，因為在罵人的時候，至少在罵人者自己總覺得那人有該罵的地方。何者該罵，何者不該罵，這個抉擇的標準，是極道德的……。

起筆時就非常驚人，因為「罵人」約定俗成的意義總是罵者有欠厚道。而作者一開頭就一杆子打倒所有的人，豈不也在「罵人」，可是接著第二句並不解釋上一句，他又提出更妙的說法：罵人居然還是具有道德觀念者的行徑，當作者繼續解說下去時，讀者就會欣然同意他前兩句的立論了。

可是當讀者方才默認「人人皆可罵人」時，第二段一開頭竟是：

> 但是，罵人是一種高深的學問，不是人人都可以隨便試的……。

這一筆又是駭人之句，看似推翻第一段立論，實則是在建立作者「罵人的藝術」理論。原來罵人而不講究藝術，只會適得其反，自取其辱。

若懂得技術，則必然過五關斬六將，望風披靡，不亦快哉！梁氏《罵人的藝術》善於把道理從反面或側面，高處或底層切入，再襯出正題，把道理折來疊去，詭譎而富有情趣，誠然是上乘的小品文。

就梁氏平穩樸實的小品文來論，屬於紀錄性的小品，以感性為主，呈現作者文學家的一面。而議論性的小品，心理性為主，可看出作者的學者

風範。兩者都具有高度的可讀性。

《雅舍小品》的修辭藝術

◎沈謙*

　　中國傳統的文人小品，以晚明爲極盛；現代的小品，以梁實秋《雅舍小品》爲一絕。這 34 篇文章，從民國 36 年結集成書以來，風行海內外，成爲當代最暢銷的散文集，而其中的警言妙語，情趣韻味，也傳播廣遠，爲大眾所津津樂道。本文專就書中所運用之譬喻、層遞、夸飾等修辭方法，拈取實例，略加闡析，藉此或可略窺中國現代散文修辭技巧之一斑。

一、譬喻

　　譬喻，就是俗話所說的「打比方」，是一種「借彼喻此」的修辭方法。通常是藉容易了解的事物形容難知的事物，或者是以具體的形象說明抽象的情理。如能運用得宜，不但可以充分傳達作者的意念，使讀者樂意接納，而且妙趣橫生，有意想不到的奇效。譬喻法在日常說話行爲中，頗爲常見，《雅舍小品》中精采的譬喻辭例，俯拾皆是：

　　（一）一夫一妻不能成爲家。沒有孩子的家，像是一株不結果實的樹，總缺點什麼，必定要等到小寶貝呱呱墜地，家庭的柱石才算放穩，男人開始做父親，女人開始做母親，大家才算找到各自的崗位。

——〈孩子〉

　　（二）弱者才需要同情，同情要在人弱時施捨，才能容易使人認識那份同情。一個人病得吃東西都需要餵的時候，如果有人來探視，那一點同

---

*沈謙（1947～2006）散文家、評論家。江蘇東台人。發表文章時爲空中大學人文學系主任。

情就像甘露滴在乾土上一般，立刻被吸收了進去。

——〈病〉

（三）哪個年輕女子不是飽滿豐潤得像一顆牛奶葡萄，一彈就破的樣
子？哪個年輕女子不是玲瓏矯健得像一隻燕子，跳動得那麼輕靈？

——〈中年〉

在第一個辭例中，作者藉「一株不結果實的樹」（喻依）形容「沒有孩子的家」（喻體），兩者之間用「像是」（喻詞）聯結。家與樹原本風馬牛不相及，其間並無任何關聯，但卻有那麼點微妙的類似點。那就是沒有孩子不結果總覺缺少點什麼。正因捕捉這點類似，才有如此鮮活生動的描述。

第二個辭例，以乾土需要甘露，譬喻病人需要同情，「同情」（喻體）與「甘露」（喻依）在本質上完全是兩回事，但是病人渴望同情正如乾土之需要甘露，理無二致。且喻依是這樣具體易明，經過如此的比方說服，就使抽象的喻體狀溢目前了。

第三個辭例有兩個譬喻，分別以牛奶葡萄（喻依）形容女子（喻體）的飽滿豐潤，以燕子（喻依）來形容女子（喻體）的玲瓏矯健。使得女子的形象鮮活生動，躍然紙上。如果單純用抽象的形容詞予以描述，就難以令人感覺如此栩栩若生。像這樣精采的辭例，在本書中屢見不鮮，再看：

（一）秋風起時，樹葉竦竦的聲音，一陣陣襲來，如潮湧，如急雨，如萬馬奔騰，如銜枚疾走。……秋雨落時，初起如蠶食桑葉，悉悉嗦嗦，繼而淅淅瀝瀝，打在蕉葉上，清脆可聽。

——〈音樂〉

以潮湧、萬馬奔騰等（喻體）形容秋風吹葉聲（喻體），以蠶食桑葉形容秋雨聲，再加上許多狀聲的疊字，描繪秋風秋雨，十分具體細膩，令讀

者就好像身歷其境一般。

（二）女人的嘴，大概是用在說話方面的時候多。女孩子從小就往往口齒伶俐，……等到長大之後，三五成群，說長道短，聲音脆、嗓門高，如蟬噪、如蛙鳴，真當得好幾部鼓吹！

——〈女人〉

（三）有些男人的手絹，掏出來硬像是土灰麵製的百果糕，黑糊糊黏成一團，而且內容豐富。

——〈男人〉

以蟬噪、蛙鳴譬喻女人之愛說話，以土灰麵製的百果糕譬喻手帕，顯示男人的懶與髒，真是傳神！

（四）新郎應該像是一隻木雞，由兩個儐相挾之而至，應該臉上微露苦相，好像做下什麼壞事現在敗露了要受裁判的樣子，這才和身分相稱。新娘走出來要像蝸牛，要像日移花影，只見她的位置移動，而不見她行走。頭要垂下來，但又不可太垂，要表示出頭還是連著的。

——〈結婚典禮〉

（五）匿名信的效力之大小，是視收信人的性格之不同而大有差異的。譬如一隻蒼蠅落在一碗菜上，在一個用火酒擦筷子的人必定要大驚小怪起來，一定摒去不食；一個用開水洗筷子的人就要主張燒開了再食；但是在司空見慣了的人，不要說蒼蠅落在菜上，就是拌在菜裡，驅開摔去便是，除了一剎那間的厭惡以外，別無其他反應，引人噁心這一點點功效，匿名信是有的。

——〈匿名信〉

（六）這時節你「行有餘力」便可以點起一枝煙，或啜一碗茶，靜靜的欣賞對方苦悶的象徵。我想獵人困逐一隻野兔的時候，其愉快大概略相彷彿。

——〈下棋〉

（七）有人打哈欠還帶音樂的，其聲鳴鳴然，如吹號角、如鳴警報、如猿啼、如鶴唳，音容並茂。

——〈旁若無人〉

（八）一般人讀書，猶如觀劇，只是在前臺欣賞，並無須廁身後臺，打聽優伶身世，即使刺聽得多少奇聞軼事，也只合作為梨園掌故而已。

——〈詩人〉

（九）詩不能賣錢。一首新詩，如拈斷數根鬚即能脫稿，那成本還是輕的。怕的是像牡蠣肚裡的一顆明珠，那本是一塊病，經過多久的滋潤涵養，才能磨鍊孕育成功，寫出來到那裡去找顧主？

——〈詩人〉

（十）我參觀過一座運動場，規模不算小，並且曾經用過一次，只是看臺上已經長了好幾尺高的青草，好像是要兼營牧畜的樣子，我當時的感想，就和我有一次看見我們的一艘軍艦的鐵皮上長滿海藻蚌蛤時的感想一樣。

——〈運動〉

　　像以上這些「喻體」——想要說明的人事物主體，「喻詞」——聯結喻體與喻依的語詞，「喻依」——藉以比方說明喻體的另一人事物，三者齊備，形式完整的譬喻，是譬喻中最常見的一類「明喻」。除了明喻之外，尚有隱喻、略喻、借喻三類，在《雅舍小品》中，也不乏其例。

（一）最暴露在外面的是一張臉，從「魚尾」起皺紋撒出一面網，縱橫輻輳，疏而不漏，把臉逐漸織成一幅鐵路線最發達的地圖，臉上的皺紋已經不是熨斗所能燙得平的，同時也不知怎麼在皺紋之外還常常加上那麼多的蒼蠅屎。

──〈中年〉

（二）人窮則往往自然的有一種抵抗力出現，是名曰：酸。……別看我囊中羞澀，我有所不取；別看我落魄無聊，我有所不為。這樣一想，一股浩然之氣火辣辣的從丹田升起，腰板自然挺直，胸膛自然凸出。……在別人的眼裡，他是一塊茅廁磚──臭而且硬。

──〈窮〉

　　隱喻與明喻的形式同樣是借喻體、喻詞、喻依三要素，唯一不同的，是將喻詞由「像」、「如像」、「如」、「如同」等改作繫詞「是」、「為」、「或」、「不啻」等。最簡單的區分，明喻──某某（喻體）像（喻詞）某某（喻依），隱喻──某某（喻體）是（喻詞）某某（喻依）。以上二例，以茅廁磚（喻依）譬喻窮酸（喻體），他是一塊茅廁磚，其實並不是，只是如此比方而已。以一幅鐵路線最發達的地圖（喻依）譬喻中年女子的臉（喻體），其實中年女子的臉並未織成一幅地圖，也只是如此形容而已。然而，經過這樣的比方之後，形象才具體而又鮮明生動。再看略喻：

（一）孩子中之比較最蠢、最懶、最習、最潑、最醜、最弱，最不討人歡喜的，往往最為父母的鍾愛。此事似頗費解，其實，我們應該記得《西遊記》中唐僧為什麼偏偏喜歡豬八戒。

──〈孩子〉

（二）世間最豔美汽車者當無過於某一些個女人。濃妝淡抹之後，風擺荷葉，搖曳乘以汽車。精雕細塑的造象，自然應該襯上紅木架座。

——〈汽車〉

　　略喻的形式，是省略了喻詞。以上二例中，以唐僧喜歡豬八戒（喻依），比方父母鍾愛最不討人歡喜的孩子（喻體）；顯示人性之微妙處，頗值得玩味。以精雕的造象襯上紅木架座（喻依），形容濃妝淡抹的女子宜乘以汽車（喻體），掌握其中微妙的類似點，也描繪得很別緻。最後看借喻：

　　（一）諺云：「樹大自直。」意思是說孩子不須管教，小時恣肆些，大了自然會好。可是彎曲的小樹，長大是否會直呢？我不敢說。

——〈孩子〉

　　（二）人在大病時，人生觀都要改變。……我僵臥了許多天之後，看著每個人都有人性，覺得這世界還是可留戀的。不過我在體溫脈搏都快恢復正常時，又故態復萌，眼睛裡揉不進沙子。

——〈病〉

　　借喻的形式，只有喻依，將喻體與喻詞一起省略，如以上二例「彎曲的小樹，長大是否會直呢？」借喻頑劣的小孩，長大之後是否會變乖學好呢？「眼睛裡揉不進沙子」，借喻對別人的缺點看不順眼，覺得難以忍受。

　　譬喻的修辭技巧，可以使意象鮮明，語言創新，整篇文章生動傳神，從以上的實例，理應獲得充分的印證。

二、層遞

　　凡要說明的有兩項以上的事的，按大小輕重等一定比例，依序層層遞進而予以描述的修辭方法，是為「層遞」。層遞法的運用，由於上下句意義的規律化，易於了解與記憶，給予讀者深刻的印象，《雅舍小品》書中，精采的層遞辭例，往往可見：

（一）信裡面的稱呼最足以見人情世態。有一位業教授的朋友告訴我，他常接到許多信件，開端如是「夫子大人函丈」或「xx 老師鈞鑑」，寫信者必定是剛畢業或失業的學生，甚至於並不是同時同院系的學生，其內容泰半是請求提攜的意思。如機緣湊巧，真個提攜了他，以後他來信時便改稱「xx 先生」了。若是機緣再湊巧，再加上銓敘合格，連米貼房租津貼算在一起足夠兩個教授的薪水，他寫起信來，便乾乾脆脆的稱兄道弟了！

──〈信〉

此段文字由學生來信的稱呼「夫子大人函丈」、「xx 先生」到「稱兄道弟」，共分為三層，不但層次井然，而且人情之冷暖，由此三層稱呼，充分流露。

（二）四月一日，打開報紙一看，皇皇啟事一則如下：「某某某與某某某今得某某某與某某某先生之介紹及雙方家長之同意，訂於四月一日在某某處行結婚禮，國難期間一切從簡，特此敬告諸親友。」……啟事一出，好事者奔走相告，更好事者議論紛紛，尤好事者拍電致賀。

──〈洋罪〉

此例也是好事者、更好事者、尤好事者三層，層層遞進，整齊規律之中有一定的輕重比例。

（三）客人常被分為若干流品，有能啟用平凡主人自己捨不得飲用的好茶者，有能享受主人自己日常享受的中上茶者，有能大量取用茶滷沖開水者，饗以「玻璃」者是為未入流。至於座處，自以直入主人的書房繡閣者為上賓，因為屋內零星物件必定甚多，而主人略無防閒之意，於親密之中尚含有若干敬意，作客至此，毫無遺憾；次焉者廊前簷下隨處撞

見,所謂班荆道故,了無痕跡;最下者則肅入客廳,屋內只有桌椅板凳,別無長物,主人著長袍而出,寒暄就座,主客均客氣之至。在廚房後門佇立而談者是為未入流。

——〈客〉

此段有二組層遞,第一組描述以茶待客之道,分四層:1.啓用主人捨不得的好茶;2.享受主人同樣的中上茶;3.取茶滷沖開水;4.白開水。第二組描述待客之座處,也分四層:1.書房繡闈;2.廊前簷下;隨處接見;3.肅入客廳;4.後門佇立。此差別待遇,出之以層遞,井然有序,有條不紊。

(四)誤入仕途的人往往養成這一套本領。對下司道貌岸然,或是面部無表情,像一張白紙似的,使你無從觀色,莫測高深,或是面皮繃得像一張皮鼓,臉拉得驢般長,使你在他面前覺得矮好幾尺。但是他一旦見到上司,驢臉得立刻縮短,再往瘪裡一縮,馬上變成柿餅臉,堆下笑容,直線條全變成曲線條。如果見到更高的上司,連笑容都凝結得堆不下來,未開言嘴唇要抖上好大一陣,臉上作出十足的誠惶誠恐之狀。簾子臉是傲下媚上的主要工具,對於某一種人是少不得的。

——〈臉譜〉

作者在此以對下司、上司、更高的上司三種態度,層層遞進,描述若干官場中人的臉譜,真是淋漓盡致,令人拍案稱絕。其中「面皮繃得像一張皮鼓」也是譬喻中的明喻法,到這裡令我聯想到 T·摩爾的一段話:

向上級謙恭,是本分;
向平輩謙虛,是和善;
向下級謙遜,是高貴。

同樣是用層遞法描敘一個人的三種態度,同時也可見,官場中人,有

極可厭者，也有極可愛者。

三、夸飾

作者為出語驚人，遣辭造句夸張鋪飾，超過客觀事實，藉以滿足讀者好奇心的修辭技巧，是為「夸飾」。夸飾最主要的原則有兩項：1.主觀方面須出於情意自然流露，不可流於牽強造作；2.客觀方面須不致誤為事實。夸飾往往「事增其實，辭溢其真」，但吹牛之際，有意無意間，讓讀者知道作者是在吹牛，否則就易流於真偽不分了，且看《雅舍小品》中的夸飾：

　　（一）有些男人，西裝褲管挺直，他的耳後脖根，土壤肥沃，常常宜於
　　　　　種麥！

　　　　　　　　　　　　　　　　　　　　　　　　　　　　　——〈男人〉

這真是絕佳的諷刺文章！描寫男人之髒，入木三分。不過，文學的語言與科學的語言，兩者迥然不同。科學的語言追求真，貴在精確；文學的語言講求美，貴在動人，此辭例是典型的文學語言，我們只要感覺到那人耳後脖根很不乾淨，污垢極厚就夠了，至於是否肥沃到宜於種麥，倒毋庸深究。反正是「夸飾」嘛！果真有人以為此語不通，不合情理，那只有徒貽「欠缺文學細胞」之譏了。

　　（二）幾天不吃肉！他就喊「嘴裡要淡出鳥兒來！」若真個三月不知肉
　　　　　味，怕不要淡出毒蛇猛獸來！有一個人半年沒有吃雞，看見了雞
　　　　　毛帚就流涎三尺。

　　　　　　　　　　　　　　　　　　　　　　　　　　　　　——〈男人〉

這段話形容男人之嘴饞，傳神之至，也是典型的夸飾，嘴巴裡會淡出毒蛇猛獸嗎？當然不會，然而，非如此「辭溢其真」實不足以描繪貪饞之

狀。文學訴諸主觀的感覺,並非完全是客觀真實的紀錄。所謂「修辭立其誠」,主要是指主觀的感覺而言。筆者教書十餘年,每當走進教室,看到雞毛帚,就會想起梁實秋的「看見雞毛帚就流涎三尺」,偶一提及,無不哄堂大笑,真是效(笑)果奇佳的絕妙好辭,這當然純屬「夸飾」!並非客觀的事實,不過,夸飾泛濫,就有失節之虞。《文心雕龍》「夸飾篇」有云:「夸而有節,飾而不誣」,是以做為夸飾之座右銘。能夠像梁實秋《雅舍小品》中如此的夸飾得法,實在如鳳毛麟角,不可多得。

——原載《中央日報》副刊 1984 年 1 月 24〜25 日

——選自余光中編《秋之頌》

臺北:九歌出版社,1988 年 1 月

梁實秋《雅舍小品》的概括藝術

◎范培松*

　　抗日戰爭時期的散文，大多是以寫抗日戰爭有關題材爲主的感性散文。但半路上殺出個程咬金——梁實秋，別開生面地在重慶主辦的《星期評論》（劉英士主編）上開闢了一個「雅舍小品」專欄，推出一批學者型的知性散文——書齋小品。它一露面就擺開和讀者拉家常的架式：從腳下的狗、身邊的孩子、自己的病，一直談到人生處世、倫理道德、社會眾生百態等等，儘管海闊天空，但就是「與抗戰無關」。既無火藥味也無柔情蜜意，腔調也頗特別，沒有一個宗旨，也沒有一個規矩，有話說時發揮一通，不願講時一筆帶過；興致來時形象勾勒一番，有所不滿時冷冷地諷刺幾句。既無程式也無套套，放縱自由，充滿活力，顯得非常機智。正因爲如此，它的面世，深受讀者歡迎，《雅舍小品》正集印了 37 版，續集印了7 版，成爲人們喜愛的作品。它之所以受到人們的喜愛，重要的原因之一，是和它獨特的概括藝術分不開的。它的概括藝術有這樣三個性格：

一、以似是而非的模糊概括獲得概括的豐富彈性

　　《雅舍小品》的概括大致有兩類情況，一類是實指的，具有確定的對象，如〈雅舍〉寫自己居住的房屋；〈狗〉是以他鄰居家的那「一條腦滿腸肥的大狗」爲議論話題；另一類是泛指的，具有不確定的對象，如〈男人〉、〈女人〉都是泛指一般男人和女人，沒有實指任何具體特定的男人和女人。不管哪一類，作者在概括時都是採取一種似是而非模糊的概括。如

*蘇州大學中文系現當代文學教研室教授。

〈狗〉是具體敘述他和那條狗的恩怨關係（即狗每次襲擊他，主人在旁頗為得意）之後，做了這樣的概括：

> 養狗的目的就要他咬人，至少作吃人狀。這就是等於養雞是為要它生蛋一樣，假如一隻狗像一隻貓一樣，整天曬太陽睡覺，客人來便咪咪叫兩聲，然後逡巡而去，我想不但主人慚愧，客人也要驚訝。所以狗咬客人，在主人方面認為狗是克盡厥職，表面上儘管對客抱歉，內心裡是有一種愉快，覺得我的這隻狗並非是掛名差事，他守在崗位上發揮了作用。

再如〈女人〉對所有女人做出了這樣五個概括：「女人喜歡說謊」、「女人善變」、「女人善哭」、「女人膽小」、「女人聰明」等。以上的這些概括，都是似是而非，十分模糊。這種概括必須承擔風險，就如上面這兩篇小品的概括，人們完全可以在現實生活中找到鐵一般的材料把它推翻，但事實恰恰相反，人們不僅諒解它而且歡迎它，因為正是這些貌似不準確的似是而非的模糊的概括，恰好是最大限度地涵蓋了生活（儘管有的概括如擦邊球的擦到了一點邊），雖似是而非甚至有些武斷，但細細想想，生活中也確有那麼一回事存在，或也確有一點道理，從而受到頓悟和愉悅，並接受它。

二、用對個別形象（包括人、事和一切現象）進行加倍的描寫，形成亮點，做為概括的凸出和強調，從而和概括的似是而非的模糊性形成互補、相得益彰

這是梁實秋高明的地方。他的嘮嘮叨叨的敘述和似是而非的概括，很可能會使文章平板僵化，死水一潭，而敗壞讀者的胃口。因此他在小品中適時地、巧妙地穿插一些對個別形象的加倍描寫，形成亮點，刺激讀者的閱讀興趣，如同小說戲劇中的高潮，形成興奮點，使讀者久久不忘，並能

獲得感知的、明確的昇華。如〈汽車〉在一開始寫了一番下雨天的泥濘路上，汽車過處，人們怨言的情景之後，就插入一段精釆的「汽車是最明顯的階級標誌之一」的描寫：

> 如果去拜訪一位貴友或是場面較大的機關，而你是坐著汽車去的，到門無須下車敲門投刺那套手續，只消汽車夫嗚嗚的按兩聲喇叭，便像是《天方夜譚》裡盜窟的魔術一般，兩扇大門豁然而開，一個穿制服的閽人在門旁拱立，春風滿面，一頭不穿制服的獒犬在另一邊立著，尾巴搖動，滿面春風，汽車長驅直入。但如果你是人力車的乘客，甚而是安步當車者流，於按門鈴之後要鵠立許久，然後大門上開一小洞，裡面露出兩隻眼睛，向你上下掃射，用喝令的腔調問你找誰，同時獒犬大吠，大門一扇略開小縫，閽者堵著門縫向你盤查，如果應對得體，也許放你進去，也許還要在門外鵠立，等他去報告也不知是否在家的主人。⋯⋯

　　訪友時坐汽車的人和不坐汽車的人所受到的兩種截然不同的待遇，經過作者的集中、強調和誇張的加倍描寫，形成了耀眼的亮點，如刀刻般的烙印到讀者心上。整篇〈汽車〉小品，雖則漫無邊際的進行了各種概括，但讀者所受到的啟示卻是確定、鮮明和光豔的。因此它既調節了文章的節奏，又可和模糊的概括產生互補作用，不至於使讀者迷茫而不知所措。這種亮點在《雅舍小品》中俯拾皆是，篇篇都有，如〈講價〉中對於「善於還價的」描寫，要「有政治家的臉皮，外交家的嘴巴，殺人的膽量，釣魚的耐心，堅如鐵石，韌似牛皮，⋯⋯」；又如〈握手〉中寫那種做大官的和人握手的敷衍虛偽等等，都能產生出一種動人的效果。

三、站在平民的立場上，通過一些常見而熟悉的凡人小事，概括出一些意料不到的思想和道理，從而使讀者產生警異的新鮮感

　　《雅舍小品》的概括具有強烈的平民意識，它所議論的都是人們屋前

屋後的家常事，人們大多經歷過，但誰也沒有去深究，梁實秋注意到了，把它放到讀者面前，議論一番，講出一些不得不叫你信服的道理來。如〈謙讓〉中對日常落座時大家謙讓，不肯先坐，不肯坐首座的奧妙做了如下的揭示：

> 考讓座之風之所以如此地盛行，其故有二。第一，讓來讓去，每人總有一個位置，所以一面謙讓，一面穩有把握。假如主人宣布，位置只有十二個，客人卻有十四位，那便沒讓座之事了。第二，所讓者是個虛榮，本來無關宏旨，凡是半徑都是一般長，所以坐在任何位置（假如是圓桌）都可以享受同樣的利益。假如明文規定，凡坐過首席若干次者，在銓敘上特別有利，我想讓座的事情也就少了。

這一概括叫人眼前突然一亮，茅塞頓開。可貴的是這些概括都是作者站在平民立場上，用平民觀點來闡述的一些平民道理，或叫家常道理，因此它能深得民心，贏得讀者的青睞。

總而言之，梁氏的《雅舍小品》是以一種嘮嘮叨叨的拉家常的腔調來寫的。說它是抒情小品，又無柔情蜜意；說它是雜文，又無刺也不辣。就這樣拉拉家常，談談人生；雖無骨架，卻有軸心；既漫無邊際，但也有一定的約束；洋洋灑灑有一種紳士風度。它是 1920 年代徐志摩、梁遇春等致力地從英法散文引進的非中國化的 Essay 事業的繼續，而且顯得相當的灑脫和成熟。但由於整個思想情感的規範又完全是中國傳統化的型式，如對家庭交友倫理的觀點都是傳統的，這樣使得《雅舍小品》便成為中國式的 Essay 了。

再從思維流程來考察，《雅舍小品》的概括藝術是承繼了周作人的沖淡散文的特點。無目的、無主義、無傾向、無硝煙，乃至對政治、對現實的躲避，這種軟性思維完全和周作人的沖淡散文一脈相承。但梁氏的《雅舍小品》不苦澀不陰冷，相反的，它有一種「老天真」式的潔淨和學者的儒

雅風度，因此，它又有冰心的溫柔散文和朱自清的儒雅散文遺傳因子在
內。它當之無愧地可以稱爲是中國現代散文史上，學者型的知性散文第二
代的代表。

——選自《國文天地》，第 11 卷第 3 期，1996 年 8 月

在散文日益歐化的趨勢下
讀《雅舍小品續集》

◎歸人*

　　散文是項艱深的藝術。它的主要表現應是思想、情感、智慧及詩意。大眾傳播的勢力，侵入舞蹈、戲劇、小說；而且可以淋漓盡致的表現給世人欣賞。但是，做為文學藝術的散文，大眾傳播便無能為力了。迄今為止，我們還沒見到，利用大眾傳播——如電視、電影等，將散文的精巧，元氣畢現地傳達出來；其故在此。欣賞散文，用心靈遠超過用感官。那語文本身，即含有最微妙的手法和技巧。芸芸大眾，盡可以同觀一場戲劇，而齊聲喝采，卻不能因同讀一篇散文佳構，而一致擊節嘆賞。這種現象說明了散文的特性，散文的不可及處。

　　一向寫作謹嚴的梁實秋先生，於出版《雅舍小品》二十餘年之後，才拿給我們一本《雅舍小品續集》。對讀者而言，自然是美中不足之事，尤其是對於偏愛梁先生作品的人。唯因如此，一旦在手，我便有若恐不及之感，恨不得一飲而盡。

　　但美好的散文，應如品茗。倘然你作牛飲狀，便是外行了。所以我急速停頓下來，回頭細細玩味。這一領悟，便有分教了：它使我體知上面的感受。散文是智慧的結晶，詩的散文化。中國原有「百讀不厭」的說法。用以衡量散文，最為得當。倘然一看便足，我想這本散文大概可以休矣。

　　猶之乎梁先生的《雅舍小品》，這本《續集》是純粹中國文人的作品。如果說丁文江是中國學者西化的代表，則實秋先生應是雖具極高的西方文

*本名黃守誠。發表文章時為花蓮師範學院語文教育學系副教授，現已退休。

學知識,而仍固守中國色彩的典型。他的這部散文,語法、技巧、思想、情感,無一不充滿了「中國」的色彩。你翻開全書,簡直找不出半句西化的句子,半篇舶來的氣氛。

不僅如此,梁先生還充分發揮了中國語文的特質。在他嫻熟的運用下,巧妙的表現出中文的最高藝術。這一點,真要使那些「故作洋狀」的作家愧死。蓋以梁先生西文造詣之高,居然不受其約束,不為其誘惑,至少予我們一項信心,至少告訴我們散文的努力途徑之一。

也有些作家,以詩的技巧來寫散文。因此詩的句法,時時出現,不論它的優劣如何,其非純粹散文則一。梁先生顯然要創立真正的中國人的散文,將西化一腳踢開。把我們本有的文字藝術,成功的凸現出來。比如〈洗澡〉中一段文字:

> 我們中國人一向把洗澡當做一件大事的。自古就有沐浴而朝,齋戒以祀上帝的說法。曾點的生平快事是「浴於沂」。唯因其為大事,似乎未能視為日常生活的一部分。到了唐朝,還有人「居喪毀瘠,三年不澡沐」。晉朝的王猛捫蝨而談,更是經常不洗澡的明證。白居易詩「今朝一澡濯,衰疲頗有餘」,洗一回澡居然有詩以紀之的價值。

任何人一讀,都可體味出道道地地的中國味。我們時下的散文,歐化得幾乎使讀者誤以為是翻譯;正如披頭散髮的男子,使人誤以為是女人一樣;讓你啼笑皆非,厭倦而且不舒服。

而且,梁先生更使用了不少神氣活現的口語:

> 貓很乖,喜歡偎倚著人;有時又愛蹭人的腿,聞人的腳。唯有冬盡春來的時候。貓叫春的聲音頗不悅耳。嗚嗚的一聲一聲的吼,然後突然的哇咬之聲大作,唏哩嘩喇的,鏗天地而動神祇。這時候你休想安睡。所以有人不惜昏夜起床持大竹竿而追逐之。

　　這是道地的口語，連聲音亦被梁先生不折不扣的傳達出來了。但顯然的是，其中雜了文言的成分。「哇咬之聲大作」，「鏗天地而動神祇」及「持大竹竿而追逐之」等，自然不是純淨的白話文。不過，我們以爲，在這種「文言」的形式下，正表現出梁先生的藝術手腕和幽默感。試想，「貓叫春」的急迫狀，誰沒聽過。聽過的人將終身不忘。還需要如何去特別描寫，倒是貓的「愛蹭人腿」沒有多少人體會吧？

　　文言語句除了具幽默感外，它還給讀者保留了「想像」的餘地。近代作家的缺點，我以爲在於不懂含蓄，不予人以「想像」、「回味」的機會。任何素材，一旦被這些作家來寫，必然血淋淋的，毫無鉅細的描述殆盡。其結果是使我們肌肉緊張，不忍卒睹。

　　再說〈貓的故事〉的內容。我們以爲，梁先生蓋以《史記》的「遊俠列傳」氣魄，來寫偉大的母愛。那隻身體屢弱的母貓。冒了生命的危險，來翼護自己的子女。這種勇敢，這種愛心，使人類亦要感到羞愧，爲之喝采。全篇充滿了緊鑼密鼓的節奏，直到水落石出，我們才停止住跳躍的心情，由憤怒一變而爲驚嘆。「天地之大德曰生，這道理本該普及一切有情。貓爲了她的四隻小貓，不顧一切的冒著危險回來餵奶，偉大的母愛實在無以復加！」這段短論，於〈貓的故事〉中揭出，實具有千鈞之力。因爲，我們已目擊了母貓的壯烈行爲。

　　在這兒，我們想特別提出梁先生說的「有情」問題。除了〈貓的故事〉外，梁先生在〈樹〉中，寫得更爲委婉多致。這段文字人好了，太美了，有整段介紹的必要：

　　　我從小對於樹有偏愛。我嘗面對樹生出許多非非之想，覺得樹雖不能言，不能語，可是它也有生老病死，它也有榮枯，它也曉得傳宗接代，它也應該說「有情」。

　　這是梁先生第二次談到「有情」。爲什麼呢？因爲梁先生自己是個有情

的人。整個《雅舍小品續集》，就是「有情」的說明。我們不能想像一個六親不認的人，一個除了自己，對萬物（除了財貨）皆無感情的人，還有什麼價值。這種人我們只能將他加入吸血蟲之列。加入其他任何動植物中，卻有點不恰如其分。「情」之一字，正是一般生物的偉大處。梁先生接著又寫：

> 樹的姿態各個不同。亭亭玉立者有之，矮墩墩的有之，有張牙舞爪者，有佝僂其背者，有戟劍森森者，有搖曳生姿者，各極其致。我想樹沐浴在薰風之中，抽芽放蕊，它必有一番愉快的心情。等到花簇簇，錦簇簇，滿枝頭紅紅綠綠的時候，招蜂引蝶，自又有一番得意。落英繽紛的時候可能有一點傷感，結實纍纍的時候又會有一點遲暮之思。我又揣想，螞蟻在樹幹上爬，可能會覺得癢癢出溜的；蟬在枝葉間高歌，也可能會覺得聒噪不堪。總之，樹是活的，只是不會走路，根繫在那裡便住在那裡，永遠沒有顛沛流離之苦。

這是一段最富詩意的描寫，也是最能表現「情」味的描寫。在眾多的文學著作中，還很少看到這麼深情的片段。所謂赤子之心，應是指此。

這種赤子之心，到了杖鄉之年，亦未變更。在〈手杖〉中，梁先生說：

> 一根手杖無論多麼敝舊，亦不忍輕易棄置，而且我也從不羨慕別人的手杖。如今，我已經過了杖鄉之年，一杖一鉢，正堪效法孔子之逍遙於門。武王杖銘曰：「惡乎危於忿疐，惡乎失道於嗜欲，惡乎相忘於富貴！」我不需要這樣的銘，我的杖上只沾有路上的塵土和草葉上的露珠。

我們知道，終梁先生一生，從未服官。除了與「左翼仁兄」偶有交手

外，可以說與人無忤，過的是完全淡泊的書生生活。「一根手杖無論多麼敝舊，亦不忍輕易棄置」，也是梁先生「有情」的另一說明。若在唯名利是逐之輩，舊手杖云乎哉！即故交、至戚、乃至兄弟、子女，無不可棄也。

由於這一「有情」的觀念，所以梁先生又有了〈虐待動物〉一文。他家的駕御小張剋扣草料，騾子吃不飽，「但是到了通衢大道之上又非騰驤一陣不可，小張就從袖裡取出一把錐子，仿照蘇秦引錐刺股的故事，在騾子臀部上猛攮一下，騾子一驚，飛馳而去，鮮血順著大腿滴流而下。……我從小就很詫異一個人的心腸何以硬得這樣可怕。但當時以為世界上僅有小張一個人是這樣的狠。」這段文字，寫得看來心平氣和，但只要是還有幾分人味，都會熱血沸騰，無法自已。

但世上若「小張」之徒，誠不可勝計。最妙的是，有超出「小張」者，雖噬人心肝，而頗「善為說詞」。蓋所謂比「狼心狗肺」更次一等之人的嘴臉。這種居心可誅之輩，最多只能欺騙頭腦不太發達的大眾，若遇到敏銳如梁先生，便黔驢技窮，不得不現原形了。梁先生說：

> 一個人不可以有意的把「不必要的」痛苦加在動物身上，想來「必要的」痛苦則不在此限。……小張椎攮騾臀，也不是沒有必要，因為不如此他無法一面剋扣糧草一面交代差事，為了自私的享受而不惜製造痛苦，這只是顯示人性之惡的一面，「必要」云乎哉！

在這裡我們不得不請那些「善為必要說詞」的人聽聽：不論什麼「鬼話」，你的心狠手辣並不是沒有人知道。想一手遮盡天下耳目，豈可得乎？

「有情」的梁先生，說得很乾脆：

> 假使你的鄰人一家食指浩繁，無心為生，你是不是也可以走過去殺掉他的三男兩女以減少他的負擔？

而其終極願望則是：

> 動物的涵意甚廣！應該把人類也包括進去，防止虐待動物，曷不親親而仁仁。先從防止虐待人類始？有時候人虐待人，無所不用其極。

但是，非常可悲，時代愈進步，「虐待」的事件愈多。具有虐待狂的人也愈加普遍。你打開報紙，巧妙的犯罪事件，層出不窮，自不用說。而更可怖者，是那些外具華衣美服，其實心懷齷齪，傷天害理。自然，梁先生也注意及此。他在〈髒〉文中，於縷述「衙門裡也有人坐在馬桶上把一口一口的濃痰唾到牆上，欣賞那像蝸蟲爬過似的一條條亮晶晶的痕跡」之後，特別慨然地說：

> 其實，髒一點無傷大雅，從來沒聽說過哪一個國家因髒而亡。一個個的縱然衣冠齊整，望之岸然，到處一塵不染，假使內心裡不太乾淨，一肚皮男盜女娼，我看那也不妙。

所以梁先生雖極端不滿意我們國產的髒勁兒，「我一看享受毛巾把的朋友們之惡狠狠的使用它，從耳根及脖後以至於繞彎抹角的擦到兩腋生風而後已，我就不寒而慄，……」而真正使他不寒而慄的，我看還是「衣冠齊整」的「男盜女娼」之輩吧？可惜，在庸俗的社會上，憑衣冠觀人的較多，憑人品觀人的卻屬少數。

〈吃相〉是篇不可多得的上乘之作。梁先生大約使用了施耐庵的筆力，於嘲諷了過於矯情的人們後，特別大書特書，把兩次「真正痛快淋漓的吃」相，描述出來。短短四、五百字，就將兩次狼吞虎嚥但可愛的吃相，淋漓盡致的表現給我們。使我們如同坐在附近，親眼目睹一樣。這些「吃相」不會出現在盛大的酒會中，不會出現在豪華的飯店裡。因為他們沒有這種資格。可是梁先生很欣賞，「他們都是自食其力的人，心裡坦蕩蕩

的，飢來吃飯，取其充腹，管什麼吃相！」

「管什麼吃相」可說是梁先生對那些人的最大禮讚。而這種禮讚，基於「自食其力」及「心裡坦蕩」。若是喝取他人骨血，內心機詐叵測，則吃相再「典雅」、「文明」也必爲梁先生所不齒。

「髒」必須處理，故梁先生又有〈洗澡〉之作。他頗同意「與其澡於水，寧澡於德」的說法，並且加以補充：

> 若說赤身裸體便是邪惡，那麼衣冠禽獸又好在那裡？禮（儒行云）：「儒有澡身而浴德」。我看人的身與心應該都保持清潔，而且並行不悖。

總而言之，梁先生的思想是一貫的。他對萬物均有情感，存有好生之德。梁先生雖自題其書爲《雅舍小品》，但這個雅不是那種雅到不近人情的雅，雅到只知「有我」而不知「有人」的雅，或者雅得「只此一家，別無分號」的雅。老實說，若果其雅如此，我們就不敢領教，甚至必須敬而遠之了。這種「雅」倘非神經病，亦必爲雅到變爲庸俗的傢伙。若想受得了，殆非相當「道行」不辦。故梁先生之雅也，雅得中庸，沒有離譜；雅得率真，沒有虛僞。看來是平凡的，卻最需大仁、大勇的精神。要知道某些但知討好當代、隨俗浮沉的人，就不敢露出「真情」來。他們日夜戴著一頂假面具，到處弄鬼騙人，做紳士淑女狀。其實，正是天曉得！

寫到這兒，我不免聯想起時下的散文來，絕大多數的散文，都「雅」得不食人間煙火。歐化的字句，當然免不了啦！不歐化何以顯示出其與洋文的關係？美麗詞藻自然要盡量堆砌，不這般還算什麼「抒情」作品？但對於讀者來說，上焉者，不過是一具漂亮的模特兒。沒人看見過模特兒跟人發生共鳴之感。下焉者正如倚門賣笑的風塵女子，在昏暗燈火下，塗滿廉價的脂粉；仔細觀察，實若荒郊殭屍焉。若不望而卻步者，幾希！

比如說「賞雪」！在常見的散文裡，必然少不了「玉宇」、「陶醉」或「凝望許久」之類。梁先生則不然。他說：「賞雪，須先肚中不餓。否則雪

虐風饕之際，飢寒交迫，就許一口氣上不來，焉有閒情逸致去細敘『一片一片又一片，……飛入梅花都不見』」。這是「雅」的本色。因是真話，故連我這俗人，也聽得進去，也頗首肯。常人爲文，如一面高談「愛情至上」，一面又看你銀行存款。皮笑肉不笑，就令人敬而遠之，掩卷而嘆了。

就是談商店禮貌，梁先生亦「雅」得近情，不似一般但知責怪店員然。近情便是同情，便是基於愛人之心。不過，這種愛不是偏私的愛而已。他說：「舊的東西大抵可愛，唯舊病不可復發。諸如夜郎自大的脾氣，奴隸制度的殘餘，懶惰自私的惡習，蠅營狗苟的醜態，畸形病態的審美觀念，以及罄竹難書的諸般病症，皆以早去爲宜。」讀者別以爲這話是官樣文章，事實上梁先生是言之痛心的；與我們有切身的關係。一向出言溫和的秋翁，很少正面提出他的不滿來。現在是到了無法包容的時候，才不得不一起迸發。他要我們知道謙遜，挺起腰板，勤儉公正，心胸磊落。跟其他各文所主張的，殊途同歸。而其終極，均在人格之高尙正大。「難以處理的豈只是門前的垃圾，社會上各階層的垃圾滔滔皆是，又得如何處理？」、「人身狗首，雖然不及人面獅身那樣的雄奇，也算另一種上帝傑作。我們不可懷有種族偏見。何況在我們人群中，獐頭鼠目而昂首上驤者也比比皆是。」不過，其中「畸形病態的審美觀念」一項，大約是梁先生記錯了，這種病我看是近代的新病，非舊症也。

但梁先生之特意提出，自有深意在焉。要知道凡是畸形、病態，便有其「不可告人」處，便有其「居心叵測」在。而梁先生重點在美，尤非閒筆。蓋近代女人之愛美，其勢有若核子戰爭之可怖。自化妝品而整容，慘絕人寰，不一而足。尤可怪異者，男性亦急起直追，不甘落後。其爲人妖，可以科學方法證驗。爲禍之烈，不可輕視！

拉雜及此，我們似乎該再回顧一下梁先生的散文技巧。因爲，美好的作品，均有意在言外之妙。你若完全說盡，就有點殺風景了。

在本文開始，我們曾指出，《雅舍小品續集》是純粹的中國的散文。第一是沒有半句歐化。（這當令那些愛慕歐化之輩，大吃一驚！）第二是內容

雖亦偶爾（注意，僅是偶爾！）涉及異國史實，而大部分還是引用國貨。第三是現代化的。除了〈讀畫〉等少數作品外，全是現實生活的掠影，抒情中有議論，議論中亦雜以抒情。而重要的是，內容質樸，文詞歷練。在滿目「假洋鬼子式」的散文潮流中，這當然令人有空谷足音之感。你讀梁先生的作品，至少隨時隨地知道是讀中國人的作品。雖然說文學無國界，但文學卻並不是沒有個性。沒有個性的人是行屍走肉。沒有個性的作品只是一具模特兒的影子，偏見的人則可，真正有頭腦的人則不可。

所謂純粹的中國散文，其最顯著的特徵，我們在〈樹〉文內已略知一二。此外，我們不妨再引一些來看：

「畫給人的一種心靈上的享受，不可言說，說便不著。」

——〈讀畫〉

「阿里山的檜木心所製杖，疙瘩嚕囌的樣子並不難看。……」

——〈手杖〉

「到瑞蚨祥買綢緞，一進門就可以如入無人之境，況……見樓梯就上，上面自有人點頭哈腰……」

——〈商店禮貌〉

「女孩子們後腦杓子一把清湯掛麵是不大好看，不過一定要燙成一個鳥窩，或是梳成一個大柳罐，我也看不出其美在哪裡。」

——〈頭髮〉

「例如登好漢坡，坐在滑竿上可能微有倒懸之感，腹內的東西決不至岔了出來。……」

——〈滑竿〉

「上下臺階的時候常有人在你肘腋處狠狠的攙扶一把，這是提醒你，你

已到了杖鄉杖國的高齡，怕你一跤跌下去，摔成好幾截。黃口小兒一幌的功夫就竄高好多，在你面前跌跌跆跆的跑來跑去，喊著阿公阿婆，這顯然是在催你老。」

──〈老年〉

這幾段只是隨意挑出來的。但你可以考察考察，多麼有「中國」味，多麼傳神。比之非歐化不可的作品，除了先天有自卑感之流，誰亦體味出梁先生的寫情，運用語文到家。若說我們的機械廠須外國資助，始可設立，我們沒有話說；但若說我們的文學著作，離了洋人也寫不出好的，怕不一定。梁先生西方文學知識之高，眾所周知。然就《雅舍小品》而言，它為純粹的「國貨」，卻是事實。猶記得胡適先生提倡白話文時，也遭過無數古文派的反對。據說，有某私立大學邀請胡先生出任校長，守舊派認為胡先生若用白話覆電，必答以「我的才能不夠，沒辦法擔任」這種冗長句子；或者必須借助文言「才疏學淺，不堪勝任」。事實上，胡先生的覆電僅三個字：「幹不了！」既省事又乾脆，又恰合分際。因此，我們可以相信，即令歐化得斐然可觀，亦只是個生在國外的「華僑」而已。譬如烹飪，若以中國作料，而用西餐技巧，則其古怪，吃來彆扭，是意料中事。而且，其生吞活剝，不合藝術標準，大約亦是必然。我們的語文特質，原有其特殊精巧；我們的用詞，亦有其文化歷史。「哈著腰」比「鞠躬」傳神，「呂出來」比「吐出來」活潑有致。在此等處我們發現梁先生臨文之審慎。

梁先生為文之另一巧思，為取譬之生動入化；如寫老人的牙齒「有如一把爛牌，不是一三五，就是二四六，中間儘是嵌張！」（〈牙籤〉）說考慮請客名單，「主客當然早已內定，陪客的甄選太費酌量。眼睛生在眉毛上邊的宦場中人，吃不飽餓不死的教書匠，一身銅臭的大腹賈，小頭銳面的浮華少年……若是聚在一個桌上吃飯，便有些像雞兔同籠，非常勉強。」（〈請客〉）

梁先生的散文更愛用「反襯法」。就是說，他慣以極正大的詞句，反寫

最令人生厭的事實。而其效果，則常出乎意表。如下面這一段寫到垃圾：

> 這（垃圾）箱子有門有蓋，設想週到，可是不久就會門蓋全飛，裡面的
> 寶藏全部公開展覽。不設垃圾箱的左右高鄰大抵也都不分彼此，惠然肯
> 來，把一個垃圾箱搔弄得腦滿腸肥。……

其中「寶藏」顯然不是真正的寶貨；「公開展覽」當然是不應公開；「高鄰」自然不會「高」到什麼地方去；「惠然肯來」其實是最好不來。而腦滿腸肥，則為擬人化。短短百餘字，運用的是習見的詞彙，卻表現尖銳的力量。每句都有他的「批評」在內；都是有所為而寫。不若一般散文家，為新奇而新奇；至於何所為，本人亦莫知所云。11 則〈不亦快哉〉，更是「反襯法」的總代表。文中處處在讚揚，卻正是處處在嘲笑與申斥。

全書抒情氣氛較濃的自然是〈窗外〉、〈樹〉、〈北平年景〉及〈正月十二〉四篇。〈窗〉、〈樹〉兩文我最欣賞，也最感動。梁先生寫的似乎很淺淡。但懷鄉憂國之情，令人無限悽惻。鄉村中「每一班車都是疏疏落落的三五個客人，淒淒清清慘慘」，暗示了異鄉的寂寞。後二篇歸是梁先生的心情最為沉重之作。他追憶幼年時代的北平年景。不幸的是在家家戶戶歡樂之際，袁世凱導演一幕令人無限憤慨的戲劇。過於含蓄的梁先生，仍然不輕易充分的透露出他的激情。這是令我們唯一感到遺憾的事情。何以故呢？因為那樣遙遠的童年往事，那樣劇烈的大變動，似乎不該是那麼淡泊與平靜的筆觸。這也許是梁先生在《雅舍小品》之後而有《秋室雜文》，再有《雅舍小品續集》，始終不肯冠以「散文」的原因之一吧？不過，我們卻相信，「小品」也好、「雜文」也好，但已為我們日益歐化，又患上思想貧血，感觸浮泛的當前散文，發生若干激勵的作用了！

——選自《書評書目》，第 17、18 期，1974 年 9、10 月

論《雅舍小品》的審美風格及其在中國大陸的接受

◎高旭東

　　對梁實秋而言，於中國大陸寫作發表，在臺灣才得以出版的《雅舍小品》，意味著一個不平凡的轉折。當梁實秋熱心於文學批評與政治評論的時候，中國傳統士大夫那種以天下為己任的使命感促使他關注國家的興衰，匡正時弊，從而寫出了一系列尖銳潑辣的文學批評與政治評論文章。於是，天生好鬥的梁實秋與更為好鬥的魯迅等左翼作家發生了激烈的衝突。另一方面，梁實秋的民主言論與自由理想又經常觸犯蔣介石當局，從而左右不討好。在這種時候，梁實秋的苦悶與落寞是可想而知的。人在苦惱煩悶的時候，或者遺世出家，或者在藝術的情感宣洩中得以解脫，這就是為什麼梁實秋在抗戰後期開始創作「與抗戰無關」的小品文章，並且從此開始與文人論爭的文學批評以及與政治當局論爭的政治評論就很少在梁實秋筆下出現了的原因。《雅舍小品》的這種創作背景，對於研究其審美風格是非常重要的。梁實秋的性格是很倔強的，從與魯迅等左翼文人論爭時的一些藝術主張，到編輯《中央日報》「平明」副刊時所受到的「與抗戰無關論」的批評而產生的反動，都可以在他的《雅舍小品》中找到影子，甚至可以說，《雅舍小品》是梁實秋用文藝創作的方法，對此前所有針對他的批判的一種藝術回應。離開了這種創作背景，乾巴巴地總結出《雅舍小品》的幾條藝術特點，並不能真正洞悉《雅舍小品》審美風格的真諦。

　　在 1930 年代的上海，梁實秋與左翼文人的論爭所涉及的範圍很廣，但焦點集中在理性與情感、人性與階級性等問題上。梁實秋站在理性與人性

的文藝立場，對於放縱情感的五四新文學的浪漫傳統進行了清算，對於強調階級性的無產階級文學進行了批判，從而張揚帶有濃重古典主義傾向的表現人性的理性文學。當然，情感也是人性的表現形式，梁實秋反對的並不是一般的文學中的情感，而是盧梭之後不受理性束縛的情感表現。在梁實秋看來，人性之所以不同於獸性，就在於動物的感覺、欲求不受理性的約束，而人的感情、欲望都要受理性的約束，否則人就等同於野獸。從這個意義上說，梁實秋心目中的人性與理性是一致的，而且這種人性是永久不變的。

梁實秋的這種理論倡導以及對左翼文學的批判，在他的《雅舍小品》中就有典型的表現。這些小品自然流露著梁實秋的愛憎感情，也有形象的比喻，但是這種感情與想像力是受理性控制的；如果理性的成分太多，就不是藝術性的小品，而成了人生智慧的論文了，梁實秋個別小品之失正在這裡。但是《雅舍小品》中的大多數文章，卻是不乏情感的流露，這種情感往往是以反語或者諷刺的筆調流露的，甚至有的時候直接表露愛憎。這些小品也不缺乏想像力，常常是以形象的語言娓娓道來。只是梁實秋的小品是將情感與想像力納入理性的約束之中，不導向「浪漫的混亂」，而且理性的因素還給文章增加了一種哲理內涵。《雅舍小品》往往是以人生的一個大題目如男人、女人、孩子、中年，或人生的倫理道德行為如謙讓、握手、第六倫、送行，或人類的分工如詩人、醫生以及人生的一些其他行為作為標題，然後就此題目展開論述，只是並非邏輯嚴密的理論論述，而是根據自己的人生經驗以及對這個題目的愛憎，展開想像的翅膀，從而使這種文體介於純美的藝術品與邏輯論證的論文之間。

《雅舍小品》還表現了梁實秋反對「普羅文學」的階級論時所倡導的「人性論」。譬如〈女人〉、〈男人〉等文，寫的就不是那個階級或者那個時代的女人或男人，毋寧說，作者努力的方向，是想從無論哪個階級、哪個時代的女人或男人中發現一種共同性，也就是「永久不變的人性」。如果說〈女人〉和〈男人〉寫的是以「女人性」和「男人性」為特徵的性別屬

性，那麼，〈病〉、〈客〉、〈臉譜〉、〈中年〉等篇則彷彿是寫不同年齡與語境中的人性。

　　梁實秋編輯《中央日報》「平明」副刊時，曾說與抗戰有關的文章最爲歡迎，與抗戰無關的文章真實流暢也是好的，此論受到了左翼文人的圍攻。其實梁實秋在編輯這個副刊的時候，還是頗多顧忌，發表的還是「與抗戰有關」的文章居多；而一旦只對自己負責寫起小品來，他就完全由有所顧忌進入了一種自由狀態，甚至可以說是用藝術實踐對於左翼文人的批判進行回應——我的小品就是寫「與抗戰無關」的，難道就不成爲藝術品了嗎？到底你那些「抗戰八股」經得起時間考驗，還是我的小品具有永久的藝術魅力？《雅舍小品》中有十篇左右是寫於抗戰後期的重慶北碚，然而幾乎沒有一篇是與抗戰有關的。那個時代的血與淚、屠殺與轟炸、爲國捐軀與發國難財，都與「雅舍」無關。從「雅舍」看出去，但見「山頭吐月，紅盤乍湧，一霎時，清光四射，天空皎潔，四野無聲，微聞犬吠……舍前有兩株梨樹，等到月升中天，清光從樹間篩灑而下，地上陰影斑斕，此時尤爲幽絕」。於是在雅舍所寫，從女人、男人到孩子，從音樂、下棋、寫字到畫展，從謙讓、握手到講價，都是從一個角度觀察人生的智慧閃光，不但與抗戰無關，而且與當下的時事亦無關，更不是什麼時代精神的傳聲筒。這就像中國宋元時代的山水畫，社會的動亂，外敵的入侵，在畫面上找不到絲毫的痕跡。如果欣賞者在這種繪畫面前凝神欣賞，自己也會忘卻社會的離亂與外敵的入侵，而進入一種空靈妙諳的藝術境界。

　　由於《雅舍小品》在臺灣出版之後意外地暢銷，甚至被說成是「華語散文的瑰寶」，梁實秋就一發而不可收拾，又陸續寫作了《雅舍小品續集》、《雅舍小品三集》。但是，後來寫作的兩集與《雅舍小品》相比，在材料範圍上與藝術表現上並沒有什麼大的區別，只不過是對《雅舍小品》在量上的擴大。譬如，《雅舍小品》中有〈中年〉，《續集》中有〈老年〉，《三集》中有〈年齡〉；《雅舍小品》中有〈謙讓〉、〈第六倫〉，《續集》中有〈敬老〉、〈商店禮貌〉，《三集》中有〈送禮〉、〈代溝〉；《雅舍小品》中有

〈信〉,《續集》中有〈書〉,《三集》中有〈講演〉;《雅舍小品》中有
〈病〉,《續集》中有〈聾〉。《雅舍小品》在談到男人的時候談到男人的一
些「髒」、「懶」、「饞」等品性,在《續集》與《三集》中都列有單篇的討
論。《雅舍小品》中有〈衣裳〉、〈汽車〉,《續集》中有〈手杖〉、〈滑竿〉;
《雅舍小品》中有〈旅行〉、〈運動〉,《續集》中有〈觀光〉、〈睡〉,《三
集》中有〈喝茶〉、〈飲酒〉、〈抽煙〉;《雅舍小品》中有〈豬〉、〈鳥〉,《續
集》中有〈狗〉、〈虐待動物〉,《三集》中有〈醃豬肉〉。《雅舍小品》的巨
大成功以及一印再印,還鼓勵了梁實秋以「雅舍」為「商標」寫作了《實
秋雜文》、《西雅圖雜記》、《白貓王子及其他》、《雅舍談吃》、《雅舍散文》
及《雅舍散文二集》等涉及面更廣的散文,《秋室雜憶》、《看雲集》、《槐園
夢憶》、《雅舍雜文》等懷念文壇故舊、親朋與髮妻的散文,《梁實秋札記》
等讀書心得散文,使得「雅舍商標」馳名臺灣,梁實秋也成就了一代散文
大家的功業。在這些散文中,其中有流露情感熾熱而成為純美藝術的《槐
園夢憶》以及念舊散文,也有接近論說文的《梁實秋札記》。取材範圍也比
《雅舍小品》擴大了,對抗戰時期自己的生活與其他人物的回憶,已經
「與抗戰有關」了。而且這些文集之間也有互相交叉的現象,譬如《雅舍
散文二集》的,就頗多懷念故舊的文章,與《看雲集》接近。這些散文的
價值是不容忽視的。以《秋室雜憶》為代表的散文,提供了梁實秋個人生
動的傳記歷史,以《看雲集》為代表的一系列散文,為現代中國作家的研
究提供了大量的感性資料,而且這部分散文的藝術價值往往也很高。不
過,梁實秋的多數散文都是從「雅舍」的「商標」「批發」出去的,這也註
定了這些散文與《雅舍小品》具有千絲萬縷的聯繫。其中一些散文,放入
《雅舍小品》中也並不令人感到突兀。尤其是《雅舍談吃》,就是由《雅舍
小品》之第三集中的〈醃豬肉〉、〈蘿蔔湯的啟示〉、〈狗肉〉、〈燒餅油條〉
一類小品演化出來的。因此,下面對梁實秋創作的評價,還是以《雅舍小
品》為主要的分析對象。

　　梁實秋的小品在現代中國的小品散文中確實別具一格。創造社的郭沫

若、郁達夫等人的散文往往是個人情感的一個片段，文學研究會朱自清、冰心等人的散文則是記敘一段事跡或景物，雖然前者也與記敘結合，後者在事跡或景物的描寫中也積澱著情感，但是都缺乏深刻的理性內容，而且他們也沒有想到將這一時一地的藝術表現與永久的人性結合起來。梁實秋與魯迅雖然是論戰對手，但是要在現代中國散文中尋找與《雅舍小品》相近的文章，那麼當推魯迅的雜文——就是在一個題目下，以議論為經，以情感的抒發與藝術的想像為緯，將理性內容與情感想像熔為一爐。但是，魯迅的雜文充滿著對國民性與現實醜惡的批判，而梁實秋的小品則是他從戰鬥中撤離的表現，也不關心中西文化的差異，而著力描寫「永久不變的人性」，所以他的小品能夠圍繞著一個題目，東拉西扯，以不同文化中的名人名言與事例，來表明這種人性具有穿透空間的共通性。因此，現代中國的小品散文中唯一與《雅舍小品》在取材範圍與表現方式上相近的，大概是錢鍾書的《寫在人生邊上》，二者思考的都是共同的人性，而且行文中都使用了反語、諷刺等技巧，使文章顯得幽默。不過，錢鍾書的幾篇散文有的地方議論明顯，藝術表現不如他的小說得心應手；而梁實秋的小品幾乎就是他生命的流溢，其中的議論也被其智慧之光給遮掩了。

　　梁實秋以為人性是永久不變的，而國民性一旦形成，改變也不是輕而易舉的。從今天的欣賞角度來講，魯迅揭露國民性的雜文，就比《偽自由書》等直接抨擊社會醜惡現象乃至國民黨的政治圖謀與文化政策的雜文顯得耐讀。因為魯迅那個時代的社會醜惡與今天的不同，而國民黨的政治圖謀與文化政策更是和今天的生活不相關，但是魯迅剖析的一些國民性現象，至今卻仍然存在而使這類雜文仍然具有持久的魅力。魯迅自己也知道這一點，他說攻擊時弊的文章應該隨著時弊的消失而一同消失，又說感情正烈的時候不宜作詩，否則鋒芒太露能將詩美殺死。但是，魯迅為了抨擊當時的社會邪惡，寧可犧牲了藝術的永久性，並不以為可惜。而梁實秋故意跳開現實的直接性，不在時代背景與當下事變上著墨，也不在人的階級性與國民性上著墨，而是有意識地描寫人類一些共有的性別、年齡、愛

好、行爲方式等等，從中看取共通的人性。雖然不能說梁實秋寫的就一定是人性，但是他的小品與當時那些「與抗戰有關」的文章相比，確實有更久的藝術魅力。

梁實秋小品文章的這種優點，似乎又是對於當年與魯迅論戰的一種藝術回擊。梁實秋曾經宣揚文學要描寫永久不變的人性，魯迅反駁說，從類人猿，類猿人，原人，古人，今人，未來的人，如果生命真會進化，人性就不能永久不變。魯迅的反駁是有道理的，而且就魯迅而言，「永久不變的人性」至少與他從事的事業相矛盾；如果人性永久不變，那麼魯迅棄醫從文而要改良中國人的人性就完全是徒勞的——如果國民性也永久不變，魯迅的改造國民性還有什麼用處呢？但是，梁實秋的理論也並非一點道理也沒有，莎士比亞劇作的藝術魅力確實與其描寫比較永久的人性有關。就以莎士比亞與蕭伯納相比，蕭伯納劇作的時代特徵非常明顯，重點在揭露資本主義社會的醜惡；相比之下，莎士比亞劇作的時代背景多不明顯，而是在戲劇衝突中著力表現人性中的道德與犯罪、愛與恨、悲與喜、猜忌與真誠、復仇與寬恕、忠誠與背叛、希望與絕望、生存與死亡等一系列較爲永久的主題。蕭伯納戲劇在永久性上不如莎士比亞戲劇的原因也在這裡，就連蕭伯納的朋友與傳記作者佛蘭克·赫理斯也感嘆要在蕭伯納的作品中「找到不朽的因素，是極其困難的事」，這或者是「因爲蕭的作品沒有永久性」[1]。在莎士比亞與蕭伯納之間，梁實秋選擇的顯然是莎士比亞，他在小品文章中拋開時代的風潮，而去描寫「永久不變的人性」。

不過，梁實秋是在整個中國文壇都在選取「與抗戰有關」題材的時候，獨樹一幟而轉爲新鮮的。如果整個文壇在文化語境相似的情況下都寫這種小品，那麼這種對所謂永久人性的描寫就很容易重複，因而也不值得提倡。倒是杜思妥也夫斯基那種將深刻的人性思考與時代的文化語境緊密結合在一起的描寫方法，就是既「與抗戰有關」又能超越抗戰的感時憂國

---

[1] 佛蘭克·赫理斯著；黃嘉德譯，《蕭伯納傳》，北京：外國文學出版社，1983 年，頁 168。

的時代性而具有深刻的文化意蘊與人性內涵的作品，譬如魯迅的《吶喊》、《徬徨》、《野草》以及路翎的《財主底兒女們》的藝術努力方向，更值得提倡。魯迅當年曾經諷刺梁實秋要寫人性可以寫營養、運動、生殖等生物性，而梁實秋確實從「營養」出發，寫了大量「談吃」的小品；從「運動」出發，寫了〈下棋〉、〈旅行〉、〈運動〉、〈洗澡〉、〈睡〉、〈觀光〉、〈搬家〉等許多小品；從「生殖」出發，寫了〈結婚典禮〉、〈喜宴〉等小品。當然，梁實秋在寫這些小品的時候，並非著眼於其生物性，還是描寫了具體的語境，而對具體語境的觸及不可能與文化和時代完全分開。換句話說，即使是著眼於人性的梁實秋，也無法寫一切文化與一切時代，而只能寫他直接或間接熟悉的文化和時代。

　　儘管梁實秋超然物外專心致志地要描寫「永久不變的人性」，但是他描寫的是不是「永久不變的人性」，是要大打折扣的。譬如梁實秋在〈男人〉一篇中總結出來的「男人性」，唯一讓人認同的就是男人聚集到一起愛談女人和性，至於其他的「男人性」幾乎全不是那麼回事。男人髒和懶的確實不少，但是講求衛生與勤勞的人也絕不在少數。男人固然有不少自私的，但是歷史上記載的公而忘私、捨身取義的男人又何其多也！而愛議論人家的隱私，我總疑心是梁實秋把寫〈女人〉時的材料放到男人頭上了。因此，離開了具體的社會、文化語境和歷史背景，抽象地談論一種「男人性」，是很難令人信服的。

　　當然，正如〈旅行〉一篇是因為梁實秋個人不愛旅行由此把所有人想像為將旅行當作苦行一樣，梁實秋所謂「男人性」的饞，也是他的自我經驗的結果，而和人類「普遍的固定的永久不變的人性」無關。像梁實秋的小品〈孩子〉一篇，他所描寫的就是受了西方文化影響之後，中國人對待孩子的狀況。他說以前的孝子是孩子孝順父母之意，而今天的孝子則是父母孝順孩子的意思。無論孩子多麼頑皮、搗亂、逞凶，父母「處之泰然，視若無睹，頂多皺起眉頭，但皺不過三四秒鐘仍復堆下笑容」。但是在傳統社會，中國人對於孩子是可以加以嚴重的體罰的，很少有這樣孝順孩子的

父母。

　　值得注意的是，當梁實秋在《雅舍小品》中談論「男人」、「女人」、「孩子」、「中年」、「老年」的時候，其實是從另一個側面對自己的人性論的顛覆。既然人可以分為男人與女人，性別的不同又導致了人性的不同，而且無論男人和女人，其為孩子、為中年、為老年也都有不同的特性，那麼為什麼不同的階級不可以有階級性，而要統一於人性才能偉大呢？倘若說，從「男人性」、「女人性」、「孩子性」、「中年性」、「老年性」中，可以抽取出來一種普遍的人性，那麼，從「階級性」中為什麼就不能顯示出普遍的人性來呢？事實上，梁實秋的小品在具體的描述中，也是繞不過階級性的。〈窮〉一篇說：「人生下來就是窮的，除了帶來一口奶之外，赤條條的，一無所有，誰手裡也沒有握著兩個錢。再稍稍長大一點，階級漸漸顯露，有的是金枝玉葉，有的是『雜和麵口袋』。」

　　其實，梁實秋的小品文章雖然在總體上試圖實踐他早期的文學倡導與批評，但是二者之間的出入還是很大的。有些小品直接違背了梁實秋個人的文學主張。譬如梁實秋在〈現代中國文學之浪漫的趨勢〉中，從高張理性的大旗出發，反對不受理性控制的人道主義以及對下層民眾的同情，指責作家描寫「人力車夫」。但是在《雅舍小品》及其《三集》中，梁實秋卻把筆觸伸向乞丐、垃圾、痰盂等不符合古典主義之典雅理想的人、物。就藝術而論，〈乞丐〉是一篇相當不錯的小品，然而它描寫的對象卻是比人力車夫更其下賤的乞丐。

　　梁實秋從他美國老師那裡學到的新人文主義的批評理論，是將藝術批評與倫理批評揉合在一起的，但是，梁實秋的有些小品在實踐其藝術理論的同時，又違背了其藝術理論中所包含的倫理批評。譬如〈詩人〉一篇，梁實秋對詩人性格類型的漫畫式描繪，很符合古典主義的類型化標準，但卻不符合梁實秋新人文主義的道德規範。梁實秋在〈讀郁達夫先生的〈盧梭傳〉〉、〈關於盧梭〉和〈文人之行〉等批評文章中，曾經激烈地反對借文人之名輕狂放任，認為做出一些超出世俗的罪惡再借文人之名懺悔就更加

傲慢無禮，並說無論天才還是庸眾的行為都不應該放肆，「不羈的感情要繫上理性的韁繩，然後才可以在道德的路上去馳驟」[2]。但是在小品〈詩人〉中，梁實秋卻盡力描繪詩人之不同於庸眾之處，說詩人不光顧理髮店，頭髮作飛蓬狀，作獅子狗狀，而且遊手好閒，無病呻吟，有時深居簡出，閉門謝客；有時終年流浪，四海為家。詩人哭笑無常，飲食無度，有時貧無立錐，有時揮金如土，女詩人嘴裡會銜隻大雪茄，男詩人會向各色女人去膜拜……梁實秋的這種描述完全是類型化的藝術誇張，並且與他以理性為主導反對文人特立獨行之浪漫混亂的一向主張相悖。

　　細心的讀者在閱讀《雅舍小品》的時候，會在他的小品創作與理論倡導之間發現更大的矛盾。梁實秋是以理性來約束情感的，正是理性的約束才使人與野獸區分開來，情感的擴張如浪漫主義導致了文學的個性化與理性的崩潰，在這個意義上，理性，人性，普遍永久性，是一致的概念。但是，在《雅舍小品》中，讀者所看到的人性幾乎全是負面的、壞的、貶義的。從〈女人〉中看到的是說謊不臉紅，善變無持操，膽小又愛哭；從〈男人〉中看到的是骯髒、懶惰、嘴饞、自私自利；從〈孩子〉中看到的是嬌慣與放縱；從〈洋罪〉中看到的是肉麻當有趣的西崽模樣；從〈謙讓〉中看到的是謙讓掩蓋下的自私與虛偽；從〈結婚典禮〉中看到的是鋪張浪費與講求門面；從〈匿名信〉中看到的是躲避在黑暗中的人心的險惡；從〈第六倫〉中看到的是主僕之間的不平等與不寬容……。

　　如果人性就是如此醜惡的東西，而且還是「穩固的普遍的」、「永久不變的」，以倫理教化、宗教信仰、審美移情都不能將之改變，那不是很可怕的事情嗎？

　　當然，我們探討梁實秋的小品散文與其批評理論的矛盾，並不是否定這些小品的藝術魅力。事實上，「雅舍」做為獨樹一幟的一個藝術商標，不但在臺灣具有持久的藝術魅力，而且在中國大陸也得到了熱烈的響應。這

---

[2]梁實秋，〈文人之行〉，《梁實秋文集》第 6 卷，廈門：鷺江出版社，2002 年 12 月，頁 392。

種響應是真誠的，是對於「雅舍」文章藝術魅力的承認，因為中國大陸其時正在擺脫「左」的文學政策的束縛，走向多元化的文學格局。可以說，梁實秋的小品散文在 1980 年代後期進入中國大陸正逢其時，如果再早一些，那麼，以「左」的思維定勢與政治眼光看待這些品茶飲酒的小品，即使是出於統戰的考慮，也不會受到一般文人的追捧。

首先，在梁實秋的「雅舍」文章進入中國大陸的時候，正是中國大陸擺脫了「階級論」的一統天下而對「人性論」予以極大寬容的時候。改革開放的思想解放運動，批判了「文藝以階級鬥爭爲綱」，反省了「庸俗社會學」對文學的桎梏，擺脫了「文藝爲政治服務」，中國大陸的文壇逐漸出現了多元化的局面。而且由於「階級論」所導致的簡單化與絕對化，對文學產生了明顯的消極作用，人們對「階級論」的對立面「人性論」產生興趣是很容易理解的。當然，這種「人性論」與浪漫感傷結合在一起，與梁實秋提倡的「人性論」還不是一回事，但這畢竟是中國大陸文壇接受《雅舍小品》的現實土壤。

其次，中國的新文學從誕生之日起，就具有強烈的感時憂國精神以及以天下爲己任的憂患意識。文學革命的發生，是有感於中國沒有從倫理道德與審美趣味的價值深層來一場顛覆傳統的革命，從而不能使政治革命成功而振興中華，這就從目的性上註定了新文學不可能「爲藝術而藝術」，與時代無關，與現實社會無關。文學革命的主將陳獨秀很快放棄了思想啓蒙的倫理革命，而從事政治革命就是這種感時憂國精神的典型表現。後來，隨著形勢的變化，新文學陣營中的文人幾乎很少有人能夠堅持已有的文學主張，而是在變化了的時代精神的驅動下紛紛轉向。這種與時代過於切近的關係，使得文學很難具有一種超越性，更談不上什麼「永久性」。於是，在 1980 年代的後半期，一些作家有感於文學與當下時代這種緊密的關係不利於作品的藝術性，就試圖跳開現實的直接性與時代的緊密性，轉而到環境不甚鮮明的荒蠻時代去「尋根」，使自己的作品少一些時代特徵多一些文化內涵，這幾乎成爲一代「尋根」作家自覺的藝術追求。這與梁實秋背離

現代中國文學的主流而超然描寫人性的文化方向是一致的。因此，梁實秋那些「與抗戰無關」的小品散文，在當代作家故意避開時代特徵的時候進入中國大陸，大有「旱田逢甘霖」的意味。

　　1990 年代初始，中國文壇放棄了對重大題材的關注，轉而在「一地雞毛」的地方下筆。於是，報紙副刊活躍起來，散文、小品、札記如雨後春筍，在聊天、品味、喝茶、飲酒、吃菜、剔牙之類的「自由談」中進行無奈的言說。而梁實秋的小品儘管著力於描寫人性的不少，但是與 1990 年代中國大陸的「隨筆熱」也有著許多共通之處。《雅舍小品》及其後二集中的〈信〉、〈衣裳〉、〈狗〉、〈下棋〉、〈畫展〉、〈理髮〉、〈豬〉、〈鳥〉、〈手杖〉、〈牙籤〉、〈吃相〉、〈痰盂〉、〈簽字〉、〈喝茶〉、〈飲酒〉、〈吸煙〉等篇，與中國大陸 1990 年代那種隨意走筆的方式非常相似。就梁實秋寫作小品的初衷而言，他也是在干預現實而無所作為的情況下，以小品的形式消遣生命。撥開歷史的煙雲與現實的遮蔽，梁實秋的小品與 1990 年代的隨筆找到了共同的言說方式，這也就是梁實秋小品散文的當代魅力所在。

──選自《江漢論壇》，2005 年第 1 期，2005 年 1 月

輯五◎
研究評論資料目錄

作家生平、作品評論專書與學位論文

專書

1. 梁實秋　　清華八年　臺北　重光文藝出版社　1962 年 11 月　63 頁

本書爲梁實秋自述其在北京清華大學求學的 8 年生活時光。

2. 梁實秋　　秋室雜憶　臺北　傳記文學社　1969 年 12 月　154 頁

本書爲梁實秋的回憶錄。全書共 6 章：1.我在小學；2.清華八年；3.海嘯；4.琵琶記的演出；5.憶《新月》；6.華北視察散記。正文後附錄〈草兒評論〉、〈苦雨淒風〉。

3. 清華大學校史館編　　三十年代大師——梁實秋先生紀念與回顧　新竹　校史館　1987 年 12 月　24 頁

本書爲紀念梁實秋所發行的專刊。全書收錄梁實秋〈清華八年〉，以及 3 篇紀念文章：秦賢次〈梁實秋小傳〉、周玉山〈梁實秋與魯迅論戰的時代意義〉、姚儀婁〈梁實秋沒有敗下陣來〉。正文後附錄李瑞〈梁實秋著作年表〉。

4. 丘彥明主編　　還鄉——梁實秋專卷　臺北　聯合文學雜誌社　1987 年 12 月　116 頁

本書收錄《聯合文學》第 31 期「梁實秋卷」專欄內容，並添增梁文騏、梁文薔、鄭樹森以及丘彥明之文章，及其遺作〈還鄉〉。正文前有「卷前——特載」，共收錄 10 篇文章：梁實秋〈還鄉〉、〈遺書〉、〈給妻子的信〉、〈給兒子的信〉、梁文騏〈我所知道的父親〉、〈讀父親的信〉、梁文薔〈第四〇號信〉、張佛千〈紅梅〉、丘彥明〈今我往矣，雨雪霏霏——記梁實秋教授的最後醫院生涯〉、鄭樹森〈國際學界看梁實秋——全球越洋電話〉。全書共 5 卷：1.訪問：收有丘彥明、梁實秋〈豈有文章驚海內——答丘彥明女士問〉；2.札記：收有梁實秋〈清秋瑣記〉；3.評論：收有侯健〈梁實秋先生的人文思想來源——白璧德的生平與志業〉、小島久代著，丁祖威譯〈梁實秋與人文主義〉；4.風采：收有余光中〈文章與前額並高〉、陳祖文〈記梁實秋先生——一些片斷〉、丘彥明〈一盤等了三十五年的棋〉、胡百華〈「豹隱」詩人梁實秋〉；5.簡譜：收有胡百華〈梁實秋先生簡譜初稿〉。

5. 余光中　　秋之頌——梁實秋先生紀念文集　臺北　九歌出版社　1988 年 1 月　578 頁

本書收錄梁實秋後人與多位名家紀念、評論梁實秋的文章。全書共 7 輯：1.正論：收

有小島久代著，丁祖威譯〈梁實秋與人文主義〉、侯健〈梁實秋先生的人文思想來源〉、〈梁實秋與《新月》及其思想與主張〉、周玉山〈梁實秋先生與魯迅論戰的時代意義〉、姚爨爨〈梁實秋沒有敗下陣來〉；2.側筆：收有何懷碩〈雅舍的真幽默〉、梁錫華〈實滿秋林〉、余光中〈文章與前額並高〉、夏菁〈梁門雅趣〉、陳祖文〈記梁實秋先生：一些片段〉、羅青〈我的「敵人」梁實秋先生〉、胡百華〈「豹隱」詩人梁實秋〉；3.書評：收有沈謙〈《雅舍小品》的修辭藝術〉、郭明福〈返照空明的生命情調〉、歸人〈試評《雅舍小品續集》〉、李漢呈〈親切的風格〉、林貞羊〈我讀職業一文〉、林同森〈相思便是春常在〉、楊小雲〈情書是這樣寫的〉、亮軒〈筆底留相〉；4.訪問：收有胡有瑞〈春耕秋收〉、季季〈古典頭腦，浪漫心腸〉、丘彥明〈豈有文章驚海內〉、丘秀芷〈漫談散文及其他〉、陳幸蕙〈認真工作便能忘憂〉；5.生活：收有朱白水〈梁實秋教授的八十個春天〉、小民〈到「雅舍」串門子〉；6.哀思：收有梁文騏〈我所知道的父親〉、〈讀父親的文章〉、梁文薔〈第四十號信〉、邱士燿〈而今只有垂楊在〉、丘彥明〈今我往矣，雨雪霏霏〉；7.年譜：收有胡百華〈梁實秋先生簡譜初稿〉。正文前有余光中〈金燦燦的秋收〉，正文後附錄梁實秋〈我的遺書〉、聯副〈梁實秋印象〉、〈國際學界看梁實秋〉。

6. **梁文薔　　長相思——槐園北海憶雙親　臺北　時報文化出版公司　1988 年 11 月　330 頁**

本書從家居生活的角度，描繪了梁實秋夫婦的真情。全書共 3 部分：1.旁人對梁氏夫婦的散文；2.程季淑、梁實秋生活剪影；3.梁實秋家書摘錄。正文後附錄〈程季淑墨跡〉、〈梁實秋墨跡〉、梁文薔〈懷念先父親梁實秋〉、梁文騏〈父親的命案〉、〈梁實秋年表〉。

7. **葉永烈　　傾城之戀　臺北　業強出版社　1991 年 2 月　326 頁**

本書完整披露梁實秋與韓菁清之戀的內情、情書、情詩和照片。全書共 9 章：1.千里有緣；2.陷入熱戀；3.新聞風波；4.一代歌后；5.星海浮沉；6.喜結良緣；7.美滿家庭；8.秋翁離世；9.秋的懷念。

8. **葉永烈　　梁實秋，韓菁清　北京　中國青年出版社　1995 年 1 月　196 頁**

本書爲《傾城之戀》簡體字版。全書共 8 章，較前書少了〈星海浮沉〉一章，摘要、章節目次見前書。

9. **李正西　　不滅的紗燈：梁實秋詩歌創作論　臺北　貫雅文化公司　1991 年 6 月　214 頁**

本書析論梁實秋詩歌創作的內在意涵。全書共 6 章：1.點燃紗燈的智慧；2.紗燈的光焰；3.人生的火焰；4.燭影.流螢；5.評壇雙刃劍；6.紗燈的靈魂。正文後附錄〈愛情詩篇（七首）〉、〈痛苦與歡樂的歌（十三首）〉、〈鄉情的絲縷（三首）〉、〈友情的詠唱（三首）〉、〈跋〉、〈梁實秋詩論〉。

10. **李正西，任合生編　　梁實秋文壇沉浮錄　合肥　黃山書社　1992 年 1 月　432 頁**

本書以全面反映梁實秋的生平和文學活動為主線，按照他的一生浮沉、懷念故人、文學主張之順序，收錄其自述和回憶文章，同時收錄魯迅等人對梁實秋相關批評，以稽互相參照。全書共 4 部分：1.梁實秋自述：收有〈槐園夢憶〉、〈我在小學〉、〈記得當時年紀小〉等 16 篇，附錄丘彥明〈今我往矣，雨雪霏霏──記梁實秋教授最後在醫院的日子〉、梁文麒〈我所知道的父親〉；2.梁實秋憶念他人 6 篇；3.梁實秋文壇沉浮的背景資料：收有〈現代中國文學之浪漫的趨勢〉、〈文人有行〉、〈文學與革命〉等 10 篇；4.有關批判和研究梁實秋的資料：收有魯迅〈頭〉、〈盧騷與胃口〉、〈文學和出汗〉、〈「好政府主義」〉、〈「硬譯」與「文學的階級性」〉、〈「喪家的」「資本家的乏走狗」〉、郁達夫〈翻譯說明就算答辯〉、〈關於盧騷〉、馮乃超〈冷靜的頭腦──評駁梁實秋的〈文學與革命〉〉、羅蓀〈「與抗戰無關」〉、〈再論「與抗戰無關」〉、宋之的〈談〈抗戰八股〉〉、柯靈〈關於梁實秋的「抗戰無關論」之我見〉、羅綱〈梁實秋與新人文主義〉、陳祖文〈記梁實秋先生──一些片斷〉、余光中〈文章與前額並高〉，後有〈後記〉。

11. **陳子善編　　回憶梁實秋　長春　吉林文史出版社　1992 年 10 月　252 頁**

本書集結了冰心、臧克家、陳紀瀅、何欣、余光中、琦君、葉維廉、陳幸蕙、梁文茜以及親友後進撰寫追憶梁實秋逝世文章。全書共 37 篇：冰心〈憶實秋〉、陳衡粹〈實秋忌辰週年祭〉、臧克家〈致梁實秋先生〉、趙清閣〈隔海悼念梁實秋先生〉、隋樹森〈我所知道的梁實秋先生〉、李清悚〈憶梁實秋雜談往事〉、林斤瀾〈滑竿教授──梁實秋先生印象〉、季羨林〈回憶梁實秋先生〉、吳小如〈梁實秋治杜詩〉、顧毓琇〈實秋與我──紀念梁實秋先生逝世一週年〉、溫梓川〈談梁實秋〉、喬志高〈十一月的悲傷──悼梁實秋先生〉、吳奚真〈悼念實秋先生〉、陳紀瀅〈一個絕頂聰明的人──痛悼實秋先生〉、劉真〈實秋先生不朽〉、陳祖文〈記梁實秋──一些片段〉、何欣〈梁先生，我還要和你聊天〉、徐世棠〈梁伯伯說的！〉、余光中〈文章與前額並高〉、夏菁〈梁門雅趣──梁實秋先生的幽默和學養〉、彭歌〈溫柔敦厚的典型〉、琦君〈千古浮名餘一笑──驚聞梁實秋先生仙逝〉、葉維廉〈在失去量度的距離裡──梁實秋老師的懷念與思索〉、馬逢華〈管

領一代風騷——敬悼梁實秋先生〉、聶華苓〈懷念梁實秋先生〉、何懷碩〈悵望千秋一灑淚〉、羅青〈我的「敵人」梁實秋先生——寫了一半的紀念文〉、丘秀芷〈文藝天地任遨遊——送梁實秋先生〉、喜樂〈離鄉背井忘年交〉、小民〈雅舍的智慧〉、梁錫華〈一葉知秋——梁實秋先生逝世一週年〉、林清玄〈大樹的典型〉、楊小雲〈大師二三事——憶梁實秋先生〉、陳幸蕙〈銀網裡的金蘋果——記與梁實秋先生的一段文學因緣〉、梁文茜〈懷念先父梁實秋〉、梁文騏〈我所知道的父親〉、梁文薔〈長相思〉。

12. 徐靜波　　梁實秋——傳統的復歸　　上海　　復旦大學出版社　　1992 年 10 月 241 頁

本書運用歷史唯物主義和辯證唯物主義的觀點，以梁實秋對傳統的尊崇和皈依為主脈，描述其一生起伏曲折的經歷，並探討他的政治思想、文學觀念、文學創作及其相互關係。全書共 6 章：1.一個世紀老人的人生旅程；2.傳統士大夫式的思想底蘊；3.在政治的平衡木上；4.人性——梁實秋文學建構的中樞；5.古典主義理論面面觀；6.散文：從「雅舍」看出的人生世界。

13. 宋益喬　　滄桑悲歡：梁實秋傳　　太原　　北岳文藝出版社　　1994 年 12 月 445 頁

本書作者撰寫此書乃透過閱讀大量有關梁實秋的資料，且避免對人物的行為作主觀臆斷的評價。全書共 10 章：1.童年拾趣（1903—1915）；2.水木清華（1915—1923）；3.人在旅途（1923—1926）；4.《新月》雲煙（1926—1930）；5.青島鴻爪（1930—1934）；6.大地干戈（1934—1949）；7.望斷故園（1949—1966）；8.再到美國（1966—1974）；9.暮年風情（1974—1980）；10.魂兮歸來（1980—1987）。

14. 宋益喬　　梁實秋傳　　臺南　　文國書局　　1999 年 6 月　　474 頁

本書為《滄桑悲歡：梁實秋傳》正體字版，摘要、章節目次見前書。

15. 宋益喬　　梁實秋傳　　天津　　百花文藝出版社　　2005 年 5 月　　466 頁

本書內容同北岳文藝出版社出版的《滄桑悲歡：梁實秋傳》，章節目次見前書。

16. 宋益喬　　梁實秋評傳　　北京　　中國社會出版社　　2005 年 7 月　　263 頁

本書內容同北岳文藝出版社出版的《滄桑悲歡：梁實秋傳》，章節目次標題改變。全書共 10 章：1.北京內務部街 20 號（1903—1915 年）；2.清華園記略（1915—1923 年）；3.唐人自何處來（1923—1926 年）；4.海上生「新月」（1926—1930年）；5.再見吧——青島（1930—1934 年）；6.漂泊萬里行（1934—1949 年）；7.

飄落臺北的一片葉（1949—1966 年）；8.淚灑西雅圖（1966—1974 年）；9.心有靈犀一點通（1974—1980 年）；10.遲暮（1980—1987 年）。

17.　魯西奇　　梁實秋傳　北京　中央民族大學出版社　1996 年 5 月　283 頁

本書記錄梁實秋八十多年的生活經歷及思想歷程。全書共 8 章：1.童年時代；2.水木清華；3.留學美國；4.《新月》理論家；5.抗戰歲月；6.實滿秋林；7.清秋戀曲；8.秋翁西去。正文後附錄〈梁實秋年譜〉。

18.　梁實秋　　梁實秋自傳　南京　江蘇文藝出版社　1996 年 6 月　410 頁

本書係採集篩選梁實秋的自述性散文編纂，以保存原文完整性爲原則，旨在充分展露梁實秋的人格、性情、事業、家庭等各種方面。全書共 6 部分：1.我在小學；2.清華八年；3.放洋赴美；4.回到故國；5.抗戰時期；6.雙城夢憶。

19.　劉炎生編　　雅舍閑翁——名人筆下的梁實秋，梁實秋筆下的名人　上海　東
　　　　方出版中心　1998 年 10 月　301 頁

本書爲梁實秋交遊情況之專書，全書共上、下 2 篇。上篇「名人筆下的梁實秋」：爲紀念梁實秋的文章，收有冰心〈悼念梁實秋先生〉、〈憶實秋〉、陳衡粹〈實秋忌辰周年祭〉、臧克家〈致實秋先生〉、趙清閣〈隔海悼念實秋先生〉、林斤瀾〈滑竿教授——梁實秋先生印象〉、李清悚〈憶實秋雜談往事〉、顧毓秀〈實秋與我——紀念梁實秋先生逝世一周年〉、季羨林〈回憶梁實秋先生〉、吳奚真〈憶念實秋先生〉、陳紀瀅〈一個絕頂聰明的人——痛悼實秋先生〉、劉真〈實秋先生不朽〉、余光中〈文章與前額並高〉、馬逢華〈管領一代風騷——敬悼梁實秋先生〉、聶華苓〈懷念實秋先生〉、何懷碩〈悵望千秋一灑淚〉、梁錫華〈一葉知秋——梁實秋先生逝世一周年〉、梁文茜〈懷念先父梁實秋〉；下篇「梁實秋筆下的名人」：爲梁實秋記人文章，收有〈記梁任公先生的一次演講〉、〈懷念胡適先生〉、〈關於魯迅〉等 18 篇。

20.　王汝成，高岩　　平湖歲月——梁實秋　香港　中華書局　1999 年 11 月　126
　　　　頁

本書記述梁實秋自少年至辭世的事蹟。全書共 6 章：1.英俊少年；2.文壇驍將；3.亂離生涯；4.客居臺島；5.忘年之戀；6 秋翁辭世。

21.　江湧，卞永清　　秋實滿園：梁實秋　臺北　文史哲出版社　2002 年 10 月
　　　　200 頁

本書爲梁實秋的傳記，記述其生平經歷與文學創作事蹟。全書共 8 章：1.童年時

代；2.水木清華；3.放洋留美；4.故園回歸；5.避難川中；6.實滿秋林；7.晚晴似火；8.夢回故里。

22. 李瑞騰，蔡宗陽編　雅舍的春華秋實：梁實秋學術研討會論文集　臺北　九歌出版社　2002 年 12 月　272 頁

本書為梁實秋的相關評論研究。全書共 12 篇：1.胡百華〈畢生厚實帶玲瓏——側記梁實秋先生晚年生涯與生平〉；2.周玉山〈梁實秋先生與魯迅的論辯〉；3.陳室如〈簡單的豐富美——論梁實秋《雅舍小品》的語言藝術〉；4.蘇恆雅〈《槐園夢憶》、《談徐志摩》、《談聞一多》的異同初探〉；5.董崇選〈梁公中譯莎劇的貢獻〉；6.梁立堅〈俛仰千古悠悠——從大師的譯作看翻譯〉；7.陳淑芬〈梁實秋的莎劇翻譯與莎學研究〉；8.高大威〈梁實秋的文學見解——折衷於白璧德與胡適之間〉；9.姚振黎〈梁實秋割愛論及其實踐〉；10.王正良〈丈量古典——論梁實秋的文學批評〉；11.蔡宗陽〈《雅舍小品》之修辭藝術〉；12.鍾怡雯〈論梁實秋的散文譜系與時代意義〉。

23. 劉　聰　古典與浪漫：梁實秋的女性世界　鄭州　河南人民出版社　2003 年 6 月　312 頁

本書旨在審視梁實秋生命中的女性世界。全書共 4 章：1.人性視閾中的女性關懷——梁實秋的女性觀；2.愛情：古典風情——程季淑篇；3.愛情：浪漫情懷——韓菁清篇；4.親情與友情——梁實秋生命中的其他女性。

24. 高旭東　梁實秋，在古典與浪漫之間　北京　文津出版社　2005 年 1 月　260 頁

本書從梁實秋黃昏歲月的熱戀寫起，全面考察其為文與為人。全書共 4 章：1.當代文化魅力：黃昏熱戀、自由文人與《雅舍小品》；2.荷花池畔：青春花季的浪漫文化選擇；3.從浪漫到古典：文學批評的倫理文化特徵；4.在中西文化之間：穿著西裝的「孔夫子」。

25. 梁文薔　梁實秋與程季淑：我的父親母親　天津　百花文藝出版社　2005 年 1 月　238 頁

本書記錄梁實秋與程季淑的生活點滴。全書共 3 章：1.永生難忘的記憶；2.程季淑、梁實秋生活剪影；3.梁實秋家書摘錄。

26. 馬玉紅　梁實秋人文主義人生藝術追求與實踐　北京　民族出版社　2006 年 10 月　223 頁

本書爲《論梁實秋人文主義人生藝術追求與實踐》博士論文出版。旨在研究梁實秋人文主義中理性、克制的精神和倫理、均衡的要素。全文共 6 章：1.人生哲學；2.人性論內涵；3.文學觀；4.文學批評觀；5.散文藝術實踐與成就；6.莎士比亞翻譯與研究。

27. 高旭東主編　　梁實秋與中西文化　北京　中華書局　2007 年 1 月　484 頁

本書收錄了「梁實秋與中西文化學術討論會」的論文與相關集錄。全書共 9 部分：1.梁實秋的文學與文化定位：收有溫儒敏〈現代文學史上「反主題」的批評家——關於梁實秋研究的講稿〉、吳福輝〈正視自由主義作家的人生理想——讀梁實秋《雅社軼文》隨感〉；2.梁實秋——在中西文化之間：收有高旭東〈梁實秋溝通中西文化的特色〉、許祖華〈剪不斷的眷戀與抵不住的誘惑——梁實秋的文化心態論〉、黃薇〈梁實秋與中西藝術文化〉；3.梁實秋與中國文化：收有龔鵬程〈飲饌的文學社會學：從《文選》到梁實秋〉、賈蕾〈談雅舍小品與明清小品文的內在精神聯繫〉；4.梁實秋與西方文化：收有李怡〈新人文主義視野中的吳宓與梁實秋〉、于海冰〈白璧德與梁實秋的新人文主義批評之比較〉、宋慶寶〈中庸的古典者與極端的浪漫者——梁實秋對拜倫的評價及其兩者的比較〉；5.現代文化思潮與文學批評中的梁實秋：收有俞兆平〈古典主義文學思潮的歷史定位與梁實秋〉、劉川鄂〈梁實秋與中國自由主義文學〉、鄭萬鵬〈梁實秋：自由主義的藝術哲學〉、于文秀〈梁實秋文學觀的超越性特質評析〉、袁盛勇〈有所感悟與感悟不夠——略論梁實秋對五四新文學的批評〉；6.梁實秋文體的文化透視：收有解志熙〈從「戲墨齋」少作到「雅舍」小品——梁實秋的幾篇佚文及現代散文的知性問題〉、馬萌、李繼凱〈梁實秋散文：紳士風中的家常味〉、李玲〈梁實秋散文：樂生曠達與優雅風趣〉、鍾正道〈周作人與梁實秋閑適散文之比較〉、陶麗萍、方長安〈梁實秋詩學論〉、謝昭新〈論梁實秋的小說理論及創作〉、王青〈梁實秋與「國劇運動」〉；7.梁實秋的文化人格及其學術起點：收有潘皓〈梁實秋與聞一多文化人格之比較〉、張華〈梁實秋家書中的冷暖人生〉、劉聰〈「清華八年」：梁實秋的學術起點〉；8.梁實秋翻譯研究：收有何其莘〈將莎士比亞譯入華文〉、白立平〈梁實秋新人文主義思想對其翻譯的影響〉、王剛〈梁、朱、卞譯《哈姆雷特》之比較〉、童元方〈論梁實秋譯《咆哮山莊》與傅東華譯《紅字》〉；9.梁實秋研究資料索引：收有宋慶寶〈梁實秋研究論文索引〉、〈梁實秋研究書目索引〉。正文前有季羨林、樂黛雲〈賀詞〉、龔鵬程〈金燦秋收梁實秋〉，正文後有〈編後記〉。

28. 南健翀　　比較詩學語境中的梁實秋詩學思想研究　北京　中國社會科學出版社　2008 年 12 月　365 頁

本書探討梁實秋詩學思想的方法論及主要詩學概念。全文共 5 章：1.梁實秋詩學體

系中的幾個主要方法範疇：「比較」、「整合」與「持中」；2.開放的「古典主義」──「背靠歷史，融化中西」的文學觀；3.「人性」──中西文化、文學對話的契機；4.「理性」──「健康」、「理想」的文學；5.倫理──「無目的的目的性」。正文前有〈前言〉、〈導論〉，正文後有〈結語〉、〈後記〉、〈補記〉。

29. 劉　聰　　現代新儒學文化視野中的梁實秋　濟南　齊魯書社　**2010** 年 **5** 月　**351** 頁

本書為博士論文出版，採用現代新儒學文化視野對梁實秋進行研究，並注意到白璧德的人文主義在 20 世紀初期和 20 世紀末兩次進入中國的特殊文化場景，由此分析中國現代新儒學運動與白璧德的人文主義之間直接的淵源關係，從而使現代新儒學文化視野觀照現代文學現象獲得合法性和合理性。全文共 4 章：1.新文學的另一種選擇；2.文學話語的詩教品質；3.文化認同危機時代的文壇經典學案；4.梁實秋文化身份質疑。正文前有〈序〉、〈緒論──現代「新儒學運動」的詩教之雅〉，後有〈結語〉、〈梁實秋簡譜〉、〈跋〉、〈後記〉。

學位論文

30. 林君儀　　抗戰後期的學者散文──王力、梁實秋、錢鍾書三家研究　清華大學中國文學系　碩士論文　余光中，呂正惠教授指導　**1996** 年 **7** 月　**125** 頁

本論文探討中國對日抗戰後期王力《龍蟲並雕齋瑣語》、梁實秋《雅舍小品》及錢鍾書《寫在人生邊上》無煙硝、無主義的清明散文。全文共 6 章：1.緒論；2.抗戰時期散文創作趨勢與文學理論；3.王力、梁實秋和錢鍾書的生平與創作；4.王力、梁實秋和錢鍾書散文的幽默特色；5.王力、梁實秋和錢鍾書散文的語言藝術；6.結論。

31. 辛克清　　傳統的復歸──試論梁實秋的文藝思想及其得失　山東師範大學碩士論文　陸學明，李戎教授指導　**2000** 年 **4** 月　**39** 頁

本論文建基在前人研究成果上，對梁實秋的文藝思想理論加以爬梳，全面整理梁實秋的觀點，肯定其價值面，批判其謬誤之處。正文前有〈前言〉，全文共 4 章：1.思想形成過程；2.整體文學論；3.分體文學論；4.失與得。

32. 徐立強　　構築理想化的人性廟堂──論梁實秋與中國現代文學批評　曲阜師範大學中國現當代文學所　碩士論文　魏紹馨教授指導　**2000** 年 **4** 月　**28** 頁

本論文探討梁實秋人性論、批評規範化的主張、貴族化文學的批評思路，以及走向詩文體建設，以了解梁實秋的文學批評理論。全文共 4 章：1.人性論：梁實秋文學批評的理論與基礎；2.批評規範化的主張；3.貴族文學的批評思路；4.走向詩的文體建設。

33. 劉　聰　　激情年代的古典守望──論梁實秋的文學批評　曲阜師範大學中國現當代文學所　碩士論文　卜召林教授指導　2000 年 4 月　44 頁

本論文以梁實秋及其作品為主要研究對象，了解其文學批評。全文共上、下 2 篇：1.永恆的人性立場；2.無所為而為的道德追求。

34. 麻堯賓　　梁實秋小品文藝術論　天津師範大學　碩士論文　王國綬教授指導　2001 年 5 月　39 頁

本論文主要論述梁實秋小品文的篇章結構、語言特色、知識品位等各種藝術特徵。全文共 4 章：1.閑適雅致的風格；2.學識深泓和引經據典；3.精巧奇妙的篇章結構；4.句法特徵和幽默表現方法。正文前有〈緒論〉，正文後有〈結語〉。

35. 薛　進　　論梁實秋及其《雅舍小品》　內蒙古師範大學　碩士論文　陶長坤教授指導　2003 年 6 月　52 頁

本論文探討梁實秋的生平及文學歷程，並通過其代表作《雅舍小品》的創作過程及主要內容，透視其創作前後期風格的一貫性，從閑適性、適度幽默、民族特色等 3 個方面論述《雅舍小品》的美學追求，從文體的產生、發展的內外條件及二者的共同特徵方面，對梁實秋的小品文與蘭姆隨筆進行比較研究，並探討梁實秋在中國現代文學史上的地位和貢獻。全文共 6 章：1.梁實秋的生平及文學觀；2.梁實秋的文學批評與論爭實踐；3.《雅舍小品》的創作過程及主要內容；4.《雅舍小品》的美學追求；5.梁實秋小品文與蘭姆隨筆的比較研究；6.梁實秋在中國現代文學史上的貢獻及地位。正文前有〈引言〉，正文後有〈結語〉。

36. 鍾鳳美　　梁實秋的事蹟與散文之研究　政治大學國文教學碩士在職專班　碩士論文　方祖燊指導教授　2003 年 9 月　192 頁

本論文以梁實秋的散文為研究對象，並藉由理解其所處時代與環境、透過修辭學和理則學的方式探討其作品內涵，以突顯梁實秋散文的藝術成就與價值。全文共 8 章：1.緒論；2.梁實秋先生的事蹟與著作；3.梁實秋先生的散文作品分類與考述；4.梁實秋先生的文學觀與批評觀；5.梁實秋先生的散文觀與雜文觀；6.梁實秋先生的散文藝術成就；7.梁實秋先生的雜文藝術成就；8.結論。

37. 尹傳芳 論梁實秋的自由主義思想 北京語言大學專門史所 碩士論文 李慶本教授指導 **2003** 年 **48** 頁

本論文從自由主義思想角度闡釋梁實秋的思想，通過引證與對比的方法，將梁實秋的自由主義思想放到西方自由主義體系及中國近現代思想史中進行考察，以論述梁實秋自由主義思想的具體內涵、基本特徵及其歷史地位。全文共 4 章：1.西方自由主義及其在近現代中國的歷史演變；2.梁實秋自由主義思想內涵；3.梁實秋自由主義思想的基本特徵與歷史地位；4.結語。

38. 王亞麗 兩個《哈姆雷特》中譯本修辭格翻譯對比研究 西北工業大學外國語言學及應用語言學所 碩士論文 阮紅梅教授指導 **2004** 年 **3** 月 **64** 頁

本論文比較與探討梁實秋與朱生豪所翻譯《哈姆雷特》的修辭，以證明翻譯為一門藝術，且可使譯者在客觀約束以外進行再創作。全文共 6 章：1.Shakespeare's Dramas；2.A General Survey of Figures Rhetorical of Speech；3.The General Survey to the Main Figures Rhetorical of Speech in Hamlet；4.Theoretical Base；5.Comparative and Contrastive Study on the Translation of the Figures Rhetorical of Speech of Two Chinese Versions of Hamlet；6.Conclusion。

39. 王 虹 論梁實秋的散文創作 華中師範大學 碩士論文 吳建波教授指導 **2004** 年 **4** 月 **30** 頁

本論文從梁實秋的散文創作歷程、主要創作內容、藝術風格，及其與同時代作家的創作風格比較 4 個方面分析梁實秋的散文創作特點。全文共 5 章：1.辛勤耕耘，瓜豆豐碩——梁實秋散文創作的歷程；2.描摹人生百態，深刻體味人性——梁實秋散文創作的主要內容；3.學者散文的品格，雅潔小品的形式——梁實秋散文創作的主要特點；4.梁實秋與其他散文大家創作之異同；5.結語。

40. 丁培衛 梁實秋散文創作及文化意蘊探究 山東大學 碩士論文 孔范今教授指導 **2004** 年 **5** 月 **39** 頁

本論文從梁實秋散文創作的心路歷程、創作生涯、文化意蘊以及語言風格等方面進行探討。正文前有〈前言〉，全文共 4 章：1.影響梁實秋散文創作的心路歷程；2.梁實秋散文創作生涯的 4 個轉折點；3.梁實秋散文的文化意蘊；4.梁實秋散文創作的語言風格。

41. 劉信足 梁實秋《雅舍小品》研究 南華大學文學研究所 碩士論文 陳錫

章教授指導　2004 年 6 月　160 頁

本論文以《雅舍小品》4 集爲研究對象，探討其所表現的文學觀和書中所展現的修辭特色。全文共 6 章：1.緒論；2.梁實秋生平概探；3.《雅舍小品》的創作歷程與思想內涵探究；4.《雅舍小品》修辭藝術探究；5.《雅舍小品》寫作技巧分析；6 結論。

42. 周震涯　　基於綜合翻譯方法論上的《哈姆雷特》中譯本比較　上海外國語大
　　　　　　　學英語語言文學所　碩士論文　史志康教授指導　2004 年 12 月
　　　　　　　52 頁

本論文借用 Peter Newmark 的語義翻譯和交際翻譯爲理論基礎，論述梁實秋、朱生豪和曹未風的《哈姆雷特》譯本，藉由語言、修辭和文化 3 個角度檢驗綜合翻譯方法在英漢翻譯實踐中的可行性。全文共 3 章：1.THEORETICAL FRAMEWORK FOR THE INTEGRATED APPROACH；2.A GENERAL REVIEW OF SHAKESPEARE'S HAMLET AND ITS CHINESE VERSIONS；3.A COMPARATIVE STUDY OF TRANSLATED CHINESE VERSIONS OF HAMLET。正文前有〈INTRODUCTION〉，正文後有〈CONCLUSION〉。

43. 劉　聰　　現代新儒學文化視野中的梁實秋　山東師範大學中國現當代文學所
　　　　　　　博士論文　魏建教授指導　2005 年 4 月　164 頁

本論文採用現代新儒學文化視野對梁實秋進行研究，並注意到白璧德的人文主義在 20 世紀初期和 20 世紀末兩次進入中國的特殊文化場景，由此分析中國現代新儒學運動與白璧德的人文主義之間直接的淵源關係，從而使現代新儒學文化視野觀照現代文學現象獲得合法性和合理性。全文共 4 章：1.新文學的另一種選擇；2.文學話語的詩教品質；3.被擠壓和邊緣化的文學話語；4.文化認同危機時代的文壇經典學案。

44. 方宏燁　　梁實秋「人生藝術化」思想研究　浙江師範大學　碩士論文　杜衛
　　　　　　　教授指導　2005 年 5 月　47 頁

本論文探討梁實秋「人生藝術化」思想在中國近代社會思想文化發展進程中的特殊地位和作用。全文共 6 章：1.緒論；2.梁實秋「人生藝術化」思想根源探究；3.德性生存——人性觀的內涵；4.文化審美批判——文化價值觀的內涵；5.詩性生存——審美生存觀與文藝觀的內涵；6.結語。

45. 王　敏　　古典主義的自由知識分子話語——論梁實秋的文學批評　華中師範

大學文藝學所　碩士論文　王耀輝教授指導　2005 年 5 月　41 頁

本論文以古典主義自由分子的話語，界定梁實秋的文學批評，兼採其人性觀、文學觀及批評歷程 3 方面評論其文學批評。全文共 3 章：1.歷史的因緣：梁實秋對中外人性論的批評與承繼；2.古典主義：文學理想之建構；3.思想自由：對時代文學的反思。

46. 章佩峰　梁實秋的倫理批評及其現代意義　蘇州大學文藝學所　碩士論文　劉鋒杰教授指導　2005 年 5 月　44 頁

本論文論述梁實秋的文學批評觀，藉由對人文主義與古典主義的剖析，提出梁氏倫理批評的模式以及現代意義。全文共 4 章：1.大陸梁實秋文藝思想研究回顧；2.梁實秋倫理批評的基本內容；3.梁實秋倫理批評中的美與善；4.梁實秋的文化選擇及現代意義。

47. 昌麗滿　梁實秋《雅舍小品》研究　玄奘大學中國文學系　碩士論文　沈謙教授指導　2005 年 6 月　189 頁

本論文對《雅舍小品》進行研究，由於其寫作時間、環境皆不同，透過以上條件的研究，探討創作觀和文學觀。全文共 6 章：1.緒論；2.梁實秋的文學生涯；3.梁實秋的文學觀；4.《雅舍小品》的主題內涵；5.《雅舍小品》的藝術表現；6.結論。

48. 陳偉蓮　梁實秋的文學批評標準研究　河北大學文藝學所　碩士論文　李國華教授指導　2005 年 6 月　36 頁

本論文探究梁實秋文學批評的標準，以及其在文學上的定位。全文共 4 章：1.梁氏批評標準的人性內涵；2.梁氏批評標準的古典主義理論基礎；3.梁氏批評標準的實踐運用；4.梁氏批評標準對現代批評的探索。

49. 廖秀銀　梁實秋及其散文研究　臺北市立師範學院應用語言文學研究所　碩士論文　馮永敏教授指導　2005 年 7 月　182 頁

本論文以「融匯中西，貫通古今」為主軸，分析梁實秋對中西文化古今文學的融匯能力，以探討其文學思想及散文作品在當代文學的獨特性及重要性。全文共 6 章：1.緒論；2.生命歷程——春耕秋收；3.文學思想；4.散文精神取向；5.散文語言張力；6.結論。

50. 劉九茹　梁譯莎士比亞研究　鄭州大學英語語言文學所　碩士論文　王憲生教授指導　2005 年 12 月　68 頁

本論文旨在通過研究梁實秋翻譯莎士比亞的相關問題，探討梁實秋翻譯莎士比亞的

選題、翻譯策略受到哪些因素的影響，以及梁實秋對譯莎的貢獻及其局限性等問題。全文共 4 章：1.Literature Review；2.Study of Liang Shiqiu's Choice of Shakespeare；3.Study of the Strategies Liang Applied in His Translation of Shakespeare；4.Liang Shiqiu's Contributions to the Translation and His Limitations。正文前有〈Introduction〉，正文後有〈Conclusion〉。

51. 馬玉紅　　論梁實秋人文主義人生藝術追求與實踐　蘭州大學中國現當代文學所　博士論文　常文昌，趙學勇教授指導　2006 年 3 月　99 頁

本論文作者認為梁實秋人文主義的核心一言以蔽之就是理性、克制的精神和倫理、均衡的要義，因此從 5 個方面探討研究。全文共 5 章：1.人生哲學；2.人性論內涵；3.文學觀；4.文學批評觀；5.散文藝術實踐與成就。

52. 鐘　雪　　從 Andre Lefevere 的操縱論看梁實秋對莎士比亞四個喜劇的翻譯　廣西師範大學英語語言文學所　碩士論文　袁斌業教授指導　2006 年 4 月　48 頁

本論文以操縱理論為基礎，對梁實秋翻譯的莎士比亞 4 個喜劇《第十二夜》、《無事自擾》、《威尼斯商人》及《仲夏夜之夢》進行研究，著重梁氏在翻譯選材以及翻譯上是如何受意識形態、詩學和贊助人操縱。全文共 5 章：1.Introduction；2.Literature Review；3.Theoretical Framework: Manipulation Theory；4.The Manipulation in Liang Shiqiu's Translation Of Shakespeare's Four Comedies；5.Conclusion。

53. 李艷霞　　從目的論來看魯迅、梁實秋翻譯選擇的異同　鄭州大學英語語言文學所　碩士論文　王憲生教授指導　2006 年 6 月　71 頁

本論文從漢斯.弗梅爾的翻譯目的論為理論基礎，研究魯迅、梁實秋兩人的翻譯目的，以及他們的翻譯目的怎樣影響了他們對翻譯作品的選擇和翻譯策略的運用。正文前有〈Introduction〉，全文共 5 章：1. Fundamental Issues of Lu Xun and Liang Shiqiu；2.Theoretical Frame of the Study；3.Translation Purposes of Lu Xun and Liang Shiqiu；4.Comparative Study of Lu Xun's and Liang Shiqiu's Translation Selections；5.Conclusion。

54. 陳　熙　　論梁實秋中譯之古英文詩〈閨怨〉：一種品鑑　東吳大學英文學系比較文學研究所　碩士論文　袁鶴翔教授指導　2008 年 6 月　95 頁

本論文依循比較文學研究範疇下的翻譯研究，以梁實秋爲古英文詩〈閨怨〉（"The Wife's Lament"）所做的中文翻譯爲例，旨在探討文化背景對於譯者作品的影響。全文共 3 章：1.An Overview of GuiYuan；2.A Comparison of Themes；3.A Comparison of Translations。

55. 湯振龍　臺灣當代幽默散文的現代性書寫　華僑大學中國現當代文學研究所碩士論文　倪金華教授指導　2009 年 5 月　36 頁

本論文從現代性視角分析臺灣當代幽默散文的思想內涵與審美情趣，並以臺灣作家柏楊、李敖、余光中、夏元瑜、梁實秋等人爲例，對作家們幽默筆觸下的批判精神與人道情懷進行研究。全文共 3 章：1.臺灣當代幽默散文的啓蒙現代性；2.臺灣當代幽默散文的審美現代性；3.臺灣當代幽默散文現代性建構的文化意義和價值。正文前有〈緒論〉，正文後有〈結語〉、〈後記〉。

作家生平資料篇目

自述

56. 梁實秋　《實秋自選集》序　實秋自選集　臺北　勝利書局　1954 年 10 月　〔1〕頁

57. 梁實秋　《實秋自選集》序　實秋雜文　臺北　大林出版社　1982 年 6 月　頁 133—134

58. 梁實秋　《實秋自選集》序　雅舍談書　臺北　九歌出版社　2002 年 12 月　頁 467

59. 梁實秋　《沉思錄》譯序　沉思錄　臺北　協志工業振興會　1959 年 10 月　頁 1—9

60. 梁實秋　《沉思錄》譯序　雅舍談書　臺北　九歌出版社　2002 年 12 月　頁 545—553

61. 梁實秋　憶《新月》[1]　文星　第 63 期　1963 年 1 月　頁 3—6

62. 梁實秋　憶《新月》　文星雜誌選集 3　臺北　鴻蒙文學出版公司　1982 年 5 月　頁 765—778

63. 梁實秋　憶《新月》　梁實秋文學回憶錄　長沙　岳麓書社　1989 年 1 月

---

[1]本文爲梁實秋先生回憶《新月》雜誌創辦的過程、內容以及當時文藝圈對此雜誌的看法。

頁 105—117

64. 梁實秋　憶《新月》　梁實秋文壇沉浮錄　合肥　黃山書社　1992 年 1 月
頁 164—171

65. 梁實秋　華北視察散記（1—5）[2]　傳記文學　第 10—14 期　1963 年 3—7
月　頁 10—11，11—12，13—14，15—16，16—17

66. 梁實秋　《文學因緣》後記　文星　第 75 期　1964 年 1 月　頁 61

67. 梁實秋　後記　文學因緣　臺北　文星書店　1965 年 9 月　頁 1—2

68. 梁實秋　序[3]　文學因緣　臺北　時報文化出版公司　1986 年 12 月　頁 1

69. 梁實秋　重印《偏見集》序　偏見集　臺北　文星書店　1964 年 6 月　頁 1
—2

70. 梁實秋　重印《偏見集》序　文星　第 80 期　1964 年 6 月　頁 67

71. 梁實秋　重印《偏見集》序　偏見集　臺北　大林出版社　1980 年 4 月　頁
1—2

72. 梁實秋　重印《浪漫的與古典的》序　浪漫的與古典的　臺北　文星書店
1965 年 4 月　頁 1—2

73. 梁實秋　重印《浪漫的與古典的》序　浪漫的與古典的　臺北　大林出版社
1982 年 6 月　〔2〕頁

74. 梁實秋　序　織工馬南傳　臺北　臺灣商務印書館　1966 年 8 月　頁 1—5

75. 梁實秋　《織工馬南傳》序　雅舍談書　臺北　九歌出版社　2002 年 12 月
頁 538　541

76. 梁實秋　我在小學　自由談　第 19 卷第 2 期　1968 年 2 月　頁 15—18

77. 梁實秋　我在小學　梁實秋文壇沉浮錄　合肥　黃山書社　1992 年 1 月　頁
100—108

78. 梁實秋　《徐志摩全集》編輯經過　傳記文學　第 81 期　1969 年 2 月　頁
8—11

---

[2]本文描述視察華北的見聞與歷史。全文共 5 部分：1.我們六個人；2.聞道長安似奕棋；3.躍馬中
條；4.鄭洛道上；5.從臥龍岡到長坂坡。
[3]本文爲再版序，內文以〈《文學因緣》後記〉爲據而略有增刪。

79. 梁實秋　　《徐志摩全集》編輯經過　實秋雜文　臺北　大林出版社　1982 年 6 月　頁 95—103

80. 梁實秋　　《徐志摩全集》編輯經過　雅舍談書　臺北　九歌出版社　2002 年 12 月　頁 559—566

81. 梁實秋　　暑假的回憶　幼獅文藝　第 188 期　1969 年 8 月　頁 61—62

82. 梁實秋　　序　秋室雜憶　臺北　傳記文學出版社　1969 年 12 月　頁 1

83. 梁實秋　　《秋室雜憶》序　雅舍談書　臺北　九歌出版社　2002 年 12 月 頁 468

84. 梁實秋　　譯後記⁴　純文學　第 7 卷第 1 期　1970 年 1 月　頁 30—31

85. 梁實秋　　《老水手之歌》譯後記　雅舍談書　臺北　九歌出版社　2002 年 12 月　頁 554—556

86. 梁實秋　　《文字新詮》序　中國語文　第 27 卷第 3 期　1970 年 9 月　頁 4

87. 梁實秋　　《看雲集》自序　看雲集　臺北　志文出版社　1974 年 3 月　頁 3

88. 梁實秋　　《看雲集》自序　雅舍談書　臺北　九歌出版社　2002 年 12 月 頁 469

89. 梁實秋　　所謂普羅文學運動　五四新文學論戰集續編　臺北　長歌出版社 1976 年 4 月　頁 268—271

90. 梁實秋　　《新月》前後　聯合報　1977 年 10 月 14 日　12 版

91. 梁實秋　　《新月》前後　在天之涯（聯副三十年文學大系・散文卷 6）　臺 北　聯經出版公司　1981 年 10 月　頁 335—338

92. 梁實秋　　我是怎麼開始寫文學評論的⁵　中國時報　1978 年 3 月 12 日　12 版

93. 梁實秋　　我是怎樣開始寫文學評論的　時報周刊　第 17 期　1978 年 3 月 26 日　頁 22—23

94. 梁實秋　　我是怎麼開始寫文學評論的　我的第一步（上）　臺北　時報文化 出版公司　1981 年 5 月　頁 1—13

---

⁴本文後改篇名為〈《老水手之歌》譯後記〉。
⁵本文後改篇名為〈《梁實秋論文學》序〉。

95. 梁實秋　　《梁實秋論文學》序　梁實秋論文學　臺北　時報文化出版公司
　　　　　　1981 年 8 月　〔11〕頁

96. 梁實秋　　我是怎麼開始寫文學評論的——《梁實秋論文學》序　梁實秋文學
　　　　　　回憶錄　長沙　岳麓書社　1989 年 1 月　頁 2—13

97. 梁實秋　　我是怎麼開始寫文學評論的——《梁實秋論文學》序　雅舍談書
　　　　　　臺北　九歌出版社　2002 年 12 月　頁 471—481

98. 梁實秋　　我是怎麼開始寫文學評論的？——《梁實秋論文學》序　雅舍文選
　　　　　　臺北　九歌出版社　2008 年 1 月　頁 228—239

99. 梁實秋　　《梁實秋札記》自序　梁實秋札記　臺北　時報文化出版公司
　　　　　　1978 年 10 月　〔1〕頁

100. 梁實秋　　《梁實秋札記》自序　梁實秋札記　臺北　時報文化出版公司
　　　　　　1981 年 9 月　〔1〕頁

101. 梁實秋　　《梁實秋札記》自序　雅舍談書　臺北　九歌出版社　2002 年 12
　　　　　　月　頁 470

102. 梁實秋　　答魯迅先生　魯迅與梁實秋論戰文選　香港　天地圖書　1979 年
　　　　　　6 月　頁 109—118

103. 梁實秋　　「無產階級文學」　魯迅與梁實秋論戰文選　香港　天地圖書
　　　　　　1979 年 6 月　頁 119—123

104. 梁實秋　　「普羅文學」一斑　魯迅與梁實秋論戰文選　香港　天地圖書
　　　　　　1979 年 6 月　頁 124　129

105. 梁實秋　　造謠的藝術　魯迅與梁實秋論戰文選　香港　天地圖書　1979 年
　　　　　　6 月　頁 130—136

106. 梁實秋　　漫談讀書　書與我（二）　臺北　中華日報社　1981 年 5 月　頁
　　　　　　1—3

107. 梁實秋　　序　名人偉人傳記全集　臺北　名人出版公司　1982 年 8 月
　　　　　　〔1〕頁

108. 梁實秋　　《名人偉人傳記全集》　雅舍談書　臺北　九歌出版社　2002 年

12 月　頁 567—569

109. 梁實秋　　憶清華　過去的學校　湖南　湖南教育出版社　1982 年 11 月　頁
108—120

110. 梁實秋　　《咆哮山莊》的故事——爲我的一部舊譯補序[6]　雅舍雜文　臺北
正中書局　1983 年 3 月　頁 1—31

111. 梁實秋講；方梓記　　時間即生命　人生金言（上）　臺北　自立晚報社
1983 年 9 月　頁 50—52

112. 梁實秋　　影響我的幾本書[7]　新書月刊　第 1 期　1983 年 10 月　頁 9—19

113. 梁實秋　　影響我的幾本書　雅舍散文　臺北　九歌出版社　1985 年 7 月
頁 117—135

114. 梁實秋　　影響我的幾本書　雅舍精品　臺北　九歌出版社　2002 年 1 月
頁 92—108

115. 梁實秋　　影響我的幾本書　未能忘情於詩酒　西安　陝西師範大學出版社
2007 年 9 月　頁 301—310

116. 梁實秋　　影響我的幾本書　雅舍文選　臺北　九歌出版社　2008 年 1 月
頁 185—199

117. 梁實秋　　回憶抗戰時期[8]　大成　第 122 期　1984 年 1 月　頁 35—38

118. 梁實秋　　回憶抗戰時期　抗戰時期文學回憶錄　臺北　文訊月刊雜誌社
1987 年 7 月　頁 39—49

119. 梁實秋　　回憶抗戰時期　雅舍精品　臺北　九歌出版社　2002 年 1 月　頁
109—128

120. 梁實秋　　《雅舍談吃》序[9]　雅舍談吃　臺北　九歌出版社　1985 年 2 月
頁 3—4

121. 梁實秋　　談美味以寄興（序）　雅舍談吃　臺北　九歌出版社　2002 年 9

---

[6]本文梁實秋記述翻譯《咆哮山莊》的原因以及過程。
[7]本文梁實秋記述寫此文章的原因，以及對自己影響深刻的幾本書籍。
[8]本文梁實秋回憶抗戰期間的遷徙與生活，及編輯教科書的經過。
[9]本文後改篇名爲〈談美味以寄興〉、〈《集內文》序〉。

月　頁 3—4

122. 梁實秋　《雅舍談吃》序　雅舍談書　臺北　九歌出版社　2002 年 12 月　頁 482—483

123. 梁實秋　《集內文》序　味至濃時即家鄉　西安　陝西師範大學出版社　2007 年 9 月　頁 230

124. 梁實秋　副刊與我[10]　雅舍散文　臺北　九歌出版社　1985 年 7 月　頁 99—116

125. 梁實秋　副刊與我　梁實秋文學回憶錄　長沙　岳麓書社　1989 年 1 月　頁 42—56

126. 梁實秋　副刊與我　梁實秋文壇沉浮錄　合肥　黃山書社　1992 年 1 月　頁 181—191

127. 梁實秋　副刊與我　雅舍精品　臺北　九歌出版社　2002 年 1 月　頁 74—91

128. 梁實秋　漫談《英國文學史》　中央日報　1985 年 8 月 19 日　11 版

129. 梁實秋　漫談《英國文學史》　雅舍談書　臺北　九歌出版社　2002 年 12 月　頁 492—496

130. 梁實秋　序言　英國文學史　臺北　協志工業叢書出版公司　1985 年 8 月　〔4〕頁

131. 梁實秋　《英國文學史》序　大成　第 149 期　1986 年 4 月　頁 18

132. 梁實秋　《英國文學史》序　雅舍談書　臺北　九歌出版社　2002 年 12 月　頁 488—491

133. 梁實秋　序言　英國文學選　臺北　協志工業叢書出版公司　1985 年 8 月　〔2〕頁

134. 梁實秋　《英國文學選》序　大成　第 149 期　1986 年 4 月　頁 19

135. 梁實秋　《英國文學選》序　雅舍談書　臺北　九歌出版社　2002 年 12 月　頁 557—558

---

[10]本文梁實秋記述與副刊的關係，以及參與報紙副刊編輯的歷程。

136. 梁實秋　　回憶《青光》[11]　文訊雜誌　第 22 期　1986 年 2 月　頁 45—46

137. 梁實秋　　我與《青光》　梁實秋文學回憶錄　長沙　岳麓書社　1989 年 1
月　頁 57—59

138. 梁實秋　　我與《青光》　罵人的藝術　臺北　遠東圖書公司　1994 年 4 月
頁 150—155

139. 梁實秋　　我與《青光》　雅舍談書　臺北　九歌出版社　2002 年 12 月　頁
589—591

140. 梁實秋　　我與《青光》　雅舍談藝　天津　百花文藝出版社　2006 年 12 月
頁 198—200

141. 梁實秋　　讀書樂　讀書樂——書評書目選集　臺北　財團法人洪健全教育
文化基金會　1986 年 3 月　頁 257—262

142. 梁實秋　　漫談翻譯　聯合文學　第 20 期　1986 年 6 月　頁 8—13

143. 梁實秋　　漫談翻譯　雅舍文選　臺北　九歌出版社　2008 年 1 月　頁 200
—208

144. 梁實秋　　《雅舍小品》合訂本後記　國文天地　第 13 期　1986 年 6 月　頁
12—13

145. 梁實秋　　《雅舍小品》合訂本後記　大成　第 153 期　1986 年 8 月　頁 44

146. 梁實秋　　《雅舍小品》合訂本後記　雅舍散文二集　臺北　九歌出版社
1987 年 8 月　頁 35—39

147. 梁實秋　　《雅舍小品》合訂本後記　梁實秋文學回憶錄　長沙　岳麓書社
1989 年 1 月　頁 63—66

148. 梁實秋　　《雅舍小品》合訂本後記　雅舍精品　臺北　九歌出版社　2002
年 1 月　頁 174—178

149. 梁實秋　　《雅舍小品》合訂本後記　雅舍談書　臺北　九歌出版社　2002
年 12 月　頁 484—487

150. 梁實秋　　《雅舍小品》合訂本後記　雅舍文選　臺北　九歌出版社　2008

---

[11]本文後改篇名為〈我與《青光》〉。

年1月　頁 246—249

151. 梁實秋　　人生就是一個長久的誘惑——《阿伯拉與哀綠綺思的情書》臺灣版新記[12]　阿伯拉與哀綠綺思的情書　臺北　九歌出版社　1987年1月　頁 5—24

152. 梁實秋　　人生就是一個長久的誘惑——《阿伯拉與哀綠綺思的情書》臺灣版新記　雅舍談書　臺北　九歌出版社　2002年12月　頁 502—512

153. 梁實秋　　人生就是一個長久誘惑——《阿伯拉與哀綠綺思的情書》臺灣版新記　雅舍文選　臺北　九歌出版社　2008年1月　頁 250—260

154. 梁實秋　　譯後記　阿伯拉與哀綠綺思的情書　臺北　九歌出版社　1987年1月　頁 185—187

155. 梁實秋　　《阿伯拉與哀綠綺思的情書》譯後記　雅舍談書　臺北　九歌出版社　2002年12月　頁 498—499

156. 梁實秋　　《潘彼得》新版後記[13]　潘彼得　臺北　九歌出版社　1987年5月　頁 257—259

157. 梁實秋　　《潘彼得》重版後記　雅舍散文二集　臺北　九歌出版社　1987年8月　頁 229—232

158. 梁實秋　　青春與永恆的《潘彼得》　九歌雜誌　第 82 期　1987年12月　1版

159. 梁實秋　　代表青春，代表永恆——《潘彼得》重版後記　梁實秋文學回憶錄　長沙　岳麓書社　1989年1月　頁 60—62

160. 梁實秋　　《潘彼得》重版後記　中華現代文學大系（臺灣 1970—1989）散文卷（壹）　臺北　九歌出版社　1989年5月　頁 104—105

161. 梁實秋　　《潘彼得》重版後記　雅舍精品　臺北　九歌出版社　2002年1月　頁 271—273

---

[12]本文簡介《阿伯拉與哀綠綺思的情書》內容背景，以及閱讀與翻譯此書的經過。
[13]本文後改篇名爲〈《潘彼得》重版後記〉、〈青春與永恆的《潘彼得》〉。

162. 梁實秋　　《潘彼得》新版後記　雅舍談書　臺北　九歌出版社　2002 年 12 月　頁 513—515

163. 梁實秋　　《潘彼得》新版後記　雅舍文選　臺北　九歌出版社　2008 年 1 月　頁 261—263

164. 梁實秋　　我的遺書　秋之頌：梁實秋先生紀念文集　臺北　九歌出版社 1988 年 1 月　頁 557—558

165. 梁實秋　　記得當時年紀小　走過歲月　臺中　晨星出版社　1988 年 3 月 頁 13—19

166. 梁實秋　　記得當時年紀小　梁實秋文壇沉浮錄　合肥　黃山書社　1992 年 1 月　頁 109—112

167. 梁實秋　　我爲什麼要寫作　梁實秋文學回憶錄　長沙　岳麓書社　1989 年 1 月　頁 1

168. 梁實秋　　自序　罵人的藝術　臺北　遠東圖書公司　1994 年 4 月　頁 1—2

169. 梁實秋　　自序[14]　雅舍談藝　天津　百花文藝出版社　2006 年 12 月　頁 133

170. 梁實秋　　作文的三個階段　梁實秋散文精編　杭州　浙江文藝出版社 1997 年 5 月　頁 166—167

171. 梁實秋　　《文學的紀律》序言　雅舍談書　臺北　九歌出版社　2002 年 12 月　頁 463

172. 梁實秋　　《文藝批評論》自序　雅舍談書　臺北　九歌出版社　2002 年 12 月　頁 464

173. 梁實秋　　《約翰孫》序　雅舍談書　臺北　九歌出版社　2002 年 12 月　頁 465—466

174. 梁實秋　　《幸福的僞善者》譯後記　雅舍談書　臺北　九歌出版社　2002 年 12 月　頁 497

175. 梁實秋　　《阿伯拉與哀綠綺思的情書》再版後記　雅舍談書　臺北　九歌

---

[14]本文爲《罵人的藝術》序文，內容同於前篇。

出版社　2002 年 12 月　頁 500—501

176. 梁實秋　　致讀者——《結婚集》譯本序　雅舍談書　臺北　九歌出版社
　　　2002 年 12 月　頁 524—529

177. 梁實秋　　致讀者——《結婚集》譯本序　未能忘情於詩酒　西安　陝西師
　　　範大學出版社　2007 年 9 月　頁 286—290

178. 梁實秋　　《西賽羅文錄》總序　雅舍談書　臺北　九歌出版社　2002 年 12
　　　月　頁 530—537

179. 梁實秋　　《吉爾菲先生的情史》譯後記　雅舍談書　臺北　九歌出版社
　　　2002 年 12 月　頁 544

他述

180. 業　雅　　序　雅舍小品　臺北　正中書局　1953 年 3 月　〔1〕頁

181. 業　雅　　序　中英對照——雅舍小品　臺北　遠東圖書公司　1968 年 10 月
　　　〔1〕頁

182. 業　雅　　序　雅舍小品　臺北　正中書局　2002 年 5 月　〔2〕頁

183. 劉心皇　　記梁實秋先生　亞洲文學　第 16 期　1961 年 1 月　頁 52—56

184. 東方望　　雅舍主人梁實秋　中華日報　1962 年 7 月 23 日　7 版

185. 胡有瑞　　杏壇老兵準備退役　中央日報　1966 年 5 月 31 日　5 版

186. 克　石　　梁實秋先生談讀書與寫作　中國語文　第 19 卷第 3 期　1966 年 9
　　　月　頁 18—22

187. 寒　爵　　淺論梁實秋（上、中、下）　中國時報　1967 年 8 月 4，7—8 日
　　　9 版

188. 陳嘉宗　　梁實秋教授的另一面　中央日報　1967 年 8 月 19 日　9 版

189. 〔中國大百科編輯部〕　　梁實秋（1902—）　簡明不列顛百科全書（第 5
　　　卷）　北京　中國大百科全書出版社　1968 年 1 月　頁 297

190. 張菱舲　　花草，書本，梁實秋　幼獅文藝　第 181 期　1969 年 1 月　頁
　　　197—201

191. 羊汝德　　梁實秋告別杏壇　西窗舊話　臺北　皇冠出版社　1970 年 10 月

頁 114—117

192. 陳長華　梁實秋——退而不休！　聯合報　1972 年 1 月 24 日　2 版

193. 陳長華　梁實秋——退而不休！　剪燭小記　臺北　皇冠出版社　〔未著錄出版日期〕　頁 267—270

194. 彭　歌　懷念雅舍　聯合報　1974 年 4 月 26 日　12 版

195. 彭　歌　懷念雅舍　成熟的時代　臺北　聯合報社　1979 年 10 月　頁 235—236

196. 吳雪雪　梁實秋感慨憶往　中華日報　1974 年 11 月 5 日　3 版

197. 邱秀文　梁實秋去國歸來　中國時報　1974 年 11 月 5 日　3 版

198. 楊鴻博　梁實秋孜孜不倦獻身文學　青年戰士報　1974 年 11 月 5 日　3 版

199. 陳長華　雅舍主人·鶼鰈情深·槐園夢憶·綿綿哀思　聯合報　1974 年 12 月 9 日　3 版

200. 項下人　梁實秋的自謔　臺灣新聞報　1974 年 12 月 12 日　9 版

201. 張柱國　這一代的文學大師，莎士比亞的權威——梁實秋先生　皇冠　第 253 期　1975 年 3 月　頁 206—215

202. 張佛千　梁實秋在臺灣　大成　第 16 期　1975 年 3 月　頁 33—37

203. 〔編輯部〕　小傳　梁實秋自選集　臺北　黎明文化公司　1975 年 5 月　頁 1—2

204. 之華〔蕭之華〕　致梁實秋教授函　血緣、土地、傳統　臺北　求精出版社　1977 年 9 月　頁 97—99

205. 蕭之華　致梁實秋教授函　血緣、土地、傳統　臺北　獨家出版社　2003 年 9 月　頁 134—136

206. 邱秀文　梁實秋的讀書樂　中國時報　1977 年 10 月 2 日　12 版

207. 李立明　梁實秋　中國現代六百作家小傳資料索引　香港　波文書局　1978 年 7 月　頁 389—390

208. 秦賢次　新月在臺三老〔梁實秋部分〕　幼獅文藝　第 298 期　1978 年 10 月　頁 11—14

209. 陳信元　中西學問兼備的梁實秋　中學白話文選　臺北　故鄉出版社
　　　　1979 年 7 月　頁 94—95

210. 梁錫華　恩怨錄：胡適、徐志摩、聞一多、梁實秋和創造社的關係　中國
　　　　時報　1979 年 9 月 12 日　8 版

211. 梁錫華　恩怨錄——胡適、徐志摩、聞一多、梁實秋和創造社的關係　時
　　　　報周刊　第 96 期　1979 年 9 月 30 日　頁 24—25

212. 梅　新　梁實秋的秘密：遺漏在文學史外的二三事　中國時報　1980 年 11
　　　　月 21 日　8 版

213. 梅　新　梁實秋的秘密：遺漏在文學史外的二三事　大成　第 89 期　1980
　　　　年 11 月　頁 57—59

214. 梅　新　梁實秋的秘密——遺漏在文學史外的二三事　沙發椅的聯想　臺
　　　　北　三民書局　1997 年 5 月　頁 11—23

215. 任君實　雅舍主人梁實秋　臺灣日報　1981 年 3 月 8 日　8 版

216. 梁錫華　「雅舍」贗品——向梁實秋先生致意[15]　文學的沙田　臺北　洪範
　　　　書店　1981 年 8 月　頁 95—106

217. 朱白水　梁實秋教授的八十個春天　暢流　第 65 卷第 1 期　1982 年 2 月
　　　　16 日　頁 22—25

218. 朱白水　梁實秋教授的八十個春天　秋之頌：梁實秋先生紀念文集　臺北
　　　　九歌出版社　1988 年 1 月　頁 451—464

219. 劉仁祥　入學學生生活——師大憶昔〔梁實秋部分〕　中華文藝　第 133
　　　　期　1982 年 3 月　頁 181—183

220. 夏元瑜　我見過梁先生　夢裡乾坤　臺北　九歌出版社　1982 年 4 月　頁
　　　　59—62

221. 〔環華百科編纂組〕　梁實秋（1901—）　環華百科全書（第七冊）　臺
　　　　北　環華出版公司　1982 年 7 月　頁 297

222. 丘彥明　春華秋實——梁實秋先生生日談文學與人生　聯合報　1983 年 1

---

[15] 本文係作者仿梁實秋《雅舍小品》形式撰寫之小品文。

月 21 日　8 版

223. 丘彥明　春華秋實——梁實秋先生生日談文學與人生　人情之美　臺北
　　　允晨文化公司　1989 年 1 月　頁 29—31

224. 輕　波　梁實秋乾半盃　臺灣日報　1983 年 8 月 3 日　8 版

225. 〔王晉民，鄺白曼編〕　梁實秋　臺灣與海外華人作家小傳　福州　福建
　　　人民出版社　1983 年 9 月　頁 112—114

226. 鮑　芷　第十年的開始　中央日報　1984 年 5 月 7 日　10 版

227. 張　健　六十年代的散文——民國五十年到五十九年〔梁實秋部分〕　文
　　　訊雜誌　第 13 期　1984 年 8 月　頁 73

228. 余光中　焚祭梁實秋先生　憑一張地圖　臺北　九歌出版社　1985 年 2 月
　　　頁 211—212

229. 余光中　焚祭梁實秋先生　中國時報　1988 年 1 月 27 日　23 版

230. 余光中　焚祭梁實秋先生　九歌雜誌　第 85 期　1988 年 3 月　2 版

231. 余光中　焚祭梁實秋先生　憑一張地圖　臺北　九歌出版社　2008 年 8 月
　　　頁 179—180

232. 何寄澎　梁實秋（1902—）　中國現代散文選析 1　臺北　長安出版社
　　　1985 年 3 月　頁 413—416

233. 〔九歌雜誌〕　書緣・書香〔梁實秋部分〕　九歌雜誌　第 62 期　1986 年
　　　4 月　4 版

234. 〔九歌雜誌〕　書緣・書香〔梁實秋部分〕　九歌雜誌　第 65 期　1986 年
　　　7 月　4 版

235. 〔九歌雜誌〕　書緣・書香〔梁實秋部分〕　九歌雜誌　第 69 期　1986 年
　　　11 月　4 版

236. 小　民　去雅舍串門子　紫色的歌　臺北　晨星出版社　1987 年 3 月　頁
　　　37—39

237. 小　民　去雅舍串門子　闔家歡　臺北　光復書局　1987 年 4 月　頁 179
　　　—181

238. 小　　民　　到雅舍串門子　秋之頌：梁實秋先生紀念文集　臺北　九歌出版
　　　　社　1988 年 1 月　頁 465—468

239. 〔九歌雜誌〕　　書緣・書香〔梁實秋部分〕　九歌雜誌　第 74 期　1987 年
　　　　4 月　4 版

240. 徐靜波　　梁實秋——熟悉的名字，陌生的人　書林　1987 年第 4 期　1987
　　　　年 4 月　頁 32—36

241. 張　　放　　梁實秋的幽默　中央日報　1987 年 5 月 11 日　10 版

242. 孫潔先　　文人相重　中華日報　1987 年 5 月 12 日　11 版

243. 〔九歌雜誌〕　　書緣・書香〔梁實秋部分〕　九歌雜誌　第 75 期　1987 年
　　　　5 月　4 版

244. 余光中　　文章與前額並高　聯合文學　第 31 期　1987 年 5 月　頁 54—57

245. 余光中　　文學大師梁實秋，文章與前額並高　九歌雜誌　第 77 期　1987 年
　　　　7 月　1 版

246. 余光中　　文章與前額並高　還鄉——梁實秋專卷　臺北　聯合文學雜誌社
　　　　1987 年 12 月　頁 54—57

247. 余光中　　文章與前額並高　秋之頌：梁實秋先生紀念文集　臺北　九歌出
　　　　版社　1988 年 1 月　頁 208—219

248. 余光中　　文章與前額並高　七十六年散文選　臺北　九歌出版社　1988 年
　　　　3 月　頁 299—307

249. 余光中　　文章與前額並高　梁實秋文壇沉浮錄　合肥　黃山書社　1992 年
　　　　1 月　頁 408—414

250. 余光中　　文章與前額並高　回憶梁實秋　長春　吉林文史出版社　1992 年
　　　　10 月　頁 118—125

251. 余光中　　文章與前額並高　槐園夢　安徽　安徽文藝出版社　1995 年 3 月
　　　　頁 192—199

252. 余光中　　文章與前額並高　雅舍閑翁——名人筆下的梁實秋，梁實秋筆下
　　　　的名人　上海　東方出版中心　1998 年 10 月　頁 90—98

253. 余光中　　文章與前額並高　雅舍文選　臺北　九歌出版社　2008 年 1 月　頁 5—14

254. 陳祖文　　記梁實秋先生──一些片斷　聯合文學　第 31 期　1987 年 5 月　頁 58—61

255. 陳祖文　　記梁實秋先生──一些片斷　還鄉──梁實秋專卷　臺北　聯合文學雜誌社　1987 年 12 月　頁 58—61

256. 陳祖文　　記梁實秋先生──一些片斷　秋之頌：梁實秋先生紀念文集　臺北　九歌出版社　1988 年 1 月　頁 227—238

257. 陳祖文　　記梁實秋先生──一些片斷　梁實秋文壇沉浮錄　合肥　黃山書社　1992 年 1 月　頁 401—407

258. 陳祖文　　記梁實秋先生──一些片段　回憶梁實秋　長春　吉林文史出版社　1992 年 10 月　頁 93—99

259. 丘彥明　　一盤等了三十五年的棋　聯合文學　第 31 期　1987 年 5 月　頁 62—63

260. 丘彥明　　一盤等了三十五年的棋　還鄉──梁實秋專卷　臺北　聯合文學雜誌社　1987 年 12 月　頁 62—63

261. 丘彥明　　一盤等了三十五年的棋　人情之美　臺北　允晨文化公司　1989 年 1 月　頁 38—39

262. 胡百華　　「豹隱」詩人梁實秋　聯合文學　第 31 期　1987 年 5 月　頁 64—72

263. 胡百華　　「豹隱」詩人梁實秋　還鄉──梁實秋專卷　臺北　聯合文學雜誌社　1987 年 12 月　頁 64—72

264. 胡百華　　「豹隱」詩人梁實秋　秋之頌：梁實秋先生紀念文集　臺北　九歌出版社　1988 年 1 月　頁 249—275

265. 〔九歌雜誌〕　　書緣・書香〔梁實秋部分〕　九歌雜誌　第 77 期　1987 年 7 月　4 版

266. 劉英士　　弱國外交的討論──劉英士致梁實秋函　劉英士先生紀念文集

臺北　蘭亭書店　1987 年 8 月　頁 330—332

267. 林清玄　　大樹的典型：巨人離席——敬悼一代文學大師梁實秋先生[16]　中國時報　1987 年 11 月 4 日　8 版

268. 林清玄　　文學大師梁實秋是大樹的典型　九歌雜誌　第 110 期　1990 年 4 月　4 版

269. 林清玄　　大樹的典型　回憶梁實秋　長春　吉林文史出版社　1992 年 10 月　頁 189—190

270. 何懷碩　　光風霽月——敬悼實秋老師　中國時報　1987 年 11 月 4 日　8 版

271. 余光中　　秋之頌——敬悼實秋老師　中國時報　1987 年 11 月 4 日　8 版

272. 余光中　　敬悼梁實秋先生——秋之頌　九歌雜誌　第 82 期　1987 年 12 月　1 版

273. 余光中　　秋之頌——敬悼梁實秋先生　憑一張地圖　臺北　九歌出版社　1988 年 12 月　頁 207—210

274. 余光中　　秋之頌——敬悼梁實秋先生　憑一張地圖　臺北　九歌出版社　2008 年 8 月　頁 176—178

275. 齊邦媛等[17]　我與梁實秋（上、下）　中國時報　1987 年 11 月 4—5 日　8 版。

276. 沈　謙　　巨星之光永遠照亮文壇——懷念梁實秋先生的人格與風格　臺灣日報　1987 年 11 月 4 日　8 版

277. 王台珠　　「雅舍」主人與世長辭，親切「小品」無限相思　臺灣日報　1987 年 11 月 4 日　8 版

278. 夏　菁　　梁門雅趣——梁實秋先生的幽默和學養　中華日報　1987 年 11 月 4 日　8 版

279. 夏　菁　　梁門雅趣　秋之頌：梁實秋先生紀念文集　臺北　九歌出版社　1988 年 1 月　頁 220—226

---

[16]本文後改篇名為〈文學大師梁實秋是大樹的典型〉、〈大樹的典型〉。

[17]著者：齊邦媛、林文月、蔡源煌、席慕蓉、鄭明娳、琦君、張曉風、廖玉蕙、李瑞騰；紀錄：謝秀麗、林宜澐、李瑞

280. 夏　菁　　梁門雅趣——梁實秋先生的幽默和學養　回憶梁實秋　長春　吉
　　　　　　　林文史出版社　1992 年 10 月　頁 126—129

281. 夏　菁　　梁門雅趣——梁實秋先生的幽默和學養　可臨視堡的風鈴　臺北
　　　　　　　印刻出版公司　2004 年 9 月　頁 191—195

282. 秦賢次　　梁實秋小傳　聯合報　1987 年 11 月 4 日　8 版

283. 秦賢次　　梁實秋小傳　三十年代大師——梁實秋先生紀念與回顧　新竹
　　　　　　　校史館　1987 年 12 月　頁 1—2

284. 秦賢次　　梁實秋小傳　七十六年散文選　臺北　九歌出版社　1988 年 3 月
　　　　　　　頁 287—290

285. 秦賢次　　梁實秋小傳　文教資料　1988 年第 2 期　1988 年 4 月　頁 45—47

286. 鄭騫等[18]　梁實秋印象——海內外學者談梁實秋　聯合報　1987 年 11 月 4
　　　　　　　日　8 版

287. 鄭騫等　　梁實秋印象——海內外學者談梁實秋　秋之頌：梁實秋先生紀念
　　　　　　　文集　臺北　九歌出版社　1988 年 1 月　頁 559—567

288. 鄭騫等　　海外學者談梁實秋　雅舍文選　臺北　九歌出版社　2008 年 1 月
　　　　　　　頁 265—269

289. 梁錫華　　實滿秋林[19]　中國時報　1987 年 11 年 5 日　8 版

290. 梁錫華　　實滿秋林　秋之頌：梁實秋先生紀念文集　臺北　九歌出版社
　　　　　　　1988 年 1 月　頁 197—207

291. 丘彥明　　今我往矣，雨雪霏霏——記梁實秋教授最後的醫院生涯　聯合報
　　　　　　　1987 年 11 月 5 日　8 版

292. 丘彥明　　今我往矣，雨雪霏霏——記梁實秋教授最後的醫院生涯　還鄉—
　　　　　　　—梁實秋專卷　臺北　聯合文學雜誌社　1987 年 12 月　頁 22—
　　　　　　　25

293. 丘彥明　　今我往矣，雨雪霏霏——記梁實秋教授最後的醫院生涯　秋之

---

[18]著者：鄭騫、夏志清、侯健、余光中、楊牧、白先勇、林懷民、蔡源煌。
[19]本文描述梁實秋的個人特質，批駁左派對梁實秋的偏見，推崇其文〈文人有行〉的觀點。

頌：梁實秋先生紀念文集　臺北　九歌出版社　1988 年 1 月　頁
494—504

294. 丘彥明　　　今我往矣，雨雪霏霏——記梁實秋教授最後的醫院生活　臺港文
學選刊　1988 年第 1 期　1988 年 2 月　頁 37—39

295. 丘彥明　　　今我往矣，雨雪霏霏——記梁實秋教授最後的醫院生涯　人情之
美　臺北　允晨文化公司　1989 年 1 月　頁 40—47

296. 丘彥明　　　今我往矣，雨雪霏霏——記梁實秋教授最後的醫院生涯　梁實秋
文壇沉浮錄　合肥　黃山書社　1992 年 1 月　頁 197—202

297. 丘彥明　　　今我往矣，雨雪霏霏——記梁實秋教授最後在醫院的日子　槐園
夢　安徽　安徽文藝出版社　1995 年 3 月　頁 213—219

298. 陸以霖　　　悼念國寶級作家——梁實秋　自由日報　1987 年 11 月 6 日　8 版

299. 張國立　　　文壇長青樹梁實秋溘然長逝　時報週刊　第 506 期　1987 年 11 月
8 日　頁 46—47

300. 蘇雪林　　　悼梁實秋先生　臺灣新聞報　1987 年 11 月 9 日　8 版

301. 楊　子　　　不是祭文　聯合報　1987 年 11 月 9 日　8 版

302. 丘秀芷　　　無法兌現的支票——敬悼梁實秋教授　臺灣新生報　1987 年 11 月
12 日　7 版

303. 梁文騏　　　我所知道的父親　聯合報　1987 年 11 月 13 日　8 版

304. 梁文騏　　　我所知道的父親　中國語文　第 61 卷第 6 期　1987 年 12 月　頁
4—7

305. 梁文騏　　　我所知道的父親　還鄉——梁實秋專卷　臺北　聯合文學雜誌社
1987 年 12 月　頁 13—15

306. 梁文騏　　　我所知道的父親　秋之頌：梁實秋先生紀念文集　臺北　九歌出
版社　1988 年 1 月　頁 471—478

307. 梁文騏　　　我所知道的父親　梁實秋文壇沉浮錄　合肥　黃山書社　1992 年
1 月　頁 203—206

308. 梁文騏　　　我所知道的父親　回憶梁實秋　長春　吉林文史出版社　1992 年

　　　　　　　10 月　頁 206—211

309. 梁文騏　　我所知道的父親　槐園夢　安徽　安徽文藝出版社　1995 年 3 月
　　　　　　　頁 233—237

310. 喬志高　　十一月悲傷——悼梁實秋先生　中國時報　1987 年 11 月 15 日　8
　　　　　　　版

311. 喬志高　　十一月悲傷——悼梁實秋先生　鼠咀集——世紀末在美國　臺北
　　　　　　　聯合文學出版社　1991 年 8 月　頁 285—288

312. 喬志高　　十一月的悲傷——悼梁實秋先生　回憶梁實秋　長春　吉林文史
　　　　　　　出版社　1992 年 10 月　頁 45—48

313. 臧克家　　致梁實秋先生——統戰信變成悼念文　人民日報　1987 年 11 月
　　　　　　　16 日　6 版

314. 臧克家　　致梁實秋先生——統戰信變成悼念文　傳記文學　第 308 期
　　　　　　　1988 年 1 月　頁 62—63

315. 臧克家　　致梁實秋先生　回憶梁實秋　長春　吉林文史出版社　1992 年 10
　　　　　　　月　頁 13—15

316. 臧克家　　致梁實秋先生　雅舍閑翁——名人筆下的梁實秋，梁實秋筆下的
　　　　　　　名人　上海　東方出版中心　1998 年 10 月　頁 14—17

317. 何　欣　　梁先生，我還要和你聊天　中央日報　1987 年 11 月 17 日　10 版

318. 何　欣　　梁先生，我還要和你聊天　回憶梁實秋　長春　吉林文史出版社
　　　　　　　1992 年 10 月　頁 100—106

319. 岳　宗　　悼梁實秋　臺灣新聞報　1987 年 11 月 17 日　8 版

320. 鄭樹森　　國際學界看梁實秋——全球越洋電話專訪　聯合報　1987 年 11 月
　　　　　　　18 日　8 版

321. 鄭樹森　　國際學界看梁實秋——全球越洋電話專訪　還鄉——梁實秋專卷
　　　　　　　臺北　聯合文學雜誌社　1987 年 12 月　頁 1—6

322. 鄭樹森　　國際學界看梁實秋　秋之頌：梁實秋先生紀念文集　臺北　九歌
　　　　　　　出版社　1988 年 1 月　頁 568—578

323. 鄭樹森　　國際學界看梁實秋　魯迅研究動態　1988 年第 7 期　1988 年 7 月　頁 55—58

324. 彭　　歌　　溫柔敦厚的典型[20]　中央日報　1987 年 11 月 18 日　10 版

325. 彭　　歌　　溫柔敦厚的典型　七十六年散文選　臺北　九歌出版社　1988 年 3 月　頁 308—318

326. 彭　　歌　　溫柔敦厚的典型　一夜鄉心　臺北　九歌出版社　1988 年 7 月　頁 121—133

327. 彭　　歌　　溫柔敦厚的典型　回憶梁實秋　長春　吉林文史出版社　1992 年 10 月　頁 130—133

328. 何懷碩　　雅舍最後的秋天：悵望千秋一灑淚[21]　中國時報　1987 年 11 月 18 日　8 版

329. 何懷碩　　悵望千秋一灑淚——告別梁實秋先生感懷　傳記文學　第 308 期　1988 年 1 月　頁 54—56

330. 何懷碩　　悵望千秋一灑淚　回憶梁實秋　長春　吉林文史出版社　1992 年 10 月　頁 156—161

331. 何懷碩　　悵望千秋一灑淚　雅舍閑翁——名人筆下的梁實秋，梁實秋筆下的名人　上海　東方出版中心　1998 年 10 月　頁 114—120

332. 邱士燿　　而今只有垂陽在——先岳父實秋先生唯一的中詩英譯　中國時報　1987 年 11 月 18 日　8 版

333. 邱士燿　　而今只有垂陽在——先岳父實秋先生唯一的中詩英譯　秋之頌：梁實秋先生紀念文集　臺北　九歌出版社　1988 年 1 月　頁 490—493

334. 梁文薔　　第四十號信　中國時報　1987 年 11 月 18 日　8 版

335. 梁文薔　　第四十號信　還鄉——梁實秋專卷　臺北　聯合文學雜誌社　1987 年 12 月　頁 18—19

---

[20] 本文描述梁實秋的個性，及其對魯迅的看法與文學觀。

[21] 本文後改篇名為〈悵望千秋一灑淚——告別梁實秋先生感懷〉、〈悵望千秋一灑淚〉。

336. 梁文薔　第四十號信　秋之頌：梁實秋先生紀念文集　臺北　九歌出版社　1988 年 1 月　頁 478—489

337. 梁文薔　第四十號信　長相思——槐園北海憶雙親　臺北　時報文化出版公司　1988 年 11 月　頁 170—174

338. 梁文騏　讀父親的文章　中國時報　1987 年 11 月 18 日　8 版

339. 梁文騏　讀父親的文章　還鄉——梁實秋專卷　臺北　聯合文學雜誌社　1987 年 12 月　頁 16—17

340. 梁文騏　讀父親的文章　秋之頌：梁實秋先生紀念文集　臺北　九歌出版社　1988 年 1 月　頁 479—484

341. 李瑞騰　大陸時期的梁實秋　中華日報　1987 年 11 月 18 日　8 版

342. 李瑞騰　大陸時期的梁實秋　魯迅研究動態　1988 年第 7 期　1988 年 7 月　頁 59—61

343. 李瑞騰　大陸時期的梁實秋　文學的出路　臺北　九歌出版社　1994 年 9 月　頁 135—141

344. 郭明福　感謝上蒼得降斯人——秋之頌：敬悼文學大師梁實秋先生專輯　中華日報　1987 年 11 月 18 日　8 版

345. 楊小雲　大師二三事——憶梁實秋先生——秋之頌：敬悼文學大師梁實秋先生專輯　中華日報　1987 年 11 月 18 日　8 版

346. 楊小雲　大師二三事——憶梁實秋先生　回憶梁實秋　長春　吉林文史出版社　1992 年 10 月　頁 191—194

347. 劉　真　從五件「小事」看實秋的為人　中華日報　1987 年 11 月 18 日　8 版

348. 羅　青　我的「敵人」梁實秋先生——寫了一半的紀念文　中華日報　1987 年 11 月 18 日　8 版

349. 羅　青　我的「敵人」梁實秋先生——寫了一半的紀念文　秋之頌：梁實秋先生紀念文集　臺北　九歌出版社　1988 年 1 月　頁 239—248

350. 羅　青　我的「敵人」梁實秋先生——寫了一半的紀念文　七葉樹　臺北

五四書店　1989 年 4 月　頁 65—73

351. 羅　青　　我的「敵人」梁實秋先生——寫了一半的紀念文　回憶梁實秋
　　　　　　　長春　吉林文史出版社　1992 年 10 月　頁 162—167

352. 陳秀英　　給梁老師的一封信　青年日報　1987 年 11 月 18 日　10 版

353. 陳纘文　　悼念梁實秋先生　青年日報　1987 年 11 月 18 日　10 版

354. 伍立成　　梁師瑣憶　臺灣新生報　1987 年 11 月 18 日　7 版

355. 陳紀瀅　　一個絕頂聰明的人——痛悼實秋兄　臺灣新生報　1987 年 11 月
　　　　　　　18 日　7 版

356. 陳紀瀅　　一個絕頂聰明的人——悼梁實秋兄　大成　第 170 期　1988 年 1
　　　　　　　月　頁 13—15

357. 陳紀瀅　　一個絕頂聰明的人——痛悼實秋先生　回憶梁實秋　長春　吉林
　　　　　　　文史出版社　1992 年 10 月　頁 66—72

358. 陳紀瀅　　一個絕頂聰明的人——痛悼實秋先生　雅舍閑翁——名人筆下的
　　　　　　　梁實秋，梁實秋筆下的名人　上海　東方出版中心　1998 年 10 月
　　　　　　　頁 60—67

359. 小　民　　雅舍主人來的時候　中央日報　1987 年 11 月 19 日　10 版

360. 江新華　　有教無類，有問必答——梁實秋先生和我的一段文字緣　中華日
　　　　　　　報　1987 年 11 月 19 日　8 版

361. 小　民　　長憶在心　青年日報　1987 年 11 月 19 日　10 版

362. 丘秀芷　　文藝天地任遨遊——送梁實秋先生　青年日報　1987 年 11 月 19
　　　　　　　日　10 版

363. 丘秀芷　　文藝天地任遨遊——送梁實秋先生　回憶梁實秋　長春　吉林文
　　　　　　　史出版社　1992 年 10 月　頁 168—174

364. 楊小雲　　人如其文　青年日報　1987 年 11 月 19 日　10 版

365. 葉維廉　　在失去量度的距離裡——梁實秋老師的懷念與思索　聯合報
　　　　　　　1987 年 11 月 24 日　8 版

366. 葉維廉　　在失去量度的距離裡——梁實秋老師的懷念與思索　回憶梁實秋

長春 吉林文史出版社 1992 年 10 月 頁 137—141

367. 葉維廉 在失去量度的距離裡——梁實秋老師的懷念與思索 山水的約定 臺北 東大圖書公司 1994 年 5 月 頁 213—217

368. 秦珮嘉 南陽街偶遇梁實秋先生 中國時報 1987 年 11 月 26 日 8 版

369. 蔣勵材 梁實秋教授的最初形象——一位老學生的追念 中國時報 1987 年 11 月 26 日 8 版

370. 陳幸蕙 銀網裡的金蘋果——記與梁實秋先生的一段文學因緣 中華日報 1987 年 11 月 27 日 8 版

371. 陳幸蕙 銀網裡的金蘋果——記與梁實秋先生的一段文學因緣 欖仁樹下 臺北 駿馬文化公司 1988 年 6 月 頁 97—102

372. 陳幸蕙 銀網裡的金蘋果——記與梁實秋先生的一段文學因緣 回憶梁實秋 長春 吉林文史出版社 1992 年 10 月 頁 195—200

373. 琦 君 千古浮名餘一笑——驚聞梁實秋先生仙逝 中華日報 1987 年 12 月 2 日 8 版

374. 琦 君 千古浮名餘一笑——驚聞梁實秋先生仙逝 回憶梁實秋 長春 吉林文史出版社 1992 年 10 月 頁 134—136

375. 喜 樂 離鄉背井忘年交 聯合報 1987 年 12 月 2 日 8 版

376. 喜 樂 離鄉背井忘年交 回憶梁實秋 長春 吉林文史出版社 1992 年 10 月 頁 175—177

377. 健 依 梁實秋和影響他的書 文匯讀書周報 1987 年 12 月 5 日 3 版

378. 馬逢華 管領一代風騷——敬悼梁實秋先生（上、下）[22] 聯合報 1987 年 12 月 11—12 日 8 版

379. 馬逢華 管領一代風騷——敬悼梁實秋先生 傳記文學 第 308 期 1988 年 1 月 頁 57—61

380. 馬逢華 管領一代風騷——敬悼梁實秋先生 回憶梁實秋 長春 吉林文史出版社 1992 年 10 月 頁 142—149

[22]本文作者回憶與梁實秋的相識及來往過程，並描述梁實秋的嗜好及交遊情形。

381. 馬逢華　　管領一代風騷——梁實秋先生紀念　馬逢華散文集　臺北　傳記
　　　　　　　文學出版社　1993 年 1 月　頁 61—70

382. 馬逢華　　管領一代風騷——敬悼梁實秋先生　雅舍閑翁——名人筆下的梁
　　　　　　　實秋，梁實秋筆下的名人　上海　東方出版中心　1998 年 10 月
　　　　　　　頁 99—107

383. 思　果　　文思的隕落——梁實秋先生　中華日報　1987 年 12 月 15 日　8
　　　　　　　版

384. 黃得時　　梁實秋與大同工學院　臺灣新生報　1987 年 12 月 20 日　11 版

385. 〔九歌雜誌〕　書緣・書香〔梁實秋部分〕　九歌雜誌　第 82 期　1987 年
　　　　　　　12 月　4 版

386. 楊小雲　　紙上生命線〔梁實秋部分〕　九歌雜誌　第 82 期　1987 年 12 月
　　　　　　　4 版

387. 張佛千　　梁實秋先生的畫梅　還鄉——梁實秋專卷　臺北　聯合文學雜誌
　　　　　　　社　1987 年 12 月　頁 20—21

388. 胡有瑞　　四千多個春天——一段美好的姻緣　中外雜誌　第 250 期　1987
　　　　　　　年 12 月　頁 23—26

389. 邱七七　　悼念梁實秋先生　中外雜誌　第 250 期　1987 年 12 月　頁 82

390. 戚宜君　　梁實秋軼事　中外雜誌　第 250 期　1987 年 12 月　頁 122—125

391. 〔中國語文〕　梁實秋先生的文學貢獻　中國語文　第 61 卷第 6 期　1987
　　　　　　　年 12 月　頁 2—3

392. 徐靜波　　梁實秋——一個道地的中國知識份子　文學世界　第 1 期　1987
　　　　　　　年 12 月　頁 32—50

393. 劉紹唐　　梁實秋先生的晚年（以代悼詞）　傳記文學　第 307 期　1987 年
　　　　　　　12 月　頁 7

394. 劉　真　　實秋先生不朽[23]　傳記文學　第 307 期　1987 年 12 月　頁 37—47

395. 劉　真　　實秋先生不朽　回憶梁實秋　長春　吉林文史出版社　1992 年 10

---

[23]本文作者回憶與梁實秋的友誼，描述梁實秋對師大的情感與貢獻。

月　頁 73—92

396. 劉　真　　實秋先生不朽　雅舍閑翁——名人筆下的梁實秋，梁實秋筆下的
　　　　　　　名人　上海　東方出版中心　1998 年 10 月　頁 68—89

397. 關國煊　　梁實秋先生傳略　傳記文學　第 307 期　1987 年 12 月　頁 48—
　　　　　　　56

398. 張自強　　冰心隔海憶秋郎（上、中、下）[24]　聯合報　1988 年 1 月 6—8 日
　　　　　　　22 版

399. 陳素芳　　最後一筆都是完美的　中華日報　1988 年 1 月 12 日　15 版

400. 黃春旺　　一信緣　中央日報　1988 年 1 月 18 日　18 版

401. 姚宜瑛　　對門芳鄰——為梁實秋先生冥誕而作　中華日報　1988 年 1 月 25
　　　　　　　日　17 版

402. 姚宜瑛　　對門芳鄰——為梁實秋先生冥誕而作　春來　臺北　大地出版社
　　　　　　　1992 年 1 月　頁 145—153

403. 姚宜瑛　　對門芳鄰——為梁實秋先生冥誕而作　十六棵玫瑰　臺北　爾雅
　　　　　　　出版社　2004 年 1 月　頁 22—27

404. 小　民　　行路的人不知道自己的腳步——為梁實秋教授八十七歲冥誕而作
　　　　　　　中國時報　1988 年 1 月 26 日　23 版

405. 梁文薔　　臘八　中華日報　1988 年 1 月 26 日　17 版

406. 梁文薔　　臘八　長相思——槐園北海憶雙親　臺北　時報文化出版公司
　　　　　　　1988 年 11 月　頁 181—184

407. 余光中　　金燦燦的秋收（上、下）[25]　中國時報　1988 年 1 月 26—27 日
　　　　　　　18 版

408. 余光中　　金燦燦的秋收　秋之頌：梁實秋先生紀念文集　臺北　九歌出版
　　　　　　　社　1988 年 1 月　頁 25—40

409. 余光中　　金燦燦的秋收　明報月刊　第 266 期　1988 年 2 月　頁 56—59

---

[24] 本文作者訪問冰心，描述冰心回憶其與梁實秋的友誼及過往經歷。
[25] 本文作者介紹自己發起編輯紀念梁實秋的文集《秋之頌》，說明梁實秋對文壇及教育的貢獻。後
　改篇名為〈金燦燦的秋收——序《秋之頌：梁實秋先生紀念文集》〉。

410. 余光中　　金燦燦的秋收　魯迅研究動態　1988 年第 7 期　1988 年 7 月　頁 64—67

411. 余光中　　金燦燦的秋收——序《秋之頌：梁實秋先生紀念文集》　井然有序　臺北　九歌出版社　1996 年 10 月　頁 412—427

412. 余光中　　金燦燦的秋收　梁實秋批評文集　珠海　珠海出版社　1998 年 10 月　頁 1—7

413. 〔九歌雜誌〕　　書緣・書香〔梁實秋部分〕　九歌雜誌　第 83 期　1988 年 1 月　4 版

414. 殷志鵬　　小記梁實秋教授　九十年代　第 216 期　1988 年 1 月　頁 101

415. 殷志鵬　　小記梁實秋教授　師友文緣　臺北　九歌出版社　1996 年 10 月　頁 32—35

416. 劉　真　　相期無負平生——永懷梁實秋教授　中外雜誌　第 251 期　1988 年 1 月　頁 33—41

417. 邵玉銘　　風骨嶙峋一代典範——我對梁實秋先生的感佩　文學・政治・知識分子　臺北　聯合文學出版社　1988 年 1 月　頁 107—111

418. 許大成　　舉國可風的梁實秋教授　書和人　第 585 期　1988 年 1 月　頁 1—2

419. 冰　心　　悼念梁實秋先生　傳記文學　第 308 期　1988 年 1 月　頁 61—62

420. 冰　心　　悼念梁實秋先生　大成　第 171 期　1988 年 2 月　頁 13

421. 冰　心　　悼念梁實秋先生　梁實秋文壇沉浮錄　合肥　黃山書社　1992 年 1 月　頁 1—2

422. 冰　心　　悼念梁實秋先生　槐園夢　安徽　安徽文藝出版社　1995 年 3 月　頁 189—191

423. 冰　心　　悼念梁實秋先生　有了愛就有了一切　南京　江蘇文藝出版社　1998 年 9 月　頁 128—130

424. 冰　心　　悼念梁實秋先生　雅舍閑翁——名人筆下的梁實秋，梁實秋筆下的名人　上海　東方出版中心　1998 年 10 月　頁 3—5

425. 黃得時　探求健康和尊嚴──新月時代的梁實秋（上、下）　中央日報
　　　1988 年 2 月 11─12 日　18 版

426. 吳奚真　悼念實秋先生　傳記文學　第 309 期　1988 年 2 月　頁 120─127

427. 吳奚真　悼念實秋先生　回憶梁實秋　長春　吉林文史出版社　1992 年 10
　　　月　頁 49─65

428. 吳奚真　悼念實秋先生　雅舍閑翁──名人筆下的梁實秋，梁實秋筆下的
　　　名人　上海　東方出版中心　1998 年 10 月　頁 42─59

429. 樂黛雲　悼念梁實秋　文教資料　1988 年第 2 期　1988 年 3 月　頁 45─49

430. 陳巧孫　梁實秋的遺言　文匯讀書周報　1988 年 4 月 2 日　3 版

431. 聶華苓　從 23 封信回憶 60 年代梁實秋　中國時報　1988 年 4 月 22 日　18
　　　版

432. 應平書　空留遺恨《秋之頌》──文壇大師梁實秋二三事　九歌雜誌　第
　　　86 期　1988 年 4 月　2 版

433. 蓬　生　梁實秋這個人　新觀察　1988 年第 10 期　1988 年 5 月　頁 24─
　　　27

434. 季羨林　回憶梁實秋先生　中國建設　1988 年第 6 期　1988 年 6 月　頁 36

435. 季羨林　回憶梁實秋先生　回憶梁實秋　長春　吉林文史出版社　1992 年
　　　10 月　頁 28─30

436. 季羨林　回憶梁實秋先生　雅舍閑翁──名人筆下的梁實秋，梁實秋筆下
　　　的名人　上海　東方出版中心　1998 年 10 月　頁 38─41

437. 〔編輯部〕　梁實秋小傳　魯迅研究動態　1988 年第 7 期　1988 年 7 月
　　　頁 67

438. 陳子善　研究魯迅雜文藝術第一人──梁實秋　魯迅研究動態　1988 年第
　　　9 期　1988 年 9 月　頁 58─62

439. 陳子善　研究魯迅雜文藝術第一人──梁實秋　遺落的明珠　臺北　業強
　　　出版社　1992 年 10 月　頁 3─14

440. 魯　海　梁實秋與莎士比亞　圖書館雜誌　1988 年第 5 期　1988 年 10 月

頁 52

441. 梁文騏　　父親的命案　中國時報　1988 年 11 月 3 日　18 版

442. 梁文騏　　父親的命案　長相思——槐園北海憶雙親　臺北　時報文化出版
　　　　　　　公司　1988 年 11 月　頁 314—325

443. 徐世棠　　梁伯伯說的（上、下）[26]　中國時報　1988 年 11 月 4—5 日　18
　　　　　　　版

444. 徐世棠　　至福光影——《長相思》序　長相思——槐園北海憶雙親　臺北
　　　　　　　時報文化出版公司　1988 年 11 月　頁 5—25

445. 徐世棠　　梁伯伯說的！　回憶梁實秋　長春　吉林文史出版社　1992 年 10
　　　　　　　月　頁 107—118

446. 徐世棠　　至福光影　槐園夢　安徽　安徽文藝出版社　1995 年 3 月　頁
　　　　　　　200—212

447. 梁文薔　　承諾　長相思——槐園北海憶雙親　臺北　時報文化出版公司
　　　　　　　1988 年 11 月　頁 29—32

448. 梁文薔　　生離　長相思——槐園北海憶雙親　臺北　時報文化出版公司
　　　　　　　1988 年 11 月　頁 33—41

449. 梁文薔　　死別　長相思——槐園北海憶雙親　臺北　時報文化出版公司
　　　　　　　1988 年 11 月　頁 41—46

450. 梁文薔　　親情　長相思——槐園北海憶雙親　臺北　時報文化出版公司
　　　　　　　1988 年 11 月　頁 53—58

451. 梁文薔　　我的家教　長相思——槐園北海憶雙親[27]　臺北　時報文化出版公
　　　　　　　司　1988 年 11 月　頁 59—70

452. 梁文薔　　爸爸和信　長相思——槐園北海憶雙親　臺北　時報文化出版公
　　　　　　　司　1988 年 11 月　頁 71—75

453. 梁文薔　　長相思——爸爸和信　回憶梁實秋　長春　吉林文史出版社

---

[26] 本文為作者回憶與父親至交梁實秋的相處情形。後改篇名為〈至福光影——《長相思》序〉、〈至
　　福光影〉。

[27] 本文為梁文薔回憶兒時生活，以及父母親對其之影響。

1992 年 10 月　頁 211—213

454. 梁文薔　　長相思（選載）——爸爸和信　新文學史料　1993 年第 4 期
　　　　　　　1993 年 11 月　頁 9—11

455. 梁文薔　　爸爸的打字機　長相思——槐園北海憶雙親　臺北　時報文化出
　　　　　　　版公司　1988 年 11 月　頁 76—81

456. 梁文薔　　長相思——爸爸的打字機　回憶梁實秋　長春　吉林文史出版社
　　　　　　　1992 年 10 月　頁 214—217

457. 梁文薔　　長相思（選載）——爸爸的打字機　新文學史料　1993 年第 4 期
　　　　　　　1993 年 11 月　頁 11—12

458. 梁文薔　　聽故事　長相思——槐園北海憶雙親　臺北　時報文化出版公司
　　　　　　　1988 年 11 月　頁 90—95

459. 梁文薔　　長相思——聽故事　回憶梁實秋　長春　吉林文史出版社　1992
　　　　　　　年 10 月　頁 217—220

460. 梁文薔　　長相思（選載）——聽故事　新文學史料　1993 年第 4 期　1993
　　　　　　　年 11 月　頁 15—16

461. 梁文薔　　德惠街一號　長相思——槐園北海憶雙親　臺北　時報文化出版
　　　　　　　公司　1988 年 11 月　頁 96—102

462. 梁文薔　　長相思（選載）——德惠街一號　新文學史料　1993 年第 4 期
　　　　　　　1993 年 11 月　頁 17—19

463. 梁文薔　　牙的困擾　長相思——槐園北海憶雙親　臺北　時報文化出版公
　　　　　　　司　1988 年 11 月　頁 103—110

464. 梁文薔　　手錶的故事　長相思——槐園北海憶雙親　臺北　時報文化出版
　　　　　　　公司　1988 年 11 月　頁 110—114

465. 梁文薔　　長相思（選載）——手錶的故事　新文學史料　1993 年第 4 期
　　　　　　　1993 年 11 月　頁 19—20

466. 梁文薔　　爸爸和貓　長相思——槐園北海憶雙親　臺北　時報文化出版公
　　　　　　　司　1988 年 11 月　頁 115—122

467. 梁文薔　　長相思——爸爸和貓　回憶梁實秋　長春　吉林文史出版社
　　　　　　　　1992 年 10 月　頁 220—224

468. 梁文薔　　長相思（選載）——爸爸和貓　新文學史料　1993 年第 4 期
　　　　　　　　1993 年 11 月　頁 20—22

469. 梁文薔　　爸爸的性格　長相思——槐園北海憶雙親　臺北　時報文化出版
　　　　　　　　公司　1988 年 11 月　頁 130—133

470. 梁文薔　　長相思——爸爸的性格　回憶梁實秋　長春　吉林文史出版社
　　　　　　　　1992 年 10 月　頁 225—226

471. 梁文薔　　長相思（選載）——爸爸的性格　新文學史料　1993 年第 4 期
　　　　　　　　1993 年 11 月　頁 24—25

472. 梁文薔　　探父瑣記　長相思——槐園北海憶雙親　臺北　時報文化出版公
　　　　　　　　司　　1988 年 11 月　頁 134—140

473. 梁文薔　　長相思（選載）——探父瑣記　新文學史料　1993 年第 4 期
　　　　　　　　1993 年 11 月　頁 25—28

474. 梁文薔　　老與死　長相思——槐園北海憶雙親[28]　臺北　時報文化出版公司
　　　　　　　　1988 年 11 月　頁 141—151

475. 梁文薔　　長相思（選載）——老與死　新文學史料　1993 年第 4 期　1993
　　　　　　　　年 11 月　頁 28—30

476. 梁文薔　　悼亡——長相思‧淚難乾[29]　長相思——槐園北海憶雙親　臺北
　　　　　　　　時報文化出版公司　1988 年 11 月　頁 152—170

477. 梁文薔　　長相思——悼亡　回憶梁實秋　長春　吉林文史出版社　1992 年
　　　　　　　　10 月　頁 226—237

478. 梁文薔　　長相思（選載）——悼亡　新文學史料　1993 年第 4 期　1993 年
　　　　　　　　11 月　頁 30—36

479. 梁文薔　　悼亡——長相思‧淚難乾　槐園夢　安徽　安徽文藝出版社

---

[28]本文摘錄梁實秋生命最後 10 年裡對於「生與死」看法的文章，以呈現其對生死議題的觀點。
[29]本文記述梁實秋對於妻子逝世後的懷念之情。

1995 年 3 月　頁 220—232

480. 梁文薔　寄槐園　長相思——槐園北海憶雙親　臺北　時報文化出版公司
1988 年 11 月　頁 175—180

481. 梁文薔　爸爸媽媽安息吧[30]　長相思——槐園北海憶雙親　臺北　時報文化
出版公司　1988 年 11 月　頁 185—196

482. 梁文薔　程季淑、梁實秋生活剪影[31]　長相思——槐園北海憶雙親　臺北
時報文化出版公司　1988 年 11 月　頁 197—276

483. 梁文薔　長相思——生活剪影　回憶梁實秋　長春　吉林文史出版社
1992 年 10 月　頁 237—252

484. 梁文薔　長相思（選載）[32]　新文學史料　1993 年第 4 期　1993 年 11 月
頁 36—49

485. 梁文茜　懷念父親梁實秋　長相思——槐園北海憶雙親　臺北　時報文化
出版公司　1988 年 11 月　頁 307—313

486. 梁文茜　懷念先父梁實秋　回憶梁實秋　長春　吉林文史出版社　1992 年
10 月　頁 201—205

487. 梁文茜　懷念先父梁實秋　槐園夢　安徽　安徽文藝出版社　1995 年 3 月
頁 238—242

488. 梁文茜　懷念先父梁實秋　雅舍閑翁——名人筆下的梁實秋，梁實秋筆下
的名人　上海　東方出版中心　1998 年 10 月　頁 131—137

---

[30] 本文記述作者對於父母的懷念之情，兼記述梁實秋生前對於生死的觀念。
[31] 本文為作者回憶父母生活點滴。全文共 78 小節：1.打袼褙；2.撫嬰有術；3.雅號；4.婚禮；5.婚前贈言；6.錯中錯；7.鄉愁；8.儲蓄與「小資產階級」；9.服裝；10.「勞改」；11.「無恥」；12.三十八年莎氏緣；13.「草木皆兵」；14.歲月無情；15.清心寡慾；16.一切盡在不言中；17.毛筆字；18.祖父生平；19.媽媽的心聲；20.牙籤的鬧劇；21.夏娃與撒旦；22.佛的啟示；23.理性的消極；24.割膽前後；25.補品之患；26.「後」患無窮；27.念舊；28.天倫之樂；29.虛驚一場；30.疾世；31.秀才人情；32.「去蠹」莎氏；33.「婦女問題」；34.別字小姐；35.主僕之間；36.無門可入；37.磕頭；38.養花樂；39.媽媽的晚景；40.「淒涼今日隻身歸」；41.臺灣之行；42.營養餐；43.告別；44.孤單，孤單；45.悲秋；46.心如槁木；47.《英國文學史》孕育與誕生；48.莎氏「誤人」；49.老境；50.一枚青棗無限愁；51.自嘲；52.每週一信；53.Old Bill；54.銀貨兩訖；55.矛盾；56.幽默；57.兼職；58.勤；59.牢騷；60.箏聲劍影；61.紅圍巾；62.「豫則立」；63.國語中心；64.窮；65.鷹派；66.四宜軒；67.投稿；68.莫謂秦無人；69.惜才；70.三怕；71.「遺言」；72.幌子；73.上稅；74.搬家；75.出無車；76.人倫；77.婚姻觀；78.祖孫書信。後改篇名為〈長相思——生活剪影〉。
[32] 本文節錄《長相思——槐園北海憶雙親》的〈程季淑、梁實秋生活剪影〉部分，共 48 小節。

489. 梁文茜　懷念先父梁實秋　人生幾度秋涼　西安　陝西師範大學出版社
　　　2007 年 9 月　頁 1—4

490. 梁　越　爺爺和我——爲紀念爺爺梁實秋逝世一週年而寫　臺灣春秋　第 3
　　　期　1988 年 12 月　頁 278—288

491. 〔九歌雜誌〕　書緣・書香〔梁實秋部分〕　九歌雜誌　第 94 期　1988 年
　　　12 月　4 版

492. 應鳳凰　昨天下午在北海墓園　憑一張地圖　臺北　九歌出版社　1988 年
　　　12 月　頁 213—215

493. 應鳳凰　昨天下午在北海墓園　憑一張地圖　臺北　九歌出版社　2008 年
　　　8 月　頁 181—183

494. 顧毓琇　實秋與我——紀念梁實秋先生逝世一週年　傳記文學　第 319 期
　　　1988 年 12 月　頁 69—71

495. 顧毓琇　實秋與我——紀念梁實秋先生逝世一週年　回憶梁實秋　長春
　　　吉林文史出版社　1992 年 10 月　頁 33—40

496. 顧毓琇　實秋與我——紀念梁實秋先生逝世一週年　雅舍閑翁——名人筆
　　　下的梁實秋，梁實秋筆下的名人　上海　東方出版中心　1998 年
　　　10 月　頁 29—37

497. 丘彥明　綠楊門巷今在否　人情之美　臺北　允晨文化公司　1989 年 1 月
　　　頁 32—37

498. 徐靜波　梁實秋傳略[33]　新文學史料　1989 年第 1 期　1989 年 2 月　頁
　　　136—154

499. 陳信元　「雅舍」曾是文友們的樂土　幼獅文藝　第 423 期　1989 年 3 月
　　　頁 179

500. 李宜涯　雅舍長留哀思——悼念梁實秋一文　書海探微　臺北　黎明文化
　　　公司　1989 年 3 月　頁 79—82

---

[33]本文描述梁實秋一生的經歷及文學成就。1.童年：沉悶而有情致的世界；2.清華園：浪漫的青春
夢；3.大洋彼岸：折向了傳統的古典；4.南北流徙的歲月：成熟的年代；5.講壇和書齋：恬靜而
寂寥的晚境。

501. 陳信元　梁實秋與「雅舍」　幼獅文藝　第 424 期　1989 年 4 月　頁 180

502. 楊漫克　難再相見一段緣——梁實秋憶冰心　中外雜誌　第 268 期　1989
年 6 月　頁 118—119

503. 丘彥明　「雅舍」不再　中國時報　1989 年 11 月 3 日　31 版

504. 唐先田　梁實秋家「憶苦飯」　追求和諧　臺北　文史哲出版社　1990 年
2 月　頁 102—104

505. 殷志鵬　一個傳統的中國讀書人——小記梁實秋教授　九歌雜誌　第 109
期　1990 年 3 月　3 版

506. 無名氏　天鵝之音　塔裡‧塔外‧女人　臺北　風雲時代出版公司　1990
年 4 月　頁 54—58

507. 思　維　談梁韓婚姻　半生緣　臺北　聯經出版公司　1990 年 6 月　頁 95
—98

508. 劉天華，維新　編後記　梁實秋讀書札記　北京　中國廣播電視出版社
1990 年 9 月　頁 223

509. 戴廣德　梁實秋最像一朵花　新華文摘　1990 年第 10 期　1990 年 10 月
頁 151

510. 陳信元　現代散文的第三個十年（一九三七——一九四九）〔梁實秋部分〕
中國現代散文初探　臺中　臺中縣立文化中心　1990 年 12 月　頁
52—53

511. 魯　海　梁實秋與圖書館　圖書館雜誌　1991 年第 1 期　1991 年 2 月　頁
46

512. 林之英　《雅舍散文》的弦外之音　出其東門有女如雲　臺北　九歌出版
社　1991 年 5 月　頁 217—222

513. 聶華苓　懷念梁實秋先生——附梁先生信 24 封[34]　聶華苓札記集　高雄
讀者文化公司　1991 年 10 月　頁 231—254

514. 聶華苓　懷念梁實秋先生　臺灣散文鑑賞辭典　太原　北岳文藝出版社

---

[34]本文為作者回憶梁實秋之文，文後附錄 24 封與梁實秋往來的書信。

1991 年 12 月　頁 377—382

515. 聶華苓　懷念梁實秋先生　回憶梁實秋　長春　吉林文史出版社　1992 年 10 月　頁 150—155

516. 聶華苓　懷念梁實秋先生　雅舍閑翁——名人筆下的梁實秋，梁實秋筆下的名人　上海　東方出版中心　1998 年 10 月　頁 108—113

517. 于　善　梁實秋逢場做戲，許地山錯失良緣　臺灣新生報　1991 年 11 月 1 日　14 版

518.〔中國語文〕　梁實秋　中國語文　第 71 卷第 1 期　1992 年 7 月　頁 7—8

519. 冰　心　憶實秋　回憶梁實秋　長春　吉林文史出版社　1992 年 10 月　頁 1—7

520. 冰　心　憶實秋　雅舍閑翁——名人筆下的梁實秋，梁實秋筆下的名人　上海　東方出版中心　1998 年 10 月　頁 6—7

521. 陳衡粹　實秋忌辰週年祭　回憶梁實秋　長春　吉林文史出版社　1992 年 10 月　頁 8—12

522. 陳衡粹　實秋忌辰週年祭　雅舍閑翁——名人筆下的梁實秋，梁實秋筆下的名人　上海　東方出版中心　1998 年 10 月　頁 8—13

523. 趙清閣　隔海悼念梁實秋先生　回憶梁實秋　長春　吉林文史出版社　1992 年 10 月　頁 16—19

524. 趙清閣　隔海悼念梁實秋先生　雅舍閑翁——名人筆下的梁實秋，梁實秋筆下的名人　上海　東方出版中心　1998 年 10 月　頁 18—22

525. 隋樹森　我所知道的梁實秋先生　回憶梁實秋　長春　吉林文史出版社　1992 年 10 月　頁 20—22

526. 李清悚　憶梁實秋雜談往事　回憶梁實秋　長春　吉林文史出版社　1992 年 10 月　頁 23—25

527. 李清悚　憶梁實秋雜談往事　雅舍閑翁——名人筆下的梁實秋，梁實秋筆下的名人　上海　東方出版中心　1998 年 10 月　頁 26—28

528. 林斤瀾　滑竿教授——梁實秋先生印象　回憶梁實秋　長春　吉林文史出版社　1992 年 10 月　頁 26—27

529. 林斤瀾　滑竿教授——梁實秋　博覽群書　1993 年第 6 期　1993 年 6 月　頁 28

530. 林斤瀾　滑竿教授——梁實秋先生印象　雅舍閑翁——名人筆下的梁實秋，梁實秋筆下的名人　上海　東方出版中心　1998 年 10 月　頁 23—25

531. 吳小如　梁實秋治杜詩　回憶梁實秋　長春　吉林文史出版社　1992 年 10 月　頁 31—33

532. 溫梓川　談梁實秋　回憶梁實秋　長春　吉林文史出版社　1992 年 10 月　頁 41—44

533. 梁錫華　一葉知秋——梁實秋先生逝世一周年　回憶梁實秋　長春　吉林文史出版社　1992 年 10 月　頁 181—188

534. 梁錫華　一葉知秋——梁實秋先生逝世一周年　雅舍閑翁——名人筆下的梁實秋，梁實秋筆下的名人　上海　東方出版中心　1998 年 10 月　頁 121—130

535. 陳子善　梁實秋與老舍的文字交[35]　遺落的明珠　臺北　業強出版社　1992 年 10 月　頁 40—50

536. 陳子善　梁實秋與陳衡粹[36]　遺落的明珠　臺北　業強出版社　1992 年 10 月　頁 51—63

537. 陳子善　梁實秋與余上沅陳衡粹夫婦　傳記文學　第 370 期　1994 年 11 月　頁 59—63

538. 徐　瑜　憶念梁實秋先生　中華日報　1992 年 11 月 7 日　11 版

539. 徐　瑜　懷念梁實秋先生　梁溪雜語　臺北　立華出版公司　1995 年 9 月　頁 92—94

---

[35] 本文藉由梁實秋寫 3 篇懷念老舍的文章，探討梁實秋與老舍之間交往情形。
[36] 本文後改篇名為〈梁實秋與余上沅陳衡粹夫婦〉。

540. 喬福生，謝洪杰　　梁實秋　二十世紀中國文學　杭州　杭州大學出版　1992 年 12 月　頁 257—260

541. 林海音　　「雅舍」的主人　中國時報　1993 年 6 月 30 日　27 版

542. 林海音　　「雅舍」的主人　林海音作品集‧春聲已遠　臺北　遊目族文化公司　2000 年 5 月　頁 39—43

543. 繆天華　　找尋梁實秋先生的信——兼懷舊事　聯合報　1993 年 9 月 3 日　35 版

544. 繆天華　　找尋梁實秋先生的信——兼懷舊事　桑樹下　臺北　三民書局　1995 年 6 月　頁 145—151

545. 梁文茜　　懷念兩章：懷念先父梁實秋、憶雅舍　新文學史料　1993 年第 4 期　1993 年 11 月　頁 4—8

546. 周　明　　冰心與梁實秋　新文學史料　1993 年第 4 期　1993 年 11 月　頁 50—53

547. 雲　煙　　梁實秋雜談　書與人　1994 年第 2 期　1994 年 3 月　頁 59—61

548. 姜　穆　　梁實秋編著小語惹大禍　三〇年代作家臉譜　臺北　九歌出版社　1994 年 4 月　頁 138—142

549. 劉　紅　　梁實秋的學術生涯和感情世界　民國春秋　1994 年第 3 期　1994 年 5 月　頁 39—46

550. 小　民　　觀書信念故人　永恆的彩虹　臺北　三民書局　1994 年 8 月　頁 231—238

551. 沈　謙　　梁實秋是雞冠花　中央日報　1994 年 10 月 14 日　17 版

552. 沈　謙　　梁實秋是雞冠花　林語堂與蕭伯納：看文人妙語生花　臺北　九歌出版社　1999 年 3 月　頁 166—169

553. 沈　謙　　梁實秋是雞冠花　林語堂與蕭伯納　臺北　九歌出版社　2005 年 11 月　頁 166—169

554. 陳漱渝　　「今我來思，雨雪霏霏」——訪梁實秋公子梁文騏[37]　一個大陸人

---

[37]本文藉由訪問梁實秋公子梁文騏，以深入了解梁實秋生平與文學觀。

　　　　　　　看臺灣　臺北　朝陽唐文化公司　1994 年 11 月　頁 247—257

555. 韓菁清　和梁實秋結婚那一天　梁實秋，韓菁清　北京　中國青年出版社
　　　　　　　1995 年 1 月　頁 192—196

556. 劉炎生　梁實秋抵臺後對魯迅的態度　魯迅研究月刊　1995 年第 2 期
　　　　　　　1995 年 2 月　頁 65—67

557. 楊小雲　女作家話男作家——大師風範　青年日報　1995 年 6 月 16 日　15
　　　　　　　版

558. 姚宜瑛　梁實秋先生的麵包樹　中華日報　1995 年 6 月 24 日　14 版

559. 姚宜瑛　梁實秋的麵包樹　十六棵玫瑰　臺北　爾雅出版社　2004 年 1 月
　　　　　　　頁 29—31

560. 林海音　讀信懷往——略記梁實秋先生的幾封信　雅舍尺牘：梁實秋書札
　　　　　　　真跡　臺北　九歌出版社　1995 年 6 月　頁 247—256

561. 陳祖文　梁實秋小事記　雅舍尺牘：梁實秋書札真跡　臺北　九歌出版社
　　　　　　　1995 年 6 月　頁 257—258

562. 黃文範　還梁實秋一個公道　中央日報　1995 年 11 月 22 日　19 版

563. 張　放　關於「文藝」的若干回憶〔梁實秋部分〕　浮生隨筆　臺北　文
　　　　　　　史哲出版社　1996 年 1 月　頁 121—122

564. 江應龍　片羽吉光——梁實秋先生的兩封信　中央日報　1996 年 2 月 27 日
　　　　　　　19 版

565. 梁文騏　我的父親梁實秋　陝西教育　1996 年第 4 期　1996 年 4 月　頁 47
　　　　　　　—48

566. 魯西奇　一代文學大師梁實秋　梁實秋傳　北京　中央民族大學出版社
　　　　　　　1996 年 5 月　頁 1—10

567. 孫大雨　暮年回首——我與梁實秋先生的一些交往　雅舍小說和詩　臺北
　　　　　　　九歌出版社　1996 年 5 月　頁 5—14

568. 沈　謙　柯靈為梁實秋鳴冤　中央日報　1996 年 8 月 9 日　19 版

569. 沈　謙　柯靈為梁實秋鳴冤　林語堂與蕭伯納：看文人妙語生花　臺北

　　　　　　　九歌出版社　1999 年 3 月　頁 241—245

570. 沈　　謙　柯靈爲梁實秋鳴冤　林語堂與蕭伯納　臺北　九歌出版社　2005
　　　　　　　年 11 月　頁 241—245

571. 唐紹華　梁實秋筆戰魯迅　文壇往事見證　臺北　傳記文學出版社　1996
　　　　　　　年 8 月　頁 74—75

572. 丘彥明　梁實秋、臺靜農、葉公超與聯副（上、下）　聯合報　1996 年 11
　　　　　　　月 14—15 日　37 版

573. 丘彥明　梁實秋、臺靜農、葉公超與聯副　眾神的花園：聯副的歷史記憶
　　　　　　　臺北　聯經出版公司　1997 年 1 月　頁 135—139

574. 沈　　謙　梁實秋的流風餘韻　中央日報　1996 年 12 月 19 日　19 版

575. 沈　　謙　梁實秋的流風餘韻　林語堂與蕭伯納：看文人妙語生花　臺北
　　　　　　　九歌出版社　1999 年 3 月　頁 175—179

576. 沈　　謙　梁實秋的流風餘韻　林語堂與蕭伯納　臺北　九歌出版社　2005
　　　　　　　年 11 月　頁 175—179

577. 宋　　裕　著作等身的梁實秋[38]　明道文藝　第 252 期　1997 年 3 月　頁 116
　　　　　　　—128

578. 葛紅兵　新文學的反思者梁實秋　社科信息　1997 年第 6 期　1997 年 6 月
　　　　　　　頁 43—45，48

579. 胡百華　老困中益見璀璨——梁實秋先生暮年事蹟一瞥（1—7）[39]　中華日
　　　　　　　報　1997 年 11 月 3—9 日　16 版

580. 胡百華　老困中益見璀璨——梁實秋先生暮年一瞥　文訊雜誌　第 146 期
　　　　　　　1997 年 12 月　頁 63

---

[38]本文探討梁實秋生平、作品以及文學觀。全文共 9 小節：1.清華八年；2.留美三年；3.烏龜兔子，
何爲我？；3.《雅舍小品》；4.爲稻粱謀，編纂字典；5.三十八年莎士緣；6.發憤著書，不知老之
將至；7.能吃、好吃、偷吃；8.嫉惡如仇，愛憎分明；9.生性幽默，自我嘲解。

[39]本文記述梁實秋 80 歲之後的一些事蹟，並探討其生平相關的重大問題。全文共 8 小節：1.兩度接
受八十大壽慶祝；2.1984 年兩樁值得回憶的事；3.得遂所願而跟家人一一團聚；4.《英國文學
史》和姊妹篇的出版；5.《雅舍小品》全集歷時四十六年；6.最後高潮性的品評和申言；7.梁師
的話該怎麼採信？；8.小結：梁師「笑到最後」。後改篇名爲〈畢生厚實帶玲瓏——側記梁實秋先
生晚年生涯與生平〉。

581. 胡百華　　畢生厚實帶玲瓏——側記梁實秋先生晚年生涯與生平　梁實秋先
　　　　　　　　生百年誕辰學術研討會　臺北　九歌文教基金會，臺灣師範大學
　　　　　　　　英語系，臺灣師範大學文學院主辦　2002 年 12 月 11—12 日

582. 胡百華　　畢生厚實帶玲瓏——側記梁實秋先生晚年生涯與生平　雅舍的春
　　　　　　　　華秋實：梁實秋學術研討會論文集　臺北　九歌出版社　2002 年
　　　　　　　　12 月　頁 5—30

583. 〔九歌雜誌〕　　書緣‧書香〔梁實秋部分〕　九歌雜誌　第 200 期　1997
　　　　　　　　年 11 月　4 版

584. 游常山　　雅舍裡推敲莎士比亞——梁實秋　天下雜誌　第 200 期　1998 年
　　　　　　　　1 月　頁 278

585. 蔡登山　　餘生猶有忘年愛——梁實秋的兩段情（上、下）　中央日報
　　　　　　　　1998 年 1 月 31 日—2 月 1 日　4，13 版

586. 思　果　　梁先生不朽　書城雜誌　1998 年第 2 期　1998 年 2 月　頁 22

587. 王敬義　　梁實秋與我——從梁實秋的來信談起　純文學　復刊第 2 期
　　　　　　　　1998 年 6 月　頁 10—14

588. 劉炎生　　翩翩雅舍一「閑翁」——編者序　雅舍閑翁——名人筆下的梁實
　　　　　　　　秋，梁實秋筆下的名人　上海　東方出版中心　1998 年 10 月
　　　　　　　　〔3〕頁

589. 齊　飛　　回首梁實秋晚年之愛　中華日報　1998 年 12 月 17 日　14 版

590. 陳維信　　臺灣文學經典名家特寫——梁實秋　聯合報　1999 年 3 月 5 日
　　　　　　　　37 版

591. 方祖燊　　當代名人書札〔梁實秋部分〕　當代名人書札　臺北　正中書局
　　　　　　　　1999 年 6 月　頁 39—41

592. 陳維信　　梁實秋特寫——為迷人旨趣塑造典型　臺灣文學經典研討會論文
　　　　　　　　集　臺北　行政院文建會，聯經出版公司　1999 年 6 月　頁 332

593. 燕曉東　　路過梁實秋家的門前　聯合文學　第 186 期　2000 年 4 月　頁
　　　　　　　　128—131

594. 方　忠　　梁實秋　二十世紀中國文學史　臺北　文史哲出版社　2000 年 9
月　頁 945—950

595. 秦賢次　　翻譯莎士比亞全集第一人——梁實秋　臺北畫刊　第 394 期
2000 年 11 月　頁 46

596. 秦賢次　　翻譯莎士比亞全集第一人——梁實秋　臺北人物誌（二）　臺北
臺北市新聞處　2000 年 11 月　頁 120—125

597. 何靜婷　　梁實秋其人其文　雅舍精品　臺北　九歌出版社　2002 年 1 月
頁 3—6

598. 韓石山　　梁實秋的私行　人民文學　2002 年第 1 期　2002 年 1 月　頁 99—
101

599. 符立中　　溫州街舊事——梁實秋：當年風流已雲散　幼獅文藝　第 578 期
2002 年 2 月　頁 14—15

600. 王炳根　　冰心、梁實秋友情之定位[40]　文學自由談　2002 年第 2 期　2002
年 3 月　頁 68—75

601. 王炳根　　冰心一生的知己——梁實秋　Women of China 中國女性　2002 年
第 5 期　2002 年 5 月　頁 36—39

602. 張運林　　文學家梁實秋的美食趣聞　文史博覽　2002 年第 5 期　2002 年 5
月　頁 49—52

603. 古遠清　　雅舍主人在臺灣——記梁實秋的後半生　武漢文史資料　第 49 期
2002 年 9 月　頁 49—53

604. 胡正群　　人道・親情・法令　過客悲情　臺北　瀛舟出版社　2002 年 9 月
頁 123—125

605. 張　放　　梁實秋潔身自愛　人間福報　2002 年 11 月 22 日　9 版

606. 張　放　　梁實秋潔身自愛　雜花生樹　臺北　詩藝文出版社　2004 年 5 月
頁 369—373

607. 林秀蘭　　從「浪漫」到「理性」——梁實秋思想淵源　歷史月刊　第 181

---

[40]本文後改篇名爲〈冰心一生的知己—梁實秋〉。

　　　　　　　期　2003 年 2 月　頁 81—88

608. 葉永烈　　梁實秋・韓菁清白髮紅顏忘年戀　出版參考　2003 年 6 月　2003
　　　　　　　年 6 月 15 日　頁 22

609. 周　明　　從此秋郎是路人——冰心與梁實秋的世紀友情　縱橫　2003 年第
　　　　　　　6 期　2003 年 6 月　頁 51—53

610. 何懷碩　　懷念實秋老師　中華日報　2003 年 7 月 24 日　19 版

611. 亮　軒　　遠觀近睹梁實秋　中華日報　2003 年 8 月 21 日　19 版

612. 曉　秋　　魯迅梁實秋「咬文嚼字」打筆仗　咬文嚼字　2003 年第 10 期
　　　　　　　2003 年 10 月　頁 41

613. 羅吉甫　　梁實秋病逝　中國時報　2003 年 11 月 7 日　E7 版

614. 丘秀芷　　那一年送梁實秋先生　青年日報　2004 年 2 月 20 日　10 版

615. 郭可慈，郭謙　從「忘年戀」到「傾城之戀」　現代作家親緣錄——震撼
　　　　　　　百年文壇的夫婦作家　潞西　德宏民族出版社　2004 年 3 月　頁
　　　　　　　222—231

616. 白立平　　李啓純是梁實秋筆名嗎　博覽群書　2004 年第 4 期　2004 年 4 月
　　　　　　　頁 90—91

617. 胡　博　　新月派前期的「文學夢」[41]　中國現代文學研究叢刊　2004 年第 2
　　　　　　　期　2004 年 6 月　頁 67—88

618. 陳幸蕙　　從仙臺魯迅故居想起的〔梁實秋部分〕　聯合報　2004 年 7 月 19
　　　　　　　日　E7 版

619. 季　季　　梁實秋與孫立人看戲　中國時報　2004 年 7 月 28 日　E7 版

620. 季　季　　梁實秋與孫立人看戲　寫給你的故事　臺北　印刻出版公司
　　　　　　　2005 年 9 月　頁 65—68

621. 季　季　　慈悲與悲涼的，夢想　中國時報　2004 年 8 月 4 日　E7 版

622. 季　季　　慈悲與悲涼的，夢想　寫給你的故事　臺北　印刻出版公司

---

[41]本文藉舊期刊報紙、傳記年譜、出版史料、文壇史話及私人書信，以勾勒出新月派的面貌。全文
　共 3 小節：1.《詩鐫》之前的一次短暫相遇；2.「與《創造》雙雄並峙」的野心及幾次早期嘗
　試；3.《詩鐫》和《劇刊》：「新月」陣容的首次亮相。

2005 年 9 月　頁 69—72

623. 季　季　　韓菁清的未竟之夢　中國時報　2004 年 8 月 11 日　E7 版

624. 季　季　　韓菁清的未竟之夢　寫給你的故事　臺北　印刻出版公司　2005 年 9 月　頁 73—75

625. 季　季　　梁實秋的遺物與遺事　中國時報　2004 年 8 月 18 日　E7 版

626. 季　季　　梁實秋的遺物與遺事　寫給你的故事　臺北　印刻出版公司 2005 年 9 月　頁 76—79

627. 〔陳萬益選編〕　　梁實秋　國民文選・散文卷 2　臺北　玉山社出版公司 2004 年 8 月　頁 30

628. 劉　真　　文教風雲人物誌（三）——我所認識的劉季洪和梁實秋　中外雜誌　第 451 期　2004 年 9 月　頁 48—50

629. 胡勝華　　李敖與梁實秋　傳記文學　第 508 期　2004 年 9 月　頁 83—87

630. 劉昌貴　　梁實秋與雅舍　文史雜誌　2005 年第 1 期　2005 年 1 月　頁 31

631. 宋益喬　　序言　雅舍談吃　濟南　山東畫報出版社　2005 年 2 月　〔7〕頁

632. 陳達遵　　導論　雅舍小品選集中英對照版〔兩卷〕　香港　中文大學出版社　2005 年 3 月　〔13〕頁

633. 宋益喬　　小引　梁實秋傳　天津　百花文藝出版社　2005 年 5 月　頁 1—3

634. 楊　浪　　發生在 1940 年的一樁疑案　北京紀事　2005 年第 5 期　2005 年 5 月　頁 57—59

635. 于天池，李書　　李長之與梁實秋　傳記文學　第 528 期　2006 年 5 月　頁 74—80

636. 于天池，李書　　世路干戈惜暫分——李長之與梁實秋　李長之和他的朋友們　臺北　秀威資訊科技公司　2007 年 6 月　頁 93—108

637. 許俊雅　　梁實秋　我心中的歌：現代文學星空　臺北　文史哲出版社 2006 年 6 月　頁 114—115

638. 韓西芹　　梁實秋和他的雅舍　今日重慶　2006 年第 7 期　2006 年 7 月　頁 104—105

639. 聶華苓　秋郎梁實秋[42]　讀書　2006 年第 3 期　2006 年　頁 113—118

640. 聶華苓　秋郎梁實秋　經典美文　2009 年第 1 期　2009 年 1 月　頁 39—40

641. 聶華苓　我的作家朋友梁實秋　學習博覽　2009 年第 1 期　2009 年 1 月　頁 30—31

642. 李　凌　聞一多與梁實秋的交往　縱橫　2006 年第 7 期　2006 年　頁 50—54

643. 清　華　西窗剪燭，杯酒論月　文學界　2007 年第 3 期　2007 年 3 月　頁 46—48

644. 清　華　梁實秋的傾城之戀　文學界　2007 年第 3 期　2007 年 3 月　頁 62—64

645. 李　敖　李敖眼中的梁實秋　文學界　2007 年第 3 期　2007 年 3 月　頁 65

646. 李小白　梁實秋在《新月》月刊的意義　文學界　2007 年第 3 期　2007 年 3 月　頁 66—67

647. 方令孺　1940 年的梁實秋　文學界　2007 年第 3 期　2007 年 3 月　頁 67

648. 易怡玲　作家瞭望臺　比整個世界還要大：散文選讀　臺北　三民書局　2007 年 9 月　頁 136—137

649. 施秀琴　陳之藩的人生經歷——和文學大師梁實秋先生談文學　陳之藩及其散文研究　南華大學文學研究所　碩士論文　黃文成教授指導　2008 年 5 月　頁 19—21

650. 玉　聲　梁實秋在臺灣的日子　縱橫　2008 年第 5 期　2008 年 5 月　頁 52—56

651. 〔封德屏主編〕　梁實秋　2007 臺灣作家作品目錄　臺南　國立臺灣文學館　2008 年 7 月　頁 783

652. 〔編輯部〕　梁實秋小傳　梁實秋代表作　北京　華夏出版社　2008 年 8 月　頁 1—2

653. 張春榮，顏荷郁　梁實秋的精妙珠璣　世界名人智慧語　臺北　爾雅出版

---

[42] 本文後改篇名爲〈我的作家朋友梁實秋〉。

社　　2008 年 10 月　　頁 213—217

654. 陳秀英　　我所知道的梁實秋先生的幾件事　傳記文學　第 558 期　2008 年 11 月　頁 117—122

655. 張昌華　　趙清閣流芳〔梁實秋部分〕　江淮文史　2009 年第 1 期　2009 年 1 月　頁 100—101

656. 王昌連　　世紀小女子，談笑有鴻儒〔梁實秋部分〕　國學　2009 年第 1 期　2009 年 1 月　頁 42—44

657. 徐世強　　毛澤東爲何兩次點名提到梁實秋　黨史文匯　2009 年第 2 期　2009 年 2 月　頁 28—29

658. 王國華　　但恨不見替人——梁實秋和胡適　四川文學　2009 年第 4 期　2009 年 4 月　頁 60—63

659. 王國華　　但恨不見替人——梁實秋和胡適　太湖　2009 年第 4 期　2009 年 7 月　頁 74—76

660. 劉宜慶　　老青島的文人與酒——梁實秋品啤酒、牛排　傳承　2009 年第 11 期　2009 年 4 月　頁 56—57

661. 莊曉蓉　　五四名人在青島——梁實秋：最憶是青島　走向世界　2009 年第 11 期　2009 年 4 月　頁 43

662. 易水寒　　梁實秋和冰心互寫祭文　幸福（悅讀）　2009 年第 5 期　2009 年 5 月　頁 32

663. 梁文薔講：李菁記　我的父親梁實秋　全國新書目　2009 年第 9 期　2009 年 5 月　頁 47—49

664. 梁文薔　　我的父親梁實秋　散文選刊　2009 年第 7 期　2009 年 7 月　頁 54 —57

665. 王　凱　　梁實秋早年的兩場筆墨官司　文史博覽　2009 年第 5 期　2009 年 5 月　頁 24—26

666. 王鳴劍　　余珊：民國才子迷戀的佳人[43]　文史博覽　2009 年第 5 期　2009

---

[43]本文僅部分論及梁實秋。後改篇名爲〈余珊與新月才子的情感糾葛〉。

年 5 月　頁 38—40

667. 王鳴劍　余珊與新月才子的情感糾葛　文史天地　2009 年第 8 期　2009 年
　　　8 月　頁 45—47

668. 易水寒　家教　視野　2009 年第 10 期　2009 年 5 月　頁 54—55

669. 鄧文蕙，周爲筠　一曲思鄉千載韻〔梁實秋部分〕　社會觀察　2009 年第
　　　5 期　2009 年 5 月　頁 8—9

670. 淮南子　梁實秋韓菁清之戀：踏過人生第二秋　今日南國　2006 年第 9 期
　　　2009 年 5 月　頁 48—51

671. 史飛翔　梁實秋與女明星「閃婚」　文史博覽　2009 年第 7 期　2009 年 7
　　　月　頁 40—41

672. 江勝清　「流氓氣質」和「紳士風度」——論中國現代留日作家群和留學
　　　英美作家群人格的差異〔梁實秋部分〕　名作欣賞　2009 年第 18
　　　期　2009 年 8 月　頁 117—119

673. 梁文茜講；劉宗永記　我眼中的父親梁實秋[44]　世界博覽　2009 年第 16 期
　　　2009 年 8 月　頁 65—67

674. 梁文茜講；劉宗永記　女兒梁文茜眼中的父親：「梁實秋其實是一個愛國文
　　　人」　晚報文萃　2010 年第 12 期　2010 年 6 月　頁 18—20

675. 馬一凡　現代作家與飲酒——梁實秋：「花看半開，酒飲微醺。」　文史月
　　　刊　2009 年第 8 期　2009 年 8 月　頁 63

676. 顧金春　梁實秋與吳宓交往略述　漳州師範學院學報　2009 年第 3 期
　　　2009 年 9 月　頁 100—103

677. 朱志敏，劉俐娜　五四時期知識分子生活概觀〔梁實秋部分〕　北京電子
　　　科技學院學報　第 17 卷第 3 期　2009 年 9 月　頁 71—73

678. 吳樂楊　梁實秋的「進」與魯迅的「出」　記者觀察（上半月）　2009 年
　　　第 10 期　2009 年 10 月　頁 54—55

679. 段慕元　實秋最像一朵花　可樂　2009 年第 10 期　2009 年 10 月　頁 71

---

[44] 本文後改篇名爲〈女兒梁文茜眼中的父親：「梁實秋其實是一個愛國文人」〉。

680. 張　弘　　梁實秋作品進入中學教材‧魯迅作品減少引發熱議　成才之路
2009 年第 29 期　2009 年 10 月　頁 90

681. 王學斌　　饕餮梁實秋　名人傳記（上半月）　2009 年第 11 期　2009 年 11
月　頁 71—74

682. 李春平　　喜歡打麻將的社會名流[45]　半月選讀　2009 年第 21 期　2009 年 11
月　頁 26—27

683. 李春平　　麻將桌前的名流們　學習博覽　2010 年第 3 期　2010 年 3 月　頁
24

684. 阿　瀅　　被誤解的梁實秋　九月書窗——書人‧書事‧書評　臺北　秀威
資訊科技公司　2009 年 12 月　頁 9—13

685. 劉　聰　　梁實秋新月時代的另類文學活動　湖南人文科技學院學報　2009
年第 6 期　2009 年 12 月　頁 24—27

686. 張慶生　　一個人和一個城市的告別　商週刊　2009 年第 25 期　2009 年 12
月　頁 95

687. 〔當代學生編輯部〕　　一代散文大家——梁實秋　當代學生　2010 年第 Z2
期　2010 年 1 月　頁 1

688. 易水寒　　只談政治不做官〔梁實秋部分〕　中國報道　2010 年第 1 期
2010 年 1 月　頁 111

689. 王國華　　病中的梁實秋　人民政協報　2010 年 3 月 18 日　7 版

690. 王國華　　病中的梁實秋　半月選讀　2010 年第 9 期　2010 年 5 月　頁 19

691. 王厚宇，陳永賢　　抗戰時重慶學人書畫〔梁實秋部分〕　收藏家　2010 年
第 3 期　2010 年 3 月　頁 54

692. 李　明　　中山路：青島早期都市生活的經典現場〔梁實秋部分〕　百科知
識　2010 年第 4A 期　2010 年 4 月　頁 41—43

693. 劉曉嵐，郭子輝，徐占品　　魯梁論戰原因探析　前沿　2010 年第 8 期
2010 年 4 月　頁 147—150

---

[45]本文僅部分論及梁實秋，後改篇名爲〈麻將桌前的名流們〉。

694. 劉代領　梁實秋的氣度　領導文萃　2010 年第 12 期　2010 年 6 月　頁 57

695. 劉代領　梁實秋的氣度　可樂　2010 年第 6 期　2010 年 6 月　頁 55

696. 劉代領　梁實秋的氣度　鄉鎮論壇　2010 年第 27 期　2010 年　頁 25

697. 陸　楊　梁實秋的藝術人生　時尚北京　2010 年第 6 期　2010 年 6 月　頁 238—239

698. 孔令環　適時而生的繆斯——新月詩派形成原因探〔梁實秋部分〕　信陽師範學院學報（哲學社會科學版）　第 30 卷第 4 期　2010 年 7 月　頁 111—115

699. 陳藝軍　梁實秋舊居「雅舍」——成就大家的小茅屋　今日重慶　2010 年第 8 期　2010 年 8 月　頁 48—49

700. 邱煥星　「徐丹甫」即梁實秋——2005 版《魯迅全集》的一則注釋問題——梁實秋與青島　魯迅研究月刊　2010 年第 9 期　2010 年 9 月　頁 88—90

701. 韓千鈞　君子國里的適意歲月　黨員幹部之友　2010 年第 9 期　2010 年 9 月　頁 50—51

702. 陳永萬，高永芳　論陪都文學的都市性與鄉土性〔梁實秋部分〕　大理學院學報　第 9 卷第 9 期　2010 年 9 月　頁 51—52

703. 王士俊　1929：亂世夜空的那彎新月——八十年前的一場人權討論風波〔梁實秋部分〕　書屋　2010 年第 11 期　2010 年 11 月　頁 44—50

704. 王錦厚　郭沫若與梁實秋[46]　郭沫若學刊　2010 年第 1 期　2010 年　頁 11—22

705.〔紅岩春秋〕　北碚區革命歷史遺址遺跡掠影——雅舍　紅岩春秋　2010 年第 2 期　2010 年　頁 69

訪談、對談

---

[46]本文敘述梁實秋與好友聞一多的文學經歷，及與郭沫若的交遊過程。全文共 4 小節；1.《《冬夜》、《草兒》評論》的「輒憤」與「喜若發狂」；2.足慰平生的相晤；3.初露鋒芒的「辯駁問難」；4.一次遲到的「紀念」。正文後有〈附記〉。

706. 鄒宗衍　　梁實秋談退休計畫　大華晚報　1966 年 6 月 1 日　2 版

707. 謝冰瑩　　訪問梁實秋先生　中國語文　第 21 卷第 3 期　1967 年 9 月　頁 5
　　　　　　　—8

708. 李德安　　梁實秋教授與《莎士比亞》　訪問學林風雲人物（上）　臺北
　　　　　　　大明王氏出版公司　1970 年 11 月　頁 77—78

709. 邱秀文　　雅舍主人梁實秋！　中國時報　1972 年 5 月 7 日　11 版

710. 胡有瑞　　梁實秋致力寫作：海外歸來暢談心得與感觸　中央日報　1974 年
　　　　　　　11 月 5 日　4 版

711. 邱秀文　　讀書和寫書的樂趣：梁實秋先生訪談錄[47]　中華文化復興月刊　第
　　　　　　　8 卷第 2 期　1975 年 2 月　頁 31—34

712. 邱秀文　　讀書樂——訪梁實秋教授　智者群像　臺北　時報文化出版公司
　　　　　　　1977 年 1 月　頁 46—54

713. 邱秀文　　讀書樂——訪梁實秋教授　中國時報　1977 年 10 月 2 日　12 版

714. 胡有瑞　　春耕秋收——訪梁實秋‧談讀書寫作生活　書評書目　第 22 期
　　　　　　　1975 年 2 月　頁 22—38

715. 胡有瑞　　春耕秋收——訪梁實秋　現代學人散記　臺北　爾雅出版社
　　　　　　　1977 年 4 月　頁 75—102

716. 胡有瑞　　春耕秋收——訪梁實秋‧談讀書寫作　現代學人散記　臺北　書
　　　　　　　評書目出版社　1977 年 6 月　頁 73—97

717. 胡有瑞　　春耕秋收——訪梁實秋　秋之頌：梁實秋先生紀念文集　臺北
　　　　　　　九歌出版社　1988 年 1 月　頁 341—355

718. 周安儀　　梁實秋談「寫作」　青年戰士報　1978 年 3 月 30 日　11 版

719. 盧申芳　　梁實秋婚後深居簡出　成功者的畫像　臺北　中華日報社　1978
　　　　　　　年 4 月　頁 55—58

720. 盧申芳　　梁實秋談生活的藝術　成功者的畫像　臺北　中華日報社　1978
　　　　　　　年 4 月　頁 59—61

---

[47]本文後改篇名為〈讀書樂——訪梁實秋教授〉。

721. 胡有瑞　　梁實秋談讀書——需要紀律不是興趣　中央日報　1978 年 5 月 17
　　　　　　　日　11 版

722. 〔明道文藝〕　　訪梁實秋先生　明道文藝　第 44 期　1979 年 11 月　頁 65
　　　　　　　—72

723. 胡有瑞　　訪梁實秋教授談五四文藝　書評書目　第 96 期　1981 年 5 月　頁
　　　　　　　65—73

724. 胡有瑞　　秋公八十春不老——訪梁實秋教授　文運與文心——訪文藝先進
　　　　　　　作家　臺北　中央月刊社　1982 年 2 月　頁 10—13

725. 胡有瑞　　訪文藝先進作家專輯：秋公八十春不老——訪梁實秋教授　中央
　　　　　　　月刊　第 14 卷第 7 期　1982 年 5 月　頁 59—62

726. 黃章明　　雅舍主人梁實秋　文訊雜誌　第 11 期　1984 年 5 月　頁 260—
　　　　　　　281

727. 趙莒玲　　梁實秋「與莎翁絕交啦！」　自由青年　第 75 卷第 5 期　1986 年
　　　　　　　5 月　頁 4—9

728. 〔國文天地〕　　不薄英文愛國文——梁實秋答客問　國文天地　第 13 期
　　　　　　　1986 年 6 月　頁 10—11

729. 季　季　　古典頭腦，浪漫情懷——訪談梁實秋先生[48]　中國時報　1986 年
　　　　　　　11 月 20 日　8 版

730. 季　季　　古典頭腦，浪漫心腸——向梁實秋先生請益散文　攝氏 20—25 度
　　　　　　　臺北　爾雅出版社　1987 年 7 月　頁 245—261

731. 季　季　　古典頭腦，浪漫情懷——訪談梁實秋先生　秋之頌：梁實秋先生
　　　　　　　紀念文集　臺北　九歌出版社　1988 年 1 月　頁 356—372

732. 季　季　　訪梁實秋　文教資料　1988 年第 2 期　1988 年 4 月　頁 50—54

733. 丘彥明　　豈有文章驚海內——答丘彥明女士問[49]　聯合文學　第 31 期
　　　　　　　1987 年 5 月　頁 8—24

---

[48]本文後改篇名為〈古典頭腦，浪漫心腸——向梁實秋先生請益散文〉、〈訪梁實秋〉。
[49]本文後改篇名為〈豈有文章驚海內——訪梁實秋教授〉。

734. 丘彥明　　豈有文章驚海內——答丘彥明女士問　還鄉——梁實秋專卷　臺
北　聯合文學雜誌社　1987 年 12 月　頁 8—24

735. 丘彥明　　豈有文章驚海內——答丘彥明女士問　大成　第 169 期　1987 年
12 月　頁 5—20

736. 丘彥明　　豈有文章驚海內——答丘彥明女士問　秋之頌：梁實秋先生紀念
文集　臺北　九歌出版社　1988 年 1 月　頁 373—418

737. 丘彥明　　豈有文章驚海內——訪梁實秋教授　人情之美　臺北　允晨文化
公司　1989 年 1 月　頁 48—84

738. 丘彥明　　豈有文章驚海內——答丘彥明女士問　梁實秋文壇沉浮錄　合肥
黃山書社　1992 年 1 月　頁 3—27

739. 丘秀芷　　漫談散文及其他——答丘秀芷女士問（上、下）　中華日報
1987 年 9 月 23—24 日　8 版

740. 丘秀芷　　漫談散文及其他——答丘秀芷女士問（上、下）　秋之頌：梁實
秋先生紀念文集　臺北　九歌出版社　1988 年 1 月　頁 419—437

741. 丘秀芷　　漫談散文及其他——答丘秀芷女士問　文藝天地任遨遊　臺北
光復書局公司　1988 年 4 月　頁 125—140

742. 丘秀芷　　漫談散文及其他——答丘秀芷女士問（上、下）　中國語文　第
62 卷第 5 期　1988 年 5 月　頁 4—15

743. 陳幸蕙　　梁實秋說——認真工作便能忘憂！　大華晚報　1987 年 11 月 2 日
10 版

744. 陳幸蕙　　梁實秋說——認真工作便能忘憂！　秋之頌：梁實秋先生紀念文
集　臺北　九歌出版社　1988 年 1 月　頁 438—447

745. 陳幸蕙　　認真工作便能忘憂——白露時節訪實秋先生　欖仁樹下　臺北
駿馬文化公司　1988 年 6 月　頁 103—110

746. 林慧峰　　洋溢書香的默片——梁實秋最後訪問記　中央日報　1987 年 11 月
4 日　10 版

747. 林　芝　　訪梁實秋先生[50]　梁實秋文選　臺北　文經社　1989 年 10 月　頁 159—166

748. 林　芝　　終生致力於寫作的人——梁實秋　望向高峰：速寫現代散文作家　臺北　幼獅文化公司　1992 年 12 月　頁 14—19

749. 林　芝　　終生致力寫作的梁實秋　漫卷詩書：伴你我成長的現代作家　臺北　正中書局　2005 年 2 月　頁 1—9

年表

750. 胡百華　　梁實秋先生簡譜初稿　聯合文學　第 31 期　1987 年 5 月　頁 74—90

751. 胡百華　　梁實秋先生簡譜初稿　還鄉——梁實秋專卷　臺北　聯合文學雜誌社　1987 年 12 月　頁 74—90

752. 胡百華　　梁實秋先生簡譜初稿　秋之頌：梁實秋先生紀念文集　臺北　九歌出版社　1988 年 1 月　頁 507—554

753. 梁文薔　　梁實秋年表　長相思——槐園北海憶雙親　臺北　時報文化出版公司　1988 年 11 月　頁 326—330

754. 〔編輯部〕　梁實秋先生年譜　梁實秋文選　臺北　文經社　1989 年 10 月　頁 180—184

755. 阿敏古　　梁實秋年譜簡編　文教資料　1990 年第 2 期　1990 年 4 月　頁 28—39

756. 〔編輯部〕　梁實秋年表　梁實秋名作欣賞　北京　中國和平出版社　1993 年 6 月　487—490

757. 汪文頂　　梁實秋年表　現代散文史論　福建　福建教育出版社　1994 年 2 月　頁 281—300

758. 萬直純　　梁實秋年譜　槐園夢　安徽　安徽文藝出版社　1995 年 3 月　頁 243—252

759. 魯西奇　　梁實秋年譜　梁實秋傳　北京　中央民族大學出版社　1996 年 5

---

[50]本文後改篇名為〈終生致力於寫作的人——梁實秋〉、〈終生致力寫作的梁實秋〉。

月　頁 269—276

760. 高旭東　　梁實秋大事年表　梁實秋，在古典與浪漫之間　北京　文津出版社　2005 年 1 月　頁 252—256

761. Ta-tsun Chen〔陳達遵〕　　A Chronology of Mr・ Liang Shih-chiu　雅舍小品選集中英對照版〔兩卷〕　香港　中文大學出版社　2005 年 3 月　頁 359

762.〔編輯部〕　　梁實秋先生年表　雅舍文選　臺北　九歌出版社　2008 年 1 月　頁 270—286

其他

763. 樓　　　　文苑短波——梁實秋獎金分享　文訊雜誌　第 11 期　1984 年 5 月　頁 305

764. 杜鍾敏　　大師，未曾離席——記梁實秋先生文學成就研討會　光華雜誌　第 12 卷第 12 期　1987 年 12 月　頁 45—51

765. 祝　勤　　梁實秋誕辰——藝文界以《秋之頌》焚祭　文訊雜誌　第 35 期　1988 年 4 月　頁 25—31

766. 祝　勤　　梁實秋逝世週年祭　文訊雜誌　第 39 期　1988 年 12 月　頁 22—29

767. 徐長思　　梁實秋在清華園：梁實秋教授逝世兩週年紀念　大成　第 192 期　1989 年 11 月　頁 54

768.〔中國語文〕　　名人書札——梁實秋（1—7）　中國語文　第 71 卷第 1—6 期，第 72 卷第 1 期　1992 年 7—12 月，1993 年 1 月　頁 7—9，7—10，8—13，8—13，7—12，7—9，7—9

769. 卜慶華　　對郭沫若和梁實秋、徐志摩、周作人關係的一點辯白　零陵師專學報　1993 年第 2 期　1993 年 5 月　頁 50—52

770. 英　子　　「雅舍」故居可望保留　中國時報　1993 年 10 月 27 日　27 版

771. 張佛千　　梁實秋書信箋註（上、下）　聯合報　1993 年 11 月 20 日　37 版

772. 羅靜文　　梁實秋、冰心聯袂主演《琵琶記》　炎黃春秋　1996 年第 5 期

1996 年 5 月　頁 65—68

773. 葉維廉　「雅舍」的命運　紅葉的追尋　臺北　東大圖書公司　1997 年 5月　頁 111—116

774. 張夢瑞　師大中國語言文化中心新課程伴隨梁實秋，實秋軒典藏添聽聞民生報　2001 年 2 月 9 日　A7 版

775. 胡正群　政府太對不起錢梁兩位老先生　過客悲情　臺北　瀛舟出版社2002 年 9 月　頁 133—136

776. 張夢瑞　梁實秋百年誕辰，余光中「百年回首」引人聽　民生報　2002 年12 月 12 日　A13 版

777. 李令儀　梁實秋北京雅舍，將設博物館　聯合報　2002 年 12 月 13 日　14版

778. 張樂，石現超　文學與文化建設視野中的梁實秋——紀念梁實秋誕辰一百周年《雅舍小品》研討會綜述　紅岩　2003 年第 2 期　2003 年 4月　頁 201—212

779. 賈蕾　梁實秋與中西文化學術討論會在北京語言所大學召開　中國現代文學研究叢刊　2005 年第 3 期　2005 年 6 月　頁 308—310

作品評論篇目

綜論

780. 王集叢　梁實秋論　現代　第 6 卷第 2 期　1935 年 3 月　頁 104—117

781. 丁易　左藝文學運動（上）〔梁實秋部分〕　中國現代文學史略　北京北京作家出版社　1955 年 7 月　頁 93—95

782. 陳敬之　梁實秋（上、下）　暢流　第 34 卷 6—7 期　1966 年 11 月 1，16日　頁 16—18，8—10

783. 陳敬之　梁實秋　「新月」及其重要作家　臺北　成文出版社　1980 年 7月　頁 97—123

784. 余光中　梁翁傳莎翁　書和人　第 66 期　1967 年 9 月 9 日　頁 1—3

785. 余光中　梁翁傳莎翁　望鄉的牧神　臺北　純文學出版社　1968 年 7 月　頁 175—182

786. 侯　健　梁實秋與「新月」及其思想與主張[51]　幼獅文藝　第 243 期　1974 年 3 月　頁 35—76

787. 侯　健　梁實秋與「新月」及其思想與主張　從文學革命到革命文學　臺北　中外文學月刊社　1974 年 12 月　頁 139—188

788. 侯　健　梁實秋與「新月」及其思想與主張　秋之頌：梁實秋先生紀念文集　臺北　九歌出版社　1988 年 1 月　頁 86—151

789. 陳祖文　梁實秋先生的小品　中華文化復興月刊　第 8 卷第 1 期　1975 年 1 月　頁 7—13

790. 旅　人　中國新詩論史（四）〔梁實秋部分〕　笠　第 69 期　1975 年 10 月　頁 60—61

791. 旅　人　梁實秋　中國新詩論史　臺中　臺中縣立文化中心　1991 年 12 月　頁 68—70

792. 溫梓川　梁實秋　民國文人　臺南　長河出版社　1977 年 7 月　頁 168—172

793. 司馬文武　梁實秋的新人本主義的文學觀　自立晚報　1979 年 1 月 14 日　頁 3

794. 舒　蘭　中國新詩史話——梁實秋　新文藝　第 276 期　1979 年 3 月　頁 70—74

795. 舒　蘭　梁實秋　北伐前後的新詩作家和作品　臺北　成文出版社　1980 年 6 月　頁 239—249

796. 舒　蘭　格律派時期・「新月」詩人——梁實秋　中國新詩史話（一）　臺北　渤海堂文化公司　1998 年 10 月　頁 502—510

797. 董保中　現代中國作家對文學與政治的論爭〔梁實秋部分〕　文學・政治・自由　臺北　爾雅出版社　1981 年 10 月　頁 34—41

---

[51]本文描述《新月》月刊的創辦經過及梁實秋的文學觀。

798. 蘇雪林　　梁實秋對革命文學的意見　中國二三十年代作家　臺北　純文學
　　　出版社　1983 年 10 月　頁 593—596

799. 陳信元　　談抗戰時期的散文創作〔梁實秋部分〕　文訊雜誌　第 14 期
　　　1984 年 10 月　頁 147

800. 王章陵　　論人性與文學——三十年代梁實秋與魯迅的論戰　共黨問題研究
　　　第 123 期　1985 年 6 月　頁 1—12

801. 樓肇明　　紳士禮服上的玫瑰——讀梁實秋先生的散文小品　臺港文學選刊
　　　1985 年第 4 期　1985 年 8 月　頁 34—37

802. 張　放　　千古是非心：關於硬譯論戰的隨想〔梁實秋部分〕　聯合報
　　　1987 年 5 月 9 日　8 版

803. 周玉山　　梁實秋先生與魯迅論戰的時代意義（上、下）　聯合報　1987 年
　　　5 月 27—28 日　8 版

804. 周玉山　　梁實秋與魯迅論戰的時代意義　三十年代大師——梁實秋先生紀
　　　念與回顧　新竹　校史館　1987 年 12 月　頁 18—20

805. 周玉山　　梁實秋先生與魯迅論戰的時代意義　秋之頌：梁實秋先生紀念文
　　　集　臺北　九歌出版社　1988 年 1 月　頁 169—176

806. 侯　健　　梁實秋先生的人文思想來源——白璧德（Irving Babbitt）的生平與
　　　志業　聯合文學　第 31 期　1987 年 5 月　頁 38—43

807. 侯　建　　梁實秋先生的人文思想來源——白璧德的生平與志業　還鄉——
　　　梁實秋專卷　臺北　聯合文學雜誌社　1987 年 12 月　頁 38—43

808. 侯　健　　梁實秋先生的人文思想來源——白璧德的生平與志業　秋之頌：
　　　梁實秋先生紀念文集　臺北　九歌出版社　1988 年 1 月　頁 69—
　　　85

809. 小島久代著；丁祖威譯　　梁實秋與人文主義[52]　聯合文學　第 31 期　1987
　　　年 5 月　頁 44—52

---

[52] 本文探討梁實秋文學觀及人文主義思想形成的過程，並從梁實秋與魯迅等人的論戰中剖析其論
　點。

810. 小島久代著；丁祖威譯　梁實秋與人文主義　還鄉——梁實秋專卷　臺北　聯合文學雜誌社　1987 年 12 月　頁 44—52

811. 小島久代著；丁祖威譯　梁實秋與人文主義　秋之頌：梁實秋先生紀念文集　臺北　九歌出版社　1988 年 1 月　頁 43—68

812. 小島久代著；丁祖威譯　梁實秋與人文主義　中國現代文學研究叢刊　1994 年第 4 期　1994 年 10 月　頁 225—239

813. 姚燮夔　梁實秋沒有敗下陣來　中央日報　1987 年 6 月 23 日　10 版

814. 姚燮夔　梁實秋沒有敗下陣來　三十年代大師——梁實秋先生紀念與回顧　新竹　校史館　1987 年 12 月　頁 20—24

815. 姚燮夔　梁實秋沒有敗下陣來　秋之頌：梁實秋先生紀念文集　臺北　九歌出版社　1988 年 1 月　頁 177—190

816. 劉綬松　思想戰線上的對敵鬥爭〔梁實秋部分〕　中國新文學初稿　北京　人民文學出版社　1987 年 11 月　頁 223—229

817. 姜穆　梁實秋惡戰魯迅（上、下）　自由日報　1987 年 12 月 2—3 日　8 版

818. 杜元明　梁實秋的散文世界　天津師大學報　1987 年第 6 期　1987 年 12 月　頁 45—49

819. 杜元明　梁實秋的散文　現代臺灣文學史　瀋陽　遼寧大學出版社　1987 年 12 月　頁 730—739

820. 杜元明　梁實秋的散文世界　中國現代文學研究叢刊　1988 年第 3 期　1988 年 8 月　頁 297—298

821. 李居取　品格光風霽月，文筆清新雋永的文學大師——梁實秋　高市文教　第 31 期　1987 年 12 月　頁 17

822. 鄭明娳　行雲與流水——梁實秋散文概說　自由青年　第 79 卷第 1 期　1988 年 1 月　頁 44—47

823. 鄭明娳　現代散文導讀——評介梁實秋幽默小品　自由青年　第 79 卷第 2 期　1988 年 2 月　頁 58—63

824. 鄭明娳　梁實秋散文概說[53]　當代臺灣文學評論大系・散文批評卷　臺北　正中書局　1993 年 5 月　頁 249—270

825. 璧　華　《魯迅與梁實秋論戰文選》導言[54]　秋之頌：梁實秋先生紀念文集　臺北　九歌出版社　1988 年 1 月　頁 152—168

826. 徐　學　梁實秋小品文藝術淺析　臺灣研究集刊　1988 年第 1 期　1988 年 2 月　頁 73—75，104

827. 戴知賢　對梁實秋的批判　十年內戰時期的革命文化運動　北京　中國人民大學　1988 年 3 月　頁 68—74

828. 羅　鋼　梁實秋與新人文主義[55]　文學評論　1988 年第 2 期　1988 年 3 月　頁 80—94，157

829. 羅　鋼　梁實秋與新人文主義　梁實秋文壇沉浮錄　合肥　黃山書社　1992 年 1 月　頁 374—400

830. 羅　鋼　梁實秋與新人文主義　二十世紀中國文學史論（第 2 卷）　上海　東方出版中心　1997 年 11 月　頁 157—185

831. 孫續恩　抗戰時期梁實秋「與抗戰無關」論再認識[56]　中國現代文學研究叢刊　1988 年第 2 期　1988 年 6 月　頁 110—121

832. 黃維樑　梁實秋論傳統文學和新詩　中華日報　1988 年 11 月 3 日　14 版

833. 俞元桂　梁實秋　中國現代散文史　山東　山東文藝出版社　1988 年 11 月　頁 465—467

834. 宋田水　博物館的「神」，還在呼吸？——論內戰後來臺的梁實秋[57]　新文化　第 2 期　1989 年 3 月　頁 72—83

---

[53] 本文結合以上《自由青年》月刊的 2 篇文章〈行雲與流水──梁實秋散文概說〉、〈現代散文導讀──評介梁實秋幽默小品〉。

[54] 本文說明編排此文選的方式，與魯迅與梁實秋文學觀，及此論戰的背景。全文共 5 小節：1.選目與內容編排；2.論戰的性質和過程；3.梁實秋的文藝觀；4.魯迅的文藝觀；5.結束語。

[55] 本文分析探討梁實秋於 1920 年代後期文學論爭中提出的文學主張，以了解其與新月派的文藝思想及文藝思想鬥爭的實質。

[56] 本文論述學界對於梁實秋於抗戰時期提出「抗戰無關」論的批評，並針對此議題提出看法。

[57] 本文批評梁實秋的回憶文學作品，提出其創作與理論的問題。全文共 8 小節：1.梁實秋在臺灣；2.梁實秋的回憶性文學；3.《談徐志摩》引喻失義；4.《談聞一多》知而不言；5.《槐園夢憶》夢不長；6.白貓王子就是梁實秋的影子；7.梁實秋的矛盾；8.趕快把梁實秋送進博物館。

835. 宋田水　博物館的「神」，還在呼吸？　宋田水文學評論集　彰化　彰化縣
立文化中心　1998 年 12 月　頁 66—99

836. 宋田水　紅區的神與白區的神〔梁實秋部分〕　新文化　第 3 期　1989 年
4 月　頁 74—83

837. 宋田水　紅區的神與白區的神〔梁實秋部分〕　宋田水文學評論集　彰化
彰化縣立文化中心　1998 年 12 月　頁 2—23

838. 宋田水　過多於功——梁實秋的文學批評　新文化　第 4 期　1989 年 5 月
頁 82—91　本文後改篇名爲〈論梁實秋的文學批評〉。

839. 宋田水　論梁實秋的文學批評　宋田水文學評論集　彰化　彰化縣立文化
中心　1998 年 12 月　頁 24—48

840. 王本朝　論中國現代文藝思想史上的梁實秋　學習與探索　1989 年第 3 期
1989 年 5 月　頁 102—108

841. 溫儒敏　梁實秋及其文學、美學論著　博覽群書　1989 年第 7 期　1989 年
7 月　頁 32—34

842. 溫儒敏　梁實秋及其文學、美學論著　文學課堂：溫儒敏的文學史論集
長春　吉林人民出版社　2002 年 1 月　頁 309—317

843. 吳中杰　梁實秋的散文　書林　1989 年第 7 期　1989 年 7 月　頁 37—38

844. 夏志清　我看「清秋瑣記」（上、中、下）[58]　聯合報　1989 年 8 月 9—11
日　22 版

845. 公仲，汪義生　五十年代後期及六十年代臺灣文學（下）〔梁實秋部分〕
臺灣新文學史初編　南昌　江西人民出版社　1989 年 8 月　頁
160—161

846. 劉仁祥　仰望門牆懷先師——散文作家，梁實秋老師　杏壇明燈　臺北
水牛出版社　1990 年 2 月　頁 9—16

847. 魯　迅　梁實秋的人性觀　人物評估　臺北　天元出版社　1990 年 4 月
頁 123—124

---

[58]本文審閱梁實秋發表於《聯合報》的專欄「清秋瑣記」謄清稿，指出其中的用心及錯漏所在。

848. 魯　迅　梁實秋的文學觀　人物評估　臺北　天元出版社　1990 年 4 月　頁 125—126

849. 魯　迅　梁實秋的人與文章　人物評估　臺北　天元出版社　1990 年 4 月　頁 128

850. 張麗珍　政治言論代表人——胡適、梁實秋、羅隆基　《新月》月刊的政治言論　政治大學三民主義研究所　碩士論文　馬起華教授指導　1990 年 6 月　頁 15—17

851. 劉鋒杰　論梁實秋在中國現代文學批評中的地位——兼談認識梁實秋的方法　中國文學研究　1990 年第 4 期　1990 年 12 月　頁 62—70

852. 潘頌德　梁實秋的詩論　中國現代詩論 40 家　重慶　重慶出版社　1991 年 1 月　頁 199—206

853. 徐　學　學院派散文〔梁實秋部分〕　臺灣新文學概觀（下）　廈門　鷺江出版社　1991 年 6 月　頁 178—179

854. 周均東　論梁實秋的追求與失落　曲靖師專學報　1991 年第 4 期　1991 年 7 月　頁 57—61

855. 何乃清　編輯者說　雅緻人生：梁實秋小品　廣州　花城出版社　1991 年 8 月　頁 1—3

856. 葉石濤　五〇年代的臺灣文學——理想主義的挫折和頹廢〔梁實秋部分〕　臺灣文學史綱　高雄　文學界雜誌社　1991 年 9 月　頁 100—101

857. 葉石濤　五〇年代的臺灣文學——理想主義的挫折和頹廢〔梁實秋部分〕　葉石濤全集・評論卷五　臺南，高雄　國立臺灣文學館，高雄市政府文化局　2008 年 3 月　頁 112

858. 葉石濤　六〇年代的臺灣文學——無根與放逐〔梁實秋部分〕　臺灣文學史綱　高雄　文學界雜誌社　1991 年 9 月　頁 125

859. 葉石濤　六〇年代的臺灣文學——無根與放逐〔梁實秋部分〕　葉石濤全集・評論卷五　臺南，高雄　國立臺灣文學館，高雄市政府文化局　2008 年 3 月　頁 140

860. 鄭明娳　　梁實秋　大學散文選　臺北　業強出版社　1991 年 10 月　頁 65

861. 白春超　　對梁實秋人性論文藝思想的再認識　中州學刊　1991 年第 6 期
　　　　　　　1991 年 12 月　頁 77—81

862. 鄒　華　　封閉矛盾的古代和諧——梁實秋的美學思想　西北師大學報
　　　　　　　1992 年第 1 期　1992 年 1 月　頁 18—22

863. 郁達夫　　翻譯說明就算答辯　梁實秋文壇沉浮錄　合肥　黃山書社　1992
　　　　　　　年 1 月　頁 315—324

864. 郁達夫　　關於盧騷　梁實秋文壇沉浮錄　合肥　黃山書社　1992 年 1 月
　　　　　　　頁 325—327

865. 羅　蘇　　再論「與抗戰無關」　梁實秋文壇沉浮錄　合肥　黃山書社
　　　　　　　1992 年 1 月　頁 364—366

866. 盧　今　　論梁實秋散文　江淮論壇　1992 年第 1 期　1992 年 2 月　頁 85—
　　　　　　　93

867. 李欽業　　初品梁實秋散文　安康師專學報　1992 年第 1、2 期合刊　1992
　　　　　　　年 3 月　頁 6—13

868. 江　虹　　編者前言　梁實秋散文精品　杭州　浙江文藝出版社　1992 年 7
　　　　　　　月　頁 1—2

869. 江　虹　　編者前言　梁實秋散文精編　杭州　浙江文藝出版社　1997 年 5
　　　　　　　月　頁 1—2

870. 江　虹　　編著前言　梁實秋散文精選　杭州　浙江文藝出版社　2004 年 6
　　　　　　　月　頁 1

871. 江　虹　　編者前言　梁實秋散文　杭州　浙江文藝出版社　2007 年 10 月
　　　　　　　頁 1—2

872. 尙海，夏小飛　　編者小識　梁實秋小品散文　北京　中國廣播電視出版社
　　　　　　　1992 年 8 月　頁 1—3

873. 黃維樑　　梁實秋論翻譯　中華日報　1992 年 10 月 8 日　11 版

874. 李　佳　　林語堂和梁實秋名作欣賞的散文　殷都學刊　1992 年 4 期　1992

年 10 月　頁 61—62

875. 王　偉　　雅緻地表現雅緻的人生——略談梁實秋散文創作　臺港與海外華
　　　　　　　文文學評論和研究　1992 年第 2 期　1992 年 10 月　頁 11—13

876. 林俐達　　論梁實秋小品散文的審美價值　福建論壇　1992 年第 6 期　1992
　　　　　　　年 12 月　頁 36—40

877. 彭耀春　　梁實秋與國劇運動　藝術百家　1992 年第 4 期　1992 年 12 月
　　　　　　　頁 55—58

878. 邵伯周　　梁實秋的「人性論」與新人文主義　中國現代文學思潮研究　上
　　　　　　　海　學林出版社　1993 年 1 月　頁 441—449

879. 徐　學　　梁實秋、張秀亞與 50 年代的散文創作　臺灣文學史（下）　福州
　　　　　　　海峽文藝出版社　1993 年 1 月　頁 440—442

880. 徐　學　　何凡、柏楊、龍應台等的雜文〔梁實秋部分〕　臺灣文學史
　　　　　　　（下）　福州　海峽文藝出版社　1993 年 1 月　頁 691—693

881. 范蘭德　　梁實秋散文的文化意識　華中師範大學學報　1993 年第 1 期
　　　　　　　1993 年 2 月　頁 71—72

882. 樓肇明　　臺灣散文四十年發展的輪廓——《臺灣八十年代散文選》〔梁實
　　　　　　　秋部分〕　臺灣香港澳門暨海外華文文學論文選　福州　海峽文
　　　　　　　藝出版社　1993 年 3 月　頁 242—243

883. 蔣心煥，吳秀亮　　論梁實秋美學理想及其散文的審美意蘊　安徽教育學院
　　　　　　　學報　1993 年第 1 期　1993 年 3 月　頁 227—231

884. 蔣心煥，吳秀亮　　論梁實秋散文的獨特品格　山東師範大學學報　1993 年
　　　　　　　第 2 期　1993 年 3 月　頁 88—91

885. 莫　渝　　梁實秋（一九〇三──一九八七）　現代譯詩名家鳥瞰　臺北　幼
　　　　　　　獅文化公司　1993 年 4 月　頁 46—55

886. 溫儒敏　　梁實秋對新人文主義的接受與偏離[59]　文學史　北京　北京大學出

---

[59] 本文探討梁實秋新人文主義與其文學批評理論間的關係。全文共 4 小節：1.二元人性論；2.靠攏
　古典主義；3.對五四新文學的苛責與反思；4.關於論爭及其他。

　　　　　　　版社　　1993 年 4 月　　頁 174—202

887. 溫儒敏　　　梁實秋對新人文主義的接受與偏離　中國現代文學批評史　北京
　　　　　　　北京大學出版社　　1993 年 10 月　　頁 69—98

888. 舒　乙　　　我找到了雅舍：尋找「雅舍」　中國時報　1993 年 6 月 30 日　27
　　　　　　　版

889. 蔣心煥，吳秀亮　　試論閑適派散文——兼及周作人、林語堂、梁實秋的散
　　　　　　　文之比較　聊城師範學院學報　1993 年第 2 期　1993 年 6 月　頁
　　　　　　　108—114

890. 袁良駿　　　魯迅、梁實秋雜文比較論[60]　中國現代文學研究叢刊　1993 年第 3
　　　　　　　期　　1993 年 8 月　　頁 182—197

891. 徐　學　　　訴說與獨白——當代臺灣散文中的兩種敘述方式〔梁實秋部分〕
　　　　　　　臺灣研究集刊　　1993 年第 4 期　　1993 年 11 月　　頁 88—94

892. 徐　學　　　訴說與獨白〔梁實秋部分〕　走向新世紀：第六屆世界文學國際
　　　　　　　學術研討會論文集　北京　人民文學出版社　1994 年 11 月　頁
　　　　　　　232

893. 王利芬　　　林、梁、周散文熱點透視　文學自由談　1993 年第 2 期　1993 年
　　　　　　　頁 91—93

894. 王淑芳　　　感傷的精神旅行——論梁實秋飲食散文中的思鄉情結　蘇州大學
　　　　　　　學報　　1994 年第 2 期　　1994 年 4 月　　頁 74—76

895. 劉　遠　　　我讀梁公文，以其文筆好——也談梁實秋[61]　中國現代文學研究叢
　　　　　　　刊　　1994 年第 2 期　　1994 年 5 月　　頁 143—153

896. 徐　學　　　當代臺灣散文中的遊戲精神〔梁實秋部分〕　中華文學的現在和
　　　　　　　未來——兩岸暨港澳文學交流研討會論文集　香港　鑪峰學會
　　　　　　　1994 年 6 月　　頁 170

897. 郭著章　　　譯壇大家梁實秋　中國翻譯　1994 年第 4 期　1994 年 7 月　頁 47

---

[60]本文以梁實秋散文為主，從政治立場、文學觀及人生態度與魯迅散文作比較。
[61]本文探討梁實秋散文及歷來人們對於梁實秋的評價。全文共 3 小節：1.三頂帽子.一團迷霧.「想離
　　開地球的人」；2.文化巨人.散文名家.語言大師；3.文筆.文調.「梁實秋文體」。

　　　　　　　　　　—50

898. 李復興　　梁實秋散文創作芻議　臨沂師專學報　1994 年第 4 期　1994 年 8
　　　　　　　月　頁 72—77

899. 清　維　　心有餘閒隨緣玩味——梁實秋的閒適散文　中央日報　1994 年 10
　　　　　　　月 9 日　17 版

900. 盧　今　　別一種風範——梁實秋散文創作論　文學評論　1994 年第 6 期
　　　　　　　1994 年 11 月　頁 82—90

901. 梁恆芬　　漫談梁實秋先生之文情理趣　屏中學報　第 4 期　1994 年 12 月
　　　　　　　頁 63—70

902. 洪　燕　　坦露人格，抒寫情趣——論梁實秋散文　黔東南民族師專學報
　　　　　　　第 12 卷第 4 期　1994 年 12 月　頁 41—44

903. 朱孝文　　諷刺文學的出發點是愛，不是恨——讀梁實秋散文札記之一　彭
　　　　　　　城大學學報　1994 年第 3—4 期　1994 年　頁 13—17

904. 秦新春　　梁實秋散文藝術世界的深層結構　中國人民大學學報　1995 年第
　　　　　　　2 期　1995 年 3 月　頁 68—72

905. 葛紅兵　　梁實秋新人文主義批評論　海南師範學院學報　1995 年第 1 期
　　　　　　　1995 年 3 月　頁 65—70

906. 許祖華　　梁實秋散文風格論　湖北教育學院學報　1995 年第 1 期　1995 年
　　　　　　　3 月　頁 10—15

907. 劉心皇　　抗戰散文——戰時散文〔梁實秋部分〕　抗戰時期的文學　臺北
　　　　　　　國立編譯館　1995 年 5 月　頁 530—532

908. 劉炎生　　梁實秋和魯迅爭論的起因及翻譯問題的是非　魯迅研究月刊
　　　　　　　1995 年第 6 期　1995 年 6 月　頁 34—38

909. 丁文慶　　梁實秋散文論[62]　西北第二民族學院學報　1995 年第 3 期　1995
　　　　　　　年 9 月　頁 1—15

---

[62]本文探討梁實秋散文思想內容、藝術特色及其意義。

910. 方　忠　　清雅通脫，豐厚簡約——梁實秋散文[63]　臺港散文 40 家　鄭州　中原農民出版社　1995 年 9 月　頁 16—22

911. 方　忠　　梁實秋的散文　二十世紀臺灣文學史論　南昌　百花文藝出版社　2004 年 10 月　頁 99—105

912. 許祖華　雙重智慧下的自我塑造——梁實秋論　中國文學研究　1995 年第 4 期　1995 年 10 月　頁 77—84

913. 蘇振元　梁實秋散文論　杭州大學學報　1995 年第 4 期　1995 年 12 月　頁 99—103

914. 李正西　詩，愛情的使者——梁實秋詩歌創作之一　臺港與海外華文文學評論和研究　1995 年第 4 期　1995 年 12 月　頁 46—49

915. 袁良駿　戰時學者散文三大家——梁實秋、錢鍾書、王了一　中國研究月刊　第 11 期　1996 年 2 月　頁 60—68

916. 袁良駿　戰時學者散文三大家——梁實秋、錢鍾書、王了一　北京社會科學　1998 年第 1 期　1998 年 2 月　頁 30—36

917. 張智輝　梁實秋散文的幽默藝術　寫作　1996 年第 3 期　1996 年 3 月　頁 24—25

918. 鍾正道　周作人與梁實秋閒適散文之比較[64]　東吳中文研究集刊　第 3 期　1996 年 5 月　頁 179—195

919. 鍾正道　周作人與梁實秋閑適散文之比較　梁實秋與中西文化　北京　中華書局　2007 年 1 月　頁 290—309

920. 李復興，蔣成瑀　梁實秋：執著於永恆的人性[65]　中國現代散文家論　山東　山東教育出版社　1996 年 5 月　頁 311—325

921. 方祖燊　現代作家的散文觀——梁實秋說散文是「心聲」的翻譯　中國現代文學理論　第 3 期　1996 年 9 月　頁 340—341

---

[63] 本文後改篇名為〈梁實秋的散文〉。

[64] 本文從生長環境、語言、章法結構等探討周作人與梁實秋閒適散文相異的文風，並從心境、環境、文藝觀、學養等觀察其共同特徵。全文共 4 小節：1.前言；2.周作人與梁實秋閒適散文的差異比較；3.周作人與梁實秋閒適散文的共同特徵；4.結語。

[65] 本文論述梁實秋生平、作品及其思想。

922. 馬利安・高利克著；張林杰譯　梁實秋與中國新人文主義[66]　中國現代文學
研究叢刊　1996 年第 4 期　1996 年 11 月　頁 251—275

923. 邵江天　梁實秋的散文　名作欣賞　1996 年第 6 期　1996 年 11 月　頁 78
—79，81

924. 黃曼君　月是故鄉明——試論梁實秋散文的思想積澱　華中理工大學學報
（社會科學版）　1996 年第 3 期　1996 年　頁 59—62

925. 楊小玲　梁實秋散文的滑筆藝術　中南民族學院學報　1997 年第 1 期
1997 年 1 月　頁 98—101

926. 李　怡　魯迅、梁實秋論爭新議——關於那段歷史的讀書札記　贛南師範
學院學報　1997 年第 1 期　1997 年 2 月　頁 28—31

927. 許祖華　徐志摩、梁實秋的文藝觀和理論批評〔梁實秋部分〕　中國近百
年文學理論批評史 1895—1990　武漢　湖北教育出版社　1997 年
3 月　頁 387—394

928. 白春超　論梁實秋的文藝思想[67]　重慶三峽學院學報　1997 年第 2 期
1997 年 3 月　頁 32—36

929. 白春超　梁實秋文藝思想評述　河南大學學報　第 38 卷第 3 期　1998 年 5
月　頁 71—75

930. 許音，古瀟　梁實秋散文的藝術視角　湖北教育學院學報　1997 年第 1 期
1997 年 3 月　頁 9—15

931. 董小玉　曉暢明麗，淵雅情韻——讀梁實秋的散文[68]　宜賓師專學報　1997
年第 1 期　1997 年 3 月　頁 62—64

932. 董小玉　閑適淡雅話人生——讀梁實秋的散文　東疆學刊　第 14 卷第 2 期
1997 年 4 月　頁 60—62

933. 王　毅　中國自由主義文學思潮的階段性特徵〔梁實秋部分〕　中國現代
文學研究叢刊　1997 年第 2 期　1997 年 6 月　頁 185—187

[66] 本文探討白璧德學說對梁實秋的影響，及梁實秋對此學說的實踐。
[67] 本文後改篇名為〈梁實秋文藝思想評述〉。
[68] 本文後改篇名為〈閑適淡雅話人生——讀梁實秋的散文〉。

934. 何祖健　　梁實秋散文幽默風格心理追蹤　湖南大學學報　1997 年第 2 期
　　　　　　　1997 年 6 月　頁 54—56

935. 孔範今　　梁實秋的散文小品　二十世紀中國文學史　山東　山東文藝出版
　　　　　　　社　1997 年 6 月　頁 1139—1145

936. 文小妮　　論梁實秋散文的風格　常德師範學院學報　1997 年第 5 期　1997
　　　　　　　年 9 月　頁 37—40

937. 楊昌年　　戰爭時期的散文〔梁實秋部分〕　二十世紀中國新文學史　臺北
　　　　　　　駱駝出版社　1997 年 10 月　頁 257—259

938. 張積玉，張智輝　　梁實秋的幽默散文與西方的超現實幽默　文史哲　1997
　　　　　　　年第 6 期　1997 年 11 月　頁 64—68

939. 馬逢華　　〈拜腳商兌〉的一個註腳[69]　聯合報　1997 年 12 月 3 日　41 版

940. 黃萬劍　　試論梁實秋散文小品的幽默特色　欽洲學刊　第 13 卷第 1 期
　　　　　　　1998 年 3 月　頁 39—41

941. 郭　威　　情趣盎然亦莊亦諧——梁實秋、周作人散文風格比較　江南學院
　　　　　　　學報　1998 年第 1 期　1998 年 3 月　頁 75—77

942. 文小妮　　繼承・超越・失落——梁實秋散文與傳統散文　中國文學研究
　　　　　　　1998 年第 1 期　1998 年 3 月　頁 72—76

943. 秋　禾　　茅舍數楹梯山路——解讀梁實秋文壇生涯的一個視角　書屋
　　　　　　　1998 年第 2 期　1998 年 4 月　頁 74—77

944. 韓石山　　梁實秋與「新某生體」之辯　新文學史料　1998 年第 2 期　1998
　　　　　　　年 5 月　頁 194—201

945. 蔡清富　　魯迅梁實秋「人性」論戰評議　魯迅研究月刊　1998 年第 6 期
　　　　　　　1998 年 6 月　頁 61—66

946. 葉　凡　　是魯迅可笑還是梁實秋可鄙　魯迅研究月刊　1998 年第 9 期
　　　　　　　1998 年 9 月　頁 63

947. 陳漱渝　　我也來談梁實秋[70]　五四文學鱗爪　北京　中國文史出版社　1998

---

[69]本文係討論梁實秋作品中所展現的「拜腳情結」。

年 9 月　頁 121—131

948. 張彩霞　　梁實秋小品散文的藝術特色　青島遠洋船員學院學報　1998 年第
　　　　　　　3 期　1998 年 9 月　頁 82—85

949. 〔徐靜波編〕　　編後記　梁實秋批評文集　珠海　珠海出版社　1998 年 10
　　　　　　　月　頁 255—260

950. 王宏志　　翻譯與階級鬥爭——論 1929 年魯迅與梁實秋的論爭[71]　中國文化
　　　　　　　研究所學報　第 7 期　1998 年　頁 291—311

951. 楊小玲　　梁實秋散文的文化品味　中南民族學院學報　1999 年第 1 期
　　　　　　　1999 年 1 月　頁 103—105

952. 劉學慧　　梁實秋散文風格摭談　淮北煤師院學報　1999 年第 1 期　1999 年
　　　　　　　2 月　頁 95—96

953. 鄭明娳　　現代散文的感性與知性〔梁實秋部分〕　現代散文　臺北　三民
　　　　　　　書局　1999 年 3 月　頁 39—98

954. 趙海彥　　梁實秋與中國現代文學「藝術至上主義」觀念的流變——由梁實
　　　　　　　秋引起的三次文學論爭說起　西北師大學報　1999 年第 3 期
　　　　　　　1999 年 5 月　頁 31—34

955. 劉　蓓　　智者的微笑——梁實秋與錢鍾書幽默散文比較　鎮江市高等專科
　　　　　　　學校學報　1999 年第 2 期　1999 年 6 月　頁 16—19

956. 求聿軍　　論禪宗思想對梁實秋人生態度和藝術創作的影響　浙江師大學報
　　　　　　　1999 年第 5 期　1999 年 9 月　頁 16—20

957. 雷　蕾　　漫談梁實秋散文小品的藝術特色　岳陽大學學報　第 12 卷第 2 期
　　　　　　　1999 年 12 月　頁 51—53

958. 陳思和　　試論現代散文創作中的談「吃」的傳統〔梁實秋部分〕　趕赴繁
　　　　　　　花盛放的饗宴：飲食文學國際研討會論文集　臺北　時報文化出
　　　　　　　版公司　1999 年 12 月　頁 446—458

---

[70]本文記述中國大陸對於梁實秋評價的轉變，以及評論梁實秋的作品與思想。
[71]本文探討魯迅與梁實秋對於翻譯的論戰在於其政治立場與文學觀的不同。

959. 鍾怡雯　記憶的舌頭——美食在散文的出沒方式〔梁實秋部分〕　趕赴繁
花盛放的饗宴：飲食文學國際研討會論文集　臺北　時報文化出
版公司　1999 年 12 月　頁 490—502

960. 鍾怡雯　記憶的舌頭——美食在散文的出沒方式〔梁實秋部分〕　無盡的
追尋：當代散文的詮釋與批評　臺北　聯合文學出版社　2004 年
9 月　頁 156—168

961. 鍾怡雯　記憶的舌頭——美食在散文的出沒方式——舌頭的記憶〔梁實秋
部分〕　20 世紀臺灣文學專題 2：創作類型與主題　臺北　萬卷
樓圖書公司　2006 年 9 月　頁 127—129

962. 蘆海音　話語的兩個世界——魯迅與梁實秋比較論[72]　彭城職業大學學報
第 14 卷第 4 期　1999 年 12 月　頁 23—26

963. 蘆海英　魯迅與梁實秋論爭的另一種觀照　西北師大學報　第 37 卷第 5 期
2000 年 9 月　頁 43—46

964. 余紅縷　略論梁實秋散文的語言藝術　文教資料　1999 年第 6 期　1999 年
12 月　頁 125—129

965. 段懷清　梁實秋與歐文・白璧德的人文主義　文藝理論研究　2000 年第 1
期　2000 年 1 月　頁 32—39

966. 谷艷麗　新月三家 1917—1927：中國新詩理論研究　首都師範大學文藝
學所　碩士論文　吳思敬教授指導　2000 年 5 月　頁 89—92

967. 劉全福　魯迅、梁實秋翻譯論戰焦點透析[73]　中國翻譯　2000 年第 3 期
2000 年 5 月　頁 56—60

968. 劉全福　魯迅、梁實秋翻譯論戰追述　四川外語學院學報　第 16 卷第 3 期
2000 年 7 月　頁 87—91

969. 葉向東　論梁實秋的自由主義文學思想　雲南師範大學學報　第 32 卷第 4
期　2000 年 7 月　頁 27—30

---

[72]本文後改篇名為〈魯迅與梁實秋論爭的另一種觀照〉。
[73]本文後改篇名為〈魯迅、梁實秋翻譯論戰追述〉。

970. 王永樂　　論梁實秋散文的幽默風格　合肥聯合大學學報　第 10 卷第 3 期　2000 年 9 月　頁 72—77

971. 陸克寒　　西方浪漫主義的中國文化處境——從梁實秋與郁達夫的「盧梭之爭」說起　揚州大學學報　第 4 卷第 5 期　2000 年 9 月　頁 36—40

972. 朱文華　　梁實秋——臺灣散文的一代宗師　臺港澳文學教程　上海　漢語大辭典出版社　2000 年 10 月　頁 162—165

973. 駱　耀　　凌雲建筆意縱橫——梁實秋散文閱讀記　語文學刊　2000 年第 6 期　2000 年 11 月　頁 18—20

974. 郭媛媛　　絮語中的雍容與智慧——論周作人、林語堂、梁實秋閒適小品　蘭州大學學報　第 28 卷第 6 期　2000 年 11 月　頁 120—124

975. 曠新年　　梁實秋：文藝道德論[74]　中國 20 世紀文藝學學術史　上海　上海文藝出版社　2001 年 3 月　頁 184—202

976. 曹艷玲　　美哉，小品文——讀梁實秋先生小品文有感　北京教育　2001 年第 3 期　2001 年 3 月　頁 45—46

977. 顧金春　　傳統的復歸——梁實秋後期文藝思想及前後轉變原因初探　內蒙古社會科學　第 22 卷第 4 期　2001 年 7 月　頁 77—81

978. 吳立昌　　重讀梁實秋的「與抗戰無關」論　上海大學學報　2001 年第 5 期　2001 年 10 月　頁 42—47

979. 胡　博　　梁實秋新人文主義文學批評思辯　東岳論叢　第 22 卷第 6 期　2001 年 11 月　頁 135—138

980. 江　倩　　雅而能俗，以雅化俗——談梁實秋的雅俗共賞　陝西教育學院學報　第 17 卷第 4 期　2001 年 11 月　頁 44—46

981. 王列耀　　梁實秋與中國現代戲劇悲劇意識的演進　廣東社會科學　2001 年第 6 期　2001 年 12 月　頁 103—107

982. 廖超慧　　梁實秋審美文學觀的理論支架——白璧德的新人文主義　華中科

---

[74]本文探討梁實秋承於白璧德新人文主義的古典主義觀。

技大學學報　2002 年第 1 期　2002 年 1 月　頁 102—107

983. 鄭　群　雙峰並詩——古典的流風遺韻：梁實秋、汪曾祺散文創作相似點
簡析　當代文壇　2002 年第 1 期　2002 年 1 月　頁 40—43

984. 陸道夫　梁實秋、魯迅人性階級性論爭溯源　廣東職業技術師範學院學報
2002 年第 1 期　2002 年 1 月　頁 29—36

985. 張夢陽　左翼文學資源對當代中國的意義——從魯迅、梁實秋論爭看左翼
文學的本質特性　中國現代文學研究叢刊　2002 年第 1 期　2002
年 2 月　頁 79—84

986. 辛克清　梁實秋文藝思想簡析　青島大學學師範學院學報　第 19 卷第 1 期
2002 年 3 月　頁 1—7

987. 翟瑞青　梁實秋文學批評思想探源　山東大學學報　2002 年第 3 期　2002
年 5 月　頁 45—48

988. 顧金春　新人文主義者的追求——論梁實秋新月時期的文藝思想　青海社
會科學　2002 年第 3 期　2002 年 5 月　頁 59—63

989. 王　敏　臺灣散文創作的繁榮——梁實秋、柏楊、李敖　簡明臺灣文學史
北京　時事出版社　2002 年 6 月　頁 347—350

990. 李　波　梁實秋的新人文主義批評論　東岳論叢　第 23 卷第 4 期　2002 年
7 月　頁 81—83

991. 薛　進　淺析梁實秋適度幽默的美學追求　語文學刊　2002 年第 5 期
2002 年 9 月　頁 15—16

992. 江湧，卞永清　　前言：梁實秋的文與人　秋實滿園：梁實秋　臺北　文史
哲出版社　2002 年 10 月　頁 9—14

993. 傅德岷　論梁實秋散文的文化意蘊　雲南師範大學學報　第 34 卷第 6 期
2002 年 11 月　頁 92—96

994. 周玉山　梁實秋先生與魯迅的論辯[75]　梁實秋先生百年誕辰學術研討會　臺

---

[75] 本文探討魯迅與梁實秋 2 人的文藝觀。全文共 4 小節：1.前言；2.人性與階級姓問題；3.硬譯與文
藝政策問題；4.結論。

北　九歌文教基金會，臺灣師範大學英語系，臺灣師範大學文學院主辦　2002 年 12 月 11—12 日

995. 周玉山　梁實秋先生與魯迅的論辯　雅舍的春華秋實：梁實秋學術研討會論文集　臺北　九歌出版社　2002 年 12 月　頁 31—50

996. 周玉山　梁實秋與魯訊的論辯　大陸文學與歷史　臺北　東大圖書公司 2004 年 10 月　頁 83—99

997. 梁立堅　俛仰千古悠悠——從大師的譯作看翻譯[76]　梁實秋先生百年誕辰學術研討會　臺北　九歌文教基金會，臺灣師範大學英語系，臺灣師範大學文學院主辦　2002 年 12 月 11—12 日

998. 梁立堅　俛仰千古悠悠——從大師的譯作看翻譯　雅舍的春華秋實：梁實秋學術研討會論文集　臺北　九歌出版社　2002 年 12 月　頁 117—134

999. 陳淑芬　梁實秋的莎劇翻譯與莎學研究[77]　梁實秋先生百年誕辰學術研討會　臺北　九歌文教基金會，臺灣師範大學英語系，臺灣師範大學文學院主辦　2002 年 12 月 11—12 日

1000. 陳淑芬　梁實秋的莎劇翻譯與莎學研究　雅舍的春華秋實：梁實秋學術研討會論文集　臺北　九歌出版社　2002 年 12 月　頁 135—154

1001. 高大威　梁實秋的文學見解——折衷於白璧德與胡適之間[78]　梁實秋先生百年誕辰學術研討會　臺北　九歌文教基金會，臺灣師範大學英語系，臺灣師範大學文學院主辦　2002 年 12 月 11—12 日

1002. 高大威　梁實秋的文學見解——折衷於白璧德與胡適之間　雅舍的春華秋實：梁實秋學術研討會論文集　臺北　九歌出版社　2002 年 12 月　頁 155—178

[76]本文探討梁實秋翻譯作品，以了解他的翻譯理念與翻譯藝術，繼而藉此加強「翻譯學」的研究。全文共 4 小節：1.前言；2.梁實秋的譯作；3.梁實秋對翻譯的見解；4.結語。

[77]本文從梁實秋〈莎士比亞之謎〉、〈莎士比亞的版本〉、〈莎士比亞的思想〉、《威尼斯商人》的意義〉、〈孚斯塔夫的命運〉及《李爾王》辯〉等探討梁實秋從事的莎學研究。全文共 2 小節：1.梁實秋的莎劇源由；2.梁實秋的莎學研究。

[78]本文論述梁實秋文學思想，以凸顯出其除了翻譯與創作之外的另一面。全文共 4 小節：1.二元啓蒙：白璧德與胡適；2.「白璧德的門徒」筆戰魯迅；3.對胡適思想的繼承與反思；4.結語。

1003. 姚振黎　梁實秋割愛論及其實踐[79]　梁實秋先生百年誕辰學術研討會　臺北　九歌文教基金會，臺灣師範大學英語系，臺灣師範大學文學院主辦　2002 年 12 月 11—12 日

1004. 姚振黎　梁實秋割愛論及其實踐　雅舍的春華秋實：梁實秋學術研討會論文集　臺北　九歌出版社　2002 年 12 月　頁 179—218

1005. 王正良　丈量古典——論梁實秋的文學批評[80]　梁實秋先生百年誕辰學術研討會　臺北　九歌文教基金會，臺灣師範大學英語系，臺灣師範大學文學院主辦　2002 年 12 月 11—12 日

1006. 王正良　丈量古典——論梁實秋的文學批評　雅舍的春華秋實：梁實秋學術研討會論文集　臺北　九歌出版社　2002 年 12 月　頁 219—240

1007. 鍾怡雯　論梁實秋的散文譜系與時代意義[81]　梁實秋先生百年誕辰學術研討會　臺北　九歌文教基金會，臺灣師範大學英語系，臺灣師範大學文學院主辦　2002 年 12 月 11—12 日

1008. 鍾怡雯　論梁實秋的散文譜系與時代意義　雅舍的春華秋實：梁實秋學術研討會論文集　臺北　九歌出版社　2002 年 12 月　頁 257—270

1009. 鍾怡雯　論梁實秋的散文譜系與時代意義　無盡的追尋：當代散文的詮釋與批評　臺北　聯合文學出版社　2004 年 9 月　頁 9—23

1010. 白立平　文藝思想與翻譯——梁實秋新人文主義思想對其翻譯的影響[82]　中外文學　第 31 卷第 9 期　2003 年 2 月　頁 185—207

1011. 薛　雯　梁實秋反對克羅齊？——梁實秋與克羅齊文藝觀的異與同　安徽師範大學學報　第 31 卷第 2 期　2003 年 3 月　頁 220—224

1012. 重慶文學史課題組　梁實秋與重慶文學　涪陵師範學院學報　第 19 卷第 2

---

[79]本文探討梁實秋散文創作與文學批評之割愛論，以作為寫作散文、研究文論以及文評之參考。全文共 6 小節：1.梁實秋割愛論探原；2.割愛論之內涵精義；3.割愛論之思想基礎；4.割愛論之實踐成就；5.結語：由博返約，復歸傳統；6.後記。

[80]本文探討梁實秋文學理論，及兩岸對於梁實秋文學的評價。全文共 5 小節：1.前言；2.梁氏古典；3.古典靠岸（一）：沉默的選擇；4.古典靠岸（二）：身影重重；5.結語。

[81]本文探討梁實秋文學譜系，及其在文學觀與創作之中實踐白璧德的學說。

[82]本文探討白璧德學說對於梁實秋文藝思想與翻譯活動的影響與關係。

期　2003 年 3 月　頁 46—48

1013. 陳劍鋒　嬉笑怒罵，皆成至理——析魯迅批駁梁實秋的論辯藝術　廣西商業高等專科學校學報　第 20 卷第 1 期　2003 年 3 月　頁 109—110

1014. 白春超　梁實秋：古典主義文藝思想的守持與反響　再生與流變——現代中國文學中的古典主義　河南大學　博士論文　劉增杰教授指導　2003 年 4 月　頁 119—125

1015. 江勝清　文化觀念，審美情趣的差異與碰撞——梁實秋與魯迅之爭新論　鄖陽師範高等專科學校學報　第 23 卷第 2 期　2003 年 4 月　頁 95—98

1016. 顧金春　「人性」的獨特思考——淺析梁實秋的人性論　江蘇教育學院學報　第 19 卷第 3 期　2003 年 5 月　頁 80—83

1017. 小山三郎著；許菁娟譯　「自由中國」知識份子的政治與文學——關於他們的批判性文學精神〔梁實秋部分〕　臺灣師大歷史學報　第 31 期　2003 年 6 月　頁 175—177

1018. 李奭學　梁實秋的翻譯　中央日報　2003 年 7 月 9 日　17 版

1019. 李奭學　梁實秋的翻譯　經史子集：翻譯、文學與文化劄記　臺北　聯合文學出版社　2005 年 3 月　頁 116—118

1020. 張明廉　梁實秋　20 世紀中國文學通史　上海　東方出版中心　2003 年 9 月　頁 217—220

1021. 張中良　內地文學史上的梁實秋身分問題[83]　回顧兩岸五十年文學學術研討會　臺北　中國文化大學中文系，財團法人善同文教基金會主辦　2003 年 11 月 28—29 日　頁 745—764

1022. 張中良　內地文學史上的梁實秋身分問題　回顧兩岸五十年文學學術研討會論文集　臺北　中國文化大學出版部　2004 年 3 月　頁 745—

---

[83] 本文探討梁實秋其人與文學在中國大陸的評價及問題。後改篇名為〈大陸文學史上的梁實秋身分問題〉。

764

1023. 張中良　大陸文學史上的梁實秋身分問題　中國現代文學研究叢刊　2004年第 3 期　2004 年 7 月　頁 258—270

1024. 李志孝　論梁實秋的人性論文學觀——兼論與左翼作家的論戰　西華師範大學學報　2003 年第 6 期　2003 年 11 月　頁 52—54

1025. 梁瓊白　梁實秋的美味印記　中華日報　2003 年 12 月 3 日　23 版

1026. 馬建英　魯迅與梁實秋論爭的另一種觀照　寧波職業技術學院學報　第 7 卷第 6 期　2003 年 12 月　頁 56—59

1027. 趙心憲　梁實秋「三階層」說的語文教育觀念　西南民族大學學報　2004年第 1 期　2004 年 1 月　頁 206—211

1028. 劉　聰　古典主義的文學道德觀——論梁實秋的文學批評　山東社會科學　2004 年第 2 期　2004 年 2 月　頁 91—94

1029. 唐梅花　七十年風雨洗纖塵——魯迅、梁實秋關於人性與階級論戰再審視　中文自學指導　2004 年第 2 期　2004 年 2 月　頁 59—61

1030. 楊　梅　談梁實秋筆下的鄉愁文化　內蒙古科技與經濟　2004 年第 3 期　2004 年 2 月　頁 69—70

1031. 閻一飛　民族意識，家國之戀——再論梁實秋和他的散文創作　長春師範學院學報　第 23 卷第 2 期　2004 年 3 月　頁 51—54

1032. 高旭東　論梁實秋批判五四文學之得失　天津社會科學　2004 年第 4 期　2004 年 7 月　頁 102—107

1033. 陳正茂　梁實秋與國家主義派[84]　傳記文學　第 507 期　2004 年 8 月　頁 18—30

1034. 高旭東　論梁實秋對中西文化的溝通　中國文化研究　2004 年第 3 期　2004 年 8 月　頁 153—159

1035. 黃維樑　通洋務者的國粹派論調——略談梁實秋對中國文學的看法　期待

---

[84]本文旨在論述梁實秋早年與國家主義的淵源，並藉此淵源關係探索其政治思想。全文共 5 小節：1.前言；2.梁實秋之生平與國家主義思想之萌芽；3.梁實秋與「大江會」；4.梁實秋與「中國青年黨」；5.結論。

文學強人——大陸臺灣香港文學評論集　香港　當代文藝出版社
2004 年 8 月　頁 122—123

1036. 高旭東　面對左翼——梁實秋文學批評的演變　齊魯學刊　2004 年第 5 期
2004 年 9 月　頁 136—140

1037. 王曉靜　中西合璧，雅緻閒適——論梁實秋散文的文化品味　貴州文史叢
刊　2004 年第 3 期　2004 年 9 月　頁 48—51

1038. 張　晶　從浪漫到古典——論梁實秋的文藝思想　宜春學院學報　第 26
卷第 5 期　2004 年 10 月　頁 12—15

1039. 潘艷慧，陳清　理性的訴求與人性的呼喚——梁實秋人性論思想再解讀
黃石高等專科學校學報　第 20 卷第 5 期　2004 年 10 月　頁 64
—68

1040. 李詮林　闡釋學視野裡的梁實秋　國際關係學院學報　2004 年第 6 期
2004 年 11 月　頁 67—72

1041. 高旭東　論梁實秋人性論的性質及其演變　理論學刊　2004 年第 12 期
2004 年 12 月　頁 107—110

1042. 高旭東　論魯迅與梁實秋的論戰及其是非功過[85]　魯迅研究月刊　2004 年
第 12 期　2004 年 12 月　頁 10—21

1043. 趙心憲　從倫理想像到品味人生——試論梁實秋前後期的人性論文學觀
重慶教育學院學報　2005 年第 1 期　2005 年 1 月　頁 26—29，
98

1044. 高旭東　梁實秋：慎言比較文學的比較文學家　東岳論叢　2005 年第 1 期
2005 年 1 月　頁 111—115

1045. 伍　杰　梁實秋與書評　中國圖書評論　2005 年第 1 期　2005 年 1 月
頁 21—22

1046. 高旭東　論梁實秋的文體批評　山東社會科學　2005 年第 1 期　2005 年 1
月　頁 80—84

---

[85]本文描述魯迅與梁實秋論戰的起因與經過，客觀探討評論兩者的思想與觀點。

1047. 陳劍暉　　五四時期的性靈散文思潮〔梁實秋部分〕　華南師範大學學報
　　　　　2005 年第 1 期　2005 年 2 月　頁 63—67

1048. 王春燕　　略論梁實秋散文雅幽默的美學特徵與意義　東方論壇　2005 年第
　　　　　2 期　2005 年 2 月　頁 58—63

1049. 劉　香　　青島四年對梁實秋的意義　山東師範大學學報　2005 年第 2 期
　　　　　2005 年 3 月　頁 67—70

1050. 馬玉紅　　跨越千年的精神血緣──梁實秋與奧勒留的倫理道德聯繫　西北
　　　　　民族大學學報　2005 年第 2 期　2005 年 3 月　頁 73—77

1051. 劉　聰　　論梁實秋對五四新文學的理性反思　齊魯學刊　2005 年第 2 期
　　　　　2005 年 3 月　頁 96—99

1052. 汪　莉　　梁實秋散文創作論略　重慶教育學院學報　第 18 卷第 2 期
　　　　　2005 年 3 月　頁 29—31

1053. 李志孝，陶維國　人性標尺下的不同言說──李健吾、梁實秋文藝思想比
　　　　　較　延安大學學報　2005 年第 2 期　2005 年 4 月　頁 106—110

1054. 高旭東　　論梁實秋的文學跨學科研究[86]　中國比較文學　2005 年第 2 期
　　　　　2005 年 4 月　頁 118—131

1055. 解志熙　　從「戲墨齋」少作到《雅舍小品》──梁實秋的幾篇佚文及現代
　　　　　散文的知性問題[87]　新文學史料　2005 年第 2 期　2005 年 5 月
　　　　　頁 161—169

1056. 解志熙　　從「戲墨齋」少作到《雅舍小品》──梁實秋的幾篇佚文及現代
　　　　　散文的知性問題　摩登與現代──中國現代文學的實存分析　北
　　　　　京　清華大學出版社　2006 年 11 月　頁 382～400

1057. 解志熙　　從「戲墨齊」少作到《雅舍小品》──梁實秋的幾篇佚文及現代
　　　　　散文的知性問題　梁實秋與中西文化　北京　中華書局　2007 年

---

[86] 本文從梁實秋接受美國白璧德新人文主義與孔子倫理理性影響兩方面，探討其跨學科研究的特色。

[87] 本文探究梁實秋就讀清華時發表的作品，再析論《雅舍小品》，以證其知性的散文風格。全文共 3 小節：1.從《癸亥級刊》說起；2.「戲墨齋」少作校讀；3.詼諧之後：關於《雅舍小品》及「知性散文」的一點感想。

　　　　　　　　　1 月　頁 251—267

1058. 肖國華　　復歸中潛存的現代——略析梁實秋的戲劇思想　新余高專學報
　　　　　　　　2005 年第 4 期　2005 年 8 月　頁 48—50

1059. 陳　剛　　從雅舍到世界——梁實秋與北碚[88]　北碚文化圈與 1940 年代文學
　　　　　　　　吉林大學中國現當代文學所　博士論文　陳方競教授指導　2005
　　　　　　　　年 8 月　頁 171—183

1060. 李　靜　　也談與抗戰無關論的論爭〔梁實秋部分〕　西南民族大學學報
　　　　　　　　2005 年第 9 期　2005 年 9 月　頁 195—197

1061. 鄧俊慶　　梁實秋與無產階級革命文學　東北師大學報　2005 年第 5 期
　　　　　　　　2005 年 9 月　頁 145—149

1062. 陶麗萍，方長安　　衝突與融合——梁實秋的自由主義思想論　湘潭大學學
　　　　　　　　報　2005 年第 5 期　2005 年 9 月　頁 21—25

1063. 周亞明　　給梁實秋一個恰當定位　中國圖書評論　2005 年第 10 期　2005
　　　　　　　　年 10 月　頁 40—41

1064. 周善斌　　從「兼濟天下」到「獨善其身」——試論梁實秋其人其文　湖南
　　　　　　　　科技學院學報　第 26 卷第 10 期　2005 年 10 月　頁 92—94

1065. 陶麗萍　　梁實秋的詩學理想與新詩現代性的建構　學術論壇　2005 年第
　　　　　　　　11 期　2005 年 11 月　頁 156—159

1066. 周沙，徐苑琳　　超塵脫俗，適意自然——論梁實秋散文的佛禪思想　成都
　　　　　　　　教育學院學報　2005 年第 11 期　2005 年 11 月　頁 87—89，98

1067. 湯凌雲　　新月詩派的詩歌本質論　徐州師範大學學報　第 31 卷第 6 期
　　　　　　　　2005 年 11 月　頁 28—32

1068. 李敬敏　　對抗戰初期一場爭論的反思　重慶社會科學　2005 年第 11 期
　　　　　　　　2005 年 11 月　頁 74—77

1069. 梁宗岱　　釋象徵主義——致梁實秋先生　中國現代文學研究叢刊　2005 年

---

[88]本文探討梁實秋居於北碚雅舍對於其文學創作的影響。全文共 2 小節：1.「雅舍」：流寓中的詩與思；2.從「雅舍」到世界。

第 6 期　2005 年 11 月　頁 182—189

1070. 金　秋　　人文觀照：梁實秋散文的現代解讀　廣東行政學院學報　2005 年第 6 期　2005 年 12 月　頁 83—87

1071. 董廣智　　論梁實秋散文中的快樂哲學　攀枝花學院學報　2005 年第 6 期　2005 年 12 月　頁 38—41

1072. 謝昭新　　論梁實秋的小說理論及創作[89]　華文文學　2005 年第 1 期　2005 年　頁 51—54

1073. 謝昭新　　論梁實秋的小說理論及創作　梁實秋與中西文化　北京　中華書局　2007 年 1 月　頁 322—329

1074. 徐耀焜　　餐桌上的風景——臺灣當代飲食書寫版圖的共構——前菜／主菜——書寫的歷史脈絡〔梁實秋部分〕　舌尖與筆尖的對話——臺灣當代飲食書寫研究（1949—2004）　彰化師範大學國文學系碩士論文　王年雙教授指導　2006 年 1 月　頁 20

1075. 徐耀焜　　五味紛錯，什錦拼盤——臺灣當代多元風格的飲食書寫——美味的回歸——梁實秋／唐魯孫／小民　舌尖與筆尖的對話——臺灣當代飲食書寫研究（1949—2004）　彰化師範大學國文學系　碩士論文　王年雙教授指導　2006 年 1 月　頁 43—52

1076. 胡勝華　　評梁實秋的「抗戰無關論」　傳記文學　第 525 期　2006 年 2 月　頁 90—94

1077. 李偉民　　臺灣莎學研究情況綜述〔梁實秋部分〕　西華大學學報　第 25 卷第 1 期　2006 年 2 月　頁 65—68

1078. 黃萬華　　國統區文學——林語堂、梁實秋的創作　中國現當代文學‧第 1 卷（五四—1960 年代）　濟南　山東文藝出版社　2006 年 3 月　頁 299—304

1079. 付喜艷　　試論梁實秋的人性論實質　湖北經濟學院學報　2006 年第 4 期　2006 年 4 月　頁 97—98，74

---

[89]本文先描述梁實秋其理論素養的成因，再說明其創作與理念。

1080. 李艷霞　從目的論看梁實秋和魯迅翻譯觀的異同　鄭州航空工業管理學院
學報　2006 年第 2 期　2006 年 4 月　頁 90—92

1081. 王本朝　梁實秋的文學批評與新文學秩序的重建　西南師範大學學報
2006 年第 3 期　2006 年 5 月　頁 161—165

1082. 陶麗萍　論梁實秋的獨特文化選擇　湖北師範學院學報　2006 年第 3 期
2006 年 5 月　頁 42—45

1083. 李翔翔　梁實秋的新人文主義旅行觀及其現代意義　旅遊科學　2006 年第
3 期　2006 年 6 月　頁 72—76

1084. 王俊忠　論梁實秋古典主義散文理論　黎明職業大學學報　2006 年第 2 期
2006 年 6 月　頁 28—30

1085. 劉川鄂　梁實秋與中國自由主義文學[90]　中國社會科學文摘　2006 年第 3
期　2006 年 6 月　頁 84—86

1086. 劉川鄂　梁實秋與中國自由主義文學　梁實秋與中西文化　北京　中華書
局　2007 年 1 月　頁 189—209

1087. 俞兆平　梁實秋的古典主義文學理論體系　廈門大學學報　2006 年第 4 期
2006 年 7 月　頁 47—54，114

1088. 劉　聰　人性視閾中的女性關懷——梁實秋的女性觀　世界華文文學論壇
2006 年第 3 期　2006 年 9 月　頁 20—24

1089. 張華，馬若飛　梁實秋家書中的冷暖人生[91]　邵陽學院學報　2006 年第 5
期　2006 年 10 月　頁 65—68

1090. 張　華　梁實秋家書中的冷暖人生　梁實秋與中西文化　北京　中華書局
2007 年 1 月　頁 354—369

1091. 邵　建　「硬骨頭」與「喪家狗」——一九三〇年代魯迅與梁實秋的文化

---

[90]本文探討並重新評價梁實秋的文學理念，認為其並非全然反對左翼，也不完全站在右翼的一方，
　而是有其個人主張。全文共 3 小節：1.關於「人性」與「階級性」之爭；2.關於「與抗戰無關」
　論；3.梁實秋對中國自由主義文學的貢獻及命運。
[91]本文從梁實秋的家書探討其晚年的生活與心境。

　　　　　　　論戰[92]　傳記文學　第 534 期　2006 年 11 月　頁 27—46

1092. 楊玉玲　　魯迅、梁實秋翻譯論戰綜述　中共福建省委黨校學報　2006 年第
　　　　　　　11 期　2006 年 11 月　頁 88—91

1093. 楊　梅　　月是故鄉明——梁實秋鄉愁散文產生的原因　內蒙古電大學刊
　　　　　　　2006 年第 12 期　2006 年 12 月　頁 31—32

1094. 雷　琰　　有個性就可愛——論梁實秋散文的藝術魅力　語文學刊　2006 年
　　　　　　　第 12 期　2006 年 12 月　頁 91—93

1095. 顧金春　　梁實秋的小說創作　世界華文文學論壇　2006 年第 4 期　2006
　　　　　　　年 12 月　頁 53—55

1096. 高自雙　　論梁實秋散文藝術　殷都學刊　2006 年第 4 期　2006 年 12 月
　　　　　　　頁 72—76

1097. 王　青　　論梁實秋與國劇運動　藝術百家　2006 年第 7 期　2006 年　頁
　　　　　　　38—41

1098. 楊愛芹　　自由文學理念的強勢傳播——從《益世報・文學周刊》看梁實秋
　　　　　　　的自由主義文學觀　山東師範大學學報　2007 年第 1 期　2007
　　　　　　　年 1 月　頁 45—48

1099. 齊運東　　花看半開，酒飲微醺——梁實秋的飲酒觀　釀酒　第 34 卷第 1
　　　　　　　期　2007 年 1 月　頁 110

1100. 范蘭德　　論梁實秋的傳統文化價值傳承　重慶三峽學院學報　2007 年第 1
　　　　　　　期　2007 年 1 月　頁 63—66

1101. 種海燕　　盧梭對中國現代浪漫主義思潮的影響——兼論 20 世紀 20 年代梁
　　　　　　　實秋和魯迅的論戰　江西社會科學　2007 年第 1 期　2007 年 1
　　　　　　　月　頁 86—90

1102. 溫儒敏　　現代文學史上「反主題」的批評家——關於梁實秋研究的講稿[93]

---

[92]本文從翻譯、文學的階級性、普羅問題等探討剖析魯梁論爭的幾個面向。全文共 5 小節：1.
　「魯、梁論戰」；2.怎一個「硬」字了得；3.「香」、「臭」之喻和「普羅文學」；4.狗.喪家的.乏；
　5.「我到底也還有手腕和眼睛」。
[93]本文介紹梁實秋反思五四新文學及新人文主義文學觀的重要論述文章。

　　　　　　梁實秋與中西文化　北京　中華書局　2007 年 1 月　頁 3—13

1103. 溫儒敏　梁實秋：現代文學史上的「反主題」批評家　河北學刊　2007 年
　　　　　　第 5 期　2007 年 9 月　頁 118—122

1104. 高旭東　梁實秋溝通中西文化的特色[94]　梁實秋與中西文化　北京　中華
　　　　　　書局　2007 年 1 月　頁 29—40

1105. 許祖華　剪不斷的眷戀與抵不住的誘惑——梁實秋的文化心態論[95]　梁實
　　　　　　秋與中西文化　北京　中華書局　2007 年 1 月　頁 41—57

1106. 黃　薇　梁實秋與中西藝術文化[96]　梁實秋與中西文化　北京　中華書局
　　　　　　2007 年 1 月　頁 58—69

1107. 龔鵬程　飲饌的文學社會學：從《文選》到梁實秋[97]　梁實秋與中西文化
　　　　　　北京　中華書局　2007 年 1 月　頁 73—94

1108. 李　怡　新人文主義視野中的吳宓與梁實秋[98]　梁實秋與中西文化　北京
　　　　　　中華書局　2007 年 1 月　頁 107—114

1109. 李　怡　新人文主義視野中的吳宓與梁實秋　汕頭大學學報　第 25 卷第 2
　　　　　　期　2009 年 4 月　頁 42—44

1110. 于海冰　白璧德與梁實秋的新人文主義批評之比較[99]　梁實秋與中西文化
　　　　　　北京　中華書局　2007 年 1 月　頁 115—127

1111. 宋慶寶　中庸的古典者與極端的浪漫者——梁實秋對拜倫的評價及其兩者
　　　　　　的比較[100]　梁實秋與中西文化　北京　中華書局　2007 年 1 月
　　　　　　頁 128—156

---

[94] 本文探析梁實秋以人性為尺度，尋找中西文化中共通的文學現象並試圖溝通。

[95] 本文探討梁實秋中西方文化觀的矛盾與理想。

[96] 本文探討梁實秋〈讀畫〉中對中西方知名畫作的評論與藝術觀。

[97] 本文從中國傳統談的宴飲文化談起，描述古典文學到現代新月社文人的飲食文章，再集中探討梁實秋談吃的散文。

[98] 本文藉由吳宓、梁實秋兩位新文學主義理論者的思想及主張，探討新人文主義的理想如何自然融入中國現代文學理想的過程。

[99] 本文從以下 3 個面向探討梁實秋如何闡釋、實踐白璧德的理論。全文共 3 小節：1.標準；2.更高意志（higher will）；3.想像。

[100] 本文先探討梁實秋對拜倫的評價，並由此觀察梁實秋思想的變化，再探討梁實秋與拜倫人生、道德、美學觀的異同。全文共 2 小節：1.梁實秋對於拜倫的評價；2.梁實秋與拜倫的比較。

---

[101] 本文研究現代歷史語境的建立，重新考察與定位中國現代文學中古典主義思潮的存在與否，並探討梁實秋的文學理想。全文共 5 小節：1.論題的緣起；2.從現代性角度判定古典主義思潮的價值；3.構成同一古典主義思潮的學衡派與新月派；4.古典主義文學理論體系的確立及其實踐；5.梁實秋的「理性節制」與「文學紀律」。

[102] 本文探討描述梁實秋的思想與美學觀。

[103] 本文研究梁實秋文學觀本質，探討其文學批評的特質及對當代文學創作的啓示性意義。全文共 3 小節：1.文學本質的形上之思；2.倫理維度與精神提升；3.對文學批評純粹性的職守與對精英性的訴求。

[104] 本文先描述梁實秋批判五四新文學與建立新人文主義觀之始，再探討其理論內容與文學觀。

[105] 本文描述梁實秋散文富家常味、其形成的原因及「自語」、「簡單」、「幽默」的 3 個特徵。

[106] 本文探析梁實秋散文的特色。全文共 2 小節：1.樂生曠達，從容優雅；2.幽默風趣，亦莊亦諧。後改篇名爲〈樂生曠達，優雅風趣──梁實秋散文論〉。

[107] 本文探討梁實秋詩學理論的特色。全文共 4 小節：1.融通中西詩學以創造新詩；2.詩歌本質的獨特闡釋；3.強烈的詩歌形式意識；4.理智優雅的審美規範。

1121. 王　青　　梁實秋與「國劇運動」[108]　梁實秋與中西文化　北京　中華書局　2007 年 1 月　頁 330—340　。

1122. 潘　皓　　梁實秋與聞一多文化人格之比較[109]　梁實秋與中西文化　北京　中華書局　2007 年 1 月　頁 343—353

1123. 劉　聰　　「清華八年」：梁實秋的學術起點[110]　梁實秋與中西文化　北京　中華書局　2007 年 1 月　頁 370—382

1124. 白立平　　梁實秋新人文主義思想對其翻譯的影響[111]　梁實秋與中西文化　北京　中華書局　2007 年 1 月　頁 403—429

1125. 鄭萬鵬　　梁實秋自由主義的文學理念　社會科學戰線　2007 年第 2 期　2007 年 3 月　頁 97—100

1126. 周伊慧　　梁實秋的人性論批評與美國新人文主義者白璧德　北方論叢　2007 年第 2 期　2007 年 3 月　頁 49—53

1127. 馬玉紅　　談梁實秋對佛禪的接受與偏離　井岡山學院學報　2007 年第 3 期　2007 年 3 月　頁 50—54

1128. 陳　麗　　人性與存真——伽達默爾哲學詮釋學視界中梁實秋的譯莎活動　安徽廣播電視大學學報　2007 年第 2 期　2007 年 6 月　頁 90—93

1129. 王敏，李駿　　古典主義文學理想之建構——論梁實秋的文學思想　聊城大學學報　2007 年第 3 期　2007 年 6 月　頁 77—80

1130. 楊冰漠　　艱難地回歸——燈火闌珊話梁實秋之二　新西部　2007 年第 7 期　2007 年 7 月　頁 165—166

1131. 范蘭德　　梁實秋散文文人人格文化分析　廣州城市職業學院學報　2007 年第 2 期　2007 年 8 月　頁 76—79

[108]本文分析梁實秋的戲劇觀念與「國劇運動」派同仁的差異，進而探索其戲劇觀念與其文藝思想之間的關係

[109]本文從內部自我探討背景、經歷相仿的梁實秋與聞一多其文化人格殊異的原因。

[110]本文探討清華八年的教育對梁實秋文化立場的影響，及其對新文學場挑戰意識。全文共 2 小節：1.傳統文化立場和「領袖」意識——清華八年的教育導向；2.從新詩創作轉向文學批評——挑戰新文學場法則。

[111]本文主要探討梁實秋的文藝思想對其翻譯選材的影響。

1132. 齊運東　梁實秋的茶道　茶葉通訊　第 34 卷第 3 期　2007 年 9 月　頁 41

1133. 周小琴　新人文主義的語境轉換──一種溝通中西文化選擇　語文學刊
2007 年第 9 期　2007 年 9 月　頁 27─31

1134. 王敏，李駿　論梁實秋的人性觀　齊齊哈爾大學學報　2007 年第 5 期
2007 年 9 月　頁 5─7

1135. 李翔翔　梁實秋飲食觀的基本特徵及其現實意義　浙江師範大學學報
2007 年第 5 期　2007 年 10 月　頁 12─16

1136. 康孝雲，周小琴　新人文主義：從白璧德到梁實秋──一種溝通中西文化
的選擇　石河子大學學報　2007 年第 5 期　2007 年 10 月　頁 70
─72，83

1137. 陶德宗　評臺灣文學和海外華文文學中的巴蜀文化書寫〔梁實秋部分〕
當代文壇　2007 年第 6 期　2007 年 11 月　頁 90─93

1138. 蔡永麗　人性論的二重結構──析梁實秋新人文主義文藝觀的核心思想
平頂山學院學報　2007 年第 6 期　2007 年 12 月　頁 75─77

1139. 金　艷　形神俱現──從奧菲利婭的民歌及其譯文看兩位莎劇翻譯家的翻
譯技巧和思想〔梁實秋部分〕　西南民族大學學報　2007 年第
s1 期　2007 年 12 月　頁 82─84

1140. 孫　璐　梁實秋詩論中的「人性」──從詩與畫的關係談起　世界華文文
學論壇　2007 年第 4 期　2007 年 12 月　頁 58─60

1141. 白立平　梁實秋翻譯思想研究[112]　淡江人文社會學刊　第 32 期　2007 年
12 月　頁 1─32

1142. 鄭　珏　試論梁實秋古典主義文學批評的現代性　湖北廣播電視大學學報
2007 年第 12 期　2007 年 12 月　頁 65─66

1143. 王　敏　激盪時代中的古典情懷──論梁實秋人性觀的形成及時代效應
西南農業大學學報　2007 年第 6 期　2007 年 12 月　頁 100─103

---

[112]本文從譯者的態度、翻譯功能、目的與標準等方面入手，結合梁實秋討論翻譯的文字及其與魯迅的論戰，嘗試對梁實秋的翻譯觀作一個系統的梳理。全文共 5 小節：1.前言；2.翻譯態度；3.翻譯功能及翻譯目的；4.翻譯標準；5.總結。

1144. 方宏燁　梁實秋審美生存觀的內涵　社會科學論壇　2008 年第 1 期　2008 年 1 月　頁 17—20

1145. 顧金春　論梁實秋的戲劇批評　戲劇文學　2008 年第 1 期　2008 年 1 月　頁 54—57

1146. 顧金春　論梁實秋的戲劇批評　世界華文文學論壇　2008 年第 1 期　2008 年 3 月　頁 15—18

1147. 王敏，李駿　時代的另一種聲音——論梁實秋對同時代文學的反思　牡丹江師範學院學報　2008 年第 1 期　2008 年 2 月　頁 19—21

1148. 南建狆　比較詩學語境中梁實秋詩學體系的建構　西安外國語大學學報　2008 年第 1 期　2008 年 3 月　頁 84—87

1149. 肖國華　以中為軸，融西入體——梁實秋文學批評思想淵源初探　焦作師範高等專科學校學報　2008 年第 1 期　2008 年 3 月　頁 24—26

1150. 顧金春　紳士趣味與性情的展示——梁實秋戲劇批評的貴族化審美傾向　四川戲劇　2008 年第 2 期　2008 年 3 月　頁 35—36

1151. 賴彧煌　論早期新詩觀念中詩藝和經驗的緊張——以聞一多、梁實秋、俞平伯、康白情為中心　湛江師範學院學報　2008 年第 2 期　2008 年 4 月　頁 81—84

1152. 賴彧煌　論早期新詩觀念中詩藝和經驗的緊張——以聞一多、梁實秋、俞平伯、康白情為中心　聊城大學學報　2008 年第 3 期　2008 年 6 月　頁 43—46

1153. 馬玉紅　論梁實秋與奧勒留倫理道德思想的契合　江漢論壇　2008 年第 6 期　2008 年 6 月　頁 120—123

1154. 柴　華　一樁被遺忘的詩學舊案：象徵主義詩學觀念建構中的二梁之爭〔梁實秋部分〕　東岳論叢　2008 年第 4 期　2008 年 7 月　頁 93—97

1155. 杜吉剛　主義論爭與糾偏之舉——試論梁實秋的文學貨色論思想　學術論壇　2008 年第 7 期　2008 年 7 月　頁 66—71

1156. 張勁松　　作為保守主義者的梁實秋——以人性論為例　海南師範大學學報　2008 年第 4 期　2008 年 7 月　頁 99—103，115

1157. 蔡永麗　　梁實秋文壇爭論的三部曲——以梁魯爭論為中軸　井岡山學院學報　2008 年第 7 期　2008 年 7 月　頁 93—96

1158. 謝郁慧　　臺灣早期幽默散文作家論——學者篇——幽默散文之冠冕：梁實秋（1903—1987）[113]　臺灣早期幽默散文研究　中央大學中國文學系碩士在職專班　碩士論文　李瑞騰教授指導　2008 年 7 月　頁 74—85

1159. 黃艷峰　　莎劇中神話意象的翻譯〔梁實秋部分〕　十堰職業技術學院學報　第 21 卷第 4 期　2008 年 8 月　頁 96—98

1160. 張景蘭　　論梁實秋小品文的幽默品位　名作欣賞　2008 年第 8 期　2008 年 8 月　頁 126—130

1161. 朱壽桐　　面對新人文主義：魯迅與梁實秋的意氣之爭　魯迅研究月刊　2008 年第 11 期　2008 年 11 月　頁 4—10

1162. 董炳月　　翻譯主體的身份和語言問題——以魯迅與梁實秋論爭為中心　魯迅研究月刊　2008 年第 11 期　2008 年 11 月　頁 47—56

1163. 廖招治　　從梁實秋與韓菁清的情書研究他們的「朋友」的定義　語言、符號、敘事與故事論文研討會　臺中　臺中科技學院文化創意產業發展中心主辦　2008 年 12 月 19—20 日

1164. 吳開宇　　淺談梁實秋與汪曾祺的散文風格　現代語文　2008 年第 34 期　2008 年 12 月　頁 102—103

1165. 黃美鳳　　林文月飲膳書寫與其他作家的比較——梁實秋的美味趣談　林文月散文飲膳經驗之探究　彰化師範大學國文學系　碩士論文　林明德教授指導　2008 年　頁 134—141

1166. 楊經建，李蘭　　趨新與創舊：論現代性語境中的新古典主義〔梁實秋部

---

[113] 本文探討梁實秋散文的風格與特點。全文共 3 小節：1.梁實秋散文觀與幽默格調；2.幽默散文的範式：雅舍體；3.出入古今中外的書卷幽默。

分〕　江蘇社會科學　2008 年第 2 期　2008 年　頁 192—197

1167. 范衛東　抗戰時期學者散文的自由訴求〔梁實秋部分〕　南京師大學報
　　　2009 年第 1 期　2009 年 1 月　頁 145—146

1168. 裴旭東　春華秋實，圓熟雅致——談梁實秋散文的獨特藝術魅力　科技信
　　　息　2009 年第 2 期　2009 年 1 月　頁 434

1169. 楊迎平　論新月派的戲劇觀及貴族氣〔梁實秋部分〕　甘肅社會科學
　　　2009 年第 1 期　2009 年 1 月　頁 144—147

1170. 傅修海　革命與私誼：翻譯論戰中的瞿秋白與魯迅〔梁實秋部分〕　甘肅
　　　社會科學　2009 年第 6 期　2009 年 1 月　頁 11—14

1171. 王鍾陵　中國白話散文史論略——對「美文」的探索〔梁實秋部分〕　學
　　　術月刊　第 41 卷第 1 期　2009 年 1 月　頁 110—118

1172. 黃　暉　新人文主義的現代性建構與烏托邦衝動〔梁實秋部分〕　社會科
　　　學家　第 141 期　2009 年 1 月　頁 21—23

1173. 印　玲　20 世紀二三十年代青島文學翻譯的繁榮及其影響〔梁實秋部分〕
　　　中共青島市委黨校青島行政學院學報　2009 年第 1 期　2009 年 1
　　　月　頁 76—78

1174. 孫紹振　世紀視野中的當代散文〔梁實秋部分〕　當代作家評論　2009 年
　　　第 1 期　2009 年 1 月　頁 119—141

1175. 杜吉剛，王建美　試論梁實秋的文學功能論思想　名作欣賞　2009 年第 4
　　　期　2009 年 2 月　頁 135—137

1176. 蔡永麗　從梁實秋「美在文學不重要」的論點剖析其「道德價值論」——
　　　以梁實秋與朱光潛論爭爲中軸　鷄西大學學報　2009 年第 1 期
　　　2009 年 2 月　頁 120—122，132

1177. 莊錫華　文論傳統與現代中國文學理論〔梁實秋部分〕　社會科學戰線
　　　2009 年第 2 期　2009 年 2 月　頁 162—165

1178. 董洋萍　有關「信順說」翻譯標準的兩大論爭探源〔梁實秋部分〕　河南
　　　工業大學學報　第 5 卷第 1 期　2009 年 3 月　頁 114—116

1179. 楊迎平　梁實秋：戲劇是天才的藝術——論梁實秋戲劇觀的局限性　戲劇
　　　　文學　2009 年第 3 期　2009 年 3 月　頁 27—31

1180. 陳　越　重審與辨正——瑞恰慈文藝理論在現代中國的譯介與反應〔梁實
　　　　秋部分〕　中國現代文學研究叢刊　2009 年第 2 期　2009 年 3
　　　　月　頁 105—106

1181. 陳　言　論 20 世紀中國文學翻譯中的「直譯」、「意譯」之爭〔梁實秋部
　　　　分〕　首都師範大學學報（社會科學版）　2009 年第 2 期　2009
　　　　年 3 月　頁 97—101

1182. 江勝清　中國現代留學日本、歐美作家群之比較〔梁實秋部分〕　孝感學
　　　　院學報　第 29 卷第 2 期　2009 年 3 月　頁 51—57

1183. 張　劍　「人性」與「階級性」　長江師範學院學報　第 25 卷第 2 期
　　　　2009 年 3 月　頁 33—35

1184. 朱壽桐　新人文主義資源的片面性開發與文學的理論建構〔梁實秋部分〕
　　　　湖南社會科學　2009 年第 2 期　2009 年 4 月　頁 134—137

1185. 常桂紅　貴族化審美趣味的追尋——論梁實秋詩歌、戲劇批評　語文學刊
　　　　2009 年第 8 期　2009 年 4 月　頁 98—99

1186. 劉緒源　京派散文：「即興」與「賦得」〔梁實秋部分〕　上海文學
　　　　2009 年第 4 期　2009 年 4 月　頁 109—110

1187. 鄭成志　意義的尋求還是詩藝的探索——論 20 世紀 30 年代梁實秋和梁宗
　　　　岱的爭論　江漢大學學報　2009 年第 2 期　2009 年 4 月　頁 11
　　　　—15

1188. 沈趙靜　小議梁實秋及其翻譯觀　華章　2009 年第 9 期　2009 年 5 月
　　　　頁 50，52

1189. 朱　彤　契合與揚棄新月派與王爾德的難解之緣〔梁實秋部分〕　王爾德
　　　　在現代中國的傳播與接受　北京語言大學世界文學與文化研究所
　　　　博士論文　高旭東教授指導　2009 年 5 月　頁 86—112

1190. 黃　遙　梁實秋、錢歌川與蘭姆的異同——梁實秋與蘭姆　蘭姆隨筆在中

國的傳播與影響　福建師範大學中國現當代文學研究所　博士論文　汪文頂教授指導　2009 年 5 月　頁 95—109

1191. 葉淑美　梁實秋與左派文人論戰　徐志摩在臺灣的接受與傳播　政治大學臺灣文學所　碩士論文　陳芳明教授指導　2009 年 6 月　頁 46—49

1192. 吳時紅，楊彬　第二個十年的文藝思潮述評〔梁實秋部份〕　長安大學學報（社會科學版）　第 11 卷第 2 期　2009 年 6 月　頁 63—64

1193. 李　波　梁實秋的文學批評實踐　山東文學　2009 年第 7 期　2009 年 7 月　頁 81—83

1194. 酈明艷　所爭非所論──三十年代文學翻譯論爭述評〔梁實秋部分〕　社會科學論壇（學術研究卷）　2009 年第 7 期　2009 年 7 月　頁 133—135

1195. 鄧　珏　試談梁實秋文學觀從浪漫到古典的轉化　赤峰學院學報　2009 年第 8 期　2009 年 8 月　頁 68—69

1196. 崔　冠　梁實秋散文的語言風格初探　陝西教育　2009 年第 8 期　2009 年 8 月　頁 75

1197. 朱壽桐　「新人文主義」與「新儒學人文主義」〔梁實秋部分〕　哲學研究　2009 年第 8 期　2009 年 8 月　頁 1—7

1198. 解　琦　略論多元系統理論在翻譯中的不完備性〔梁實秋部分〕　運城學院學報　第 27 卷第 4 期　2009 年 8 月　頁 94—95

1199. 張彧姣　三十年代中國譯壇「信」「順」之爭分析〔梁實秋部分〕　科技信息　2009 年第 25 期　2009 年 9 月　頁 529

1200. 馬玉紅，王公山　梁實秋人生理想和文學藝術與儒家思想的契合　江漢論壇　2009 年第 9 期　2009 年 9 月　頁 66—70

1201. 宋巧娜　論梁實秋文學批評中的倫理道德觀　大眾文藝　2009 年第 18 期　2009 年 9 月　頁 145

1202. 周　婷　吳宓與梁實秋文學思想的比較研究　重慶三峽學院學報　2009 年

第 5 期　2009 年 9 月　頁 78—82

1203. 李廣瓊　自主選擇與理論淵源——學衡派對新人文主義的接受方式和接受型態〔梁實秋部分〕　中國文學研究　2009 年第 3 期　2009 年 9 月　頁 89—93

1204. 楊文文　論吳宓李長之等人對新文化運動的反思　青年文學家　2009 年第 21 期　2009 年 11 月　頁 22，24

1205. 張　彤　梁實秋早期新詩批評理論探析　當代小說　2009 年第 22 期　2009 年 11 月　頁 39—40

1206. 李春紅　「新月派」的形成及理性精神〔梁實秋部分〕　徐州師範大學學報（哲學社會科學版）　第 35 卷第 6 期　2009 年 11 月　頁 50—53

1207. 張　佳　梁實秋趣解「家」字　文史月刊　2009 年第 11 期　2009 年 11 月　頁 53

1208. 顧慧倩　新文學里程碑：從創造社到新月社　臺灣現代詩的浪漫特質　臺北　秀威資訊科技公司　2009 年 12 月　頁 69—71

1209. 潘頌德　梁實秋　中國現代詩論三十家　臺北　秀威資訊科技公司　2009 年 12 月　頁 145—152

1210. 張志國　臺灣現代主義「學院詩」的興發——《文學雜誌》之於臺灣現代詩場域的建構意義〔梁實秋部分〕　2007 青年文學會議論文集：臺灣現當代文學媒介研究　臺北　文訊雜誌社　2009 年 12 月　頁 507—509

1211. 張松建　抒情之外：論中國現代詩論中的「反抒情主義」〔梁實秋部分〕　文學評論　2010 年第 1 期　2010 年 1 月　頁 184—194

1212. 段從學　文壇究竟座落在何處——論文協同人對「與抗戰無關論」的批判　晉陽學刊　2010 年第 1 期　2010 年 1 月　頁 103—109

1213. 李興茂　教材「變臉」與魯梁之爭〔梁實秋部分〕　語文教學通訊　2010 年第 7 期　2010 年 3 月　頁 24—25

1214. 鍾　燕　　老舍與梁實秋幽默散文比較　科教文匯（上旬刊）　2010 年第 3
　　　　　　　期　2010 年 3 月　頁 54—56

1215. 顧金春　　「國劇運動派」的群體構成及文化心態考察〔梁實秋部分〕　江
　　　　　　　蘇社會科學　2010 年第 2 期　2010 年 3 月　頁 167—170

1216. 沈　林　　莎士比亞：永恒的還是歷史的？〔梁實秋部分〕　文藝理論與批
　　　　　　　評　2010 年第 2 期　2010 年 3 月　頁 94—99

1217. 俞兆平　　文化守成主義與聞一多中期美學思想傾向〔梁實秋部分〕　江漢
　　　　　　　論壇　2010 年第 3 期　2010 年 3 月　頁 97—102

1218. 何　媚　　論梁實秋的古典主義文學批評觀　傳奇·傳記文學選刊（理論研
　　　　　　　究）　2010 年第 4 期　2010 年 4 月　頁 16—17，34

1219. 翟二猛　　爲了文學的尊嚴——梁實秋文學人性論新解　文學界（理論版）
　　　　　　　2010 年第 4 期　2010 年 4 月　頁 208—209

1220. 馬玉紅　　簡潔典雅，純正幽默——談梁實秋散文的藝術特色　井岡山大學
　　　　　　　學報（社會科學版）　第 31 卷第 3 期　2010 年 5 月　頁 84—88

1221. 劉　聰　　倫理學還是美學？——梁實秋對文學批評價值標準的探索　井岡
　　　　　　　山大學學報（社會科學版）　第 31 卷第 3 期　2010 年 5 月　頁
　　　　　　　89—94

1222. 李偉昉　　梁實秋莎評特色論[114]　外國文學評論　2010 年第 2 期　2010 年 6
　　　　　　　月　頁 204—217

1223. 宗培玉　　理性的批評——梁實秋新人文主義文學觀及批評理論剖析　潮洲
　　　　　　　職業技術學院學報　2010 年第 2 期　2010 年 6 月　頁 54—56，
　　　　　　　85

1224. 郭長保　　梁實秋文學觀對新文學理論的平衡　求索　2010 年第 6 期　2010
　　　　　　　年 6 月　頁 204—206

1225. 俞兆平　　古典主義思潮的排斥與中國現代文學史的欠缺〔梁實秋部分〕

---

[114]本文深入探討梁實秋的莎士比亞評論特色，導出梁實秋在中國莎士比亞評論中的重要性。全文
　共 4 章：1.濃郁的人性論色彩；2.學術史的視野與對整體研究的關注；3.溫和、理性的均衡感；4.
　結語：梁實秋莎評的意義。

分論

◆單部作品

論述

《浪漫的與古典的》

《偏見集》

月 17 日　頁 1—8

1237. 司馬長風　　梁實秋的《偏見集》　中國時報　1977 年 6 月 8 日　12 版

《略談中西文化》

1238. 文　文　　讀《略談中西文化》　中華日報　1973 年 6 月 7 日　10 版

《梁實秋論文學》

1239. 書評小組　　《梁實秋論文學》　中央日報　1984 年 7 月 5 日　10 版

1240. 周玉山　　讀介《梁實秋論文學》　文學徘徊　臺北　東大圖書公司　1991
年 12 月　頁 328—329

散文

《罵人的藝術》

1241. 倪墨炎　　梁實秋的《罵人的藝術》　文匯讀書周報　1988 年 9 月 17 日　3
版

1242. 梁文薔　　後記[115]　罵人的藝術　臺北　遠東圖書公司　1994 年 4 月　頁
156—161

1243. 梁文薔　　談《罵人的藝術》　雅舍談藝　天津　百花文藝出版社　2006 年
12 月　頁 201—202

1244. 葉　凡　　梁實秋的《罵人的藝術》　魯迅研究月刊　1998 年第 1 期　1998
年 1 月　頁 62，64

《雅舍小品》

1245. 殷海光　　評介梁實秋《雅舍小品》　自由中國　第 6 卷第 4 期　1952 年 2
月　頁 28—31

1246. 王平陵　　評《雅舍小品》　中央日報　1953 年 2 月 5 日　6 版

1247. 周玉山　　《雅舍小品》　自由青年　第 47 卷第 6 期　1972 年 6 月 1 日
頁 112—113

1248. 周玉山　　《雅舍小品》　中國文選　第 80 期　1973 年 12 月　頁 124—
125

---

[115]本文後改篇名為〈談《罵人的藝術》〉。

1249. 胡坤仲　　談《雅舍小品》　臺灣日報　1972 年 9 月 6 日　9 版

1250. 陳宗敏　　我讀《雅舍小品》　中華日報　1974 年 1 月 7 日　5 版

1251. 司馬長風　　梁實秋《雅舍小品》小傳　中國時報　1976 年 9 月 9 日　3 版

1252. 弦外音　　再談梁實秋《雅舍小品》　臺灣日報　1976 年 11 月 17 日　9 版

1253. 陋　庵　　雅舍的真幽默　中央日報　1976 年 11 月 18 日　10 版

1254. 吳　隱　　《雅舍小品》　臺灣日報　1979 年 1 月 15 日　12 版

1255. 周　錦　　中國新文學第三期的散文創作〔《雅舍小品》部分〕　中國新文
學簡史　臺北　成文出版社　1980 年 5 月　頁 224—225

1256. 周麗麗　　現代散文的鍛鍊——梁實秋　中國現代散文的發展　臺北　成文
出版社　1980 年 7 月　頁 204—205

1257. 小　民　　雅舍的智慧　中央日報　1982 年 11 月 6 日　10 版

1258. 小　民　　雅舍的智慧　紫色的歌　臺北　晨星出版社　1987 年 3 月　頁
33—36

1259. 小　民　　雅舍的智慧　回憶梁實秋　長春　吉林文史出版社　1992 年 10
月　頁 178—180

1260. 沈　謙　　《雅舍小品》的修辭藝術（上、下）[116]　中央日報　1984 年 1 月
24—25 日　10 版

1261. 沈　謙　　《雅舍小品》的修辭藝術——現代散文修辭論之一　散文季刊
第 1 期　1984 年 1 月　頁 113—120

1262. 沈　謙　　《雅舍小品》的修辭藝術　中國語文　第 54 卷第 3 期　1984 年
3 月　頁 4—11

1263. 沈　謙　　《雅舍小品》的修辭藝術　七十三年文學批評選　臺北　爾雅出
版社　1985 年 3 月　頁 201—216

1264. 沈　謙　　《雅舍小品》的修辭藝術　秋之頌：梁實秋先生紀念文集　臺北
九歌出版社　1988 年 1 月　頁 279—292

1265. 沈　謙　　梁實秋的人格與風格——《雅舍小品》的修辭藝術　書本就像降

---

[116]本文後改篇名爲〈梁實秋的人格與風格——《雅舍小品》的修辭藝術〉。

　　　　　　落傘　臺北　黎明文化公司　1992 年 8 月　頁 20—37

1266. 郭明福　　拍案稱絕——《雅舍小品》　琳瑯書滿目　臺北　爾雅出版社
　　　　　　1985 年 7 月　頁 41—44

1267. 張春榮　　現代散文的六大特色〔《雅舍小品》部分〕　國文天地　第 14
　　　　　　期　1986 年 7 月　頁 86

1268. 蔡木生　　《雅舍小品》的一些疏失　臺灣日報　1987 年 9 月 14 日　8 版

1269. 陳信元　　夏日炎炎書解悶——好書推薦——現代散文書單——梁實秋《雅
　　　　　　舍小品》　國文天地　第 39 期　1988 年 8 月　頁 27

1270. 汪　亮　　春華秋實　讀書　1988 年第 12 期　1988 年 12 月　頁 68—69

1271. 宋田水　　小鼻子小眼睛的《雅舍小品》　新文化　第 5 期　1989 年 6 月
　　　　　　頁 80—87

1272. 宋田水　　小鼻子小眼睛的《雅舍小品》　宋田水文學評論集　彰化　彰化
　　　　　　縣立文化中心　1998 年 12 月　頁 50—65

1273. 吳　方　　十步三內，挹其芬芳——關於梁實秋《雅舍小品》　讀書　1989
　　　　　　年第 7—8 期　1989 年 8 月　頁 113—118

1274. 陳漱渝　　《雅舍小品》現象——我觀梁實秋的散文　齊齊哈爾師範學院學
　　　　　　報　1989 年第 5 期　1989 年 9 月　頁 57—60

1275. 陳漱渝　　《雅舍小品》現象——我讀梁實秋的散文　臺灣新聞報　1996 年
　　　　　　1 月 26 日　19 版

1276. 徐靜波　　《雅舍小品》——中國文化精神的體現：略論梁實秋散文的內蘊
　　　　　　書林　1989 年第 10、11 期合刊　1989 年 11 月　頁 21—23

1277. 徐靜波　　《雅舍小品》——中國文化精神的體現：略論梁實秋散文的內蘊
　　　　　　臺灣香港暨海外華文文學論文選（四）　福建　海峽文藝出版社
　　　　　　1990 年 9 月　頁 314—323

1278. 張式高　　有凍頂烏龍茶韻味的書　我最喜愛的一本書　臺北　國語日報社
　　　　　　1990 年 3 月　頁 93—94

1279. 林素美　　我讀《雅舍小品》　文藝月刊　第 251 期　1990 年 5 月　頁 16

　　　　　　　　　　—19

1280. 林之英　　作家靈魂無秘密　出其東門有女如雲　臺北　九歌出版社　1991
　　　　　　年 5 月　頁 209—210

1281. 周玉山　　文學作品不朽——重讀《雅舍小品》　中華日報　1991 年 6 月
　　　　　　29 日　13 版

1282. 周玉山　　重讀《雅舍小品》　文學徘徊　臺北　東大圖書公司　1991 年
　　　　　　12 月　頁 362—364

1283. 余光中　　小品中自有大化——《雅舍小品》賞析　聯合文學　第 81 期
　　　　　　1991 年 7 月　頁 106—107

1284. 司馬長風　　梁實秋《雅舍小品》　中國新文學史　臺北　傳記文學　1991
　　　　　　年 12 月　頁 163—165

1285. 周玉山講；汐爾記　　使我受益無窮的書　臺灣日報　1992 年 2 月 17 日　9
　　　　　　版

1286.〔文藝作品調查研究小組編〕　　《雅舍小品》　心靈饗宴　臺北　國家文
　　　　　　藝基金管理委員會　1992 年 6 月　頁 39—40

1287.〔文藝作品調查研究小組編〕　　《雅舍小品》　書林風采　臺北　國家文
　　　　　　藝基金管理委員會　1992 年 6 月　頁 57—58

1288. 亮　軒　　《雅舍小品》　文學星空　臺北　國家文藝基金管理委員會
　　　　　　1992 年 9 月　頁 235—237

1289. 汪文頂　　春華秋實，圓熟雅緻——略論梁實秋的散文[117]　福建師範大學學
　　　　　　報　1992 年第 4 期　1992 年 10 月　頁 63—69，89

1290. 汪文頂　　梁實秋的《雅舍小品》　無聲的河流——現代散文論集　上海：
　　　　　　上海遠東出版社，上海三聯書店　2003 年 4 月　頁 172—184

1291. 鄭明娳　　《雅舍小品》　錦囊開卷　臺北　國家文藝基金管理委員會
　　　　　　1993 年 6 月　頁 244—246

1292. 李欽業　　品梁實秋散文《雅舍小品》　國文天地　第 101 期　1993 年 10

---

[117]本文後改篇名為〈梁實秋的《雅舍小品》〉。

月　頁 16—23

1293. 李林展　平凡的人性深度，簡樸的文明標尺——略論梁實秋《雅舍小品》
的藝術特點　湘潭師範學院學報　1995 年第 2 期　1995 年 4 月
頁 20—24

1294. 沈　謙　梁實秋洞察女人奧秘　中央日報　1995 年 6 月 16 日　19 版

1295. 沈　謙　梁實秋洞察女人奧秘　林語堂與蕭伯納：看文人妙語生花　臺北
九歌出版社　1999 年 3 月　頁 170—174

1296. 沈　謙　梁實秋洞察女人奧秘　林語堂與蕭伯納　臺北　九歌出版社
2005 年 11 月　頁 170—174

1297. 杜瑞華　《雅舍小品》　臺灣日報　1995 年 7 月 9 日　11 版

1298. 李欽業　梁實秋《雅舍小品》賞析　中國語文　第 77 卷第 1 期　1995 年
7 月　頁 57—60

1299. 范培松　梁實秋《雅舍小品》的概括藝術　國文天地　第 123 期　1995 年
8 月　頁 94—97

1300. 王安妮　一遊《雅舍小品》　金石文化廣場出版情報　第 89 期　1995 年
9 月　頁 30

1301. 何祖健　梁實秋散文幽默品賞　當代文壇　1996 年第 1 期　1996 年 1 月
頁 51—52

1302. 冉欽東　平凡的人性深度，簡樸的文明標尺——略論梁實秋《雅舍小品》
湘潭師範學院學報　1996 年第 2 期　1996 年 4 月　頁 20—24

1303. 朱金順　《雅舍小品》　中國現代文學史　北京　北京師範大學出版社
1996 年 7 月　頁 396—401

1304. 張國安　淺談梁實秋《雅舍小品》的幽默藝術　修辭學習　1996 年第 5 期
1996 年 10 月　頁 26—27

1305. 文小妮　瀟灑容與，自然天成——談《雅舍小品》的語言藝術　寫作
1997 年第 7 期　1997 年 7 月　頁 10—11

1306. 張夢瑞　出版將屆五十年，《雅舍小品》「四度推出」　民生報　1998 年 1

月 1 日　34 版

1307. 錢理群，溫儒敏，吳福輝　　散文（三）〔《雅舍小品》部分〕　中國現代
　　　　文學三十年　北京　北京大學出版社　1998 年 7 月　頁 610—
　　　　611

1308. 何祖健　　反義處生情趣，輕鬆中見幽默——梁實秋《雅舍小品》反語修辭
　　　　論　湖南大學學報　1998 年第 3 期　1998 年 9 月　頁 76—79

1309. 文小妮　　巧於截取，精於營構——談《雅舍小品》的藝術構思　寫作
　　　　1998 年第 9 期　1998 年 9 月　頁 13—14

1310. 蕭傳文　　梁實秋《雅舍小品》　國語日報　1999 年 1 月 23 日　4，13 版

1311. 楊　照　　文明態度與品味的堅持——梁實秋的《雅舍小品》　中國時報
　　　　1999 年 4 月 13 日　37 版

1312. 陳信元　　探索人性的藝術——論梁實秋《雅舍小品》[118]　臺灣文學經典研
　　　　討會論文集　臺北　行政院文建會，聯經出版公司　1999 年 6 月
　　　　頁 318—330

1313. 王　春　　論《雅舍小品》的語言藝術　連雲港職業大學學報　1999 年第 2
　　　　期　1999 年 6 月　頁 19—22

1314. 肖劍南　　諷謔恣肆與雅謔謹飾——試比較《寫在人生邊上》與《雅舍小
　　　　品》的幽默風格　福建論壇　1999 年第 5 期　1999 年 10 月　頁
　　　　36—38

1315. 王　堯　　《雅舍小品》　詢問美文——二十世紀中國散文經典書話　臺北
　　　　讀冊文化公司　1999 年 12 月　頁 77—79

1316. 應麗琴　　「有個性就可愛」——論梁實秋的《雅舍小品》　紹興文理學院
　　　　學報　第 20 卷第 1 期　2000 年 3 月　頁 46—48

1317. 張索時　　不朽的《雅舍小品》　多情的誤會　臺北　健行文化出版　2000

---

[118] 本文探討梁實秋散文觀的形成，兼及論述《雅舍小品》。全文共 7 小節：1.二〇年代的散文創
　　作；2.《罵人的藝術》嶄露頭角；3.四〇年代創作《雅舍小品》；4.《雅舍小品》的主線——「人
　　性的描寫」；5.《雅舍小品》的評價；6.前後期《雅舍小品》的風格比較；7.大陸重新評價梁實秋
　　的散文小品。

年 4 月　頁 116—117

1318. 徐　濤　　論《雅舍小品》的幽默藝術　喀什師範學院學報　第 21 卷第 2 期　2000 年 6 月　頁 71—73，96

1319. 張高雲　　試論梁實秋《雅舍小品》的藝術特色　閩江職業大學學報　2001 年第 1 期　2001 年 3 月　頁 43—44

1320. 鍾巧靈　　從梁實秋的精神個性看《雅舍小品》精神　南華大學學報　第 3 卷第 1 期　2002 年 3 月　頁 122—124

1321. 翁敏芳　　書中自有真趣味實　雅舍小品——梁實秋的經典散文　臺北　正中書局　2002 年 5 月　〔2〕頁

1322. 陳室如　　簡單的豐富美——論梁實秋《雅舍小品》的語言藝術[119]　梁實秋先生百年誕辰學術研討會　臺北　九歌文教基金會，臺灣師範大學英語系，臺灣師範大學文學院主辦　2002 年 12 月 11—12 日

1323. 陳室如　　簡單的豐富美——論梁實秋《雅舍小品》的語言藝術　雅舍的春華秋實：梁實秋學術研討會論文集　臺北　九歌出版社　2002 年 12 月　頁 51—76

1324. 陳室如　　簡單的豐富美——論梁實秋《雅舍小品》的語言藝術　文為心聲——現代散文評論集　彰化　彰化縣文化局　2003 年 9 月　頁 256—297

1325. 蔡宗陽　　《雅舍小品》之修辭藝術[120]　梁實秋先生百年誕辰學術研討會　臺北　九歌文教基金會，臺灣師範大學英語系，臺灣師範大學文學院主辦　2002 年 12 月 11—12 日

1326. 蔡宗陽　　《雅舍小品》之修辭藝術　雅舍的春華秋實：梁實秋學術研討會論文集　臺北　九歌出版社　2002 年 12 月　頁 241—256

1327. 高旭東　　論《雅舍小品》的審美風格及其在中國大陸的接受　江漢論壇

---

[119] 本文探討梁實秋散文觀，兼以形式美感與藝術表現兩方面探討《雅舍小品》，深入賞析梁實秋作品所呈現的語言文字之美。全文共 4 小節：1.前言；2.簡單自然的散文觀；3.簡單的豐富美——《雅舍小品》的語言藝術；4.結語。

[120] 本文以修辭手法闡釋《雅舍小品》修辭方式。全文共 6 小節：1.前言；2.引用的修辭手法；3.譬喻的修辭手法；4.排比的修辭手法；5.對偶的修辭手法；6.結語。

2005 年第 1 期　2005 年 1 月　頁 126—129

1328. 蘇　林　　梁實秋《雅舍小品》中英對照，香港中文出版　聯合報　2005 年
5 月 1 日　C6 版

1329. 賈　蕾　　談《雅舍小品》與明清小品文的內在精神聯繫[121]　湖北大學學報
2006 年第 3 期　2006 年 5 月　頁 313—316

1330. 賈　蕾　　談《雅舍小品》與明清小品文的內在精神聯繫　梁實秋與中西文
化　北京　中華書局　2007 年 1 月　頁 95—104

1331. 黃　娣　　《雅舍小品》對晚明小品的繼承和超越　湖南工程學院學報
2006 年第 2 期　2006 年 6 月　頁 42—44

1332. 李曉華　　邊緣的聲音，理性的回響——評《雅舍小品》兼論梁實秋散文的
文化意義　世界華文文學論壇　2006 年第 2 期　2006 年 6 月
頁 8—11

1333. 張鵬振　　《雅舍小品》的雜文色彩　南京曉莊學院學報　2006 年第 5 期
2006 年 9 月　頁 85—88

1334. 廖鴻靈　　絢爛之極趨於平淡——梁實秋《雅舍小品》藝術特徵論　河南教
育學院學報　2007 年第 2 期　2007 年 3 月　頁 110—112

1335. 王光華，高超　　《雅舍小品》與古典主義色彩　長江大學學報　2007 年第
5 期　2007 年 10 月　頁 32—35

1336. 檀　輝　　評梁實秋《雅舍小品》　文學教育（下）　2007 年第 10 期
2007 年 10 月　頁 83

1337. 張杰奇　　雅舍中的梁實秋　安徽文學　2008 年第 5 期　2008 年 5 月　頁
356

1338. 汪小林　　中國現代抒情散文的幾種審美表線形式〔《雅舍小品》部分〕
懷化學院學報　2008 年第 10 期　2008 年 10 月　頁 47—48

1339. 楊　驪　　論梁實秋《雅舍小品》的幽默風格　人文論壇　2008 年第 19 期

---

[121]本文比較梁實秋散文與明清小品文，探討其在文化境界與心態上的繼承與超越。全文共 2 小
節：1.雅俗之間：市民文化的肯定與反省；2.窮達之辨：文化心態的認同與超越。

2008 年 10 月　頁 185

1340. 張亞男　淺談《雅舍小品》的古典主義色彩　才智　2009 年第 1 期　2009 年 1 月　頁 214

1341. 付喜艷　試論雅舍散文的個性化特徵　大眾文藝　2009 年第 1 期　2009 年 1 月　頁 154—155

1342. 苗　欣　《雅舍小品》概觀　鞍山師範學院學報　2009 年第 1 期　2009 年 2 月　頁 61—63

1343. 王澄霞　達觀從容到罵乖張的變奏——重讀梁實秋散文集《雅舍小品》　世界華文文學論壇　2009 年第 1 期　2009 年 3 月　頁 60—63

1344. 付喜艷　試論雅舍散文的創作承襲　和田師範專科學校學報　第 28 卷第 2 期　2009 年 4 月　頁 114—115

1345. 苗　欣　略論《雅舍小品》的生活美學及藝術見解　遼寧師範大學學報　2009 年第 4 期　2009 年 7 月　頁 127—128

1346. 朱德華　散文的雅俗情趣——《雅舍小品》　出版廣角　2010 年第 2 期　2010 年 2 月　頁 75

1347. 林曉雯　論梁實秋和錢鍾書的隨筆主義——以《雅舍小品》、《寫在人生邊上》爲例　傳奇‧傳記文學選刊（理論研究）　2010 年第 5 期　2010 年 5 月　頁 31—32

1348. 周吉本　淡定苦難，詩意人生——《雅舍小品》的藝術張力透析　作家　2010 年第 10 期　2010 年 5 月　頁 19—20

1349. 周艷芳　蘭姆隨筆和《雅舍小品》　華北水利水電學院學報（社科版）　第 26 卷第 3 期　2010 年 6 月　頁 62—64

1350. 高麗花　《雅舍小品》熱成因探析　安徽文學（下半月）　2010 年第 7 期　2010 年 7 月　頁 27—28

1351. 李廷芬　讀《雅舍小品》，悟人生哲理　新課程學習（學術教育）　2010 年第 8 期　2010 年 8 月　頁 177—178

《秋室雜文》

1352. 應未遲　　《秋室雜文》　藝文人物　臺北　空中雜誌社　1972 年 12 月
　　　　　　頁 43—44

《西雅圖雜記》

1353. 童　怡　讀《西雅圖雜記》　中央日報　1972 年 1 月 6 日　9 版

《雅舍小品續集》

1354. 歸人〔黃守誠〕　　在散文日益歐化的趨勢下讀《雅舍小品續集》（上、
　　　　　　下）[122]　書評書目　第 17—18 期　1974 年 9—10 月　頁 63—
　　　　　　68，111—115

1355. 歸　人　試評《雅舍小品續集》　秋之頌：梁實秋先生紀念文集　臺北
　　　　　　九歌出版社　1988 年 1 月　頁 299—317

1356. 黃守誠　試評《雅舍小品續集》　讀書與讀人　臺中　臺中市立文化中心
　　　　　　1997 年 5 月　頁 120—135

1357. 李牧華　《雅舍小品續集》讀後　新時代　第 15 卷第 8 期　1975 年 8 月
　　　　　　頁 75—76

《槐園夢憶》

1358. 之華〔蕭之華〕　　此情可待成追憶——《槐園夢憶》讀後[123]　中央日報
　　　　　　1974 年 12 月 27 日　10 版

1359. 之　華　此情可待成追憶——《槐園夢憶》讀後　血緣、土地、傳統　臺
　　　　　　北　求精出版社　1977 年 9 月　頁 85—96

1360. 蕭之華　此情可待成追憶——《槐園夢憶》讀後　血緣、土地、傳統　臺
　　　　　　北　獨家出版社　2003 年 9 月　頁 123—133

1361. 南　軫　《槐園夢憶》讀後　大成　第 16 期　1975 年 3 月　頁 42—45

1362. 林同森　相思便是春常在——讀梁實秋著《槐園夢憶》　書評書目　第 24
　　　　　　期　1975 年 4 月　頁 109—110

1363. 林同森　相思便是春常在——讀梁實秋著《槐園夢憶》　秋之頌：梁實秋

---

[122] 本文評論梁實秋《雅舍小品續集》的特色及呈現出的中國色彩。後改篇名為〈試評《雅舍小品
續集》〉。
[123] 本文從《槐園夢憶》探析梁實秋與程季淑的夫妻情感。

先生紀念文集　臺北　九歌出版社　1988 年 1 月　頁 328—330

1364. 林貴真　《槐園夢憶》　我見我思　臺北　爾雅出版社　1978 年 1 月　頁 148—150

1365. 寒　楓　重溫《槐園夢憶》　中華日報　1985 年 2 月 25 日　9 版

1366. 王宗法　不了情——讀《槐園夢憶》　臺港文學觀察　合肥　安徽教育出版社　1994 年 11 月　頁 116—118

1367. 王兆勝　情緣回想——論中國當代抒情憶舊散文〔《槐園夢憶》部分〕　東岳論叢　第 21 卷第 6 期　2000 年 11 月　頁 120—124

《梁實秋自選集》

1368. 之華〔蕭之華〕　胸清似鏡，雲雨青峰——《梁實秋自選集》摭談（上、下）　中國時報　1975 年 10 月 18—19 日　12 版

1369. 之　華　胸清似鏡、雲雨青峰——《梁實秋自選集》摭談　血緣、土地、傳統　臺北　求精出版社　1977 年 9 月　頁 73—83

1370. 蕭之華　胸清似鏡、雲雨青峰——《梁實秋自選集》摭談　血緣、土地、傳統　臺北　獨家出版社　2003 年 9 月　頁 137—154

《梁實秋札記》

1371. 李漢呈　親切的風格——《梁實秋札記》　書評書目　第 70 期　1979 年 2 月　頁 82—84

1372. 李漢呈　親切的風格——《梁實秋札記》　秋之頌：梁實秋先生紀念文集　臺北　九歌出版社　1988 年 1 月　頁 318—332

1373. 谷　林　霏霏談屑　讀書　1991 年第 8 期　1991 年 8 月　頁 84—86

1374. 郭思寧　廣徵博引斐然成章——讀《梁實秋札記》　博覽群書　1992 年第 1 期　1992 年 1 月　頁 31

《白貓王子及其他》

1375. 小　民　欣見兩新書[124]　中央日報　1980 年 1 月 23 日　11 版

1376. 鮑　芷　雅舍主人的新作　中央日報　1980 年 3 月 26 日　11 版

---

[124]本文評論梁實秋《白貓王子及其他》與朱炎《繁星是夜的眼睛》2 書。

1377. 小　民　　平易中，有學問，有真理——《白貓王子及其他》幽默有趣　九
　　　　　　　　歌雜誌　第 67 期　1986 年 9 月　3 版

1378. 李宜涯　　《白貓王子及其他》[125]　青年日報　1987 年 11 月 7 日　10 版

1379. 李宜涯　　文章千古，風範長存——《白貓王子及其他》溫馨可人　九歌雜
　　　　　　　　誌　第 83 期　1988 年 1 月　4 版

1380. 李宜涯　　《白貓王子及其他》　書海探微　臺北　黎明文化公司　1989 年
　　　　　　　　3 月　頁 76—78

1381. 李宜涯　　《白貓王子及其他》　當代名著欣賞　臺北　文史哲出版社
　　　　　　　　2000 年 1 月　頁 20—22

《雅舍談吃》

1382. 小　民　　雅舍吃些什麼[126]　親情　臺北　道聲出版社　1985 年 5 月　頁
　　　　　　　　243—245

1383. 小　民　　《雅舍談吃》　臺灣日報　1987 年 11 月 17 日　8 版

1384. 亮　軒　　筆底留香：評梁實秋《雅舍談吃》[127]　聯合文學　第 11 期
　　　　　　　　1985 年 9 月　頁 213

1385. 亮　軒　　筆底留香——《雅舍談吃》滋味深長　秋之頌：梁實秋先生紀念
　　　　　　　　文集　臺北　九歌出版社　1988 年 1 月　頁 336—337

1386. 梁文薔　　談《雅舍談吃》　長相思——槐園北海憶雙親　臺北　時報文化
　　　　　　　　出版公司　1988 年 11 月　頁 82—89

1387. 梁文薔　　長相思（選載）——談《雅舍談吃》　新文學史料　1993 年第 4
　　　　　　　　期　1993 年 11 月　頁 12—15

1388. 梁文薔　　談《雅舍談吃》　雅舍談吃　臺北　九歌出版社　2002 年 9 月
　　　　　　　　頁 173—179

1389. 梁文薔　　談《雅舍談吃》　雅舍談藝　天津　百花文藝出版社　2006 年
　　　　　　　　12 月　頁 125—129

---

[125]本文後改篇名為〈文章千古，風範長存——《白貓王子及其他》溫馨可人〉。
[126]本文後改篇名為〈《雅舍談吃》〉。
[127]本文後改篇名為〈筆底留香——《雅舍談吃》滋味深長〉。

1390. 梁文薔　談《雅舍談吃》　雅舍文選　臺北　九歌出版社　2008 年 1 月　頁 176—182

1391. 蔡美娟　白話散文談吃現清流——周作人散文介紹粗糙民間食品，梁實秋《雅舍談吃》大談記憶中食物，均爲腐敗吃風的清流　聯合報　1999 年 5 月 24 日　14 版

1392. 黃益前　「雅之居」筵席菜單設計——讀梁實秋《雅舍談吃》有感　四川烹飪　2000 年第 12 期　2000 年　頁 20—21

1393. 王　倩　《雅舍談吃》與《知堂談吃》之比較　衡水學院學報　2005 年第 4 期　2005 年 12 月　頁 80—82

1394. 楊　明　忘不了的家鄉味，臺灣懷鄉文學中的飲食撰寫——梁實秋談吃憶舊遊　文訊雜誌　第 249 期　2006 年 7 月　頁 14

1395. 賴孟潔　戰後臺灣飲食文學源流與發展——飲食書寫中的集體記憶：懷舊懷鄉——梁實秋、逯耀東　唐魯孫飲食散文研究　中央大學中國文學系碩士在職專班　碩士論文　葉振富教授指導　2006 年 7 月　頁 91—92

1396. 劉　影　羈鳥戀舊林，池魚思故淵——《雅舍談吃》與梁實秋散文中的鄉情　黃山學院學報　2007 年第 1 期　2007 年 2 月　頁 122—124

1397. 李　冰　人生五味：品味人生的樂趣〔《雅舍談吃》部分〕　出版廣角　2009 年第 6 期　2009 年 6 月　頁 77—78

《雅舍散文》

1398. 郭明福　返照空明的生命情調——我讀《雅舍散文》　中華日報　1985 年 6 月 13 日　11 版

1399. 郭明福　返照空明的生命情調——《雅舍散文》的博、淳、雅　秋之頌：梁實秋先生紀念文集　臺北　九歌出版社　1988 年 1 月　頁 293—298

1400. 陳信元　七十四年六月—七月文學出版——梁實秋《雅舍散文》　文訊雜誌　第 19 期　1985 年 8 月　頁 256

1401. 陳石羽〔林之英〕　　從《雅舍散文》看人生旅程[128]　中華日報　1988 年 11 月 15 日　14 版

1402. 陳石羽　欲語還休，迴腸蕩氣——從《雅舍散文》看人生旅程　九歌雜誌 第 94 期　1988 年 12 月　3 版

1403. 林之英　從《雅舍散文》看人生旅程　出其東門有女如雲　臺北　九歌出 版社　1991 年 5 月　頁 211—215

1404. 林之英　最好的歷史見證——從《雅舍散文》看人生旅程　九歌雜誌　第 173 期　1995 年 7 月　3 版

1405. 林之英　評梁實秋《雅舍散文》　九歌 20　臺北　九歌出版社　1998 年 3 月　頁 231—232

1406. 姜　靜　驛動的童心——梁實秋《雅舍散文》系列略論　名作欣賞　2010 年 26 期　2010 年 9 月　頁 71—72

《梁實秋散文精品》

1407. 方鴻儒　「絢爛之極歸於平淡」——《梁實秋散文精品》讀後　中國圖書 評論　1993 年第 4 期　1993 年 4 月　頁 54—56

《雅舍尺牘》

1408. 余光中　尺牘雖短寸心長——寫在《雅舍尺牘》之前　九歌雜誌　第 172 期　1995 年 6 月　1 版

1409. 余光中　尺牘雖短寸心長　雅舍尺牘：梁實秋書札真跡　臺北　九歌出版 社　1995 年 6 月　頁 3—15

1410. 余光中　尺牘雖短寸心長——序梁實秋的《雅舍尺牘》　井然有序　臺北 九歌出版社　1996 年 10 月　頁 284—295

1411. 瘂　弦　編後記[129]　雅舍尺牘：梁實秋書札真跡　臺北　九歌出版社 1995 年 6 月　頁 259—265

1412. 瘂　弦　《雅舍尺牘》中的文學大師——梁實秋書簡集跋　聚繖花序 2

---

[128] 本文後改篇名爲〈欲語還休，迴腸蕩氣——從《雅舍散文》看人生旅程〉、〈最好的歷史見證——從 《雅舍散文》看人生旅程〉、〈評梁實秋《雅舍散文》〉。

[129] 本文後改篇名爲〈《雅舍尺牘》中的文學大師——梁實秋書簡集跋〉。

臺北　洪範書店　2004 年 6 月　頁 119—123

1413. 陳巧英　　從《雅舍尺牘》看梁實秋散文的美學特徵　瀋陽工程學院學報　2005 年第 3 期　2005 年 7 月　頁 94—96

《雅舍小品補遺（1928—1948）》

1414. 陳子善　　遺落的明珠——新發現的雅舍佚文瑣談　遺落的明珠　臺北　業強出版社　1992 年 10 月　頁 24—30

1415. 陳子善　　遺落的明珠——新發現的雅舍佚文瑣談　雅舍小品補遺（1928—1948）　臺北　九歌出版社　1997 年 11 月　頁 227—232

1416. 梁文騏　　是先父而立、不惑時期的作品　雅舍小品補遺（1928—1948）　臺北　九歌出版社　1997 年 11 月　頁 7—8

1417. 陳子善　　爲了紀念梁實秋逝世十週年　雅舍小品補遺（1928—1948）　臺北　九歌出版社　1997 年 11 月　頁 233—242

《雅舍軼文》

1418. 吳福輝　　正視自由主義作家的人生理想——讀梁實秋《雅舍軼文》隨想　西北師大學報　2006 年第 4 期　2006 年 7 月　頁 103—107

1419. 吳福輝　　正視自由主義作家的人生理想——讀梁實秋《雅舍軼文》隨感　梁實秋與中西文化　北京　中華書局　2007 年 1 月　頁 14—25

《雅舍精品》

1420. 邱士純　　好作者給予好讀者的啓示　與書共鳴：九十二學年度臺北市高級中學跨校網路讀書會優勝作品精選輯　臺北　臺北市教育局　2004 年 10 月　頁 339—340

《雅舍談書》

1421. 梁文騏　　側看近代文藝批評史——序《雅舍談書》　雅舍談書　臺北　九歌出版社　2002 年 12 月　頁 11—12

1422. 陳子善　　編後記　雅舍談書　臺北　九歌出版社　2002 年 12 月　頁 601—602

《味至濃時即家鄉》

1423. 眉　睫　　梁實秋談吃　朗山筆記／現當代文壇掠影　臺北　秀威資訊科技
　　　　　　　公司　2009 年 2 月　頁 70—72

傳記

《談徐志摩》

1424. 禾　辛　　由傳記文學談梁實秋著——《談徐志摩》　聯合報　1958 年 5 月
　　　　　　　22 日　頁 6

1425. 東　新　　梁實秋眼中的徐志摩　內蒙古民族師院學報　1995 年第 4 期
　　　　　　　1995 年 12 月　頁 64—67

《清華八年》

1426. 白殊慧　　梁實秋著《清華八年》評介　今日世界　第 263 期　1963 年 2 月
　　　　　　　頁 18—19

《看雲集》

1427. 彭　歌　　《看雲集》　聯合報　1974 年 4 月 27 日　12 版

1428. 彭　歌　　《看雲集》　成熟的時代　臺北　聯合報社　1979 年 10 月　頁
　　　　　　　237—238

1429. 林　歌　　蒼涼舊事：讀梁實秋著《看雲集》　書評書目　第 18 期　1974
　　　　　　　年 10 月　頁 139—140

1430. 黃守誠　　試評《看雲集》（上、下）[130]　臺灣新生報　1975 年 3 月 27—28
　　　　　　　日　10 版

1431. 黃守誠　　我讀《看雲集》　讀書與讀人　臺中　臺中市立文化中心　1997
　　　　　　　年 5 月　頁 136—149

1432. 亮　軒　　雲淡風清話今昔——讀梁實秋的《看雲集》　愛書人　第 81 期
　　　　　　　1978 年 7 月　2 版

1433. 亮　軒　　雲淡風輕話今昔——讀梁實秋《看雲集》　讀書筆記　臺北　出
　　　　　　　版家文化公司　1979 年 2 月　頁 194—197

1434. 隱　地　　一九七四年〔《看雲集》部分〕　遺忘與備忘　臺北　爾雅出版

---

[130] 本文評論梁實秋《看雲集》人物描寫的方式。後改篇名為〈我讀《看雲集》〉。

社　2009 年 11 月　頁 88—89

合集

《雅舍小說和詩》

1435. 陳子善　　編後記　雅舍小說和詩　臺北　九歌出版社　1996 年 5 月　頁
　　　　　　　　197—201

◆多部作品

《英國文學史》、《中國文學史》

1436. 康經灝　　梁實秋撰中英文兩部巨著《英國文學史》、《中國文學史》　聯合
　　　　　　　　報　1975 年 4 月 26 日　3 版

《雅舍小品》、《雅舍小品續集》

1437. 何懷碩　　雅舍的真幽默　域外郵稿　臺北　大地出版社　1977 年 9 月　頁
　　　　　　　　129—132

1438. 何懷碩　　雅舍的真幽默　秋之頌：梁實秋先生紀念文集　臺北　九歌出版
　　　　　　　　社　1988 年 1 月　頁 193—196

《雅舍小品》、《雅舍小品續集》、《雅舍小品三集》、《雅舍小品四集》、《雅舍小品合集》

1439. 龍　淵　　「雅舍」——別具一格的散文系列　杭州師範學院學報（社會科
　　　　　　　　學版）　1991 年第 5 期　1991 年 9 月　頁 75—80

1440. 黨鴻樞　　現實主義的童話——《雅舍小品》系列論略　西北師大學報
　　　　　　　　1993 年第 3 期　1993 年 5 月　頁 24—29

1441. 黃長華　　簡潔曲雅，含蓄蘊藉——試論梁實秋《雅舍小品》系列　福州師
　　　　　　　　專學報　第 15 卷第 3 期　1995 年 9 月　頁 14—18

1442. 林淑如　　「雅舍小品」　翰海觀潮　臺北　行政院文建會　1997 年 5 月
　　　　　　　　頁 130—132

1443. 劉炎生　　20 世紀中國散文的奇葩——梁實秋「雅舍」系列散文略論　廣東
　　　　　　　　社會科學　1998 年第 4 期　1998 年 8 月　頁 128—133

《槐園夢憶》、《談徐志摩》、《談聞一多》

1444. 蘇恆雅　《槐園夢憶》、《談徐志摩》、《談聞一多》的異同初探[131]　梁實秋先生百年誕辰學術研討會　臺北　九歌文教基金會，臺灣師範大學英語系，臺灣師範大學文學院主辦　2002 年 12 月 11—12 日

1445. 蘇恆雅　《槐園夢憶》、《談徐志摩》、《談聞一多》的異同初探　雅舍的春華秋實：梁實秋學術研討會論文集　臺北　九歌出版社　2002 年 12 月　頁 77—96

《浪漫的與古典的》、《文學的紀律》

1446. 周　薇　《浪漫的與古典的》、《文學的紀律》之文學批評觀　淮陰師範學院學報　2005 年第 6 期　2005 年 11 月　頁 778—781

◆單篇作品

1447. 梅　遜　讀梁實秋：〈由一位廚師自殺談起〉　文壇　第 94 期　1968 年 4 月　頁 24—26

1448. 蔡丹冶　《中副選集》第一輯總評〔〈門鈴〉部分〕　文藝論評　臺中　普天出版社　1968 年 10 月　頁 49

1449. 撫萱閣主　〈睡〉按　你喜愛的文章　臺北　史地教育出版社　1969 年 11 月　頁 71

1450. 黃天白　〈四宜軒雜記・拜倫〉篇讀後感　中華日報　1975 年 8 月 18 日 9 版

1451. 黃麗貞　散文欣賞：梁實秋〈鳥〉的分析　中國語文　第 44 卷第 5 期 1979 年 4 月　頁 19—26

1452. 何寄澎　〈鳥〉簡析　中國現代散文選析 1　臺北　長安出版社　1985 年 3 月　頁 426

1453. 魏靖峰　我怎樣教〈鳥〉　中國語文　第 56 卷第 3 期　1985 年 3 月　頁 54—55

1454. 劉　圓　玲瓏愛纖姿——梁實秋〈鳥〉的修辭技巧　國文天地　第 18 期

---

[131]本文分析《槐園夢憶》、《談徐志摩》及《談聞一多》形式上、感情上與描寫人物的異同，以呈現梁實秋書寫人物的特色。全文共 4 小節：1.前言；2.《談聞一多》、《談徐志摩》、《槐園夢憶》之比較；3.《談徐志摩》、《談聞一多》、《槐園夢憶》異同之因；4.結論。

　　　　　　　1986 年 11 月　頁 88—91

1455. 鄭明娳　　散文的主要類型〔〈鳥〉部分〕　現代散文類型論　臺北　大安
　　　　　　　出版社　1987 年 6 月　頁 122

1456. 杜　萱　　現代散文的特質與賞析〔〈鳥〉部分〕　國文天地　第 44 期
　　　　　　　1989 年 1 月　頁 92—95

1457. 吳正吉　　〈鳥〉賞析　梁實秋文選　臺北　文經社　1989 年 10 月　頁
　　　　　　　167—170

1458. 范昌灼　　最是愛鳥動人情——梁實秋散文〈鳥〉品賞　名作欣賞　1994 年
　　　　　　　第 3 期　1994 年 5 月　頁 64—66

1459. 魯　迅　　盧騷和胃口〔〈盧騷論女子教育〉〕　魯迅與梁實秋論戰文選
　　　　　　　香港　天地圖書　1979 年 6 月　頁 22—27

1460. 魯　迅　　盧騷和胃口〔〈盧騷論女子教育〉〕　梁實秋文壇沉浮錄　合肥
　　　　　　　黃山書社　1992 年 1 月　頁 312—314

1461. 魯　迅　　頭〔〈關於盧騷〉〕　魯迅與梁實秋論戰文選　香港　天地圖書
　　　　　　　1979 年 6 月　頁 32—35

1462. 魯　迅　　頭〔〈關於盧騷〉〕　梁實秋文壇沉浮錄　合肥　黃山書社
　　　　　　　1992 年 1 月　頁 311

1463. 魯　迅　　文藝的大眾化〔〈文學是有階級性的嗎〉〕　魯迅與梁實秋論戰
　　　　　　　文選　香港　天地圖書　1979 年 6 月　頁 106—108

1464. 魯　迅　　新月社批評家的任務〔〈「不滿於現狀」，便怎樣呢〉〕　魯迅與
　　　　　　　梁實秋論戰文選　香港　天地圖書　1979 年 6 月　頁 141—143

1465. 魯　迅　　「好政府主義」〔〈「不滿於現狀」，便怎樣呢〉〕　魯迅與梁實
　　　　　　　秋論戰文選　香港　天地圖書　1979 年 6 月　頁 144—148

1466. 魯　迅　　「喪家的」「資本家的乏走狗」〔〈我不生氣〉〕　魯迅與梁實
　　　　　　　秋論戰文選　香港　天地圖書　1979 年 6 月　頁 154—157

1467. 魯　迅　　「喪家的」「資本家的乏走狗」〔〈我不生氣〉〕　梁實秋文壇
　　　　　　　沉浮錄　合肥　黃山書社　1992 年 1 月　頁 369—370

1468. 蘇雪林　　梁實秋對革命文學的意見〔〈文學與革命〉〕　二三十年代作家與作品　臺北　廣東出版社　1980 年 6 月　頁 560—562

1469. 馮乃超　　冷靜的頭腦——評駁梁實秋的〈文學與革命〉[132]　梁實秋文壇沉浮錄　合肥　黃山書社　1992 年 1 月　頁 347—361

1470. 劉　泉　　兩個批評文本的背後——兼談三十年代文學批評的發展傾向〔〈文學與革命〉部分〕　東方論壇　2001 年第 2 期　2001 年 4 月　頁 44—47

1471. 葉公超　　論翻譯與文字的改造——答梁實秋〈論翻譯的一封信〉　葉公超散文集　臺北　洪範書店　1982 年 1 月　頁 31—42

1472. 季　季　　〈八十歲與八百歲〉編者的話　1982 年臺灣散文選　臺北　前衛出版社　1983 年 2 月　頁 211—212

1473. 林貞羊　　我讀〈職業〉一文　中華日報　1983 年 9 月 7 日　10 版

1474. 林貞羊　　我讀〈職業〉一文　秋之頌：梁實秋先生紀念文集　臺北　九歌出版社　1988 年 1 月　頁 323—327

1475. 〔鄭明娳，林燿德選註〕　　〈職業〉　人生五題——事業　臺北　正中書局　1990 年 8 月　頁 106

1476. 沈　謙　　梁實秋的人格與風格〔〈漫談讀書〉〕　幼獅少年　第 83 期　1983 年 9 月　頁 114—118

1477. 沈　謙　　梁實秋的人格與風格——評〈漫談讀書〉　獨步，散文國：現代散文評析　臺北　讀冊文化公司　2002 年 10 月　頁 1—9

1478. 何寄澎　　〈雅舍〉簡析　中國現代散文選析 1　臺北　長安出版社　1985 年 3 月　頁 420—421

1479. 吳常強　　娟雅諧趣各臻其致——讀梁實秋〈雅舍〉、吳常強〈下棋〉　名作欣賞　1992 年第 2 期　1992 年 3 月　頁 67—69

1480. 洪富連　　梁實秋〈雅舍〉　當代主題散文的研究　高雄　復文圖書出版社

---

[132]本文批駁梁實秋〈文學與革命〉中對於文學與階級性的觀點。1.小引；2.革命與人性；3.天才是什麼；4.文學的階級性；5.浪漫主義與革命的文學；6.革命文學；7.結語。

1998 年 4 月　頁 233—236

1481. 曲光楠，楊貴貞　　試論梁實秋〈雅舍〉的自然個性　黑龍江農墾師專學報　2003 年第 3 期　2003 年 9 月　頁 14—16

1482. 江右瑜　〈雅舍〉賞析　遇見現代小品文　臺北　麥田出版公司　2004 年 1 月　頁 84—88

1483. 陳家洋　〈雅舍〉的復調式蘊涵　語文學刊　2005 年第 1 期　2005 年 1 月　頁 73—75

1484. 張樹生　〈雅舍〉：從苦難中尋覓詩意　揚州教育學院學報　2005 年第 1 期　2005 年 3 月　頁 16—18

1485. 黃科安　〈雅舍〉作品賞析　星光燦爛的文學花園：現代文學知識精華：散文・詩歌　臺北　雅書堂文化公司　2005 年 5 月　頁 97—100

1486. 許俊雅　現代陋室銘——讀梁實秋〈雅舍〉　我心中的歌：現代文學星空　臺北　文史哲出版社　2006 年 6 月　頁 115—120

1487. 易怡玲　〈雅舍〉密門之鑰　比整個世界還要大：散文選讀　臺北　三民書局　2007 年 9 月　頁 137—138

1488. 李旭霞　品味〈雅舍〉品味人生——議梁實秋況達雅致的「人性」觀　青年文學家　2010 年第 13 期　2010 年 7 月　頁 36—37

1489. 汪啓平，陳偉　〈雅舍〉的無奈與豁達　金華職業技術學院學報　第 10 卷第 5 期　2010 年 10 月　頁 86—88

1490. 何寄澎　〈洗澡〉簡析　中國現代散文選析 1　臺北　長安出版社　1985 年 3 月　頁 430—431

1491. 何寄澎　〈群芳小記之一——海棠〉簡析　中國現代散文選析 1　臺北　長安出版社　1985 年 3 月　頁 434—435

1492. 何寄澎　〈文學講話之一——文學的基本認識〉簡析　中國現代散文選析 1　臺北　長安出版社　1985 年 3 月　頁 442—443

1493. 蕭　蕭　〈憶青鳥〉編者譯　七十三年散文選　臺北　九歌出版社　1985 年 3 月　頁 151

1494. 沈　　謙　　開啓人類文化的智慧之窗〔〈影響我的幾本書〉部分〕　聯合文
學　第 6 期　1985 年 4 月　頁 214—215

1495. 王仲生　　〈男人〉簡評　文學時代　1985 年第 5 期　1985 年 5 月　頁 71

1496. 〔鄭明娳，林燿德選註〕　　〈男人〉　乾坤雙璧／男人　臺北　正中書局
1991 年 9 月　頁 3

1497. 〔李敬編〕　　〈放風箏〉　當時年紀小　臺北　希代書版公司　1985 年 9
月　頁 164—169

1498. 蔡則寶，陳太清　　濃淡之間顯張力──梁實秋散文〈放風箏〉品賞　蘭州
工業高等專科學校學報　第 16 卷第 5 期　2009 年 10 月　頁 81
—84

1499. 現代散文研究小組　　前言〔〈論散文〉部分〕　中國現代散文理論　臺北
蘭亭書店　1986 年 10 月　頁 10

1500. 柯　　靈　　現代散文放談──借此評議梁實秋與「抗戰無關論」[133]　散文選
刊　1987 年第 4 期　1987 年 4 月　頁 45—48

1501. 柯　　靈　　現代散文放談──借此評議梁實秋與「抗戰無關論」　中國現代
文學研究叢刊　1987 年第 2 期　1987 年 5 月　頁 296—297

1502. 柯　　靈　　關於梁實秋的「抗戰無關論」之我見　梁實秋文壇沉浮錄　合肥
黃山書社　1992 年 1 月　頁 371—373

1503. 羅　　蘇　　「與抗戰無關」〔〈編者的話〉〕　梁實秋文壇沉浮錄　合肥
黃山書社　1992 年 1 月　頁 362—363

1504. 宋之的　　談「抗戰八股」〔〈編者的話〉〕　梁實秋文壇沉浮錄　合肥
黃山書社　1992 年 1 月　頁 367—368

1505. 張祖立　　「抗戰無關論」的歷史是非〔〈編者的話〉〕　集寧師專學報
1999 年第 1 期　1999 年 2 月　頁 62—66

1506. 王金英　　寄托深蘊，情采開發──讀梁實秋的〈駱駝〉　名作欣賞　1988
年第 1 期　1988 年 1 月　頁 77

---

[133]本文後改篇名為〈關於梁實秋的「抗戰無關論」之我見〉。

1507. 左郁蓮　〈駱駝〉　臺灣散文鑑賞辭典　太原　北岳文藝出版社　1991 年 12 月　頁 39—40

1508. 守　拙　感慨繫之，情亦愴然——讀梁實秋的〈駱駝〉　語文月刊　1993 年第 2 期　1993 年 2 月　頁 17

1509. 陳石羽〔林之英〕　梁實秋先生與副刊〔〈副刊與我〉〕　中國時報 1988 年 11 月 26 日　14 版

1510. 林之英　梁實秋先生與副刊〔〈副刊與我〉〕　出其東門有女如雲　臺北 九歌出版社　1991 年 5 月　頁 203—207

1511. 梁文薔　〈群芳小記〉註　長相思——槐園北海憶雙親　臺北　時報文化 出版公司　1988 年 11 月　頁 123—129

1512. 梁文薔　長相思（選載）——〈群芳小記〉註　新文學史料　1993 年第 4 期　1993 年 11 月　頁 22—24

1513. 林貞羊　作家與寵物的深情——《寵物與我》雅緻有趣〔〈黑貓公主〉部 分〕　九歌雜誌　第 94 期　1988 年 12 月　3 版

1514. 東方亮　〈贈〉賞析　中國新詩鑑賞大辭典　南京　江蘇文藝出版社 1988 年 12 月　頁 307—309

1515. 逯耀東　〈懷〉賞析　中國新詩鑑賞大辭典　南京　江蘇文藝出版社 1988 年 12 月　頁 309—311

1516. 〔鄭明娳，林燿德主編〕　〈下棋〉　有情四卷——閒情　臺北　正中書 局　1989 年 12 月　頁 94

1517. 黃科安，孫玉石　〈下棋〉作品賞析　星光燦爛的文學花園：現代文學知 識精華：散文‧詩歌　臺北　雅書堂文化公司　2005 年 5 月　頁 100—103

1518. 王莉莉　梁實秋〈下棋〉的修辭探究　中國語文　第 97 卷第 2 期　2005 年 8 月　頁 90—99

1519. 施國英　〈槐園夢憶——悼念故妻程季淑女士〉　中國現代散文欣賞辭典 上海　漢語大辭典出版社　1990 年 1 月　頁 353—355

1520. 鄭明娳　　梁實秋〈代溝〉欣賞　青少年散文選　臺北　業強出版社　1990
　　　　年 6 月　頁 45

1521.〔鄭明娳，林燿德選註〕　　〈割膽記〉　人生五題——憂患　臺北　正中
　　　　書局　1990 年 8 月　頁 12

1522.〔鄭明娳，林燿德選註〕　　〈廉〉　人生五題——信念　臺北　正中書局
　　　　1990 年 8 月　頁 40

1523. 譚桂林　　不送之送——一種獨具匠心的傷別模式——梁實秋〈苦雨淒風〉
　　　　賞析　名作欣賞　1990 年第 6 期　1990 年 11 月　頁 18—20

1524.〔鄭明娳，林燿德選註〕　　〈書房〉　智慧三品／書香　臺北　正中書局
　　　　1991 年 7 月　頁 52

1525. 徐　學　　從古典到現代——臺灣作家散文觀綜論之二〔〈悼齊如山先生〉
　　　　部分〕　臺灣研究集刊　1991 年第 3 期　1991 年 8 月　頁 92

1526. 徐　學　　從古典到現代——臺灣作家散文觀綜論之二〔〈悼齊如山先生〉
　　　　部分〕　臺灣香港澳門暨海外華文文學論文選　福州　海峽文藝
　　　　出版社　1993 年 3 月　頁 259

1527.〔鄭明娳，林燿德選註〕　　〈女人〉　乾坤雙璧／女人　臺北　正中書局
　　　　1991 年 9 月　頁 20

1528. 黎　民　　〈雪〉　臺灣散文鑑賞辭典　太原　北岳文藝出版社　1991 年
　　　　12 月　頁 24—25

1529. 左郁蓮　　〈又逢癸亥〉　臺灣散文鑑賞辭典　太原　北岳文藝出版社
　　　　1991 年 12 月　頁 29—30

1530. 左郁蓮　　〈過年〉　臺灣散文鑑賞辭典　太原　北岳文藝出版社　1991 年
　　　　12 月　頁 32—34

1531. 程廣耀　　濃情中國年——「春節」主題閱讀——〈過年〉　作文成功之路
　　　　（下）　2010 年第 1 期　2010 年 1 月　頁 5

1532. 左郁蓮　　〈雅舍談吃——火腿〉　臺灣散文鑑賞辭典　太原　北岳文藝出
　　　　版社　1991 年 12 月　頁 35—36

1533. 董小玉　秋天的江水汨汨地流──論鄉愁在梁實秋的〈雅舍談吃・火腿〉
中　名作欣賞　1994 年第 3 期　1994 年 5 月　頁 68─69

1534. 武瀛海　〈怒〉　臺灣散文鑑賞辭典　太原　北岳文藝出版社　1991 年
12 月　頁 42─44

1535. 左郁蓮　〈時間即生命〉　臺灣散文鑑賞辭典　太原　北岳文藝出版社
1991 年 12 月　頁 46─47

1536. 武瀛海　〈吃相〉　臺灣散文鑑賞辭典　太原　北岳文藝出版社　1991 年
12 月　頁 51─53

1537. 鄭　騫　讀梁實秋撰〈讀中國吃〉[134]　永嘉室雜文　臺北　洪範書店
1992 年 1 月　頁 51─66

1538. 何耀祖　談梁實秋先生〈劍外〉新解　杜甫研究學刊　1994 年第 2 期
1994 年 6 月　頁 62─64

1539. 陳子善　梁實秋早期情詩〈尾生之死〉　明報月刊　第 343 期　1994 年 7
月　頁 140─142

1540. 陳子善　梁實秋早期情詩〈尾生之死〉　雅舍小說和詩　臺北　九歌出版
社　1996 年 5 月　頁 185─189

1541. 塵　心　我是孝女──觀《雅舍小品・孩子》一文有感　臺灣日報　1995
年 2 月 8 日　19 版

1542. 聞黎明　關於梁實秋的小說〈公理〉　魯迅研究月刊　1996 年第 6 期
1996 年 6 月　頁 57─58

1543. 〔游喚，張鴻聲，徐華中編著〕　〈散步〉賞析　現代散文精讀　臺北
五南圖書出版公司　1998 年 8 月　頁 20─23

1544. 江右瑜　〈散步〉賞析　遇見現代小品文　臺北　麥田出版公司　2004 年
1 月　頁 95─97

1545. 范培松　論中國八十年代的「饑餓文學」〔〈謙讓〉部分〕　中國現代文
學理論季刊　第 14 期　1999 年 6 月　頁 251─252

---

[134] 本文詳細解釋與說明梁實秋〈讀中國吃〉中介紹的美食。

1546. 范培松　　梁實秋──散文〈美在適當〉　中國散文批評史　南京　江蘇教育出版社　2000 年 4 月　頁 115─118

1547. 溫儒敏　　文學史觀建構與對話──圍繞初期新文學的評價〔〈現代中國文學之浪漫的趨勢〉部分〕　北京大學學報　2000 年第 4 期　2000 年 7 月　頁 55─62

1548. 溫儒敏　　文學史觀的建構與對話──圍繞初期新文學的評價〔〈現代中國文學之浪漫的趨勢〉部分〕　華夏文化論壇　2010 年　2010 年 12 月 31 日　頁 18─25

1549. 付佩佩　　論梁實秋對五四新文學的反思──從〈現代中國文學之浪漫的趨勢〉解讀　內蒙古農業大學學報　2010 年第 2 期　2010 年 4 月　頁 320─321，331

1550. 陳子善　　尺牘短寸心長──梁實秋〈致王敬羲〉佚簡淺說　純文學　復刊第 30 期　2000 年 10 月　頁 96─100

1551. 陳志明　　文人與行──駁梁實秋之〈文人有行〉　江蘇廣播電視大學學報第 21 卷第 1 期　2001 年 2 月　頁 63─65

1552. 鍾怡雯　　〈講價〉評析　臺灣現代文學教程・散文讀本　臺北　二魚文化公司　2002 年 8 月　頁 15─16

1553. 趙　飛　　「老者式」「仁者式」和「學者式」幽默──從〈講價〉看梁實秋的幽默　吉林省教育學院學報　2009 年第 8 期　2009 年 8 月　頁 96─97

1554. 賀聖謨　　讀梁實秋的散文〈衣裳〉　寧波服裝職業技術學院學報　2003 年第 2 期　2003 年 6 月　頁 27─31

1555. 吳禮權　　平淡風格與絢爛風格的計算統計研究〔〈北平的多天〉部分〕　雲南師範大學學報　第 36 卷第 2 期　2004 年 3 月　頁 42─46

1556. 陳慧文　　黃昏之戀──梁實秋〈白貓王子〉　貓咪文學館　臺北　秀威資訊科技公司　2004 年 12 月　頁 40─41

1557. 蔡孟樺　　〈快樂〉編者的話　我有明珠一顆　臺北　香海文化公司　2006

年 9 月　頁 324—325

1558. 劉　芸　　〈舊〉編者的話　那去過的過去　臺北　香海文化公司　2006 年
　　　　　　　9 月　頁 154—155

1559. 郭薇華　　從〈翻譯的信念〉看梁實秋的翻譯思想　語文學刊　2008 年第 9
　　　　　　　期　2008 年 9 月　頁 138—139

1560. 王　立　　《黃昏開始下的雨》〔〈中年〉部分〕　邂逅　臺北　秀威資訊
　　　　　　　科技公司　2009 年 2 月　頁 181

1561. 趙麗紅　　詩意的從容〔〈中年〉〕　青年科學　2009 年第 4 期　2009 年 4
　　　　　　　月　頁 27

1562. 陳繼民　　樸實中見絢爛，平常裡窺淵博——梁實秋〈寫字〉賞析　閱讀與
　　　　　　　鑒賞（文摘版）　2009 年第 2 期　2009 年 2 月　頁 14—15

1563. 陳繼民　　樸實中見絢爛，平常裡見淵博——梁實秋〈寫字〉賞析　寫作
　　　　　　　2009 年第 5 期　2009 年 3 月　頁 25—26

1564. 陳新宇　　逝者如斯夫——〈談時間〉賞析　語數外學習（高考語文）
　　　　　　　2009 年第 4 期　2009 年 4 月　頁 40

1565. 吳永福　　散文中的幽默〔〈握手〉部分〕　閱讀與寫作　2009 年第 6 期
　　　　　　　2009 年 6 月　頁 9—10

1566. 黃曉明　　意匠慘淡經營中——讀〈記梁任公先生的一次演講〉　語文教學
　　　　　　　通訊　2009 年第 28 期　2009 年 10 月　頁 32

1567. 張新艷　　學者的政治情懷——梁實秋〈記梁任公先生的一次演講〉新釋
　　　　　　　名作欣賞　2010 年第 27 期　2010 年 9 月　頁 111—112

◆多篇作品

1568. 魯　迅　　文學和出汗〔〈文學批評辯〉、〈盧騷論女子教育〉〕　魯迅與梁
　　　　　　　實秋論戰文選　香港　天地圖書　1979 年 6 月　頁 28—31

1569. 魯　迅　　「硬譯」與「文學的階級」[135]　魯迅與梁實秋論戰文選　香港
　　　　　　　天地圖書　1979 年 6 月　頁 77—105

---

[135] 本文反駁梁實秋〈文學是有階級性的嗎？〉與〈論魯迅先生的硬譯〉，闡明文學的階級性。

1570. 張　放　　秋風起蒓鱸之思——讀梁實秋的兩篇憶鄉散文〔〈過年〉、〈火腿〉〕　名作欣賞　1988 年第 1 期　1988 年 1 月　頁 72

1571. 梁錫華　　舊情依稀——梁實秋的幾首少作〔〈荷花池畔〉、〈懷〉、〈答贈絲帕的女郎〉、〈贈〉、〈夢後〉〕　聯合文學　第 51 期　1989 年 1 月　頁 154—163

1572. 陳子善　　梁實秋也寫過小說〔〈最初的一幕〉、〈謎語〉、〈公理〉〕　聯合文學　第 108 期　1993 年 10 月　頁 169—171

1573. 陳子善　　梁實秋也寫過小說〔〈最初的一幕〉、〈謎語〉、〈公理〉〕　雅舍小說和詩　臺北　九歌出版社　1996 年 5 月　頁 191—196

1574. 陳子善　　梁實秋寫過小說〔〈最初的一幕〉、〈謎語〉、〈公理〉〕　書城雜誌　1997 年第 1 期　1997 年 1 月　頁 43—44

1575. 黃維樑　　現代散文導讀——梁實秋〔〈雅舍〉、〈謙讓〉〕　中國現代文學導讀　臺北　臺灣書店　1998 年 10 月　頁 209—211

1576. 黃維樑　　現代散文導讀——梁實秋〔〈雅舍〉、〈謙讓〉〕　中國現代文學導讀　臺北　揚智文化公司　2004 年 9 月　頁 168—169

1577. 龍曉立　　梁實秋論狗〔〈狗（一集）〉、〈狗（二集）〉、〈狗肉〉、〈一條野狗〉〕　書城　2000 年第 5 期　2000 年 5 月　頁 18

1578.〔陳萬益選編〕　　〈饞〉、〈槐園夢憶——悼念故妻程季淑女士〉賞析　國民文選‧散文卷 2　臺北　玉山社出版公司　2004 年 8 月　頁 43

1579. 張堂錡　　導讀：梁實秋〈鬍鬚〉、〈流行的謬論〉　二十世紀臺灣文學金典：散文卷（第一部）　臺北　聯合文學出版社　2006 年 5 月　頁 72

作品評論目錄、索引

1580.〔編輯部〕　　作品評論引得　梁實秋自選集　臺北　黎明文化公司　1981 年 10 月　〔1〕頁

1581.〔文訊雜誌〕　　評介梁實秋的篇章索引　文訊雜誌　第 33 期　1987 年 12 月　頁 229—236

1582. 〔編輯部〕 梁實秋研究資料目錄索引 梁實秋名作欣賞 新竹 中國和
平出版社 1993 年 6 月 頁 493—494

1583. 陳亦駿 梁實秋研究述評 社科信息 1994 年第 4 期 1994 年 4 月 頁
40—43

1584. 章佩峰 新時期梁實秋文藝思想研究評述 黃山學院學報 2005 年第 2 期
2005 年 4 月 頁 95—97

1585. 宋慶寶 梁實秋研究論文索引 梁實秋與中西文化 北京 中華書局
2007 年 1 月 頁 457—475

1586. 宋慶寶 梁實秋研究書目索引 梁實秋與中西文化 北京 中華書局
2007 年 1 月 頁 476—479

其他

1587. 程會昌 梁實秋譯《織工馬南傳》 圖書評論 第 2 卷第 1 期 1933 年 9
月 頁 59—66

1588. 張道藩 梁實秋先生譯著書目弁言[136] 中央日報 1967 年 8 月 6 日 9 版

1589. 張道藩 梁實秋先生譯著書目弁言 中國語文 第 21 卷第 3 期 1967 年
9 月 頁 4

1590. 張道藩 梁實秋先生翻譯「莎士比亞全集」弁言 書和人 第 66 期
1967 年 9 月 頁 4—6

1591. 張道藩 梁實秋先生譯著書目弁言 酸甜苦辣的回味 臺北 傳記文學出
版社 1968 年 10 月 頁 109—110

1592. 張道藩 梁實秋先生譯著書目弁言 張道藩先生文集 臺北 九歌出版社
1999 年 10 月 頁 98—99

1593. 柯劍星 梁譯「莎翁全集」出版慶祝記事 書和人 第 66 期 1967 年 9
月 頁 7

1594. 謝冰瑩 豐盛的秋收——梁實秋先生翻譯「莎士比亞全集」出版慶祝會記
盛 中國語文 第 21 卷第 3 期 1967 年 9 月 頁 13—17

---

[136]本文後改篇名為〈梁實秋先生翻譯「莎士比亞全集」弁言〉。

1595. 施穎洲　　談沙翁聲籟三種中譯（1—4）〔「莎士比亞全集」〕　中國時報　1973 年 4 月 26—29 日　12 版

1596. 施穎洲　　再談沙翁聲籟三種中譯（上、中、下）〔「莎士比亞全集」〕　中國時報　1973 年 11 月 9—11 日　12 版

1597. 楊　牧　　梁譯莎劇的印象[137]　傳統的與現代的　臺北　洪範書店　1979 年 9 月　頁 67—82

1598. 楊　牧　　梁譯莎劇讀後　掠影急流　臺北　洪範書店　2005 年 12 月　頁 183—197

1599. 陳瑞山　　意象——翻譯的美學：兼論梁實秋中譯莎翁商籟詩第卅四首的意象〔「莎士比亞全集」〕　美育　第 6 期　1990 年 3 月　頁 5—12

1600. 許祖華　　梁實秋對莎士比亞的翻譯與研究〔「莎士比亞全集」〕　外國文學研究　1995 年第 2 期　1995 年 2 月　頁 40—41

1601. 李偉民　　海峽那邊的莎士比亞——臺灣「莎學」一瞥〔「莎士比亞全集」部分〕　文教資料　1996 年第 1 期　1996 年 1 月　頁 70—72

1602. 孫建軍　　一門令人遺憾的藝術——從「莎士比亞全集」兩個譯本對比談英譯漢譯過程中詞意的確定　韶關大學學報　第 20 卷第 5 期　1999 年 10 月　頁 90—99

1603. 白立平　　「贊助」與翻譯——胡適對梁實秋翻譯莎士比亞的影響[138]　中外文學　第 30 卷第 7 期　2001 年 12 月　頁 159—177

1604. 董崇選　　梁公中譯莎劇的貢獻[139]　梁實秋先生百年誕辰學術研討會　臺北九歌文教基金會，臺灣師範大學英語系，臺灣師範大學文學院主辦　2002 年 12 月 11—12 日

1605. 董崇選　　梁公中譯莎劇的貢獻　雅舍的春華秋實：梁實秋學術研討會論文

---

[137] 本文評論梁實秋「莎士比亞全集」翻譯的內容與特色。後改篇名為〈梁譯莎劇讀後〉。
[138] 本文探討贊助梁實秋翻譯《莎士比亞》贊助人胡適對其翻譯的影響。
[139] 本文從時代背景、質量以及影響三方面，探討梁實秋翻譯「莎士比亞全集」的貢獻。全文共 5 小節：1.前言；2.背景；3.質量；4.影響；5.結語。

集　臺北　九歌出版社　2002 年 12 月　頁 97—116

1606. 李令儀　梁實秋譯莎翁全集，受胡適影響〔「莎士比亞全集」〕　聯合報　2002 年 12 月 12 日　14 版

1607. 賀顯斌　贊助者影響兩位莎劇譯者的文化取向〔「莎士比亞全集」〕　四川外語學院學報　2005 年第 6 期　2005 年 11 月　頁 113—117

1608. 應鳳凰　蕭孟能與文星書店——梁實秋翻譯莎翁名劇二十種〔「莎士比亞全集」〕　五〇年代文學出版顯影　臺北　臺北縣文化局　2006 年 12 月　頁 206—207

1609. 佫文嵐　從讀者反應理論看朱生豪、梁實秋的莎譯本中文化空缺詞的翻譯〔「莎士比亞全集」〕　河南工業大學學報　2007 年第 1 期　2007 年 3 月　頁 72—73

1610. 嚴曉江　理性的選擇，人性的闡釋——從後殖民譯論視角分析梁實秋翻譯「莎士比亞全集」的原因　四川外語學院學報　2007 年第 5 期　2007 年 9 月　頁 48—51

1611. 程圓圓，張德讓　梁實秋新人文主義思想與「莎士比亞全集」的翻譯　黃山學院學報　2008 年第 1 期　2008 年 2 月　頁 114—117

1612. 李偉昉　梁實秋與莎士比亞的親緣關係及其理論意義〔「莎士比亞全集」〕　外國文學研究　2008 年第 1 期　2008 年 2 月　頁 85—93

1613. 嚴曉江　梁實秋翻譯「莎士比亞全集」的原則探討　重慶交通大學學報　2008 年第 2 期　2008 年 4 月　頁 108—110

1614. 黃澤英　贊助者對梁實秋翻譯莎翁作品的影響〔「莎士比亞全集」〕　文教資料　2008 年第 23 期　2008 年 8 月　頁 68—69

1615. 嚴曉江　余上沅與梁實秋譯介「莎士比亞全集」的觀點比較　作家　2009 年第 2 期　2009 年 1 月　頁 215—217

1616. 李春江　莎士比亞戲劇人物名稱翻譯研究〔「莎士比亞全集」〕　湖北第二師範學院學報　第 26 卷第 1 期　2009 年 1 月　頁 113—116

1617. 朱濤，張德讓　　論梁實秋莎劇翻譯的充分性〔「莎士比亞全集」〕　寧波
　　　　教育學院學報　2009 年第 2 期　2009 年 3 月　頁 57—59

1618. 董　瑩　　淺析莎士比亞譯本——朱生豪譯本和梁實秋譯本〔「莎士比亞全
　　　　集」〕　理論建設　2009 年第 3 期　2009 年 5 月　頁 62—64

1619. 嚴曉江　　梁實秋譯「莎士比亞全集」的審美風格　電影文學　2009 年第
　　　　11 期　2009 年 6 月　頁 75—76

1620. 李春江，王宏印　　多元系統理論觀照下的莎士比亞戲劇翻譯——莎劇翻譯
　　　　與復譯及其歷史文化語境的概要考察〔「莎士比亞全集」〕　外
　　　　語與外語教學　2009 年第 6 期　2009 年 6 月　頁 51—53

1621. 嚴曉江　　梁實秋的譯學思想簡論——以梁譯「莎士比亞全集」爲例　時代
　　　　文學（下半月）　2009 年第 8 期　2009 年 8 月　頁 26—27

1622. 周莉清　　從哲學闡釋學的角度解讀文學翻譯——莎劇兩譯本對比研究
　　　　〔「莎士比亞全集」〕　井岡山學院學報（哲學社會科學）　第
　　　　30 卷第 9 期　2009 年 9 月　頁 70—73

1623. 王靜，蘭莉　　翻譯經典的構建——以梁譯「莎士比亞全集」爲例　外語教
　　　　學　第 31 卷第 1 期　2010 年 1 月　頁 104—108

1624. 李　娟　　梁實秋與「莎士比亞全集」的翻譯　青年文學家　2010 年第 1 期
　　　　2010 年 1 月　頁 91

1625. 鄧　艷　　譯者主體性關照下的朱生豪和梁實秋莎劇譯本之對比分析〔「莎
　　　　士比亞全集」〕　長沙大學學報　第 24 卷第 1 期　2010 年 1 月
　　　　頁 118—120

1626. 王瑞，陳國華　　莎劇中稱呼的翻譯〔「莎士比亞全集」〕　解放軍外國語
　　　　學院學報　第 33 卷第 1 期　2010 年 1 月　頁 72—77

1627. 易水寒　　梁實秋與「莎士比亞全集」　四川文學　2010 年第 2 期　2010
　　　　年 2 月　頁 68—69

1628. 易水寒　　梁實秋與「莎士比亞全集」　文史春秋　2010 年第 3 期　2010
　　　　年 3 月　頁 58—60

1629. 嚴曉江　　梁實秋譯莎的審美制約〔「莎士比亞全集」〕　魯東大學學報
　　　　　　　（哲學社會科學版）　第 27 卷第 2 期　2010 年 3 月　頁 64—67

1630. 李　明　　雙關語的「厚重翻譯法」應用——以梁實秋的「莎士比亞全集」
　　　　　　　翻譯爲例　青島科技大學學報（社會科學版）　第 26 卷第 1 期
　　　　　　　2010 年 3 月　頁 89—92

1631. 嚴曉江，徐錫祥，劉麗娜　　論梁實秋的譯莎策略〔「莎士比亞全集」〕
　　　　　　　長春大學學報　第 20 卷第 3 期　2010 年 3 月　頁 39—42

1632. 易水寒　　梁實秋與「莎士比亞全集」　出版史料　2010 年第 1 期　2010
　　　　　　　年 3 月　頁 51—53

1633. 嚴曉江　　梁實秋與朱生豪莎劇譯文特點之比較〔「莎士比亞全集」〕　南
　　　　　　　通大學學報（社會科學版）　第 26 卷第 4 期　2010 年 7 月　頁
　　　　　　　95—98

1634. 肖宏德，楊沁筠　　「中庸翻譯觀」——「莎士比亞全集」　安徽文學（下
　　　　　　　半月）　2010 年第 10 期　2010 年 10 月　頁 179

1635. 馬玉紅　　文豪述詩豪，梁翁傳莎翁——梁實秋與「莎士比亞全集」翻譯
　　　　　　　新文學史料　2010 年第 4 期　2010 年 11 月　頁 156—161

1636. 黃宣範　　談兩部漢英詞典〔《最新實用漢英辭典》部分〕　聯合報　1973
　　　　　　　年 6 月 22 日　14 版

1637. 簡清國　　評梁實秋等著《最新實用漢英辭典》——兼介《最新英文活用大
　　　　　　　辭典》　書評書目　第 82 期　1980 年 2 月　頁 2—9

1638. 黃文範　　也談梁編《漢英辭典》旅程　中華日報　1988 年 12 月 29 日　14
　　　　　　　版

1639. 葉公超　　梁實秋譯《潘彼得》序　葉公超散文集　臺北　洪範書店　1982
　　　　　　　年 1 月　頁 27—30

1640. 蘇雪林　　《新月》月刊的理想主義　中國二三十年代作家　臺北　純文學
　　　　　　　出版社　1983 年 10 月　頁 556—562

1641. 楊小雲　　情書是這樣寫的——談《阿伯拉與哀綠綺思的情書》　中央日報

1986 年 2 月　10 版

1642. 楊小雲　　情書是這樣寫的〔《阿伯拉與哀綠綺思的情書》〕　秋之頌：梁
　　　　　　　　實秋先生紀念文集　臺北　九歌出版社　1988 年 1 月　頁 331—
　　　　　　　　335

1643. 張孟三　　至情至愛——談《阿伯拉與哀綠綺思的情書》　中央日報　1987
　　　　　　　　年 2 月 17 日　8 版

1644. 言遜〔黃慶萱〕　直教生死相許——評《阿伯拉與哀綠綺思的情書》　聯
　　　　　　　　合文學　第 34 期　1987 年 8 月　頁 208—210

1645. 黃慶萱　　直教生死相許——《阿伯拉與哀綠綺思的情書》責任書評　與君
　　　　　　　　細論文　臺北　東大圖書公司　1999 年 3 月　頁 182—184

1646. 如　一　　不幸的哀綠綺思〔《阿伯拉與哀綠綺思的情書》〕　讀書　1989
　　　　　　　　年第 1 期　1989 年 1 月　頁 97—98

1647. 陳子善　　《星期小品》與「雅舍」佚文[140]　遺落的明珠　臺北　業強出版
　　　　　　　　社　1992 年 10 月　頁 15—23

1648. 陳子善　　《星期小品》與「雅舍」佚文　雅舍小品補遺（1928—1948）
　　　　　　　　臺北　九歌出版社　1997 年 11 月　頁 215—226

1649. 方祖燊　　梁實秋與朱豪生的譯例〔《羅密歐與茱麗葉》〕　中國現代文學
　　　　　　　　理論　第 1 期　1996 年 3 月　頁 69—73

1650. 方祖燊　　梁實秋與朱生豪的譯例〔《羅密歐與茱麗葉》〕　方祖燊全集・
　　　　　　　　文學批評與評論集（下）　臺北　文史哲出版社　1999 年 7 月
　　　　　　　　頁 613—617

1651. 張　芳　　翻譯的中庸之道——從《羅密歐與茱麗葉》的兩個中譯本看歸化
　　　　　　　　與異化策略的運用　華南第一師範學院學報　2008 年第 1 期
　　　　　　　　2008 年 3 月　頁 137—140

1652. 黃澤英　　從接受理論看莎劇的兩種中譯本——以《羅密歐與茱麗葉》為個
　　　　　　　　案　湘南學院學報　第 30 卷第 6 期　2009 年 12 月　頁 64—68

---

[140]本文記述梁實秋所編輯的《益世報》「星期小品」刊物，以及梁實秋刊載於此刊的作品考證。

1653. 王　超　　從《羅密歐與茱麗葉》中譯本看文學翻譯中的創造性叛逆　湖北第二師範學院學報　第 27 卷第 3 期　2010 年 3 月　頁 129—131

1654. 邊立宏，王超　　喬治・斯坦納的闡釋翻譯觀與譯者主體性研究——《羅密歐與茱麗葉》兩個中譯本對比分析　綏化學院學報　第 30 卷第 3 期　2010 年 6 月　頁 137—139

1655. 彭鏡禧　　Dramatic Effect and Word Order in Translation: Some Examples from Hamlet[141]　Tamkang Review　第 27 卷第 2 期　1996 年　頁 209—227

1656. 張蘋英　　匠心獨運，各顯千秋——評《哈姆雷特》一段獨白的四種名譯　吉首大學學報　2006 年第 2 期　2006 年 3 月　頁 157—159

1657. 李其金　　論《哈姆雷特》漢譯中的誤解誤譯現象　寧波大學學報　2006 年第 3 期　2006 年 5 月　頁 27—31

1658. 王　剛　　梁、朱、卞譯《哈姆雷特》之比較[142]　梁實秋與中西文化　北京中華書局　2007 年 1 月　頁 430—441

1659. 吳繼紅　　以《哈姆雷特》為例，論譯語文化的意義　安徽電子信息職業技術學院學報　2007 年第 2 期　2007 年 4 月　頁 71—72，76

1660. 劉　源　　淺析莎劇《哈姆雷特》中的語言變異及其翻譯——以梁實秋的譯本為例　大眾文藝　2009 年第 1 期　2009 年 1 月　頁 140—141

1661. 付智茜　　淺析《哈姆雷特》的重譯　湖南工業職業技術學院學報　第 9 卷第 4 期　2009 年 8 月　頁 86—87

1662. 胡開寶　　基於語料庫的莎劇《哈姆雷特》漢譯文本中「把」字句應用及其動因研究　外語學刊　2009 年第 1 期　2009 年　頁 111—115

1663. 王瑋敏　　循形達意，方得神韻——評梁實秋譯莎氏《十四行詩》　中國翻譯　1997 年第 3 期　1997 年 5 月　頁 38—41

---

[141] 本文以朱生豪、梁實秋和卞之琳翻譯《哈姆雷特》為例探析英文文學中譯的語序。全文共 5 小節：1.Characterization；2.Interactions Between Characters；3.Narrative Skill and Dramatic Tension；4.Coherence and Stage Business；5.Concluding Remarks。

[142] 本文從梁實秋的翻譯理論出發，以其翻譯的《哈姆雷特》為例，與朱生豪、卞之琳的譯文進行比較。

1664. 王欣欣　　莎士比亞《十四行詩》譯本評析——以梁實秋和屠岸譯詩爲例
　　　　　　　　商丘師範學院學報　第 26 卷第 1 期　2010 年 1 月　頁 125—126

1665. 石永貴　　非文學類——《沉思錄》推薦理由　百人百書百緣——百位名家
　　　　　　　　推薦百本好書　臺北　賴國洲書房　1997 年 9 月　頁 172—173

1666. 蒙　木　　《沉思錄》，作爲一個事件　出版參考　2009 年第 6 期　2009 年
　　　　　　　　2 月　頁 25—26

1667. 童元方　　丹青難寫是精神——論梁實秋譯《咆哮山莊》與傅東華譯《紅
　　　　　　　　字》[143]　聯合文學　第 156 期　1997 年 10 月　頁 61—70

1668. 童元方　　論梁實秋譯《咆哮山莊》與傅東華譯《紅字》　梁實秋與中西文
　　　　　　　　化　北京　中華書局　2007 年 1 月　頁 442—453

1669. 毛華奮　　梁實秋譯《失樂園》中的一處明顯錯誤　臺州師專學報　第 22
　　　　　　　　卷第 4 期　2000 年 8 月　頁 17—19

1670. 楊茲婷　　譯本評析　《仲夏夜之夢》中譯本評析[144]　輔仁大學翻譯學研究
　　　　　　　　所在職專班　碩士論文　劉雪珍教授指導　2006 年 7 月　頁 30
　　　　　　　　—67

1671. 劉　佳　　翻譯目的論視角下莎士比亞《仲夏夜之夢》三種中譯本評析　遼
　　　　　　　　寧師範大學學報（社會科學版）　第 32 卷第 4 期　2009 年 7 月
　　　　　　　　頁 95—98

1672. 何其莘著；張萍，王剛譯　　將莎士比亞譯入華文[145]　梁實秋與中西文化
　　　　　　　　北京　中華書局　2007 年 1 月　頁 385—402

1673. 汪潔賓　　從梁實秋的《李爾王》看譯者主體性的發揮　文教資料　2008 年
　　　　　　　　第 18 期　2008 年 6 月　頁 22—23

1674. 李春江　　戲劇稱呼語翻譯比較——以《李爾王》爲例　科技信息　2009 年
　　　　　　　　第 3 期　2009 年 1 月　頁 165—167

---

[143] 本文從嚴復的信、達、雅翻譯三原則談起，探究梁實秋譯《咆哮山莊》與傅東華譯《紅字》翻
　　　譯不佳之因。
[144] 本文評析《仲夏夜之夢》中譯本，僅部分論及梁實秋的譯本。
[145] 本文以《哈姆雷特》、《李爾王》、《量罪記》、《亨利四世（上篇）》爲例，探析梁實秋、朱生豪等
　　　學者的翻譯問題。

1675. 趙　荃　　論《李爾王》中弄人語言的翻譯　文學教育（上）　2009 年第
　　　　　　　12 期　2009 年 12 月　頁 124—127

1676. 朱嵐暉　　從原作的互文性看譯作的互補性——以《李爾王》的三個中譯本
　　　　　　　爲例　內蒙古農業大學學報（社會科學版）　2009 年第 4 期
　　　　　　　2009 年　頁 393—396

1677. 龔桂芳　　「洋」與「土」——梁實秋和朱生豪《李爾王》譯本用詞之比較
　　　　　　　佳木斯教育學院學報　2010 年第 3 期　2010 年　頁 11—12，15

1678. 龐月慧，朱健平　　功能學派翻譯理論的解構主義印記　中國外語　第 6 卷
　　　　　　　第 1 期　2009 年 1 月　頁 97

1679. 朱延波　　《維納斯與阿童尼》第 50 節漢譯語言層分析　科技信息　2009
　　　　　　　年第 8 期　2009 年 3 月　頁 118—119

1680. 曾仁利，廖志勤　　朱生豪、梁實秋之翻譯風格——以莎士比亞 The Life
　　　　　　　and Death of Richard the Second 兩譯本爲例　西南科技大學學報
　　　　　　　2009 年第 3 期　2009 年 6 月　頁 72—76，81

1681. 柳　萍　　雙關語的翻譯研究——以《愛的徒勞》中雙關語的翻譯爲例　開
　　　　　　　封教育學院學報　第 29 卷第 2 期　2009 年 6 月　頁 95—97

1682. 湯玉榮　　試論莎劇《亨利五世》兩個譯本中翻譯策略選擇的制約因素　大
　　　　　　　眾文藝　2009 年第 13 期　2009 年 7 月　頁 84—85

1683. 侯雁林，羅植，馮文坤　　各有千秋的莎劇譯本——以功能目的論看《亨利
　　　　　　　五世》兩個中譯本的不同效果　樂山師範學院學報　第 24 卷第 8
　　　　　　　期　2009 年 8 月　頁 20—23

1684. 白立平　　翻譯「可以省說許多話」——梁實秋與魯迅論戰期間有關譯作的
　　　　　　　分析[146]　清華學報　第 39 卷第 3 期　2009 年 9 月　頁 325—354

1685. 徐　婧　　從多元系統理論視域關照《呼嘯山莊》的兩種譯本　文學界（理

---

[146]本文從第一手史料入手，討論有關盧梭《愛彌爾》的中譯本以及一些「普羅文學」作品中譯本
的爭論，並分析梁實秋翻譯的穆爾〈資產與法律〉、以及署名「諧庭」的譯文〈列寧的藝術觀〉
與〈列寧的文化觀〉，研究翻譯在梁實秋與魯迅的爭論中之作用。全文共 3 小節：1.引言；2.梁
實秋與魯迅論戰期間相關譯作的分析；3.總結。

論版）　2010 年第 5 期　2010 年 5 月　頁 65

1686. 黃立波　　新月派的翻譯思想研究——以《新月》期刊發表的翻譯作品爲例
　　　　　　　外語教學　第 31 卷第 3 期　2010 年 5 月　頁 88—91

1687. 蘭　軍　　論接受美學視角下譯者的主體性——兼析莎士比亞第十八首〈十
　　　　　　　四行詩〉的四個漢譯本　寧夏大學學報（人文社會科學版）　第
　　　　　　　32 卷第 4 期　2010 年 7 月　頁 181—184

1688. 李明清　　梁實秋《威尼斯商人》譯本研究　外國語文　第 26 卷第 4 期
　　　　　　　2010 年 8 月　頁 89—91

1689. 張　艷　　文學翻譯中的歸化與異化——對比莎劇《麥克白》的兩個譯本
　　　　　　　太原城市職業技術學院學報　2010 年第 8 期　2010 年 8 月　頁
　　　　　　　184—186

1690. 王慧莉　　梁實秋直譯及直譯加注的翻譯方法——以梁譯《奧賽羅》與《羅
　　　　　　　密歐與茱麗葉》爲例　上海第二工業大學學報　第 27 卷第 3 期
　　　　　　　2010 年 9 月　頁 249—253

1691. 李瑋煒　　新月詩派對英國浪漫主義詩歌的譯介和接受　內江師範學院學報
　　　　　　　第 25 卷第 9 期　2010 年 9 月　頁 54—58

國家圖書館出版品預行編目資料

臺灣現當代作家研究資料彙編. 3, 梁實秋／陳信元
編選.-- 初版.-- 臺南市：臺灣文學館, 2011.03
面；　公分.

ISBN 978-986-02-7253-6（平裝）

1.梁實秋　2.傳記　3.文學評論

863.4　　　　　　　　　　　　　　100003432

【臺灣現當代作家研究資料彙編】03
梁實秋

發 行 人／　李瑞騰
指導單位／　行政院文化建設委員會
出版單位／　國立台灣文學館
　　　　　　地址／70041 台南市中西區中正路 1 號
　　　　　　電話／06-2217201　　　　　傳真／06-2218952
　　　　　　網址／www.nmtl.gov.tw　　電子信箱／pba@nmtl.gov.tw

總 策 畫／　封德屏
顧　　問／　林淇瀁　張恆豪　許俊雅　陳信元　陳建忠　陳義芝　須文蔚　應鳳凰
工作小組／　王雅嫺　杜秀卿　林端貝　周宣吟　張桓瑋
　　　　　　黃子倫　黃畫婷　詹宇霈　羅巧琳
編　選／　陳信元
責任編輯／　王雅嫺　張桓瑋
校　對／　周宣吟　林肇豐　黃畫婷　詹宇霈　趙慶華　羅巧琳　蘇峰楠
計畫團隊／　財團法人台灣文學發展基金會
美術設計／　翁國鈞・不倒翁視覺創意
印　刷／　松霖彩色印刷事業有限公司

經銷展售／　　國家書店松江門市（02-25180207）
　　　　　　　國立台灣文學館─雪芙瑞文學咖啡坊（06-2214632）
　　　　　　　五南文化廣場（04-22260330）
　　　　　　　文建會員工消費合作社（02-23434168）
　　　　　　　南天書局（02-23620190）　　　　唐山出版社（02-23633072）
　　　　　　　府城舊冊店（06-2763093）　　　　台灣的店（02-23625799）
　　　　　　　啓發文化（02-29586713）　　　　三民書局（02-23617511）

初版一刷／2011 年 3 月
定　　價／新臺幣 450 元整　　全套新臺幣 5500 元整
GPN／ 1010000394（單本）
　　　 1010000407（套）
ISBN／978-986-02-7253-6（單本）
　　　 978-986-02-7266-6（套）

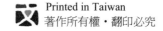
Printed in Taiwan
著作所有權・翻印必究